内 容 提 要

　　1948年，中共中央发出"五一"劳动节口号，号召全国人民为建立新中国而共同奋斗。党中央把输送数批代号"扑克牌"的重要人士北上的任务，交给党的地下企业香港德润公司。时任厦门地下党工委书记的航海家刘焕然，被总经理杨老板调来创建远东海运公司，并首任"黎明"轮的船长。远东公司在圆满完成"天汉计划"的同时，也有力地支援了前方作战和后方建设。招商局船长方啸云，经过刘焕然多年的培养，走上革命道路，毅然驾驶"海连"轮驶达解放区港口，升起约定暗号国际信号旗PRB。第一艘轮船起义成功，带动了香港"两航"和招商局13艘轮船起义。蒋政权败退前，把大陆的航海事业破坏殆尽。远东公司是新中国仅存的一支远洋船队。刘焕然率领团队抗击美帝海上封锁禁运、抢购抢运禁运物资、创办中波海运公司、开发珠江垃圾尾航道、开发建设湛江港、与国际垄断集团展开运价斗争……取得了巨大胜利，也付出了重大牺牲。与此同时，后代们也在党的关怀下茁壮成长。本书犹如一部史诗，既真实地再现了老一辈革命家们如火如荼的非凡岁月，又承载了他们对下一代的殷切期望。情节跌宕起伏、惊险曲折，鼓舞后来人继承革命精神，励志奋进，创造辉煌的人生。

国际信号旗
PRB

刘功宜 ◎ 著

中国戏剧出版社
CHINA THEATRE PRESS

图书在版编目（CIP）数据

国际信号旗PRB / 刘功宜著. -- 北京：中国戏剧出版社，2023.9
ISBN 978-7-104-05322-4

Ⅰ. ①国… Ⅱ. ①刘… Ⅲ. ①长篇小说－中国－当代 Ⅳ. ① I247.5

中国国家版本馆 CIP 数据核字（2023）第 005258 号

国际信号旗PRB

责任编辑： 黄艳华　邢俊华
责任印制： 冯志强

出版发行： 中国戏剧出版社
出 版 人： 樊国宾
社　　址： 北京市西城区天宁寺前街2号国家音乐产业基地L座
邮　　编： 100055
网　　址： www.theatrebook.cn
电　　话： 010-63385980（总编室）　010-63381560（发行部）
传　　真： 010-63381560

读者服务： 010-63381560
邮购地址： 北京市西城区天宁寺前街2号国家音乐产业基地L座

印　　刷： 北京九州迅驰传媒文化有限公司
开　　本： 787mm×1092mm　1/16
印　　张： 26.75
字　　数： 348千
版　　次： 2023年9月　北京第1版第1次印刷
书　　号： ISBN 978-7-104-05322-4
定　　价： 168.00元

版权专有，违者必究；如有质量问题，请与出版社联系调换。

目录

CONTENTS

第一部 / 1

1. "海福"轮撞沉"伏波"舰 / 1
2. 不可能完成的任务 / 31
3. 新船长上任 / 62
4. "天汉计划" / 89
5. "随船离沪,相机而动" / 120
6. 冒死闯香港 / 152
7. 提前三分钟升旗 / 180

第二部 / 215

1. 十三艘轮船一条心 / 215
2. "魔杖"(Magic wand)轮蒙难 / 245
3. 中波海运公司和育英小学 / 274
4. 垃圾尾航道和湛江港 / 304
5. 向"六一"国际儿童节献礼 / 332
6. 归去来兮,伊万诺沃国际儿童院的孩子们 / 362
7. 天降大任,继往开来 / 389

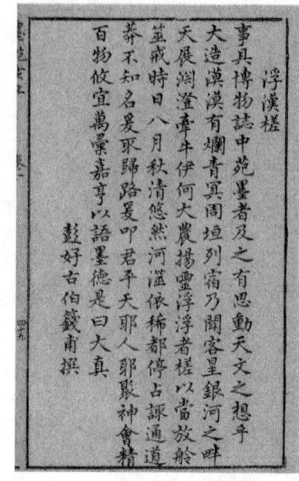

明版《程氏墨苑》一书记载浮汉槎的传说

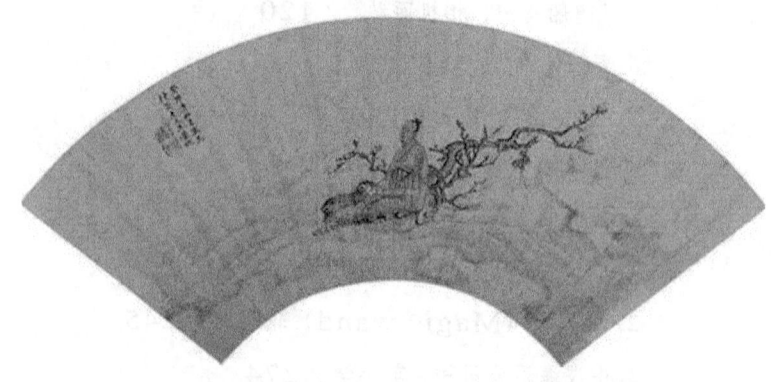

《浮槎渡海》 清代画家叶欣绘同题材画作

注：浮槎是中国古代传说中来往于海上和天河之间的木筏，银河古称天河、星河、天汉、银汉……这本小说中的"天汉计划"，冒险跨越千里海疆，如同往来海上和天河之间的浮槎。

第一部

大江东去，浪淘尽，千古风流人物……
江山如画，一时多少豪杰。
……故国神游，多情应笑我，早生华发。
人生如梦，一樽还酹江月。

1."海福"轮撞沉"伏波"舰

厦门公园北路 76 号是一座联排的四层别墅，掩映在中山公园北侧的林荫中。房东胡波夫人住东翼，厦门港领港刘焕然一家租住西翼。在厦门，领港绝对是显赫人物，月薪 2000 美元，出手阔绰；西装革履，派头十足；家有仆役，宾客盈门，真可谓"谈笑有鸿儒，往来皆权贵"。他又有不为人知的另一面。他是闽中地下党厦门工委书记，宅邸就是地下工委机关，家庭女教师郑秀葆是泉州中心县委组织部部长，男仆梁民福是交通员，女佣凌燕是父辈收养的孤女。

他乘坐包租的黄包车上班，在引水处办公室外被一个年轻姑娘胡韵贞叫住。胡韵贞把他拉到一旁，神色焦急。刘焕然曾是集美高级水产航海学校的航海教官，领导过校园学生运动，胡韵贞是他的学生周禀赋的恋人。刘焕然问道:"出什么事了?"胡韵贞焦急地说:"黄国玺书记从内线得知,保密局准备抓捕高水领头闹事的学生,就通知他们紧急疏散。周禀赋逃出学校后没有地方去,又身无分文,让我来找你想办法。"刘焕然听完问道:"除了他还有谁?"胡韵贞回答说:"还有周东清、黄昌国、孙敬贤。他们都回各自老家躲风头了。"刘焕然想了一下,回答说:"他今晚可以住在我家。等我找到顺路船后,送他去上海,投奔集美高水留沪同学会。"

从码头传来急促的哨声,大队的水兵把刚刚进港的"海福"轮团团围住。"海福"轮的船艏被严重撞坏歪向一边。水兵冲上船,把戴汝铭船长抓下来,塞进一辆救护车开走。戴船长是刘焕然集美高水的同班同学,刘焕然当然不能坐视不管。等到傍晚,他才看见戴船长踉踉跄跄回到码头。

刘焕然赶忙迎上去问道:"汝铭,出什么事啦?为什么抓你?"戴汝铭焦急地回道:"我撞沉了'伏波'号军舰。刚才厦门海军要港司令把我抓去,命令我马上滚回上海。海军司令放话要枪毙我。你说我如何是好?"刘焕然疑惑地问:"'伏波'号猎潜舰?那可是最新的英国军舰!讲讲是怎么回事?"戴汝铭解释说:"昨晚,我的'海福'轮行驶到乌丘屿附近,看见前方有船驶来,显示右舷绿灯。按照国际航行惯例,它居左,是让路船,我居右,是权利船,应该继续保持航向。当天能见度很好。我几次鸣笛,发送灯语,打探照灯,等了半天它都没有反应。我只得下令倒俥,可是已经来不及了。相撞不到3分钟它就沉没了。我立刻停俥救人,忙到天亮只捞上来一个人,自称是上尉轮机长,名叫焦德孝。这才知道撞沉的是海军'伏波'号军舰。全舰136名官兵全都遇难了。"刘焕然惊讶道:"死了130多人!这事可闹大了。你打算怎么办?"戴汝铭叹气道:"我哪儿还敢再回上海?先躲躲再说吧。"刘焕然听后劝阻道:"我劝你不要躲,你明明占着理,怕什么?我要是你就回上海去。海军怎么啦？海军也要服从法律。谁是谁非法庭上见！"戴汝铭迟疑地问："咱们哪里斗得过海军？法律管个屁用，不是去找死吗？"刘焕然说道："一时强弱在于力，万古胜负在于理。招商局是国营大企业，蒋委员长刚刚为招商局创立 75 周年题词'辉光日新'，腰杆子不软。我们在社会各界都有朋友，可以动员所有力量声援。海军再猖狂，也不能不有所顾忌。你一逃跑，他们没理的反倒得理了。"戴汝铭问："真的吗？"又咬牙道："有你这句话壮胆，那我就豁出去跟他们拼了！"

第二天，刘焕然领着周禀赋登上"海福"轮，对戴汝铭说："今天由我领航。他是我的学生周禀赋，能搭你的船去上海吗？"戴汝铭道："顺便的事，留下吧。"刘焕然接着说："既然做好人就做到底，你干脆收下他当练习生怎么样？"戴汝铭看了一眼周禀赋，问道："他毕业了吗？"刘焕然答道："就差毕业实习了。到了你的船上正好连实习带就业，多好。"戴汝铭付之一笑，回复道："到上海再说。"

轮船驶出厦门港港界，戴汝铭下令："收 H 旗！"然后对刘焕然说道："你该返回了。"轮船升 G 旗，意思是请求派领港来；升 H 旗，表明船上有领港；降 H 旗，意味着领港离船。过了一会儿，戴汝铭奇怪地问："怎么不见快艇接你回去？"刘焕然答道："我送你出来，就没打算回去。既然我劝你回上海上法庭，我就要对你负责到底，一直把你送到上海，帮你打赢官司。"戴汝铭抱住刘焕然激动道："焕然兄，叫我怎么谢你呢？你的大恩大德我永生难忘，无以回报。"刘焕然微笑回复："别这样说，我拔刀相济，不过是路遇不平，不平则鸣而已，并不图什么回报。"戴汝铭稳定了激动的心情，笑道："凭你的这份侠肝义胆，舍命相陪，你的这个学生我就收下了。"说着冲一旁喊道："业务主任——"业务主任韦力勉应声答道："我在。"戴船长指着一旁的周禀赋，吩咐道："他是新来的练习生,名叫周禀赋。你负责安排他的衣食住,同时把船上的情况介绍给他。"韦力勉立刻应道:"好的。"然后转头对周禀赋道:"小兄弟,请跟我来。"

韦力勉带着周禀赋边走边介绍道:"'海福'轮是美国大湖型杂货船,排水量3400吨。主机功率1500马力,航速12节,烧重油锅炉,乘员52人。抗战胜利后卖给招商局,招商局把它改装成客货轮……"

"海福"轮还没到上海,上海就已经炸开窝了。

海军第一基地司令方莹少将主持记者会。在记者会上,方少将介绍道:"'海福'轮船长戴汝铭,民国17年(1928)1月毕业于集美高级水产航海学校,民国34年(1945)10月考取甲级船长证书。反观'伏波'舰,民国35年(1946)11月该舰回国途经香港时,海军部下令撤换掉在英国受过正规训练的三分之二的官兵和舰长柳鹤图少校,由副舰长姜瑜少校继任。在陆军,副职接任正职是很普遍很正常的事,而海军的副职接任正职就不同了。由一个没有经过考试获得资格的舰长来指挥,由一群不懂技术的新手来驾驶,不出事才怪呢。就在一个月前,'伏波'号在上海黄浦江上,将'民本'号轮船撞伤,赔偿了几千万元……"

这一席话惹恼了海军司令桂永清,当即下令把方莹撤职,提拔并且任命基地副司令高玉峰少将接替方莹的职务,并且怒道:"我偏要用副职接替正职!"

为阻止进水,"海福"轮抬高船艏航行,因此它是昂首挺进吴淞炮台的。而炮台则拉响警报解下炮衣,把炮口瞄准它,剑拔弩张,杀气腾腾。

刚刚行驶到龙华锚地,"海福"轮就被海军巡逻艇截住。一名少校带领水兵气势汹汹登船,要把戴汝铭船长带走。刘焕然拦住他,喝道:"站住!你们是什么人?为什么大白天抓人?"少校瞥了一眼刘焕然，傲然道："我是海军第一基地司令部执法科长齐国平，奉命执行勤务。戴船长撞沉军舰淹死100多官兵，犯下如此罪行，难道不该抓吗？"刘焕然向周禀赋使眼色，说道："戴船长犯罪没犯罪，要经过法院审判才算数。你们有检察院签发的拘捕证吗？"听到刘焕然这么问，少校身边一个人站出来回复道："我是检察官曹鸿，代表上海地方检察处执行拘捕。"刘焕然一听，不客气地说道："那就把证件和传票拿出来，让我们看看。""不跟你废话。"只有证件而无传票的齐国平随口应付一句，转头对手下人吩咐道："带走——"

船员们眼睁睁看着戴船长被押上快艇，却束手无策，盯着刘焕然看。

刘焕然转头说道："船长不在，轮机长的职务最高。这时候该老轨你拿主意了。"轮机长顾昌运见刘焕然如此说，便下令道："先去修造厂，安排维修的事，其他事以后再说。"

人群散去，周禀赋微微敞开衣襟，露出照相机，又马上盖上。

"海福"轮开进浦东修造厂船坞，与正在岁修的"海湘"轮为邻。招商局船务处长黄承祖登船，拉着顾昌运问："戴船长呢？"顾昌运答道："我是轮机长顾昌运。戴船长半路上被海军抓走了。"黄承祖惊讶道："抓走了？也太没有王法了！那么你们先进坞修船，我已经安排好啦。按照岁修的惯例，进坞期间，船员白天参加维修，晚上回家休息。你顾老轨留下看家，照顾全局，大副跟我去董事会说明事情的来龙去脉。"

招商局绝大部分员工的家在浦西，船厂在浦东，船员们须乘坐摆渡船过江。船员每个航次多少都会带一些东西回家。老生火工叶阿东扛着一个沉重的粮食口袋。他腿脚不便，显得十分艰难。报务员马钧接过口袋，说："叶师傅，让我送你。"叶阿东坚持自己扛，拒绝道："不必，我能行。"

"那不是老刘，刘焕然吗？"刘焕然听到人群中有人召唤，回头看了看，惊讶道："是你，方啸云？你不是去三北公司了吗？"方啸云笑着说道："我从三北转到招商局一年多了，现在在招商局'海湘'轮当船长。"说完，又疑惑地问："一年多没见了，听说你回集美高水当 Drillmaster（教官），怎么来上海啦？"刘焕然回应道："我又改去厦门港当 Harbor pilot 了。"顿了一下，接着道："'海福'撞沉'伏波'，海军要治船长的死罪。我看着不公，特地陪戴船长来上海讨公道。"听了刘焕然的话，方啸云说道："这件事已经传遍天下。去我家吧，跟我详细讲讲怎么回事。"刘焕然拒绝道："我必须趁天还没黑，去高水同学会，发动校友们声援。"方啸云说："那你先去忙。晚上就住在我的船上，我等你，咱们聊个通宵！"刘焕然闻后笑道："我这次来上海，可要住到把官司打完。"方啸云笑着说："没关系。'海湘'轮也刚刚进坞岁修，一时半会儿不会走。"

摆渡船到达彼岸，有家眷在等候。"阿爸——"一声悦耳的女声传来。叶阿东面露喜色，回应道："啊，杏娣，快来把大米接过去。"叶杏娣伸手去接，不料竟然脱手落地，便疑惑道："怎么那么重？"叶阿东说："60斤。广东的籼米比上海便宜，所以多买了一些。"马钧说："算了，还是我送你们回家吧。"叶阿东仍拒绝道："那怎么好意思。我有囡囡在，可以叫黄包车。"马钧抢过口袋背上肩头，说："车钱能省就省，反正我现在没事。"叶阿东问："小马，你家也在上海吗？"马钧答道："不，我老家南通，上海没有亲人。下地是打算逛逛书店。"

三管轮王春迎外号"飞机头"，是个舞迷；加油工张承恩外号"小瘪三"，一贯散漫；服务生王民安外号"Boy"，心灵手巧。3人决定去看电影，然后吃夜宵。铜匠黄宝荣是他们的大哥，有自己的小九九，下地后一般不跟他们掺和。他身背一个哗哗作响的口袋，好像装满了金属零件。

张承恩望着杏娣窈窕的背影喃喃自语:"叶师傅家的小囡真漂亮。"

刘焕然嘱咐周禀赋道:"我去集美同学会。你先去望平街找到捷音公所,把照片亲手交给沈力行老先生。他是常州籍的老报人,一个能呼风唤雨的人物。然后去十六铺会馆弄25号高水同学会找我。"

黄承祖和大副崔隆华向招商局走去。黄承祖问:"你过去是干什么的?怎么不认识?"崔隆华答道:"我原来是海军的航海长。战后海军要求所有国民党党员重新登记,我不愿意,就退出现役,转到招商局来了。"黄承祖了然道:"哦,难怪。这次撞沉'伏波'舰,可就跟海军结下仇了。"崔隆华正色道:"请你放心。谁是谁非自有公论。我不会出于私心偏袒谁。"

一路上,崔隆华详细说明了这次海难事故的前因后果。走进董事长办公室,董事长刘宏声和副总经理曹胜志、胡诗源正在谈话。

黄承祖说:"对不起,有急事打搅一下。这位是'海福'轮的大副崔隆华。'海福'轮刚到龙华锚地,戴汝铭船长就被海军抓走了。"胡诗源怒道:"简直是胡闹!事情还没搞明白,不经过法院就抓人,还有王法吗?"刘宏声则好言道:"别发火儿。先请崔大副把来龙去脉说说清楚。"崔隆华原原本本叙述了事件的经过。刘宏声转头问大家:"说说咱们该怎么办吧?"黄承祖气愤道:"明摆着是海军不讲理。当然是你董事长亲自去要人啦。难道我们有理的还怕他无理的?"胡诗源也说:"不单是要人,还要他们赔礼道歉。哪能这样?"曹胜志则一副和事佬的口气道:"还是等等看再说吧。说不定他们只是问问话,一完事儿就把人放了。千万不要轻举妄动,把事情闹僵。"黄承祖怒气未消,呛声道:"这不已经闹僵了?明明是他们徇私枉法,抓人在先嘛。"

刘宏声沉吟良久,缓缓道:"都冷静一下,不要意气用事。我不过是一介商贾,哪敢和军队作对?还是以和为贵,暂且隐忍一下。等等看,静观其变。"黄承祖又想了一下,说道:"崔大副当过海军。是不是请他去打听戴船长的下落?"刘宏声赞同道:"应该。顺便带一些水果和点心送去。"胡诗源应道:"我去叫车,陪他去。"

刘焕然走进十六铺会馆弄25号留沪同学会,房间里弥散着浓烈的烟雾。张长辉喊道:"哈哈——你们看谁来了。"然后,转向刘焕然道:"焕然君,快进来。如果我没猜错,你是专为汝铭君的事来的吧?"刘焕然拱手道:"见过诸位年兄。确如长辉兄所言。汝铭君怕海军桂司令治他罪,想弃船而去,是听我劝说后才返回上海的,我还特地一路陪伴他来。可惜还没等靠岸,他就被海军抓走了。"刘峻基愤愤地说:"光天化日之下竟敢抓人。真是岂有此理!"张长辉接着说:"我们确实想做些事。可是不了解事实真相,无从下手。"刘焕然听张长辉这么说,立即说道:"我来讲给你们听。'海福'轮撞沉'伏波'舰后,直接开回厦门港。我是第一个知道全部经过的人。"在座都是航海出身,是非曲直一听就明白。刘焕然接着说:"尽管事实这样清楚,海军却根本不跟你讲道理,海军司令甚至放话要枪毙戴船长。我们若不出手相救,他必死无疑。"张长辉道:"汝铭兄回来是对的,弃船而走反倒成了没理。焕然君,你最了解情况,谈谈你的想法。"

刘焕然想了一下,说道:"'伏波'舰是英国政府战后赠送的最新式军舰,刚刚一年就沉没了。海军司令桂永清不给蒋委员长一个交代,蒋委员长就不能给英国政府一个交代,外交部就无法答复英国大使。这对海军是生死存亡的大事,他们当然要不惜一切代价洗刷罪名。可以预见,这场官司还没有打我们就输定了。"林胜雄不解地问:"既然输定了,还打什么官司呀?"刘焕然却坚定地说:"打不赢也要打!这对我们同样是生死存亡的大事。不打官司,死得不明不白,还要背一辈子黑锅。打官司,保全名节,死得浩气长存。不管结果怎样，只要能把官司打起来，对我们就是胜利。我们豁出性命，不把黄浦江掀翻，不搞它个天翻地覆，不搅得周天寒澈，决不罢休！"刘峻基赞成道："说得对！千锤万凿出深山，烈火焚烧若等闲。粉身碎骨全不怕，要留清白在人间。"

同学会决定广泛联络，发动全国海员的社团组织、各行各业的公会协会商会学会、新闻媒体，特别是法律界，掀起声势浩大的声援活动。

聚会结束，刘焕然把闽中党组织上海支部的成员刘心澜、陈嘉熙、许欣知、周禀赋带到外滩，对大家说："这是一桩普通的海事案件，我却要拿它大做文章，在后院放一把大火！不要以为只有去解放区、上前线打仗才是干革命。我们在敌后开辟战场、揭露反动政府的罪恶、唤醒人民起来抗争，同样是在干革命。"许欣知问道："我们该做些什么呢？"刘焕然回答说："动员社会各个阶层参加，特别是大学生，组织一场声势浩大的游行。邀请媒体记者现场报道，向全国扩大影响。"

一回到家，叶师傅就吩咐叶杏娣快去做饭，马钧推托不过只好留下。他注意到墙上挂着全家合影，边看照片边问："叶师傅，我怎么没看见杏娣她妈呢？"叶阿东叹气道："她妈是得痨病死的。杏娣小小年纪就出去做学徒工。"马钧看了看，说道："你的房顶漏雨，要赶在梅雨季节到来之前修好。"叶阿东答道："我的腿脚不方便。杏娣的工友答应来帮忙，但一直没时间，就拖了下来。"马钧听了，说道："不必麻烦了，改天我来帮你修好。你只要准备好材料。"

刘焕然回到"海湘"轮已是半夜。老友重逢，浅酌深谈，纵论天下。

方啸云出生于无锡，父亲是汽车司机，从小被转卖给方家，不知道祖姓。父亲只能供养他上到初中。他以超乎常人的毅力，边打工边自学，考入海关总署税务专科学校海事班，以第三名的成绩毕业，尤以英语最突出。抗战时在重庆海关工作期间，他常到刘焕然创办的读书班阅读进步书刊，多次著文批评高层关员贪赃枉法，牟取私利，其言其行引起刘焕然的注意。刘焕然有意多接近他。战后他们曾联名上书，坚决反对请洋人重回海关任职，但未被政府接纳。他们不愿在洋人手下供职，愤然辞去海关高薪职务。之后，方啸云去了虞洽卿先生创办的三北轮船公司，刘焕然则应聘回母校任教。

方啸云回想道："咱们是民国34年（1945）9月分手的吧？那时候国共两党在重庆谈判，我们都以为迎来和平了。可是还不到一年，内战开始了，仗越打越大。你看内战什么时候能停下来？"刘焕然答道："它会一直打下去，直到分出胜负为止。"方啸云接着问："将来谁会胜、谁会败呢？"刘焕然坚定地说："共产党必胜，国民党必败。得道多助，失道寡助，这是亘古不变的真理。抗战期间，你不堪日本人凌辱回到大后方，亲眼看见抓壮丁、拉民夫的惨状。于是你写文章揭露前方军队消极抗日、后方官僚花天酒地、海关高层腐败贪污的现状，坚决要求政府严厉查处，结果你倒成了众矢之的。抗战胜利后，我们反对海关聘用外国人，结果政府还是照聘不误！'伏波'舰自己违规在先，反抓走戴船长。这样的政府不是失道者吗？反观共产党，只有土枪土炮，却拖住日本军队65%的兵力，在解放区实行土地改革，使耕者有其田，这是中国仁人志士追求了两千年的目标，是真正的得道者。得民心者必得天下。"

说到兴头上，刘焕然打开收音机，传来女播音员抑扬顿挫的声音：

> 这里是邯郸新华广播电台，呼号XNCR，频率9800千赫，波长30.5公尺。以下播送最新收到的消息。3月25日，我西北野战军在陕西省延安县青化砭地区，将国民党31旅

旅部及第92团共2900余人全部歼灭，旅长李纪云被俘……

方啸云说："'伏波'沉没事件我都听明白了，我也赞成高水同学会的主张。戴船长是我的邻居，这个忙一定要帮。你看我能做些什么？"刘焕然答道："出了这么大的事，招商局不站出来说话说不过去。你可以发动全公司上下反对海军的暴行，让董事长以国营大企业的名义公开呼吁，要求行政院、司法院、监察院、上海市政府，甚至蒋委员长公正处理。"方啸云同意道："招商局当然无可推卸。我明天就去找船长们商量。"

在路灯下卖芝麻糊的寡妇顾水莲正在收摊，铜匠黄宝荣兴冲冲走来，调笑道："顾妹妹，想我了吧？"顾水莲白了黄宝荣一眼，道："哪个想你。你不在我清静了3个月。"黄宝荣凑到顾水莲跟前，笑道："你口是心非。嘴里说不想我，其实心里想得慌哩。"顾水莲看了黄宝荣一眼，嗔道："那是你自己。又带回什么好东西了？上次你买的黑芝麻还真好。"黄宝荣道："你的小货车又旧又沉，我心里好痛，打算给你新做一辆。"顾水莲又瞥了黄宝荣一眼，道："哪个要你心疼。"黄宝荣："普天之下只有我黄哥哥真心疼你。来，我给你捏捏肩膀摇摇背。"黄宝荣说着就动起手来，不时触摸她丰满的胸部。顾水莲半推半就地说："离我远点儿，别总想占便宜……"

第二天，方啸云走进招商局高级船员休息室，摇响铃铛道："请各位安静，听我说几句话好吗？"撞台球、打桥牌、唱京戏、搓麻将的人都停下手，听方啸云说："你们都知道'海福'轮是怎么撞沉'伏波'舰的吧？我得到消息说'海福'轮还没返回上海，海军在半路上就把船长劫走了。"沈兰亭轮机长一拍桌子，怒道："太不像话了！没分清责任就敢抓人？"罗远辉船长问："董事会知道吗？"方啸云答道："听说董事长怕得罪海军，不敢去要人。"沈兰亭听方啸云这么说，嗤笑一声，说道："我们董事长刘宏声号称洋油大王，在上海滩也是个顶天立地的人物，连个船长都保护不了，岂不丢尽招商局的脸面吗？"罗远辉说道："不是丢了招商局的脸，而是法律失去了尊严。"方啸云说道："我提议大家去见董事长，要他去行政院、去国民政府告状，一定要还戴船长的自由。海军如果不服，也应该移交给法院公正处理。"大家一致拥护，一窝蜂涌向董事长办公室。

"王公子"王昭基也是刘焕然在重庆海关时的老朋友，家住静安寺的一座石库门房子里。他在法律界很有些关系，是个必拜的重要人物。王昭基的妻子毛筠茵开门，一看是刘焕然，立即笑道："Captain？好久不见，进来说。"刘焕然边进门边笑着回道："我来看一场大戏，准备来上海小住3个月。"王昭基惊讶地问："什么大戏要住3个月？"边说边招呼刘焕然坐下，回头对儿子说："小笙，快出来听刘伯伯吹大牛！"刘焕然拍了拍坐到自己身边的小笙的肩膀，说道："小笙两年不见又长高了。该考大学了吧，想过考哪所大学吗？"小笙骄傲地答道："我想当工程师。"刘焕然笑着说："好哇，刘伯伯替你拿主意。考上海交大，学造船。将来接我的班，建立中国的远洋船队。"王昭基道："有没有搞错呀！他是我儿子，接班也要接我的班。"刘焕然道："跟你爸爸学海关也不错，学外语，挣钱多。就是别学政治，政客没有一个好东西。"毛筠茵笑着说道："都别吵了，孩子的事孩子自己做主。还是听 Captain 吹大牛吧。"刘焕然接着说："那好，我就开讲了。话说民国36年（1947）3月19日，月黑之夜，东海海面，一艘军舰像幽灵一样驶来。没有灯光，无声无息……"

1947年（民国36年）3月30日清晨，报童的叫卖声已经响起："看报！看报！方莹将军被撤职，高玉峰将军接任第一基地司令……""'海福'轮返回上海，海军中途劫走戴汝铭船长……"各报全文刊登中华民国船长公会、中国航海驾驶员联合会、中国商轮驾驶员总会、中国轮机员联合总会、中国海员联谊总会、中国引水人公会、全国航业公会、中国航业学会等团体致南京政府的公开信，强烈要求海军将戴汝铭船长移交地方法院。《北华捷报》《字林西报》《密勒氏评论报》等外文报纸头版都刊登出同样的照片：吴淞炮台炮口对准"海福"轮，齐科长给戴汝铭戴手铐……广播电台轮番播送记者对厦门港领港刘焕然的访谈和法学家史良、张子让、魏文达律师的公开讲话……面对满桌子的报纸，新任基地司令高玉峰无动于衷。上海市市长吴国桢打电话来，他几句话就敷衍过去。

第二天，报纸电台的调子大大升级。吴国桢打电话来，愤怒地指责他践踏法律、引起社会动荡，扬言要向蒋委员长告御状。海军司令桂永清传话，委座很生气，要他尽快平息风波。他这才慌了神。

第三天上午九点，黄浦江上的大小轮船同时拉响汽笛，惊天动地。火车机车紧跟着拉响汽笛，马路上的大小汽车停下按响喇叭，有如海啸来临。交大学生带头，游行队伍浩浩荡荡行进在街道上……

高玉峰惊魂未定，又接到吴国桢的电话。电话中，吴国桢声色俱厉道："高司令，你听仔细。上海地方法院已经受理了这个案件，并且定在4月29日开庭，公开审理。这是蒋委员长亲自决定的。你们现在赶快写好起诉状，连同那个船长一块儿送交法院，一定要保证他的人身安全。出了问题你要负责！"

高玉峰如遭五雷轰顶，找来齐国平急忙吩咐说："赶快叫曹鸿检察官写起诉状，连同戴汝铭船长一块儿送交法院。你要全程负责。不要再出差错了。"

汽笛声戛然而止，黄浦江畔恢复了平静，静得出奇……

招商局会议室里坐满了人。刘宏声正在讲话："招商局感谢社会各界的声援和支持，迫使海军把戴汝铭船长移交上海地方法院。本案将于4月29日开庭。本该咱们状告海军违规，他们却倒打一耙，起诉我们，把戴汝铭船长列为第一被告，我刘宏声是第二被告。现在距离开庭不到一个月了，招商局特别聘请魏文达先生出任我们的辩护律师。魏律师学识渊博，德高望重，能请到他是我们的荣幸。"说着向众人引见了魏律师。魏文达律师微微起身向大家致意。刘宏声接着说："根据魏律师的提议，我们聘请张子让律师和航海家刘焕然、张长辉、刘峻基、林胜雄、方啸云……前海军第一基地司令方莹少将组成顾问团，由黄承祖处长代表我做召集人。希望各位勠力同心，维护法理，还公正于天下。"

魏文达起身道："感谢招商局的诚心邀请。鄙人自当尽心竭力，不负重托。我从业20年，接手海事案件还是第一次，没有这方面的专业知识和经验。好在有顾问团的航海家们作后盾，使我对打赢这场官司充满信心。不过，我也要提醒各位，也要做好发生各种不测的准备。他们既然敢在光天化日之下私自抓人，无视法律，那么还有什么事干不出来呢？"刘宏声接着安排道："招商局专派一辆车接送你魏律师上下班，另一辆车用来接送关键证人和专家顾问团。"

几乎同时，高玉峰在海军第一基地司令部主持会议。高玉峰在会上说："法院定在4月29日开庭，只剩四个星期了。我们成立'319'专案组，由司令部航海保障部技术局迟局长领队，执法科长齐国平负责组织证人证言，上海地方检察处曹鸿检察官准备诉状，联勤处靳副处长接待罹难官兵家眷，政训处何副处长负责侦缉情报。下面请曹鸿检察官介绍他掌握的情况。"曹鸿接口介绍道："据可靠情报，招商局方面聘请魏文达做辩护律师。此人以能言善辩、刁钻古怪著称。他们还成立了一个由法律和航海界的专家组成的顾问团，刚刚被免职的方莹少将竟然也被拉了进去。"高玉峰怒哼道："哼！这个方莹不知好歹，吃里爬外，我们早晚会收拾他。我怀疑其中有共产党的参与，不然谁会搞出这么大的声势？"齐国平紧接着答道："牵扯到共产党就超出海军的管辖范围了，归保密局管。"高玉峰道："回头我去跟毛局长说。有没有共产党都要追查，没有也要扣上共党的帽子。叫他们忙于辩白，在舆论上处于被动。你们可以上任何手段，只要能赢官司，我要的是最后的结果！"

4月29日，上海地方法院外面早早就挤满了等待入场的人。街道上突然出现一支海军士兵方队和军乐队，后面紧跟着三辆军用车辆。吉普车做前导，竖着经幡："两代'伏波'，满门忠烈。"两边车帮的标语则写着"为'伏波'舰牺牲将士报仇"和"严惩凶手，讨还血债"。后面卡车上悬挂着大清龙旗的"伏波"号炮舰的巨幅画像旁写着"广东水师提督李准乘'伏波'旗舰巡视南海诸岛，宣示曾母暗沙岛的主权"。再后面的卡车上的悬挂青天白日旗的"伏波"号猎潜舰的巨幅画像旁则写着"大英帝国赠送，中英两国友谊的见证"。海军吹吹打打的造势格外引人关注。

女记者采访高玉峰，问道："高司令，您对今天的庭审有什么预期？"高玉峰踌躇满志地说："我是来伸张正义的。我要维护中华民国海军的荣誉，我要为罹难的官兵讨回公道。"见刘宏声来到，女记者向他发问："请问董事长对今天的庭审有什么预期？"刘宏声没有停下脚步，边走边说："我只期待法律的威严和公正。"女记者拦住方莹，问道："方司令，您能对今天的庭审做出预测吗？"方莹反问："今天将是法律和权力的较量。你认为哪一方会获胜呢？"女记者很尴尬，转而追问刘焕然道："刘领港对今天的庭审有什么预期？"刘焕然笑答："我不敢对法庭有任何预期，反倒是对你们媒体抱有期望。期望你们及时、如实地报道庭审经过。我相信事有必至，理有固然。"

女记者持话筒对听众说道："'海福'轮撞沉'伏波'舰，导致130余位官兵罹难，这是近10年来最严重的海难事故。RCT广播电台将全程转播庭审进程。"

时针指向九点，法院大门打开，人群争先恐后涌进大厅。

崔隆华、王民安、乘客郑国荣和郑桂仁兄弟、李春錂坐到证人席上。

叶杏娣匆匆赶来，找到叶阿东和马钧，在他们旁边坐下，招呼道："阿拉爷，我来了。"马钧问她："今天没上班？"叶杏娣答道："我惦记阿拉爷船上的事，特意跟工友们倒班。"韦力勉问："小瘪三，你怎么也来了？"张承恩答道："戴船长是我的恩人，他的事我是一定要来的。"韦力勉疑惑地问："戴船长怎么是你的恩人了？"

张承恩来不及回答，主审法官进入法庭，法庭安静下来。

法官敲响法槌，说道："这里是上海地方法院刑事二庭。我是上海地方法院推事钟显达，主审'海福'轮撞沉'伏波'军舰一案。现在开庭，传唤被告到庭。"戴汝铭和刘宏声被领进被告席，法官见两人坐下便接着说道："下面由曹鸿检察官代表上海地方检察处提起公诉，宣读起诉书。"

各行各界人士停下手里的工作静听收音机里的实况转播。

曹鸿宣读起诉书：

上海地方检察处起诉国营轮船招商局"海福"轮船长戴汝铭犯有肇事罪和有见死不救之杀人罪嫌疑。民国36年（1947）3月19日0时，天气略带薄雾。"海福"轮行至福建省莆田县湄洲湾乌丘屿东南海域，于320°方向见"伏波"舰桅顶白色灯，航速12海里，相距5海里。"伏波"舰过牛山岛后，不直驰澎湖而转向龟屿行驰。0时07分，两船相距二又四分之一海里，见"伏波"舰绿灯。"伏波"舰向"海福"轮照射探照灯，不知何故未答。0时12分，两船尚距一海里，"海福"轮鸣笛一短声，见"伏波"军舰未避让，即用极右舵快开倒伡。0时15分，两船相撞，致"伏波"军舰3分钟内沉没。"海福"轮旅客见海面上漂浮60—70人，要求船长去抢救。"海福"轮没有停伡救人，而是继续航行，

4小时后始将"伏波"舰轮机长焦德孝海军上尉救起。综上所述,"海福"轮应对海难负全部责任。事后戴汝铭船长未及时搜救,致使落水待救的60—70人未能生还,更是犯下了见死不救罪。我们同时要求判令被告及国营轮船招商局董事长刘宏声附带民事责任,赔偿船舶及法币3,708,000万元。

检察官宣读完起诉书,钟显达说道:"现在开始法庭调查。请被告方律师发言。"

魏文达起身说道:"本案可以以'伏波'舰沉没为界分为两个部分看。前一部分是搞清事件发生的原因和责任,后一部分是判定戴汝铭是否尽到了救援的责任。现在我想就第一部分展开法庭调查。按照原告的描述,'伏波'舰处于左的位置,'海福'轮处于右的位置。国际航海避碰规则里规定,两船相遇,左船是避让船,右船是权利船。你知道吗?"

曹鸿答道:"是有这个规定。不过'伏波'舰曾向'海福'轮照射探照灯示警。如果'海福'轮接到信号后主动避让,事故也完全可以避免呀!"魏文达反驳道:"'伏波'舰自己不主动避让,却要求对方避让,本身就是违反国际避让规则的错误行为。很多海难就是这样发生的。再者,你所谓的向'海福'轮照射探照灯示警这个行为并不存在。所有证人均不认可。"曹鸿接着回应:"我方的陈述来自幸存者焦德孝上尉。他可以当面提供证词。"法官让证人发言。焦德孝说道:"我半夜被尿憋醒,迷迷糊糊走到甲板上撒尿。还没尿完,甲板突然一震把我摔倒。我意识到撞船了,于是抓着一个救生圈跳进大海。再回头军舰就没有了。也就是一瞬间的事,根本来不及多想。"魏义达问道:"你看到什么亮光吗?"焦德孝答道:"当时舱外漆黑一片。撒尿的时候似乎感觉身后有闪光。"魏文达接着问:"起诉书里说'伏波'舰向'海福'轮照射探照灯示警。探照灯照射时自身应该是灯后黑,你又是背对着,哪儿来的闪光呢?"焦德孝无赖道:"反正是感觉有光亮,应该是我们打探照灯示警。"魏文达道:"好一个'应该'!那就依你的'感觉'。撞船时,你感觉军舰上有多少人在岗位上执勤?请你一个个说出来。"焦德孝边想边答:"肯定有值更军官、操舵兵、瞭望哨、信号兵、游动哨……"魏文达听着焦德孝的回答,接口道:"我再替你补充一个。那个照射探照灯的士兵。"焦德孝连忙道:"对对对,探照灯。加起来少说要有7—8个人。"魏文达马上逼问道:"既然'伏波'舰向'海福'轮照射探照灯示警,肯定是看见有船驶来,而且目睹两船相撞,一定有快要撞船的心理准备,是吗?"焦德孝认可。魏又接着问:"那么我问你,为什么只有你一个毫无防备的人,还能在黑暗中抓到救生圈活下来,而那些有准备的7—8个人却一个都没能逃生呢?"

法庭顿时鸦雀无声。焦德孝语塞,支吾道:"大概……他们都被震晕了吧。"

魏文达说道:"说不过去。身穿救生衣,就算震晕了也会漂浮在海面上。让我替你回答吧。发出探照灯警告的是'海福'轮。唯一合理的解释是,当时'伏波'舰上都在睡觉,没有人值班。结果不但没有让路,还造成两船相撞,因此撞船后一个都没能逃出来!我说的对吗?"旁听席上议论纷纷,焦德孝目瞪口呆。魏文达接着说:"事实很清楚,'伏波'舰作为让路船没有按照国际规则主动避让,应对这起海难事故负全部责任。指挥官和执勤官兵擅离职守,军舰无人驾驶,是发生事故的根本原因。"

眼见形势不妙,齐国平悄悄起身退场。

曹鸿抗辩道:"'伏波'舰沉没了,除焦德孝上尉外,全舰官兵都已不幸殉职,自然没有更多的目击证人。'海福'轮众口一词,有维护本船利益而串通一气之嫌，亦不可信。我特别要提醒法庭警惕幕后黑手，防止共产党借机制造事端，以此达到煽动民众对政府不满的险恶目的。法庭还应当正视这样一个现实。一方人舰俱损，另一方人船保全，谁更应该得到法律的援助呢？看看那些遇难者的亲眷们，他们老的老，小的小。难道你们的法律公正比同情和怜悯更重要吗……"魏文达打断他的讲话，反驳道："我提请公诉人遵守审判程序。今天法庭调查是还原事实真相。只有明确各方责任，才会有人道的法律援助。转移视线才是真正的别有用心。"

法官钟显达敲击法槌，说道："辩方注意，请不要打断公诉人的发言。"

曹鸿拿出一张名单，用沉痛的语调念道："遇难的官佐，有舰长姜瑜少校、副长王安人上尉、轮机长朱崇信上尉、航海官何世思上尉、通信官陈桂山上尉、鱼雷官孙逢滨上尉……另有派赴台湾的海军总司令部第五署供应处科长陈泽民中校，科员高国义、覃遵栋、钟遂莲中尉等。另亦有海军军官学校派赴'伏波'舰实习的学员10余人……他们都是我中华民国海军的精英，是祖国的栋梁。他们是那么的年轻，可是还没有等到为国建功、为家立业，就惨死在这个不负责任的船长手中。多么令人惋惜，多么令人痛心呀……"

罹难军人家眷号啕大哭，有人挥动拳头冲向被告席，法庭秩序大乱。

钟显达法官敲击法槌，却无法制止骚乱。他和左右嘀咕了几句话，收起文件，大声说道："我宣布，今天休庭，5月6日再审。"说完便匆忙离席。魏文达高呼："辩方要求担保戴汝铭，取保候审。"钟显达头也不回地答道："驳回。不准取保，不准取保……"戴汝铭被法警押走。刘焕然、方啸云与魏文达并肩走出大门。

刘焕然对魏律师道："你的辩护非常出色。明天见报，谁是谁非，不言自明。"方啸云气愤道："这是一场蹩脚的表演。谁都能看出来他们事先串通好了。"魏文达严肃道："下次开庭，法官会把焦点转移到追究戴汝铭犯有见死不救罪上。我想请你们俩跟我共同制订一个辩论方案，好吗？"方啸云答道："我老早就对法律感兴趣，能跟你学些东西求之不得。"

3人钻进小轿车，证人郑桂仁、郑国荣上另一辆车。

张承恩对黄宝荣说："阿宝哥，跟我吃夜宵去吧？"黄宝荣说："你自己吃吧，我还有事呢。"张承恩抬眼看见了王春迎的背影，追上去喊道："'飞机头'，等等我……"

马钧扶了一下叶阿东，说道："叶师傅，你能走吗？我给你叫辆黄包车吧！"叶阿东拒绝道："不用，该省的钱还是要省。走走也不妨。"马钧说："我陪你们走，顺路买些南通小吃，你们也尝尝我家乡的风味。"路过店铺，马钧买了五个甜包瓜，介绍说："清朝皇宫把它列为贡瓜。"

黄宝荣轻敲柴扉，笑着问："顾妹妹，给我做什么好吃的？"顾水莲回应说："刚回来，还没做呢。"黄宝荣接着说："正好我买了五只粽子。"顾水莲伸手去接，说道："已经凉了吧？拿来给我蒸一蒸。"黄宝荣握住她的手摩挲。顾水莲打掉他的手嗔道："讨厌。"

第二天，高玉峰召集"319"专案组开会。他对众人说："第一次庭审围绕责任展开的法庭调查，形势对我们不利。幸亏曹检察官随机应变，体面收场。今天要研究下一步的对策。我感觉，在控告戴汝铭船长犯有见死不救罪方面，我们处于有利地位，因此对打翻身仗我是有信心的。你们呢？"曹鸿拍着胸脯保证道："司令放心，我们下了大功夫，花了大价钱，做足了准备。"高玉峰却皱着眉道："我越来越怀疑背后有名堂，要特别注意那个从厦门来的领港员和集美高水同学会。这方面工作有什么进展？"齐国平回答道："保密局毛局长非常重视，派上海站外勤组的组长柴荣和厦门直属组的副组长庄尚德参加我们的会议。"说着将两人介绍给众人。

柴荣和庄尚德起身示意，高玉峰似乎很满意。

5月6日是第二次庭审的日子，海军的造势阵列开来，围观的人大大减少，等待开门的人反而更多了。女记者拦住刘焕然问道："请问刘领港，你对今天的庭审有什么预期？"刘焕然面色深沉地答道："我对法庭的公正性深表怀疑。媒体应该发挥正确引导社会舆论的职能。你们客观不带偏见的报道，会有助于法庭做出公正的判决。"

时针指向九点，大门打开，人群涌入审判庭。

主审法官钟显达入席，敲击法槌大声宣布道："上海地方法院刑事二庭审理'海福'轮撞沉'伏波'舰一案，今天第二次开庭。带两被告到庭。"

魏文达律师举手，钟显达问道："你有什么话说？"魏文达起身答道："上海地方检察处的起诉书中有'伏波'舰过牛山岛后，不直驰澎湖而转向龟屿行驶的描述。我要问，焦德孝睡到半夜出来解手，不可能知道'伏波'舰中途转向航行。这恰恰证明他的所有证言都属于伪证。"曹鸿急忙起身反对道："反对！这个问题上次庭审已经做出结论。原告方除焦德孝上尉外均已殉职，缺少旁证。而'海福'轮的证人有串通之嫌，同样不可采信。被告方一再纠缠事故发生的具体细节是何居心？"钟显达道："反对有效。第一次开庭已经对事件发生的过程做了调查，不再重复。今天法庭调查的重点是起诉书中有关'海福'轮船长戴汝铭有见死不救之杀人罪嫌疑的指控。下面请公诉人发言。"

曹鸿起身道："上次开庭我提到，此次事件导致130余位海军精英不幸罹难，酿成中华民国航海史上最大的惨案。令人愤慨的是，'海福'轮只是将大声呼救的焦德孝上尉接到船上，却不顾其他人的死活，扬长而去。这种见死不救的行为违背了国际法准则，违背了海员的职业道德和人性，必须受到严惩。下面我方申请由目击证人李春镞出庭做证。他当时是'海福'轮的乘客。"

证人走到发言席上，说道："我叫李春镞。撞船发生时正在统舱睡觉，被极大的震动惊醒，几乎从床位上掉下来。乘客们都以为要沉船了，慌忙抢着往外逃，我也跟着摸黑上了甲板。看见对面船上红灯略为一晃就不见了。有人讲撞沉了木船，也有人说是兵舰。我在甲板上站了半小时，看见海面上漂着很多人，但是没有人去救。许多乘客骂船长为什么不去救人。有人用上海话，有人用普通话，也有人用福建话，我听不懂……"

证人发言后，钟显达说道："下面开始法庭辩论。辩方律师可以发言和提问。"

魏文达起身道："我请求控方出具证人李春镞的体检报告，证明他不是一个精神病患者，不是一个夜盲症患者，不是一个色盲患者。他当时身体健康，没有喝酒，没有吸食鸦片，没有服用精神麻醉药物，具有完全行为能力。并向法庭保证他的证明绝对准确，具有法律效用。"李春镞说道："我没有那些病，也没服过药，我对我讲的话负责。"魏文达对法庭速记员说道："请把李春镞的证言记录下来。"说完，回头又对焦德孝问道："我还想问证人焦德孝上尉，'伏波'号军舰被撞沉，是撞的左舷还是右舷？"焦德孝回答道："是右舷后半部。"魏文达提高声调，对全体听众说："大家都知道，所有轮船和军舰的舷灯都是左红右绿。既然'海福'轮是从右舷撞向'伏波'号军舰，那么站在'海福'轮甲板上的李春镞先生怎么可能看见军舰左舷上的红灯呢？"

顿时，法庭上的所有目光都投向李春镞。李春镞张了几下嘴，却一句话也没说出来。

曹鸿慌忙辩解道："证人李春镞由于精神紧张说错了，应该是绿灯。"齐国平顾不上自己的身份，站起来说："对对，本来就是绿灯嘛。"魏文达冷笑道："请法庭速记员记录在案。当庭改变证词，就等于否定了自己的诉状。"魏文达接着问:"我的第二个问题是,证人李春錂刚才自称住在统舱内,也就是轮船的最底层。请你告诉我,从统舱走到甲板需要多少时间?"李春錂思索了一下,答道:"大概……大概要3分钟吧。"魏文达说道:"你说你正在睡觉,被极大的震动惊醒,然后跟着人流走上甲板。在这种人挤人又摸黑的情况下,3分钟够用吗?"李春錂连忙补充道:"我只是估计。怎么也要有5—6分钟吧。只会多不会少。"魏文达立即说道:"起诉书说,两船相撞,致'伏波'舰3分钟内沉没。等您5—6分钟跑上甲板,应该什么也看不见了,是吗?"李春錂无言以对,只好无赖地说道:"多长时间都只是估计,反正我是眼看着军舰沉没的。"

魏文达点了下头,道:"又是一个自我否定。请记录在案。我还有第三个问题。起诉书说'海福'轮旅客见海面上漂浮着60—70人。这是你提供的数字吧?"李春錂答道:"是的。"魏文达追问:"你肯定?你现在精神不紧张吧?不会说错吧?不更改了?"李春錂肯定道:"我肯定。我现在不紧张,不更改了。"魏文达转头对速记员说道:"请调阅4月29日第一次庭审记录。""证人焦德孝证言称,他落水以后,周围没有看见有其他落水的人,也没有听到周围有人呼救。证人李春錂却说'看见海面上漂着很多人'。起诉书则说'海面上漂浮60—70人'。那么,我请问,我们究竟该相信哪一个呢?"

焦德孝和曹鸿嘀咕后说:"我落在海里,李春錂站在高处,他比我看得远,又有探照灯。所以应该以证人李春錂的证言和起诉书为准。"魏文达面上做失望状,说道:"真可悲!这是原告方证人第三次修改证言。""起诉书说,'海福'轮没有停伻救人,而是继续航行,4小时后始将'伏波'舰轮机长焦德孝海军上尉救起。这也是你提供的证言。是吗?"魏文达接着问道。李春錂肯定道:"是。'海福'轮继续航行,4小时后才救起焦上尉的。"

魏文达立即反问道:"你刚才发言说在甲板上站了半小时,怎么又变成4个小时呢?还有,根据航海日记,当时'海福'轮的速度是9.5节。假设还要慢,降到8节,那么4个小时它也航行了32海里,在那里救起焦德孝上尉。可是据我所知,世界游泳冠军也不可能在4个小时内游泳32海里,这相当于50公里。难道焦德孝上尉是飞到那里去的吗?你是不是打算做第四次、第五次更正呢?"旁听席里发出哄堂大笑,李春鋑面红耳赤。

钟显达敲击法槌厉声道:"安静。在法庭调查过程中纠正错误在所难免,请辩方不要纠缠不放。下面继续法庭调查。各位还有什么要补充的?"

曹鸿起身说道:"我对第一天提出的附带民事诉讼部分做补充,要求增加赔偿。当时'伏波'舰死难官兵家属登记数目为45人。经过反复核查,增加了12人。故应增加赔偿1,107,900万元,总计4,815,900万元。"魏文达说:"我反对。这是原告方单方面提出的数字,没有经过被告方同意。我请求聘请第三方会计师事务所重新核算。"钟显达却强硬道:"驳回被告方要求,本法庭已经派出会计师核算过。我宣布,5月19日第三次开庭,双方做最后的陈述。如果没有新的证据,就将当场宣判。今天休庭。"

外边下雨,人们躲在屋檐下。叶阿东说:"好大的雨,我们避一会儿再走吧。"马钧也望了一下天色,回道:"我看一时半会儿不会停,还是坐电车走吧。"他脱下衬衫递给叶杏娣,嘱咐道:"披上我的衣。等电车来了,我喊'跑',你就跑。我在后面照顾叶师傅。"一辆电车"叮咚"驶来,马钧一声吼:"跑——"叶杏娣领头跑向电车,马钧随后搀扶着叶阿东也冲进雨雾中。

黄宝荣也大喝一声:"还等什么,咱们也跑吧。"边说着边冲了出来,王春迎、张承恩、王民安跟着他冲进雨雾中。

一辆车接走魏文达、刘焕然、方啸云,另一辆车接走郑家兄弟。他们没有察觉的是,两辆车后边都有一辆车尾随跟上。

马钧、叶阿东、叶杏娣冒雨回到家中，都已成落汤鸡。更糟的是家里的屋顶漏水，地上积水成片。马钧说："杏娣，你帮你阿爸换衣服，我来收拾屋子。"

黄宝荣跑进顾寡妇家，浑身被透浇。顾水莲递过毛巾，说道："把身上擦干。"黄宝荣把衣服扒得精光，正要脱去最后一条裤衩。顾水莲捂住眼睛，跺脚道："啊呀——死鬼，不要脸，谁要你在我面前光屁股。"黄宝荣故意向顾水莲的身上靠，顾水莲狠狠地打了一下他的屁股。黄宝荣干脆露出屁股，调笑道："啊呀，好舒服，再打一下……"

高玉峰召集"319"专案组开会，成员个个灰头土脸。高玉峰不满地训斥道："怎么搞的，为什么不统一口径各说各的？让人家钻了空子，差一点儿把事情搞砸。"曹鸿主动开口接道："怪我疏忽大意。不过还有挽回的余地，毕竟判决才分出胜负。"高玉峰承认道："那倒是。下次开庭是决胜局，千万不能再大意了。"曹鸿自信满满地回答道："高司令尽管把心放进肚子里。我心里有数，皆在掌控之中。"高玉峰怀疑地问："军中无戏言，你凭什么这样说？"曹鸿神秘一笑，道："天机不可泄露，到时候你就会知道。"

天空放晴，马钧走出屋看了看天，对叶杏娣道："趁好天气，我帮你们赶快把屋顶修补好。把油毡交给我，你再去搞些白灰来，我顺便把墙壁重新粉刷一遍。"

顾水莲醒来，听见外边有动静，推开门一看，黄宝荣正在制作零件。顾水莲问："你是在给我做手推车吗？很费事吧？"黄宝荣笑着答道："是的。给心上人儿做事，再费事心里都是甜丝丝的。"顾水莲心里一甜，嘴上却嗔怪道："你呀，就会甜言蜜语。你准备做成什么样子的？"黄宝荣手上不停，接话道："我设计一个带轱辘的房子。白天招揽生意，晚上是咱俩的洞房。"顾水莲一翻白眼，说道："去你的，想得倒美。"

墙壁粉刷完，叶阿东赞不绝口道："太漂亮了，就跟新房子一样。"马钧说："借这个机会，把家具重新摆放，改改样子。"叶杏娣却说道："不费事了。摆来摆去还都是那些破烂家什。"马钧依然劝道："不断变换陈设，给人以新鲜感，使生活充满情趣。下围棋讲究金角银边草包肚。最占地方的床要摆在墙角贴边的地方，靠墙贴报纸。"叶杏娣听到此，立即拒绝道："我们爷俩不认识字，家里没有报纸。"马钧却不以为意，说道："下次我带些来。没有文化可不行，我可以教你。"叶杏娣说起了自己的打算："听说厂里的工会要办工人识字班，我准备参加。"马钧肯定道："去，一定要去。有不会的可以回来问我。"

5月19日是第三次庭审的日子，海军的造势阵列已无人围观。

女记者又一次拦住刘焕然问："请问刘领港，今天法庭将要做出最后判决。公众普遍认为被告方将会胜诉，你认为呢？"刘焕然答道："如果能这样当然好，这表明法律和公理高于一切。"女记者接着说："委员长不遗余力地表白我们是共和体制，民主国家，要依法治国。法律和公理当然高于一切。"刘焕然说道："那好，让我们拭目以待，看他如何取信于民，是不是言行一致。"

时针指向九点，法庭大门打开，人们迫不及待地冲进大厅抢占位置。

戴汝铭和刘宏声被带进被告席，但证人席上迟迟不见郑家兄弟出现。

钟显达道："上海地方法院刑事二庭审理'海福'轮撞沉'伏波'舰一案，今天第三次开庭。本次开庭将做出最后判决。在宣判之前，如果控辩双方有新的证据，可以呈递上来。"魏文达站起来说道："我方有两位证人，名叫郑国荣和郑桂仁，准备提交新的证言。不过要过一会儿才到，请法庭稍等一会儿。"钟显达回复道："神圣的法律有严格的制度。我们至多再等10分钟。"

刘焕然和方啸云跑到走廊、大厅、洗手间、大门外……都没有找到。

大电钟一秒一秒走过，大厅里躁动不安。黄承祖神色慌张地跑进来，对刘宏声耳语。刘宏声大惊，又去对魏文达耳语。魏文达面色骤变。

魏文达起立说道："法官先生，非常不幸，我的证人在来的路上遭遇了车祸。我请求法庭延期宣判，待他们恢复神智以后再择日开庭。"钟显达否定了魏文达的申请，说道："从上次休庭距今天已有13天，控辩双方都有足够的时间准备。证人不能到庭不是法庭的责任。因此本庭决定不再延期。如果没有新的证人，现在宣读判决书——"魏文达插话道："不过——被告方还有一个证人要出示新的证据。"钟显达颇感意外，一时间语言都没准备好："这个……那个……那就让你的证人发言吧。"

王民安走到证人席。钟显达问："证人姓名？什么职业？要证明什么？"证人回答道："我叫王民安，是'海福'轮的客房服务生。我要证明5月6日法庭审判时公诉方那位名叫李春鋑的目击证人不是我们船上的乘客。"

他的话引起轩然大波。

钟显达连忙敲击法槌，大声说道："安静。你有什么证据？"

王民安取出一个硬皮本，说道："这是'海福'轮旅客登记簿。3月19日登船的乘客中没有一个叫李春鋑的人。请法庭验证。"登记簿送到钟显达面前。曹鸿连忙暗中对李春鋑面授机宜。李春鋑慌忙起立，辩解道："我是开船前赶来的，住在统舱，没来得及登记。"王民安否定道："我负责乘客登记。轮船离岸，登记完最后一位乘客才离开的。没有来不及登记的人。"李春鋑改口道："我是厦门要港司令部特殊批准的。"王民安接着否定道："特殊批准也必须经过船长许可，你经过戴船长许可吗？"

被告席上的戴汝铭船长大声说道："我不知道这件事！"李春錂又改口道："我……是厦门要港龙司令送我上船的。"王民安继续否定道："绝不可能！无论谁介绍，都必须经过船长批准和登记。"曹鸿极力争辩："第一基地执法科已经核实过他的身份，没有问题。"魏文达正色道："很明显，李春錂根本不是什么乘客，他的所有证言证词都是捏造的。请求法庭追究他的伪证罪，宣布公诉人的起诉书无效。"

钟显达却不顾现实情况，直接宣布道："驳回请求。李春錂的证词仍然有效。证人王民安系'海福'轮船员，与本案有利益关系，其证词不被本法庭采信。本法庭认为戴汝铭船长肇事逃逸和见死不救系属事实。"魏文达再次抗辩道："控方证人三番五次当庭修改证言，早已证明所有控诉均不成立。这是无可否认的事实……"

钟显达狠命敲击法槌，斥责道："我警告被告方律师，继续破坏秩序，我将以藐视法庭的名义，将你逐出会场。"两名法警把魏文达强压回座位。钟显达接着说道："我宣布法庭调查结束，听候判决。"然后和左右副法官退场。

旁听席上的人们交头接耳，纷纷表示不满。

钟显达返回座位敲击法槌，宣布道："现在宣读判决书，请全体起立。民国36年（1947）3月26日'海福'轮抵沪时，上海地方检察处派科长梁怡同同海军第一基地司令部执法人员做初步之调查。本庭亦经过4月29日、5月6日、5月19日三次法庭调查与辩论。关于撞舰责任部分，因'伏波'舰生还者仅轮机长焦德孝一员，且彼系轮机舱人员，对当时航行状况不明。其他可供参考者，仅'海福'轮船员一面提出之资料，据此做出认定，证据不足，有失公允。故暂不追究'海福'轮之责。至救生部分，则根据该轮乘客讲述，亲见当时情形，皆谓该轮未致力救生，其见死不救行为属实。特兹判决如下：一、'海福'轮船长戴汝铭犯有玩忽职守和见死不救罪，判处有期徒刑5年。刑期自民国36年（1947）4月2日起计算。二、轮船招商局董事长刘宏声负有民事赔偿责任，赔偿'319'海难事故罹难官兵家属57人共计481亿元。赔偿海军3,000吨商轮一艘。宣判后15日内将赔偿款和商轮交付本法庭代收。如不服本判决，可在10日内提起上诉。"

　　话声一落，法庭内一片哗然。刘焕然拍案而起，怒道："公理何在?!公理何在?!"魏文达高声说道："我们要上诉，一定上诉！"

　　钟显达匆匆收起文件，顾不上捡掉到地上的帽子，慌忙逃走。

　　法警抓住戴汝铭的手臂往外拖，被刘焕然喝住："慢！今天的结果是向公理和正义的挑战。汝铭君，要抖起精神来。君子报仇，十年不晚。总有一天我们会打碎这个假民主真独裁的法律。"戴汝铭一脸无奈，对众人道："多谢你们。'海福'轮就托付给你们了。"女记者再次拦住刘焕然问："请问刘领港，你对今天的判决怎样评论？"刘焕然冷笑着答道："今天的判决提供了一个生动的反面例证，让全国人民懂得了什么是他们所标榜的正义和公正。"

　　卖报童沿街叫卖："看报看报！'伏波'号军舰被撞沉案判决，戴汝铭船长判5年徒刑……招商局赔偿罹难官兵家属481亿元……招商局赔偿海军3,000吨商轮一艘……被告不服，提起上诉……"

　　"319"专案组隆重聚会，高玉峰兴奋地对众人道："哈哈，挥刃斩楼兰，弯弓射贤王。单于一平荡，种落自奔亡。收功报天子，行歌归咸阳。桂司令特令嘉奖，每人获奖金10万元，晋升齐国平中校军衔。最使他高兴的是，蒋委员长可以轻松约见英国大使了！"

　　钟显达、曹鸿、齐国平齐声道："谢司令褒奖。甘为总裁鹰犬，无怨无悔。"

　　刘宏声无奈道："我算看明白了，原来委员长才是这场闹剧的总后台。"黄承祖问道："此话怎讲？"刘宏声解释说："他明着要法院受理，好像很超脱、很公正，坐山观虎斗，趴桥看水流，其实却在暗地里操纵结局。"黄承祖恍然道："难怪呢！我们跟海军争锋，在委员长看来不过是左手和右手打架。"曹胜志懊恼道："我早说过别跟海军作对。说不定人家当初并不想把事情闹大，只想找个台阶，能对英国人有个交代也就算了。"黄承祖却不认可曹胜志的话，说道："我不信。要不是闹上法庭，戴船长的小命早就丢了。"曹胜志说道："可事实上是我们赔了夫人又折兵。"胡诗源失望地道："难道他不怕丢了江山？以德和民，不闻以乱。众叛亲离，难以济矣。"

"神龙"号火轮停泊在上海十六铺码头旁，保密局探员庄尚德混在乘客中间登船。刘焕然对方啸云嘱咐道："来不及去看阿香，我买了个望远镜送给小寄洲，希望他将来也当船长。还有，替我去探望戴船长、失踪的郑家兄弟。"方啸云答应道："我会的。亲历这次法庭斗争，我更理解你说的多助和寡助的道理。"

刘焕然又转头问方莹道："听说你是清代海军名将方伯谦的后人？"方莹答道："我是他的侄子。沾他的光，免试保送进吴淞商船专科学校。"刘焕然叹道："这场风波你把桂司令得罪得不轻，你付出的代价也不小。"方莹却不以为意，说道："抗战变成内战。桂永清一上台就建立自己的独立王国，彻底清洗掉海军中的闽系军官。海军司令陈绍宽、海军总司令部300多名军官、'伏波'舰舰长柳鹤图少校都因此遭殃。桂永清就是不解我的职，我自己也会申请退役的。人生在世不称意，明朝散发弄扁舟。"

刘焕然登上"神龙"号，手举报纸对众人说："表面上我们输了官司，实际上输的是他们。输掉了法理，输掉了公信，输掉了民心。我把这次审判看作是海上斗法的一场演练。等着看吧，好戏大戏还在后头。誓将寸管化长剑，杀尽世间狼与豺。他年若有凯旋日，是我卷土又重来。再见！"刘焕然特意向站在远处的王昭基夫妇挥动帽子。

2. 不可能完成的任务

"神龙"号火轮驶近厦门港,船长林胜雄下令:"升 H 旗!"刘焕然一听问道:"你要请领港来,应该升 G 旗呀?"林胜雄答道:"你是领港,不就在船上吗?"刘焕然说道:"我现在不在岗位,还是按规矩办吧。"林胜雄道:"好的。"转头重新下令:"升 G 旗!"

从厦门港飞驰出一艘快艇,领港叶景泰登船,对两人招呼道:"哈——两位 Captain 回来啦。庭审的广播我一次都不落。那个主审法官真是个大笨蛋!"刘焕然回复说:"他不是大笨蛋,而是倒霉蛋,法官不过是被吊线的木偶。我们离开的这些日子有什么新闻?"叶景泰答道:"集美高水现任校长辞职,校董会想聘请我出任校长。"刘焕然高兴道:"那是好事呀。正是报效母校的机会,你德才兼备,义不容辞。"叶景泰却道:"我哪里懂教育?你当过航海教官,比我合适。"刘焕然苦笑道:"你们应该知道我当年为什么仓皇离校,哪还能再回去?"林胜雄说道:"比来比去,还是刘峻基船长最合适。咱们联名推荐他吧。"刘焕然道:"我同意。不过还是要先征得他本人的同意。"

轮船到岸,刘焕然招来一辆黄包车,吩咐道:"公园北路。"他习惯地戴上"天眼",从"天眼"的后视中注意到后方总有一辆车尾随。

家门的旗杆上早早悬挂起 G 旗,等候领港的父亲回家。刘家的孩子们清一色身穿海魂衫,他们正在逗小狗哈路玩耍。哈路突然奔向黄包车。

孩子们一看高叫道:"爸爸回来了!给我们带好吃的回来了!"阿纯急忙把 G 旗换成 H 旗。趁父亲付车费的时候,小平夺过大布袋就往回跑。

庄尚德把这些都看在眼里,吩咐车夫道:"掉头回去,镇海路。"

孩子们把柠檬夹心饼干桶打开抢着吃。刘焕然打开一个硬纸盒，说道："其实爸爸带给你们最好的礼物是这个，铁积木玩具。你们可以按照图样组装汽车、房子、飞机、轮船……千万注意，所有零件、螺丝钉、螺母、改锥、扳手——都要保管好，一个都不能丢。"他又取出几块布料递给妻子俞泾妹，说道："我买了几块洋花布，给你和凌燕做衣服。不知道这花色你们喜不喜欢。"俞泾妹接过来，看了看，笑道："你还挺会挑。看这布料有多细呀，有80支纱吧？"刘焕然说道："可不止，100支纱，英国进口的！我给秀葆和民福也买了礼物。"刘焕然送给郑秀葆和梁民福每人一个黑色帆布挎包，顺嘴介绍了一句："上海正流行。"郑秀葆里外翻看，拉链环是一个龙头，说道："我给老施用，他比我需要。"刘焕然问道："他人在戴云山，怎么送去？"郑秀葆解释："黄书记和许书记约好后天，星期天，早上十点，在南普陀寺跟你见面。老施也去。"

南普陀寺是厦门名胜，弘一法师曾经两度来访，留下了中国佛教教歌《三宝歌》。它在此地传唱广泛，仿佛那个"半世红尘半世僧，从此青灯伴古佛"的弘一大师从未远去。刘焕然携全家来游玩。寺内香客如织，香烟缭绕。信众聚在山门后掷筊问卜，祈求神明指示。阿纯看得出神，趁人不备悄悄揣起一对筊杯。

全家人穿过"佛"字摩崖石刻，来到五老峰背后的万石公园。孩子们在远处穿着轮滑鞋和哈路追逐打闹。刘焕然找一个树荫坐下，透过"天眼"警觉地观望四周。郑秀葆和梁民福在远处游移警戒。

两个游客似乎不经意地走进树荫，与刘焕然坐在一起。稍胖的是闽浙赣区党委常委、闽中游击支队司令员兼政委、闽中地下党特委书记黄国玺。稍瘦的是泉州中心县委书记、闽中游击支队泉州团队指挥员兼政委许同安。另一个在远处警戒的人是戴云山游击队的副总指挥，郑秀葆的丈夫施鸿霖。

黄国玺低声说道："今天约你来是有一件重要的事要说。国民党军队发动对陕北和山东重点进攻，党中央 5 月 23 日指示敌后党组织开辟蒋管区第二战场。城市斗争要严格执行隐蔽精干的原则，游击队则积极开展袭扰和破坏。戴云山游击队战斗在敌人的腹地，缺钱缺粮缺衣缺药，生存困难，武器弹药更是严重缺乏。你们厦门工委要想办法，帮助游击队渡过难关。"

刘焕然听完说道："缺吃少穿还好办，我可以把工资献出来。今天我带来 200 美元，就当作我的党费。"说着，掏出一个纸包递了过去。许同安接过纸包，打开一看，惊讶道："哇——太是时候了。游击队已经断粮好几天了。"刘焕然却为难道："难的是武器弹药，叫我到哪里去搞？"

许同安提出自己的想法道："第二次世界大战中，英国、荷兰军队投降，美军被俘，总共几十万人，丢失不少武器。日军战败后，在东南亚各国，比如菲律宾、马来亚、越南又散落了不少枪械，都落到土匪、海盗的手里。"刘焕然依然觉得欠缺条件，问："相距几百海里，又是外国，我怎么跟他们扯上关系呢？"许同安答道："我有一个堂哥在菲律宾经营橡胶园，可以雇用中间人去交涉。"刘焕然接着问："就算有这层关系，可又怎么运回来呢？"黄国玺插话道："你是老海员，能不能建立起一条海上秘密运输线？"刘焕然又提出另一个问题："购买军火的钱又从何而来呢？那可是一大笔钱呀！"许同安说道："我的堂哥可以先垫付一笔定金。以后就要靠你发动工委同志想办法了。"

刘焕然看见郑秀葆亲手把帆布挎包挂到施鸿霖肩上，施鸿霖很高兴。经过一番思索，他说道："从菲律宾到厦门，海路遥远，海盗猖獗，又是台风多发地带。在高雄和香港应该各有一个落脚点。"许同安接着道："高雄有我们的台南特委，书记叫庄清金，副书记叫陈忠夏。自从'二二八'事件后就断了联系。"黄国玺也补充说："不少闽南籍华侨表示愿意帮助我们。我们可以派邓星辉去香港开餐馆儿，建立支部。他做过厨师，又会说广东话。"刘焕然思索了一下，回复道："得容我想想。还不能马上答复你。"黄国玺一挥手，大气地说道："任务交给你，怎么做由你自己决定。不必事事请示。"

刘焕然与家人会合后步行回家，他跟在后面沉思不语。郑秀葆问道："你怎么愁眉不展的。出什么事了？"刘焕然皱着眉头答道："游击队的日子很不好过。除了缺吃少穿外，更缺少武器弹药。黄书记要我们设法解决。吃穿的问题好办，但是供应军火的事我还没有答应下来。"梁民福惊讶道："走私贩运军火？那是海盗和黑帮干的营生呀。"郑秀葆建议道："那就去买通蛇头。"刘焕然却说道："蛇头靠不住。偷运军火是掉脑袋的事。钱给少了不会干，给多了会跑掉，我们控制不住。再说，从哪儿搞那么多钱呢？"梁民福挠头抱怨道："我怎么想都觉得这是根本不可能完成的任务。"刘焕然严肃道："既然是党组织下达的任务，就无论如何要完成。咱们发动工委调动所有的关系，或许会有突破。"梁民福接着问："你是指走上层路线吗？"刘焕然回答："不分上层下层，所有关系都调动起来，包括海外华侨、宗亲会、校友会……"郑秀葆立刻说道："东石镇的船老大万吉涛，在那一带渔民中间很有影响。"梁民福也受到启发，说道："我能跟晋江行署专员兼保安司令林鹏飞少将说上话。他的儿子和我是安海养正中学初中的同班同学。集美高水毕业后，林鹏飞把我要去当了一年的秘书兼司机。可能他认为我搞过学生运动，跟共产党有联系。"刘焕然笑道："这么说，倒是他主动要找共产党了？"梁民福道："可以这样说。我猜想他在黄埔军校可能秘密加入过共产党。"刘焕然嘱咐道："这个关系要抓住。有合适的机会介绍我跟他认识。"

刘焕然从"天眼"中又看到那个身影。他回家后登上楼顶，那人还在街道上徘徊。刘焕然看着那人想道："他是我从上海带来的尾巴，得想办法让他望而却步。"

郑秀葆在楼下招呼大家道："吃晚饭了，孩子们都下来吧——"

刘焕然下楼，打开留声机，播放贝多芬 C 大调《第一交响曲》唱片，放松地问道："晚饭吃什么？"凌燕把稠得冒尖的一碗稀饭端给他说："咸鱼，红薯稀饭。"刘焕然接过碗，笑着说："我爱吃，每天吃都不厌。"然后又转回头看着孩子们说道："孩子们，跟我讲讲学校有什么好玩儿的事情。"小平马上接话道："我去同学家玩儿。他爸爸是渔民，房子又小又破，可是摆满了各式各样的帆船模型。船上有小人，船帆能升降，可好玩儿呢。"刘焕然给孩子们解释道："福建人有造船的传统。郑和的宝船就是闽船的样式。有龙骨，有隔舱，最长的有 150 米。在当时是世界上最先进的。还有什么？"阿纯也急忙说道："教音乐的姚老师长得可漂亮呢，可惜嫁给一个厦门大学的毕业生，要去印尼的巴达维亚。哪一天我们也能当华侨就好了。"刘焕然听了阿纯的话，笑了起来，问道："为什么你想当华侨？"小平理所当然地说："反正同学们都羡慕华侨。说第一等的去新加坡，第二等菲律宾和马来亚，第三等印度尼西亚，第四等柬埔寨和越南，第五等缅甸和老挝。"刘焕然收敛了脸上的笑容，严肃地说："什么等不等的。回国的是少数混得好的，多数还是穷苦人。"

电灯突然灭了，一片漆黑。俞泾妹问："咦——怎么回事，灯泡坏了？"梁民福说："我去查一下。"他试着打开楼梯电灯，发现也不亮，便接着说道："不是灯泡坏了，还是因为停电。"刘焕然皱了下眉头，道："不会吧，邻居的灯还都亮着。"梁民福查看电表，说道："啊！原来是保险丝烧断了。"说完便去拿了工具换起保险丝来，边安装保险丝边嘟囔道："无缘无故，保险丝怎么会烧断呢？"随着他合上电闸，电灯亮了，餐厅重放光明。阿纯怯生生地说："不是跟我有关系吧？南普陀寺里有好多人掷筊杯，我觉得很好玩儿，偷偷拿回家一对儿。"凌燕双手合十道："啊呀呀，罪孽罪孽。那可是寺庙里敬佛拜神的圣物，你是亵渎神灵！这不是遭报应啦！快快给我。"俞泾妹说："千人摸万人碰，都变黑了。还不快去洗手！"凌燕拿走筊杯说："我放到佛龛里供奉起来。等黄道吉日再把它请回去。"刘焕然说："不必大惊小怪。我小时候也玩儿过，是道教非常灵验的占卜术之一。凸面为阳，平面为阴。一阴一阳为'圣杯'，预兆大吉大利；两阴为'笑杯'，预兆状况不明；两阳为'阴杯'，预兆诸事不宜。"俞泾妹依旧批评道："都是迷信。以后可再不能随便拿寺庙里的东西了。"

电话铃响。刘焕然接听回来对俞泾妹说："明天中午不回来了，张术请我打桥牌。"

第二天，刘焕然问西太酒楼前台道："有个张先生预约了马尼拉厅？"前台立即答道："你说的是厦门银行总经理张术先生吗？他已经来了。"

张术正在和两个人交谈，看到刘焕然，便冲他招手道："焕然？进来，我介绍你们认识。"待刘焕然走近，便对自己身边的人介绍道："他是刘焕然，厦门港领港，我的三舅子，桥牌高手。"接着转头对刘焕然介绍道："这位是我的泉州惠安同乡，前高雄市市长连珠连大人。今年初回乡，以泉永区代表的身份，参加全国立法委的竞选并且获选。这位小老弟陈凤鸣，是我在新加坡的朋友，回乡处理祖上的遗产。然后去高雄，为英国华林航运公司做代理。"介绍完，对大家说："既然人都到齐了，咱们就入座吧。"众人互拜并入座，张术正把一副崭新的双联装美国"555"牌扑克拍在桌上说道："我先做个开场白。连市长有心弃政从商，感觉自己的社交圈子太小。我认为打桥牌是个捷径，特意拉你们两位高手作陪，就算是带新手吧。"连珠起身离席，致歉道："别弄脏了你的新牌，我去洗一下手。"

陈凤鸣见连珠离席后，问道："这位连珠市长早有耳闻，还是一位军统将军。是吗？"刘焕然答道："在福建没有人不知道这位军统少将、大特务头子连珠。但是知道他曾经是台湾光复后第一任高雄市市长的人却不多。"陈凤鸣疑惑道："那他到底是军还是警还是特还是政？"张术说道："亦军亦警亦特亦政。他黄埔军校四期毕业，参加过北伐，这是'军'。民国21年（1932）来厦门主政海上公安，后来，黄埔六期毕业的戴笠也来到这里，两个人成了挚交，这是'警'。戴笠后来创建军统，把他拉进去，这是'特'。有戴笠的背景，他不但当了将军，还当了高雄市长，最近竞选立法委员成功，这是'政'。军警特政他占全了。可惜好景不长。去年3月戴笠坠机身亡，他失去了后台，市长也当不成了。他有心扶助故乡建设，想在商界里碰碰运气，积攒些本钱。"

连珠回来入座。张术和他作Partner（搭档），刘焕然和陈凤鸣作Partner。双方说明叫牌体系和特殊约定后就开打了。

刘焕然看着手中的牌，问道："连兄不是立法委员吗？立委身负重任，光是承接民间诉求就应接不暇，怎么会显得如此悠闲？"连珠叹气道："全国立法委员的头衔听起来很光鲜，其实有名无实，没有实际工作。委员长每说一句话都是至理名言，都是高瞻远瞩，都是指明方向，被各级官佐奉为圭臬。我们不过是摆设，只有山呼圣明的份儿。"刘焕然接着问："那你们靠什么吃饭？每天都干些什么？"连珠打了张牌，回答道："好在每月有津贴，倒也不为吃穿发愁。闲暇时找些力所能及的事做做，为乡里百姓行点儿善、积点儿德。只怪我心有余而力不足，还有许多事情想办却办不成呀。"张术此时说道："我想为我的银行搞些投资。要是连兄愿意，不妨参些股进来。有钱大家赚不好吗？"连珠一听高兴地说："有这样的机会我当然乐意呀。"刘焕然又问道："连大人最近忙什么？"连珠说："下个月是台湾光复两周年。高雄市筹备开一个纪念大会，鄙人是光复后的第一任市长，邀请我去说几句话。"陈凤鸣没太弄明白地问道："日本投降就是台湾光复，对不对？"连珠道："那是两回事。民国34年（1945）8月15日，日本政府宣布无条件投降。但是国民政府在台湾没有一兵一卒，没有实际接过管辖权。蒋委员长任命陆军上将陈仪为台湾行政长官，才在10月25日在台北公会堂举行了受降典礼，所以这一天被定为台湾光复节。"刘焕然接着说："我二哥定居在台南。他说阿里山风景很美，高山族的公主更美。我和妹夫早想过去看看。"连珠问刘焕然道："何不利用这个机会一起去台湾看看，怎么样？"刘焕然笑着应道："既然连兄有心挂冠弃政，投身商界，我愿意做东，举办一次家宴，请厦门市的头面人物，特别是商界领袖，来聚一聚，助连兄一把力。你看好不好？"连珠欣喜道："当然好啦。难为你老弟古道热肠。"刘焕然说："我家在公园北路76号，连体别墅中的西翼。下礼拜是双十国庆节，第二天10月11日是星期六。晚上六点半见。"

刘焕然早早把梁民福派去西太酒楼接洽，由他们筹办这场盛大家宴。

黄昏时分，整个儿公园北路被警察封锁起来，彩灯高照，乐曲回绕。印度红头阿三恭奉酒水，刘焕然和俞泾妹门前迎客，一派嘉年华的盛景。

胡波夫人飘然走来，笑问："哟——今天是什么日子呀，这么热闹？"刘焕然答道："双十佳节邀朋友聚聚。你不是外人，进来帮我照应客人也好。"胡波夫人假意推托一番后，款款步入大厅。

梁民福领来第一位客人，唱道："晋江行署专员兼保安司令林鹏飞将军到。"刘焕然连忙伸出双手拱了拱，道："久闻将军大名，今日一睹风采，大慰平生渴仰之念。"林鹏飞回礼道："先生美名远扬，如雷贯耳，幸会幸会。"刘焕然笑道："你我同庚，就不必客气了。将军主政晋江，为官清廉，爱民如子；兴利除弊，造福乡里；办学办报，开启民智，使我家乡政通人和，百业兴旺。我以家乡父老的名义向将军阁下致谢。"林鹏飞笑着谦虚道："过誉了。卑职不过是凭良心办事。我一生牢记先总理亲自核定的黄埔校训：亲、爱、精、诚，唯恐不周。若有违背，一定改过。"刘焕然道："将军过谦了。福建八山一水一分地。海内外宗亲热心捐资办学，兴修水利，筑路架桥，投资颇多，却忽略了交通。交通不畅，旧颜难改。"林鹏飞正色道："这是因为强人啸聚山林，拦路打劫，令投资者裹足不前。"刘焕然却道："这件事别人干不了，唯阁下您能干得了。身为晋江保安司令，手里有兵有枪，维持治安又是你的职责，舍你其谁？"林鹏飞道："那倒是。依你之见我该怎么办？"刘焕然出主意道："你不妨创办一家运输公司，派兵保护。既维持治安，造福乡里，又可以赚钱，补贴军用。岂不是一举两得吗？"林鹏飞眼前一亮："这倒是个好主意。我回去合计一下。"刘焕然推荐道："梁民福是我在集美高水任教时的学生，他对你一定会有帮助。"

第二位客人来到，郑秀葆唱名道："连珠市长到——"林鹏飞连忙迎了过去，招呼道："哇——连珠兄，你也来了，好久不见。"连珠见到他，也笑道说："没想到会在这里见到你。走，咱们里边叙谈。"一辆辆车开来，郑秀葆一一唱名道："黄天爵市长伉俪到——""福建省参议员、厦门银行经理张术伉俪到——""厦门警察局长沈甄康伉俪到——""厦门总商会洪晓春会长伉俪到——""厦门市参议长陈烈甫伉俪到——"路人议论纷纷。"这家主人是谁？""厦门港务局的领港。""一个领港会这么排场？""你以为呢，厦门领港原来是挪威人，被赶跑了。现在换了中国人，拿同样的钱。一个月挣的钱比你两年挣的还多。""我的老天！""就缺一个22兵团司令李荣良中将。要不然整个儿厦门来个一锅端……"庄尚德和张光远看在眼里，也不禁暗暗称奇。

"厦门警备区副司令赵石锐将军到——"赵石锐一眼看见胡波夫人，脱口而出："哇——真乃天女下凡也——不就是我心中的嘉禾①皇后吗！"他直勾勾看着胡波夫人，忘记了移步。刘焕然顺势引领他在胡波夫人对面坐下。

宾主落座，刘焕然举起酒杯道："今天借庆祝双十节，有幸请来各位高朋欢聚一堂。诸君屈尊就驾，光临寒舍，使我柴门有庆。我本是厦门港的领港，凭技术吃饭，没有靠山。还望列位大人关照提携，你们就是我的衣食父母、再造的爹娘。我自当为诸君开道执辔，赴汤蹈火。来，让我们干下这第一杯。"一口气饮下，紧接拿起金奖白兰地又斟满一杯，接着说："我特别要敬年高德劭的晓春伯。七七事变后，您担任厦门各界抗敌后援会会长。民国27年（1938）5月厦门沦陷后，您拒绝出任伪厦门市维持会会长。晚生愿意追随先生，就近聆教。"一仰脖全喝进去，马上又斟满一杯。

他脚下轻触连珠。连珠神会，接过话头说道："可不是嘛，晓春伯坚持民族大义，劲风亮节，让我也敬您老一杯。"就势坐下与晓春伯攀谈起来。

黄天爵市长也接着说："厦门市各社会团体联名上书国民政府，请予褒奖。今年2月22日，南京国民政府下令，将一方书有'忠贞爱国'四个字的匾额隆重地颁赠给洪晓春老先生。这也是对我们全厦门人民的褒奖。"

刘焕然再次举杯道："就凭这一条也该再敬一杯。"又是一饮而尽。他把每一位来宾都恭维到。一连七八杯，渐渐显出醉态，又凑到赵石锐跟前说："我一介凡夫，与军界要员素无交集。能得将军赏光寒舍，实乃我之大幸。今后有什么用得着兄弟的地方，只管吩咐就是。"赵石锐却小声问道："那边那位蕙质兰心的尤物，超凡脱俗，光彩照人，她是谁？"刘焕然竖起大拇指，介绍道："副

---

① 嘉禾，指厦门。厦门岛最早称"新城"，唐宋时称"嘉禾里""嘉禾屿""禾岛"，明后期出现"厦门城"。

司令真是好眼力！那是我的房东胡波夫人。"赵石锐面露艳羡地说："先生金屋藏娇。陋巷深处竟然隐匿着这等璧玉姣人，绝代佳丽。"刘焕然接着介绍说："她先生是马来亚锡矿主。她过不惯那里的湿热，独自留在厦门。"赵石锐一脸惋惜地说："独居厦门？太可惜了。让这么一个倾城倾国、艳若桃李的万花之王独守空帷，岂不枉费了天工的造化吗？"刘焕然笑道："副司令怜香惜玉。莫非想帮她排遣寂寞，冲破空寮？"赵石锐道："敢求先生不要推托，务必玉成美事，我将肝脑涂地，性命相报。"刘焕然回答道："那有何不可。她疏影暗香，倒是颇感寂寞。来，我给你介绍。"

刘焕然领赵石锐来到胡波夫人面前，介绍道："胡波夫人，这位厦门警备区副司令长官赵石锐将军是我的贵客。我要尽主人之谊去照应别人，不得分身。你能帮我照应一下吗？"胡波夫人莞尔一笑，答应道："那有什么不可以呢！我巴结还来不及呢！"刘焕然："你们先聊着，我去了。"

刘焕然回到自己座位上说道："今天我举办的是中西合璧的家宴。陈设和礼仪都是西式的，吃的饭菜都是中式的。既然是西太酒楼一手操办，当然要吃正宗的闽菜。而闽菜的招牌菜就是'佛跳墙'。"张术道："'佛跳墙'本是荤菜，却是寺院里的僧众发明的。看来佛门高墙也挡不住诱惑，形同虚设呀。"刘焕然接着说道："不过佛家主张素食，却真是有益养生的。所以把'佛跳墙'放在后面。在这之前，我还要了最具闽南特色的三道菜。请侍应生送上来。"红头阿三送上三个热气腾腾的大盘子。刘焕然对众人道："大家请看。第一个叫'彩花迎宾'，第二个叫'双菇斗丽'，第三个叫'半月沉江'。名字都很好听，你们有谁能猜出来是什么东西做的吗？"

连珠捧场道："'双菇斗丽'可以断定是菇菌，别的就猜不出来了。"来宾哪个没有见过世面？故意装作无知的样子。张术得意扬扬地介绍说："其实都是出自南普陀寺的传统素菜。'彩花迎宾'

是红萝卜、素火腿、豆皮、竹荪；'半月沉江'是水面筋为主，半片香菇沉于碗内，犹如半月沉于江底。不要客气，都动手吧。"赵石锐立刻起身，用汤匙给胡波夫人添菜。

刘焕然再次离开座位给来宾敬酒，不时插科打诨，亦庄亦谐，颇讨得女宾的欢心。最后他跟跟跄跄回到座位，举杯断续道："我还要敬……沈觐康局长。你派来特勤分队警戒。弟兄们……辛苦了。我买了闽北的福橘犒劳他们，来，让我敬你一杯……"话没说完就呕吐起来，双腿一软倒在连珠身上。

俞泾妹慌忙跑来，扶住刘焕然，抱歉道："他喝多了帮帮忙，扶他回卧室吧。"连珠在左，沈觐康在右，架起刘焕然的双臂走向楼梯。他还在不停地唠叨着道："别管我……你们好好喝酒……都别走……过一会儿我还回来……"俞泾妹把卧室房门打开，扶他躺倒床上，然后对众人道："留下我一个人就够了。你们回去接着喝酒。"

男女主人离席，客人们不再拘束，四处走动。夫人们甚至跑到顶层露台赏月。庄尚德和张光远趁机溜进来，分头查看每个房间，确无可疑之处。

久等主人不归，洪晓春站起来道："你们接着聊。老夫年纪大，恕不奉陪，先走一步了。"市长、议长、警察局长也都相继告退。

赵石锐依依不舍地对胡波夫人道："我有车，可以送你回家。你住哪儿？"胡波夫人："不必，我就住在隔壁。"赵石锐故作惊讶地问："呀，原来你们是邻居。我可以常来看你吗？"胡波夫人嫣然一笑道："有什么不可以呢。不过，最好事先打个电话。"赵石锐记下电话，无限眷恋地告别道："好的。后会有期。"

西太酒家的员工把租借的餐具、家具搬上车，大厅清空了。宅邸恢复了黑暗和宁静。刘焕然忽地起身走到窗前往外看。警察撤岗，密探不见踪影，街道空无一人。郑秀葆和梁民福走进卧室惊讶地问："你没醉？"刘焕然得意道："看来我的表演还算成功。举办家宴，原为拉大旗作虎皮，掩人耳目。刚才佯醉，静卧凝神中，忽然有了灵感，似乎知道该怎么做这篇文章了。"梁民福问："什么文章？"刘焕然答道："就是那个不可能完成的任务。"

周东清和黄昌国陪同刘焕然来到厦门沙坡尾渔港，见到渔政管理所所长郑家榕问道："郑所长，你这是要出海巡逻吗？"郑家榕问好道："刘领港好。例行公事，每天巡逻一次。你可不常来这里呀！"刘焕然歉然道："是啊。我是无事不登三宝殿，想请教几个问题。所有渔船都必须办理捕捞许可和渔船牌照吗？来自其他市县的渔船可以进港吗？"郑家榕答道："捕捞证和牌照都必须办，在中华民国全国通用，包括台湾、海南岛。头一次进港要登记备案，以后就不必了。无论到哪个港口，都必须接受渔政管理所的检查。禁渔期、渔船和渔具必须符合规定，禁止违规作业。"刘焕然又问："我打算租船，租金怎么计算？"郑家榕说道："那要双方商量。如果先付定金，可以在将来的收获中双方分成。如果先付租金，那就不分成，收获全归承租人。其他费用都由承租人承担。"刘焕然感谢道："谢谢你，耽误你的时间了。再见。"

广告栏吸引刘焕然停下脚步，边看边说："高雄港航道疏浚工程招标公告？台湾友联开发商事会社厦门代表处代售标书？在禾岛饭店203房间。快去！"周东清和黄昌国不解地问："去哪儿？禾岛饭店？去那儿干什么？"刘焕然说："买标书，高雄港航道疏浚工程正在招标。天赐良机！"

刘焕然兴冲冲闯进厦门银行总经理办公室，开口道："你不是为找不到投资项目发愁吗？现在有了。要不要听我说？"张术催促道："快说，愿闻其详。"刘焕然说："我们可以合股成立一家水产捕捞公司，由你的厦门银行牵头，你、我、连市长、陈凤鸣入股……"张术刚要插话，刘焕然制止他："先听我说完。传统渔业是渔民驾驶木制帆船单打独斗，手工撒网拉网，靠天吃饭，命悬一线。还受渔霸们的控制和欺负，生产力水平极其低下。如果我们能建立起一家专营公司，用现代化设备生产，以现代化经营方式管理，采用现代化营销方式打开市场，一定会异军突起，具有强大的竞争力。你觉得怎么样？"张术说："你一口一个现代化，听起来蛮吸引人的。不过你要回答我三个问题。第一，渔船从哪里来？光靠我们几个人的投资远远不够。第二，去哪里找专业人才？第三，将来的渔获能有销路吗？"刘焕然胸有成竹地答道："我从后往前回答你。第一，所谓现代化，一言以蔽之就是采用最先进的手段，用最小的成本获得最大的收益。产品因此具有竞争力，销路自然不成问题。第二，我当过高水的教官，我的学生里不乏学航海和水产的人才。第三，最关键的资金问题。一开始我设计用租船的方式，用少量的资金撬动项目。后来又发现了更好的路子。就是参加高雄港航道疏浚工程招标。你看，我连标书都买来了。"张术奇怪地问："高雄港航道疏浚工程招标跟我们有什么关系？"刘焕然说："疏浚航道就是打捞沉船。打捞公司就靠拆船挣大钱的。我们夺标以后把工程转包给打捞公司，从中得到回扣，这不就有钱了吗？"张术接着问："你能保证夺标成功吗？打捞公司自己就会去竞标，何须转包？"刘焕然道："尺有所短，寸有所长。连市长曾任高雄市长，堂弟连良平担任秘书，还有不少袍泽故旧，皆是实权人物。就凭这个硬关系，夺标如同探囊取物，打捞公司能争得过我们吗？"张术恍然道："所言极是。那么下礼拜还在西太酒楼聚会，大家一起商量。"刘焕然答应道："我这就去起草公司章程。"

几位合伙人再次聚会，照例是张术主持。他指了指桌子上的文件，说道："大家看一看桌上的两份材料。一个是刘领港写的合股成立水产捕捞公司的可行性研究报告。报告详细说明经济背景、市场行情、经营模式、技术要求、资金运作、风险评估，解答了为什么的问题。一个是他起草的公司的章程，对公司名称、经营范围、注册资本、股东姓名、权利、义务、出资方式、出资额、转让条件，还有公司的法定代表人、机构及其产生办法、职权、议事规则、解散事由与清算办法都有详细的说明，解答了怎么做的问题。"

连珠仔细看过赞叹道："前一份文件有理有据，很有说服力。后一份文件面面俱到，无懈可击。我看可行。"陈凤鸣道："很全面。我说不出什么。"

张术拍手道："大家都表个态吧。入不入股，入股多少，完全自愿。我带个头，我的银行出资50000美元，我个人出资5000美元。"刘焕然接话道："我比不上你有钱，只能出3000美元。"陈凤鸣同样响应道："我也可以出3000美元。"连珠笑道："我可拿不出那么多钱，顶多出2000美元。"陈凤鸣总结道："厦门银行和张经理出资占八成半，张经理是'高雄厦新水产公司'无可争议的董事长。"

刘焕然说道："到现在为止还只是纸上谈兵。为慎重起见，我建议组成投资考察团去实地考察一番。"陈凤鸣说道："我正好要去高雄上任，越早越好。"连珠接着说："我要去高雄参加台湾光复两周年纪念活动，何不同去？"张术说道："那样最好……都过十二点了。先去吃饭，下午接着聊。"

一行人经过大堂。墙壁上绘着郑成功舰队征讨台湾的大幅油画。刘焕然提议道："咱们在这里留个影吧，就算投资考察团出征纪念。"

刚刚拍完照，林胜雄走进大堂，见他们聚在一起，便对刘焕然招呼道："焕然兄，什么好事又在聚餐了？"刘焕然答道："我们正在筹划去高雄投资考察。"林胜雄说："正巧，我刚接了一单活儿去高雄装运蔗糖。后天下午三点起锚。你们可以搭我的船去。"连珠拍手赞道："好兆头。顺风顺水，预兆投资考察大获全胜。"刘焕然谢道："感谢林船长盛情邀请。来来来，'烹羊宰牛且为乐，会须一饮三百杯'。"

"神龙"轮缓缓驶进高雄第一港口。刘焕然说道："高雄到了。

这里是你的第二故乡。"连珠笑骂："哪壶不开提哪壶。高雄是我的伤心之地。"张术劝道："别那么说。将来写高雄地方志，你连珠是绕不开的人物。"陈凤鸣则接口道："这里也是我的外放之地，还要多多求教连市长。"

连珠来了情绪，指着远处，说道："你们看，港口外西边是寿山和西子湾风景区。流经高雄市中心的母亲河叫爱河。爱河入海后冲积出来一块沙洲，横卧在对面入海口，就是旗津岛，天然围成了一个南北各留一个狭窄出口的宁静港湾，形同T字。朝西北的第一港口出口有大约100米宽，朝东南的第二港口出口有200米宽。高雄旧称'打狗''打鼓'，这个名字是从早年高山族'TAKAV'的音译而来。闽南语中'狗'和'鼓'两字同音。"

作为一名领港，刘焕然有自己的专业眼光，评价道："这里的地理位置好，是天然不冻港和避风港。水深45英尺，连航空母舰都能停泊。除了香港，高雄是全国第一大港。若是好好经营，必大有发展，前途不可限量。"

高雄市政府隆重接待第一个到访的投资考察团。参议会副议长林建论亲赴码头迎接，到达考察团即将下榻的高雄市交际处后，林建论对众人说："欢迎各位到访，令我高雄蓬荜生辉。请允许我介绍行程安排。今天晚上彭清靠议长设宴接风。明天一整天，助理港务长包国兴陪同你们递交标书，验资，考察高雄港。后天是台湾光复节。上午举行原高雄州立高雄中学和台湾省立高雄第二中学合并大会，下午博物馆举行庆祝台湾光复两周年图片展览开幕式，黄强市长都会到场。晚上六点半，在市政府交际处举行庆祝台湾光复两周年冷餐会，黄强市长主持并讲话。交际处的王处长负责全程接待，你们有什么要求请尽管跟他讲。"

刘焕然回应道："感谢高雄市政府的盛情款待。我的二哥住在台南，早年留学日本，是陪同陈仪长官接收台湾的渔业专家。我们来这里投资兴业，聘请他当技术顾问。能不能请他一家也列席冷餐会？"王处长满脸笑容地答道："没问题。告诉我他的名字，我加进邀请名单中。"刘焕然报上二哥的名字后，又跟林建论解释道："高雄的集美高水校友邀请我过去聚一聚。今晚的接风宴就不必等我了，代向彭议长问好。"林建论笑答："校友聚会是好事，请便。旅途劳顿，大家下午安心休息。"

午餐后，刘焕然和周东清、黄昌国找到位于爱河沿河大道的"陈忠夏医师牙科诊所"，二层楼的窗玻璃上贴着一幅采茶扑蝶剪纸画。

刘焕然放心走进去。在候诊室等了一会儿，被护士领进诊室。

他在牙科椅上坐定，医师问："您是第一次来？哪里感觉不好？"刘焕然手指嘴，又指脚，说道："齿落不废嚼，足跛尚能履。"医师一愣，回话道："书生之所遭，侥幸有如此。"刘焕然做痛苦状："似病非病臂已瘳，当堕未堕齿难留。"医师答："一杯藜粥吾所美，幸可自办不待求。"刘焕然取出半张照片，医师取出另一半，两者的边缘完整拼合。医师高兴地与他握手，说道："我是陈忠夏，早就盼你们来了。"刘焕然回握着医师的手，笑着说道："我是厦门工委的刘焕然，奉黄书记和许书记之命令建立一条秘密运输线。从东南亚民间购买武器弹药，支援游击队的斗争。我以投资考察的名义来高雄，准备成立一家渔业公司作为中转站。公司成立以后，台南特委可以安插一些人进去。你来看河边那两个人。"说着指着河边的两人，"左边的叫周东清，右边的叫黄昌国，留下来作渔船的船长。我走以后你就跟他们联系。"陈忠夏说道："今年2月28日，台湾爆发大起义，遭到要塞司令彭孟缉的残酷镇压，我们蒙受了巨大的损失，一直想向闽中特委汇报，可是总找不到机会。"刘焕然答道："等公司投入运营，你把人安插进去以后，可以搭乘他们的渔船回去。"

第二天，高雄港务局助理港务长包国兴来接考察团一行人。投递标书和验资后，登交通艇巡游港湾。包国兴向众人介绍道："日据时期，日本人把台湾当作自己国家看待，有计划地开展一些长远建设。修建日月潭水库就是一例，高雄港也是一个重点开发的项目。但是日本人又歧视台湾本地人，不得担任科级以上干部。日本战败后，本地人无力把行政管理的职能接管过来。结果市政、市场、学校、工厂、矿山、车站码头、社会治安一度陷入无政府状态，多亏连市长苦撑局面。"刘焕然问道："你估计高雄航道会有多少沉船？有没有可能修复？"包国兴答道："没有统计过，总不会少于80艘吧。为了阻断盟军进攻，它们是自沉的，至今不过3年，修复后多数还能用。我们没有能力疏通航道，不得不采取公开招标的办法。谁中标谁清理出航道，沉船就归谁。"刘焕然接着问："政府有没有支持台湾复兴方面的鼓励政策？"包国兴说："有的。如果能在市政府立项，可以申请到中央政府的低息贷款。尽管我们出台了一系列政策，但是购买标书，明确参加竞标的却没有几家。"刘焕然说："台湾岛远离战场，不受战火波及。不论将来怎样，港口总是需要的。我们不问政治，只图投资回报，对这个工程很感兴趣。你若是能促成由我们独家承揽，将来绝不会亏待你的。"包国兴高兴地说："这正是我们求之不得的好事。兄弟我一定鼎力相助。"刘焕然又面露疑惑地问："渔业是高雄的传统产业，也是支柱产业。而这里的渔码头怎么冷冷清清的？"包国兴道："渔港的情况我不清楚。据说压缩机有些零件损坏了，也缺少冷凝剂。设备都是日本制造的，生产厂家遭到轰炸，短时间内无法复工，所以买不到。等买到以后就可以恢复正常工作了。"刘焕然放心道："那很好。我们还打算办一家水产捕捞公司，以后少不了请老弟多多关照呀。"包国兴打包票道："没问题，只管来找我。"

　　当晚，王处长带投资考察团去逛高雄六合夜市，刘焕然独自留下，奋笔疾书。待返回时，刘焕然把他们召集到一起，拿出一份文件郑重宣读。

呈中华民国台湾省高雄市政府，黄强市长阁下钧鉴：

　　日寇强占宝岛五十载，国土沦丧，生灵涂炭。期间又经二战，百业待兴。今日光复，得以重振山河。而国家消耗甚巨，政府难以事事过问，村村惠顾。唯有百姓自力更生，政府鼎力扶助，是为复兴之正道。吾侪素怀复兴台湾之心，邀集各具惊世绝技之士，拟合股创立水产捕捞会社。毕竟势单力孤，创业艰难，还望市府格外提携。现需融资100万万台币，可否以建设基金低息贷出解急。

　　高雄港内堆积之残损船只，堵塞航道，有碍观瞻，宜尽早移除。我公司愿独家承办，以销售废旧钢铁之收入，补偿打捞搬运之开支，不需政府点滴耗资。早批准，早动工，早受惠，政府亦早显政绩。公私两利，广得嘉誉，亟盼照准。

　　敬颂崇祺！

福建各界投资考察团

　　刘焕然解释道："授予大型项目独家经营权，都有固定的权限和审批程序。除了公开招标、公平评标外，还要召开听证会，专家参与论证，主管部门附议支持，报市长签署意见，最后经过市议会的批准。表面上要过关斩将，其实都是表面文章，掩人耳目，决定因素是市长的意见。基本上可以说市长怎么批，议会就怎么通过，盖一个橡皮图章而已。"张术恍然道："于是你就写了这个申请书？"刘焕然道："是的。我是打着申请低息贷款的旗号，实则争夺独家承揽港口航道疏浚工程的经营权。低息贷款其实对我们可有可无。我们是带资创业，理应得到政府的鼓励。申请低息贷款只不过是一个谈条件的筹码。政府不可能答应我们所有的要求。我们以让步放弃低息贷款为条件，换取把独家承揽港口航道疏浚工程拿到手的保证。根据行程安排，连市长有三次机会与黄强市长见面。一定要把这封信当面交给他，他总不会不给你这个老市长面子吧。"连珠却苦笑道："此一时彼一时，你对我不要有太大的希望。台湾光复后的第二年，戴老板就坠机送了命。我失去靠山，市长自然也就当不成了。龙游浅水遭虾戏，虎落平阳被犬欺。我这个前市长已经风光不再了。"刘焕然安慰道："莫要妄自菲薄。你的旧部对你依然恭敬如初，说明你宝刀不老，余威尚存。"说完刘焕然转头又对张术道："而你张经理，要找机会多接近彭清靠议长，对他施加影响。你的身份是福建省参议院驻会常委议员、国民政府行政院侨务委员会专门委员。这两个头衔都叫彭清靠议长不敢小觑。你可以直言不讳地向他提出要求，私下里可以许诺他一些好处。"连珠还是有些迷糊，问道："光笼络住一个议长，并不能确保议会能通过呀？"刘焕然解释道："港务局包国兴的工作由我来做。他们以建设单位的名义向市政府提交报告，推荐我们独家承包这个工程。港务局是高雄市的大户，占地方财政收入的将近一半，他们的意见足以左右议会。"陈凤鸣笑道："哈哈，这样一来，咱们就大功告成了。"刘焕然却对他说道："别以为没你的事。我和张董事长不能久留，剩下的事全都靠你和连兄了。连市长主外你主内。从黄市长批示，到专家组评议，到市议会审议，到市政府签发项目授权书，连市长一路追踪。拿到授权书后，你带着我的信跑一趟香港，交给太平洋轮船公司的刘志清经理，把工程转包给他。"陈凤鸣疑惑地叫："转包给他？我们忙活了半天图啥了？"刘焕然答道："交易条件是他用工程所得改造出两艘300—500吨的渔船给我们。他是我的至交，专门从事打捞和拆船，不会拒绝送上门的好买卖。"陈凤鸣恍然道："啊——这才是点睛之笔。原来这就是你空手套白狼的秘诀。"刘焕然继续说道："我们是以高雄厦新水产公司筹办处的名义投标和申请低息贷款的，没有固定经营场所，只好借用你的华林航运公司的驻地合署办公。等到公司正式挂牌营业以后再迁出。事无巨细全靠你们了。"

陈凤鸣听完刘焕然的计划，哀号道："我的天哪，那还不把我俩累死。"刘焕然说道："你有自己的公司，当然分不出太多精力。我为你们配备了两个助手。"刘焕然打开房门唤道："都请进来吧。"待门外两人进来站定后，他指着两人为大家介绍道："他叫周东清，他叫黄昌国，都是集美高水的学生，懂得航海和捕捞，掌握现代化的知识和技能，可以协助你们管理公司的日常业务，包括员工的招聘和培训。将来他们就是渔船的船长。"连珠却推拒道："我初入商界，并不懂经营，恐怕难以胜任。"刘焕然笑着说："你可是我们无价的镇馆之宝。你可以什么都不干，在大堂上一坐，那些贪官污吏还敢来敲诈勒索欺行霸市吗？更不要说那些阎王小鬼地痞流氓了。"张术打趣道："咱们好像在看《三国演义》，诸葛孔明调兵遣将，排兵布阵？"连珠也凑趣道："更像鬼谷子下山——呼风唤雨，撒豆成兵。"刘焕然也作势一抱拳，笑道："那就拜托众将官，养精蓄锐，各尽职守，奋力搏杀吧。"

第三天上午，女校长宣布原州立高雄中学和省立高雄第二中学合并组成市立高雄高级中学大会开始，邀请黄强市长和连珠前市长共同揭牌。他们俩把红绸揭开，露出白底黑字的"高雄市立高雄高级中学"名牌，全场热烈鼓掌。正当连珠要从口袋里掏信封时，黄强对女校长说："非常抱歉。我有一个会议，不得不先走一步。"连珠眼睁睁看着他上了轿车，无奈地对台下的刘焕然、张术、陈凤鸣耸起肩膀。

午休刚过，二哥蔡焕生和嫂子带着长子汉星提前到了。二哥将手上的东西递给刘焕然，说道："这些是你嫂子给你们准备的，槟榔、贡糖、安平蜜饯、台式喜饼、手工皂。高山族的特色土布是给弟妹的。"刘焕然接过东西，笑道："孩子们和泾妹一定喜欢。我也给你们带来些家乡特产，安溪花茶、南普陀酥饼、燕皮、线面、百源蜜饯……"蔡焕生听到这儿，惊喜地打断道："百源蜜饯？就是咱们家旁边的那家百年老店？可想死我了。"刘焕然笑着说起正事："这次来台湾投资考察，是我们几个志同道合的朋友打算集资办一个渔业公司。你是留学日本的渔业专家，想聘请你当我们的顾问。"蔡焕生答应道："来台湾开办渔业公司是来对了。不夸张地说，全国渔场中，台湾是最好的。这也是为什么陈仪行政长官一请我就来了。台湾宝岛四面环海，海岸线总长达1,600公里。东部沿海岸峻水深，位于海洋锋面寒暖流交界处。海水上下翻腾，把下层丰富的营养物质带到表层，促使浮游生物迅速繁殖，也为暖水性鱼类的产卵和幼鱼的搬迁创造了条件，因此渔业资源非常丰富。高雄又是台湾的远洋渔业基地，年渔获量约占全台湾渔获量的五分之一。台湾光复两年了，恢复最快的产业就是捕渔业。这也是我最引以为自豪的事。不过我住在台南，往来不便，只能挂个虚名，顾而不问了。"刘焕然笑道："这就足够了。我们要的就是你这块招牌。"

高雄市博物馆馆长宣布庆祝台湾光复两周年图片展览开幕，邀请黄强市长和连珠前市长共同剪彩。剪彩后，工作人员收起剪刀和红绸带，连珠把信封迅速塞给黄强，低声道："黄市长，我们很想为振兴高雄的经济做些贡献，希望能得到疏浚港口航道的独家经营权。请市长关照，确保中标……"

黄强看也没看就把信封装进口袋，随博物馆馆长步入大厅。连珠紧随其后，直到参观结束也未见黄强市长有什么表示。

连珠回到交际处，闷闷不乐。想去找刘焕然商议，却见他在接待来访的二哥一家。王处长召唤大家道："时间到，请各位提前去宴会厅等候。"

宴会厅中央悬挂巨大横幅——"高雄市各界纪念台湾光复两周年大会"。黄强市长、彭清靠参议长率官员在前厅迎候军政高官、外国领事、富贾及夫人入场。司仪喊出"高雄市前市长连珠到——"许多老熟人前来问候："连市长，好久不见。""连市长，一向可好……""怎么消瘦许多?"连珠紧握黄强的手,焦急地问:"黄市长,你看过我们的信吗?我们后天就要走了,希望你快一点儿批准。"黄强不言语,转向下一个客人。司仪高唱:"台湾全省警备总司令彭孟缉彭司令到——"一鸟进林,百鸟无声,似有寒风袭来,大厅顿时安静下来。黄强毕恭毕敬相迎,唯唯诺诺,极尽谦卑。

彭清靠议长宣布大会开始后,黄强致辞。他特意向彭孟缉深鞠一躬,然后才开口道:"尊敬的台湾全省警备总司令彭孟缉将军,尊敬的各位来宾,女士们、先生们、朋友们,我们相聚在这里,隆重纪念台湾光复两周年……"

刘焕然凑到连珠身边问道:"你跟那个彭孟缉有没有交情?"连珠答道:"我是黄埔四期,他是五期。他上任高雄要塞司令,我刚好离任。交情有一点儿,但是不深。"刘焕然点拨道:"他镇压'二二八',一天枪杀一千多人,是有名的高雄屠夫,深得蒋委员长器重,连黄强市长都畏惧他三分。我们能不能借他的余威一用?"连珠恍然大悟道:"我懂了,让我试试。"连珠悄悄移向彭孟缉。

黄强的致辞接近尾声,"……让我们共同举杯,为高雄美好的明天干杯——"黄强向贵宾一一敬酒。就在他要与彭孟缉碰杯时,连珠先一步迎上前去招呼道:"彭司令,你好,别来无恙?"彭孟缉道:"啊,连珠学长,好久不见。"连珠张开双臂,拥抱了一下彭孟缉,说道:"彭司令,恭喜你高升全省警备总司令。"并趁机耳语道"我测过你的面相,半年内你必定晋升上将。"彭孟缉笑道"你真会开玩笑,借你吉言。你现在在哪儿发财?"连珠叹了口气,说道:"发什么财呀。我来高雄考察,想独家承揽疏浚港口航道的工程,就等黄市长批准了。"彭孟缉说:"那是好事呀!港口是高雄最大的优势。黄市长肯定支持,对吧?"说着转头问黄市长。黄强连声答应道:"那是当然,那是当然。"连珠笑着邀请道:"明天晚上我请你吃饭,阁下一定赏光呀。黄市长、彭议长、林副议长也一起去。"彭孟缉笑着拒绝道:"多谢。明天我要去台北,吃饭就免了吧,谢谢你的好意。我有事先走一步。"彭孟缉的眼里似乎没有黄强,令他十分尴尬。

送走彭孟缉,黄强回头道:"明天上午你去我办公室,咱们谈谈。"连珠感谢道:"谢谢,办公室见。"连珠朝刘焕然做了一个OK的手势。

刘焕然注意到张术和陈凤鸣与彭清靠、林建论正副议长频频碰杯,林胜雄船长和二哥二嫂聊得正欢。于是向包国兴走去……

第四天,考察团齐聚高雄饭店内香港华林航运公司代表处。虽然茶几上摆满香蕉、凤梨、阳桃、莲雾,但是没有人碰。挂钟敲响12下。张术惴惴不安地道:"都十二点了,还没有消息。"华林公司的女秘书姚小姐问:"你们在等什么?"陈凤鸣说:"等连市长,他去见黄强市长还没回来。"

忽听到有人敲门,姚小姐去开门。连珠灰着脸走进来,瘫靠在沙发上,两眼无神。一看他那副样子,大家心里凉了半截。张术问:"是不是情况不妙?"陈凤鸣递过一杯热茶,安慰道:"别伤心,胜败乃兵家常事。坐下慢慢说。"连珠长叹一口气,无力地指了指衣袋说:"你们自己看。"

刘焕然从口袋里取出一封信,打开念道:"港口疏浚工程长期停滞,拖累战后恢复和建设,愈久弥深。政府之建设基金已近告罄,勿再延宕。工程交由高雄厦新水产公司独家承办,不失为两全之策。"他越念越兴奋,声调越来越高:"盼市参议院依程序表决批准。黄强。中华民国36年10月26日。另附一张纸条:原高雄市长连珠经理系彭司令故旧,相交甚笃,工程交由该公司承办较妥。至嘱。"

张术一把抓起连珠笑道:"好你个连大人,装聋作哑,如此戏弄我们。"连珠跳起来哈哈大笑,说道:"哈哈——逗你们玩儿呢!"陈凤鸣问:"是不是可以说我们已经大功告成了?"刘焕然说:"这只是第一道关，参议院通不过还是不成。"张术肯定道："参议院那边没问题。彭清靠议长是个老滑头，摸透市长的意图前不敢轻易许诺。看到彭孟缉司令官和连珠那么亲切，态度马上就变了。"陈凤鸣问："不是还有专家组的意见吗？"刘焕然答道："港务长已经传过话去，专家组走个过场。"连珠接着说："我不能久留。吃过午饭我要拿着黄市长的批件，挨个儿衙门跑签。争取一个下午跑完。"陈凤鸣高兴地道："今天晚上我在高雄饭店请客，好好庆祝一下！"刘焕然补充道："喝庆功酒之前，应该举行一个挂牌仪式。正式打出'高雄厦新水产公司筹备处'的招牌。"连珠说："牌子还没做呢。刘领港，你来写怎么样？"刘焕然推辞道："资格、学识、人品、书法最高者，非张经理莫属。"张术在众人的拥护下，工整地写下横幅——高雄厦新水产公司筹备处。周东清和黄昌国把横幅端端正正地贴在大门外。

连珠留下办手续，他们送二哥回台南，游览了赤崁楼、延平郡王祠。又去日月潭、涵碧楼、玉山、神木林……转了一圈，和高山族公主合了影。

林建论、包国兴、王处长、连珠、陈凤鸣、周东清、黄昌国到码头送行。刘焕然对林建论副议长说："弟兄皆许国，天地荷成功。万里不惜死，一朝得成功。感谢黄市长、彭议长，也感谢阁下。希望我们继续精诚合作，把高雄港建设成远东第一流的海港。再见。"林建论回答道："方希佐明主，长揖辞成功。祝厦新水产公司兴旺发达。""神龙"号渐渐远去，远去……

"神龙"号抵达厦门港，刘焕然和张术同乘一辆黄包车回家。沿街店铺都在装点新年的门脸。张术突然想起了什么，问道："我想起来了，下个礼拜厦门总商会要聚餐团拜，你去不去？"刘焕然笑着答道："当然要去。正是结交各路豪杰的机会。"张术回道："你越来越不像船长或者航海家，倒像是个社会活动家。"刘焕然笑道，无所谓道："随你怎么说，我是个坐不住的人。我的人生是追求一种境界，无我奉献，积德行善。愿我离世后会有人还记得我：啊——刘焕然是个好人。"

张术的家在公园南路。他下车后，车夫继续奔跑，把刘焕然送到公园北路。他远远就看见旗杆上悬挂着 G 旗，哈路狂叫着奔向黄包车。

小平高呼："妈妈，爸爸回来了。"阿纯迅速把 G 旗换成 H 旗。一起簇拥着回到家中，刘焕然取出一样样东西，说道："这是槟榔、贡糖、凤梨糕、安平蜜饯、台式喜饼……还有二哥二嫂送的高山族土布。"

凌燕招呼吃饭，刘焕然打开留声机放贝多芬 D 大调《第二交响曲》"英雄的谎言"，接着问道："学校里有什么好玩儿的事？"小平却问道："爸爸，'海徽'号轮船是不是你的？"刘焕然疑惑地问："为什么问这个？"小平说："有同学看见每次'海徽'号进港，你都要上去，就说'海徽'号是你的。结果全校人都把我当成大老板的儿子了。"刘焕然笑道："'海徽'号是招商局的。我是领港，当然要上船去。"小平依旧兴奋地说："还有人看见有洋人常到我们家。连老师都把我当成阔家子弟了。"刘焕然说："那是'盛兴'轮的英国船长麦尔康，常来找我打桥牌。"梁民福在旁边打趣道："好玩儿！哪天我开车带你们兜一圈儿，故意让他们看见，你就真成少东家了。"

西太酒楼大堂高高挂起横幅——"厦门总商会新春团拜会"。宾客们以郑成功舰队征讨台湾的大幅油画为背景，簇拥着洪晓春会长合影。

合影结束，宾客离席。刘焕然走到洪晓春面前，恭贺道："晓春伯，恭喜新春，福寿双全。"洪晓春拱手回答："谢谢。你看起来越来越精神了，来年肯定发财。"刘焕然说道："我刚从台湾回来，带给你一些宝岛特产，安平蜜饯、台式喜饼，不成敬意。"洪晓春道："恭贺佳节就可以了，何必破费。"刘焕然道："恰好有一件事相求。我和几个朋友在高雄合资创办了一家水产公司。市场行情对公司的发展至关重要。如果我们和高雄方面有商情交换，可不可以借用总商会的电台收发电报呢？"洪晓春问道："政府对电讯管理很严，你的报务员有执业证书吗？"刘焕然解释道："我们不派人去，只是请总商会电台代收代发电文。"洪晓春答道："这个问题不大。商会的宗旨就是为会员服务。"刘焕然补充道："由于涉及商业秘密，我们的电报不能用明码。"洪晓春道："这我理解。我们不干涉会员的具体经营。节后我介绍你去电讯组。"

　　刘焕然遍打招呼，最后坐到赵石锐身边问道："你跟那位胡波夫人怎么样？"赵石锐说道："这个女人精明得很。外围战打了两个月，总是敷敷衍衍，毫无进展。"刘焕然说道："男女之事急切不得。想做西门庆，就要有西门庆的胆，再加上西门庆的财。男人贪色，女人图财，不下血本，如何抱得美人归？"赵石锐连忙抱拳道："刘兄见多识广，愚弟混沌未开。但求指点迷津，不吝赐教。"刘焕然接着道："发家致富有快中慢三策。慢者，与人合股投资，本分经商。挣钱心里踏实，只不过比较慢。中策是黑市和走私，比如买卖美钞、黄金、西药、名表。挣钱快得多，当然风险也大得多。"赵石锐不以为然道："那有什么。老子什么都缺，就是不缺胆。那么快者呢？"刘焕然蘸水写"煙（烟）"字，然后说道："做'火西土'的生意，那就是一本万利了。"赵石锐道："我明白。上海的黄金荣、杜月笙、张啸林不就是靠这个起家的嘛？"刘焕然道："咱们跟青红帮不能比。他们身居租界，有流氓打手还有枪。"赵石锐一拍腰间，傲然道："他们都是些乌合之众。老子手里有正规军，怕他个鸟！"刘焕然正色道："如果阁下打定了主意，我就去着手联络。我管进货，你管护驾，五五分成。你我不直接来往，只靠可信之人联络，绝不透露半点风声。"

赵石锐一口应道:"没问题。你选一个绝对可靠的人来,在我身边当书记官。"刘焕然提醒道:"我可有言在先,绝对避免明火执仗,杀人越货。你发誓?"赵石锐说:"我发誓,一言为定!"

刘焕然回家,看见孩子们正在往旗杆上挂彩旗,就问道:"你们在干什么?"阿纯答道:"新年到了,我们要悬挂满旗。"刘焕然说:"很好。挂完满旗我教你们打手旗。这是每个驾驶员都必须学会的,平时也有用。"刘焕然取出一双手旗和一面卷轴图,对孩子们说:"这是26个英文字母的手旗图谱,你们照着图谱学。"刘焕然边教着孩子们边说:"A……B……C……D……E……很好。认真记,半小时内都能记住。"

刘焕然逐个儿纠正动作,孩子们很快就掌握了。刘焕然继续教道:"很好,下面要记住10个字母的含义。A代表潜水员工作中,保持距离;B是危险货物;C表示'是';D保持距离;E表示调整航线至右舷;F代表伤残;G需要领航员;H领航员在船上;I调整航线至左舷;J指火灾,提示保持距离。今天就教这些,自己练习,解散。"

梁民福开来一辆小汽车,长长按响喇叭。孩子们吵嚷着:"梁叔叔,让我们上去!"梁民福笑着拒绝道:"汽车是借来的。我先带你们的爸爸试试,没问题再带你们出去玩儿。"

刘焕然和郑秀葆上车,汽车沿公园东路行驶。梁民福说道:"林鹏飞非常热心,找我商讨,几天工夫就把手续办下来,起名叫'晋安汽车公司'。他占50%的股份,当董事经理。当地乡绅出资占50%,聘我当助理经理。买了五辆报废卡车和两辆小轿车,修好以后投入运营。"刘焕然问道:"你当助理经理就能私自把汽车开回来吗?"梁民福解释道:"为公事我随时可以用车,为私事该交钱交钱。我今天是试用。"郑秀葆想到了另一层,说道:"有了汽车公司,以后给游击队送粮食就方便了。"梁民福道:"那是当然。

粮食进山必须有通行证，林鹏飞正在办。"郑秀葆问道："进展怎么会这么顺利？你觉得林司令可信吗？"梁民福答道："我看他是真心实意的。他还向我提供了一个重要情报。泉州监狱关着一个共产党员，名叫陈桃，在监狱里闹得太厉害，已经有特务向上级报告，他很难保护。建议陈桃承认犯偷盗罪，按刑事犯判刑不会被杀害。"刘焕然确认道："确有其事，那个党员的真名叫王朝阳。"接着又问道："林鹏飞还说了什么？"梁民福答道："他建议戴云山游击队不要去攻打泉州等大的城镇。他的顶头上司肯定会逼迫他派兵围剿。这使他很为难。不出兵不行，出兵又会伤了自己人。他还表示，今后可以随时提供情报。"刘焕然道："这样说来他是可信的。我要马上汇报黄书记和许书记。"郑秀葆叮嘱道："这个关系要绝对保密。只允许梁民福和他单线联系。"

汽车绕了一圈回到原点，换孩子们上车。"你们说去哪儿呀？""去洪济山，厦门最高峰。""看伏虎罗汉赵乾。""去金山，看松林……"梁民福见孩子们讨论得热闹，只好泼了盆冷水道："这车是借来的，只能沿海边绕厦门岛转一圈。"娃娃看到哈路在后面紧追不舍，叫道："停车停车，等哈路。"梁民福把车停住，娃娃把哈路抱上车。小平叫得最欢道："一定要经过鹭江道，叫同学看见我坐小汽车了！"

香港皇后道写字楼——太平洋轮船公司总经理办公室，秘书进来对总经理说道："有一位名叫陈凤鸣的香港华林航运公司代表，在门外等候求见。"刘志清问道："香港华林航运公司代表？陈凤鸣？没听说过。请他进来。"陈凤鸣进门后，自己介绍道："我是香港华林航运公司驻高雄的代表。您是刘志清先生吗？"刘志清道："我就是。请问有何贵干？"陈凤鸣说道："幸会。有一个叫刘焕然的厦门港领港，他托我带给你一封信。"刘志清看过信，兴奋道："好一个刘焕然，居然拿下独家疏浚高雄港口航道的经营权。这么好的事，你们怎么不自己干？"陈凤鸣说："尺有所短，寸有所长。竞标夺标是我之所长，项目施工是你之所长。刘领港说，做人不能见利忘义，好处独占，要不然就没有朋友了。"刘志清一拍手道："说得好。手续都齐全了吗？公司叫什么，法人是谁？"陈凤鸣答道："手续齐备，该带来的都带来了。这是高雄市政府的授权书，这是标书副本，这是港区施工图，这是项目保证金付款收据。目前暂叫'高雄厦新水产公司筹备处'，公司法人是连珠，他是公司的经理。"刘志清一听，说道："连珠？当过高雄市长的那个军统少将？我可不想跟军统搞在一起。"陈凤鸣解释道："人家早就不干军统了，现在是全国立法委员，也算不上公职。"

刘志清明了道："我明白了，这个连珠先生是你们护身的发镖义士。那么刘焕然干什么？"陈凤鸣回答道："他是公司的发起人之一，挂个董事名分，还回厦门当他的领港。"刘志清又问："你和这个高雄厦新水产公司是什么关系？"陈凤鸣说道："我是香港华林航运公司驻高雄的代表，也是高雄厦新水产公司的股东之一。筹备期间暂借我在高雄饭店的办公室营业。公司最大的股东是厦门银行的总经理张术先生，他也是公司的董事长。"刘志清赞叹道："年轻人，看得出来你是个能干的人。办事严谨精细，前途无量。"陈凤鸣谦虚道："先生过奖了。晚生涉世未深，还请老前辈提携教导。"刘志清最终拍板道："走之前告诉我，我跟你一起回高雄。如果情况属实，我当场签合同。"

俞泾妹和孩子们乘坐人力车来到厦门港务局引水处专用码头，刘焕然领他们登上领港快艇，嘱咐道："别乱跑，等人齐了就出海。"

一辆军用轿车开到码头停下。一个年轻英俊的军官打开后座车门，奉接赵石锐和胡波夫人下车。刘焕然招呼道："赵副司令好。今天天气很好，正是出海巡游的好日子。"赵石锐回答道："我倒是无所谓，主要是让我们的嘉禾皇后高兴。"胡波夫人笑着说："我从小就想体验海上生活，可惜一直没有机会。"刘焕然问道："赵副司令对我介绍的书记官满意吗？"赵石锐说："你说孙敬贤呀，不错，人长得精神，悟性也很高，是块好材料。"刘焕然转头对孙敬贤嘱咐道："小孙，赵副司令是党国的栋梁。你要跟着他好好干，前途无量。"孙敬贤恭敬地答道："学生牢记老师教诲。愿随副司令鞍前马后，为党国效劳。"

刘焕然搀扶俞泾妹，赵石锐搀扶胡波夫人登上快艇瞭望台。快艇驶出码头。阿纯和小平故意迎风站立。随着船速提高，风力猛然加大。刘焕然喊话："小孙，你带副司令和胡波夫人，我带孩子们下去避风。"赵石锐拉胡波夫人的手，被她推开，拒绝道："我不下去，让我看个够。"一阵颠簸，胡波夫人险些摔倒。赵石锐趁势紧紧搂住她的细腰……

孙敬贤只得护送俞泾妹和孩子们下到舱内。快艇一转弯驶进沙坡尾渔港，停在风向标旁。赵石锐问道："怎么跑到渔港里头来了？"刘焕然说道："你要记住这个地方，将来'火西土'来了就在这里交接。"

渔政所长郑家榕跑来，恭敬地问："赵副司令，难得来这里，有事吗？"赵石锐故作随意道："沙波尾渔港在警备区辖区内，来这里没什么可见怪的。"郑家榕脸上堆满笑容道："那是那是。既然来了，就去我办公室喝点儿茶吧。"赵石锐拒绝道："改天吧，我还要去别的地方转转。走。"快艇驶出渔港。

刘焕然解释道："下一站东石镇渔港。我把那儿当作备用交接地点。"

驶出外海，浪头直冲瞭望台，赵石锐赶紧把胡波夫人拉进船舱……

3. 新船长上任

招商局开全体董事会。黄承祖说道："法院判决规定的15天限期快要到了，我向董事会汇报有关事项。先说第一件，关于赔偿轮船。船务处经过研究，建议把'海冀'轮移交海军。战后美国以255万美元低价卖给中国16艘3000吨上下的大湖型杂货船，都是以省取名：比如海苏、海浙、海皖、海赣、海鄂……'海冀'轮是其中之一。"刘宏声问道："判决没说连人带船都赔过去吧？"黄承祖答道："是的。'海冀'轮船长也说坚决不去海军。如果没有反对意见，那么以'海冀'轮光船赔付海军就定了？"刘宏声拍板道："可以。"

黄承祖接着说："再说第二件。法院判决我们赔偿481亿元，相当于63万美元，价值差不多是四艘大湖型轮船，就是打死咱们也拿不出这么多钱来。"胡诗源疑惑地说："招商局为所有轮船都上过保险，保险公司应该赔付损失呀。"黄承祖回答道："保险公司落井下石，借口调查事故责任迟迟不予赔付。就算是赔付了，离481亿元还差得远。"胡诗源又提出一个思路："是不是可以向财政部借款？"曹胜志否定道："不可，到期我们拿什么还？"胡诗源气愤地说："委员长背地里支持判决就该政府买单，咱们不当这个冤大头。我主张向财政部借款，到时候就是赖着不还，看能怎么样！"刘宏声折中道："也别那样硬顶着。我们向财政部借款，也许诺还款，到最后不去还它就是了。"曹胜志问："那还不把财政部得罪了？"刘宏声提示道："在财务上做手脚还不容易？多列支一些会计科目，虚报账目，分摊几年报亏损，抵偿应付账款。"胡诗源说道："跟保险公司的事不能算完。请魏文达律师继续跟他们斗。"黄承祖道："好，我去办。"

黄承祖接着说："最后一个问题是戴船长判刑了，谁去当'海福'轮的船长？"曹胜志说道："这还算问题吗？调'海冀'轮船长去不就成了吗？"黄承祖却说："'海冀'轮船长坚决不去，打死也不去！就连'海福'轮的船员自己也嫌'海福'轮晦气，不少人申请调离。这条'海福'轮也真邪了门儿，自打到了中国，就没太平过。去年在吴淞口撞翻小火轮，淹死16个军校学员。今年船到汕头搁浅，刮坏了船底和螺旋桨，拖到香港修理了3个月。这回又撞沉人家'伏波'军舰，惹来这么一场世纪官司。"胡诗源建议道："把船名改叫'海安'，取吉祥平安之意。"黄承祖道："换汤不换药。还是去不掉骨子里的'晦'字！"曹胜志提议道："那就在全局发通告，征集船长，毛遂自荐，许诺什么条件都可以答应。我就不信重赏之下找不到勇夫！"黄承祖又问："如果这样还没有人揭皇榜呢？"曹胜志想了想，道："实在没有就指定一个大副代理船长，一年期满转正。这总该有人了吧。"刘宏声说道："现在'海福'轮正在大修，还来得及，不要太着急定。"黄承祖说道："好吧，我再想想办法。"

"海湘"轮干舷甲板上船员寥寥无几。二管轮张俊根连吹几遍哨子，喊道："晚点名——"可是不见人上来。方啸云问道："人都哪儿去了？"张俊根说道："准都在轮机长那儿赌钱呢。"方啸云一声吼："解散！"

方啸云大步下到机舱，推开舱门。桌上堆着钞票，聚赌的船员都停下手。"万来福，又是你吧？"见万来福不言语，方啸云接着说："上次我掀翻赌桌，作为最后一次警告。你也答应了，怎么还不改？有再一再二没有再三的。这回我可不客气了。二管轮——把赌牌和赌资全部收走。"张俊根准备动手，万来福捂住桌子吼道："你敢。"方啸云却不客气道："我不没收，全都交给你舅舅，看他怎么处理。"待他们走后，万来福甩出狠话道："姓方的，我跟你势不两立！"

次日，方啸云手提包裹走进招商局大楼，在副总经理曹胜志办公室外徘徊半天，最后下决心闯进去，对曹胜志道："曹经理，想跟您谈谈我们船上的事。"曹胜志笑着问道："是不是我那个外甥又惹你生气了？"方啸云把纸牌和钞票摊到桌上，说道："全机舱部都跟着他赌钱，天天如此，我这个船长还能当吗？今天我把赌资赌具全带来了，你看着办吧。"曹胜志不以为意道："你生气啦？没什么大不了的，不就是耍几个小钱嘛？"方啸云反驳道："他们不是小打小闹地玩儿，一赌就是成千上万。往小里说负债累累，家毁人亡；往大里说废弛纲纪，船毁人亡。作为船长，我要对全船负责。"曹胜志和稀泥道："你的问题就是小题大做，太过较真。现在哪儿不赌钱？听我的劝，你们各让一步。你点到为止，我也叫他收敛一下，别在上班点名的时候玩儿。好吗？"方啸云依旧不让步，说道："你这样讲也不是头一次了，他改了吗？再这样下去，不是他走，就是我走。"

方啸云摔门出去，经过船务处黄处长的房门，想了想，推开门进去。

黄承祖见他进来，问道："方船长，出什么事了？看你一脸不高兴的样子。"方啸云说道："轮机长万来福聚众赌博，被我当场捉住好几次。他非但不收敛，反而愈演愈烈，还带着机舱部跟我作对。轮机部占整艘船的半壁江山，轮机长相当于副船长，我这个船长还能干吗？他是曹副经理的外甥，我想请他出面规劝，结果他反说我小题大做。"黄承祖："曹副经理是陈诚的人，董事长都要让他三分，你就不能再忍一忍？"方啸云气愤道："我惹不起还躲不起吗？吾意已决，你还是调我去别的船吧。"黄承祖说道："你来得真巧。戴汝铭船长被判刑5年，'海福'轮缺船长，正好留给你。"方啸云反问道："开什么玩笑，还嫌我倒霉不够？"黄承祖解释道："怎么是倒霉呢？我觉得你是最合适的。你不是最鄙视碌碌无为，虚度年华吗？你不是素怀雄心壮志，总想着干出一番事业吗？现在正是老天赐给你一展平生抱负的大好机会。人人视'海福'轮为畏途，可你偏偏不信邪，挺身而出，迎难而上，那才真的显出你的英雄本色呀。"方啸云说道:"谁人不知这个'海福'轮八字走背,命运多舛。"黄承祖问道:"你也信这个?事在人为。我以肺腑之言相告,大丈夫建功立业,更待何时?昔日汉武帝昭告天下,招募勇士出使西域。人皆望而却步,唯有汉中城固人氏张骞慨然应募,建下千古奇勋,因此名垂青史。我劝方老弟三思,人生能有几回搏?切莫失之交臂呀!"方啸云不死心地又问:"还有没有别的选择?"黄承祖答道:"有哇。'海福'轮不去,就留在'海湘'轮上,你自己看着办。"方啸云说道:"你这不是逼我跳火坑吗?现在先不定,你带我上船看过再说。"

黄承祖和方啸云登上"海福"轮,顾昌运迎接道:"未知黄处长承祖阁下大驾光临,未有远迎,失礼啦。"黄承祖道:"礼就免了吧。我们是不速之客,随便看看,多有叨扰。人都去哪儿啦?"顾昌运答道:"都在忙呢。你来得正好。很多人申请调离,请调信在这儿,都交给你。都说'海福'没福,干脆叫'海祸'。福不双至,祸倒是不单行。正应了那句老话,'流年不利,百六阳九'。"黄承祖问道:"百六阳九?怎么讲?"顾昌运解释道:"东汉班固在《汉书·律历志上》说,106岁中有9年旱灾。我们赶上灾荒之年又遭厄运。"黄承祖说道:"跟他们讲,你们嫌'海福'轮时运不济,凶多吉少。人家把你们视作丧门星和瘟神,谁还敢收留?你忙着,我带方船长四处转转。"

待他们走远,顾昌运叫过水手长马柏根吩嘱道:"通知大副二副三副报务员二轨三轨四轨业务主任,都穿戴整齐到这里集合。快去,不要多问。"

黄承祖带方啸云先从船艏看起。黄承祖说道:"这里遭到重创,船艏差点儿被切掉,要重新安装一个锚链舱。"方啸云说道:"那就顺便加装一个门,锚链舱就当储物间了。"黄承祖道:"这个不难。咱们往里走……刚才跟我讲话的是轮机长顾昌运,上海交通大学航业管理系毕业。很能干,就是胆子小。二轨申言箴,重庆商船专科学校毕业，吵着要调走。大副崔隆华，抗战之前是海军。战后听说要重新登记国民党党籍，非常反感，就转到招商局来。二副黄侃，吴淞商船专科学校毕业，技术水平最高。戴船长判刑，他气愤不过，决定调到三北公司去。三副席丰翼，自学成才，通过考试获得驾驶员资格。练习生周禀赋，是集美高级航海水产学校的学员……"他们穿过机舱、货舱、住舱、客房，来到灶间。"'海福'轮还有一个宝，就是这位厨师长王长祜。他当年可是无锡老字号'三凤桥'的大厨呢，做的一手正宗无锡排骨。"方啸云接话道："我就是无锡人，'三凤桥'在无锡南长区清扬路，家里穷吃不起。"黄承祖马上劝道："你要是上了'海福'轮，就能天天吃了。"方啸云说道："无锡排骨只是最普通的家常菜，最有名的应该是'天下第一菜'，俗称'平地一声雷'，是陈果夫当江苏省主席的时候亲自选定的。我也只是听说而已，没见过真容。话说回来，吃算什么。良禽择木而栖，贤臣择主而事。士为知己者死，女为悦己者容。我方某人为寻同道者生。"

黄承祖和方啸云返回舱面，高级船员穿戴整齐地集合在舷梯旁迎候。

黄承祖问道："你们这是干什么？阅兵式？"顾昌运敬礼答道："处长大人莅临指导，卑职率同人迎候，聆听训示。"黄承祖："莫要戏谑。也好，既然都到齐了，就把你的人马介绍一下吧。"顾昌运介绍道："大副崔隆华、三副席丰翼、四轨王春迎、报务主任刘冬黎、报务员马钧、业务主任韦力勉、水手长马柏根、练习生周禀赋……"方啸云突然打断顾昌运的介绍，问周禀赋道："你是集美高水毕业生？认识刘焕然吗？"周禀赋答道："当然认识，他是我的航海教官，现在是厦门港领港。"方啸云命令道："你给我说个绕口令：灰凤凰，粉凤凰。非灰凤凰，粉凤凰。"周禀赋重复道："灰混凰……混混凰……灰混混凰……混混凰……"说得一塌糊涂，引得众人哄堂大笑。方啸云说道："不错不错，好一个威武之师。"黄承祖对众人道："那就再见了。好好干,等新船长任命以后我会再来的。"

下地后黄承祖问:"印象怎么样?"方啸云答非所问道:"'海福'和'海湘'同属大湖型,我本来就熟悉。"黄承祖接着说:"刚才老轨提到东汉班固,他有个弟弟叫班超,尝曰:'小子安知壮士之志哉!'后来平定西域,被汉和帝封为定远侯,投笔从戎的故事说的就是他。夫勇者不避难,仁者不穷约,智者不失时,王者不绝世,以立其义。你方船长愿做平庸之辈吗?"方啸云没有直接应承下来,反而问道:"海军处处跟'海福'轮为敌,船名是不是改一改?"黄承祖答应道:"董事会有意改船名为'海安'号,取吉祥平安之意。"方啸云提出不同意见道:"要改就叫'海连'。最大的吉祥平安是全船一条心。"黄承祖直接拍板道:"虽然还没有请示董事会,但是我现在就敢答应你。就叫'海连'!"方啸云又要求道:"你还要答应我,我对管理和人事有完全的自主权。"黄承祖答应道:"绝对没有问题!"

见他们走远,顾昌运说:"听到没有,黄处长说什么新船长任命以后?"韦力勉说道:"那个陪黄处长来的是'海湘'轮的方船长。"顾昌运说道:"八成他就是新船长。我叫你们全身披挂,军容齐整,就是想把他招来。传说他外表冷若冰,肚里热辣辣。税专状元郎,英语前三甲。爱兵如兄弟,对人可好啦。"席丰翼兴奋地说:"要是能把金凤凰招来,那咱们不就成梧桐树了吗?"刘冬黎也高兴地说:"这下咱们'海福'号有盼头了。"

黄承祖兴冲冲闯进董事会,说道:"'海福'轮船长有眉目了。我试着说服'海湘'轮的方啸云船长。他有些动心,但是还没有最后确定。"刘宏声赶忙嘱咐道:"抓住机会,许诺他只要肯来,什么条件都答应。"黄承祖说道:"他提议改叫'海连'号,坚持船上的管理和人事由他做主,外人不能干涉。"刘宏声忙答应道:"答应,全都答应。就是拜将封侯,赐金千两都值得。"曹胜志也高兴地说:

"正好，把'海冀'轮船长调去接任'海湘'轮船长，他这一把钥匙解开了所有的锁。"

招商局董事局成员登上"海福"轮。全体船员在干舷甲板集合列队。顾昌运报告："'海福'轮全体船员集结完毕，恭请董事长阁下训谕。"刘宏声回应："谢谢。我代表董事会宣布，'海福'号改名为'海连'号，任命方啸云为船长。有请——"方啸云向董事们、向船员们敬礼。"方船长是招商局的后起之秀，技术精湛，勇于担当，相信你们在他的带领下，一定会再造辉煌。祝你们好运。"黄承祖介绍完方啸云，又面向众人宣布道："我宣布人事决定：甲板部原二副吴侃调职，三副席丰翼升任二副，练习生周禀赋升任三副，派来练习生于瑞祥。机舱部原大管轮转岗，调原'海湘'轮二管轮张俊根接任。现在请几位新人和大家认识。"张俊根、周禀赋、于瑞祥向大家敬礼，然后排到队尾。"从现在起，方啸云船长正式上位履职——请。"

方啸云说道："谢谢各位官长，你们可以走了。余下的就是我们自己的事情了。"礼送刘宏声等人走后，他说道："我请大副回答国际法赋予船长什么职责和权力。"崔隆华答道："船长的职责在国际公约、海上安全法、海商法中都有具体的规定。船舶实行船长负责制，他对船舶运行和日常管理负全面责任，拥有越权处置有关紧急事态的绝对权力，所有人必须绝对服从船长的命令。"方啸云表扬道："很好，俗话说'患难与共，同舟共济'，今后我们就同生共死绑在一起了。'海连'轮从第一天起，就规定必须不折不扣地执行原有的各项规章制度。一经发现重大失职，我会立即把他赶走。除此之外。我再强调三点。第一，严格守时，一分钟都不能有误。第二，严肃风纪，上岗值班身穿制服，工休也要衣冠整齐。第三，绝对禁止赌博和毒品。我的命令必须无条件执行。如有违犯，第一次警告关禁闭，第二次开除。我讲明白了吗？"众人齐声回答：

"讲明白了。"方啸云又说道:"我还要强调业务技能。从明天开始,我要亲自考核每个人。除了牢记操作规程、掌握本岗位的技术规范外,我还要求每个人必须学会游泳,不少于 1000 米。还有损害管制(堵漏)、划舢板、攀登桅杆、打绳结……共同科目,限 3 个月内达标,达不到标准请自动离职。有谁说受不了现在就下船去。"没有人说话,方啸云接着说:"这么说你们都同意了?那好,从明天开始全船大练兵。解散。"

船员们乘摆渡船过黄浦江。张承恩嘀咕:"妈呀,简直是天罡地煞下界了。"王春迎接话道:"那以后你小瘪三就把尾巴夹起来吧。"张承恩又说道:"二副吴侃走了,甲板部官升一级。二轨申言箴走了,机舱部没捞到升级,反倒让外来的张俊根捡了便宜。"黄宝荣正色道:"休要牢骚怪话,我倒是欢迎严格治军。"王春迎换了个话题,问道:"谁跟我去百乐门跳舞,我就请谁吃小笼蒸包,鲜虾馅儿的。"张承恩、王民安、黄宝荣、马钧都响应道:"算我一个,不吃白不吃。"

摆渡船到岸,叶杏娣已在等候了,对马钧说:"小马哥,去我家吧。你帮我修了屋顶,还没有好好谢谢你。我买了好多酒菜,让你尝尝我的手艺。"马钧就跟叶杏娣走了。望着他们的背影,张承恩撇嘴道:"包子再好也敌不过娘儿们勾魂。"

黄宝荣敲门,学着戏曲腔调说:"顾妹妹——开门来——"顾水莲回答道:"我在洗澡,你在外边等一会儿。"黄宝荣继续说道:"有人请客,我带回一屉小笼蒸包。你闻到了吗——啊——真香。"黄宝荣扒门缝偷窥,门框嘎嘎作响。顾水莲嚷道:"死鬼!你干什么哪?"黄宝荣吓得缩回去,包子险些跌落。

"海连"轮整修一新,驶出船坞。方啸云下令道:"全体集合,晚点名。"顾昌运吹哨,船员闻风而动,谁也不敢怠慢。方啸云说道:"大修结束,明天出海。记住我说的话,令出法随。明天十二点之前归队，下午三点开船。"

"海连"轮停靠十六铺码头，高悬 P 旗。船员们陆续归队，王民安一一登记。旅客排起长队，王民安说："不要着急。十二点整才放行呢。"

方啸云看着手表问道："十一点五十三，只剩 7 分钟了。还差谁？"王民安答道："王春迎和张承恩。怕是赶不上了。"电铃响。方啸云看表下令道："十二点整。放行，检票！"旅客开始登船，王春迎和张承恩气喘吁吁跑来，扒开旅客挤上来。方啸云直勾勾看得他俩心慌，心虚地问："我们整点回来，没……迟到呀？"王民安暗中提示不是迟到，而是衣冠不整。他们这才重整制服，钻进船舱。

方啸云下令说："吴淞炮台始终对'海福'轮耿耿于怀。为防意外，原定下午三点开船，延宕至天黑后再起锚。旅客要问就说刚大修完，试运行。"

夜幕降临，"海连"轮启动。旅客和船员走上舱面观景，不夜城五彩缤纷、轻歌曼舞。吴淞炮台发来灯语问询，"海连"轮闪动清晰的灯语回答："我们是轮船招商局'海连'号。"要塞再无问话，轮船顺利通过。

刘冬黎和马钧检修广播线路，喇叭遍布各个舱室。马钧分出一根支线到叶师傅的床头。张承恩打趣道："还没过门，就这么着急讨好老丈人？"马钧反问道："你嫉妒啦？我给你床头安一个报警器。"张承恩连忙拒绝道："可别，吵死人了。"来到船艏，刘冬黎对马钧说："锚链舱没有人就不装了。我回电报房试播，你检查效果。"喇叭里传出刘冬黎清晰的声音："各位旅客和乘员请注意。'海连之声'开始广播。本台每天广播四次。早餐播送半小时新闻时事，午餐播送内部稿件，晚餐播送听众点播，熄灯前转播一小时电台文艺节目。欢迎各位投稿……"广播随即切换为地方电台播放的滑稽剧。乘客和船员多数是上海人,听得津津有味。马钧走遍全船试听,到锚链舱声音就很弱了。

"海连"轮驶近厦门港,升起 G 旗。领港快艇驶来,刘焕然一步跨上舷梯,对方啸云笑道:"我心里还犯嘀咕,这不是'海福'轮吗?怎么变成'海连'轮了呢?更没想到船长竟然会是你。"方啸云感叹道:"这叫命里有时终须有,命里无时莫强求。先给你介绍我的一班人马。"刘焕然:"不用介绍,我比你还熟悉。老轨顾昌运、大副崔隆华、业务主任韦力勉、三副席丰翼,升二副了?练习生周禀赋,怎么,也升三副了?"方啸云笑道:"来得早不如来得巧。二副申请调走,以下依次递补。"刘焕然与众人招呼道:"很高兴又和大家见面了。有话进港以后再说。"方啸云挽留道:"今晚你别走了,我在房间里架一张行军床。"

轮船靠岸后,方啸云引导刘焕然参观整修一新的"海连"轮。刘焕然说道:"'海福'号最大的特征是前后四个大救生筏,一眼就能认出来。怪不得一进吴淞口,海军就给它来个下马威。"方啸云介绍道:"它在美国原名 Lake Ikatan,后来改为 San Antonio。救生筏原装载 50 人。来中国以后改装成客货轮,增加了 80 名乘客。国际海事组织要求船体任何一侧的救生艇都必须能够容纳所有的船上人员。所以救生筏不仅不能拆除,还要大大增加装载量。"经过高级船员休息室,方啸云说:"我跟你学,也办起一个读书室。公开杂志有《展望》《瞭望》《文萃》,图书有《牛虻》《呐喊》……都是周禀赋弄来的。还有一些禁书只能在私下里传阅。我正在看冯玉祥写的《我所认识的蒋介石》。"刘焕然反思道:"我过去的做法落后了。现在工会很活跃。办夜校,学文化,学技术,讨论时事政治。既能学知识,又能把工人组织起来,你不妨试试。周禀赋能够成为你的好帮手。"

回到房间,服务生王民安已经把行军床和酒菜都摆好了。方啸

云说道:"咱们边吃边听广播助兴。"打开收音机,传来熟悉的女声:

这里是邯郸新华广播电台。新华社23日讯,由彭德怀司令员指挥的我西北野战军,今天发起对沙家店守军的最后总攻。全歼敌36师一个旅,活捉旅长刘子奇,及以下6,000余名官兵……

方啸云说道:"古语道:'识时务者为俊杰,昧先几者非明哲。'只叹我们生不逢时,赶上一个病入膏肓的政府和腐朽没落的时代。"刘焕然不同意道:"恰恰相反。我们是生长在大变革的时代,一个建功立业的时代。正是病入膏肓,才有浴火重生,才有幸见到化腐朽为神奇。不会很久了。我们要做好准备,迎接时代的考验,完成天降的大任!"

第二天,胡韵贞带着阿纯和弟弟妹妹到船上来对刘焕然说:"小家伙们听说爸爸住在船上,吵闹着非要住到船上不可。刘师母被纠缠不过,叫我送过来。"刘焕然批评道:"胡闹,轮船不是旅馆,快给我回去。"方啸云拦住道:"已经来了,住一个晚上没关系。"说着转头对三副说:"三副,孩子交给你管。安排一个房间住下。"周禀赋答道:"好的。"然后对孩子们笑道:"孩子们,跟我走,你们最想干什么?"阿纯第一个回答道:"洗热水澡。泡浴缸,泡一整天——"小平紧接着回答道:"我要爬到最高处,叫同学们都来看我在船上!"

"海连"轮的下一站是汕头。方啸云看潮汐表叮嘱道:"厦门距离汕头150海里,按照10节的航速,路上航行15个小时。今天汕头港的大潮是19:42。你要计算好时间,保证在这个钟点前后进港。"席丰翼答应道:"知道了。"

"海连"轮停靠码头,喇叭响起:"汕头港到了。'海连之声'

提醒各位旅客保管好个人行李。欢迎再次做客。'海连'轮就是你们的家。"

黄宝荣、王春迎、王民安、张承恩穿戴整齐准备下地。喇叭又响了:"广播重要通知。旅客下船后,全体船员到大餐厅集合。除值班人员外,一律不准请假。"王春迎不高兴道:"真倒霉,我白擦皮鞋啦。这叫什么事呀。"黄宝荣劝道:"破天荒第一回,也许真有什么重要的事儿呢。回去吧。"

方啸云走进餐厅对众人道:"我们'海连'轮各方面有了明显的起色。礼为情貌、整衣敛容、守时有信、抑邪扶正已蔚然成风;刘冬黎创办'海连之声';周禀赋开设读书室,做得都挺好。人生就要有个奔头,有个追求,不能瞎混日子。你们说是吧?"张承恩回答道:"我没啥可追求的。能有饭吃,能娶个老婆就知足了。"方啸云也问道:"你叫什么来着?张……"王春迎连忙接道:"他叫张承恩。绰号小瘪三。"方啸云对张承恩道:"'小瘪三',我问你,讨了老婆有了孩子,他问'爸爸爸爸,你是干什么的?'你怎么回答?"张承恩答道:"我是海员,在船上当加油工。"方啸云笑问:"将来孩子长大成人,成家立业了,你也老了,快干不动了……"船员们哄堂大笑,张承恩也觉得难为情。"将来的轮船肯定会被内燃机、汽轮机、电机甚至原子能替代,用不着加油工了。到那个时候你靠什么手艺吃饭?"王春迎打趣道:"他不发愁。他有一门看家的本事,给人家擦皮鞋。"

方啸云劝道:"西方有一句谚语,A young idler, an old beggar。翻译成中文就是'少壮不努力,老大徒伤悲',和'莫等闲,白了少年头,空悲切''黑发不知勤学早,白首方悔读书迟'是一个意思。在你们眼里,我当船长,是上等人。其实我也出身贫苦,只上学到初中,不得不去美国总统轮船公司干苦工。我不愿意混日子,每天补习功课,只睡四五个小时,最后考进海关税务专门学校。说明通过努力是可以改变命运的。"王民安问:"船长,你有什么好主意?"方啸云说:"我最瞧不起打麻将,没听说谁打麻将打出息的,白混一辈子。很多工厂办夜校,组织工人学技术,讨论时事政治,成了有知识、有技术的人。咱们把'海连'轮办成一所浮动的学校。我可以教外语,大副二副可以教航海,老轨二轨可以教轮机,报务主任可以教报务,厨师长可以教厨艺。不是挺好吗?"

孙信祚第一个问:"我能报名学驾驶员吗?"王民安则叹道:"要能当报务员就好啦。"马柏根则说:"我小时候在黄浦江边看过往船只,特别羡慕轮机员。他们下班以后洗干净澡,躺在甲板上吹风晒太阳,别提多舒服了……"

方啸云肯定道:"都可以呀。小瘪三,就剩你了,打算学什么?"张承恩结巴道:"我还没想好……我就喜欢吃……"方啸云却赞同道:"爱吃不是坏事,我就爱吃。既然这样,那就跟王师傅学厨艺吧。"张承恩跳着拒绝道:"叫我跟儿子说我是个厨子?多丢人哪!"方啸云说:"当厨子可不丢人。在法国,在意大利,厨子很受人尊敬,不但能出名,还能得勋章呢!连总统都跟你照相。"周禀赋也帮腔劝道:"艺不压身。学会一门手艺,走遍天下都不怕。世界各地的华侨大半开餐馆当老板。"黄宝荣也劝道:"你想擦一辈子皮鞋吗?没听说过擦皮鞋能发财的。"张承恩犹豫了一会,答应道:"那我就听你们的。一咬牙一跺脚,报名学厨艺,当厨子。"

方啸云笑着说:"很高兴大家积极响应。还有人不识字没关系,可以开故事会读小说。这方面三副周禀赋有经验,叫他来说说。"周禀赋举起一本书对众人说:"我早准备好了。这本书叫《虾球传》。香港、上海和广州的广播电台应听众要求已经重播过三次。相信你们也会喜欢。"方啸云补充说:"夜校是一所大学校,大家都是同学,应该互相了解。我还建议讲故事之前加一段自由演讲,像我那样,轮流介绍自己。"见反响热烈,方啸云接着说:"那就这样定了。

夜校每星期两次，晚饭后七点开始。"

马柏根第二天就找到二轨张俊根问："考轮机员都要准备哪些课程？"张俊根想了一下说道："据我所知考主机、辅机、船舶电气、轮机自动化、船舶动力装置、轮机管理、轮机英语七门功课。"马柏根又问："我从哪一门开始学好？"张俊根答道："业务从主机开始，而英语要贯彻始终。你发灯语，升信号旗，英语已经掌握一半了。"马柏根一拍大腿说道："那我就从主机学起。"

夜校开学的日子到了，大餐厅里座无虚席。方啸云对众人道："上次说过，开始讲故事之前，加一段自由演讲。想必都有准备，谁来开头炮？"见没有人吭声，方啸云说道："那就请三副带个头吧。反正接下来他要讲故事。"

周禀赋起身说道："我祖籍是福建安溪。从小跟随父亲去了缅甸，我实际上是个华侨。华侨看着衣锦还乡，其实大多数是穷光蛋。我回国上集美学校，就因为不用交学费。我读了书，懂得了社会发展的道理。我总是盼望什么时候我们的国家能够彻底铲除不平等，消灭腐败和贫困，享受民主和自由，人人过上好日子，那该有多好哇……嗯……我就讲这么多吧。"

张承恩问："听说缅甸男人女人都穿裙子，是吗？"周禀赋答："是穿筒裙。男人穿'笼基'，深色格子。女人穿'特敏'，花花绿绿。"张承恩却玩笑道："'笼基'，就是笼中小鸡鸡。'特敏'，就是裙底下特敏感。哈——"

周禀赋把话题拉了回来道："别瞎扯了，咱们书归正传。《虾球传》的作者是黄谷柳先生。"他举起惊堂木，狠劲儿一拍，接着说："《虾球传》，第一部，春风秋雨。第一回，离开家庭……有一个人从小艇里跳出来。虾球高声唤他：'王狗仔'……"

"海连"轮进入夜航。王民安探头进来问："刘主任，还没睡吗？我想问你，我这样的人能学无线电吗？"刘冬黎放下书本，说道:"Boy？进来说。学会收发报并不难。只要肯下功夫,有个多半年就可以学会。让我看看你的手。"王民安伸出手,刘冬黎接着说:"你手指纤细,手腕灵活。你要想学现在就可以开始。电码分为两大类:第一类是国际通用的英文摩尔斯电码,用于通讯联络。第二类是中文数码,用于传递电文。你先从学摩尔斯电码开始。"刘冬黎又取出一张电码图说道:"每个英文字母都用不同的·和—组成。·读作'滴',—长画读作'答'。每一个'答'是三个'滴'的长度。比如a是滴答(·—),b是答滴滴滴(—···),c是答滴答滴(—·—·)。你试试大声读出来。"王民安读26个字母,刘冬黎一一矫正,然后说道"好了,这就是第一课。"王民安惊讶地问:"教完啦？就这么简单？你还没教我发报呢？"刘冬黎笑着解释道:"一步步来,先学收报再学发报。你每天至少要朗读4个小时电码,直到每分钟读出100个字母。我对你的忠告就是,持之以恒。"刘冬黎看了一下手表接着说:"快七点了,故事会该开始了,今天轮到我讲话。"

大餐厅里坐满人。黄宝荣问王民安道:"Boy,你滴滴答答嘟囔什么？"王民安说:"刘主任答应教我收发电报,刚开始。"黄宝荣高兴地说:"好事呀。"然后转头又问:"小瘪三,你在干什么？"张承恩答道:"我在读《三国演义》。"黄宝荣一脸不信地说:"我不信。那都是古文,连我都看不懂。"张承恩反驳道:"别小瞧人。不信我背出所有章回给你看。'宴桃园豪杰三结义,斩黄巾英雄首立功;张翼德怒鞭督邮,何国舅谋诛宦竖;议温明董卓叱丁原,馈金珠李肃说吕布;废汉帝陈留践位,谋董贼孟德献刀……'怎么样,倒背如流,没骗你吧？"王民安笑着拆穿道:"别信他的。小瘪三是看的小人书。"黄宝荣说:"不管真的假的,能把章回都背下来也不容易,说明你小子很聪明。以后把聪明劲儿用到正道上就更好了。"

方啸云入场，主持道："今天晚上的主讲人是报务主任刘冬黎。现在开始。"

刘冬黎一口重庆口音地说："抗战时期，我在葡萄牙华兴轮船公司的'蒲露陀'号货船上当报务员，去过日本、新加坡，也去过符拉迪沃斯托克。发现苏联并不是共产共妻，人家的日子过得好好的，没有乞丐，井然有序，就是穷一点儿。那也是因为欧洲战场打仗，连黑面包都吃不上。"

王春迎问："俄国娘儿们漂亮吗？"刘冬黎答道："不瞒你说，还真漂亮。金发碧眼，大妈妈头大屁股，故意往你身上蹭。比你还会跳舞，撩起裙子勾引你。你给她一片面包，她就会跟你亲嘴。你给她吃顿大餐，没准儿就会跟你上床。"王春迎哇哇叫道："哎呀呀，我怎么没赶上这等好事。"刘冬黎却玩笑道："千万别去碰俄国娘们儿。生了娃就发福，腰粗得像母熊。一屁股能把你坐扁，一巴掌能扇掉你半个脸。"课堂里一阵大笑。

周禀赋说："好你个飞机头，又做梦娶媳妇了。要不上台来讲讲你的艳史？"王春迎连忙躲避，周禀赋不再理会他，接着说："好了，下面我接着上回讲故事：虾球举起手枪向神台'砰'地放了一枪，大声喝道：'不要动！'士兵们霎时给吓呆了……"

正值席丰翼值班，舵工孙信祚问："二副，报考驾驶员要准备哪些课程？"席丰翼回答说："考试分作理论和操作两大类。理论考试有航海英语、航海学、船舶结构与设备、船舶管理、船舶值班与避碰。实际操作有海图作业、航线设计、船舶定位、航海仪器使用。最少要具备中学的数学，尤其是三角学的知识。"孙信祚面露难色道："啊呀，这么多课程，我哪儿学得过来。我最怕数学和英语。"席丰翼说道："没关系，我把旧课本送给你，有不懂的就问我。数学和英语是基础知识，需要长期的积累。只要有恒心、有信心，没有克服不了的困难。"

又到夜校时间了，周禀赋问众人："请安静。今天谁想上来说话？"

席丰翼起身说："我来试试。人家船长和三副是专业科班毕业，我只上过初中，全靠自学。开始在长江轮船上见习。抗战爆发后回老家江苏启东，在新四军的后方医院帮过忙。抗战结束后我又回到船上，从驾驶员干到二副。方船长来了以后，船上的阴霾之气一扫而光，我感觉有盼头了。"

张承恩接话问道："你说给新四军医院帮过忙。一定参加共产党了吧？"席丰翼否认道："我不过是打杂帮忙，混口饭吃。连卫生员都算不上。"周禀赋接着说："别吵，不要动不动就扣帽子。好了，咱们书接上回。……回到艇上，亚娣毫不犹疑地把横窗拉密，拉虾球靠近，迅速地吻了一嘴他的脸颊：'我看见你的眼光，知道你想什么。'这一下却骇得虾球的心怦怦地跳……"

张承恩评论道："这个虾球真是个蠢蛋。要是换了我，还不就势抱她上床？"

王民安满怀信心走进电报房，对刘冬黎说："刘主任，我练习两个多礼拜了，读给你听，看行不行？"他一本正经地读起来。刘冬黎说道："不行不行，差得远呢，看我的。"说罢水连珠般一口气读完一整页，然后又说："你再听马钧的。"马钧同样读得行云流水。刘冬黎接着说："训练一个报务员最快也要半年。熟读电码的目的，是为了不假思索地把电码变成字母和字符，或者反过来把字母字符变成电码，形成自动化条件反射。要做到这一点，不仅每天都练习，而且无时无刻不在练。记住这句至理名言，立志在坚不欲锐，成功在久不在速。"

下次夜校主讲人是报务员马钧。他自我介绍道："我的家乡江苏南通是名人辈出的地方。名气最大的要数张謇了，他是我国近代著名的教育家、慈善家、状元实业家，把南通建成中国近代第一城。

我敬重他，是因为他的思想永远处于时代之先。Business is the salt of life（事业是人生的第一需要）。我要像张謇那样坚持不懈地探索求新，干出一番事业来。"

张承恩问："你敢自称南通是中国近代第一城，把阿拉上海放到哪里去了？"马钧答道："上海是远东第一城，全是靠洋人的力量。而南通的第一城，完全是中国人自己的力量。你一口一个阿拉上海，好像你小瘪三就是正宗上海人，谁知道你的根在哪里？说不定祖上还是江北逃荒要饭来的。"张承恩反驳道："你还别不服气。在座的哪个敢说自己从爷爷起就是上海人？"

周禀赋拉回话题道："好了好了，越扯越没边儿了。下面念最后一回故事……蟹王七站出来问道：'不投降你把我怎么办？'虾球道：'不投降就消灭你！你老婆死，你也死！'这一下蟹王七心软了。他丢下轻机枪说道：'好吧。一个人走下山来。'"周禀赋放下书本，说道："《虾球传》到这里就念完了。"

张承恩惊讶地问："怎么？这就念完了？我还等着听虾球把亚娣搞到手呢。"黄宝荣说道："可不是该完了嘛。鳄鱼头走私洋香烟发了大财，结果贪心不够船沉了，又去当保安团团长。保安团被游击队打散，自己自杀死了。蟹王七投降了。虾球出息了，最后投奔丁大哥的游击队。"张承恩又问："你们不觉得我很像虾球吗？"黄宝荣生气地说："你？瞎了你的眼球！我看你像王狗仔。"张承恩说道："总觉得丢了什么。还有没有新故事可讲？刺激一点儿的？"周禀赋说："我准备下次读《蟹工船》，作者是日本小说家小林多喜二。"黄宝荣说："没听说过，听书名是关于捉螃蟹的故事。日本出产帝王蟹，每只有5到6个普通梭子蟹大。"张承恩评价道："没劲，我就爱听亚娣姑娘亲虾球……"

王民安轻手轻脚走进电报房，静静地看刘冬黎抄收电报，感叹道："哇，你写的字真漂亮！是不是报务员写字都这么漂亮？"马钧说："可不是嘛。报务员写一手好字，不是为了漂亮，而是为了准确规范，不会造成误读。"刘冬黎下笔边写边对王民安说："我写一组字母和数字你拿回去照着练。"他的笔尖在纸面上轻轻滑过，一排清秀工整的英文字母和数字呈现在眼前：*abcdefghijklmnopqrstuvwxyz……1234567890……*"收发电报一坐就是大半天，所以握笔要放松。"王民安不解地问："私塾先生可是说握笔要紧，从背后抽不出来呀？"马钧失笑道："听他的话害死人。要是那样报务员还不累死？"

名为学厨艺，其实干的都是下手活儿，张承恩心中好大不爽。唯一的好处是时不时偷回一些酒菜，跟小兄弟们"嘎塞屋"或者"擦瑞歹"①道："我搞到一瓶口子酒，还有花生、香肠、皮蛋、熏干、五香豆。"黄宝荣表扬道："都是好东西。口子酒是有2000年历史的安徽名酒。原名叫濉溪酿酒。"张承恩却不忿道："你们都在耍我。厨艺没学到，整天没完没了地刷盆子洗菜择菜。"黄宝荣说道："你小瘪三身在福中不知福。招商局拖欠工资，谁家的日子都不好过。别人还没吃上饭，厨子尝就尝饱了，还能吃小菜喝老酒。知足吧。"王春迎问黄宝荣道："阿黄哥，你的主意多。能不能想办法挣点儿外快？"黄宝荣答道："你这一说倒提醒我。天天听《虾球传》，还真听出了门道。人言靠山吃山，靠水吃水。鳄鱼头靠走私外国香烟发了大财，咱们怎么就没想到靠船吃船呢？你问问哪条船不搞走私？美国英国香烟，在香港不到100块一包，回来一倒手能卖400块钱！相差四倍多！洋酒就更多了。"王春迎也补充道："听说带洋字的都好卖。奶粉、咖啡、阿华田、世棒罐头……"黄宝荣却说："'海连'轮不跑香港，买不到一手货。我认识汕头韩山南

---

① "嘎塞屋""擦瑞歹"：上海话，聊天的意思。

果店的关老板,他可以搞到二手货,进价自然会高一点儿。那也值,买一箱洋烟10万元,转手卖30万!还有洋酒和美国罐头。"张承恩一听兴奋地说:"有这等好事?我干!"王春迎一咬牙,也说道:"舍不得孩子套不到狼。豁出去赌上一把。"黄宝荣劝道:"头一次没有经验不要贪多。每个人先出5万块钱,算是投石问路。我管进货,销售人人尽责,利益平分。"王春迎答应道:"可以是可以。可是好久没发工资,哪儿搞那么多钱呢?"黄宝荣说:"等船到汕头,我求求关老板,看能不能赊账。我可有言在先,走私贩卖洋烟洋酒是犯法的。一旦被抓,连人带货都赔进去不说,船长也定会开除你。咱们可说好了,只能自己顶包,不许把别人供出去。"

毕竟常跑这条线,黄宝荣与关老板稔熟。他和王春迎抵押手表,又凑了些钱,关老板赊给他们第一批货。返回上海,"海连"轮停靠十六铺码头。黄宝荣将两人叫到一起上说道:"飞机头,别光想着跳舞,小瘪三,也别光想着吃。最要紧的是把洋烟洋酒推销出去。"王春迎反驳道:"你黄铜匠也别光惦记着小寡妇。"

十六铺码头很繁华,张承恩脖子上挎着香烟匣子四处溜达,口中有节奏地念着:"进口香烟好来嘻——美国英国法兰西,德国俄国意大利,丹麦瑞士奥地利,日本印度土耳其……"见人就奉承说:"先生真有派头,一看就有身份,抽英国香烟最相配……"遥见警察他就跑,警察过后又回来接着道:"先生好福气,刚从英国运来的,让你赶上了。我给你特价,错过了要后悔一辈子的,买两包试试?"很快就卖出去一整条三五烟。

顾水莲卖芝麻糊的独轮车上插着一个幌子,上书"英国香烟"。黄宝荣扮作小伙计,每送上一碗都频频哈腰,几近谄媚和阿谀地说:"您的芝麻糊——请慢慢亨用。"每送走一位顾客,他都追上去说:"先生不买一包烟吗?英国进口的。"吃客看也不看他一眼,扬长而去……

一进百乐门舞厅,王春迎就进入疯癫状态,如痴如醉,直到筋疲力尽。乐曲中止,他直奔吧台叫道:"兄弟,给我一瓶冰镇百威啤酒。"调酒师认得他,问道:"王船长,好久不见。好像又有钱了?"王春迎说道:"你真有眼力。知道我是怎么有钱的吗?给你看样东西。"取出两包香烟说道:"英国登喜路、美国温斯顿,还有苏格兰威士忌,绝对真货。"调酒师却说:"贩卖走私货抓到要判刑的。洋烟洋酒我都是从专卖局进货。"王春迎点拨道:"真是傻瓜。你拿从专营店进货的发票做证不就得了?"调酒师恍然道:"还是你聪明。那就先送两条登喜路、四瓶威士忌来,说好了是试销。"

三天下来,居然全部售罄。不但能还账,连下回进货的钱也有了。

转眼春节快到了,家家户户都忙着准备过年。戴汝铭船长的女儿小瑜正在晾衣被,方啸云过去帮她,两人合力拧干被单。方啸云问小瑜道:"你爸爸妈妈还好吗?"小瑜道:"不好。爸爸判刑以后薪水就没有了,妈妈不知道该怎么办。"方啸云气愤地说:"哪能这样?你爸爸是被诬陷和冤枉的,为公司顶着罪名。他虽然被判刑但还是公司的人。"说着方啸云安慰道:"别急,我找机会帮你们问问,总会解决。"

1948年(民国37年)1月29日,上海爆发学潮,学生上街游行。1月30日,爆发工潮,申新九厂工人大罢工。1月31日,爆发舞潮,舞女捣毁社会局大楼。史称"三潮迸发"。叶杏娣参加罢工被军警打伤,马钧和叶师傅日夜守护着她。上海全城搜捕罢工工人。

2月1日是春节。大批宪兵突然冲进码头,分头搜查轮船。周禀赋见势不妙,赶快跑回住处,取出《共产党宣言》《中国四大家族》《评〈中国之命运〉》,跑进电报房大喊:"突击搜查!你掩护我。"刘冬黎问:"全在这儿了吗?"周禀赋答道:"方船长那儿还有一本,他不在。"周禀赋把门反锁上,用扳手旋开地板上的螺丝,移开备用发电机底座,露出空当,塞进书本。按照事先准备好的套路,刘冬黎装作发报，发出滴滴答答的电报声。

宪兵队长猛砸船长室的门。席丰翼拦住他说："住手！这里是船长室，任何人不准进。"队长又去敲电报房的门。周禀赋开一条缝，指指门外的告示说："没看见写着'电台重地，非公莫入'吗？"又迅速把门关上，把发电机回复到原位，安装螺母。宪兵队长还是拼命砸门，周禀赋不得不再次开门说："嘘——正在收发电报，莫要进来。"宪兵队长伸脚抵住房门，用怀疑的目光全方位搜寻，还要查看周禀赋的身后。周禀赋发现地上遗留了一颗螺母，赶快用脚踩住。刘冬黎装出恼怒的样子，很不耐烦地挥手。周禀赋顺手取出两听"555"牌香烟塞给他，把他推出门外。

宪兵队带着战利品撤走，留下一片狼藉。方啸云刚从家里回来问："宪兵队来过啦？"席丰翼回答："往年例行搜查都是走个过场，今年搜查得特别仔细。不知道是不是因为'三潮进发'。"方啸云赶紧问："我的床下还藏着一本《人民公敌蒋介石》。没出事吧？"席丰翼说："宪兵队要进你的房间，被我挡住了。"韦力勉说道："不过有个坏消息。招商局来通知，解雇叶师傅和张承恩。"方啸云看过通知，生气地说："岂有此理！哪有过大年砸人家饭碗的？你收好，别告诉他们，等过完节再理论。"

下到灶间，张承恩正在洗菜。方啸云问："小瘪三，正式拜师学艺啦？"张承恩却一脸不满地说："学什么艺呀。我成了打杂的小伙计，整天洗菜择菜，收拾锅碗瓢盆，没意思透了。"方啸云说："比我强多了。我在美国轮船打扫厕所！浑身臭烘烘，腰都直不起来，只有睡觉前才能看一会儿书。"张承恩说："我哪能跟你比。"方啸云却说："你知足吧。你有王长祜这样的名厨当师傅，谁有这么好的条件？李密牛角挂书、匡衡凿壁偷光、车胤囊萤夜读、董仲舒三年不窥园，都是吃得苦中苦方为人上人的榜样。把你的聪明劲儿用到正道上，早晚会有出息的。"

方啸云下到灶间,见厨师长王长祜坐在一角闷头抽烟,就问道:"王师傅,过年有什么好吃的呀?"王长祜没好气地说:"还能有什么,咸鱼和鸡毛菜呗。"方啸云说道:"别开玩笑啦,过节怎么能吃这些?"饭老板王还根掀开锅盖:"不开玩笑,不信你瞧。"韦力勉解释道:"半年没发工资,伙食费削减一半。物价一天一涨。早上买一斗米,下午只能买五升。等月底开支的时候,物价已经翻了好几倍。我找过好几次财务处,他们也没办法。过了节,还不知道吃什么呢。"方啸云生气道:"不像话!还叫不叫人活了?"说罢把兜里的钱悉数掏出来给厨师长,说道:"去买半扇猪,再加5斤老酒回来。我跟大家一块儿过年。"韦力勉拒绝道:"那怎么能成?嫂夫人要罚你跪搓板儿啦。"方啸云说道:"当然不能让她知道。赶快把所有人都叫回来,中午就要吃上。"

招商局有内部供应站,专为轮船提供粮油果蔬。因此饭老板很快就把酒肉蛋菜置办齐了。方啸云说道:"小瘪三,该你亮亮手艺了。"张承恩尴尬地说:"我哪儿有什么手艺?我是夜壶摆在床底下——见不得人。"韦力勉解围道:"你就说说戴船长怎么是你的恩人吧。"张承恩说:"都看过《三毛流浪记》吧?我就是那个三毛。卖报、捡垃圾、刷广告、推黄包车……我都干过。后来去擦皮鞋。有一天,戴船长擦皮鞋,付过钱就走了,一张大钞票掉进我的鞋箱里。我追过去把钱还给他。等我回来箱子不见了。戴船长好心收留我,让我上船当了见习加油工。"方啸云感叹道:"那你真要念戴船长的好啊。"

正当布置餐桌的时候,马钧回来了。席丰翼问:"叶师傅家怎么样了?"马钧说:"糟透了。申新九厂大罢工,死了3个人,伤了140个人,判刑26个人,开除365个人。叶师傅的女儿杏娣被开除了。"韦力勉叹气道:"真是祸不单行。叶师傅今后的日子可怎么过呀。屋漏偏逢连夜雨……"方啸云打断他,吩咐道:"叶师傅来不了,把他的那份酒菜留着,吃过饭给他送去。"

张承恩手托双盘从灶间出来,喊道:"让开,孔雀开屏——"席丰翼猜测:"头道菜必是拼盘。"王民安上场,也唱道:"闪开闪开,金针刺猬——"孙信祚一看笑道:"那不是豆芽菜嘛。"马柏根举着大盆出来,高喊:"雪山飞狐——"刘冬黎评论道:"我知道,准是开洋白菜——"周禀赋出场,高喊:"麻姑献寿——"马钧说:"不用猜,是麻婆豆腐。"于瑞祥手托大盘子,高喊:"小心蹭油,好菜登场啰,独占龙门——"黄宝荣脱口而出:"呀,这不是鬼头鱼嘛。"王还根端出一口锅,说道:"慢回身,八戒汰浴①——"王春迎笑道:"猪八戒洗澡,还不搓下一盆泥巴?"王还根揭开锅盖。王春迎笑道:"哈哈,红烧肉。"张俊根嚷道:"让开让开。孙悟空大战虾兵蟹将——"顾昌运说道:"肯定是卤虾酱。孙悟空捣龙宫,把虾兵蟹将打成烂泥。可不是卤虾酱嘛。"打开一看,原来是酸辣汤。厨师长王长祐端着特大盘子走来,唱道:"压轴好戏,金匮鼋头——"方啸云笑着评论:"没有跑,是无锡排骨。金匮是无锡城的古称。鼋头渚是横卧无锡太湖西北岸半岛的一块巨石。王师傅把排骨堆成神龟模样。"韦力勉抱出一坛绍兴老酒。

韦力勉举杯说道:"酒宴开始,我提议为方船长敬一杯。要不是方船长——"方啸云打断他说:"第一杯酒要敬王老板和王师傅,还有小瘪三,为大家精心制作了那么丰盛的酒菜。咱们难得大团圆,高高兴兴过个年。"干过杯,韦力勉还是坚持要说道:"方船长是咱们的领头人,该敬还是要敬的。自打他来了以后,我们'海连'轮有了脱胎换骨的变化。广播站、阅览室、夜校、读书班都办起来了,赌博的歪风邪气吹散了,新气象有目共睹。来,为咱们的方船长干杯——"王长祐乘兴唱起家乡盐城的淮剧《玉簪记》:"你是个天

---

① 上海话洗澡叫汰浴,再老派点叫和(huò)浴(yue)。

生俊生,曾占风流性。无情有情,只看你笑脸来问……"

节日一过,方啸云匆匆走进招商局高级船员休息室。"济平"轮船长罗远辉叫住他说:"方船长,听说你的夜校办得有声有色,我正打算去取经呢。"方啸云笑道:"随时欢迎,不过今天有更重要的事。我万没想到公司拖欠工资和伙食费,船员过节只能吃咸鱼和鸡毛菜。你们船上也这样吗?"罗远辉道:"差不多。我叫业务主任找公司财务处,还没跟我说结果。"方啸云道:"不会有结果,这种事只能找董事长或者总经理。愿意跟我去吗?"

船长们一同来到董事长办公室,没想到坐着满屋子的人,目光都转向他们。刘宏声说道:"我们正在开新年度第一次董事会。要是没有特别重要的事,就另找时间来吧。"方啸云却问:"开董事会?这么说我来得正是时候,当然有重要的事。如果我说船员们是吃咸鱼和鸡毛菜过年的,你们相信吗?"刘宏声不相信道:"不会吧。可别听信谣言。"方啸云说:"我可不是无中生有,而是亲眼所见。业务主任告诉我,自从戡乱起,物价就开始猛涨。到如今像脱了缰的野马,一天一涨。上午买一斗,下午只能买五升。公司月底开支,等拿到手又缩了一半。新年度工资和伙食费就没有发过,这还叫人活不活了?"曹胜志说:"当前国家经济形势不好,公司经营出现巨额亏空。赔了海军一艘船不说,还要赔偿480亿元,你们也要体谅公司的困难。我们董事会不是带头减薪,和大家共渡难关嘛。"方啸云道:"说到减薪就更不合理了。董事会和船长、轮机长、大副、大管轮削减一成,二副、二管轮削减二成,三副、三管轮削减三成,水手长、铜匠以下削减四成。高官们收入本来就高,削减一成工资对生活影响不大。底层海员的工资本来就少,再削减去四成,别说养家,就连自己都吃不饱了。"胡诗源说道:"刚才还在讨论怎么应对'三潮进发'。这下子可好,'海潮'又来了。"刘宏声问:"那你说该怎么办呢?"方啸云正色道:"最首要的是保障最低生活。就比如说减薪，应该调过个儿来，高薪多减，低薪少减才合理。至于减多少可以商量。今后工资和伙食费一定要保证按时足额发放，而且要在月初就拿到手。为了避免钱币缩水，也可以考虑折算成大米。"刘宏声听完回复道："公司的工资和伙食费是从交通部下拨的，所以你的意见我们还不能马上答复。"

方啸云又补充道："还有，这是节前收到的通知书，辞退我们船上的叶阿东老师傅和加油工张承恩。这是哪个浑蛋干的缺德事？"说着瞟了一眼曹胜志，接着说："叶阿东老师傅年老体衰，中年丧妻，女儿被工厂开除。张承恩是个孤儿。你们断了人家的生计，不就等于杀了两家人吗？现在我明白三潮进发了。原来都是官逼民反。要是换了我也会上街的。"曹胜志吞吞吐吐地说："具体情况不清楚……等我回去核实一下。"方啸云却说："那就把这个除名通知书拿回去。当初公司答应过，有关人的事情必须征得船长同意，不得随意裁员。"刘宏声说："我们确实答应过，绝不食言。"曹胜志说道："你都讲完了吗？讲完了就快回去吧。"方啸云又道："没讲完。戴汝铭船长被判刑，完全是代招商局受过。不知道又是谁的主意，停发他的工资，一家人靠典当度日。"刘宏声惊讶地问："竟还有这样的事？我怎么不知道？赶快叫财务给补上。"

船长们退出会议室。曹胜志说："这个方船长得理不饶人，真是个刺栗头，以后还真要多防备着点儿呢。"刘宏声却说："我不这么看，他体恤下属、恪尽职守。所有船长都这样就好了。"黄承祖也补充说："别忘了当初没有人愿意去'海福'，是他接过这个烂摊子，为公司解了围。他去了以后搞得有声有色，成绩斐然，也是有目共睹的。我看反而应当嘉勉他。"胡诗源说："那就全公司通报，嘉奖他管理有方。"黄承祖："再颁发一面'模范船'锦旗给'海连'轮。"刘宏声拍板道："我举双手赞成，就那么办。"

三天后的夜晚，刘宏声和董事会一班人马登上"海连"轮，方啸云带他们下到舱室。周禀赋正在读《蟹工船》："……300号人，由结巴领头儿三呼'罢工万岁'！学生笑道：'听见这声音，监工怕要吓得打哆嗦吧？'于是一起拥向船长室。监工一只手攥着手枪。一进门，监工皮笑肉不笑地说道：'真干啦？'……"

周禀赋发现有外人，放下书本说道："怎么有客人来？今天就读到这里。"方啸云对众人道："招商局的刘董事长率全体董事来看大家，大家欢迎。"

刘宏声说道："听说'海连'轮在方船长领导下踔厉奋发、风清气正，阅览室、夜校办得有声有色，今天亲眼看到，果然名不虚传。我们特地来宣布董事会的决定，向方啸云船长颁发'管理有方'的嘉奖令，同时授予'海连'轮'模范船'锦旗一面。通告全局。"方啸云和顾昌运在掌声中接过嘉奖证书和锦旗，方啸云代表大家发言道："感谢董事会的褒奖和鼓励。证书和锦旗就挂在大餐厅，让我们天天能看到它，鞭策我们不断进步，对得起'模范'的称号。"刘宏声接着说："董事会还决定，明天起补发拖欠的工资和伙食费，从下个月起调整为月初开支。根据自愿原则，工资可以折算成大米发放。船长大副以上减薪三成，以下员工减薪一成。你们有意见吗？"船员们回答："只要你们保证兑现，我们当然没有意见。"刘宏声保证道："当然，董事会说话算数。"

方啸云陪同董事会退场。曹胜志问："刚才读什么书，怎么有人搞罢工？"方啸云答道："读的是日本小说《蟹工船》。讲工人们团结奋斗，战胜困难。"曹胜志嘱咐道："你们要拥护政府，维护领袖的光辉形象。罢工不利社会稳定，对谁都不好。"方啸云满口答应着："那是当然。政府对大家好，谁还会去罢工？"

4. "天汉计划"

夜深人静,方啸云收听短波:

　　这里是邯郸新华广播电台。下面全文播送《中国共产党中央委员会纪念"五一"劳动节口号》。今年的五一劳动节,是中国人民走向全国胜利的日子,是中国人民死敌蒋介石走向灭亡的日子。全国劳动人民团结起来,为建立新中国而共同奋斗。各民主党派迅速召开政治协商会议,讨论并实现召集人民代表大会,成立民主联合政府!

外滩海关大楼钟声响起,时针指向十点。林玉佩、唐素娟夫妇和高瑞祥、郑品玫夫妇乘着夜色,悄悄潜入王昭基的家。王昭基说:"中共中央发布纪念'五一'劳动节口号,标志建立新中国提到日程上来了。在香港的12位著名民主人士最先响应,通电拥护。我们海关总署支部负责护送几位上海代表前往香港集中,今天我们最后确定出行计划……"

王昭基身穿旧蓝布工装,肩挎工具袋,冒着细雨在威海卫路福祥粤菜馆外徘徊。海关大楼敲响钟声,指针指向下午七点。他确信安全后走进餐馆。老板熊志华高叫:"先生里边请——"低声告诉他:"老唐在楼上等你。"上到二层,一个水手模样的中年人在等他。王昭基取出密件递过去说:"老唐你好。这是我们制定的出行名单……"楼下忽然传来吵闹声,熊志华大喊:"先生快下来!楼上不是餐厅!"他意识到情况有变,马上把密件撕碎丢进嘴里,两个便衣特务已经冲上来。特务柴荣略微停顿,发现上头还有一层,便径直冲上三楼。丁阿七看见王昭基在咀嚼,停下来问:"你们是干什么的?"老唐用广东话答道:"我是熊老板的同乡。"王昭基举起工具袋答道:"老板叫我来修理水管。"楼上突然传来柴荣的叫嚷："阿七，你快来。"

丁阿七撇下他们跑上三楼。王昭基推开老唐说："还不快跳窗跑——"老唐反倒拉过王昭基说："你不能落到敌人手里，你跑我留下。"已经不容争辩。窗外漆黑，也不管下面是什么，王昭基纵身跳下……

柴荣正盘问一个西装革履的绅士问道："你是什么人？来这里干什么？"绅士漫不经心地答："老子是什么人关你屁事！"柴荣吼道："把证件拿来，给我看！"绅士取出证件抛过去。丁阿七凑近看，是军官证：空军第29航空队，中队长万鹏上尉。柴荣薅住绅士的脖领道："这是假证件。说老实话，你到底是干什么的？"绅士抡起胳膊狠狠扇他一个大耳光说："瞧瞧墙上的照片就知道老子是干什么的了！"柴荣捂着脸凑近看镜框。一张是绅士空军戎装的全身照，另一张是绅士身穿飞行服站在飞机前的照片。民国时期，飞行员是天之骄子，谁都不放在眼里。柴荣和丁阿七哪里惹得起，连声道歉。下楼后没察觉少了一个人，把老唐和熊老板带上囚车离去。

王昭基落到柴火堆上，左脚严重扭伤。他不敢停留，咬紧牙关强站起来。看门老头儿刚要问话，他凶狠地骂道："侬眼乌珠瞎脱啦①，少管闲事！"忍着剧痛一瘸一拐冲出弄堂，拦住一辆人力车吩咐道："古北路。"跑了一会儿看没有人追："停下停下。"付过车钱后，又换了另一个方向的人力车再次吩咐："静安寺。"车到石库门外，王昭基吩咐车夫去请太太来付钱再把自己搀扶回家。一进家门就说："快打电话59286，告诉林先生，王先生急诊，住进医院了！"毛筠茵挂电话后给他冷敷，问道："怎么伤成这个样子？"王昭基说："我中了埋伏，幸亏老唐掩护我逃脱，还不知道他们怎样了。接头地点暴露了，特务随时可能追来。咱们得马上收拾东西，

---

① 上海话，意思是有眼无珠，不知好歹。

天亮前离开。刚才的电话就是通知老林、老高夫妇分散转移。"

果不其然，第二天，全城贴满通缉令，6个人的照片赫然在目！

保密局找不到确实证据，难以给老唐和熊老板定罪。上海地下党组织卖掉一座房产，用20根金条打通关节，把他们营救出狱，这是后话。

数日后，王昭基装扮成客商，戴着墨镜，由儿子小笙陪同，架双拐来到十六铺码头。"海连"轮靠岸，特务柴荣盘查登船旅客的证件。他正发愁，忽见方啸云出现在甲板上。于是绕到吊装货物的船员身后问道："小兄弟，我是你们方船长的老朋友，能通报他下来说句话好吗？"周禀赋回头："我好像见过你。请稍等。"他朝船上打出一组手旗信号。方啸云跑下来问道："王公子，怎么在这儿？你的脚怎么啦？"王昭基说："不小心走空摔的。我刚知道你是'海连'轮船长。"方啸云问道："'海连'轮就是当初的'海福'轮。你要上船吗？待在这儿干什么？"王昭基指着船边的特务说："他要找我麻烦。"方啸云道："明白了。小周，你领王公子从送货的舱口进去，在我的房间里等着，任何人不准进去。"目送父亲进入船舱后，小笙独自返回。

方啸云回到舷梯旁迎接旅客登船。有人招呼他，循声望去，原来是顾问团里的刘峻基船长在旅客队伍中，说道："刘船长，你这是要去哪儿呀？"刘峻基说道："回厦门。集美高水聘我当校长，我辞掉上海的船长去赴任。"方啸云恭喜道："好事呀！恭喜升迁。"刘峻基道："恭喜什么呀。校长的工资只有船长的十分之一，吃亏吃大了！"方啸云问："那为什么还要应聘呢？"刘峻基说："嗨，谁都有一个心结。我的心结是航海事业后继有人，中国成为海上强国。"方啸云说道："跟我来，我给你另找一个房间。"

王昭基已经在船长室等候。方啸云介绍道："王公子，我给你介绍一个旅伴。不是外人，是刘领港集美高水的同学，接到担任母校校长的聘书，正要去上任。你就叫他刘校长吧。"说完又将王昭基介绍给刘峻基道："这位王公子是我抗战时期重庆海关的老朋友，也是刘焕然的老朋友，都是自己人。你们在这儿坐一会儿，我去驾驶室。等船离开上海以后，小周送你们去房间。别出来，到时候他给你们送饭。"

轮船开动，广播开启："'海连之声'代表船长和全体船员欢迎各位旅客。下面播放苏州传统评弹《杨乃武与小白菜》，希望你们喜欢⋯⋯"

"海连"轮驶近厦门港，升起G旗。领港快艇送来刘焕然："王公子是不是在你船上？是不是有伤？"方啸云答道："是在船上，刘峻基校长也来了。我安排他们住同一个房间。"领港结束，刘焕然去会见王昭基和刘峻基。一番密谈之后，刘焕然走出来，邀请大家第二天去他家聚会吃饭。

校长专车把刘峻基、王昭基、方啸云、周禀赋送到公园北路76号。周禀赋意外地见到胡韵贞，问道："韵贞，怎么你也在这儿？"刘焕然回答说："我请她来不是因为你。人家现在是新校长的秘书。"

王昭基拄双拐下车，刘焕然笑曰："见了你我好有一比：一足高来一足低，浑身带水又拖泥。相逢若问家何处，却在蓬莱弱水西。"王昭基笑道："笑人齿缺，曰狗窦大开。我回敬你一句：会稽愚妇轻买臣，余亦辞家西入秦。仰天大笑出门去，我辈岂是蓬蒿人。"见孩子们正在练习手旗旗语，王昭基问："孩子这么小，就教他们打手旗，你是不是也操之过急了？"刘焕然说："我主张从小普及航海运动。游泳、旗语、灯语、舢板⋯⋯都要学。其中游泳居首，最为有用。平时健体，危时保命。我准备提议国家立法，中小学都把游泳列入体育的必修课。你会游泳吗？"王昭基说："我不会。你的孩子都会吗？"刘焕然骄傲道："当然都会。你老婆结婚前没问你，她和你妈落水，你先救哪一个？"王昭基说："当然问过。

我说连我自己都救不了,还能救你们吗?你猜她怎么回答?她说她会游泳,而我是她的夫君,她会去救我而不会去救我妈。"刘焕然哈哈笑道:"问题又回到原点了。娶了老婆就丢了老妈,要老妈就不能要老婆,这叫老婆和老妈不可兼得。"

步入客厅,刘焕然摆出精美的功夫茶具,说:"经过我多年的观察,发现北方人用鼻子喝茶,认为香气扑鼻就是好茶,故而爱喝花茶。江浙人用眼睛喝茶,颜色艳丽就是好茶,故而爱喝绿茶。我们闽南人用舌根喝茶,口味浓烈就是好茶,故而爱喝红茶。我是闽南人,就用铁观音款待你们。王公子从大上海来。给我们讲讲外边的世界,都发生了什么大事。"

王昭基说:"最大的事要算中共刚刚发布'五一'劳动节口号了,其中第五条最引人瞩目:召集新的政治协商会议,成立民主联合政府!在香港的12位著名民主人士最先通电响应。"方啸云说道:"这个广播我也听到了。民国34年(1945),国共两党在重庆签订了双十协定,确定由国民政府召开政治协商会议。两者有什么不同呢?"王昭基答道:"国民党首先撕毁协议,民国35年(1946)发动全面内战。今年3月29日又单方面召开行宪国大,选举蒋中正为总统。于是共产党针锋相对地提出这个口号。这就意味着共产党要撇开国民党,建立自己的政权了。每个人都要在历史的关口做出选择。"

刘焕然问:"峻基君履新校长之职,你的施政大纲是什么?"刘峻基答道:"世界名牌大学之所以人文荟萃,皆因其学子素怀改变世界、成就一番事业之雄心。我希望集美高水也是钟灵毓秀之地。"方啸云说道:"提及教育必提孔子,可叹他徒有教育家之名,号称弟子三千,却有几个堪大用?唯鬼谷子桃李芬芳,其弟子如苏秦、张仪、孙膑、庞涓、商鞅、吕不韦、白起、李牧,哪一个不是经世之才?"刘焕然赞同道:"我深有同感。教书更要育人。学生走进校门,就要抱定干一番事业的志向。走出校门,就肩负起天下兴亡的使命。穷则独善其身，达则兼济天下。我们弄潮人注定要在海上搏击人生。美国海军学校校长马汉出版了一本书《海权对历史的影响》，全世界为之警醒。日本从天皇到皇子到下层公务员人手一册。美国、德国疯狂地扩张舰队。他们只用了二三十年，就迅速崛起成为新的海上强国。而中国皇帝却还在做天朝上国之梦，招致近代的衰败。你作为航海学校的校长，有责任唤醒昏睡的中华民族！"刘峻基郑重道："敝校义不容辞。陈嘉庚校长在建校初期就把'开拓海洋，挽回海洋'作为办学宗旨。既然授我掌玺，我就新学年起开设这门海权课程，并且亲自授课。"

刘焕然起身，打开留声机，播放贝多芬降E大调《第三交响曲》"英雄"，说道："该吃饭了。今天的主菜是炒鸡和炖鸡，知道为什么吗？"王昭基说："老兄生于宣统元年，公历1909年，农历己酉年，属鸡。"刘焕然笑道："我属鸡，请客还吃鸡，不是自己吃自己吗？答不上来吧？嘻嘻，是从天而降两只大公鸡。一只叫王昭基，一只叫刘峻基。"众人大笑道："你这个刘领港，从一开始就没怀好意……"

宾主童心未泯，插科打诨，戏谑无忌，觥筹交错。

"海连"轮启程，席丰翼当班。船上的广播响起："'海连之声'继续广播。气象站预告，第8号台风今天下午穿过台湾海峡南部。请各位旅客做好抗击台风的准备。"方啸云赶到驾驶室看潮汐表说："今天汕头港大潮是十五点二十六分。你要计算好航速，保证在这之前进港。"席丰翼应道："知道了。"

方啸云回到船长室准备睡觉，忽然感觉船速下降，随后机器就停转了。传声筒传来席丰翼的声音："船长，机舱报告，主机故障停机。""海连之声"中断，传来"各位旅客，临时停伴，没有危险，请安心等待"的通知。

方啸云赶到机舱问："出什么事了？"顾昌运答道："主机油

泵的油压突然降低。发现主机第一组高压油泵2号缸进油阀压盖下部有微量燃油渗出。初步判断是后泵油嘴堵塞。"方啸云下令道："台风快来了，抓紧修。"

王春迎和黄宝荣把油嘴拆下来查看，看不出问题。顾昌运怀疑有杂质堵塞润滑油油路，经过检查没有。又去查看高压油泵柱塞和套筒，并未抱死。再检查凸轮轴相对曲轴的位置，也都正常。还是大管轮张俊根发现主机排气阀凸轮轴油泵密封失效，紧急抢修，很快修复。

随着船身一阵抖动，客舱里传出欢呼声。墙上时钟指向十点十八分。广播传来方啸云的声音："紧急通知，全体高级船员马上到休息室开会！"

方啸云严肃地说："都请注意我说的每一句话。我们的下一站是汕头。汕头港外有一条淤沙带，只有大潮的时候能够通过。今天汕头港的大潮是十五点二十六分。刚才排除故障耽误了两个小时，再快我们也只能追回一个小时。等我们赶到，大潮已经过去一个小时，水就很浅了。但是再浅也必须闯过去，因为台风就要来了。这是一次必须各部门密切配合的战斗。一年前戴汝铭船长遇到同样的情形，没能处理好，触礁搁浅，刮坏了螺旋桨和船底。现在我讲解一下动作要领。首先，我要把后部的储水调到前部水柜，造成1°到2°的前倾。其次，我们用最高速度冲进淤沙之中，像铁犁一样划出一道深深的沟槽，船速会急剧降低。不过不用担心，由于船尾螺旋桨高于船艏，始终保持动力。轮船借助强大的惯性，一举冲过浅滩。都听明白了吗？"

顾昌运担心地问："万一闯不过去呢？"方啸云道："是有这种可能。闯不过去也不要怕，船身会稳稳地坐在淤沙上，台风来了也吹不翻。下次涨潮又会重新获得浮力。没有问题的话就回去坚守岗位，非值班人员去甲板上瞭望警戒。"刘冬黎跑来报告道："收到汕头港务局回电,大潮已过,不宜进港。"方啸云答道:"回电报。台风将至,无路可退。请备拖船,以应急需。"

台风前锋来临,风起云涌,恶浪滔天。港务局楼顶挤满人,翘首以待即将到来的搏斗。"济平"轮停泊在港内,罗远辉船长尤为关注。

方啸云聚精会神,指挥若定,驾驶"海连"全速前进。顾昌运两眼紧盯着俥钟,张承恩和叶阿东不断地添油,炉膛里烈火熊熊。"海连"轮冒着浓烟猛冲过来,越来越近……船艏一头冲进淤沙,发出巨大的摩擦声,似要断裂,令人心惊肉跳。船速急剧降低,全船上下包括乘客都紧绷着神经。就在即将停止的时候,船头忽地昂起,恢复前行,闯滩成功!

船员和乘客相互拥抱,向方船长挥帽祝贺。

"海连"轮停靠汕头港,罗远辉船长头一个上来祝贺道:"方船长,我看到你闯滩的整个儿过程。惊心动魄,真为你捏着一把汗!你是怎么做到的?"方啸云说:"'海福'轮在汕头港搁浅过。于是我翻阅了大量资料,做了充分的准备。"罗远辉兴奋地说:"我建议你把它们写下来,既是一篇优秀的学术论文,又可以作为案例供船长们参考。"方啸云问道:"你的'济平'轮一直跑北方航线,怎么会到汕头来呢?"罗远辉说:"前线吃紧,大本营不断从大后方调兵,征用我们运兵去东北。"方啸云又问:"战后美国给了几十艘登陆舰,怎么还要征用招商局的船呢?"罗远辉说:"哪里够用!不止我们,所有的人都逃不掉,早晚也会征调到你头上。那些当兵的没一个好东西,见人就打,见东西就抢。你可要跟船员们交代清楚,他们手里有枪,千万别去招惹。好,不多说了,台风一停我就走。"

台风过去,黄宝荣等人来到韩山南果店说:"关老板,这次来是要把过去的账全部结清。"关老板问:"这是为什么?难道另有生财之道了?"黄宝荣道:"不是的。前方战况不妙,我们随时可能被军队征调,保不准下次什么时候再来。"关老板说:"明白了。这次打算进什么,进多少?"黄宝荣说:"我把钱全都给你,你替我算一下账,全都花光。"关老板数过钞票,算了算,说:"可以买一整箱万宝路、一整箱骆驼牌香烟、24瓶法国白兰地、15瓶苏格兰威士忌。库房里有现货。现在就可以拿走。"黄宝荣却说:"现在不行,码头上都是当兵的。你半夜一点划船到我们船边,我等你。"关老板应道:"好的。还剩一点儿零头就不细算了,送你们每人两罐奶粉。"

刘焕然找来一位理发师给王昭基正骨,把他吓坏了,急道:"一个剃头匠怎么能动我的脚?"刘焕然说:"你又不是活佛,怎动不得你的臭脚丫?君切不可以貌取人,殊不知民间蕴藏奇才!此人是南天禅寺空云法师之高徒,不妨试试?"王昭基将信将疑。但见剃头匠捉过他的脚,左拧右转,三拉两拽,当下就叫他丢掉拐杖。王昭基双足落地,不觉疼痛,大呼神奇!

阿纯和小平给王昭基上手旗课。他头戴小号船长帽,一招一式动作笨拙,没少挨小教官们的训斥。刘焕然饶有兴趣地观看,取笑道:"好一个老童子军!"王昭基却说:"哪是什么童子军,分明是魔窟。你是阎王,他们是小鬼。"刘焕然说道:"在童子军里,早到一天就是长官,晚到一天就是部下,就要给长官擦皮鞋。你晚到不止一天,只配倒洗脚水。"说完转头对孩子们说:"好了,各位长官,我替这位伤兵求情,让他喘口气吧。"阿纯有模有样地发号施令道:"卜课。今天你很不专心,罚你回去再练习十遍。"刘焕然说道:"阿毛来电报了,她们已经在香港落脚,并且接受了新的任务,催促你尽快上路。荷兰邮轮'芝沙丹尼'号后天过厦门,我送你上船,卜船以后再补票。"王昭基转头对孩子们说:"孩子们,王伯伯要走了,再教我最后一句旗语吧。"阿纯说道:"好吧。教你国际信号旗 PRB,意思是我要进港加水。"王昭基答道:"我

| 国际信号旗 PRB □▬▬K

记住了。国际信号旗 PRB，我要进港加水。"

王民安找到刘冬黎问："刘主任，你说我什么时候可以开始学发报？"刘冬黎说："现在就可以，不过抄报练习永远不要停。你看我的样子。食指拇指握住键钮，中指跪倒在电键肩部。手腕上下抖动，把力量传导到中指发力，发出短促的一个·（滴）。你来试试。"王民安按照他的指令发出一个个···。刘冬黎接着说："好的，下面再学发一（答）。每一长—（答）是三个·（滴）的长度。你体会一下。"王民安敲击电键，连发出几个—。"今天就教到这里，回去自己练。发报速度取决于·（滴）的快慢。但是千万记住，欲速则不达，只能循序渐进。抢快的结果只能坏手，反倒半途而废。"

"海连"轮返回上海，方啸云召集全体船员集合，对众人宣布道："从今天起我们进坞岁修。王长祜师傅家住苏北盐城，马钧家住南通，席丰翼家住启东，王春迎家住淮安，都可以回家看看。我不在的时候，顾老轨代理船长。老轨不在大副代理。你们有话说吗？"顾昌运问："听说岁修结束以后要调整航线。有这回事吗？"方啸云答道："是有这个传闻。最大可能是军差，不得不有所准备。"周禀赋说："军差可不是好事，跟当兵的没理可讲。能不去吗？"方啸云皱眉说："我当然不愿意。可是枪顶到脑门上，不去也得去呀。"

船员们乘摆渡船过江。王春迎问："你不想回老家看看？"黄宝荣说："我老家在南京，全都被日本人杀光了。你呢？"王春迎答道："我老家淮安被共军占了好几年，音讯全无。"张承恩玩笑道："我是孙悟空，从石头缝里蹦出来。"

叶杏娣来接叶师傅。马钧问："看你高兴的样子，一定有什么好事。"杏娣高兴地说："工友介绍我进了裕源纱厂，现在叫中国纺织建设公司上海第四纺织厂。就是远一点儿，在杨树浦那边。是订了合同的正式工人。"马钧说："跟我讲讲你这个什么第四纺织厂怎么样。"杏娣说："比原来的申新九厂强多了。厂里有工会，办夜校。除了识字班，还有时事政治班。讲天下大事，讲哲学。我报名了，有些道理听不懂，正想请教你呢。比如说，为什么资本家不干活儿，却有吃有穿又有钱。而工人起早贪黑干活儿，却没有吃没有穿没有钱？"马钧一愣，说道："这……还真把我问住了。这种古怪问题是从哪里来的？"杏娣说："课本上说私有制造成了不平等。有钱人开工厂，赚更多的钱。没钱的人出卖劳动力，越干越没钱。消灭私有制，人人平等，贫富就消灭了。"马钧道："我不信。把资本家都消灭掉，没有了工厂，工人到哪里去干活儿？没有活儿干还不都给饿死？你看的是哪本书？我也买一本。"杏娣说："《政治经济学简明读本》。你不用买，我送给你一本。"

黄宝荣迫不及待地赶到顾寡妇家，进了门问："顾妹妹，想我了吧？"顾水莲白了他一眼，说道："哪个想你？是不是又憋什么坏主意了？"黄宝荣一脸坏笑道："坏主意没有，好东西倒有，你保准喜欢。不过你得让我亲一口。"顾水莲说："啥好东西？不许骗人，就一口。"顾水莲闭上眼睛把脸颊靠过去。黄宝荣紧紧抱住她不松手。顾水莲拼命挣扎道："你骗人，说好就一口。"黄宝荣说："没骗人，我就是一口。你看，进口奶粉！喜欢就让我再亲一口。"

刘焕然下班回家，看到孩子们用铁积木组装好的轮船，大加赞赏道："不错，像模像样，而且零件差不多全都用上了。给它起名字了吗？"小平说："我叫它'海徽'号。是爸爸的轮船。"阿纯却说："爸爸说过'海徽'号不是爸爸的船。我起名字叫'黎明'号。"刘焕然赞同道："这个名字好。黎明象征黑暗即将过去，光明很快到来。"

有人敲门问："这里是刘焕然领港的家吗？有电报。"刘焕然收下，走进郑秀葆的房间，说道："总商会转来厦新公司的密电，赶快翻译。"郑秀葆取出普希金的《上尉的女儿》，对照电报翻译出来,念道:"'厦新11'号渔船试航,收获甚丰,预计8月4日上午抵达料罗湾。周东清。"刘焕然兴奋地一拍手道:"好哇,可算是等到了。梁民福,你马上去戴云山,报告黄书记和许书记。第一批军火将于5天以后到,准备接应。"

"厦新11"号的身影出现在单筒望远镜里。刘焕然对驾驶员老齐说:"那边有一条渔船,送我过去以后你自己回去,我带它进沙坡尾渔港。"登上"厦新11"号,刘焕然与陈忠夏热烈握手,问候道:"又见面了。同志们都好吧?"周东清说:"我们从菲律宾渔场过来。这条渔船很先进,它本身就是一条生产流水线。每起获一网鱼,当场就人工分类分等级装箱,直接入冷库,最大限度利用空间,大大降低了损耗和成本。"远处一艘船向他们喊话:"'厦新11'号请停船接受检查。"刘焕然忙道:"那是渔政管理所的巡逻艇。假装没听见,走咱们的。"但是经不住巡逻艇的喊话和步步紧逼,最后还是被迫停下。刘焕然笑脸相迎,虚与委蛇,拐弯抹角不让郑家榕上船。可是越是这样越是引起他的怀疑。见实在躲不过去,刘焕然也没了好脸色地说:"这么不给面子,就休要怪兄弟我无礼了——"驾驶渔船全速冲出去。郑家榕也急了,下令道:"给我追!发信号弹!拉警报!"巡逻艇紧追不舍。

信号弹升空,警报骤起。水上警察巡逻艇、宪兵巡逻艇、要港海军巡逻艇一起出动,加入拦截和追逐。站在鼓浪屿日光岩上的观光客,看到五艘快艇雁翅排开,比翼齐飞,甚为壮观,大开眼界。

刘焕然大吼一声:"我跟你们拼了——"调头向宪兵巡逻艇冲去。渔船的吨位大大超过巡逻艇,宪兵巡逻艇急忙改向规避,差点撞上海军巡逻艇。"厦新11"号转向另一边,又差点儿撞翻水上警察巡逻艇,逼迫它减速。"厦新11"号趁机跳出包围圈,却被刚刚进港的海军炮艇迎头挡住,只得掉头返回。周东清说:"完蛋,逃不掉了,赶快把货物全都扔掉吧。"刘焕然道:"那可是咱们的命根子呀。

不到最后关头，我绝不认输！"

"厦新11"号在夹击下驶入沙波尾渔港，停在风向标杆处。追兵上岸把它团团围住。郑家榕红着脸跑过来怒道："你也太过分了。我原想做个样子就过去了，可你偏叫我下不来台。闹到如此地步，都是你咎由自取。"宪兵军官怒气冲冲说："你竟敢冲撞巡逻艇。老子抓你回去枪毙！"刘焕然送上布袋："老总息怒。我给您赔不是，分给弟兄们吧。"军官打落布袋，命令道："上去给我仔细搜。这艘渔船肯定有鬼。"刘焕然央求道："老总都请消气，何必动手呢？"宪兵哪管这些，冲上船一阵乱翻，抬出六个小木箱。军官问："那是什么？"刘焕然支吾着说："没……没什么。那是我孝敬长官的一点儿意思。"军官反问："孝敬哪个长官？我倒要先看看是什么东西。"用刺刀撬开木条，厚厚的稻草下边是油纸包裹。"哈哈——原来秘密在这里！"捋起衣袖。

忽闻背后传来汽车的喇叭声。刘焕然忙道："快住手，看谁来了。"

赵石锐下车问："为什么围那么多人。出什么事了？"军官立正敬礼道："报告副司令，破获重大案件，搜出可疑物品。"赵石锐看了一眼，打马虎眼道："嗨，什么可疑物品，这是华侨朋友送给我的南洋特产。我托刘领港出海去接。人家堂堂一个领港怎么会干违法的事呢？"军官一点就透，立即改口道："原来是这么回事，误会了。对不起刘领港，冒犯了。"赵石锐表扬道："你秉公执法，不徇私情，应当嘉许。"军官说："那我们就收队了。"他招呼宪兵下船来，但是还想看个究竟。刘焕然说："周船长，把箱子抬到副司令的车上去吧。"郑家榕急忙道歉说："不好意思。要是早知道是赵副司令的东西，何至如此。"刘焕然："说到哪儿去了。你也是行使职务。那就麻烦你带周船长去渔管所备案，然后介绍一家水产公司，把船上的渔获卖掉。"

刘焕然钻进道奇轿车。孙敬贤递过一个纸包说:"28000美元。"赵石锐兴奋地说:"这么好的买卖当然还要做。下次再加一倍。"刘焕然说:"这次你及时救场,化险为夷。但是你不可能回回亲自到场。"说着指了指陈忠夏,接着说:"最好给这位文莱华侨陈世民先生搞个护身符,让沿途关卡免检放行。"赵石锐道:"这个好办。孙书记官,回去给他开一张稽查处的通行证。"

赵副司令驱车离去,军警宪收兵回营。郑家榕找来水产公司验货、称重、付款,钱货两清。郑家榕一再道歉道:"大水冲了龙王庙,真的很对不住,莫要见怪呀。"刘焕然把货款和一纸包美钞都交给周东清留存。

"厦新11"号进入晋江县东石镇,郑秀葆早在码头等候了。一见到人,立即迎上来说道:"我领你们去见许书记。万老大和周船长留下,等天黑以后把东西运到南天禅寺去。"

郑秀葆陪同刘焕然和陈忠夏步行穿过小树林和山前村派出所,来到南天禅寺。正逢大集,信众熙攘,焚香燃炮。巨大的石壁上有一组高7米、宽16米、精雕细琢的石佛。郑秀葆介绍说,中间是弥勒佛,左边是观世音,右边是大势至。都是宋代继承唐代石刻艺术的精品,已经900多年了。

来到寺院深处,空云法师把他们领进禅房,自己退出。

许同安张开双臂拥抱陈忠夏,问道:"忠夏同志,好多年不见了。同志们都还好吧?"陈忠夏道:"都好。咦——怎么没见到庄清金书记呢?"许同安惋惜道:"庄书记不宜再回去从事隐蔽工作,留在戴云山游击队当参谋长。他表现非常出色,立了不少战功。可惜前不久牺牲了。"陈忠夏问:"怎么会牺牲呢……我们台南的同志都盼望他能再回去呢。"施鸿霖也一脸惋惜道:"我们大家都感到痛惜,多好的同志呀。"许同安又问:"南安县驻军独立50师少将参谋长兼第149团团长陈同庚是你的哥哥吧?你们兄弟4个。陈西隅是老四,你是老三,陈将军是老二,老大是陈丁明。我说的对吗?"陈忠夏说:"对。你问这些做什么?"许同安说:"偷运武器要找汽车运输、要通过封锁线、要搬运上山,这么多环节难保不发生意外。能不能说服你哥哥提供一些掩护或者帮助呢?"陈忠夏不确定地说:"我试试看。他不是国军嫡系,骨子里并不真想给国民党卖命……"许同安说:"你把施鸿霖介绍给他,以后他们俩可以直接联系。"

梁民福开卡车到东石镇渔港。周东清和万老大把枪械搬上车,罩上苫布。隆隆声惊动前村派出所的警察,出来看,卡车一闪而过。卡车开到南天禅寺后门,施鸿霖和游击队员把枪械搬进禅房。郑秀葆交给许同安一张纸条道:"这是清单。一门60迫击炮、10发炮弹、一挺轻机枪、3支冲锋枪、12支步枪、53颗手榴弹和12000发子弹。还有小孩的旧衣服,擦枪用。"许同安高兴道:"真不少。你是怎么搞到那么多钱的?"刘焕然答道:"我们拉警备区赵副司令作掩护,一块儿搞走私,自己也挣了一些钱。"许同安说:"太好了,有了这批武器就能稳稳站住脚了。"施鸿霖说:"许书记,此地不宜久留,是不是今晚都回戴云山,能带多少就带走多少。留下两个人,把剩下的东西隐藏好?"许同安答应道:"好的,你负责安排,我再跟刘焕然说几句话。"

许同安把刘焕然拉到一旁,通知道:"黄国玺书记传话,要你去香港和他会合。"刘焕然反问:"他在香港?我还奇怪怎么没见到他呢。没说去香港干什么?"许同安说:"他头部的旧伤复发,没有医院敢收留。爱国华侨黄长水先生把他送去香港治疗。他没说要你去干什么,只是催你越快越好,看起来挺急。闽中香港支部设在九龙弥敦道南太酒家,书记和老板是邓星辉,他会带你去找黄书记。"

刘焕然和郑秀葆乘坐梁民福驾驶的卡车夤夜返回厦门。

刘焕然向港务局请假。没有直达香港的船票,只好搭乘英国船长麦尔康的"盛兴"轮去广州再转。一路上忧心忡忡，什么事叫他去香港？他没有革命领路人，是独自在黑暗中摸索真理，凭着一腔热情加入共产党的，从未意识到党内存在激烈而又复杂的斗争。难道自己做错了什么？或者被当作异己分子吗？船进珠江口，在大铲岛附近停下来。二副把绳梯抛下船，一个光脚身穿蒜瓣扣子小褂儿的人顺着绳梯攀上来，莘莘大方地走进驾驶室，向麦尔康下达航行指令。而麦尔康则对他毕恭毕敬，言听计从。刘焕然问二副："请问刚才进去的那位是什么人？怎么船长对他唯唯诺诺？"二副答道："他是黄埔港的引水员，人称戴胜爷。你可别小看他们。全中国所有的海港都实行强制引水，唯独珠江航道没有航行标志，都由带水佬领航。因为他们抓着八节绳梯爬上船，所以又叫他们八爪佬。他们看一眼沿岸的山头、河口、大树、村落、沙洲，就知道到什么地方了，水深是多少，有没有礁石和旋涡，何时潮涨潮退。他们相互间讲外人听不懂的黑话。"刘焕然却奇怪道："我很奇怪。这么宽的珠江，大小轮船为什么只沿着东侧江边走，而不走水最深的中心主航道呢？"二副说："中心航道长年淤积泥沙，年年改道。加上连年战争，江里堆满了沉船和水雷。只有大江东侧的大铲航道勉强可以通行，还是带水佬们开发出来的。"刘焕然惊讶道："一艘大海轮的英国船长，竟然服服帖帖听命于一个赤脚渔夫！真算是天下奇观了。"

日军占领香港前，刘焕然在九龙海关当过3年缉私舰舰长，至今还保留着香港居住证，对九龙再熟悉不过了，很快就找到弥敦道的南太酒家。他一出现就引起老板的注意，用闽南话问："请问先生贵姓？"他也用闽南话回答："免贵姓刘，从厦门许先生那儿来。"老板说道："欢迎刘先生。鄙人邓星辉。请随我来。"邓星辉领他出后门，七拐八拐走进一间公寓房子介绍道："这里是我们香港支部的窝儿。你先住下。明天一早去见黄书记。他化名孙仲远，住在香港跑马地山村道126号茂源杂货铺阁楼。"

刘焕然连日奔波，舟车劳顿，却一夜辗转难眠。心中总是不断翻腾，面见黄书记是凶是吉？天刚亮就不再睡了。他乘坐四约街坊轮船公司的渡轮，渡过维多利亚海湾，找到茂源杂货铺，问道："请问，孙仲远先生住在这里吗？"老板上下打量后说："你上去吧。四层楼顶阁楼。"

黄国玺头裹纱布躺在床上闭目静养，听到动静，问道："来啦？什么时候到的？"刘焕然赶忙说"你躺着别说话。我是昨天傍晚到的，顺路买了两个木瓜。"黄国玺断断续续地说："我不说话……其实也不是我要你来……等会儿有人来跟你说……"刘焕然惴惴不安，准备接受任何打击。几分钟后，楼梯有了响动，走进一个戴墨镜的人。黄国玺挣扎着要坐起来，那人走上前按住道："千万不要动。感觉好些吗？换过药吗？"黄国玺答道："感觉好多了，药也换过了。"接着给双方介绍道："这位是厦门工委书记刘焕然同志。这位是香港德润公司的总经理钱琳同志。今天我代表闽中特委，把刘焕然同志的组织关系正式转给德润公司党的组织。焕然同志，今后你就归钱琳同志领导了。"钱琳拍手道："欢迎加入。我们德润公司在党中央领导下，开展对外贸易；开拓国际市场；为党组织筹措经费；接纳重要干部。党中央'五一'劳动节口号提出召开新的政治协商会议，为建立新中国做准备。受邀代表多数在香港，还有近千名社会贤达和文化名人。由于德润公司与东北解放区之间有贸易关系，把他们安全护送到大后方的任务就落到我们的肩上，这就是绝密的'天汉计划'。护送这么多重要人物只有走海路。全党发文件要求各地党组织推荐航海人才，可是3个月过去，无一回音。别说船长，就连一个练习生都没有！正当我们一筹莫展之时，上海地下党撤退来的同志推荐了你。"刘焕然奇怪道："上海撤退的同志？他认识我……让我想想……上海只有那个王公子王昭基？"钱琳笑道："就是他。他们上海海关总署支部并入德润公司，负责筹建海运公司。王昭基任董事长，林玉珮任经理，你担任副经理兼轮船船长。"刘焕然心中豁然开朗，笑道："哇，做梦也想不到，我一介边城微氓，竟然直接参与到建国大业中来！"

黄国玺发出轻微的鼾声。钱琳压低音说："让他睡吧，我们悄悄走。"

刘焕然迫不及待找到干诺道18号，挂牌"远东企业有限公司筹备处"。按响门铃，自报家门道："我姓刘，从福建厦门来。找王昭基先生。"

门房将他让进屋，说道："请进。他在二层办公室。"进门后发现是一座高大的仓库，车辆进进出出忙碌地装卸货物。墙边有一座二层的简易房子。刘焕然推开二层房门，正与王昭基的目光相接，两个人都会心地笑了。王昭基说："让我猜一猜，你是从杨老板那儿来的吧？"刘焕然说道："哪个杨老板？我是从闽中特委黄书记那儿来。"外边声音嘈杂，王昭基关上门道："就是钱琳同志呀，杨老板是化名。他是奉旨督办'天汉计划'的钦差大老爷，是1931年的老党员。人人知道贺龙两把菜刀闹革命，不知道杨老板两根金条开米店。"刘焕然笑道："这还要感谢你的举荐之恩哪。"王昭基："举荐谈不上。既是你我的缘分，也是你老弟吉星高照。天下的巧事全让我赶上了。全党发出征寻航海人才的通知，竟然无一回音。'天汉计划'交给任何人都是逼着公鸡下蛋。怎么那么巧，任务偏偏落到我的头上。我又那么巧，认识了一个叫刘焕然的共匪小头目。这个共匪小头目既干过海关，又走私过名表；既当过船长，又教过海校；既给伤病员输过血，又巧计劫过监牢；既走私贩运过大烟土，又偷运过枪支弹药；既开过公司，又贩卖过西药；既大闹过法庭，又倒卖过金条；既当过领港，又夹带过美钞……除了贩卖人口杀人越货，他什么都搞……"刘焕然自我打趣道："哎呀呀，真是罪恶滔滔，活脱脱黑手党教父大佬。"王昭基笑着接话道："Father？我正要给小笙找教父呢，就是你啦。我把你的事一说，杨老板当场拍板要你，就去找香港分局方飞书记。又是一个武大郎过门槛儿——碰巧（雀）儿。你们闽中特委的黄书记正在香港养伤，他是方飞书记的老部下。结果从我提出来到你调过来，前后只有半个月。"刘焕然说："我从蕞尔小城，一步登天，擢拔到中枢朝堂，是不是鲤鱼跳龙门啦？"王昭基笑道："何止！你堪比强龙入海、放虎归山。不正如你平生所愿，有了一个尽展平生抱负和才华的大舞台吗？"刘焕然感慨道："禀生坎坷今当泰，积善初终志不移。"王昭基接道："男儿何不带吴钩，收取关山五十州。请君暂上凌烟阁，若个书生万户侯？走，我带你下去认识一下同事们。"

楼下是业务办公室。王昭基对众人介绍道："我给大家介绍公司的新人。他就是新来的副经理兼船长刘焕然同志，是我们重庆海关时候的老朋友，名副其实的老海鬼。以后就叫他Captain吧。"那个门房原来是货运部主任黄哲伦，另有一对儿上海交大学生于帆和黄卉，因为搞学生运动被勒令退学。

仓库后门直通码头，停靠着一艘小艇和一艘大船。王昭基介绍道："'海燕'号快艇是我们唯一的船。大船'波尔塔瓦'号，是租用的苏联货船。另一艘'阿尔丹'号送第一批黑桃扑克牌（Spade）人士北上，我们小笙和杨老板的大儿子钱钢随船护送。"刘焕然惊骇道："你怎么能让孩子干这种事？小笙该考大学了呀。"王昭基说："扑克牌人士都扮作商人，身边需要跟班的小伙计。我们的人不合适，只好牺牲他们的学业。"刘焕然感叹道："啊呀呀，太可惜了！你也真忍心。苏联轮船是为了'天汉计划'租用的吗？"王昭基道"不是。东北局为了开辟解放区的对外贸易通道，在大连成立东北贸易公司，租用苏联轮船。委托德润公司代理他们销售东北的农副产品，大豆、中药材、裘皮……买进急需器材。'天汉计划'是利用已有的贸易通道后来追加的任务。当贸易代理可不容易，一切都要从头学起。采购清单上有个'284'，都不知道是什么。去电报问才知道是火车头。前头2个轮子，中间8个轮子，后头（煤车）4个轮子。这还不行，又去电报问是什么型号。来回折腾好几次。"黄哲伦跑来说道："林玉珮经理回来了，请你们赶快回去。"

2人回到办公室，王昭基问："老林回来了？"然后介绍道："林玉珮同志现在是远东公司的经理，兼德润公司党总支副书记。"林玉珮招呼道："Captain 好。对不起，让你们久等了。咱们抓紧时间讨论工作。"王昭基说道："领受任务后，我们做的第一件事就是租下这间仓库，挂出远东企业有限公司筹备处的招牌，英文名 Far East Enterprising Co. Ltd.公司所有员工都是经过中直机关党委审查和任命的，绝对可靠。当前我们正在为'波尔塔瓦'号配载。'阿尔丹'号过两个月回来，也要给它备人备货。"刘焕然问："你所说的备人是什么意思？"林玉珮解释道："护送扑克牌人士北上是'天汉计划'的核心。人员联络由香港工委负责，我们只管安全送客。下次该轮到红心扑克牌（Heart）了。"刘焕然问："既然要建立船队，当然首先要有船，我们的船在哪儿？"王昭基答道："我们没有船，也不懂航海，就等着你来买船。至于买船的钱不用愁，华东区党委有金矿。你是专家，党信任你，怎样使用由你决定。"刘焕然说："那就好办了。我设想分四步走。第一步购买一艘二手船，加以维修改造。第二步回内地招兵买马，配备船员。第三步训练和试航。第四步出海首航，估计需要半年。这期间临时有任务靠租船解决。"王昭基说："我们派于帆和黄卉给你做助手。"林玉珮也说道："都清楚了，咱们分一下工。今后你 Captain Liu 分管组建船队和租船。王公子分管配载和联系香港工委。我分管公司建设和内部通讯。出于保密的需要，我们对外都用化名。我叫毕培明；王昭基叫展鹏举；你叫刘一平。"

正赶上吃午饭,办公桌铺上报纸就是餐桌。阿三姑娘把饭菜从食盒里取出来摆开。毛筠茵满脸堆笑,盛了一碗米饭,盖上高高的炒鸡蛋,递给刘焕然说道:"Captain,米饭和鸡蛋随便吃,管够。"刘焕然端着饭碗不敢动,说道:"怎么全给我了?要平均分给大家都吃呀!"毛筠茵说:"你是客人,主人当然要让着客人。你只管吃就是了。"刘焕然这才动手吃起来,边吃边说:"没见过一顿饭全是鸡蛋,够奢侈的呀。"他发现菜盆里的炒鸡蛋几乎没有人动,水煮菜心和汤里的西红柿却一点儿也不剩。大个儿头于帆只吃半碗汤泡饭,连一点儿鸡蛋都没有。毛筠茵冷不丁又添了一大勺鸡蛋说道:"你是我们的贵客,多吃一些大家才高兴。"第二碗下肚,刘焕然拍着肚子说:"谢谢你们的盛情,鸡蛋比米饭还要多。这辈子也没这样吃过。"王昭基诡异地说:"好吃吧?只要愿意,你可以天天来吃。煎炸烹烤、卤煮蒸炒全由你。"

刘焕然和王昭基、于帆、黄卉来到太平洋轮船公司修造厂。刘志清是老朋友,从转包高雄航道疏浚工程的密切合作,就可见二人交情之深厚。刘焕然选中一艘英国籍3500吨、30年船龄的二手船,全权委托太平洋轮船公司按照图纸维修和改装,总计12000两黄金(定金500两)成交。

回来的路上,刘焕然问:"于帆,你生病了吗?多好吃的炒鸡蛋,为什么吃得那么少?"王昭基赶紧把话岔开道:"你喜欢吃炒鸡蛋还是蛋炒饭?大米饭、炒鸡蛋,吃了一碗又一碗……"刘焕然道:"别打岔。"于帆苦笑道:"鸡蛋是个好东西。要是天天吃、顿顿吃,变着花样吃,光吃鸡蛋,你还爱吃吗?"刘焕然说道:"那怎么能行?非吃反了胃不可。"于帆道:"是啊,我们这样已经吃两个多月了。'阿尔丹'从东北运来新鲜鸡蛋。好的3天就卖光了,破了壳的怎么办?只好冷藏起来自己消化。想想看,天天吃鸡蛋,是个啥滋味?"刘焕然玩笑道:"那还不吃出鸡屎味儿了?"于帆说道:"好不容易吃完了,'波尔塔瓦'又来了,接着又吃。打嗝儿放屁拉屎撒尿全是臭鸡蛋味儿!"刘焕然笑道:"啊,好你个王公子,我越看你越像臭鸡蛋!"

刘焕然告别黄国玺道:"黄书记,我要回内地招收船员,临走之前给你擦个澡吧。"黄国玺感谢道:"谢谢。我接到命令,伤好以后去华东野战军报到。估计是为解放华南做准备。"刘焕然扶他坐起,撩起衣服,突然愣住。他的身上有两处枪伤。一处在右胸,一处在左腹。"黄书记,不知道你还负过两次伤。"黄国玺指着头部和大腿根道:"我总共负过四次伤,这次头部负伤最重。"刘焕然哽咽道:"现在我才真正懂得什么叫作前仆后继,什么叫作视死如归!将来革命成功,一定不能忘记那是先辈用鲜血和生命换来的。"

刘焕然匆匆北上。望着窗外迅忽远去的田野,回顾这次香港之行,仿佛自己正乘坐时代的快车去迎接光荣的洗礼,胸中豁然开朗。

他心中的第一个目标就是方啸云船长。说道:"我是特意从香港来找你的。"方啸云问:"你……你什么时候跑到香港去了?"刘焕然答道:"刚去不久。你还记得王公子在我家说的话吗?"方啸云说:"当然记得。国共相争,终有胜负。每个人都必须选择站在哪一边。"刘焕然说:"我来找你,就是要问你愿不愿意跟我去解放区?"方啸云答道:"当然愿意啦!我求之不得。可是不巧,我刚接到遣返日侨回国的任务。"刘焕然:"我不要你马上走,你有足够的时间考虑和准备。跟共产党走随时都有杀头的危险,甚至危及家庭,这绝不是儿戏。"方啸云道:"刘兄勿虑。我自横刀向天笑,去留肝胆两昆仑。一旦找到机会脱身,我怎么找你呢?"刘焕然嘱咐道:"我会派人和你联系。你若是去香港,可以去九龙弥敦道南太酒家找老板邓星辉。还有,三副周禀赋肯定也要走,你要有准备。"方啸云道:"我懂。名编壮士籍,不得中顾私。捐躯赴国难,视死忽如归。我绝不会难为他。"刘焕然说:"假如走不成,也要把'海连'轮管好,掌握在自己手里,和你投奔解放区同等重要。我多么希望你的船上能第一个升起新中国的旗帜呀。"方啸云说道:"我还清楚地记得一年前你在'伏波'舰审判后说,那是海上斗法的一场演练。等着看,好戏大戏还在后头。现在这场大戏要开台了!"方啸云送刘焕然出门,不时有囚车呼啸而过。上海笼罩在白色恐怖中,气氛越来越压抑。

刘焕然召集闽中支部的刘心澜、陈嘉熙、许欣知、周禀赋碰头,要求他们做好举家迁往香港的准备。这对他们并不容易。有的人已经升任大副,过上上等人的生活。可是为了理想和事业,他们不惜放弃这一切,去解放区吃苦,但无人迟疑和退缩。刘焕然自己何尝不是这样?领港月薪2000美元,十足的贵族,却义无反顾,选择去香港加入地下企业,每个月只有50元津贴费,却无怨无悔,甘之如饴。可见信仰的力量。

刘焕然抽空去提篮桥监狱探望戴汝铭船长,又拜访魏文达律师,邀请他去香港担任远东公司的法律顾问。最后搭乘"神龙"号小火轮返回厦门。林胜雄船长刚应过军差,没拿到一分钱征用费不说,还挨了垃圾兵的暴打。一下子亏了十几万元,正为生计发愁。刘焕然劝说他,经济崩溃已经不可逆转,趁早卖掉"神龙"号,跟他去香港共事。林船长十分心动。

公园北路76号门前旗杆上换成H旗,孩子们簇拥着刘焕然走回家。

"孩子们,这回我们要去香港了。赶快收拾东西,10天之内搬家!各人管各人,大的照顾小的。"全家喜气洋洋,有如节日,唯有娃娃闷闷不乐,问道:"能把哈路一起带走吗?"俞泾妹说:"坐轮船不许带狗狗。不过可以托付给隔壁胡波太太。"刘焕然嘱咐:"泾妹,明天起,你给孩子们办退学手续,收拾行李。锅碗瓢盆、坛坛罐罐就不带了。我去跟胡波夫人退租,卖掉家具,买行李箱,预定船票……还有好多事。凌燕不能同行，就回泉州父母那里，她也该有个自己的家了。"

刘焕然把郑秀葆叫到一旁问："怎么没见到梁民福？"郑秀葆说："他去戴云山，通知游击队准备接应第二批武器。"刘焕然接着说："黄书记叫我去香港，是调我去创建党的船队。我这次回来事情很多。除了家庭琐事，还要移交工作和转组织关系。你想办法联系上许书记，安排我和他见面。"

郑秀葆招呼吃晚饭。刘焕然打开留声机，播放贝多芬降B大调《第四交响曲》，说道："孩子们，再跟我讲点儿什么。"小平说："明年是美国总统大选年，候选人杜鲁门和杜威竞争。小学校也学美国人搞学生会会长竞选，候选人到处拉票。要是阿纯参加竞选我就 Vote him。"阿纯接着说："我不竞选会长。我争取能当一天升旗手。"小平说："升旗手每天只有两名，而且必须早起早到才能抢到。我争取当纠察队员，每天好几个，比较容易。"刘焕然感叹道："我想起上小学那会儿，当纠察队员一律穿蓝短裤，专门纠察迟到的学生，可神气啦。"

刘焕然白天外出活动，晚上打包收拾行装。他们的家具都是自购的，要先变卖掉。家具商乘人之危狠命杀价，只出一成价格。倒是胡波夫人痛快，家具都留下，折为五根金条。她也省心，落得下一个租户拎包入住。

刘峻基校长其实也是地下党员，任高水工委书记。他把应届毕业生中的进步学生全都留给远东公司。这倒也帮了他一个大忙。经济凋敝，安排毕业生的实习和就业很让他发愁。刘焕然和刘峻基是全国仅有的两名持有甲级船长证书的党员船长。他们参加革命不是出自工会，而是闽中党组织发动的校园革命运动，说明海员工人运动中高级船员还是空白。

张术见刘焕然移居香港，害怕共产党不会放过他这个银行家，也动了去新加坡发展的念头。结果被刘焕然劝阻。无奈之下，张术委托刘焕然经过高雄时，考察厦新公司的经营状况。若难以为继就及时关闭，免得夜长梦多。

一切料理停当，刘焕然夫妇赶赴老家泉州。老杯①垂垂老矣，双目紧闭，连唤数声都没有反应。转去拜见老目②，她是虔诚的基督徒，正手持圣经面对耶稣像祷告。晚上斋堂进餐，照例诵读谢饭歌："感谢主，是他赐我们食物，使我们活着。阿门……"

待诵读结束，刘焕然才和老目说上话："我就知道你又要出远门了。你们刘家从来就没有安分过，远祖南宋名将刘锜一生南征北战就不要说了。'休懊恼，且开怀，平生赢得笑颜开，三千里地无知己，十万军中挂印来。'就是他的名句。宋孝宗赵昚主张抗金，继位后为岳飞昭雪，也为刘锜平反，追封他为吴王，谥号'武穆'，赐葬在安溪青山上。现在泉州桥南村九成是刘氏后人。在有名的洛阳桥南岸，明代起就建有宗祠家庙。而我们这一支又迁到泉州百源村。你的老杯年轻时候和姓蔡的朋友合伙儿经商，往来南洋各国，经历过不知多少次凶险。靠着两个人的精诚合作，积累下一份殷实的资财。可惜最后一次出海遭遇台风，樯倾楫摧，蔡兄不幸遇难。老杯返回家乡，哭倒在蔡母面前说，蔡兄生前与我情同手足。他不幸罹难，您悲恸欲绝，我亦肝肠寸断。望老人家节哀持重，珍惜养身。您不要难过，蔡家不会断了血脉。您就是我的母亲，我就是您的儿子。我的儿子一半姓蔡，一半姓刘。老杯兑现诺言，从此不再出海，守在蔡母身边尽孝。自己也皈依基督，改仕当地行医，悬壶济世。"刘焕然赞叹道："你们行善积德，造福乡里，美名远扬。我们兄弟姐妹们也都恪守家训，没有辱没你们的教诲。"老目道："这就好，

---

① 老杯，闽南语，意为"老爸"。
② 老目，闽南语，意为"老妈"。

这就好哇。明天你们也去叔叔伯伯家里请个安。"

刘焕然特意去百源盛恩园吃早点,他是吃那里的面线糊、烧肉粽、烤饺子、海蛎煎长大的。常有吊线木偶、高甲戏和泉州讲古演出。正吃到一半,梁民福急如星火一头撞进店堂催促道:"快跟我走,出大事了!"

他们赶上一辆过路的长途汽车,刘焕然问:"出什么事了?"梁民福说:"秀葆昨晚后半夜跑回厦门说,游击队员验枪的时候走火,惊动了山前村派出所的警察,从南天禅寺搜出枪支,把留守队员和空云法师都抓进派出所。秀葆想起擦枪布海魂衫上面绣着孩子们的名字,特务会追到你们身上。派我通知你们赶快隐蔽起来。她连夜把孩子们送到妙法林寺去。"刘焕然问:"那么多行李,还有孩子。她一个人管得过来吗?"梁民福道:"我给晋安公司打电话租好车,派来帮工,还有凌燕。应该没有问题。"

长途汽车到达终点,乘摆渡船过鹭江上厦门岛。刘焕然买下一份报纸查看船期,然后说道:"荷兰邮轮'芝沙丹尼'号前天到港,明天上午十一点离港。咱们抓紧时间,争取全家人赶上这一班船走。"说罢,刘焕然去电话亭拨打电话,居然有人接听!刘焕然急忙挂断电话,对梁民福说:"是特务!不能回家了。现在我和泾妹去妙法林寺,你再去租车,明早七点去妙法林寺接我们。争取赶上'芝沙丹尼'号。"

刘焕然来到妙法林寺,孩子们正在疯狂地追逐尖叫,他赶忙制止道:"都停下。寺院是清净之地,不准吵闹。都回屋里待着。"他拨通港务局引水处电话说道:"喂,景泰兄吗?我碰到麻烦了,请你帮个忙。明天早上九点半,你把领港快艇开到厦门大学南门码头,接我们全家上'芝沙丹尼'……就这样定了。"门外传来狗叫声,哈路钻进寺院,可把娃娃高兴坏了。刘焕然大惊失色道:"凌燕,快把哈路送回去。叮嘱胡波太太一定拴牢,可别坏了大事!"

第二天上午八点，梁民福准时开来卡车，装上所有人和行李，驶向厦门大学南门。叶景泰已经在海边等候，一见他立即问："刘贤弟，出什么事了？码头上布满了警察。"刘焕然说："回头跟你解释，抓紧时间，追上'芝沙丹尼'。"

领港快艇迎着风浪，迅速靠向"芝沙丹尼"，水手把几箱行李搬运上船。刘焕然与俞泾妹和孩子们亲吻，嘱咐道："到了香港，王昭基和毛筠茵会去接你们，一切听从他们安排。"郑秀葆问："怎么，你不走？"刘焕然解释道："我还没有见到许书记，还没有转组织关系，怎么能离开？"孩子们陶醉在乘坐豪华邮轮横跨大洋的喜悦之中，全然没有意识到刚刚和死神擦肩而过。

梁民福给香港远东公司王昭基发去电报，然后归还汽车。刘焕然隐居在妙法林寺，和菜姑们一起晨钟暮鼓、取食斋饭、浇水种菜。刘焕然请胡允姑解惑："佛教信徒分在家二众和出家五众，合称七众弟子。在家二众是优婆塞（男居士）和优婆夷（女居士）。出家五众是比丘、比丘尼、式叉摩那、沙弥、沙弥尼，他们剃发、单身、住寺。我不清楚你们菜姑是划在在家二众里，还是划在出家五众里呢？"胡允姑说道："我们吃素，本应当叫斋姑。闽南语中菜比斋顺口，于是就叫我们菜姑了。我们的出家程度低于五众而高于二众。"刘焕然说："人生一世总要有个追求。道教徒修行追求成仙，佛教徒修行追求成佛。这就是信徒们此生的全部意义吗？"胡允姑道："是的。道教徒修炼的终极目标是长生成仙。大乘佛法是成佛，小乘佛法是阿罗汉，佛教声闻中最高的果位，其实也是成佛。他们殊途同归。"刘焕然接着说："话虽如此，我从没见真有成仙成佛的。"

一个斗笠遮面的农民，挑着菜担子走进山门，被胡允姑拦住问："你找谁？"菜农摘下斗笠。郑秀葆喊道："哇，是老许。快进来。"刘焕然上前握手说："老许——叫我等得好苦。"许同安说："没办法。武器被收缴，队员和方丈被抓走，林鹏飞被捕，一件比一件急。"刘焕然说："当然是救人要紧。"许同安说道："我派施鸿霖去找独立50师少将参谋长陈同庚，他是陈忠夏的哥哥。他二话不说，派一个营长去山前村派出所，说是闽西永定大户买枪自办民团，防范共产党和土匪，硬把人和枪都抢回来。林鹏飞就很棘手了。保密局闽南站早就怀疑他通共，这次抓住把柄，说他是私运武器的晋安运输公司的董事长，就把他抓起来，寄押在厦门警备司令部稽查处。你不是跟赵石锐副司令很熟嘛，能不能通过他把人救出来？"刘焕然"不妥。我跟他只是生意上的关系，这样反而会暴露我的身份。最能对赵石锐起作用的是连珠，他们在抗战时期共事过。连珠和林鹏飞是黄埔的同班同学，又同属于叶挺的独立团，连珠两边都能说上话。他此刻在高雄，我向你汇报后就去高雄。原本就要去把周东清和黄昌国召唤归队。"许同安突然问道："对了，你还没说去香港是怎么回事，见到黄书记了？"刘焕然答道："见到了。他以闽中特委书记的名义，把我的组织关系转给香港德润公司，参与建设新中国的'天汉计划'。"许同安说："我真为你高兴，也为闽中地下党能为建设新中国出一份力而自豪。黄书记怎么样了？"刘焕然说："好多了。他说康复后要调到华东野战军去。"许同安又问："全城通缉你，你怎么离开？"刘焕然说："你不用管，我自己想办法。"说着取出四根金条道："这是我交的最后一次党费。"

许同安戴上斗笠，挑起担子走了。刘焕然戴上墨镜和遮阳帽走出寺院。

警车鸣着警笛呼啸而过。广告牌、电线杆、邮筒上张贴着通缉令，码头、渡口、车站、渔港、飞机售票处游弋着特务，真的被戒严得水泄不通。在熙熙攘攘的人流中，他看见赵副司令挽着胡波夫人的手臂走进中山路思明电影院，巨幅电影广告是中途岛大海战，美军飞机炸沉日本"飞龙"号航空母舰。忽生一个念头，他拨打公用电话说道："是孙书记官吗？我是陈世民，文莱达鲁萨兰国的华侨。

听出来了？全城都在通缉，我能不能搭乘军用飞机去高雄？"孙敬贤反问："这要问飞机场。有结果我怎么告诉你？"刘焕然说："过一小时我打电话给你。"买了一张票，走进电影院。

刘焕然找一个较远位置坐下。赵石锐几次贴近胡波夫人，总被她手中的檀香扇阻隔住。放映结束，刘焕然尾随他们走进西太酒楼。刘焕然拨通前台电话再次问道："喂，我是陈世民。有结果吗？"孙敬贤答复道："明早八点，空军有一架运输机去台南，我为你预定了座位。不过……搭乘空军的飞机，必须有部队指挥官签发的便条。要不要我冒签？"刘焕然道："不行，这会把你暴露的。赵石锐在西太酒楼吃饭，我先去试试，不成再说。"

前台侍应生认得他，问道："刘领港，吃饭吗？"刘焕然笑道："今天不。赵副司令在哪个包房吃饭？"侍应生边查记录边道："我查一查……在兰花阁。"刘焕然找到兰花阁，推门进去。赵石锐正面对大门疑惑问："刘领港？"胡波夫人回头，惊讶地瞪圆了眼睛。刘焕然歉然地："哦，我走错了，赵副司令？不是晓春伯……对不起。"佯装退出，被赵石锐拦住道："刘领港，既然来了，一起吃吧。"刘焕然解释道："我本是要找晓春伯。不过……找你也可以。我有急事要去高雄处理公司的业务。可是错过了中华航空的航班。明天一早，有一架空军的飞机去台南。你能不能给他们打个招呼，让我顺路搭乘？"赵石锐很干脆答应道："没问题。你叫孙书记官去办，就说我知道。别着急走，还有话说。我想搞一次选美，把胡波夫人选为厦门'嘉禾皇后'。你能帮我策划吗？"刘焕然一口应下道："没问题。等我回来再商议，包你满意。"

刘焕然拨通电话说："我是陈世民。刚见过赵副司令，他说知道了，指明要你去办……我怎么知道结果？"孙敬贤说："明天早上七点半在林后青龙宫大门外见面。我开车送你。"梁民福早早开车来等候。不一会儿孙敬贤也开车来到，刘焕然移到他的车后座上。

孙敬贤说:"我给你办好了警备区稽查处的特勤通行证,持证人陈世民,有赵副司令的签字,我先拿着。你把窗帘拉严,遇到任何情况都由我处理。"刘焕然问:"事情出乎意料地顺利,难道赵副司令没有一点儿怀疑吗?"孙敬贤说:"我想,作为一名老牌儿军统,他多少是会有一点儿感觉的。这一回睁一眼闭一眼,送你个顺水人情,也算报答你的情义了。"刘焕然说:"恐怕你也待不长了。一旦苗头不对,你就立刻撤离,去香港找我。"

机场入口被鹿砦封闭,车辆排长队等候检查。带班军官认得孙敬贤,招呼他开车插到前边免检,被便衣特务张光远拦住说:"停下,出示证件!"军官说道:"不用查,这是警备区赵副司令的专车。"张光远却道:"我奉命严查,一个都不能放过。玉皇大帝也不成。"孙敬贤递过军官证。张光远看过后,问道:"车后坐着什么人?"孙敬贤把陈世民的特勤证交给他道:"警备区稽查处特勤陈世民,执行紧急勤务。"张光远用猜疑的眼光上下打量,还是敲窗子说:"开门下车,核对照片。"气氛陡然紧张起来。孙敬贤暗暗摸到手枪,佯装怒道:"我看你是活腻歪了,特勤出警你也敢查……"

郑秀葆下车跑过来问:"有完没完了?飞机可不等人。"梁民福猛按喇叭催促道:"怎么回事?飞机就要起飞了。"后面的司机早已不耐烦,都跟着按喇叭。"再不让走就要晚点了。""还要磨蹭多久呀?"喇叭响成一片,场面极度混乱。带队军官不住地催促:"行了行了,孙书记官不是外人,别再耽搁了。"张光远架不住围攻,把特勤证还给孙敬贤说道:"走吧走吧。"孙敬贤驾车径直开到停机坪C—47运输机前,把便条和特勤证递给空军军官说:"警备区稽查处特勤陈世民奉命出差。"军官验过证件道:"请登机,我去登记。"

一辆吉普车飞速开到机场入口刹住车,卷起一阵风尘。庄尚德问:"有情况吗?"张光远答道:"没有问题。"庄尚德又问:"你保证每一个证件照片和本人都核对过吗？"张光远道："那倒不是。有一位警备区稽查处特勤出警。"庄尚德一听，立即下令："那不成。给我追回来！"汽车加足马力冲进去。

军官把特勤证还给刘焕然说："便条我们留下存底。祝好运。"说着，关闭机舱门，拉孙敬贤跑开。飞机马达启动滑行，卷起一阵狂风。吉普车赶来，庄尚德挥臂高呼："站住——停下——"声音被轰鸣声淹没。飞机掉转回头加速，擦着吉普车头顶掠过，直冲蓝天。庄尚德气得直跺脚。

刘焕然满怀深情，遥望鼓浪屿、日光岩、南普陀寺……渐渐远去。

飞机降落在台南军用机场。刘焕然改乘长途汽车前往高雄。走进高雄饭店402室。陈凤鸣十分诧异，问："刘领港，什么时候到的？"刘焕然说："刚到，有急事要找连珠市长。顺便看看咱们的公司。"

陈凤鸣带他上五楼，笑道："连市长，你看谁来了！"连珠起身迎接，问道："哇，刘贤弟。有一年没见了吧？怎么想起要来高雄？"陈凤鸣说："刘领港说有重要的事要跟连市长说。"刘焕然道："是的。连市长，晋江行署专员林鹏飞是你的老朋友吧？"连珠说道："是啊，他与我有同乡之情、同窗之谊、袍泽之义，情同手足。他怎么啦？"刘焕然说："他被捕关进厦门警备司令部稽查处大牢了。起因是晋江警察局查扣了一批军火，怀疑是共产党游击队的。而运送枪支的汽车是林鹏飞名下厦门晋安汽车公司的，保密局硬说他私通共产党。"连珠问："那么，那批枪支到底是谁的呢？"刘焕然答道："闽西永定大户买进一些老旧兵器武装民团，托驻守南安县的独立50师少将参谋长陈同庚保管。陈同庚派一个营长去，连人带枪抢了回去。可是保密局硬说林鹏飞私通共匪，扣住不放。"连珠说："这件事我一定要管！赵石锐兼任稽查处的处长。不过话说回来，虽然我跟他交情不错，但是他也并非都听我的。军统内部钩心斗角，他不能不有所顾虑。万一被人抓住把柄，会把自己搭进去。除非重金收买他和手下。"刘焕然说："我敬佩林专员，愿把股金抽出1000美元用于搭救林鹏飞专员。"连珠佩服道："仗义！岁寒知松柏，板荡识诚臣。勇夫安识义，智者必怀仁。我也捐出1000美元。不耽搁，说走就走。"陈凤鸣说："我去拿存折和公章，陪你去银行取钱，再送你去机场。"

连珠和陈凤鸣走后，刘焕然朝周东清和黄昌国使了个眼色。周东清、黄昌国会意道："刘老师，我们送你走。"

5."随船离沪，相机而动"

刘焕然乘坐"盛兴"轮从高雄返回香港，竟意外看到"波尔塔瓦"号半沉在鲤鱼门航道上。一落地就问是怎么回事。王昭基说："一个礼拜前，'波尔塔瓦'号从大连返回，遇到大雾，被英国太古公司的'沃米亚'号轮船撞了后屁股，要不是水浅当时就沉没了。新来的报务员李佑博的房间被削去一半，幸亏他当时没在房间，随身带来的15000两黄金也没有损失，可是3000吨黄豆浸泡了海水。杨老板非常着急，原定'波尔塔瓦'号运送第二批红心扑克牌人士的计划眼看要落空了。"林玉佩说："事故原因扯不清，互相指责是对方的责任。苏联船长准备起诉。我们不懂航海，就等着你回来处理。"刘焕然问道："英国轮船损坏情况怎么样？"王昭基说道："它的头部受损，但不严重，拖到太古船厂修理去了。"刘焕然立即道："不回家了。马上把双方的船长和魏文达律师请来，共同勘测轮船的损坏情况，找到解决办法。依据我的经验，除非责任非常明确，毫无争议，涉事各方通常都避免法律诉讼。皆因为耗不起时间且花费巨大。打官司成了财力的较量。谁能出大价钱请到著名律师谁就能获胜。咱们哪里比得上太古公司的财力。"

经过实地勘测和反复会商，最终达成庭外和解。双方各自承担修理费用，互不追究。损失自然难免，但总开支远远低于诉讼成本。结果化敌为友，反而建立起信任，推动了后来互利关系的发展。浸泡过海水的黄豆不好卖，又要德润员工自己消化。好在豆制品花样翻新，伙食不再单调了。刘焕然把鸡蛋和黄豆推销给南太酒家，意外地带给他们生意的火爆。

但一个严峻的局面摆在面前。"波尔塔瓦"号进厂维修，另一艘"阿尔丹"号主轴断裂，留在大连未归。而第二批红心扑克牌人士已经到港集结，引起国民党保密局的注意，必须尽快离境！到哪儿去租船呢？刘焕然是航海家，并不懂得国际租船业务，也没有客户关系，茫然无从下手。他想起陈凤鸣，希望能借助华林公司租到船。陈凤鸣提醒他，自己开办租船业务不是更好吗？他把英国华林洋行首席船务师彭楚民先生推荐给刘焕然。华林公司的英国老板骨子里看不起中国人，长时间不提高他的薪资。他在业务上挑大梁，报酬却只是中级职员，他很感屈辱。只要答应提高薪资，比如月薪10000港币就能把他挖过来，撑起一片天！

"10000港币？"钱琳吓了一跳，"这比德润公司员工津贴的总和还高呀。"刘焕然解释道："我们不能关起门来自己干。运费通常占交易总额的3%左右，一个航次就要十几万英镑。稍有闪失就是一笔巨额赔偿。而委托租船代理费加起来不比10000港元少多少，而且永远受制于人。若能请来练达高人，他身后有一个客户群，一起步就跨进国际海运俱乐部。同时觅得一位领军教头，打造出自己的专业队伍，再不求人，岂不一步登天了吗！"

德润公司是高度保密的地下企业，许多党内高级干部都不知道它的存在。钱琳很犹豫，聘请 位有复杂社会关系、混迹洋场的香港人能成吗？刘焕然认为，国际航运具有高度的专业性，聘请专家是一条捷径。只要建立起严格的流程和制度，把党内秘密和业务区分开，可以做到两不误。

远东公司敬奉彭先生如上宾。在经理办公室隔壁专门为他和助手陶刚布置了房间，委以全权，虚心求教。彭楚民深受感动道："昔闻周公吐哺握发，刘备三顾茅庐，信陵君门下食客三千，刘邦得猛士而守四方，皆比不上诸君礼贤下士，推心置腹，信任有加。鄙人受之有愧，惶恐无以回报。唯有披肝沥胆，尽心竭力，以示赤诚。你们要我做什么，但说无妨。我随时可以开始工作。"

刘焕然说道："今天就开始。当前有两个最紧迫的任务。第一，把一批重要的客人送往东北港口。第二，把一批军粮运送到烟台和石臼港。"彭楚民疑惑道："烟台和石臼？不是刚被共产党占领吗？难道你们是……"刘焕然欣然承认道："你猜对了，是共产党。我们对你并不隐瞒。你可以自己决定是去是留，决不难为你。"彭楚民答道："国共相争，香港置身度外，我且作壁上观。我是凭技术吃饭的白领，政治与我无关。再往后呢？"刘焕然说："再往后就请你传习业务本领，培养后备力量，把远东公司带进国际航运市场。国际航运遍及全球，没有昼夜上下班的概念，总不能你一个人全天24小时值守。"彭楚民道："我明白。从事国际航运业务，首先必须具备纯熟的英语。你们都是海关出身，黉门秀才，天然具备这个条件，其他就好说了。其次每个航运公司，都要有一整套与国际接轨的管理体系和业务流程，有规范的业务单据和合同。我带来了华林公司的全套样本，你们改成自己的台头就能用。现在港内有一条挪威货轮'达维肯'号，2400吨，当然条件不如客轮。我还可以租到苏联货船'汤姆斯基'号和'竹喜玛'号，各3000吨。你们什么时候用？"刘焕然："都要！'汤姆斯基'和'竹喜玛'装载军粮，越早越好。'达维肯'送客，安排在圣诞平安夜出发。"

国际海运是海运、海陆联运、海空联运的国际货物运输及代理的综合业务，集法律、金融、贸易、船舶、服务于一身。国际船舶租赁方式可分为航次租船、定期租船、光船租船三大类。合同涉及托运、仓储、装载、中转、卸载、报关、检验、保险、通知、提货、清关、换单、进口分拨、银行票据等条款。业务函电大量使用专业术语和缩略语，非专业人员根本看不懂。凡是彭楚民先生经手的电文，刘焕然都刻意保留下来，装订成册，作为必修的教材。他们白天工作，晚上加班背诵条文。远东公司的业务人员迅速成长为第一代国际航运专家，也是未来新中国国际航运的奠基人。

　　德润公司在礼顿道包租了一座四层公寓楼。每层两户，每户2室1厅，大约70平方米。刘焕然家人口多，独占一户。其他人混合居住，甚为不便，早晨上厕所要排队。别看他们上下班锦衣华服，内衣却都是自己缝制的，白衬衫都是假领。晚饭后大家常去楼顶露台。刘焕然和于帆研究轮船改造方案，还教孩子航海认星。他特别指出要记拉丁学名。比如织女星天文学叫天琴星座，拉丁学名 Lyra。牛郎星天文学叫天鹰星座，拉丁学名 Aquila。北斗星天文学叫大熊星座，拉丁学名 Ursa Major，这样才能查表给船舶定位。楼底单元是公司食堂，吃大锅饭，雇佣女工阿樟和阿三做饭送饭。孩子们正在长身体，放开肚皮吃，牛奶面包管够，好不痛快！

　　刘焕然打开留声机，播放贝多芬 C 小调《第五交响曲》，说道："孩子们，跟我说说上学的事。"阿纯说道："黄卉阿姨送我们去报考培侨中学，就在不远的培侨山上。"刘焕然笑问："你们不过是小学生，怎么上起中学了呢？"阿纯对父亲解释说："培侨名义上是中学，其实包括中学、小学、幼稚园。根据程度分班。我上四年级，小平上三年级，妹妹上幼稚园大班，娃娃上中班。"刘焕然接着问："喜欢这个学校吗？"阿纯说："喜欢。学校在山顶上，走盘山道上去，能看到维多利亚港和香港全城。就是老师同学都讲广东话，我们一句都听不懂。"刘焕然安慰道："小孩子学语言快。不出一个月，保准都会讲广东话了。"小平接着说："想不到香港学生的体育、文艺那么好。好像人人都会乐器，人人都会踢足球、打羽毛球、踢毽子。我亲眼看见他们踢毽子能踢到三层楼高。"刘焕然说："学生时代就应该丰富多彩。我自己就会拉手风琴，还是足球校队的呢。公司将要举办圣诞节大联欢，请小乐队伴奏舞会。你们想学乐器，就守着乐队看，喜欢哪样乐器就学哪样。"

顾昌运吹响哨子，船员迅速到干舷甲板上集合。方啸云对众人道："'海连'轮岁修即将结束，领受新的任务，去葫芦岛遣送日侨俘回国。前两个阶段分别运走了101万人和3万人，这次是第三阶段，也是最后一批2000人。每个中国人心中都埋藏着对日本法西斯的仇恨。但是中国人民是爱好和平的。敌人已经战败投降，就不应当世代结仇。我要规定几条纪律。第一，坚决禁止刁难、勒索、打骂日侨。第二，对于老弱伤病妇幼要给予照顾。第三，禁止收受贿赂和从事违法犯罪活动。第四，提高警惕，及时发现和制止隐患。第五，严格执行请销假制度，不在外留宿。第六，遵守当地法律民俗，违反纪律者后果自负。既然要出国，夜校、读书会和海连之声就只能暂停，但是个人努力不要放松。9月17日是中秋节，饭老板买了一些月饼，你们带回家，提前跟家里人过个团圆节，然后上路。解散。"

队伍散开，周禀赋问："方船长，从上海到葫芦岛要走几天？"方啸云说道："大约3到4天。你问这个干什么？"周禀赋说："我跟小胡聚少离多，只能靠写信联系。而我们漂泊不定，每次写信我都要告诉她下一封信寄到哪里，我好船到信到。"方啸云笑着打趣道："哈哈。古有鸿雁传书，救回了流放的苏武。还有柳毅传书，成全了龙女和书生的姻缘。好吧，以后你就代表我去港口报到，成全你们日日思君不见君的苦恋。"

黄宝荣把王民安、张承恩、王春迎招到工具室，两眼熠熠放光地说："发财的机会又来了。日本战败，东京大火，广岛、长崎挨了原子弹,男人死绝,工厂关门。吃穿用的都没有啦,女人光着屁股满街跑,给她一顿饭吃就跟你上床。"王春迎问:"真有这等好事?都说世界上最好的老婆是日本娘儿们。"黄宝荣兴奋地说:"没准儿真让你给碰上。不说这个,我是要问想不想再发一笔财?"张承恩道:"当然想啦。谁跟钱有仇?"黄宝荣说:"日本最缺的是衬衫、毛巾、肥皂、玻璃丝袜……都是日用百货,我负责进货。"王民安不安地说:"可是船长刚说严格禁止从事违法犯罪活动呀。"黄宝荣不满地说:"不走私怎么发大财?难道钱会从天上掉下来?"张承恩一咬牙道:"我干!过了这个村就没这个店,舍不得金弹子,打不着金凤凰。"王春迎也应道:"我也不怕。撑死胆儿大的,饿死胆儿小的。"王民安略微迟疑了一下也应道:"那我也干!"

一辆"倒骑驴"(车厢和双轮在前的三轮车)做成了。黄宝荣说:"水莲,你坐到前面,我带你兜风去。""倒骑驴"汇入璀璨喧闹的街道,顾水莲又惊又喜。黄宝荣得意地说:"高兴吧,我就是要你像一品诰命夫人。"顾水莲说:"一品芝麻糊人还差不多。这是到哪儿啦?好像是城隍庙?"黄宝荣说:"是城隍庙。我早就想陪你出来吃夜宵啦,吃鲜虾小笼包。"黄宝荣把车锁好,牵着她的手走进去。顾水莲脸上洋溢着幸福的光彩。

复兴岛军用码头万头攒动,比肩接踵。"海连"轮拉响汽笛,码头工人解开缆绳,撤除踏板。轮船徐徐离岸,叶阿东和马钧终于看见飞奔过来的叶杏娣,向她挥手。叶师傅说:"这个死丫头,总算来了。"

"海连"轮抵达葫芦岛港。远处传来隆隆炮声,不时有流弹落到海里,掀起冲天巨浪。方啸云吩咐道:"小周,你去招商局报到,领取任务书,小胡的信也该到了。记住,多要几个水桶。还有扫帚、簸箕、拖把、抹布。"

周禀赋一溜烟跑进办事处,问道:"我是'海连'轮的三副,名叫周禀赋。请问有我的航空信吗?"门房果然翻到他的信。他又喜滋滋去找办事处主任,说道:"我是'海连'轮的三副,代表船长来报到,领取任务书。船长要我多领几个水桶,还有扫帚、簸箕、拖把、抹布。"主任把任务书递过去,说道:"给你任务书。水桶早发光了,剩下的扫帚和簸箕也不多了,全都给你。"一颗炮弹在附近爆炸,震碎了玻璃。周禀赋又问:"共军攻城了?"主任无奈叹气道:"可不是嘛,共军已经占领义县、锦西、山海关。日侨俘一撤完我们也该散摊了。"

港口闸门打开,日侨俘排队走向"海连"轮。中方日侨俘管理处处长李修业少将广播讲话:

中国人民几十年来,受尽日本帝国主义的欺凌。但是我们没有冤冤相报,而是把你们妥善地遣送回去。你们想一想,中国人民是怎样对待你们的,再想想你们是怎样对待中国人民的。希望你们以后只带友谊来,不要再带刺刀来……

方啸云感觉一对夫妻似曾见过。那人也是一愣,迅速低下头。方啸云猛然想起,营口港,抗日志士被五花大绑跪在地上,颈上吊着"反日分子"的牌子。日本兵割开他们的脖颈,只留下气管和动脉,任由他们气力耗尽暴晒而死……苦役背负沉重的煤炭,走过狭窄的跳板。一个劳工跌入货舱……二副方啸云奋勇跳下,把他背到甲板上来……遭到港务监督川崎正彦劈头盖脸的皮鞭……此人正是那个川崎!隆隆炮声把方啸云从沉思中唤醒,日侨俘聚集到船舷,向送行的中国官员深深鞠躬,长揖不起。

轮船驶入黄海,风浪陡然加大,呕吐的人越来越多,遍地污秽,空气污浊腥臭。扫帚和簸箕都分发完了,方啸云吩咐韦力勉道:"快去把洗脸盆都收集起来,发到各个住舱,让他们吐在脸盆里。"韦力勉一脸不乐意地说:"拿个人洗脸盆干这个?要遭人骂的。我不去。"方啸云厉声道:"你不要管,要骂就骂我。消毒以后还能用。快去!"韦力勉搜遍各个住舱。王春迎问:"拿我脸盆干什么?哪儿漏水了?"韦力勉说:"你别管,船长叫拿的。反正有用。"

韦力勉端回十多个脸盆交给日侨代表,即刻分发下去。一位老妇人止不住要呕吐,方啸云手疾眼快把脸盆送过去。照料她的正是那个川崎。川崎取出一个方匣子送到他的面前。打开层层包装,露出一根硕大的人参。方啸云坚持把方匣推回去,川崎捂住脸呜呜哭起来。

"海连"轮驶入九州岛福冈县博多港,处处标注:引扬港、引扬栈桥、引扬援护局、引扬者寮……中方管理处副处长彭克复少将解释,"引扬"是指移民到国外居住。"寮"是指共同住宿的地方。工作人员在舷梯旁架起桌子,彭克复前去办理交接。点过名的日侨俘上岸,结队去上安寮。日侨俘归国备受政府和国民的歧视,他们犹如囚犯,在呵斥下战战兢兢。

王春迎、黄宝荣怒冲冲找到方啸云,张承恩脚踢一摞污损的脸盆过来。黄宝荣怒道:"我恨不得把日本人全都杀光,怎么还给他们脸盆用?你还是中国人吗?"王春迎也怒气冲冲道:"船长,这脸盆我们不要了,你给我们买新的。"方啸云抱歉道:"对不起,没跟你们商量。脏是脏点儿,不过洗干净还能用。"日侨代表走出人群,向方啸云深鞠一躬。彭克复翻译说:"他们说,脸盆虽小,表达了中国人民的友善。中日两国一定世代友好下去。"方啸云:"不要谢我。要谢就谢他们。"日侨代表转向王春迎,深深鞠躬道:"你们大大的好人,大大地谢谢。"王春迎慌了神,把黄宝荣推到前面。黄宝荣手足无措,回道:"……不用谢。欢迎……希望……带着鲜花和友谊再来。"

川崎想上前说话,被警卫推倒在地。爬起来深鞠一躬,匆匆离去。

日侨俘走空以后,方啸云对船上众人讲话道:"今天打扫卫生和消毒,明天放假,后天去本州岛神户港装载美军物资。"船员们开始清扫甲板、刷洗脸盆,一边工作一边嬉闹。马柏根学黄宝荣说:"我恨不得把日本人全都杀光。怎么还给他们脸盆用?你还是中国人吗?"王民安学王春迎说:"船长,这些脸盆我们不要了,你给我们买新的去。"孙信祚则模仿日侨代表说:"谢谢一路上的关照。中国人民大大地友善。"马柏根扮演黄宝荣说:"……不用谢。欢迎……希望……带着鲜花和友谊再来……"方啸云和彭克复会心地笑了。

"海连"轮驶过关门海峡。彭克复说:"左边是下关市,属于本州岛的山口县。右边是门司港,属于九州岛的北九州市。丧权辱国的马关条约就是在那里签订的。""海连"轮发出哀廻的汽笛声,为国耻致哀。

经过濑户内海、四国、大阪湾,"海连"轮进入神户港。两个宪兵推来带轮子的岗亭停在踏板前,沿海岸拉起警戒线。

方啸云打开广播,宣布道:"全体注意。现在靠岸,装载供给青岛美军的物资。大副二副负责与军方交涉,理货部全体留下,其他部门允许上岸,晚上九点以前归队。我再次提醒大家,一定要遵守纪律,谁出事谁个人负责。"

黄宝荣召集合伙人说:"神户是最后一站,就看这一锤子了。要不然就全砸在手里了。头一关是瞒过警卫,把这些东西带上岸……"

张承恩向美国大兵深鞠一躬,递过香烟并且点燃。然后比画着搂搂抱抱,手托两边大乳房,迈大腿跳"康康舞"。大兵理解他是要找妓院,一脸淫邪,手指一个方向。趁着这个空当,王民安背起大包裹溜上岸。

他们不懂日语、英语,在路口摆摊,举起鞋袜衬衫示人,可是无人问津。他们自知走私违法,担惊受怕,每见警察或宪兵的身影就仓皇而逃，闹得一件商品都没卖出去。有一个小男孩，不论他们跑到哪儿总是不离不弃地跟着。

一天下来一无所获。他们垂头丧气回到船上，王春迎尤其气恼，说道："你们说满大街都是光屁股女人，可是我一个都没看到。"黄宝荣无语道："闹了半天你飞机头就盯着看女人。我的意思是说卖大炕的女人很多，要找还得去犄角旮旯儿。先不说这个。卖不出去东西是因为选的地方不对。你们想啊，有工作挣工资的人才有钱买东西。明天改去工厂大门外摆摊。"

其他船员也是扫兴而归。战后市场萧条，店铺歇业，游观光景点荒凉破败，乞丐倒是不少。方啸云和周禀赋遭受美国宪兵的盘查，也没了兴致。回到船上，彭克复给了他一个惊喜，拿着报纸说："方船长，今天的《朝日新闻》有你的照片。我给你们念……最后一批日本侨民今日返回祖国……中国轮船'海连'号没有歧视和虐待……温情船长……良心大大地好……"方啸云笑道："太有意义了！我要永久保存这份报纸。"

第二天，黄宝荣带大家去神户制钢门外摆摊，还是没有人停留。张承恩问小男孩："你叫什么？"一边在手心写"名字"。男孩手指着自己说："塌——漏——"张承恩重复道："塌——漏？太——郎？"张承恩塞给他一张小额纸币，小太郎很高兴。

眼看太阳西斜，仍然没有人光顾。王民安说："这样下去可不成呀。"王春迎出主意道："我们应该去红灯区……可别误会，我的意思是说，有钱人才去红灯区，肯大把大把花钱。"黄宝荣赞同道："有道理。明天就去红灯区。"

第三天，男孩带他们来到神户市三宫中心街。黄宝荣精神抖擞，高声吆喝："One dollar, One dollar……"真的有人来光顾，马上就买走一条香烟。见此情形，黄宝荣兴奋道："机会来啦，不要挤在一起。飞机头，你和小瘪三另找个地方。"

张承恩分出一半货物另立门户，问王春迎："阿黄哥是怎么吆喝的？"王春迎模仿道："One dollar。"张承恩吆喝道："碗大了——碗大了——"居然也开张了。

天色渐暗，所余无几。王民安喜滋滋数钱，黄宝荣伸懒腰长舒一口气，却突然愣住了。两个美国宪兵站在面前，想跑来不及了。太郎看见宪兵抓走黄宝荣和王民安，拉起张承恩就跑。左拐右拐，好不容易摆脱了追捕。张承恩失足掉进污水坑，等把他拉上来，已是一身烂泥。

太郎带他们去棚户区的家，母亲丢下一条破被单后隐去。她面容温润，玉体丰满，王春迎看得两眼发直。张承恩洗净身体披上被单，蜷缩在角落里打盹。少妇在窗外洗衣服，月朦胧下酥胸半露。王春迎看得心旌荡漾，欲火冲腾，忍不住从身后将她紧紧搂住。女人并不反抗，反而敞开胸怀任其爱抚……张承恩醒来，不见王春迎，便喊道："飞机头——你在哪儿？"窗外隐约传来女人的娇哼低喘声，张承恩又问道："飞机头，是你吗？"王春迎还沉醉在销魂蚀骨的快意之中。张承恩走近，拍了拍王春迎说道："阿春哥，你在干什么？"王春迎梦醒，迷离幻境戛然而止，没好气地道："没干什么！狗逮耗子，多管闲事。"

天明，美军起床号声响起。几个官员和警察登上"海连"轮高声叫道："我们是日本移民局官员。离港前清点人数，交出你们的海员证。"官员核对身份后加盖出境章，清点后问道："怎么少了4个人？"方船长感到意外。

一辆美军中吉普开来，两个美国宪兵军士登船说道："我们是美军港口警卫宪兵，你们有两名船员因走私被扣留，请船长前去见我们的连长。"

方啸云疑惑道："不对呀。怎么不是4个人？我去看看。"

港口宪兵警卫连连长霍普金斯上尉指着铁牢笼问："是你的人

吗?"方啸云喝问道:"黄宝荣?王民安?你们怎么在这儿?还有谁?"王民安有些羞愧地道:"我们俩上街卖东西,被人家抓住了。开始的时候还跟小瘪三和飞机头在一起,后来就不见了。船长,求你千万千万救我出去呀。"方啸云怒火中烧道:"我救不了你们。你们连累了所有人,害得整条船都走不了!"

方啸云和上尉商讨解决办法,态度极为谦逊恭谨,表示愿意罚没走私物品和销售所得、当事人真诚认错,具结悔过书、由船长担保、罚坐禁闭,甚至缴纳罚款……方啸云流利而纯正的英语令上尉称奇,但是他的种种提议都被拒绝。上尉以触犯法律送交军事法庭相威胁,坚持索要10万美元保释。看到方船长窘迫的样子,上尉得意地把脚跷到桌上,点燃雪茄烟。

方啸云不愧是海关学校毕业的高才生,又有丰富的海关工作经验。他突然话锋一转道:"我的船员走私固然不对,但是你们美军又该当何罪呢?"上尉一惊,问道:"我们美军怎么有罪?"方啸云说:"警卫宪兵在'海连'轮前设岗,盘问和检查上下船的人。有人携带走私物品登岸,是岗哨放行的结果。就是说你们美军放行在先,他们走私在后。你身为长官负有主要责任!"一席话直击命门,霍普金斯目瞪口呆。方啸云步步紧逼道:"带我去见你的司令官。"这回轮到上尉告饶了,软声道:"先生息怒,有话好商量。"

他们从警卫连驻地出来,正遇王春迎和张承恩返回港区。张承恩把剩余的货物统统留给太郎。王春迎深深地拥抱女人,横下心离去。

"海连"轮全体船员集合,美军士兵在码头列队。方啸云对众人严肃地说:"我们未能按时离港,是因为有人搞走私,给中国海员丢脸,使我们模范船蒙羞。我作为船长没有尽到责任,应当受到惩罚。"黄宝荣喊道:"不是船长的错,是我的错,都是我们自己不好。"方啸云说:"我相信你们愿意悔过,也决心改正。可是怎么让美国人也相信呢?"黄宝荣把剩余的货物当面全都抛进大海。

方啸云说:"这并不算完,还要有行政处罚。第一,黄宝荣、王民安、王春迎、张承恩4人违反纪律,走私贩卖,记大过处分,扣当月工资,没收所得,具结悔过书,在公告栏公示。第二,黄宝荣和王民安禁闭5天,刷扫甲板5天。第三,王春迎和张承恩禁闭3天,刷扫甲板3天。"

霍普金斯上尉对宪兵训话道:"中国海员走私商品固然有错,但是我们的哨兵也有过失。下士约翰布朗、一等兵理查森、二等兵李普曼——玩忽职守,给予警告。以后再出这样的差错,就要罚你们关禁闭了。"

日本移民官员在4个人的海员证盖章放行。方啸云下令:"起锚——"美军官兵立正敬礼,上尉高呼:"Bon voyage①——""海连"轮全体船员致敬回礼,长鸣一声,向外海开去。

一辆的士停在香港罗便臣道14号门前,下来4个人,按响门铃。有人把他们迎进去,招呼道:"柴队长,安某恭候多时了。"柴荣说:"你还好吧?我先介绍你们认识。"于是转头向其他三人道:"他叫安凯,在云南干过军统,抗战后来香港,当了警察局巡捕处的华人雇员。"接着柴荣又介绍起自己一行人,"我和丁阿七是上海保密局的,庄尚德、张文远是闽南保密局的。"两边介绍完,柴荣说起正事:"中共阴谋成立伪政权,有些败类已经偷渡到匪区叛国投敌。蒋总统拨给专项经费,命令保密局成立香港特别工作组,列出87人的暗杀名单,要求遏制逆流,除恶必尽……"安凯答道:"我知道。有话进去说……"

"海连"轮驶入青岛港,周禀赋迫不及待跳上岸,直奔招商局办事处,取到小胡的信后,又去找办事处主任说道:"'海连'轮从日本神户港运载美军物资返回,我奉方啸云船长命令前来报到。"

---

① 法语,一路顺风之意。

主任安排道:"前线吃紧,国防部命令你们卸完货物后,火速前往葫芦岛接兵。"周禀赋讨价还价道:"当兵的我们可惹不起,还是另派别人吧。"主任满脸不高兴地说:"少废话,国防部的命令你敢不服从?"

黄宝荣、王民安、王春迎、张承恩还在锚链舱里关禁闭。张承恩说:"真他妈的倒霉,好不容易赚到一点儿钱,一下子全都赔进去了。"王春迎也埋怨道:"都是你臭瘪三坏了我的好事,太郎他妈差点儿就……"张承恩立即反击道:"狗屁!我救你大难不死,你还不念我好?万一揍下个日本小杂种,你是认还是不认?"王春迎不以为意道:"我管那些,痛快一会儿是一会儿。"王民安的手腕上下抖动,练习拍发电报。黄宝荣问道:"我说Boy,你学无线电该毕业了吧?"王民安说:"早着呢。刘冬黎主任说,如果是专职训练班,多半年就可以领到证书。像我这样业余学习的,永远都毕不了业,也没有证书。"黄宝荣安慰说:"管他呢。艺不压身走遍天,比我当铜匠有出息。"方啸云打开锚链舱,说道:"王春迎、张承恩禁闭期满,出来。再刷洗甲板3天。"

"海连"轮绕行山东半岛,落日余晖映照在成山头岩石峭壁上,海天和船身一片通红。王春迎、张承恩停下手中的刷子,陶醉在如画的风景中。

夜深人静,方啸云收听短波:

> 这里是邯郸新华广播电台。新华社5日讯,历时52天的辽沈战役于本月2日结束。东北野战军以伤亡6.9万人的代价,歼灭国民党军47.2万余人,其中毙伤官兵5.68万人,俘虏32.43万人,俘虏少将以上将领186名……

葫芦岛港外有海军旗舰"重庆"号、护卫驱逐舰"太平"号镇守,港内是丢盔卸甲的颓败景象。轮船一靠岸,部队像野蜂一样扑过来,有的人直接翻越船舷抢占舱位。领头的上尉找到船长，威胁道："我是师部参谋官，姓武。你必须把客房留给师长、团长和他们的太太。"方啸云问："你们是哪一支部队？要去哪儿？"武参谋说道："我们是国军第147师，师长张家宝少将，移防徐蚌。"方啸云疑惑道："以往军差都是从南向北调兵，怎么现如今从北往南撤呢？"武参谋解释说："一个月前我们加入东进援锦兵团。原以为胜券在握，不想塔山久攻不克，锦州最终失守。前来解围的廖耀湘兵团反被包围，只有52军残部侥幸逃脱。统帅部急令收缩兵力，增兵徐蚌。好在我们张师长有三十七计，得以保全建制。"方啸云好奇地问："什么三十七计？不是三十六计吗？"武参谋得意一笑，道："这你就不懂了。第三十七计就是'绝前空后'。宁做撤退在先的懦夫，绝不做冲锋在前的勇士。核心就是每一着棋都留条后路。"方啸云讽刺道："难怪国军每战必败。原来你们都是这样想的。"几辆中吉普开来，警卫士兵护卫师长和家眷上船，连同大小箱笼。那位师座夫人却也生得貌美如花，明艳动人，很像电影明星。方啸云问道："怎么打仗还带着老婆孩子？"武参谋一脸不解地反问："不带着走，难道留给共军共产共妻吗？"方啸云说道："分配房间由业务主任主管，长官都跟他走。我只有一个要求，就是你要约束部下。只有双方相安无事，才能皆大欢喜。翻了船咱们谁都活不了。"

"海连"轮在风浪中颠簸，士兵止不住地呕吐，把王民安支使得团团转。隋连长离开污秽的铺位另外寻找地方，见船员住舱干净整齐，就要往里闯，被叶阿东挡住道："对不起，这里是船员住舱，外人不得入内。"隋连长把叶阿东一脚踢倒，吼道："老子舍命打仗，睡你们的床铺又怎么样？"马柏根和周禀赋堵住大门劝道："有话慢慢说，怎么打人呢？"隋连长指挥士兵上去抓人道："还敢顶嘴？把他俩给我吊起来。他奶奶的，让他知道马王爷三只眼！"

王民安赶快跑去找方船长，方船长去找师长。张家宝打麻将正在兴头上，根本不理睬，方船长只好去找刘体仁副师长。刘副师长赶到时，马柏根和周禀赋正在被吊打。刘副师长赶紧阻止道："住手！怎么回事？"隋连长敬礼汇报道："他们对国军不恭，出言不逊。老子教他们要懂规矩。"刘体仁接着问："他们怎么个对国军不恭？怎么个出言不逊？"王民安反驳道："这里是船员住舱，他们硬要往里闯。被叶师傅挡住。"隋连长狡辩道："他们先动手——还顶嘴——"周禀赋怒道："胡说八道。打了人还恶人先告状。"刘体仁生气地问："听好了，谁打人自己站出来。"两个士兵站出来，刘体仁指着隋连长厉声问道："有没有你？"隋连长只得站出来，刘体仁喝道："拉出去，枪毙！"隋连长吓黑了脸，跪地求饶道："副师长，饶了我们吧。我知错了。"刘体仁不为所动，依旧下令道："拉出去！"卫兵上前擒住隋连长。隋连长极力挣扎，哭喊道："副师长，以后再不敢了——"方啸云赶紧打圆场说："算了。既然认错了，保证今后不再犯就行了。"隋连长连连作揖，保证道："多谢大人饶命。小的保证以后绝不再犯——"刘体仁面色缓和道："看在人家船长的面子上，且饶过这一回。但是不能算完。从现在起直到上岸，你们连负责打扫船上的卫生。还待着干吗嘛？"隋连长赶忙拿起扫帚、拖把清扫地面。等刘体仁和方啸云走远，他原形毕露，恶狠狠地啐了一口："呸——"

"海连"轮到达浦口港，周禀赋向招商局办事处跑去。大副崔隆华追上张家宝告别道："后会有期，预祝将军凯旋。"方啸云看在眼里心里很不是滋味。他回住舱看望叶阿东和马柏根，说道："如果伤重坚持不住就下地吧。"叶阿东笑了笑道："还好。幸亏你来得及时，要不然真的就没命了。"马柏根则气愤地说："这帮畜生。在前线吃败仗，到后方欺压百姓，算什么能耐！"周禀赋回来报告道："接到任务书，去连云港接应税警部队撤离。"方啸云阻止道："不忙走。我先要清点抢劫和损坏的程度，向公司报损。"

圣诞节联欢在香岛中学体育馆举行，这是中共在港机构和左派社团的盛大聚会，居然有几百人到场。孩子们整个儿晚上都守着伴舞的小乐队。阿纯喜欢长号，小平看中小号，妹妹选黑管（单簧管），娃娃选长笛。

保密局特别工作组冒名左派报纸混进会场，惊喜地发现蒋总统钦定暗杀名单上的人物和那些被通缉的要犯都出现了。毕竟香港不是动武之地，双方心照不宣，都假装互不认识。黄卉、毛筠茵、唐素娟、郑品玫向他们大献殷勤，硬拉他们起舞。他们猝不及防，顾此失彼。就在全场熄灯共数倒计"……5、4、3、2、1、结束"。亮灯后，重要目标全都消失得无影无踪。

灿烂的烟花腾空而起照亮海湾，全城欢腾。摆渡轮改装成游览船载客观光。红心扑克牌人士在德润人和远东人的陪同下，从不同方向会合到避风塘，登上"海燕"号。快艇俨然是观赏圣诞夜景的游览船，在维多利亚港湾里巡游，与过往的海警互致节日问候。挪威货轮"达维肯"号满载 2400 吨印钞卷筒纸，经过海关官员检验后启碇。中途停下，把"海燕"号上的红心扑克牌人士接走。钱琳祝福道："送给你们酒菜，好在海上度过平安夜。祝节日快乐、一路顺风。"为了保证安全，也为以后首航探路，刘焕然登船随行。他向安德森船长交代道："我是租船方远东公司的副经理，也是船东。按照国际惯例，技术上听你船长的，技术以外听船东的。这些乘客比我重要，必须保证他们的绝对安全。夜航严格灯火管制。"

"达维肯"号行经台湾海峡。东方微明，一艘军舰直冲过来。刘焕然看清了，那是国民党海军"太湖"号。他向安德森喊道："快把舷灯和桅顶灯打开！船艉旗也挂起来！"安德森不解地说："是你要我们实行灯火管制的呀。"刘焕然连忙解释道："灯火管制是为了夜航不被发现。被发现而没有打开航行灯反倒会引起怀疑。"舷灯和桅灯亮起来，船艉旗挂起来，而军舰依然气势汹汹而来。刘焕然问安德森:"你还记得舰船在公海相遇应当怎样互致友好吗?"这句话提醒了安德森船长。他拉响警报,打开广播,下令道:"全体船员穿好制服,紧急到甲板列队集合。"船员闻风而动,边跑边整理制服,在甲板上排好队。刘焕然接过话筒说道:"我们遭遇军舰,所有旅客都不要出来。听我的命令,一旦发生险情,立即销毁文件。"安德森站在最突出位置迎风而立,不时抹去制服和络腮胡子上的水滴,像一尊雕塑,他一声口令:"敬礼——"船员们庄重地向军舰举手敬礼。船尾挪威国旗迅速降下三分之一,略停留又升回去,上下三次。"太湖"号军舰官兵列队回礼,青天白日旗同样上下升降三次。然后急速转弯,两船擦肩而过。刘焕然宣布解除警报,紧紧抱住船长感谢道:"亲爱的安德森,你是最杰出的船长,你是我们的英雄!"

"达维肯"号在大连港外升起 G 旗。一艘快艇飞驰而来,有人登上舷梯,对刘焕然自我介绍道:"刘焕然同志,我是德润公司代表徐启明。我提前约见苏军代表,他们请示过莫斯科,拒绝载有反政府人士的外籍轮船进港。"刘焕然不解地问:"我们和苏共是兄弟党呀。"徐启明说:"莫斯科碍于和蒋政权之间签订有友好协议,争也没用。国民政府在大连也驻有代表。东北局领导决定你们去安东港附近的大东沟,他们在那里接应。"

远东公司业务办公室电传机吐出字带,彭楚民出声阅读道:"苏联货船'汤姆斯基'号抵达石臼港……苏联货船'竹喜玛'号抵达烟台港……挪威货轮'达维肯'抵达大连港,未获准进入,但已平安转赴大东沟,红心扑克牌无恙。勿念,拟装运大豆返港。"钱琳放下心道:"运抵烟台和石臼港的军粮将由华东野战军组织民工运输大军推到淮海前线。红心扑克牌是应中共邀请,参加新中国建设的社会贤达和文化精英,这两项任务都按计划完成了。等 Captain 回来,该筹划运送第三批方块儿扑克牌(Diamond)人士了。"

"海连"轮把连云港的税警部队送到舟山后就地驻泊，方啸云收听短波：

……新华社12日讯，历时2个月零4天的淮海战役于本月10日结束。徐州剿匪总司令刘峙指挥国民党军5个兵团、22个军、56个师及一个绥靖区共55.5万人被消灭及改编，解放军总共伤亡13.4万人……

方啸云意识到，每次军差都与国内战局密切相关。去葫芦岛遣送日侨俘，正是辽西会战（辽沈战役）的前夜。回来接147师去浦口，则是兵败以后，国军将残余部队调去增援徐蚌会战（淮海战役）。听到新华社的短波，他知道国军又打了败仗，因此奉命返回浦口接第147师。

方啸云见又是武参谋，讽刺道："又是'绝前空后'？又是全身而退？"武参谋毫无羞耻地说："可不是嘛。这次比东北战场输得更惨，连刘峙总指挥都被俘了。好在我们张师长神机妙算，棋高一着。不仅又一次死里逃生，还因祸得福，晋升第39军副军长。这次是去广州黄埔港，拱卫广州以北，固守半壁江南。"方啸云不满道："我愿意你们接着再退，退到海里洗澡最好。还跟上次一样，高级军官住原来的客房。我可提醒你，千万别再惹是生非了。"

"海连"轮驶出长江，进入东海时已是后半夜。崔隆华和武参谋陪张家宝夫妇打麻将，赌注可不小。军座太太訾云英连胡几把牌，挺高兴，伸懒腰站起来，说道："屋子里呛死人，出去透口气。"她的风韵娉婷、云堆翠髻，引来官兵们贪婪的目光。她吹了一阵海风，顿觉神清气爽，于是说道："肚子饿了，我叫伙房做点儿夜宵吃。"一进灶间就喊道："嗨——老头儿，给我下一碗鸡蛋面！"抽风机的声响很大，厨师长没有听见。訾云英走到他的背后又喊："嗨——老头儿，给我下一碗鸡蛋面！"

厨师长手中不停，没有回头，答道："没看我正忙着呢，等会儿再说。"訾云英蛾眉倒蹙，凤眼圆睁，一扭头走了。王还根追上去解释，太太没理睬他。她回到房间，噘起樱桃小嘴告状道："简直翻天了，连他妈的厨子都给我使脸色。"张家宝腾一下站起来，摘下手枪冲出房门。其他人慌忙跟出去。

张家宝气势汹汹闯进灶间，王还根迎上去问："有事吗？"张家宝推开他，飞起一脚踹翻厨师长，用手枪抵住他的后脑嚷道："你小子长了几个脑袋？一个臭做饭的竟敢顶撞我的太太。看我不把你毙了。"武参谋死死抱住他的手腕。争斗中枪响了，子弹从王长祜耳边擦过。张家宝一愣，枪被夺下，可嘴里还是不依不饶地说："把枪给我，老子非毙了他不可。"

大副崔隆华赶紧打圆场道："军座息怒，你误会了。王师傅忙了一天还没休息，他是一时不得空，等手里的活儿一完就给你们做。看在我的面子上，您消消气儿。过一会儿保准给你送上一桌酒席，我陪你喝酒。"方啸云、刘体仁等人跑来，连哄带劝把张家宝拉回去。王长祜止不住号啕大哭。周禀赋把他抱在怀里安慰："呸，这帮害人精！趁早让共军灭掉，免得再来祸害老百姓。"张家宝似乎听到什么，依然不依不饶、骂骂咧咧。

临近春节，苏联货船"阿尔丹"号整装待发。一辆大巴开进码头，第三批方块扑克牌人士从车上下来。刘焕然道："都请随我来。"说着将大家领进底舱一间密室，接着说："王昭基董事长作为船东代表护送你们北上。海关关员还要做最后的查验，你们千万不要出声。开船之后没有危险了，王董会叫你们出来的。"

傍晚时分，海关公务车开进码头。彼得罗夫船长和刘焕然、王昭基陪同关员上船检查。装运的都是印钞纸，关员懒得细看。助理员随手打开一扇水密门一看，立即叫起来："马关员，这里边有人！"船长赶忙解释道："他们都是货物押运员。"马关员怀疑地问："这么多押运员？为什么藏起来？"他们有的像教书先生，有的像店铺老板，有的像学者，有的像留洋博士，还有同行的夫人，拉家带口。越看疑点越多，马关员命令道："打开行李！"行李箱里有相册，里边的人物个个峨冠博带，丰姿潇洒，似曾眼熟，甚至伴有政界高官，颇觉诡谲。"把行李带上，统统下船去！"偷渡客们慌了手脚，不知道该怎么办。

刘焕然赔起笑脸道："小马，不认识我了？"马关员一脸疑惑。刘焕然递过名片，接着道："你是马长禄，我叫刘一平。1938年到1941年我在九龙海关'飞星'号缉私舰上当大副和舰长。认不出我了？"马长禄若有所悟，恍然道："啊，想起来了，刘舰长——那时候好像不叫刘一平？"刘焕然道："是的，后来我改名了。看得出来你大有出息了。走，到那边抽支烟去。"马长禄说道："我没本事，瞎混日子，还是个小缉私员。你现在可是大老板了。"刘焕然点烟，暗中塞过一卷钞票，说道："不过是小本生意。这年头时局动荡，日子不好过呀——"马长禄不动声色收下钞票，说道："那是那是。刘舰长在哪里发财呀？"刘焕然答道："我在德润公司混，替他们租船和订舱。"马长禄疑惑地问："德润公司？名片上不是远东企业有限公司副经理吗？"刘焕然说："远东公司是德润的下属公司。这艘'阿尔丹'是我们租的。"马长禄还是有些怀疑地说："我怎么觉得这些人大有来头呢？"刘焕然一副无所谓的态度道："管他什么来头，只要不是通缉的杀人犯和毒枭。我只为了挣钱。咱们都是老海关，这还不明白？"马长禄道："哦——当然明白。出门在外都不容易，互相帮衬是应当的。"马长禄装模作样，故作严厉地说道："念你们是初次，这次就算了。下不为例。"在核验单上签字，招呼助理走出去。刘焕然向钱琳、林玉佩做出OK的手势。

"阿尔丹"号是苏联货船，顺利驶入大连港。随着一声高叫："爸爸——"王小笙飞奔过来扑进王昭基的怀里。他简直不敢相信，把儿子紧紧抱住，问道："你怎么会在儿？"小笙说："徐启明叔叔特意接我来大连过寒假。"王昭基问："过寒假？"小笙说："是啊，我现在是大学生了。钱伯伯给东北局领导写信说明情况。首长保送我们上哈尔滨工业大学，我学冶金，钱钢学航空发动机，还说可能送我们去苏联留学。"王昭基高兴地说："太好了。妈妈听了一定会高兴得跳起来。"小笙还打趣道："刘伯伯可要气歪鼻子了。"

"海连"轮抵达黄埔港，147师下船集合。崔隆华送别张家宝道："祝将军建功立业，马到成功。"又热情地和其他军官握手道别："等你们胜利的好消息，早日凯旋。"方船长越看越厌恶，愤愤地对武参谋说："但愿你们那个张副军长有去无回。他是我见过的第一号恶棍，禽兽不如，活该叫共产党打死。"武参谋叹气道："其实军座心知肚明，来日无多，也是混一天算一天。"周禀赋跑回来报告道："这是招商局发来的岁修通知书。咱们在外头漂了快一年，也该回家了。"方啸云打开广播宣布道："重要通知。'海连'轮奉命空放返回上海岁修，明天早上八点起锚，所有人员务必准时归队。"

夜深人静，方啸云闭门收听短波：

  这里是邯郸新华广播电台。现在摘要播送《人民日报》社论《南京政府向何处去？》。社论指出：两条路摆在国民党政府及其军政人员的面前：一条是向蒋介石战犯集团及其主人美国帝国主义靠拢；一条是向人民靠拢。第三条路是没有的……

香港维多利亚港码头。钱琳、林玉佩、刘焕然和远东员工早早来到这里迎候。"芝沙丹尼"号邮轮进港，刘峻基、林胜雄全家和大批年轻人从船上下来。刘焕然问候道："刘校长、林船长，你们好，这一批总共多少人？"刘峻基答道："不包括家眷，连我一共33个，全部来自集美高水。有应届毕业的，有留沪同学会的，有已经编入戴云山游击队的,还有我在离任前特批提前毕业的。许书记开介绍信,把他们都送来了。"钱琳对众人道:"欢迎刘校长率高水精英加盟远东公司!我们最初还为全党找不到一个航海人才发愁,这一下来了一整支船队!"刘焕然问林胜雄:"你的'神龙'号卖了个好价钱吧?"林胜雄高兴地说:"多亏老兄给我指了一条明路。徐蚌会战还没开始我就把它卖了。要是等到大战结束再卖可就一文不值了,甚或早就被军队抢走了。"娃娃忽闻熟悉的犬吠。原来梁民福手里托着一只铁笼——里面是哈路!娃娃高兴坏了,叫道:"哈路?我的好乖乖,可想死我了。"刘焕然发现孙敬贤,招呼道:"小孙,你也来了?林鹏飞怎么样了?"孙敬贤答道:"保密局正要把林鹏飞提走,幸亏连珠及时赶到。赵副司令不但释放了林鹏飞,还保举他当厦门警备区参谋长。我们也没有亏待赵副司令,轰轰烈烈搞了一次选美活动,胡波夫人当选嘉禾皇后。'火西土'生意不做了,我留着也没用,就请辞了。"

刘焕然拍手高声说道:"大家都听我说。我们自己的船已经改装完成。召集你们提前来香港,为的是接收轮船和熟悉环境,并且投入训练,迎接首航。有家眷的人安排在礼顿道公寓楼里住,单身干部都去九龙沙田基地。等大家都安顿下来,我们一起参加新船交付仪式。"

修饰一新的轮船布置成会场,彩旗招展。年轻的海员们欢呼着冲上甲板。刘焕然主持大会,对众人高声道:"今天我们双喜临门。头一喜是我们年轻的船员来到远东公司,注入了青春的活力和新鲜的血液。第二喜是轮船今天交付使用。首先请太平洋轮船公司经理刘志清先生讲话。"

刘志清热情地讲道:"改造你们的轮船是我承接过的工程量最大的一个,几乎翻新,但也是最愉快的一个。你们讲信誉,齐心协力,朝气蓬勃,给我留下深刻的印象。我衷心祝愿远东公司发展壮大,我们的友好合作长盛不衰。"

刘焕然说:"谢谢刘经理的美好祝愿。下面请德润公司的杨老板讲话。"

钱琳满面笑容地说道:"我谨代表德润公司对太平洋轮船公司全体员工和刘经理表示衷心的谢意。我按照约定,带来了汇丰银行7000两黄金支票。现在我们入座背书和签字交接证书。原来的船主坚持英国人当船长,被我坚决拒绝了,我们的船必须我们的自己人当船长。我代表德润公司董事会宣布,新轮船命名为'黎明'号,刘焕然为首任船长。刘心澜任大副,陈家熙任二副,许欣知任三副。让我们向他们表示祝贺。"掌声雷动。

于帆打开香槟酒瓶塞。"嘭"的一声,引来一片欢声笑语。林玉佩举杯高声道:"从今天起,我们的远东企业有限公司不再是筹备处了。明天我们将迁往香港中环雪厂路,举行正式的挂牌仪式。让我们举杯庆贺!"

嘉宾频频举杯,互相祝贺,鞭炮声响彻维多利亚海湾……

"海连"轮驶入长江。刘冬黎招呼大家说:"快出来看呀,到家啦——"

江北,解放军在练兵挖战壕,集结民船。江南,碉堡如林,沟壑如网,铁甲战舰在江面上耀武扬威。张承恩兴奋地说:"你们瞧呀。共军的小破船怎敌得过国军的无敌战舰?还异想天开过长江?"刘冬黎道:"你小瘪三懂个啥。'王濬楼船下益州,金陵王气黯然收。千寻铁锁沉江底,一片降幡出石头。'魏晋灭吴,隋灭南陈,蒙元灭宋,大清灭明。长江从来不是什么天堑,也不是两国的分界线。我赌一万块钱共军必胜,你敢跟我赌吗?"张承恩赌气道:"赌就赌,谁怕谁?一言为定,驷马难追!"马钧起哄道:"说话算数,不许反悔。我当证人。"

"海连"轮经过吴淞要塞,岸边突然响起警报。炮台和军舰卸下炮衣,转动炮口指向"海连"轮。崔隆华无奈道:"又来了,都过去了两年了,怎么还记仇呀?"方啸云了然道:"咱们改头没换面,还是一眼就被认出来了。我问你,要是我同时接到两封电报,一封要我向北开,一封要我向南开,我该怎么办?"崔隆华立即答道:"谁要我向北开,我就把他扔到海里去!"方啸云、席丰翼、刘冬黎、周禀赋瞪圆了眼——啊,原来这家伙是这路人!

"海连"轮开进修造厂船坞。船务处长黄承祖和总工程师上船,找到方啸云道:"方船长好。快要打仗了,行政院已经迁去广州,招商局也改组,一分为四。刘宏声董事长跟随行政院和交通部迁到广州,成立广州(黄埔港)管理处;曹胜志副经理去台北,主持总管理处;胡诗源副经理去香港,成立香港管理处;我挂名应变小组长留守上海。"方啸云笑道:"这是美差呀,正好留下不走了。"黄承祖苦笑道:"想得美,你哪知道我的苦衷。京沪杭警备总司令汤恩伯下令,所有轮船都要抢运资产去台湾,还要撤退50万军队。招商局有125艘去了台湾,72艘暂去香港,最终都要去台湾。撤不走的一律炸沉,造船厂、码头正在埋炸药。"方啸云问:"要是留下来不走呢?"黄承祖说:"哪能由得了你!蒋总统命令不留给共产党一根钉子一粒米。我能为你争取到岁修已经很不容易了。不多说,我走了。"总工程师问道:"你对岁修有什么具体要求?"方啸云回答道:"除了常规的刮蛎除锈上漆、维护保养以外,重点是动力部分,全部换成新零件。还有,我们与'伏波'军舰相撞,留下了内伤。这次岁修不但要加固船艏,还要改装成钢铁冲角。"总工程师答应道:"好办。我把库存的钢板全给你用上,不然也都留给共军了。"

"海湘"轮大副张世韬找来道:"方船长,我受够了那个浑蛋老轨了。后来的船长也不怎么样,两个人沆瀣一气,搞得乌烟瘴气。'海湘'轮岁修后去台湾,我不想去。求求你帮我调走吧。"方啸云无奈道:"汤司令命令所有轮船都要去台湾,我也不能抗命呀。"张世韬说:"我知道你有办法,早晚能回来。"方啸云计上心来,说道:"你要是愿意到我这里,就去找黄承祖处长,说你实在没法儿跟那个浑蛋船长和老轨共事了。"张世韬问:"你船上不是有大副吗?"方啸云说:"我这边你不要管,黄处长我去说。你的态度一定要很诚恳、很坚决。"张世韬高兴道:"好的。我马上去。一定在你手下好好干。"

马钧突然犯了盲肠炎,刘冬黎和席丰翼叫来急救车,把他送进医院。

周禀赋急如星火地赶到留沪同学会。已是人去楼空,只剩张长辉船长在收拾文件。周禀赋问道:"老前辈,怎么就你一个人?其他人都去哪儿啦?"张长辉说:"多数人被征军差去台湾了,其他人各谋出路。同学会今天关张。"周禀赋问:"你知道刘心澜、陈家熙、许欣知他们几个去哪儿了吗?"张长辉说:"树倒猢狲散,各奔前程。我也不知道。老弟善自为之,多保重。"

刘冬黎和席丰翼去病房探望术后的马钧。一个病友正在讲故事"……第一个投共的是'黄安'号护航驱逐舰。2月12日夜,把军舰从青岛开到连云港。第二个是'201'号辅助扫雷艇。2月14日,他们在长山岛宣布易帜。第三个是'重庆'号巡洋舰。2月25日,把军舰开到烟台。第四个是'灵甫'号驱逐舰。3月27日,宣布叛逃,但是没有成功,73名官兵在香港弃舰后投共。第五个是'中102'号大型坦克登陆舰。4月13日,空军伞兵3团2500人,驾驶'中102'号开到连云港。当然也有失败的。'接29'号辅助布雷艇2月22日在青岛起义失败,'昆仑'号运输舰4月4日在吴淞口起义失败,舰长后来都被枪决了。"刘冬黎问:"怎么都是军舰?有咱们招商局的吗?"病友说:"起义失败的海军'昆仑'号运输舰就是当初赔偿海军的'海翼'轮。虽然招商局还没有人公开投共,但是逃亡、怠工、破坏的倒有不少。多数是推说父母病危、家里困难拒绝出海，个别人不打招呼就不见了。停泊在张华浜的10多艘轮船集体大逃亡。其中'元培'轮船长和船员全部消失，另一条船只剩下7个人。昨天黄浦江里沉没了一艘轮船，船员事先把仪器仪表图纸偷走，然后打开通海阀。"刘冬黎兴奋地说："干得漂亮。咱们也学着干。"席丰翼捅他，提醒道："小心别乱说。"

4月25日一早报童就高声叫卖道"百万共军突破长江防线……南京陷落……江阴炮台宣布投敌……林遵率第2舰队倒戈……"

一阵急促敲门声后，周禀赋推门进入船长室对方啸云道："方船长，我来向你辞行。留沪同学会里的朋友都不见了，肯定是接到刘老师的召唤。解放军突破长江防线，占领南京，胜利的日子不远了，我再不能等了。"方啸云说："我知道早晚会有这一天。我答应过刘老师不阻拦你。你一定替我问他，我该怎么办？尽快给我指示。"方啸云草草写了一封信交给他，送他下地。布告栏前聚集着密密麻麻的人，马柏根大声念布告："《非常时期国营招商局实行军事管理办法》。即日起，国防部接管国营轮船招商局。所属船员必须留船待命，不得擅离职守并于15日内携家眷全部迁往台湾。有抗命不从者以军法处置。有聚众闹事者，就地正法。京沪杭警备司令部总司令汤恩伯。"

方啸云指着公告说："你把这个公告也告诉刘老师。"送周禀赋走后，他自己大步流星赶往医院。挂号处和诊室都排着长队，他硬闯进诊室高声道："我不看病，只求你开一个证明，我的痔疮犯了，这次很厉害，必须住院做手术。"方啸云奔向招商局大楼，船长、大副、轮机长们都会集到这里打探消息。

黄承祖正在讲话："国防部从今天起接管招商局，任命港口司令进驻，每条船都派驻中华海员特别党部代表。现在请高将军讲话。"高玉峰强硬地说："国难当头，一切都要服从党国的利益。《军事管理办法》和《招商局紧急通知》已经张榜公布，必须不折不扣地执行，也不准提任何非分要求。一人出事，全家连坐，全船连坐。你们可不要往枪口上撞。"

高玉峰一走，大厅里立刻沸腾起来。方啸云挤到黄承祖跟前，手伸进衣袋，被他拦住说："别拿出来，我知道你要说什么。是不是医生证明重病住院？或者家母病危？都是人家玩儿剩下的把戏，我一天能接到100个。就算你是真的有病，管用吗？随便提升一个大副就能代理船长。再想想，你跑了，丢下一整船的弟兄们怎么办？"

那边罗远辉船长和沈兰亭轮机长正与戴汝铭交谈，方啸云凑过去说："戴船长，你刑满释放了？"戴汝铭说："没有。救我出苦海重见天日者，是阿弥陀佛大慈大悲救苦救难的共产党。黄处长问法官，是不是要把我留给共产党？"方啸云说："明白。你可真要念共产党的好咧。公司怎么安排你？"戴汝铭说："派我去'中103'号登陆艇当船长。"方啸云说道："回来就好。汤司令的公告你们都看到了，怎么想？"沈兰亭无奈道："刀架在脖子上，不走也得走呀。你有什么好主意？"方啸云说："就是刀架在脖子上也要提条件呀。比如说不补齐欠发的工资不走，不补发航行津贴不走，不给安家费不走，不安顿好家眷不走……"罗远辉道："对。黄处长主管招商局应变小组，授权处理撤退收尾工作。趁他还没走咱们都去跟他说。能争多少是多少。"方啸云叫住黄承祖，说道："黄处长请留步，大家有话说……"

方啸云回到"海连"轮，正遇见崔隆华手提行李箱下地。崔隆华对方啸云道："方船长，我接到调令，要我去'海宁'轮任代理船长。你说我该不该去？"方啸云说："你自己拿主意。据我所知，没有人不经过国家考试就能当船长，你是幸运的第一个。"崔隆华感叹道："这么说我还是该去了？多谢你的忠告。"

远方传来炮声。张承恩和黄宝荣正站在脚手架上刷防锈漆。张承恩问道:"阿黄哥,不知什么时候三副不见了,现在大副又走了。下一个还不知道轮到谁。"黄宝荣也疑惑道:"莫不是共军要来,一个个都要溜掉?我反正不离开上海。"张承恩打趣道:"你有个小寡妇牵肠挂肚,当然不想走。我赤条条来去无牵挂。"黄宝荣哼了一声,说:"别站着说话不腰疼。你早晚会有个家,到那个时候看你说什么!"刘冬黎从顶上甲板走过,张承恩赶紧侧身。黄宝荣想起之间的赌约,嘲笑道:"共军一夜之间过长江占南京,你小瘪三赌输了。准备还账吧,躲过初一躲不过十五。"

叶阿东和王春迎也在刷漆。王春迎说道:"堂堂中华民国,怎么说也是世界五大强国之一,不会说完蛋就完蛋吧。我总觉得国军还有回来的一天。"叶阿东则满脸愁容道:"我可不想背井离乡,丢下女儿一个人,自己老死,成了孤魂野鬼。"

张世韬和一个青年上船,对方啸云说:"方船长,公司派我来'海连'轮任大副,还新派来一个练习生,叫张忠寰。这是我们的任命通知书。"方啸云高兴地拍手道:"欢迎。待一会儿开个会,我把你们介绍给大家。"

高级船员集合齐了。方啸云对众人道:"最近船上的变化很大。前几天周禀赋三副辞职走了,今天崔隆华大副也走了。他们走得急,连欢送会都来不及开。招商局派来一位新大副,叫张世韬,原来在'海湘'轮。还新派来一位练习生,叫张忠寰。空出来的三副由于瑞祥替补。"张世韬、于瑞祥、张忠寰敬礼,方啸云接着说:"国防部和招商局的通告你们都看到了,都怎么想?"久久无人开口。最后刘冬黎说:"老子早就打定主意了,坚决不走!"

大家私底下交头接耳却没有人讲话。方啸云不满地说:"瞧你们推三推四的样子。我就喜欢刘冬黎那样,怎么想就怎么说。其实大家心里都有一句话没说,那就是我们的家在上海,骨肉亲人在大陆。我们靠技术吃饭,不管共产党来还是国民党来,都不关我们的事,我们只期望家人团圆,生死相聚。"说到此,方啸云话锋一转,接着道:"话虽如此,这并不等于公开对抗政府。我主张拖,拖不过去也不带家眷走,我们总有一天要回来,免得将来受拖累。还有,在船长们的努力下,上海招商局应变小组总办黄承祖背着港口司令,担着问罪的风险,把招商局结余的钱拿出来,当作安家费分给每个人30个银圆。这笔钱来之不易,大家要珍惜。"

等人走后,方啸云叫马钧去把张世韬、席丰翼、刘冬黎追回来,语重心长道:"刚才我讲了那么多,中心意思就是落叶要归根。全船那么多人,光靠我管不过来。你们是我最信任的朋友,全靠你们了。冬犁,你的态度很坚决。但是今后说话要注意,谨防祸从口出。"

修造厂总工找来问道:"方船长,你们提的要求我都照办了,还满意吗?"方啸云皱着眉头说:"我要求重修船艏,改装成冲角,你们是做到了。但是我对动力系统还是不满意。下次大修还不知道什么时候,我要求主机辅机全部拆开,做全面检查和彻底维修,更换所有部件,而且各留一套备用。"总工赶忙道:"不可能。技术工人全都跑了,而且时间也来不及。港口司令部已经催我三次了。"方啸云耍无赖道:"这不关我的事。反正不彻底检修、不配齐零件,我不走。"

隆隆炮声不绝于耳。方啸云快步走向上海招商局,问门房:"有我的信吗?从香港来的?"门房查找信箱,没有找到。他甚感失落,匆忙赶回家收拾家当,把妻子阿香、儿子寄洲送到乡下娘家。

叶杏娣风风火火赶回家,见马钧也在,问道:"小马哥?出院了?"叶阿东对女儿说道:"来得正好,坐下吃饭。我有话跟你们说。"叶杏娣翻箱倒柜,边找东西边说:"阿爸,我马上要走。资本家把工厂关了,要把机器拆走。工人成立护厂纠察队,推举我当小队长。我真的走不开。"叶阿东不高兴地说道:"你总要跟人家说句话吧。他手术还没痊愈就提前出院来看你。"叶杏娣转头对马钧说:"马钧哥哥,我知道你的心思。等到上海解放,我一定答应你。"叶阿东说:"唉,有你这句话我也放心了。"

顾水莲趴在黄宝荣肩膀上抽泣道:"我怎么那么命苦,找来找去还是当海员的。你这一走还不知道多少年回来。"黄宝荣轻抚她的后背,安慰道:"我想不会超过半年,最多一年。我一回来咱们就结婚。"黄宝荣轻吻她的嘴唇,渐渐演变成狂吻,把灯熄灭……

高玉峰带领荷枪实弹的士兵冲上"海连"轮,喝问道:"你们船长呢?"张世韬答道:"船长、轮机长都不在。我是新来的大副张世韬。"高玉峰质问道:"我上任的当天就命令所有岁修轮船必须在一个月内离开上海。可是直到今天你们还没有动,想要等共军来吗?"张世韬说:"岁修工程迟迟不能完工,怪不得我们。总工程师说工厂的工人都逃散了,没有人干活儿。"高玉峰从身后拉出一个人,对张世韬说:"他是派给你们的中华海员工会特别党部代表,叫宋卫锦,以后就是你们船上的人了。他代表我监督你们执行命令。"张世韬拒绝道:"我们缺的是伙食费,不缺人。"高玉峰强硬道:"少废话,要也得要,不要也得要。我最后再给你一个礼拜,到时候不管修没修完也必须走!"宋卫锦谦卑地伸过手招呼道:"张大副好。"张世韬不理睬他,扭头回到驾驶室。

"黎明"轮正在做首航的准备。于帆喊:"Captain,有人找——"刘焕然探头看,问道:"小周?什么时候到的?上来说话。"周禀赋上船,刘焕然问道:"你怎么才来?刘心澜他们一个月前就到了。"周禀赋答道:"'海连'轮在解放军渡江前才回到上海。我立刻去同学会找他们,可是没见到人影,他们也没有留话。等到大军渡江占领南京,我意识到不能再等了,当天就向方船长请辞。我是用最快速度赶到这里的。"刘焕然歉然道:"我错怪你了。上海的情况怎样?方船长怎么样?"周禀赋说:"汤恩伯签署《非常时期国营招商局实行军事管理办法》,国防部接管招商局,征用所有的轮船，员工和家眷一律迁往台湾。我看见海面上被劫掠去的船只一眼望不到头。方船长急着等你的指示。这是他写给你的信。"刘焕然看过信，说道："上海被团团包围，电报电话邮路都不通，我要另想办法……你怎么没有把小胡一起带来？"周禀赋说："带来了。她正在南太酒家等着呢。"刘焕然放下心道："来了就好。'黎明'轮后天出发，委屈你先当练习生。"周禀赋道："没关系。只要是干革命，当什么都可以。"刘焕然叫来于帆，吩咐道："我把周禀赋和胡韵贞同志交给你，你给他俩补办海员证和制服。周禀赋任练习生，胡韵贞任服务生。后天船上见。"

  刘焕然开动"海燕"号，风驰电掣横跨维多利亚海湾，到达对岸九龙油麻地码头，又急匆匆找到秀竹园6号，按响门铃。夜半时分铃声特别刺耳。钱琳身穿睡袍出来开门，问道："Captain？这么晚了还来下棋？"刘焕然笑道："谁会大半夜来找你下棋？当然有要紧的事。"跟钱琳走到二层书房，刘焕然开口道："集美高水留沪同学会里有一个闽中支部，其中一个三副带来了一个非常重要的情况。渡江战役打响以后，国民党国防部宣布接管招商局，限期船员和家眷撤往台湾，掠走所有轮船，还要把船厂、仓库、码头炸毁。有一个叫方啸云的船长，经过我多年的培养，觉悟提高很快，不愿意追随国民党，迫切要求参加革命。当初我招兵买马，头一个想到的就是他。"钱琳一听，高兴地："好哇，我们欢迎他来。"刘焕然接着说："我就是想跟你讨论这件事。我想劝他不要来了。如果他能带头起义，比他来当船长更有意义。问题是与他的联系完全中断，我想问你能有什么办法给他发电报，传达我的指令吗？"钱琳皱眉道："我们和上海地下党没有直接的报务关系。现在正值上海解放的前夜，保密局昼夜侦听电讯信号，地下党每收发一封电报都要冒生命危险。"刘焕然焦急道："争取轮船起义也很重要很紧急，能不能特殊情况特殊处理？"钱琳想了一下，说道："你先回去，容我再想想办法。

告诉我他的姓名和收件地址。"刘焕然立刻说道:"上海同心路招商新村2号,方啸云。"

方啸云回家,家里已是空荡荡的。听到敲门声,连忙跑去开门。戴小瑜站在门口说:"方叔叔好。妈妈知道方家婶婶去了乡下,怕你吃不上饭。叫我给你送些吃的东西来。"方啸云说道:"谢谢你妈妈。快请进。你爸爸有消息吗?"戴小瑜说:"上个月收到他的信。他说小瑜女:现在招商局举办船员家眷迁往台湾居住,关照汝母,决不可迁往台湾居住,在可能的范围内,尽量居住在招商新村2号,我想不久就要回上海……"方啸云摸了摸小瑜的头,说道:"你有一个好爸爸。请你回信告诉他,方叔叔和他一样,只是暂时离开上海。将来一定会和他一起回来的!"方啸云把饭菜倒进自家的碗里,还给她空碗。家里安静极了,方啸云一个人默默地吃饭。

忽然,他似乎又听到什么,忙跑去开门。外面黑洞洞的,没有人,淅沥沥下起小雨。吃过饭他去厨房洗碗,确信听到声音了,跳起来跑去开门。雨势变大,一个低沉的声音问道:"是方啸云吗?有你一封电报。"方啸云刚刚接住,神秘人倏忽消失在雨幕之中。追出去看,已踪迹全无。

方啸云展开报文,八个字跃入眼帘:"随船离沪,待机而动。"

6. 冒死闯香港

"黎明"轮举行隆重的首航仪式。船员身穿簇新的巴拿马海员制服,英姿勃勃。马长禄和助手登上"黎明"轮,刘焕然敬礼道:"我以船长的身份迎接你。"马长禄回礼道:"我既是履行公务,又以老朋友的名义送行。"

舱内之载客人人高视睨步、玉树临风、卓尔不群。马长禄笑问:"这些仙风道骨之雅士又是货物押运员?"刘焕然笑答:"还是押运员。只不过押运的是民智民愿、中外策论、治国方略、安邦良谋。"马长禄对助手说："德润、远东享有盛誉，货物又都是滚筒纸，就不必太认真了。"浮光掠影之后，马长禄在通关文件上签字并祝贺道："祝你首航成功。"

钱琳、王昭基、林玉佩登船，刘焕然发出洪亮的口令："立正——敬礼——"然后转身对钱琳报告道："报告总经理，'黎明'轮集合完毕，请指示。"钱琳应道："'黎明'轮是我们党的第一艘海轮，肩负着时代的重托。记住今天这个日子，1949年4月28日，它标志党的航海事业的诞生。"钱琳与梅花扑克牌人士一一握手告别道："一路平安，北平见！"下地后，他又回首对船员们挥手，大声喊道："I wish you bon voyage, I will miss you!（我会想你们的！）" "黎明"轮起锚，在低回的汽笛声中开始了历史的航程。

50名乘客，哪一位都是震古烁今的人物，必须保证绝对安全、健康、舒适。刘焕然深知，但凡出一点儿差池，他们都担待不起。因此事无巨细，事必躬亲。"黎明"轮的生活设施一应俱全，特聘南太酒家大厨料理。不要说中西日印大餐，就连穆斯林的手抓饭都有。整个儿航程中最危险的一段是台湾海峡，他须臾不敢懈怠，4天4夜未曾合眼。直到驶过舟山列岛才回到船长室。他昏昏然刚要入睡又被叫醒。"Captain快来，遭遇大舰队！"他赶紧跑到驾驶室观看，疑惑地道："三艘大军舰……怎么是英国海军旗？"他打开广播，向全船通报道："我们遭遇到一支强大的英国舰队。全体船员整装到甲板集合，准备战斗。乘客把重要文件集中起来，危急时刻立即销毁！"随着距离逼近，刘焕然发出口令："敬礼——"巴拿马船旗升降三次，全船人都屏息关注对方反应。英国军舰则犹如丢了魂儿的躯壳，横冲直撞，一艘艘擦身而去。为首的军舰上留有多处爆炸的痕迹，舱面建筑支离破碎。官兵忙于清理现场，根本没有人理会他们。危机来得突然，又莫名其妙地消失，刘心澜大惑不解道:"奇怪,完全没有英国人的绅士风度。"刘焕然下令:"解除警报!"然后为大家解释道:"我看明白了。为首的是英国轻型护卫舰'紫石英'号,剩下的是驱逐舰'伴侣'号和护卫舰'黑天鹅'号。上个月他们不顾警告,闯进渡江作战江面,被解放军炮火击中,酿成震惊世界的'紫石英'号事件。我断定他们是趁着半夜逃出长江,只顾逃命,哪里还管什么礼节。"刘心澜欣慰地说:"鸦片战争一百年,中国人民站立起来,帝国主义耀武扬威的日子一去不复返了。"

百万雄师过江,狂飙席卷华南,中国革命胜利的曙光照亮大地,苏联当局不再顾忌国民政府。"黎明"——"DAWN",好似寓意胜利,昂首驶入大连港。市政府在中西大菜馆举行盛大宴会,欢迎梅花扑克牌人士,同时祝贺"黎明"轮首航成功。第三天,"黎明"轮迎来一位尊贵的客人。当他在党政领导的陪同下一登上船,全体船员就高呼:"校主好——欢迎陈校主回家。"来客摸不着头脑,问道:"回家?你们叫我校主?"刘焕然解释道:"是啊,我们是集美高级水产航海学校的师生,您是我们的校主。"陈嘉庚恍然道:"啊,原来是这样子。听说'黎明'号是共产党的第一艘海轮,而且你们都是共产党员。是吗?"刘焕然肯定道:"是啊,我们都是共产党员,也是您培养的第一代新中国海员。我们把第一次航行当作献给你75岁大寿的礼物!"陈嘉庚哽咽了,声音略带激动道:"当初我创办集美学村,只是想要为国家培养有用的人才,做梦也没想到培养出那么多革命的干部,参与创建新中国,真了不起。我祝贺你们。同学们,你们还记得集美学校的校训吗?对,是'诚毅'二字。我希望于你们的,是要你们努力读书,老老实实做人,忠诚地替国家和民族做事。凭着'诚毅'的校训,努力苦干,建设成一个自由民主的中国。"

在周禀赋的指挥下,全体人员合唱集美校歌:

> 闽海之滨，有我集美乡；山明兮水秀，胜地冠南疆／
> 天然位置，惟序与赉；英才乐育，蔚为国光／全国士聚一堂，
> 师中实小共提倡／春风吹和煦，桃李尽成行／树人需百年，
> 美哉教泽长／"诚毅"二字中心藏，大家勿忘，大家勿忘！

刘焕然笑着说："陈校主，您来得真巧，今天要举办一场婚礼。新郎官儿是刚才的指挥，新娘子是校长秘书。"陈嘉庚摘下翡翠玉坠，挂在小胡的脖颈上，祝福道："这是我的护身符玉观音，送给你们。但愿它保佑你们一生幸福吉祥。"著名侨领陈嘉庚参观"黎明"轮的消息第二天就见报了。

叶杏娣正带领裕源纱厂工人纠察队护厂巡逻，工友传话说厂门口有人找。见是马钧，杏娣又惊又喜地问："小马哥，你怎么来了？"马钧说："接到命令，我和你阿爸明天就要走了，他叫你无论如何要回家一趟。"叶杏娣急忙问："明天就走？去哪儿？去多久？"马钧说："国防部下令一律去台湾。恐怕这一去就再也回不来了。"叶杏娣紧接着问："就不能不走吗？"马钧说："枪口顶着脑门，哪里由得了我们？"杏娣说："那我必须得回家。"走到半道突然站住，对马钧说："你先回去。我要向厂里的兄弟们做个交代。"马钧叮嘱道："你可一定要回来呀！"

隆隆炮声一阵紧过一阵。"海连"轮停靠复兴岛码头，紧张地装载工程机械和建筑材料。难民和散兵游勇拼命往铁丝网里冲，渴望能搭上最后一班轮船。前遮后拥，挨山塞海，乱作一团。船员和眷属只能守望呼唤而不能相近。叶阿东、马钧心急如焚，却始终不见叶杏娣的影子。

方啸云不满地对高玉峰说："高司令，你也太不近人情了。眼见生离死别，怎么就不能放家眷进来送行？"高玉峰冷漠拒绝道："对不起。闸门一开，难民冲进来局面就失控了，后果难料。"两

辆军用吉普车开到鹿砦前,疯狂地鸣笛。高玉峰叫来宋卫锦说:"那是钟显达法官、曹鸿检察官和家眷。你无论如何要把他们接进来。"宋卫锦得令,赶紧跑去和士兵拼命挡住人群,把吉普车接进来。方啸云冷言冷语道:"这回你怎么就不怕局面失控啦?"高玉峰:"他们是大英杰烈的忠臣,绝对不能落到共产党手里。"

突然传来惊天动地的爆炸声,大地震动,北方天空腾起蘑菇黑云,军民皆惊恐万状。方啸云急忙问:"怎么回事?共军开始攻城了?"高玉峰否定道:"不是,是我派去的工兵爆破江南造船厂。不止这些,发电厂、自来水厂、广播电台、纺织厂……统统都要炸掉,留给共产党一片焦土!我接到命令,你们前脚走,我后脚就去广州局黄埔港上任。不送了,再会。"

"海连"轮开动。码头上响起最后的呼唤,仍不见杏娣的影子。叶阿东捶胸顿足:"完了完了,到了也没见上最后一面。这个死丫头。"黄宝荣呼喊:"等着我,我一定会回来的。"顾水莲呼天抢地、椎心泣血。

"海连"轮经过江南造船厂,已是一片废墟。再过吴淞炮台,红旗招展,浦江两岸成了解放军的天下。驶出长江口,甲板上的人逐渐散去。

宋卫锦追着船员,边发表格边说:"加入中华海员工会特别党部申请表,人人都要填!"黄宝荣语气不善地道:"填什么填,我们早就是工会会员了。"宋卫锦解释道:"不是加入工会,而是加入中华海员工会里边的国民党特别党部。"黄宝荣手一推,说道:"没听说过工会里还有什么个鸟党部。"宋卫锦训斥道:"别胡说。先总理是国之父,国民党是国之母。党统领我们,是胜利的源泉,当然也是全体海员的主心骨。所以叫特别党部。"黄宝荣又不解地问:"既然是申请表,就应该是自愿的,你为什么说必填?"宋卫锦含糊道:"别抠字眼了。家贫知孝子,国乱识忠臣。局势危艰更要坚守信念。"张承恩把表塞回宋卫锦手中,说道:"我不认字,你拿回去。"宋卫锦状似热心地道:"没关系,我替你填。全船我都包啦。"他推开刘冬黎的房门,催促道:"快填表,加入中华海员工会特别党部申请表。"刘冬黎问道:"什么特别党部?谁的命令?"宋卫锦强硬地说:"海员工会特别党部。这是高司令的命令。中午以前填好交给我。"刘冬黎也不客气地回道:"你放下吧,午饭后来。我习惯中午拉屎。等擦完屁股就给你。"宋卫锦气得鼓鼓的,恶狠狠地说:"好小子,看我不整治你。"

马柏根向船舱里叫嚷:"快来看呀,看海上都是什么?"大家都跑上甲板。海面上军舰拖带渔船向南航行,一串儿接着一串儿,还隐约听到婴儿的啼哭。刘冬黎气愤道:"这不是拉老百姓去陪葬嘛,丧尽天良!"叶阿东面露不忍道:"看到他们就想起我可怜的杏娣。我走了她可怎么过呀。"张承恩也别过脸,说:"别看了,怪心酸的。我去搞点儿酒菜来,一醉解千愁。"张承恩摸进储藏室,只见人影一闪,张承恩吼道:"谁?"一个男孩战战兢兢地站起来,小心翼翼地说:"是我……"张承恩又问:"你是谁?怎么那么面熟?哦——叶师傅的小囡,叶杏娣?"叶杏娣:"是我。我从昨天晚上起就藏在这里。"张承恩和缓语气道:"别害怕,我领你去找你阿爸,他不知道会有多高兴呢!"他抄起一瓶口子酒,带她去船员住舱,喊道:"叶师傅,你看谁来了?"叶阿东看见女儿,忽地坐起来,问道:"杏娣,你怎么会在这儿?"叶杏娣扑到父亲怀里语带哭腔地说:"阿爸,我们一家人不能分开呀。"马钧高兴疯了,笑着问:"杏娣,你是怎么跑上船的?"叶杏娣说:"工友找渔民帮忙,半夜把我送上船。扮作男孩躲在储藏室里。"方啸云闻讯赶来:"那是大好事呀!既然来了,就留下当服务生吧。"

"海连"轮夜航,叶杏娣唱起苏州评弹,撩起众人的思乡之愁。一位中校军官独自呆望大海。方啸云走过去闲聊道:"长官,你是这个工兵营的营长吗？"军官转头见是方啸云，便招呼道："船长你好。我是营长，葛栋梁。"方啸云发问道："葛营长，我不明白，如今船位贵如金，一票难求，为什么要装运那些没用的建材呢？"葛栋梁嗤了一声，道："那都是陆根记营造厂的家当。老板陆根泉是戴笠的拜把兄弟。他能包下一整条船，派一个工兵营护送，可见他多有权势了。"方啸云怒道："这不是权势，而是腐败！"说完，平复了一下心情，接着问道"长官，依你看大陆守得住守不住？"葛栋梁不屑地一哼，道："要是守得住还用得着跑吗？我原是学土木建筑的学生，为了抗日参军，却打起了内战！这哪是我的初衷？说什么我也不干了！"看到宋卫锦鬼头鬼脑四处乱窜，方啸云转变话题。宋卫锦探头探脑查看每一个房间，在电报房外侧耳倾听。方啸云冷不丁发问："宋代表，你在干什么呢？"宋卫锦支吾着答道："我……到处走走，熟悉熟悉环境。"说完怏怏离去。刘冬黎出门看，方啸云叮嘱他道："你要注意了，那个姓宋的可把你给盯上了。"

"海连"轮停靠福州马尾港，难民争抢上船，被工兵挡住。工兵们大声喊道："不准上，这是军用船。"韦力勉、王还根、王长祜无法上岸。领港问："你们要去哪儿呀？"韦力勉说："去买菜。共军包围上海，城里一个月都买不到菜。"领港说道："如今的福州全城都是难民和逃兵，大白天就抢东西，菜市场早就关张了。想买菜只有去城郊，还必须有军队护送。"葛栋梁手拍腰间，说道："我跟你们去。福州是个好地方，正想上街看看。"工兵给他们让开一条通道，蓬头垢面的张长辉从人缝中钻进来，冲他们喊："我是你们方船长的老朋友，有话说。"方啸云被找来，好不吃惊地问："张船长，怎么变成这个样子了？快请进。"张长辉说："快给我饭吃，我都饿3天了。"看样子真是饿坏了，张长辉有如虎狼饕餮，一口气吃了三大碗饭。吃饱后，张长辉向众人说起了近来的遭遇。"我的'福星'轮应军差来福州。垃圾兵下船的时候把船上的东西全都拆走了。缆绳、救生衣、铁锅、消防斧、消火栓软管……最后连舵盘都拆走，只剩下一个空船壳儿，又不能当饭吃。我去找三北公司的驻港代表，他们早就跑得没影了。全船只有散伙儿回家。可是我身无分文。求你帮忙给点儿路费。"方啸云无奈道："我把钱都留给老婆孩子了，身边只有一台座钟。你拿去抵押些钱吧。"张世韬、席丰翼也倾囊相助。张长辉鞠躬作揖谢道："那……那我就多谢了。这辈子不会忘记你们。"

"海连"轮靠上高雄码头。工兵营下地，齐国平逆行而上，与钟显达和曹鸿相遇，安排道："勤务兵带你们去住下，容后再叙。"他找到船长说："我是高雄港口副司令齐国平上校，向你宣布战时台湾全岛港口纪律。"方啸云冷笑说："上校副司令官？两年功夫就从少校升到上校，够快的呀。"齐国平不管方啸云话中的讽刺，喝道："少废话！自1949年5月20日起，台湾实行全面戒严。第一，基隆和高雄两港每天夜里十一点至次日凌晨五点宵禁。第二，个人和船舶没有离港证一律不准离港。第三，禁止收听和传播敌台非法广播。第四，在港船只全部实行联保制度。五人一组，联名签订保约。一人违反，四人一同治罪。"

宋卫锦接过联保表，向各个舱室和部门派发。"拿着，填表。"说着，宋卫锦把表递给刘冬黎。刘冬黎不满地说："怎么没完没了呀？又搞什么名堂？"宋卫锦说："高雄港口司令的命令，全台湾戒严，实行五人联保制度。"刘冬黎堆起笑脸，假模假式地说："宋大代表，你愿意跟我联保吗？我早晚要跑。要是跑了，就把你小子枪毙掉，也算为民除害了。"宋卫锦气得浑身哆嗦，怒道："混账东西……别高兴，我给你们统统填上。"刘冬黎抬起双臂，摆出一个攻击的姿态，道："船长大犬叫我们练兵，既然送上门，我就拿你练练手。"猛地把他按倒，反扣双臂五花大绑。宋卫锦哭天喊地，好不容易挣脱跑掉。

韦力勉提来一只皮箱放在桌子上："叶杏娣整理房间发现的。里面是叠得整整齐齐的军装，佩戴中校肩章。"方啸云想了想道："应该是葛营长的。他果然挂冠而去了。"韦力勉一拍脑袋，说道："想起来了。在福州，他护送我们买菜后就再也没有上船。"

海港挤满了从大陆撤退下来的轮船，横七竖八，舳舻蔽日。"海连"轮被拖船拖到港口最深处，那里死一般沉寂。相邻"震旦"轮甲板上有女人在晾晒衣服，孩子独自玩耍。一个水手露出头，方啸云赶紧问话："大兄弟，你们从哪里来？怎么不见人影？"水手答道："我们从上海来，3个月没事可干，都在底下睡觉呢。"张世韬奇怪地问："当初可是许诺负责安置的呀？"水手生气地道："鬼话！工资停发，家眷没地方住，孩子上不了学，都没人管。"席丰翼也问道："怎么不去找招商局？"水手不屑道："哪儿有招商局？只有港口司令部，什么事也不管。"方啸云追问："还有中国海员联谊总会，或者航业公会呢？"水手郁闷道："连个影子都没有。早知如此，根本不该来这儿。"方啸云对张世韬说："看到没有，我们连卑田院乞儿都不如。现在你后悔调到'海连'轮了吧？最终也没能躲过到台湾来。"张世韬却无所谓道："是福不是祸，是祸躲不过。离开那个浑蛋船长老轨也是好事。"方啸云提建议道："既然行业公会都不复存在了，咱们可以自己建立一个新的海员联谊社呀。"席丰翼阻止道："想也别想。台湾实行法西斯式的军事戒严，绝不允许你搞串联。没听说'二二八'起义吗？那是真的开枪杀人呀。"方啸云无奈道："说得是。不过就怕这样长久下去，人心就散了。"张世韬对方啸云说："你是一船之长，可别放任自流。最好组织大家干点儿什么。"方啸云想了想。道："那就再把读书班和夜校恢复起来。"

船员上街闲逛，张承恩被刘冬黎当街堵住，道："小瘪三，你打赌输了，拿一万块钱来！"张承恩耍无赖道："我是想赔。可是在日本赔光了老本，公司拖欠工资，我身无分文呀。"马钧在一旁质问道:"胡说!离开上海前每个人发了30个银圆,哪儿去啦?"张承恩赖不过去,只好当街给每个人买了一个天罗妇。

入夜,叶杏娣来到电报房外,看左右无人,轻轻敲门。马钧把她让进去。刘冬黎正和王民安收听广播。方啸云、张世韬、席丰翼也在船长室收听广播:

> 招商局上海总公司发布《告招商局各轮船的通告》。上海解放后,军纪严明,人心安定,市面稳定,你们的家人均告平安,盼望你迅速驾船回上海,与家人团聚,并盼将到沪的船期先行电告……

戴汝铭的"中103"登陆艇也在高雄,方啸云见他来访很高兴地道:"我是5月19号离开上海的。离开前你家小瑜给我送饭,还给我看了你写的信。"戴汝铭叹气道:"嗐,我时乖命蹇,又摊上事了。港口司令部命令'中103'登陆艇运送蒋纬国的坦克兵团。我说潮水退了,水深不够。他们根本不听,硬逼我去,结果搁浅了。一到台湾就把我抓起来,关了半个月。我在台湾待够了,你有什么办法让我离开?"方啸云说:"唯有承担国际贸易的远洋轮船允许进出港口。你是老资格,最好找门路上万吨轮当船长。"戴汝铭道:"这倒是一条路。"方啸云看了看表,道:"午饭时候到了,留下吃饭吧。"

高级船员在休息室进餐,还有专人服务。方啸云问:"今天吃什么?"韦力勉说:"大米饭、炒三丁、酸辣汤。""船员们吃什么?"方啸云又问道。韦力勉接着答:"早饭一碗粥,午饭两碗粥,晚饭一碗半粥。就咸菜。"方啸云皱着眉头问:"那能吃得饱吗?"韦力勉无奈道:"离开上海以后伙食费就停发了。恐怕以后连粥都喝不上了。"戴汝铭证明道:"我们的情况也差不多。"方啸云放下筷子,对在场的高级船员道:"诸位请听我说。到了台湾才知道,情况比原来想的糟得多。咱们高级船员是不是也该过几天紧日子呢？"刘冬黎第一个响应道："应该。总说同舟共济，不就是指的现在嘛。"席丰翼也附和道："新四军官兵一致，同甘共苦，才有坚如磐石。"张世韬皱着眉头反对道："那不妥吧？上下有别是全世界航海界的传统。"方啸云却不同意，道："那也要分什么时候。危笃时吴越同舟，安乐时凤吟鸾吹。今逢乱世，更需勠力同心、共度时艰。"张俊根也表态道："我赞成。异乡漂萍，举目无亲，更需众志成城。"方啸云道："大家都想想，还有什么法子可以改善生活。"韦力勉提议道："最简单的办法就是下海，鱼鳖虾蟹取之不尽。"方啸云笑着认可道："这不就有办法啦？咱们就向海洋讨要吃食。"

船员分乘三只救生筏划到高雄港外。顾昌运带一组钓鱼和螃蟹。韦力勉带一组挖蛤蜊、贻贝、牡蛎，捞海带。方啸云带一组去深水区，他对大家叮嘱说："我们的任务是下海底捕捉巨贝、海参、鲍鱼。我用最短的时间教会你们潜水。潜水最大的障碍是潜水时耳膜感觉疼痛，这是水的压力造成的。只要捏住鼻子使劲鼓气，使耳膜内外压力平衡。听到耳朵里咕噜响，疼痛就会消失。"张承恩试了一下，说道："听到咕噜声了，可是感觉有点儿天旋地转。"方啸云道："这很正常。第一次不习惯，多试几次就习惯了。"

夕阳西照，各路人马满载而归。生猛海鲜秀色可餐，香气扑鼻。张承恩迫不及待，抓起一只螃蟹，说道："师父啊师父，不是我老猪不想着你，实在是这螃蟹太香了。"他的话引得大家开怀大笑，餐厅里充满了久违的欢笑。饭老板和厨师长想方设法广开食源，辅以木薯、茅根、菱角充饥，捱过难关。

刘冬黎找到王民安说："Boy，你学报务一年多了，今天测试一下达到什么水平了。"刘冬黎一连发了三页电文，王民安慌得大气不敢喘一下。刘冬黎检查下来，错四个码漏两个码。刘冬黎对王民安说道："报务员毕业考试的速度是每分钟100个码，抄1000字，差错率不得高于1%。我的发报速度是每分钟90个码,300字,你连错带漏六处,差错率是2%,远远不及格。还要继续练。"王民安连忙解释道:"实际上我抄报速度比这快得多,可是一听说考试就紧张得连笔都握不住。"刘冬黎批评道:"还是因为练习太少。要多练再多练,习惯了就不紧张了。我不能总是陪着你练习。"刘冬黎打开收报机,找到一个信号,对王民安道:"这是中央通讯社的每日电讯,发报水平极高,如同机器一般。你可以每天听它来练习。"王民安立即反应道:"那要占用你的机时呀!"刘冬黎说:"你可以自己组装一台矿石收音机,我会教给你。独当一面的报务员也必须掌握机务知识。"

久困高雄,每天都在思乡和懒散中度过。唯一舒心的时候是晚饭后去高雄港西子湾海滩散步,那里成了消息的集散地。"……前几天'海粤'轮业务主任的孩子在甲板上玩儿,不小心掉到海里淹死了。""……昨天'黄兴'轮的二副被宪兵抓走了,说他传播大陆广播。""'海陇'轮刚刚修复出厂,招商局要派新船长,听说姓方……"张世韬和席丰翼赶忙回来,问方啸云:"听说要派你去'海陇'轮当船长。有这回事吗?"方啸云一脸疑惑道:"我怎么不知道?"张世韬赶忙道:"你可别瞒着我们。要是真有此事,一定要把我们都带过去呀。"方啸云:"别信那些。我们'海连'轮已经有了很好的基础。换到另一条,一切都要重新开始。从我这里就不答应。"张世韬仍不放心,第二天又跑去港口司令部打探,回来报告说:"误会了。原来是'海陇'轮船长生病,由姓方的大副代理船长。"

身后突然响起枪声。刚进港的"众利"轮冒出青烟,弹头横飞。紧接着轰然爆炸,近处仓库房顶被气浪掀翻,吊车歪倒。继而是更猛烈的一串儿爆炸,桅杆飞上天。锚机从天降,砸垮码头外高雄女子中学……

方啸云越过一艘艘紧密排列的轮船,跳到岸上,跑向港口司令部。齐国平焦头烂额，正在打着电话，"……'众利'轮军火爆炸……原因不明……我们立刻疏散船只……什么？分流去基隆……"方船长听到此，抓住他道："不去基隆……我们去香港……"齐国平甩开他，吼道："别吵！"回头继续与电话那头的人说话，"……什么……派去黄埔港待命？"方啸云生怕错过机会，抢着道："我去，我去黄埔……"

齐国平草草填写离港证，吩咐道："'海连'轮去黄埔待命。快去加油加水吧。"

方啸云冒着如蝗的流弹回到船上，升起P旗，打开广播，对全船宣布道："紧急通知。我们奉命疏散，去广州黄埔港待命。所有船员立即归队，一个小时内做好加油加水和出航的准备。抓紧，只有一个小时！"船员们情不自禁欢呼起来。岸上的船员看到P旗，急忙往回赶。宋卫锦却逆向跳上岸。

"海连"轮被卡在首尾相连的舟楫中间，动弹不得。方啸云用广播喇叭呼喊："'海连'轮奉命出港，请'海鄂'轮和'震旦'轮让开通道，帮帮忙……"好不容易突出重围。"众利"轮的爆炸愈演愈烈。"海连"轮冒着流弹横飞抵达油码头，方啸云高呼："加油加水。我有离港证——"望着滚滚注入的燃油，席丰翼无比兴奋道："我们又有油又有水又有离港证，这下子可以远走高飞了。"话音刚落，注油突然停止，加油工喊话："加油结束，收回注油管。"方啸云问："为什么不加满？我有离港证。"加油工回道："按照规定，近海轮船加油上限不超过150吨。"方啸云反问："谁说的？我有齐司令亲自签发的离港证和加油加水证明。"宋卫锦冒出来说："我就是来传达齐司令的修正令的。"席丰翼暗骂："原来是这个浑蛋小子，老子非宰了他不可！"方啸云虽怒不可遏，也只得下令："收油管，起锚。""海连"轮驶出高雄港，天空仍然笼罩着滚滚浓烟。

马钧问刘冬黎："按照惯例，轮船离港要向出发港和目的港同时发出电报。Boy 学报务好久了，这次让他上机试试怎么样？"刘冬黎答应道："好哇。把他叫来。"王民安忐忑不安。刘冬黎鼓励他说："不要怕，我们给你把关。"王民安静下心默念："检查天线……通电预热……开机调谐……核验报头……"然后手握电键呼叫，听到对方回答后，开始发报。虽然速度比较慢，但是毕竟已经走上正轨。刘冬黎表扬道："不错，可以见习了。"

　　万吨巨轮"海未"号停靠香港码头。报务主任严东熠兴冲冲走进船长室，递给他一张报纸道："我无意中看见一份过期报纸，有你陈嘉庚校主的消息。他受邀回大陆，去北方港口参观一艘中共的轮船，船员都是你们集美高水的师生，还有照片。"戴汝铭笑着接过报纸，道："是吗，让我看看……他们在合唱集美校歌。人太小，看不太清……中间的人好像陈校主……只要是有机会我也回去。"严东熠说："那还不容易？你专跑国际贸易。一出海就是你说了算。"戴汝铭严肃说："这种事草率不得，不是你我两个人能做到的。一要争取大多数人拥护，二要找机会，三要找到大陆方面的关系。"

　　"海连"轮驶入黄埔港，一艘船刚刚离开码头，方船长立即占据空位。宋卫锦迫不及待跳上岸，被方啸云喝住："站住，您跟谁请假了？"宋卫锦辩道："黄埔港的港口司令官是高玉峰将军，我是他委派的。"方啸云纠正道："下地后你向港口司令负责，在船上是我船长说了算。以后你要向我请假销假，我不在，跟老轨说。记住了？"方啸云刚要上岸，被张世韬拦住说："方船长，现在我可以下地走了吧？"方啸云不解道："下地走？什么意思？"张世韬说："我们都听了上海电台的广播。黄承祖处长发布《总经理通知》和《告招商局各轮船的通告》，号召海员们驾船回上海，与家人团聚。在台湾我们走不脱，现在可以了。"方啸云说："广播我也听了，我也要回去，而且带着大家一起回去。但是现在还不是时候。"张世韬说："你把大家绑在一起，这样谁都走不掉。我自己买船票回家更容易。"方啸云劝道："去上海海路不通，走陆地铁路不通，你过不去封锁线。等都太平了我会让你走的。"张世韬退一步道："好吧，就依你。你可要说话算话，太平了就一定让我走。"

方啸云来到广州招商局，与刘宏声道："刘经理好。'海连'轮从高雄疏散过来，今后我就是你的麾下了。"刘宏声说："我接到通知了。你说这个世道，已经是多事之秋了，又冒出个'众利'轮爆炸。保密局疑神疑鬼，派专案组调查，人人过关，连我也被追查，你说倒不倒霉？不说那个啦。全招商局从8月起改用新密码。我派你去香港，把新密码本取回来。给你报销一周的差旅费。"方啸云却说道："刘经理，该给我们发工资和伙食费了吧？已经拖欠两个月了。"刘宏声苦笑一声，说道："我哪里有钱。广州招商局名为行政院交通部直属单位，实际上既无财权又无人权。"方啸云说："那我就去香港华南局要。"刘宏声说道："去香港也要不来。钱粮人事大权统统归台北总管理处。陈诚借着这个机会，终于让曹胜志执掌了招商局的大权。"方啸云："我好不容易才逃出台湾，哪还会再去自投罗网？"

方啸云回到船上，立刻召集开会，说道："刘经理派我去香港领取新密码本，要离开几天。走之前说一点儿题外话。离开上海以后工资和伙食费就没发过，台湾海员的悲惨境遇有目共睹，我们经历了一段极其艰难的日子。总管理处不管，国防部不管，港口司令部不管，广州局、华南局没钱。海员社团不复存在了，没人来救我们。现在吃饭活命成了最紧要的问题，唯一能够互助和自救的办法就是成立一个海员联谊社。你们觉得怎么样？"宋卫锦头一个跳起来，反对道："谁说海员社团都没有了？中华海员工会特别党部还在，我就是特别党部的代表。"刘冬黎指着他，骂道："放你的狗屁！除了吃我们住我们的，你还干了什么？"宋卫锦反驳道："我协助政府维持秩序，安定人心。"刘冬黎接着骂道："扯淡！国防部下令船员和家眷迁台。可是来了台湾以后根本没有人管，那时怎么没见你出来说过话。除了告密，你还干什么人事了？"宋卫锦被噎得说不出话来。席丰翼首先表态道："我赞成。有个公会还真管用。当年要不是海员公会出来说话，戴船长早被海军枪毙了。"方啸云道："如果没有人反对，咱们'海连'轮就挑这个头。张大副总负责，分头串联所有在港轮船。等我回来以后再汇总。"

方啸云临走前特别叮嘱刘冬黎莫要招惹宋卫锦那个小人，不值得。

方啸云急于见到刘焕然，但开往香港、深圳方向的火车、轮船、汽车票三天前就售罄了，他只好花高价买飞机票走。来到九龙南太酒家，邓星辉当着他的面打电话找刘焕然，却到处找不到。他只好先去香港招商局取密码本。

在等待的几天里，他都住在老朋友罗远辉的远洋拖轮"济平"号上。罗远辉船长和沈兰亭轮机长赞成他成立海员联谊社，还积极建言献策。沈兰亭认为香港海员工会人多势众，和他们建立联系能壮大联谊社的声势。可以去找招商局修理车间的萧师傅，他现在是工会的小头头。他俩是二战时期在印度加尔各答港当工会干事时的搭档。罗船长则建议方啸云去思豪酒家吃早茶，那里是海员最常去的地方，可以接触到更多海员。

方啸云用思豪酒家前台的电话询问邓掌柜，还是没有刘焕然的消息。在这里他确实遇见不少往日的朋友，都对他的想法表示支持。还遇见税专的老同学芮云荪。此人战前移居美国，经营东海岸房地产，鼓动方啸云成立一个新政党，引领中国政治格局，还信誓旦旦保证，会得到美国大财团的支持。方啸云听来简直是天方夜谭。一个房地产商想左右中国政局？实在不着边际。

方啸云去招商局修理车间见萧师傅。起初聊得很投机，谈到最后才发现阴错阳差。香港有两个工会。方啸云心目中的工会是领导过震惊世界的1925年省港大罢工的那个，而萧师傅的中华全国海员总工会香港分会，是中华海员特别党部领导的，是国民党的外围组织，两者是死对头。

几天的忙碌收获颇丰，征集到入会申请一百多份，却始终没能联系上刘焕然。方啸云带着失落的心情离开"济平"号，准备返回黄埔港。

刘焕然去哪儿啦？德润公司原有十几名党员，组成一个党总支部。但集美师生加入后，党员人数陡然增至50余人。海员的工作特点是长期分隔和流动，所以远东公司有必要单独建立支部。公司上下都在为这件事忙碌。成立大会在"黎明"轮上召开，由钱琳主持，选举出远东公司支部的正副书记、委员和"黎明"轮、"奥弥陀"轮、陆勤三个党小组长。会议一直开到深夜，谁也没有觉察到台风前锋来临。结果"黎明"轮走锚，等到发现时，轮船连同法国轮船和水艇不知漂移到哪儿了。刘焕然调动一切手段呼救。左桅杆上升起Y旗（黄红相间斜条形旗，表示本船正在走锚），右桅杆上升起V旗（白底红交叉旗，表示本船需要援助），一枚枚烟火信号弹升空爆炸，高音喇叭反复喊话：Mayday——报务员喊话：Mayday——灯语发出信号：S.O.S.——风雨交加的夜晚，呼天抢地无人应答。眼睁睁看着轮船随波逐流，直到被昂船洲的水下电缆挂住才停下来。

"济平"看到烟火最先赶来，派潜水员下去把海锚解脱。刘焕然抱拳感激道："多谢了。请问英雄尊姓大名。愿日后有机缘报答恩公。"罗远辉笑道："鄙人罗远辉。你的手下训练有素，阁下必定不是等闲之辈。"刘焕然说："愚兄刘一平。相逢何必曾相识，一见如故因有缘。这厢谢过，后会有期。"

刘焕然回到公司，见到邓星辉的留言，急匆匆赶来，恰与要走的方啸云迎头相撞。方啸云百感交集，无限的思念和委屈涌上心头，扑在刘焕然的肩上失声痛哭道："叫我找得好苦哇——"他痛诉孤独苦闷之情，详细讲述离开上海以后的曲折经历。刘焕然也对方啸云的情况甚为关切。他认为率船起义和成立海员联谊社两件都是大事，自己不能做主，而方船长也不能在香港久留。于是请他稍等，自己马上去请示领导。方啸云去附近智慧书店消磨时光。进步书籍在香港公开出售，无意中看到一本《世界船名录》，玛丽马勒公司的一艘轮船与"海连"轮外形颇为相近。正看得有意思，刘焕然带回令人振奋的消息，"党组织完全支持'海连'轮起义和建立海员联谊社，把它们列入德润公司的重点工作，并且指定我来领导。从今天起，我们是真正的战友和同志了。你的重点是起义，联谊社不宜出面。建议罗远辉船长任主任委员，沈兰亭轮机长任秘书长。"

但是，当罗、沈二人身穿制服兴冲冲去香港警政大楼递交成立海员联谊社申请时，却遭到拒绝。理由是香港已有两家海员工会，天天吵架，互相攻击，严重扰乱香港的社会稳定，不批准再成立第三家。

方啸云约刘焕然在香港虎豹公园见面。孩子们穿着滑轮鞋疯跑，哈路在后面紧追。听了他的汇报，刘焕然表示，解放大军势不可当，大陆不剩几个港口，成立联谊社已无太大必要。可以把它变成无形的联系纽带，而把全部精力投入准备起义。刘焕然送给方啸云一本《中国共产党党章》，提醒他该写入党申请书了。方啸云把招商局最新密码本交给刘焕然去翻拍。方啸云回去后认真阅读党章，连夜赶写，离港前递交了入党申请书。

方啸云买了不少进步书籍，乘坐"盛兴"轮返回黄埔港，与麦尔康说说笑笑走出客运码头，军警不敢阻拦。可是当他进货运码头时，却遭遇军警的突击搜查。情急之下，只得把书籍丢进珠江。而给他打击最人的是张丗韬向他报告，刘冬黎失踪了，宋卫锦也没见回来。方啸云如遭五雷轰顶。他急火攻心，顾不上喘气，跑遍招商局、港口司令部、无线电总台寻找，都没有他的踪迹。看来凶多吉少，肯定是遭到宋卫锦的陷害。方啸云陷入深深的痛苦中。马钧提醒他，刘冬黎失踪了，招商局会不会派新的报务主任来？方啸云心头一震，想道：是啊，电报房是核心中枢，必须掌握在可靠的人手里。怎么办才好呢？又是马钧给他出主意，服务生王民安经过夜校培养，已经具有独立值机的能力。于是方啸云找到刘宏声，力荐王民安为实习报务员。但是刘宏声说，政府对报务员有严格规定，要经过社会关系和政治背景调查，还要考试取得合格证书。人选必须请示台北总管理处，广州局无权决定。

经过一天的奔波，方啸云已是筋疲力尽，但是还有一件更重要的事压在心头。他把张世韬、席丰翼、马钧叫进船长室道："我有一件惊天动地的大事要跟你们商量。我找到共产党了，而且还领受了任务。你们愿不愿意跟我起义，把'海连'号开回老家去？"三人的精神为之一振，坚定地回答："当然愿意。我们跟着共产党，打回老家去！"方啸云高兴道："那好，我们四个人结成起义核心小组，从现在起积极准备。党组织指出，起义必须得到群众的拥护。我想，招商局长期拖欠工资和伙食费，船员的生活陷入绝境，这是群众最关心的问题。我们就从这里入手，组织一次声势浩大的集体请愿。既能为群众争得利益，又能教育和团结广大群众。"

就在这个时候，报纸公布国民政府行政院币制改革，金圆券换成银圆券的消息。方啸云给船员们算了账：1948年8月19日总统令发行金圆券，规定法币300万元折合一元金圆券。1949年7月发行银圆券，每7亿5千万元金圆券兑换一元银圆券。一年不到，老百姓手里的钱缩水了250倍，形同废纸。船员立时炸开了锅，群情激昂要去招商局讨薪，但是被方啸云劝阻。他说广州和香港招商局没有财权，找他们无济于事，公司的经费都由台北总管理处控制。币制改革，总管理处主官必定会来香港和广州协调业务流程。我们只需做好欢迎的准备，让他自己送上门来。

一张大网撒开。罗远辉在"济平"轮上用望远镜跟踪曹胜志一行的行踪：登渡轮——尖沙咀——罗湖口岸——罗远辉打出一组手旗信号，昂船洲瞭望台把手旗信号转给"成功"轮，"成功"轮再转给"鸿章"轮、"林森"轮、公路沿途瞭望台……如同接力棒，最后传到指挥中心"海连"轮："报告，'圣驾'八点离开尖沙咀，驶向罗湖口岸……"方啸云在地图上标出位置。随着别克车在公路上疾行，以尖沙咀为起点的一条蓝线向罗湖、西乡、福永延伸……方啸云估计道："根据车行速度推算，曹胜志一行在下午三点左右到黄埔。全体海员应该在两点半前完成隐蔽集结。"

别克车开到招商局楼前，刘宏声和高玉峰相迎，招呼道："曹主任，辛苦了。"曹胜志下车："谈不上辛苦。还顺路看了看林则徐虎门销烟遗址。"席丰翼突然冲上来挡住去路，说道："对不起，请留步。我是招商局留驻黄埔港全体船员公推的代表，向您递交请愿书，要求补发全部拖欠的生活费，安置家眷。"高玉峰喝道："闪开，请他妈的什么愿，你们这是聚众闹事。"席丰翼坚持说道："国防部和招商局下令船员们举家南迁，结果生活费停发，家眷无处安置，我们已经到了濒死的边缘。你们不负责谁负责？"曹胜志："那就把请愿信留下，回去听信儿。"席丰翼仍坚持着："我们可等不起。物价飞涨，一日数变。你们已经骗过多少回了，我们不会再上当了。"曹胜志辩解道："当前局势维艰，局里也拿不出钱呀。"席丰翼质问道："台北总管理处每年的经费都包括船员的生活费，它们都跑到哪儿去了？你是总管理处主任，不找你找谁？你不解决就休要走掉。"

高玉峰怒喝道："不跟他啰唆。"一声哨响，大楼里跑出十几个士兵，用刺刀对准席丰翼。席丰翼不屑一顾，从容地举起手旗摆动数下，四面八方突然冒出汹涌的人流，把士兵反包围起来。口号声震天："我们要养家！我们要活命！我们要吃饭！""严惩贪官污吏！""反饥饿反迫害！"同一时间从珠江方向传来撼天动地的汽笛声。一群记者包围过来，闪光灯频频闪亮。席丰翼说道："高司令不是要动武吗？记者们可以给你做个见证。"高玉峰想起两年前"伏波"舰的风潮，顿时没了底气。刘宏声耳语道："千万不要把事情闹大。万一逼出海员总罢工，航运瘫痪，贻误军运，总统怪罪下来可吃罪不起呀。"曹胜志一时也没有了主意，问道："那你说该怎么办？"刘宏声提醒道："管理经费里本来就有这笔钱。若是报纸捅出去，说你克扣工资，中饱私囊，那你就罪不容诛了。"曹胜志强作镇定对众人道："兄弟们有话好商量。我带来一张限额20万港币的支票，都留给你们，这样行吗？"席丰翼依旧还不松口地说："那还差着一半呢。"曹胜志回复道："剩下的一半由广州局暂时垫付。"席丰翼非常谨慎，提出要求道："你要在支票上背书，刘经理写下保证书，公开刊登在报纸上。"曹胜志赶忙应承下来，当场背书交付席丰翼。刘宏声也在保证书上签名。

　　席丰翼高高扬起支票和保证书，展示给记者们拍照并说道："这是曹主任背书的支票和刘经理亲笔写的保证书。记者们也都拍照做证了。那我们就用掌声送他离开。"人群闪开一条通道，让他们离开。席丰翼跳上高台阶，继续说道："海员弟兄们，请愿取得胜利，靠的是大家的齐心协力。为了显示我们团结一致的力量，让我们手挽手，高唱歌曲，游行返回驻地吧。"

　　游行队伍浩浩荡荡，高唱《团结就是力量》，歌声直冲云霄。

　　"海连"轮大餐厅里洋溢着胜利的喜悦。韦力勉登高一呼："喂——先别吵吵了。席二副领头立了大功，应当向他致敬。"席丰翼："我不过是站在前台，真正运筹帷幄的是咱们的方船长。"方啸云笑着说道："真正的英雄是大家，是团结起来的海员们。"王民安说："我认准了一个道理，那就是跟着船长走准没错。"张承恩兴奋地说："可把我饿瘪了。拿到钱第一件事就是会餐，喝酒吃红烧肉。"王春迎问："黄埔港有舞厅吗？"马钧却未雨绸缪道："分钱应该，会餐、跳舞也应该。不过我建议钱不要全发完。曹主任这次被迫补发工资,谁能保证他不反悔,不报复?再有,有谁管不住自己,把钱挥霍掉,回去怎么见老婆孩子呢?"黄宝荣发愁道:"那把钱放在哪儿?银行靠不住,说倒闭就倒闭。利息赶不上涨价,越存越不值钱。而且咱们的轮船回得来回不来还不知道呢。"马钧提议道:"放在船长那里最保险,船开到哪儿钱就跟到哪儿。"顾昌运失笑道:"别开玩笑了,船长哪能管这些鸡毛蒜皮的小事?"席丰翼提议道:"可以另成立一个伙食委员会,集中管理伙食费。新四军的每一个连队都有一个士兵委员会。虽然伙食费少得可怜,可是在民主监督之下,生活得到改善,再没有人说牢骚怪话了。"张承恩反问道:"你总是新四军不离口。莫非你真是共产党不成?"方啸云打圆场道:"别乱扣帽子。我觉得席二副说得有道理。让他讲讲具体怎么搞。"席丰翼说:"伙委会一共5个人。我建议马钧当主任,代表船长。饭老板王还根、业务部韦力勉、甲板部马柏根、机舱部黄宝荣当委员,代表各部门,集体决策。"方啸云面向众人道:"大家说成不成?"得到大家一致拥护后,方啸云接着说:"那咱们'海连'轮的伙食委员会就算成立了。王还根,你不要有顾虑,你还当你的饭老板。除了账目公开以外,都跟过去一样。等明天把钱领回来,咱们真的可以庆祝一下。就像张承恩说的,喝老酒、吃红烧肉了。"

手里有了钱,王春迎、黄宝荣、张承恩、王民安心情很好。路过一个摆摊测字的。两侧招牌分别写着"周公解梦,诸葛神算、周易占卜、奇门遁甲"和"婚丧康寿,仕途运势,风水凶吉,前世今生"。张承恩停下脚步,问道:"这位仙师,你口称'青田显灵'是什么意思?"算命先生回道:"'青田'即刘伯温。君不知坊间早有三分天下诸葛亮,一统江山刘伯温之说?不才得刘青田嫡传弟子亲授,学得独门神机妙算、器识宏深之术,百般灵验,绝非诳言。先生愿意小试一下吗?"张承恩大大咧咧一坐,说:"那就测字吧。

我说一个字是'闲',再一个字是'鹤'。"

算命先生挥动拂尘在签筒上方扫过,晃头晃脑地念了几句咒语,然后抽出一根签子念道:"荏苒岁月几十秋,艰如逆水泛行舟。佳节须当尽情欢,勿使旧愁牵新愁。"张承恩求问其意。先生回话:"天机不可泄露。回去请高人为你解读。"王春迎笑着打趣道:"我听出来了。说你小瘪三光棍儿一个,别想那么多。该吃就吃,该喝就喝。像……像头猪。"张承恩不高兴地骂道:"你才像猪呢。一头留飞机头的大种猪,见了母狗都扑上去。"黄宝荣提议道:"还是回去问顾老轨,他的学问大。"回到船上,张承恩向顾昌运求解。顾昌运说:"那有什么难懂的?意思是说你折腾一辈子也不会有出息。还不如及时行乐,有什么就吃什么,别想着明天。"王春迎立刻接话道:"我说对了吧?你就是为了吃来到这个世界的,与猪何异?"

广州夏天闷热,太阳落山后暑气消散,船员都聚到甲板上吃晚饭。

马柏根无聊地说:"小马,有什么新消息跟大家伙儿说说。"马钧说道:"我有言在先,都是出去串门听人聊天说的。我们5月19日离开上海。3天以后,5月22日,共军攻陷南昌。一个礼拜以后,5月27日,共军攻陷上海。随即就集结大军进入福建,意在夺取福州。8月4日,长沙绥靖公署主任、湖南省政府主席程潜和第一兵团司令陈明仁宣布倒戈,投奔共军。共军第二天进驻长沙。"张承恩道:"我不信。陈明仁号称常胜将军,攻打四平街,把共军林彪部打得丢盔卸甲,抱头鼠窜。国军一代名将,绝不会缴械投降。"马钧说道:"你小瘪三有种就跟我打赌,赌10个银圆?"张承恩再不敢嘴硬了。

马钧问大家道:"伙食委员会成立快一个月了,我们都没有经验。方船长要我问问大家对伙食有什么意见。"叶阿东道:"我提不出什么意见,感觉比以前改善了很多。"张承恩则说:"好是好,就是不解馋。要是每顿饭都能吃到肉喝到酒就好了。"马钧立刻讽刺道:"可以呀!月初顿顿鸡鸭鱼肉,月末上街要饭。那样有多好?"张承恩讨了个没趣儿，马钧又说："利用这个机会我解释一下。由于补发了工资和伙食费，本可以恢复传统的分餐制。但是方船长坚持仍然合餐，以防止曹胜志变卦。"叶杏娣说道："瞧，你们有一个多好的船长。什么时候都总想着大家，你们可别身在福中不知福。"马钧解释道："我们的伙食费分成三份。三分之二用于日常伙食，每隔一天见到肉还是有的。剩下的三分之一里，拿出三分之一购买太平粮，留做最困难的时候救急。三分之二机动使用，比如节日加菜加酒水。所有这些钱都在账目上公布，一目了然。"王民安赞道："不错不错，你们想得周全。伙委会辛苦了。"

夜深人静，方啸云打开收音机：

中央人民广播电台，现在播送新闻。中国国民党革命委员会名誉主席宋庆龄先生，应邀参加新政治协商会议，于8月28日乘专列抵达北平，毛泽东等领导同志亲临车站迎接……

旁边有轮船冒起浓烟。席丰翼说道："听说共军全歼白崇禧的钢7军和48军5万人，占领湖南全境，锋芒直指岭南，是不是又一轮大逃亡开始了？"张世韬问道："这么说广州也快保不住了？"方啸云说道："何止是广东，整个儿中国都将不保了。昨天晚上我收听广播，国母宋庆龄接受中共邀请，北上参加新中国建设，已经到达北平了。"马钧又问："船长，快一个月了，王民安当报务员的事确定了吗？"方啸云一惊："我差点儿忘了，你这一说倒提醒了我。"

方啸云跑去找刘宏声。还没开口，刘宏声倒先说话："方船长，我正要找你。港口司令部要我派船送军官教导团去海南岛榆林港。你能去吗？"方啸云不满道："好事没有我，派军差就想到我了，而且越跑越远。我倒要问你，我推荐王民安当实习报务员怎么不给呢？"刘宏声道："任命报务员的权限在台北总管理处。我早就报告了，还没回信。"方啸云不信道："我不信你一个封疆大吏，这一点破事也做不了主！军差不是不可以接，但是必须答应我四个条件。第一，加油加水加航行津贴，一样不能少，油料至少400吨；第二，不要再派什么狗屁党部代表上船来；第三，批准王民安为实习报务员，叶师傅的女儿叶杏娣接替当服务生；第四，不在榆林港停留，送下教导团就返回。"刘宏声气愤道："你这是乘人之危，明明知道那些都是港口司令说了算。"方啸云起身要走，说道："你这不成那不成，那就算了，另请高明吧。"刘宏声连忙拉住方啸云道："别走别走，我斗胆做回主。按照近海的上限，我给你加150吨油，送下教导团就回来。趁党部代表还没有到，你赶紧走，我假装不知道。至于报务员和服务生，就依你先干着。这已经是我的权力的极限了，这回总成了吧？"方啸云装出一副无可奈何的样子，说道："我不难为你了，开离港证吧。"

方啸云匆匆赶回"海连"轮，召集船员开会宣布道："广州局派我们运送军官教导团去榆林港。我趁机提出让马钧当报务主任，王民安当实习报务员，叶杏娣当服务生，刘经理好歹都批准了。这是一次离开黄埔港的机会，总比被派去台湾强。至于往后怎么办，只能走一步看一步。"

"海连"轮起锚离开黄埔港。马钧交给王民安电报稿，说道："按照流程，轮船离港时，要给出发港和目的港发电报。这次还是你来发。"王民安情绪低落道："手一握电键我就想起刘冬黎主任，心里有说不出的难过。"马钧安慰道："我也很难过。你成了真正的报务员，这是对他最好的纪念。"王民安满怀信心打开发报机，调试后，开始呼叫……

一个军官四处乱窜，想把铜制的消防水龙头拆下偷走，不料撞上身穿中校军官制服的韦力勉，韦力勉喝道："你在干什么？"

军官慌忙立正敬礼，否认道："没……"韦力勉回礼，说道："这里是机房重地，非公莫入。"但是他又溜到另一个走廊，发现客房储藏室里只有叶杏娣一个人，顿起歹意，迅速溜进去熄灯关门，搂住叶杏娣强吻。叶杏娣一边挣扎一边大声呼救。马柏根路过这里，听到声音异样，猛烈敲门。叶杏娣摸到电熨斗猛砸。军官打开门，撞倒马柏根，夺路而逃。马柏根叮嘱她道："你一个人的时候一定要锁上门。"

"海连"轮在榆林港外升起 G 旗，信号台没有反应。连拉数声汽笛后，信号台升起一面红白相间的梯形信号旗，出来一个人手指向码头。方啸云了然道："他升回答旗，但是图省事不派领港，要我们自己进港。"席丰翼道："这里天高皇帝远，完全没有章法。这倒好，咱们可以来去自由。"

"海连"轮沿航标慢慢行驶，安然靠岸。码头上连个工人都没有，什么都要自己动手。军官教导团登岸。方啸云向张世韬交代道："我去港口办公室复命。我不打算久留，你提醒大家注意不要走远，一看到升起 P 旗就赶紧回来。"方啸云走进招商局经理室，说道："我是'海连'轮船长方啸云，运送军官教导团来榆林港，任务完成了。请给我们加油加水，好返回黄埔港。"经理道："我接到电报，命令你们原地待命。"方啸云大惊，问道："什么？刘宏声经理明明答应我不在榆林港停留呀？"经理说："这是黄埔港港口司令发给我的电报，你自己看。"方啸云气愤道："这不是存心耍我吗？罢罢罢，不走就不走，那就先加油加水吧。"经理一摊手，道："油也加不上。我们已经断油好久了，总不见加油船来。"方啸云一脸怀疑道："我不信堂堂榆林港一滴油都没有，让我去油驳船亲眼看看。"经理道："不信自己去看。船长姓柯，就在那边。"

油驳船的船员们躲在树荫下喝茶，悠闲自得。柯船长说："我要是你就不费那个劲。海南岛是个世外桃源，想来还来不了呢。满眼热带风光，随手就能摘到热带水果。海里有鱼虾，山里有野味，伸手就有吃的。"方啸云讽刺道："那是猴子的世外桃源，你想让我当猴子？"柯船长不以为意道："当猴子有什么不好？随便抓一只母猴子就能交配，省得上妓院了。"方啸云又道："你说的是猴王，还轮不上你。不跟你闲扯了，还是看看油罐吧。"

柯船长懒洋洋地打开油罐盖。方啸云抛下吊线重锤，再提上来看，叹道："经理没骗我，确实只剩下些油底子，估计有60吨。你打算怎么处理？"柯船长说："按照规定，报公司备案，经理签字以后报废。"方啸云说道："干脆都给我吧。省得你请示备案找地方，还不污染环境。也不让你们白干。装完了油我请你们会餐。"柯船长道："那好，你们半夜的时候悄悄过来。"

方啸云回到船上，立即升起P旗。他向老轨解释，这些废油是离开榆林最后的希望。"海连"轮烧重油，油质差一点也能用，只要不污损其他油柜。60吨废油悉数转移过来后，方啸云履约，把一桌大餐送过去。

深夜两点，万籁俱寂，信号台只见灯光不见人影。方啸云下令："灯火管制，保持安静。起锚——""海连"轮沿着航标灯慢慢行驶。人人屏住呼吸，紧盯信号台。经过紧张的半小时，神不知鬼不觉地驶出榆林港。

轮船走远，方啸云打电话给马钧："马上给榆林办事处、广州分局、香港招商局、台北总管理处发电报，称'海连'轮返回黄埔港途中，因燃油告罄，请求进香港加油。电报发出以后，留下王民安监听，你和张世韬、席丰翼都到船长室，我有话跟你们说。"

人到齐了，方啸云说道："我们离开上海3个多月了，越走越远。解放大军逼近广东，没有时间可等了。我抗命离开榆林，已经断了回头路。去上海嘛，路太远，油料不够。去广州嘛，自投罗网。唯一的出路就是进香港。机会只有这一次，莫要错过，否则后悔终生。"

张世韬道:"能去香港当然最好,我也早有此意。但是没有招商局的批准,香港不会让我们进呀?"方啸云说道:"我向广州、香港、台北都发了电报,争取获得批准。"王民安突然闯进来报告说:"收到香港招商局转发台北总管理处的电报,'海连'轮不得进入香港,令我们即刻返回榆林港听候军法处置。"张世韬懊恼道:"这下子弄巧成拙,反倒坏事了,进不得退不得。"席丰翼说道:"大不了就是一死。干脆我们就硬往香港闯,谎称突发意外,入港紧急避险。不让进也要进。"方啸云说道:"进香港是肯定的。不过还是先尝试偷渡,偷渡不成再强攻。"席丰翼道:"话是这么说,还是要跟大家讲清楚,也好有个心理准备。"

天一亮,方啸云召开高级船员会议,宣布道:"谢谢大家的协同配合,成功地逃出榆林港。我顶着违抗命令的罪名这样做,是不要再去应军差受气,特别是不要再回台湾,不要一辈子与家乡骨肉分离。不知道你们能不能理解?"顾昌运、张俊根、韦力勉、于瑞祥纷纷道:"理解,我们都是这样想的。"方啸云接着道:"台北总管理处命令我们返回榆林,接受军法处置,这比去台湾还要糟。我决定破釜沉舟,拒绝执行。话说回来,进香港总要有一个理由。顾老轨,你列一个故障和维修清单给我,准备应付检查。"顾昌运应允,方啸云又说道:"我跟你们都交底了。有谁想走,到了香港都可以走,我不阻拦。留下来的人,干好自己的本职工作,全船上下同仇敌忾,共克时艰。"

王民安突然闯进来,说道:"广州招商局来电,同意'海连'轮进香港加油。"马钧一拍手,笑道:"哈哈,峰回路转,这不是挺好吗?"方啸云也放松了一下,道:"我猜测是刘宏声经理背着港口司令给我们回电,算是没有食言。机会稍纵即逝。"顾昌运疑惑道:"香港港务局不会听广州招商局的命令吧?"方啸云说道:"不理它。我就拿广州局的电报当令箭。虎符在手,天下我有!进军香港,誓不回头!"

散会后,张世韬叫住方啸云说道:"方船长,你刚才说有谁想走,到了香港就可以走。我想了好久,最后还是决定走。"方啸云劝道:"我的这些话可不是对你说的。你答应过,做我最得力的助手。"张世韬却依然坚持道:"你也答应我,等太平了会让我走的。到香港不是就太平了嘛!"方啸云说道:"我冒死闯香港是为了起义,现在距离起义只有一步之遥了。"张世韬问道:"那么你说,进了香港能不能起义?几时起义?能不能成功?"方啸云为难道:"你这不是难为我吗?就是神仙也不能做这种保证呀。"张世韬说道:"还是的呀。我听够了虚言妄语,而我下地回家却是实实在在的。"方啸云难过道:"临到最后关头你突然反悔,真伤透了我的心。"张世韬却坚持道:"我确实有愧于你,但是我意已决。"方啸云一叹,道:"既然如此,我也不多说了。你只要找到落脚之处,随时可以走。"

方啸云心情沉重,久久不语。席丰翼问:"出什么事了?"方啸云说:"张大副坚持要离开'海连'轮,我劝也劝不住。你们是不是也想走?"马钧立刻道:"我发过誓。哪怕只剩下我一个人也决不动摇。"席丰翼也说道:"我也发过誓。我还写了入党申请书,请你代我交给党组织。"方啸云一脸欣慰道:"谢谢你们。路遥知马力,患难见真情。有了你们的支持,哪怕是刀山火海我也敢闯!"

3人并立驾驶室,方啸云下令:"改向65°,目的港——香港!"

7. 提前三分钟升旗

方啸云顾不上和相遇的熟人同事寒暄,直奔香港招商局大楼。

胡诗源经理奇怪地问道:"咦,方船长,你怎么来了?"方啸云说道:"你怎么不知道?我请示过香港局和广州局,要求进港加油呀!"胡诗源反问道:"你没看到我们转发的台北总管理处的命令吗？你怎么敢违抗军令？"方啸云答道："看到了。可是广州局给我回电报，准许进香港加油。不信你看。"胡诗源阅过，气愤道："乱弹琴！广州局怎么敢超越台北总管理处做决定？"方啸云说道："我们从高雄疏散后就归广州局管辖，听他们指挥也没有错呀。"胡诗源无奈道："算了。既然已经来了，我就给香港港务局补发一个证明，再签发50吨油。别耽搁，加完油就走，直接给我回黄埔港去！"

方啸云堆起笑脸奉承道："胡经理，谢谢你。您一向宽以待人，办事公道，通情达理，广受爱戴。大家都称你是大慈大悲救苦救难南海观世音菩萨再世。投到你的名下无不感到温暖和幸福。"胡诗源哭笑不得道："得了得了，少跟我甜言蜜语。你葫芦里卖什么药？"方啸云一脸真诚道："不是卖药，是说真心话。离开上海以后，我们四处漂泊，尝尽人间辛酸。到了这儿总算有个体己的人可以一述衷肠。我船上的问题一大堆。垃圾兵连抢带偷，公私财物劫掠一空，连客房的床单都抢走了。机器设备失修，故障频出。高雄、广州、榆林都解决不了，香港是我唯一的希望。"胡诗源一听，恍然道："原来你打的是这个主意。说具体一点儿，都有什么问题？"方啸云掰着手指头，数道："我们的电台是美国30年代初的老产品，功率小，故障频出，太耽误事。我想申领一部新的大功率电台。船上的油过滤器、补给泵、换热器、燃油泵、主轴和输送管道总有不明原因的渗漏……"胡诗源连忙打断他，道："停停停，简直一无是处了。你把这些全都写下来，由修理部安排解决。他们解决不了就送修造厂，早点儿完事早点儿回黄埔港。"方啸云把手中一份文件递过去，"我这里有一个清单。"然后，接着说道："还有一件头疼事儿。大副张世韬跟我吵翻了，求你快快把他调走。"胡诗源奇怪地问道："那就怪了。他原本就是你'海湘'轮的人，还是你把他调来的呀？"方啸云一脸气愤道："国防部光说空话不干人事。把我们骗到台湾，工资和伙食费就停发了，又搞什么戒严、宵禁、联保、入会，就是不解决实际困难。全船上下只得紧缩开支,张世韬却拉一帮人处处跟我作对。"胡诗源说道:"你怎么总是搞不好关系,也该找找自己的原因。要不要我调解一下?"方啸云说道:"别白费力气了。我跟他恩断义绝,一刀两断!"胡诗源叹气,说道:"也罢。好些船长老轨跑了,可以调他去别的船代理船长。不过我可派不出大副给你。"方啸云说道:"这不难。席丰翼干了三四年二副,也该提升了。三副于瑞祥可以升任二副,驾驶实习生张忠襄升任三副,补充舵工孙信祎做驾驶练习生。他是我们夜校自己培养出来的。"胡诗源道:"你们的夜校还真出成果,不愧是模范船。我们确实承诺过,人事你可以自己做主,在公司备案就行。怎么样,我对你够意思吧?"方啸云抱拳道:"谢谢,太够意思啦。"胡诗源语重心长道:"我殚精竭虑,能苦撑局面至今很不容易。你可别再给我添乱了,别辜负了我对你的期望。"方啸云保证道:"胡经理,你放心,我对你绝对忠心耿耿,有要用我的时候你尽管说话。"

搞定胡经理,"海连"轮在香港落下脚,方啸云心中踏实了。

哈路蹲在培侨中学校门外静候,一见到娃娃摇着尾巴就扑过去。兄弟姐妹换上轮鞋,顺着长而弯曲的高架桥向下滑行,速度越来越快,惊险而又刺激。方啸云走到礼顿山道交叉路口辨认方向,恰好遇见孩子们归来。阿纯打招呼:"方叔叔好。好久不见,你是来找我爸爸的吧?我们领你去。"

刘焕然笑着迎上来,道:"方船长?你来得真巧。我也刚到家,屁股还没有坐热。"递过茶杯后又接着说:"你什么时候来的?是你自己还是'海连'轮?"方啸云说道:"今天早晨。自打上次离开香港我就一心寻机起义,可是越跑越远,越来越见不到希望。我心中发急,干脆铤而走险,违抗军令驾驶'海连'号闯进香港。"刘焕然又问道:"你那几个骨干还好吗?"方啸云叹道:"不好。报务主任刘冬黎遭暗算失踪,大副张世韬一到香港就声明退出。"

刘焕然一听，着急道："哎哟，这一来你身边不就没人了？"方啸云道："不是。席丰翼和马钧表示不走，我提拔他们当大副和报务主任。席丰翼还托我转交入党申请书。"刘焕然放心道："那就好。"接着又问道："你的群众工作做得怎么样了？"方啸云说："我没少下功夫。利用币制改革，我们发起黄埔港海员和平请愿，要求补发工资，结果大获全胜，也赢得了群众的信任。我们因势利导，改革饭老板制度，成立了伙食委员会，开始有计划地储备资金和太平粮。我相信只要说回家，一定会一呼百应。"

隔壁房间传来孩子们练习乐器的喧闹声。俞泾妹把他们都轰出家门，对他们嘱咐道："带哈路出去玩儿，让爸爸和方叔叔说话。"房间里安静了。

刘焕然肯定道："很好。A good beginning is half done（善始者功成半）。不积跬步，无以至千里；不积小流，无以成江海。你确实做了不少工作，而且积极主动寻求机会，这一点应该肯定。"然后问道："你想过没有，起义以后把船开到哪个港口去？"方啸云答道："当然最好是上海，可是航道被封锁。福州马尾距离最近，应该是首选。"刘焕然道："最不能选的就是福州。它离台湾这么近，轰炸机一个小时就能飞到。说明你考虑问题还不够细致。"方啸云听了刘焕然的分析道："我确实有些心急了。光想着起义，没想那么多。"刘焕然叮嘱道："起义事关重大，不是儿戏，是拿生命作赌注！你回去以后，和骨干们一起制订一个周密的计划。我以后怎么跟你联系？"方啸云说道："我那里没有电话，只能我找地方打给你。咱们约定好，当我说'流星雨'，就意味有特别重要的事情，在电话里不能说，必须马上见面。"刘焕然答应："知道了。你讲的情况非常重要，我要向上级汇报，听候指示。"

方啸云回到船上，见到张世韬后问道："怎么样，买到船票了吗？"张世韬答："没有。"方啸云问道："找到落脚地了吗？"

张世韬还是说没有。方啸云又劝道:"那就别走了。我请示过胡经理,他答应派你去当代理船长,你要随时做好下地的准备。"张世韬感谢道:"那就太谢谢了。我这就去收拾东西。"席丰翼一见到方啸云,赶忙问道:"见到胡经理啦?他是不是要赶我们走?"方啸云笑道:"我正要告诉你。我拿广州局的电报给胡诗源经理看,证明我们不是违抗军令。我又拿机械故障清单给他看,他相信了,允许我们留下。我趁热打铁,说张世韬走了,推荐你接替当大副。他也同意了。"席丰翼道:"那怎么使得。我不是科班出身,完全自学成才,恐怕难以胜任。"方啸云肯定道:"你的资格和能力都没问题,而最重要的是你是我最信任的人。我不能没有你,这个职位非你莫属。"席丰翼又问道:"还有什么好消息?"方啸云说:"我把你的入党申请书交给党组织了,也告诉党组织我们准备起义,就等上级的答复。利用这段时间,我们详细制订起义计划。"

有人在岸上喊:"方船长——"崔隆华气喘吁吁跑上船,对方啸云道:"方船长,我远远看见'海连'轮进港,就赶快跑过来找你。"方啸云问道:"你还在'海宁'轮代理船长吗?"崔隆华笑道:"已经转正不再代了,这还要谢谢你。共军攻势如潮,国军兵败如山。国民党政府气数已尽,苟延残喘不了几天了,也该想想何去何从了。不是吗?"方啸云大惑不解,说道:"我看也是。你怎么想?"崔隆华说道:"我知道你早就对政府不满,痛恨垃圾兵。我就是为这来找你,你上哪儿我就跟你上哪儿。你要是投共,我也去投共。"方啸云疑惑道:"可是我记得你说过,谁要叫你把船往北开你就把谁扔到海里去。"崔隆华一脸茫然道:"我说过这话吗?也许只是随口一说。那个时候谁敢公开讲真心话?"方啸云打趣道:"现在你就敢讲了?"崔隆华道:"是啊,我想问你怎么能找到共产党?"方啸云道:"共产党没有写在脸上,我怎么会认识?"崔隆华叮嘱道:"我知道你的门道多。一旦有这方面的消息,一定一定告诉我。"

崔隆华走了。席丰翼问："你相信他说的吗？"方啸云道："知人知面不知心，猜不透他是红还是白。可是他说过的那些话，还跟那个恶棍副军长打得火热，我可是记得清清楚楚。"席丰翼说道："人心是会变的，此一时彼一时，也许那时反共是真的，现在大势所趋，回心转意，想投共也是真的。"方啸云警惕道："防人之心不可无，还是躲远点儿吧。"

远东公司给万吨轮船"港星"号送行。刘焕然说道："'港星'轮是远东公司的第三艘轮船，属于光租船。从船长到船员都是我们自己的人。我们比国民党还早打入国际航运市场，已经牢牢地占有一席之地了。"钱琳道："看来聘任彭楚民先生这一步是走对了。从今往后，远东公司就有自有轮船和国际租船两条腿走路。'天汉计划'胜利完成，党的工作重心转向经济建设，你们的担子不但没有减轻，反而更重了。"电铃响，林胜雄敬礼请示道："杨老板，我们可以出发吗？"钱琳挥手，下令道："出发。Bon voyage——"

汽笛声鸣，"港星"号在一片祝福声中缓缓离岸。

刘焕然说道："杨老板，你还记得那个写入党申请书的招商局的方船长吗？他昨天突然闯进香港来找我。"钱琳回道："当然记得。这么说他起义的条件成熟了？"刘焕然道："万事俱备只待时机。眼下有一个难题我无法解决，就是起义的目的港。"钱琳不解道："这难道有问题吗？凡是解放了的港口都可以去呀。福州、上海、连云港，渤海港口哪个不成？"刘焕然却说道："别的都不怕，就怕敌机轰炸。全国所有港口都在敌机的覆盖范围之内，而解放军没有空军和防空部队。N3型货船'郑和'轮停在大后方九江，上个月被炸沉。'重庆'号巡洋舰起义后停在解放区葫芦岛，它自身拥有强大的防空火力，还是被炸沉了。'海连'轮是国营官办商船，起义的影响非同小可，国民党一定会倾巢而出，不惜一切代价炸沉它。"王昭基问道："那么'海连'轮不就无处可去了吗？"刘焕然说道："国民党唯一不敢进犯的地方是苏联军队占领的大连。"钱琳断然否定道:"大连?别想打老毛子的主意。你忘啦?你运送红心扑克牌人士时,苏联占领军就是不让船进港。这次是公开反叛的国营轮船,他们更不会接纳了。"刘焕然狡黠一笑,道:"不会不告诉他们真相嘛。比如假称船上发生瘟疫,或者发生暴乱,或者发生火灾,或者船体进水……不管了,闯进去再说。"钱琳阻止道:"兹事体大,可别乱来,会闹出国际纠纷。还是我请示了上级再说。我最关心的还是你对起义成功有几分把握。"刘焕然说道:"如果能说服苏方接纳'海连'轮进港,而且批准我上船跟他在一起,我就有十足的把握领导起义成功。"王昭基接话道:"我倒是有个建议。你如果以德润公司总经理,也是我们的领导的身份宴请方船长,对他一定是一个巨大的鼓舞,也能增强核心小组的信心。"钱琳道:"那好,你来安排。"

一艘油驳船"突突突"缓缓靠近,有人呼喊:"'海连'轮接缆……"王春迎、黄宝荣、张承恩接过缆绳,拖过输油管插进输油口。

王春迎问道:"船长,好不容易到香港了,都想上街转转。能不能再多发一些钱?听说香港的舞女风骚得很哩,不去体验一把不是白来了吗?"黄宝荣赞同道:"是啊,香港是避税和购物天堂,可别错过这个机会。"张承恩也补充说:"香港是美食天堂,可以吃遍天下佳肴。"王民安也说道:"香港还是旅游天堂,马会享誉世界;足球、篮球联赛名满东南亚。"方啸云笑道:"平心而论,你们最近表现不错。这个要求可以考虑。要发就大家都发,这样才公平合理。"

油驳船通知道:"50吨加油完成,收回油管。"方啸云央求道:"小兄弟,高抬贵手多给点儿好吗?"油驳船回复道:"通知单写多少就是多少,超过数量没法儿下账。"码头方向传来汽车鸣笛,胡诗源和萧师傅坐在吉普车里。方啸云急速跑下去,迎接道:"有事吗?何劳经理大人躬亲?"胡诗源说道:"台北总管理处回电报,同意张世韬去'民342'轮代理船长，你们甲板部以下各职晋升一级递补。还有，拨付你们一台新的电台。我把它送来，顺便把旧电台带回去。"

方啸云喊话："快叫张世韬大副下来，胡经理接他走马上任。"马钧抬下新电台说："新旧电台要并行工作至少3个月，证明性能良好安全可靠，才可以撤去旧电台。"方啸云与张世韬话别道："胡经理还在等着，就不开欢送会了。好好干，祝你天遂人愿。"汽车走后，方啸云对大家说："张大副走了，胡经理批准，席丰翼接替为大副，于瑞祥为二副，张忠寰为三副，孙信怍为驾驶练习生，叶杏娣为服务生。让我们祝贺他们履行新职。"王春迎捅捅张承恩道："人家王民安当了报务员，孙信怍当了驾驶练习生，叶杏娣当了服务生，都出息了。你小瘪三好好干，八成会封你当副厨师长。"张承恩瞪眼骂道："谁稀罕那个鸟官儿。灶王爷姓张，我也姓张，老子也是王爷！"方啸云正色道："都别闹了，说正经事。好不容易来香港，我决定发一个月的工资。可是我把话说在前头，千万别再出日本那样的洋相了。"

黄宝荣、张承恩、王春迎、王民安经过一个测字摊，张承恩一屁股坐下说："来，再算上一卦。"写下"仙、翁"二字。测字先生用黄绢盖住签筒，一边摇晃，一边双眼微闭，口唇微动。俄顷，抽出一根竹签，上书："更深酒醒人未眠，错得先生空熬煎。万事皆从根底生，前悔容易后悔难。"见张承恩不解其意，遂解释道："此签玄机就在最后一句话上。"张承恩还想多问，算命先生只是举起托盘，并不言语。黄宝荣示意他给钞票，算命先生这才放下托盘说道："先生双耳单薄，小时候家境一定清苦。鼻孔窄小，心胸与魄力均显不足。但是先生额宽眉高，长于谋划，善于心计，多有主见。若得贵人相助，尚有峰回路转之机。近日天庭暗淡，诸事不顺。若遇大事，定要多加小心，慎之又慎。切记。"言毕闭上双眼。张承恩只得默默起身。回到船上,他求顾老轨解析卦辞。顾昌运说道:"这位大师真乃高人也,把你看得透透的。平日里你总是莽撞做事,事后追悔不已,如同喝醉酒醒了才知道自己干了糊涂事。人家给你指出一条生路,'若得贵人相助,尚有峰回路转之机。'只怕你有眼无珠,贵人站在面前都浑然不知。"张承恩问:"贵人在哪儿?难道是你?"

方啸云大步流星赶到四约街坊轮船公司码头,等候渡轮靠岸。身旁人问道:"是方啸云吗?好久不见。"方啸云仔细端详,恍然道:"你是……税专的费兆吉吧,比我高两年级?"费兆吉道:"对,正是我。现在在中国航运公司当总船长。你呢?"方啸云笑道:"我没出息,在招商局'海连'号上当船长。"费兆吉:"那就不错了。我搞了一些免税香烟,能帮我保存几天吗?"方啸云答应道:"免税香烟可以,毒品和炸药可不行,时间不要太长。"费兆吉感激道:"谢谢,时间不会长。这两天就给你送去。"

上岸后方啸云直奔南太酒家。主人已在等候。方啸云道歉:"不好意思来晚了,路上遇见一位老朋友,耽搁了。"刘焕然说道:"没关系。"接着给双方介绍道"这位是方啸云船长,这位是德润公司的杨老板,是我们的领导。"钱琳主动招呼道:"你好,方船长,听口音你是无锡人?家住哪儿?"方啸云立刻回复道:"你好。我家住在运河西路的贫民区。你也是无锡人?"钱琳道:"是啊,我家住崇宁路112号。"方啸云一听,惊讶道:"崇宁路112号?那可是有名的大户人家呀。"钱琳说道:"是啊,祖上曾经荣耀过。我们虽然初次见面,但是你的情况我很早就知道。远东公司创立党的地下船队,急需航海人才,Captain 头一个就想到你。再比如说'海连'轮撤离上海前,你收到过一封电报,是吧?"方啸云道:"是啊。老刘叫我'随船离沪,待机而动'。"刘焕然:"我可没有那个能耐,是人家杨老板。当时上海兵临城下,邮路不通,特务机关严密监视和搜捕地下电台,没有特殊渠道转发,你哪儿能收到那封电报!"方啸云感叹道:

"哦——没想到杨老板是个手眼通天的人物，真了不起！通过反复学习，我又写了第二份入党申请书。"钱琳认可道："你写入党申请书，积极主动寻找机会起义，都表明你走革命道路的决心。经过请示，上级批准你们起义的目的港是大连。"王昭基补充道："大连是国民党飞机唯一不敢进犯的港口。那里是苏军占领区，苏联和国民政府签订过友好条约，能说服他们让你们进港，你懂得意味着什么。"方啸云笑道："知道，意味着'海连'轮不是一般意义上的起义，是与党的最高层直接相通的。席丰翼和马钧知道了一定会更有信心了。"王昭基叮嘱道："当前正处在全国解放的前夕，起义胜利将会带动更多的轮船和海员投奔光明，意义巨大而且深远。因此，必须保证万无一失。"刘焕然也说道："明天你到我公司来，咱们把起义计划再过一遍。"钱琳见正事说完，指着桌子上的菜肴，说道："今天的主菜是闽南名菜佛跳墙，我特备陈年无锡白酒。来，咱们一起碰杯，预祝成功！"

方啸云绕道智慧书店，买下那本《世界船名录》。回到"海连"轮，方啸云登上最高点，把望远镜递给席丰翼，说道："注意看那条船，英国莫勒公司的'玛丽布莱德'号轮船……再对照这本《世界船名录》的图片，它的外形最接近'海连'轮。起义以后，要把'海连'轮从颜色到外形改装成它的样子，这件事就交给你全权负责。"席丰翼为难道："这可是个大工程呀，光油漆就要上百桶。叫我去哪儿搞？"方啸云说道："我去想办法。"

他们又来到电报房，对马钧问道："新电台安装好了吗？好使吗？"马钧赞道："真不错，美国瑞安公司最新产品，200瓦，全新原包装，一整套备用电子管。采用晶体振荡器，可以预先锁定八个常用频道，其中 500kHz 频率固定为国际统一的 SOS 莫尔斯电报呼救信号，2182kHz 频率固定为电话发 Mayday 语音信号。刚安装好，就接到广州局的第二封电报，令'海连'轮即刻返回，逾期不归，定予重办。"方啸云看过电文，拟好电报稿，递给马钧，道："你这样回答：'电悉，加油完成，发现主机油泵严重泄漏，原因待查，拟进厂检修。'"

走廊里传来争吵声，开门一看，王还根正和王春迎争得面红耳赤。方啸云问道："出什么事了？"王还根气愤道："伙委会公布最新账目，飞机头看到买进粮油比平时多出一倍，怀疑我饭老板拿回扣。其实在伙委会里是黄宝荣负责采买。我怎么解释他都不信。"马钧问道："要不要叫黄宝荣来？"方啸云说："不必，还是我来解释吧。都没忘记我们在高雄、黄埔吃过挨饿的苦头吧？为防不测，我要黄铜匠多储备一些太平粮，怪我没跟你们说清楚。伙委会成立后，改善伙食，公开账目和库存，都是有账可查的。"王春迎不再言语，怏怏离去。韦力勉、黄宝荣和马根柏来了，问道："找我们有事吗？"方啸云："都过去了。"接着说道"正好，伙委会的人都在，跟你们商量一下。今年赶上中国农历每十九年一次的闰七月，有的地方在闰七月过中秋节。去年遣返日侨俘没过成，今年咱们搞个最热闹的中秋晚会。你们好好张罗一下。"

很近的地方发出急促的汽笛声，"民342"轮从眼前驶过。张世韬站在驾驶室外，向他们打出一组手旗信号。方啸云说："他向'海连'轮致敬。我来回答他。"说着打出信号道："谢谢，道贺右迁汲引，鹏程万里。"

韦力勉敲响船钟，喊道："开饭了。"船员排队领饭后三五结伴，分散在甲板上边吃边聊。张承恩问道："小马，又有什么新消息？"马钧说："上海留守的黄承祖发布《告招商局各轮船的通告》后，台北总管理处对黄承祖等11个人发出通缉令，要把他们捉拿归案，严惩法办。"王民安嗤笑一声，道："真好笑。发通缉令管个屁用呀，有本事到上海抓人去。"张承恩叫道："你们拿了共产党的钱，听共产党的广播，为共产党做宣传。我要去报告！"马钧立刻说道："你去告呀。香港没有党部代表，没有人给你赏金！我倒是想说国军打了大胜仗，共军打了大败仗。这样说你就满意了？"张承恩转为笑脸，说道："开个玩笑。其实我跟大家一样，也想回上海。要不你写一个发起书，号召把轮船开回老家去。我拿去让大家签名？"马钧讽刺道："还是你来起草，你带头签名，我们都跟着签。"张承恩挠头道："你知道我不识字呀。"马钧道："算了，别以为就你聪明。船长知道你搞名堂，还不敲破你的脑袋？"张承恩感叹道："我是'圣人遭雷击、烧香惹鬼叫——好心没好报。'"马钧没好气道："呸，你是'阎王爷老婆怀孕——心怀鬼胎'，'屎壳郎运气——没憋好屁！'"

一条舢板划过来，有人高叫："喂，麻烦请找一下方船长好吗？"方啸云过来看，吩咐道："快接他上来。"费兆吉扛一个大麻袋跟方啸云走进船长室，很快又空手返回，划小舢板远去。张承恩直犯嘀咕："什么东西那么神秘？"马钧比画拿手枪，对着他的脑袋开了一枪，说道："那还能是什么？"

方啸云推开招商局总经理办公室的门问道："胡经理，中秋节快到了。招商局是不是发一些过节费，好让大家心里高兴些？"胡诗源无奈道："台北总管理处拖欠香港局的经费，我们现在是靠吃老底子过日子，哪儿还有钱？再说，你归广州局管，有钱也不给你。广州局可又来电报催你回去啊。"方啸云敷衍道："我知道。我们正在加班加点抢修，还要再等几天。"胡诗源又说道："有件事跟你商量。中央航空公司和中国航空公司撤出大陆，'绕树三匝，何枝可依'，80多架飞机飞到香港，挤占了启德机场的空间。港府限期他们停止使用，尽快迁出。两航求我们把仓库里的48台飞机发动机运走。"方啸云问道："运到哪里去？"胡诗源一摊手道："还不确定，先装上船，把地方让出来再说。"方啸云道："可以。那你就替我给广州局回电报吧。""海连"轮靠上机场码头，把板条箱吊装进底舱。席丰翼问："你就不怕命令我们去台湾？"方啸云说道："我就等这句话。接到出航令，一出港就把船开到北方去。"

机舱部顶半边天，轮机长的立场关乎成败。通过平日的观察，方啸云估计他不会反对，但心里还是没底。中秋晚会很沉闷，船员们流露出思乡之情。孙信祚说："要是一出海，就把船开回上海老家去多好。"不少人附和。方啸云乘机问顾昌运怎么想，不料他脸色大变，阻止道："可别瞎说，那是投敌叛国，要死人的！我老婆孩子在台湾，我死了谁去管他们呀？"实在太出意料，怎么竟会这样？眼见这道坎儿不可逾越，不能强人所难，只得礼送他下船。尽管顾昌运信誓旦旦，以身家性命担保决不泄露秘密，方啸云还是不放心道，放下狠话道："你要是敢告密，一定会有人向你索命。"又派席丰翼连夜送他去"民342"轮，嘱托张世韬船长代为"照看"。

方啸云忧心忡忡，怀着忐忑的心情等待席丰翼返回。等来的却是费兆吉。他推一辆手推车来，把寄存在这里的大麻包取走。席丰翼直到后半夜才回来。"怎么样？"方啸云急忙问道，席丰翼安慰道："放心吧，张世韬让顾老轨跟他睡在一起，我们走后5天内不准离开一步。他跟我拍胸脯，保证万无一失。"

天亮以后，方啸云冒雨去见胡诗源经理道："我的老轨昨天晚上不辞而别。留下一张字条，说他'大汉'轮上的老乡得了急病，要他去接替。"胡诗源习以为常道："不奇怪，这种逃跑的事天天都有，我都习惯了。我可派不出轮机长给你。"方啸云说道："不难为你，就像甲板部那样。二轨接替老轨，以下各升一级。"胡诗源："就依你吧。来得正好，我接到总管理处派船去汕头接兵送到舟山的电报，你能去吗？"方啸云一阵狂喜，苦苦等待的不就是这个机会嘛！但脸上却是一副不乐意地道："又是军差？不去！上次厨师长差点儿被打死，我们吃够苦头了。"胡诗源好言商量道："总管理处十二道金牌催促。求谁谁都不去，我没办法交差，只有求你方老弟了。"

你可说过，有用你的时候尽管说话。"方啸云装作无可奈何地答应道："好吧，谁让我许过这个愿。但是你要答应我多储备一些易损零件、毛刷、工具、绳索，特别是油漆。"

胡诗源笑着道："只要你去，我什么都答应。"方啸云伸手接出航令和领料单，胡诗源又把手抽回来，诡秘地说："别装出那副哭丧相。别人看不出来我还看不出来？其实你心里别提有多高兴了。对不对？"方啸云一副受冤枉的样子，道："哎呀，我的大经理。我好心帮助你，你竟说出这样的话，真没良心。"胡诗源盯住他的眼睛，说道："我叫罗远辉不去，叫张世韬也不去，叫崔隆华不去。他们是真的不愿意去，死活都劝不动。你嘴上说不愿意，装作受了多大委屈，可最后还是接下来了。你打的什么主意，我还看不出来吗？不过我要提醒你，'海宁'轮也同时接到任务，台北要求你们一同出发。"方啸云奇怪道："崔隆华不是不去吗？"胡诗源说道："他本来不肯去，后来听说与'海连'轮同行就答应去了。我就不耽搁你了，愿上帝保佑你旗开得胜。"

和"海宁"轮一同上路，使他心中蒙上一层阴影。方啸云还是决定抓住这个机会，当即拨通电话，说道："喂，远东公司老刘吗？我是方啸云——昨天晚上我看见流星雨了。"见刘焕然没反应过来，方啸云急不可耐地说："我是方啸云，昨天晚上我看见'流——星——雨——'了。"刘焕然恍然大悟道："啊——流星雨，明白了。让我想想——明天早上九点，老地方见，一起吃早茶。"胡诗源疑惑道："什么流星雨？我怎么不知道？"方啸云说道："每年有好几次流星雨。猎户座、狮子座、天琴座……昨天晚上我看的是英仙座流星雨。"

方啸云一回到船上就召集全船开会，宣布道："接到总管理处的军令，赴汕头接胡琏第12兵团去舟山。各部门抓紧准备。所有人必须18日中午十二点前归队。还有，顾老轨的老乡得了急病要他去顶替，天不亮就走了。他走了以后，张俊根接任轮机长，以下机舱部的官佐晋升一级递补。"

会后，张承恩拉过王春迎和黄宝荣道："恭喜你飞机头晋升二管轮，阿黄哥晋升三管轮，请客！"王春迎说道："这些都是小事。你们发现没有，最近尽出怪事？先是刘冬黎和宋卫锦失踪，后是半夜逃离榆林，闯进香港。再后来大副走了，昨天老轨也不见了。是不是船上要出大事？"张承恩也说道："可不是嘛。有人给船长送来一个死沉的大麻包，大家都看到了……"方啸云问道："你们嘀咕什么？"王春迎连忙答道："没什么。我要把香港舞娘全都跳一个遍！"黄宝荣说："我打算买一条金项链。"张承恩说道："我把剩下的钱全吃光。"方啸云则吩咐道："都别忙走，先办正经事。一会儿油驳船来，二管轮留下加油；三管轮和小瘪三跟我去领料；三管轮负责入库保管。我算你们出公差，奖励放一整天假，可以玩儿个通宵。"

马钧找到叶阿东和杏娣说道："后天离港，港币留着没用，赶快去把它们都花光。"叶杏娣愁道："买什么好呢？"马钧说："香港是免税天堂，买手表最划算。"马钧软磨硬泡，狠命压价，以跳楼价买到三块奥米伽手表。还剩45港币零钱，无处可花。马钧想拿来在推币机上最后赌一把。

俞泾妹正和孩子们逛莱西百货大楼。娃娃乘妈妈不注意，往推币机里投下5枚钱币，被挡板一个个推向边缘，却一个也没掉下来。马钧换来30枚投币，一一投进去。投币层层叠加，也还是不见掉落下来。马钧孤注一掷，把最后15元全都投进去。钱币悬若累卵却仍不见掉落，马钧彻底绝望了。娃娃赌气踢了一脚，钱币竟然花花落下。马钧转忧为喜，抓一大把塞给娃娃。意外的收获让叶杏娣买到了渴望的苏格兰纯羊毛线。

他们欢欢喜喜回到船上，走廊里已经堆满了油漆桶和绳索。

王民安追上来对方啸云道:"报告船长,'海宁'轮发来电报,崔隆华船长问'红姑将临,如何处之,请赐教'。"席丰翼奇怪道:"他是什么意思?'红姑'是指共产党吗?"方啸云说道:"他老是缠着我不放,我也猜不透。无论如何要打发他先走。这样回电:'军务紧急,君宜先行,我船修复后即刻追随。'"王民安下去后,方啸云对席丰翼叮嘱道:"我明天一早去向党组织做最后的请示。你注意掌握情况。"

又到南太酒家,方啸云难抑喜悦地说:"昨夜流星雨,今晨红霞飞。"刘焕然回复道:"大风起兮云飞扬,咸加海内兮归故乡。"方啸云说道:"昨天接到总管理处的军差,到汕头接胡琏的第12兵团去舟山。从香港空放出发,船上没有当兵的,正是我苦觅不得的大好机会。现在人事和物质条件都已经具备,只要甩开'海宁'轮就可以出发了。"刘焕然问道:"你确有把握吗?要不要我和周禀赋上船帮助你?"方啸云:"不必。你是党的领导干部,不能让你冒险。我有信心领导好起义。我只要你给我一支手枪。万一起义失败,最后一颗子弹留给我自己。"刘焕然正色道:"我要的是起义胜利。胜利依靠群众,而不是枪支或者拼命。你要以共产党员的标准要求自己,选择最有意义而不是最简单的方式去做。"方啸云答道:"我懂了。第一个升起新中国的旗帜,是你对我的嘱托,也是我始终不渝的追求。"

"那就好,May your dreams come true(愿你梦想成真)。"刘焕然取出一个密封纸袋递给方啸云,道:"航行路线、通讯联络、伪装术等技术问题都已经讨论过了,现在我向你传达党组织的部署。里边的小册子是德润公司驻大连代表处的电台呼号、频率、联络时间、密码表。'海连'轮到达的前夜,你要给他们发电报预告。到达港外,升起国际信号旗 PRB,意思是我要进港加水,这是联络暗号。徐启明同志会去接你,你把这封信交给他。万一联系不上,你就伪装成遇险的外国轮船,强行闯进去,然后找同利公司副经理魏振华和水上公安局局长张得生。最后一页是你我电台联系的呼号和频率,随时保持联系。我的'黎明'轮24小时监听并且掩护你们。"方啸云又问道:"我和席丰翼递交的入党申请书,党组织讨论过了吗?"刘焕然答复道:"党组织决定,起义是对你最后的考验。'海连'轮胜利到达大连之日,就是你成为共产党员之时。至于席丰翼,要根据他的表现来决定。"说完又拿出一个袋子递过去,"这支单筒望远镜跟随我多年,是毕业时陈校主奖励给我的,现在转送给你,留个纪念吧。还有,我送给小寄洲一支玩具手枪,希望他喜欢。"方啸云把袋子接过来道:"谢谢。'海连'轮何时离岸,取决于什么时候甩掉'海宁'轮。当你看到我的船上升起P旗,就表明天黑以后我将起锚离港。"刘焕然又问:"胜利以后你有什么打算?"方啸云说:"参与'伏波'案使我对法律产生了兴趣。我打算以后专攻商法。"边说边取出几张家庭合影,接着道:"万一起义失败,请党组织照顾好我的家人,还有席丰翼、马钧、于瑞祥、张俊根、韦力勉的家人。"刘焕然难抑悲情,泪如泉涌,动情地说:"不要这样说。我等着你们,一定活着回来。"

方啸云返回,路遇戴汝铭和严东熠,招呼道:"戴船长,你也来香港了?"戴汝铭道:"是啊。如你开导,我调到'海未'轮上了。刚从叙利亚回来。"方啸云说道:"真巧,刚才我还和刘领港一起吃早茶。你现在去弥敦道南太酒家还能找到他。"戴汝铭高兴道:"他也在香港?太好啦。下次吧。"方啸云心里发急,又不便挑明,暗示道:"最好现在就去,不是所有事都有下次的。"戴汝铭道:"这次真的来不及了,下次一定。"方啸云无限惋惜地与他们分别。

方啸云回到船上,取出单筒望远镜试看,"海宁"轮没有走的迹象,这才想起收起玩具手枪。张世韬船长突然跑来道:"坏了,今天一早发现顾老轨不见了!我去'大汉'轮找,人家轮机长根本不认识什么顾昌运。"空气陡然紧张起来。席丰翼气愤道:"这小子骗我们!他肯定是去告发。趁警察还没来,咱们赶快起锚离开!"方啸云道:"千万行不得!这样只会坏事。从香港到汕头只需要18个小时。'海川'轮随后跟来找不到我们,空军出动飞机寻找,我们的起义就败露了。"席丰翼着急道:"那怎么办?总不能这样等死吧?"方啸云紧紧握住席丰翼的手:"再等等看。顾老轨只知道我一个人。万一我被逮捕,就都推到我的身上,你们要继续革命下去。我把这个信封藏在我的桌子后边,它是党的绝密文件。有接头人的电台呼号、频率、联络时间、密码表。船到大连港外,你按照约定升起国际信号旗PRB,就会有人来接你。你把文件交给他。祝你们革命成功!"

方啸云回房间藏好信封。怀抱着单筒望远镜坐下,苦苦思索怎么应付特务和警察的到来,怎么面对审讯和酷刑。时间在煎熬中一秒一秒过去。

日头西斜,席丰翼突然大叫:"快瞧,'海宁'轮冒烟了——"马钧传声筒喊话:"报告船长,截获台北招商局总管理处电报,命令'海宁'轮改航黄埔港。"方啸云跑进驾驶室看,"海宁"轮真的动了。崔隆华打来手旗信号。方啸云下令道:"回答他,'祝君得偿夙愿,前程似锦'。"席丰翼手旗回复,方啸云高声道:"传我的命令,升P旗!"席丰翼一直惦记着顾老轨出逃,此刻早已按捺不住,说道:"现在可以走了。再不走警察就会来啦!"方啸云叮嘱道:"可以升火,随时动体,但是必须等到天黑。"席丰翼心急火燎,不住地踱步跺脚。

"黎明"轮上一派繁忙,也在做出海的准备。周禀赋、周东清正在加固甲板上一台体积巨大的汽轮发电机。刘焕然看到"海连"轮上P旗高高飘扬,惊呼道:"杨老板,王公了。快看,'海连'轮升起P旗!"

席丰翼急切盼望太阳早点儿落山,紧盯着码头看。忽见一个人,不禁倒吸一口凉气，慌忙道："坏啦，宋卫锦来了！肯定顾老轨把我们告发了！赶快起锚！"方啸云道："只有他一个人，不太像。我去挡住他，你和马钧看我眼色行事。万一警察来抓我，你们不要管我，即刻起锚离岸，冲出鲤鱼门。"

方啸云把宋卫锦堵在岸上，问道："宋代表，好久不见，你去哪儿啦？"宋卫锦答道："高司令抽调我去帮忙，这回奉高司令之命前来查明真相。为什么一再借故推托返穗，你是不是图谋不轨？"方啸云道："你可不要诬陷好人。胡经理要我们把两航的飞机发动机运走，有他的电报做证。再说我们确实在抢修故障，不信我带你去看。"方啸云接过宋卫锦的藤条箱，上船交给席丰翼，并给他使眼色，然后带宋卫锦走向机舱。路上遇见叶杏娣，宋卫锦嬉皮笑脸道："叶姑娘，越来越漂亮了。没事过来坐。"王春迎、张承恩对他的出现感到诧异，嘀咕道："这不是宋代表吗？怎么又回来了？"新轮机长张俊根领会船长的暗示，一一列举机械故障，满是专业术语。宋卫锦似懂非懂，看不出破绽。方啸云又带他去船艏。昏暗的走廊里堆满油漆桶，不知从哪儿吹来阵阵阴风，宋卫锦感到一阵莫名的恐惧。还没回过神来，就被席丰翼和马钧一把拉进锚链舱，顺势捆上。宋卫锦挣扎着叫道："妈呀，你们竟敢抓我特别党部代表，要造反啦——"马钧把抹布团塞进他的嘴里道："抓的就是你这个档部的××代表。"厚重的铁门"咣当"一声关上。

方啸云下决心道："咱们一不做二不休，真的造反了。"席丰翼也同意道："开弓没有回头箭。既革命，无惧死。"马钧也响应道："咱们南海三结义，不求同生，但求同死。"三人泣泪相拥道："愿苍天佑我——来生来世还做兄弟！"

路灯亮起来，招商局大楼最后一盏灯熄灭。方啸云下令："起锚——"

"海连"轮在暮色笼罩下，有如黑色幽灵飘忽离开码头，无人察觉。

王民安说道:"船动了,按照惯例,要向出发港和目的港发出电报。"马钧按住他的手说道:"这次不同!从现在起,没有船长和我的命令不得发报。"

前方信号灯闪烁,席丰翼说道:"鲤鱼门信号台询问我们是什么船?"方啸云用2节电池的小手电筒发出微弱的灯光信号"…#@&¥*…"连席丰翼都看不懂。紧接着又是一组信号"…*&¥#%…"被发出,反复数次后驶出港界,信号台始终没搞清到底是谁。席丰翼突然喊道:"快看,有灯语。他祝我们一路顺风。他是谁?"黑角头一个极不显眼的灯光在闪烁。方啸云发出明亮的灯语:"谢谢,为了胜利的明天——"同时回答席丰翼道,"他是我们的革命领路人。"

夜空星光灿烂,钱琳、王昭基、刘焕然立于岩顶为"海连"轮壮行。

方啸云把甲板部都召集到海图室,下令道:"过一会儿将有重大的事情发生。二副于瑞祥负责驾驶,三副张忠寰保证安全,孙信柞操舵。"他把海图上原先蓝笔画的从香港驶向汕头的航线,中途用红笔改为东南,指着分叉的地方说:"这里是转向点。船行至横栏灯塔左横时,立即向我报告。"他又把席丰翼、马钧、张俊根、韦力勉叫进船长室,说道:"决战的时刻到了。你们分头通知下去,并且掌控好自己的部门。10分钟以后开全船大会。"

方啸云出现在门口,高级船员休息室里安静下来。他庄严宣布:"'海连'轮起义!从今天起脱离国民党政府,开往解放区!"语出惊人,有如晴空霹雳,举座皆惊。方啸云接着道:"抗战胜利以后,人民渴望和平,可是等来的是连年内战,饿殍遍野,物价飞涨,民不聊生,民主权利被剥夺。我们海员饱受军队的欺负,背井离乡,骨肉分离,我们能答应吗?"马钧站起来响应:"坚决不答应!我们要回家，打回老家去！"叶杏娣想说话被叶阿东拉回来。席丰翼接着说："这个罪孽的王朝眼看就要完蛋了，我们要认清前途，不当殉葬品。方船长带我们走的是光明之路。"场下开始活跃起来。

张承恩大喊："我的妈呀，你们怎么敢叛党叛国呀？不要命啦！任凭你跑到什么地方，轰炸机都能追上，咱们就全都喂王八啦。"王春迎也帮腔："方船长昏了头，千万别听他的。"黄宝荣拉过张承恩说道："你们都少说话，听大家怎么说。"席丰翼："你们不就是害怕飞机吗？我们早就计划好了，把轮船伪装成一条外国轮船。再有，我们绕开台湾远走太平洋，谁也发现不了。"张承恩挣开黄宝荣，跪地大哭道："船长呀，万一有个闪失，全船五十几个人就全都完蛋了。求你把船开回去，我保证不对人讲。"叶杏娣站起来说道："亏你们还是男人，真没出息。连我一个女人家都不怕，你们怕什么？"王春迎说道："智者千虑难免一失，一念之差抱恨终身！要不把我们中途放下，就好像什么也没有发生。"你一言我一语，难分高下。

为什么拥护起义的一方总不占优势呢？方啸云环视一周发现了问题，把马钧叫到走廊，问道："怎么甲板部、业务部缺那么多人？你赶快去搬救兵。"

张承恩四下张望道："宋代表哪儿去了？明明看见他上船了呀。"王春迎也附和道："是啊，这个时候，他应该出来说话呀。"张承恩转头道："还有你们。阿黄哥、饭老板、厨师长，你们到底是哪一头儿的？"张承恩看见方啸云手插裤兜返回休息室，如遭电击，惊恐地把王春迎拉回座位，低声道："坏了，方船长把手枪带来了。"王春迎问道："你怎么知道？"张承恩说道："孙信祚亲眼看见他挎过一把手枪。你忘了，有人送给他一个大麻包，沉甸甸的，里边肯定是手枪。"王春迎恍然道："怪不得见不到宋代表，原来已经被枪毙了！"

"砰"的一声，马柏根把大门撞开，叫道："我看哪个敢反对方船长？"韦力勉领着业务部的人赶到，进门说道："我们来啦！谁说了什么让我们听听！"马钧守住大门，不时向后张望。张承恩说："我说什么来着？方船长早有准备，马钧的后边还有埋伏。"方啸云斩钉截铁地说道："我起义的决心已下，谁都休想让我改变。万一起义失败就枪毙我一个人，绝不连累任何人。"

席丰翼、马钧、马柏根、韦力勉、叶杏娣有节奏地呼喊："起义，起义……"声浪一阵高过一阵。张承恩和王春迎蜷缩成一团，再也不敢出声。

于瑞祥以军人姿态跑进来敬礼报告道："报告船长，横栏灯塔正横！"方啸云命令道："我宣布'海连'轮起义。改向113°，驶向巴林塘海峡。"于瑞祥立正敬礼答："是，改向113°，驶向巴林塘海峡。"转身退下。叶杏娣看手表说："现在是1949年9月19日晚上9点钟。四九三十六走为上。再加一个九为至尊，不正应了上上卦的大吉大利嘛！"

船员们手臂挽着手臂，人人感觉到"海连"轮正在大幅度地向东转向。

方啸云宣传："起义到达解放区以后，船员们在政治上、经济上、工作上的利益都会得到保障。原来的工薪和待遇保持不变，个人私有的金银、外币、财产一律免税。愿意参加工作的欢迎留下，想回家的发给路费。我说的都是共产党的政策，我们是共产党领导的起义。"马柏根说："哈哈，怪不得呢，原来你参加共产党了？"方啸云说："起义以后的第一件事，就是把'海连'轮伪装起来。由席丰翼大副做详细介绍。"

席丰翼挂出图像，一一加以说明。涂掉烟囱原来的一圈儿黄杠，改为2条白杠，之间用白色油漆写上一个人人的斜体字母M，船舷原来的一道黄线改为一道白线，船名改为MARY BRIDE，船尾注册港名写作HONG KONG。船头的两个救生筏收到货舱里，船尾的放倒捆紧，用苫布遮盖。全船旋即总动员，热火朝天，挑灯夜战。最难的是给烟囱涂漆。高空巨大的摆幅使身体无法固定，孙信祚的臂膀被严重烫伤。其次是拆救生筏。角钢做的支架无比坚固，折断了十几根锯条还纹丝不动。黄宝荣改用钻头钻出一排孔洞，然后强力拉倒，大大加快了进度。"海连"轮一夜之间变成"玛丽布莱德"号。

韦力勉打开锚链舱，宋卫锦惶惶然地问："你们……你们要干什么？"韦力勉给他松绑。长时间的捆绑，宋卫锦全身僵死，嘴上哼哼着："哎哟，疼死我了。"方啸云扔过一条毛毯道："告诉我，你把刘冬黎搞到哪儿去了？"宋卫锦问："刘冬黎？他怎么了？我——我不知道哇。"方啸云说："我不是一个有耐心的人。我给你三次机会，这是第一次，回答我。"宋卫锦仍旧装傻道："我不明白你的意思……"方啸云说："既然不说，那我走。你可想好了，只剩下两次了。"

天亮后，方啸云来到电报房问："有什么新消息？"马钧说："在招商局内部频道上，有一个神秘的电台以我们的名义发电报。说'海连'轮20日离港……哎，咱们不是昨天——19日晚上走的吗？"方啸云笑道："这就对了。它这样做，使招商局误以为我们天亮才走，为我们争取到12个小时的时间，已经跑出100多海里了。"马钧恍然道："我懂了，这就是你说的瞒天过海之计？"方啸云说："是的。现在你把这封电报发出去，内容是：'汕头招商局，主机滑动气门调节阀发生故障，在同安湾抛锚修理。'"马钧不解地问："我们不在同安湾，也没有抛锚呀？"方啸云说："这是声东击西之计。让招商局误以为我们真的停留在同安湾。党组织收到这封电报，就知道我们已经宣布起义了。"

方啸云和席丰翼检查轮船伪装效果。发现桅杆顶部的油漆没有刷匀，是个明显的漏洞。叫来马柏根爬上桅杆，把缺陷修补上。走到船尾他们大吃一惊。放倒的救生筏有一只不见了！方啸云怒道："怎么搞的？难道是有人故意放掉的？"席丰翼不以为意，道："不就是一只救生筏吗？有什么可担心的？"方啸云说："按照国际惯例，任何人在海上发现可疑漂浮物，都要向国际海事救援中心报告。救生筏上写有我们的船名，那会暴露我们的行踪。"席丰翼咬牙道："准是张承恩他们干的，要不要把他们抓起来？"方啸云说："你只是怀疑，没有确凿的证据。他们要是不承认怎么办？只能加强警戒，暗中调查。"

方啸云赶到电报房说："昨夜丢掉一只救生筏，后果非常严重。你用原来的电台监听招商局的动态。再用新电台，固定国际海事救援中心的频率，监听它的信号。固定另一个频率，呼号ANOR，给它发这封电报。"

马钧把电报发出去。接下来就是静观反应。等待，等待，焦急地等待，两天两夜不敢合眼，每次天电干扰都使人心惊肉跳。那个假"海连"在招商局通讯频道上，有规律地上下午各发一封电报。第一封说估计明天可修妥，到港延期。第二封说"海连"轮即将修妥试俥。第三封说经试俥仍有故障，第四封说主机仍不能正常运转……这3天"海连"已经绕过巴林塘海峡，航行到台湾岛东部。马钧问："这个假'海连'是谁？"方啸云说："他是我们的守护神。掩护我们真身逃脱。拖得时间越久，我们走得越远。"

到了第四天头上，已是人困马乏。方啸云说："估计没事了，电报房轮流值班，其他人都休息吧。"新电台突然发声，马钧惊叫道："国际海事救援中心明码电报：南非货船'德班之鹰'号在中国东沙群岛以北52海里处发现一只中华民国'海连'号轮船的救生筏。请过往船只参与搜索幸存者。"方啸云一拍桌子道："要坏事！还是没能躲过去！"马钧问："那可怎么办？"方啸云说："马上回电报，'海连'号轮船平安无事。"马钧准备发报，新电台突然发声："注意听，有人呼叫国际海事救援中心……它说：我'海连'轮不慎失落救生筏一只，请移交香港中国轮船招商局有限公司。谢谢。

跟我们的意思一样。"方啸云说："乖乖守护神。及时出手相救。"马钧奇怪地问："又是守护神。他怎么知道我们遇险了？"方啸云解释道："我不是让你给ANOR呼号发过一封电报吗？"马钧又问："他为什么这样回答？"方啸云说："为的是抢先把公告拦截下来，不要它继续发声，防止招商局获知消息。"马钧接着问："这么说我们的危机过去了？"方啸云说："但愿如此。你们继续监听。丢失救生筏，说明有人暗中破坏。电报房是全船的神经中枢，必须加强保卫。你安排马柏根、叶师傅、叶杏娣三个人轮流警戒。"

韦力勉打开锁，方啸云、席丰翼走进锚链舱，宋卫锦吓得缩成一团。方啸云再次问道："你都想好了吗？你把刘冬黎怎么了？"宋卫锦狡辩道："方船长，你们搞错了，刘冬黎和我没有关系呀。"方啸云说："我这是第二次问你，刘冬黎是你害的吗？"宋卫锦答非所问地说："保密局找我核实过。刘冬黎私藏禁书，偷听敌台，传播道听途说，秘密成立社团。"方啸云说道："那也不至于灭口呀？"宋卫锦一惊，脱口而出："灭口？你怎么知道他死了？不不，我没有杀刘冬黎。"方啸云说："你顽抗下去就是死路一条。我们航行5天了，想想看该到哪儿了？"宋卫锦说："去汕头用不了5天。啊——你们要叛变投敌？"方啸云说："明白就好。你只剩下最后一次机会了。"锚链舱的大门"咣当"一声重新关上。

9月25日，起义第6天。方啸云打开广播对众人宣传："我们走过大半路程，进入琉球群岛，应该说已经远离危险了。现在解除戒严，可以上甲板自由活动了。"船员们走上甲板，活动肢体、吸烟、跳绳、晒太阳……

韦力勉惊奇地叫道："快来瞧，这里的海水怎么是黑色的？"方啸云说："西太平洋有一股流势强劲的日本暖流，从赤道发源向北，经过菲律宾、台湾、琉球群岛，直达日本群岛东南岸。由于颜色呈黑色，也称作黑潮。英文是Black tide，日文是Kuroshio。我们顺着黑潮走，既远离大陆,又能提高速度,节省燃料。"黄宝荣、马柏根、叶杏娣抬出一张方桌,方啸云问道:"你们这是要干什么?"黄宝荣说:"我们打算做一件精致的礼品献给毛主席。"叶杏娣说:"我们设计一个舵轮,把他比作航船上的舵工。再设计一个救生圈,把他比作海上救星。"叶阿东补充道:"还应该写上起义的过程,附加全体船员的姓名。"马柏根突然叫道:"船长快看,前方海面有一艘大船,旁边有好多小船。是不是碰上航空母舰了?"方啸云举起单筒望远镜反复看,说道:"我怎么看怎么像子母船。"

突然,一架飞机带着轰鸣声从轮船上空掠过。张承恩面如土灰,惊恐地喊道:"啊,我说什么来着。轰炸机!这下子跑不了了。"船员们惊恐四散。张承恩爬上桅杆挥动白手帕,高声叫喊:"别轰炸,我们投降——"方啸云冷静观察,说道:"看清楚没有?那是美国飞机。"王春迎说:"美军和国军是盟友。肯定是国军要它来轰炸的。"方啸云道:"再仔细看看。那是侦察机。"方啸云把英国国旗抛给王春迎吩咐道:"去,把它铺开。"王春迎愣着不动,叶杏娣把米字旗展开。侦察机再次低空飞临,摆动翅膀,拉高远去。方啸云分析说:"国军飞机飞不到琉球群岛,只能是从航空母舰起飞的美国飞机。"张承恩还在桅杆上。马柏根仰头对他叫道:"小瘪三,还不下来?尿裤子了吧?"张承恩反驳道:"你才尿裤子呢。"叶杏娣讽刺道:"真丢人,亏你还是个爷们儿。"马钧跑来报告道:"船长,我抄到香港的气象电报,台风可能登陆潮汕。"方啸云说:"真是天助我也。他们再也顾不上我们了。"

滔天巨浪把"黎明"轮抬升到半空,又重重地摔进谷底。甲板上巨大的汽轮发电机左右摇摆,扯动缆绳,渐渐移位。周禀赋和周东清冒着被激流卷走的危险,顽强地与风浪搏斗,最终把机组加固住。刘焕然问:"你们还记得遭遇台风怎样处置吗?"刘心澜答道:"第一时间躲进最近的避风港。可是最近的避风港是汕头,胡琏的第12

兵团就在那里,进不去。"刘焕然说:"现在风向是顺时针,气压下降,风力增大,说明我们处在台风的危险半圆的前半部。听我的命令,以船艏右舷顶风全速航行!"与风浪抗争了一整夜,几度倾覆,又几度起死回生,终于闯出台风旋涡。

9月26日,起义第7天。马钧截获招商局台北总管理处发给香港招商局的电报:"'海连'轮主机失灵,现在同安湾抛锚修理,不能应差。请香港招商局另派'蔡锷'轮替代去汕头,顺道查看'海连'轮是否需要帮助。"方啸云感叹道:"是啊,7天了,捉迷藏也该结束了。"马钧问:"怎么回复它?"还没等方啸云说话,替身马上回复:"主机已经修妥,明日抵港。"

方啸云回到船长室,深情地凝望着刘冬黎的照片。他的目光落到宋卫锦的藤条箱上,打开一件件翻看。一个柯达胶卷盒有些异样,从里面倒出一个纸卷,是国民党保密局情报员的证件,上尉军衔,编号——5814,记录两次立功嘉奖。方啸云猛拍桌子骂道:"混账东西——这回看你往哪里逃!"方啸云带着席丰翼、韦力勉、马柏根走进锚链舱:"这是第三次,也是你最后一次机会了。"宋卫锦魂不附体,声音颤抖着问:"你……要我说什么。我……什么也不知道哇……"方啸云说:"还等什么?是等着保密局来救你,我们的5814号上尉情报员?"宋卫锦如遭雷击,顿时瘫软下来。方啸云变色道:"丢到海里去!"宋卫锦浑身哆嗦,乞求道:"方船长饶命……他是我告发的。我告他私藏禁书,偷听敌台,传播共匪宣传。我还……还谎称他秘密结党,阴谋投敌……高司令把他秘密逮捕了,是死是活我也不知道哇。"方啸云命令道:"把你说的都写下来。但凡有一句假话,我们绝饶不了你!"宋卫锦连连道:"船长饶命——我说的都是实话,我也是奉差行事呀!"

9月27日,起义第8天。广播传来席丰翼的声音:"请全体船员到干舷甲板集合。"席丰翼支起一张彩色图画说:"'玛丽布莱德'号是一艘在香港注册的英国轮船,出现在朝鲜海域会引起怀疑。我们必须再做一次伪装,把它改成巴拿马船籍'安东尼亚'号,就是这张图的样子。"张承恩问:"怎么,咱们要去朝鲜?也好,我这辈子还没吃过狗肉呢。"

驾驶室的话筒里传来马钧兴奋的呼喊:"方船长,你快来,招商局的电台乱成一锅粥了。"方啸云赶紧跑进电报房,马钧说:"'蔡锷'轮向台北总管理处发电报,说航经同安湾并未发现'海连'轮。总管理处下令所有航行中的轮船共同呼叫和搜索,特别命令汕头招商局将他们和'海连'轮往来的电报收集整理,速报台北。是不是乱成一锅粥了?"方啸云说:"敌人很快就会明白是怎么一回事,这也意味着全面搜索和疯狂报复开始了。"

太阳偏西,改装工程完成。船员们欣赏夕阳晚霞的美景。韦力勉打开锚链舱门,把饭菜放到地上,问:"你的交代材料写好了吗?"宋卫锦递上几页纸,说道:"写好了。韦主任,我们这是要去哪儿啊?"韦力勉说:"这不该你问。你应该想想怎样彻底交代罪行。"突然传来席丰翼的广播:"前方发现不明目标……所有人立即撤离甲板……"大家赶紧返回舱内。锚链舱没有喇叭,韦力勉听不清,把舱门开大,侧耳倾听。宋卫锦绕到他的身后,抡起双拳猛地把他击倒,又狠踢几脚,把他捆住,从外面把舱门锁上。

轮船走廊里堆满空油漆桶,通道狭窄。宋卫锦左躲右闪,顺手摘下一把消防斧。叶杏娣独自坐在电报房外打毛线。宋卫锦从背后摸过去,恰逢马柏根进来,他慌忙抽身躲避,碰倒空油漆桶。"谁?"马柏根和叶杏娣循声追过去,空桶在地上滚动,却不见人影;"肯定有人,咱们分头找。"

太阳西沉逆光,好不容易才分辨出来,方啸云和席丰翼几乎同时喊出来:"是'太康'号!"方啸云下令:"转向40°,改向朝鲜镇南浦港。"

宋卫锦向下层轮机舱摸去，试着搬动一个阀门，一股灼热的蒸汽直喷他的脸上，他疼痛难忍，双手掩面蹲在地上。叶杏娣追来不见踪迹。

韦力勉苏醒过来，艰难地挣扎，脚踢舱门。马柏根经过锚链舱，听到动静，找来消防斧砸断门锁，扶起韦力勉。韦力勉喊道："宋卫锦跑了，不要管我，快……快去追……"马柏根还是把韦力勉背到电报房。

宋卫锦下到底舱，搬动通海阀。通海阀长年不用，一己之力根本搬不动。他找来撬棍把通海阀撬开，海水哗哗涌进，很快淹过底舱，流向锅炉间。炉火烧得正旺……宋卫锦丢弃撬棍，窜上后甲板。天色已经全黑了。救生筏是唯一逃离的工具。他从救生筏中取出应急背包，斜背在身，动手砍断缆绳。救生筏被几股缆绳挂住。他攀上高处把绳索一一砍断，不料救生筏却掉落海中，瞬间消失在黑夜中。宋卫锦捬膺顿足，叫苦不迭。他忽然看到远处有舰船发出亮光，于是攀到高台，从应急背包中取出求救火箭弹点燃。火箭信号弹在高空爆炸，照亮了海面。

闪光和爆破声惊动了方啸云和席丰翼："怎么回事？是谁？"紧接着又是一枚火箭升空爆炸。"太康"舰掉头驶来并发出灯语。席丰翼说："它问咱们是什么船？发生什么事？"马柏根跑来报告："宋卫锦打伤韦力勉跑了，火箭弹是他发射的。"方啸云喊道："回答它，我是巴拿马轮船'安东尼亚'号，正在试用库存信号弹。一切正常。"同时命令席丰翼道："你们快去抓宋卫锦！"马柏根和席丰翼分头向宋卫锦包抄过去。

王春迎发现海水漫进机舱，正逼近炉火，急呼："老轨，快来呀，机舱进水啦！"张俊根问："怎么回事？"王春迎说："不知道，水流很快，像是通海阀被人打开了。"张俊根立刻布置道："叶师父留下，千万不能让锅炉进水。二管轮三管轮，你们架设水泵抽水。

张承恩跟我去底舱！"

海水逼近熊熊燃烧的锅炉，叶阿东忍着高温，用沙袋挡住炉口。黄宝荣和王春迎迅速架设水泵抽水，水位上升减缓，但仍然慢慢逼近锅炉。张俊根和张承恩下到底舱，那里已被海水淹没。他们几次潜水下去，虽然摸到通海阀，但是阀门极其沉重，纹丝不动。张俊根下令："你我憋住气，一同下潜。"他俩吸足了气下潜，合力搬动阀门，终于把通海阀关闭。

宋卫锦用手电筒连续发出 SOS 信号。"太康"舰灯语问询："你船是否需要帮助？驶往哪里？"方啸云发现船尾高处有电筒光，打开广播喊话："宋卫锦在船尾发信号，赶快抓住他！"他命令张忠襄道："回答'太康'舰，谢谢，我船驶往朝鲜南浦港，正在演习救生。""太康"号发来灯语："祝一路顺风！"掉头返回。包围圈步步紧逼，宋卫锦抓住一根绳索溜下去，绳索突然断掉。随着一声惨叫，消失在飞溅的浪花之中。

席丰翼回到驾驶室，报告道："宋卫锦死不投降，掉到海里去了。"方啸云说："罪有应得！总算为刘冬黎报仇了。转向280°，目标大连！"孙信祚应声答道："是，目标大连，280°转向。"广播系统没有关闭，所有人都听到了，也第一次知道航行的目的地。"大连？我们要去大连？"马柏根自言自语道："怪不得改名'海连'，原来早就命中注定了！"大家手挽手，像宣布起义时那样，感受着轮船大幅度转向，心潮澎湃。

方啸云回到船长室，点燃一支香烟，放在他和刘冬黎的合影前，注视良久。然后起草电报："'海连'轮将于28日晨抵达大连。"

9月28日，起义第9天。旭日东升，朝霞满天，"海连"轮英姿勃勃地前进。前方现出大连港城市轮廓。方啸云："升国际信号旗PRB！"

信号旗高高飘扬，迎风招展。可是港内长时间没有反应。

"再升G旗！"一艘快艇高速驶出港口，一个苏联人登船："我是大连港务局监督长兼引水员。请问'安东尼亚'号是巴拿马轮船吗？你们请求进港吗？"方啸云说："我们是中华民国招商局的轮船'海连'号，现在投奔共产党来了。"引水员问："到底是巴拿马还是中华民国，我听不懂？"方啸云手指《中国共产党章程》的镰刀斧头："同志，我们是共产党。"引水员："怎么又是共产党？"方啸云急得直挠头："怎么才能叫你明白？"

又一艘快艇高速驶出港口。徐启明和一位苏军将军一同上船，问道："你是方啸云同志吗？我是德润公司驻大连代表徐启明。我在山头上等了一个晚上。一看到PRB旗就飞跑下来，欢迎你们胜利归来！"只见船上欢声雷动，帽子高高抛起，众人喜悦地高呼："胜利了，我们胜利了！"方啸云取出密封信交给徐启明道："刘焕然同志嘱咐我交给你。"徐启明说："好的，我收下。苏方有碍于和国民政府签订有友好条约，不宜公开接纳你们，但是允许你们进港卸下货物，补充生活物资，3天后在港外锚泊。这位苏军将军带领你们进港。"

"海连"轮靠岸，中共旅大区领导同志送上鲜花祝贺道："旅大区党委和行政公署祝贺你们起义成功。稍后安排你们入住东方大旅社，晚上市政府在中西大菜馆举行欢迎宴会。"方啸云感谢道："谢谢各位领导。先不忙下地。我们有三样见面礼要献给祖国。第一件，起义胜利纪念铜盘！"叶杏娣掀开红盖头，展现出一个亮晶晶的长方形铜盘，念道："敬献毛主席，你是新中国的舵工，你是人民的大救星。"方啸云接着说："第二件，48台飞机发动机。这是我们代收中航和央航的，献给祖国的航空事业。"马柏根操纵吊杆，从舱底吊起一个个沉重的木箱。方啸云接着说："第三件，'海连'轮全体船员给毛主席的致敬电。"席丰翼和马钧展开一张红底金字的大字报，叶杏娣高声朗读："敬爱的毛主席：我们'海连'

轮原是人民的运输工具,可是自上海解放以后,给国民党反动政府用在违反人民利益的任务上。我们全体船员,被迫在船上替死党工作,内心痛苦异常,渴望解放已久。这次在港汕踩差途中,因具有充分的长途航行之燃油、水、食粮,故毅然于九月十九号下午九时正式宣布解放,首途归航。于九月二十八日晨安全到达东北。现在'海连'是重归人民所有了。此后在主席英明领导之下,我们愿为全面解放事业与人民航业尽最大努力。敬祝康健。海连轮全体同人上。"

方啸云补充道:"我们还有《告国民党招商局、台湾航业公司》和《各官僚资本轮船公司的海员书》。"徐启明高兴地接过,说道:"好好好。我一定代你们转达。"

船员们参加数日欢迎活动后,苏方领港安德烈耶夫指挥"海连"轮在港界处抛锚,说道:"这样既不违反两国条约,国民党飞机又不敢来犯。"

各大报纸报道了"海连"轮抵达北方某港口,以及全体船员给毛主席发致敬电的消息。台北总管理处终于明白发生了什么事,曹胜志赶紧给广州国民政府交通部部长端木钧发去电报:

> 据侧面情报,共方派有多人在港,尽量向各公司发动船员转向北归。最近本公司之"海连"轮,亦系由港赴汕而至失踪。据港方情报,谓已驶达营口,已另文呈报东南军政长官公署和空军派机侦察,如有发现,立即炸毁,以惩不法,而儆效尤。

国民党空军倾巢而出,出动飞机搜索大陆沿海港口,重点是营口和葫芦岛,却一无所获。侦察机几度飞临大连,在港界处看见有挂巴拿马船旗的"安东尼亚"号轮船,疑似"海连"轮,却不敢近前确认,盘旋数圈后离去。

甲板布置成会场,在徐启明的主持下召开民主评功大会。评选方啸云特等功，席丰翼和马钧甲等功，张俊根、马柏根、于瑞祥、韦力勉乙等功，王民安、孙信祚、黄宝荣、叶杏娣丙等功，其余船员都获得嘉奖证书，所有人的家里都寄去喜报。方啸云在热烈的掌声中讲话："给我评为特等功实在不敢当，要是没有全体船员的共同努力，起义是不会成功的，应该给全体船员记集体功。"张承恩跑出来，跪倒在地忏悔道："大家都有功，而我有罪呀。救生筏是我偷偷放掉的。我心里害怕，以为逃不过轰炸机，差一点儿破坏了起义，非常后悔。请你们处分吧。"方啸云安慰道："不要这样说，思想转变有一个过程，这和特务破坏是两回事。你和三轨不但完成了本职工作，还积极参加抢险，也是有功的。"徐启明说："你能主动交代，就说明已经觉悟了。党组织既往不咎。你不要背任何思想包袱，放心去工作吧。"黄宝荣说："正应了算命先生的话。平日里你总是莽撞做事，事后追悔不已。人家给你指出，'若得贵人相助，尚有峰回路转之机'。方船长就是那个贵人。"

徐启明面向众人发言道："我代表旅大区党委和行政公署宣布几项重要的事情。第一，毛主席收到你们的致敬电，并且回电祝贺起义成功。第二，'海连'轮归入大连轮船公司编制。第三，发给'海连'轮全体船员奖金，总数30万东北币。第四，我们提名，推选方啸云船长为全国劳动模范，出席第一届全国战斗英雄、劳动模范代表大会。第五，明天下午三点整，首都北京将要举行中华人民共和国成立大会。旅大区党委决定，'海连'轮与天安门广场同时升起新中国的五星红旗。请方船长受旗。"方啸云庄重地接过旗帜，徐启明继续说道，"方啸云同志，我正式通知你，从你到达大连的那一天起，你就已经成为一名光荣的共产党员了。你交给我的那份文件，就是德润党总支写的组织介绍信。席丰翼和其他同志的组织问题，交由大连轮船公司考察解决。"

10月1日，起义第12天。"海连"轮身披满旗，船员们早早集合在船尾旗杆前，盛装迎接伟大的时刻。"黎明"轮抵达大连，在港界处与"海连"轮相会。两艘英雄船如同双子座紧紧靠帮，昂首挽臂，尽展雄姿。刘焕然和周禀赋跨到"海连"轮上，方啸云张开双臂，与他们紧紧拥抱在一起，方啸云道："历尽劫波，今又重逢。可堪回首，恍若再生。"刘焕然接着道："古来青史谁不见，今见功名胜古人。祝贺'海连'轮起义成功。祝贺你实现了第一个升起新中国旗帜的愿望，梦想成真。"方啸云招呼全体船员，说道："都认识他吧，厦门港的刘领港。他就是我们的革命领路人！带领我们唱海上斗法的大戏！"船员们向两个比肩而立的英雄船长报以热烈的掌声。"原来是刘领港呀，还有周三副。当然认识。"喇叭里传来天安门广场的喧闹声和雄壮的军乐声。徐启明道："开国大典 15:00 举行。为了不影响收听中央人民广播电台的实况转播，我们提前 3 分钟升旗。请方啸云船长下达命令。"马钧、叶阿东、叶杏娣三块手表指向 14:57。方啸云命令道："庆祝中华人民共和国成立，我宣布，升国旗——"五星红旗冉冉升起，全体船员敬礼，合唱《义勇军进行曲》，与天安门广场的军乐和礼炮声融为一体。毛泽东主席庄严宣告中华人民共和国中央人民政府成立久久回荡。

  星闪闪，月灿灿；风潋潋，波澜澜。壮哉首航展风帆，建功立业报拳拳。

  海之骄子凌云志，长天一啸跃龙潭。起锚！驾风驭浪旌旗高悬。凯旋凯旋！

第二部

君不见黄河之水天上来,奔流到海不复回。
君不见高堂明镜悲白发,朝如青丝暮成雪。

1. 十三艘轮船一条心

收音机中传来:

下面全文广播"海连"轮全体船员《告国民党招商局、台湾航业公司和各官僚资本轮船公司的海员书》……我们"海连"轮在10月1日已挂起新中国红底五星国旗,我们是何等的兴奋与快乐!你们大多数的家属和亲友都在解放区,他们都希望你们回来。你们到任何解放区港口,都会受到最热烈的欢迎。你们的行动绝对自由,生活绝对保障,私人财产绝对保护。归家的旅费等一切都由人民政府发给。诸位,快些觉悟,把船开回来吧!不要再迟疑了……

电波传遍天涯海角。"海连"轮胜利起义的消息不胫而走,已经成为漂泊在外的船员公开议论的话题了。

曹胜志拨通电话,说道:"喂!无线电总台吗?我是曹胜志。

我命令你立即向全局发出紧急通电:令招商局所属轮船每4个小时报告一次船位,完成本航次后即刻返回台湾,没有港口司令签发离港证一律不准出海,不准停靠香港……"他拨通另外的电话,说道:"喂,海军部桂司令吗?'海连'轮倒戈哗变,卖主求荣。发表告海员书,蛊惑人心,策动反叛。我请求海空军立即出动飞机军舰,封锁大陆港口。凡有叛逃者,一律炸沉。"

桂永清保证道:"曹老弟放心,我们海空军全天候出动。我倒要提醒你,共产党又盯上香港了。那里有十几个像资源委员会、中国银行、中航央航那样的国民政府大机构,特别是你们的轮船招商局,它们都是党国的命脉,绝不能落到共匪手里。蒋总统极为挂牵,下令保密局成立香港特别行动部,批给毛人凤局长专项资金。你快去跟他联系。"曹胜志应道:"好,我这就去。"

黄国玺师长率领第四野战军补充二师越过南岭,昼夜追击国民党残匪。张家宝依仗其绝前空后的第三十七计,始终保有完整的建制,提升为第39军军长。衡宝战役国军全线溃败,他又一次逃脱,但是被追赶得燕儿不下蛋。刘体仁副军长多次向他进言,识时务放下武器,向解放军投诚。但是他并不甘心,把太太訾云英和家财托付给武参谋,扮作难民潜逃,自己带老家底147师在罗浮山一带布防,做最后的抵抗。当解放军发起总攻时,张家宝才发现刘副军长已经率第91师、103师向解放军投诚。阵线土崩瓦解,张家宝和隋连长落荒而逃。他们倾其所有买通蛇头,偷渡到香港。

补充二师追击残匪直到深圳河,接到上级命令,即刻止步。王新整连长就地驻扎,与原东江纵队的朱大队长共同建立边防哨所。第二次世界大战后,国民政府未能接收香港,是迫于美国和英国的态度,而且发动内战也需要英国的帮助。而中共考虑的是长远的和平建设。

但是数以万计的难民仍然像潮水一样涌入香港。多数是江浙一带的豪门大户，还有惧怕共产党清算的土豪乡绅。香港住房爆棚，有钱也难觅栖身之地。街头充斥着数以千计的国军残兵败将。他们无以为生，靠乞讨或苦力度日。人前皆立有纸板，上书我是原国军××军军长、×××师师长、×××团团长，恳请施舍粥饭。张家宝和隋连长是这个行列里的新成员。

解放军三面围城，代总统李宗仁和行政院乘坐最后一班飞机逃离广州。绥靖公署主任余汉谋下令不战而退，广州警察局保安警察独立大队2000人宣布起义。"民342"轮赶在失守前接走刘宏声经理、港口司令高玉峰和广州招商局机构。难民争抢上船，拥挤踩踏中訾云英险些落水。高玉峰见其态生两靥之愁，娇袭一身之病，顿生怜香惜玉之情，伸手将她拉上来。武参谋手脚敏捷，顺势攀缘而上。10月14日广州城宣告解放。

香港招商局经理胡诗源亲赴码头迎接，设宴接风。刘宏声改任华南管理局的董事长，高玉峰等候台湾方面的任命，訾云英和武参谋无依无靠，他们都暂时住在招商局临时租用的公寓楼里。訾云英天天上街寻找夫君，还卖掉首饰，在报纸上连载寻人启事，但是苦寻多日终不得见。

大陆山摇地动，香港满城风雨。11月9日，报童起劲叫卖："中国航空公司和中央航空公司宣布起义，12架飞机抵达津京……"11月14日，报童又在叫卖："资源委员会香港国外贸易事务所员工宣布起义……"

入夜，几个黑影窜进招商局修理车间。工作台上摆放火腿肠、叉烧鹅、白斩鸡、烧腊肠和米酒、白兰地……萧师傅张罗来客坐好，说道："幸会诸位忠于党国、志同道合的义士。郭代表临危受命，召集大家来，有话要讲。"郭代表说道："我姓郭，公开身份是中华海员工会特别党部代表。今后一起共事，聊备薄酒，不必拘束。香港是大英帝国的领地，共军也只能望洋兴叹，不敢越雷池一步。

但是他们欲壑难填，觊觎国民政府在港的机构和资产，派来港澳资产接收工作团，策划和实施抢掠。继煽动两航和资委会反叛后，又得陇望蜀，把黑手伸向国营轮船招商局。蒋总统命令国防部保密局成立香港特别行动部，旨在粉碎中共的阴谋。毛人凤局长任命我为行动部委员兼轮船招商局事务专员，负责整合各支反共复国的力量，共谋大业。"

萧师傅说道："郭代表初到，不熟悉各路豪杰。还请各位自报家门，来自哪座名山，哪个府洞，师从哪位大仙。"安凯自我介绍道："鄙人安凯，从前是军统西南特区周养浩、沈醉、徐远举的部下，现在是香港警察局巡捕处华人雇员，是正式的香港警员。"杜头目自我介绍道："鄙人是原第3军军长罗历戎中将部下的少将师长，名叫杜崇欢。罗军长在清风店作战中被俘，卑职幸免于难。眼下是摩星岭葛肇煌中将14K麾下'勇'字分堆的堆主。大伙儿习惯叫我杜头目。"柴荣自我介绍道："我们特别工作组是上海警察局毛森局长去年委派的，任务是刺探有关中共伪政协的情报，遏制反叛逆流。有一员民国军学泰斗遇刺就是我们干的。毛氏登基后，我们奉命潜伏下来，在招商局轮船上当服务生。我叫柴荣，忝列组长之职，现在'济平'轮。丁阿七不幸以身殉职。这位是庄尚德，在'民342'轮，这位是张光远，在'海未'轮。"

郭代表发言道："诸位都是精兵强将，党国忠臣。大规模战争已经过去，香港是没有硝烟的新战场。我们要顺应情势，转变斗争的方向和策略。平时隐蔽，伺机出击。轮船公司与航空公司有相同的特点。一架飞机起决定作用的是机长，一艘轮船起决定作用的是船长。'两航'反叛虽然掠走12架飞机，但是还有71架飞机留下来。因此并不算他们完全成功。吸取这个经验，各位回去以后要紧紧盯住你们的船长。"柴荣问："那你呢？"郭代表反问道："难道你不知道公司的上层更重要吗？咱们上下大小一齐抓！"

国防部的征调令违背广大船员的意志，谁愿意骨肉分离，天人两隔呢？但是在武力威逼之下只能默默忍受，敢怒而不敢言。新中国的成立、新政府的召唤，给流落海外的海员带来希望。"海连"轮起义成功，更如一股春风，吹进船员们的心田。但是路途遥远，充满坎坷和危险，管理总局采取更严格的防范措施，限制出海，成为难以逾越的障碍。台湾那边不愿意去，大陆那边回不去，就只有想方设法躲到香港，静待机会。

　　"民342"轮停靠码头，张世韬看见在街头踯躅的顾昌运说道："顾老轨，快过来。你跑哪儿去了？叫我和方船长好不担惊受怕。"顾昌运抱歉道："对不起，让你担心了。"张世韬问："方船长起义成功了，不知你是怎么想的？"顾昌运说："我有我的苦衷。当初听方船长的劝，没有带家眷走。可是我的太太以为我真的去了台湾，就去找我，结果被困在那里出不来了。这几天我一直在彷徨。一头牵挂在台湾的老婆，一头牵挂在上海的父母，找不到两全其美的办法。结果身上的钱花光了。"张世韬说："原来是这么回事。其实我比你还早知道方船长要起义的。但是我等不及，坚持下地，结果航路不通没走成。方船长推荐我到'民342'轮当代理船长。既然如此，那就回来吧。回头我去跟胡经理说，留下当轮机长。至于嫂夫人，以后慢慢想办法。"说罢按响电铃，说道："服务生，你进来。"庄尚德进来，张世韬说："他是新来的轮机长顾老轨。你给他安排床位住下，通知伙房加一个人吃饭。"

　　"济平"轮奉命驶往新加坡港装运10万条麻袋。中途接到台北总管理处命令，完成本航次后直接返回高雄港，不得停靠任何港口。船到新加坡装完麻袋后，船长罗远辉找来轮机长沈兰亭、大副钱聿松商讨怎么才能不去台湾。钱大副自告奋勇去代理行讨要舱面货物，作为进香港的理由。他回来说去仓库看过，除了大约300吨木炭露天存放以外，什么也没有，只捧回一大纸箱船员们的家信。既然这样,那就把这批木炭买下来,以供应市民生火做饭和冬季取暖为名进入香港。可是钱从哪儿来呢?只能动员全体船员集资。原以为很难,结果出乎意料。家信分发下去,船员们得知家里的近况。子女上学了,街道组织家眷劳动生产,解决了生活上的困难。他们看见"海连"轮熟悉的人席丰翼、张俊根、叶师傅、王民安……带着荣誉证书和奖金荣归故里。黄铜匠和顾寡妇、马钧和叶杏娣办了婚事。方船长光荣出席全国英模大会。黄承祖代表招商局看望各家各户……家眷都盼望海员早日归来。大家情绪高涨,踊跃解囊捐款,钱很快就凑齐了。

戴汝铭说:"我和方啸云船长住邻居。要知道他走这条路,我早就跟他一起干了。说不定现在已经成功了。"严东熠说:"莫说后悔话,还是想想该怎么做吧。"戴汝铭说:"他能成功,肯定和大陆方面建立了联系。问题是到哪儿去找呢?"严东熠说:"你还记得最后一次见到方船长,他是怎么说的吗?他说在九龙的南太酒家遇见刘焕然领港,好像话里有话。"戴汝铭恍然道:"刘焕然?我怎么就没往那儿想呢!"他们立刻去南太酒家。可惜刘焕然出海去了。店老板邓星辉允诺,一有消息就会通知他。严东熠提醒说:"'海宁'轮的崔隆华船长是'海连'轮的老人,知道刘领港是方船长的老朋友,说不定能提供些线索。"他们又去'海宁'轮,结果崔隆华说自己也在找关系,同样投靠无门。还责怪方船长把他甩掉,不够朋友。严东熠又说:"咱们的业务主任老贺门路多,问问他有什么路子?"

这位贺洪山主任还真是路路通,很快就介绍来一个关系,约定晚上六点在香港利舞台电影院门口见面。毕竟人托人关系太远,戴汝铭不放心,让严东熠代他去探个虚实。严东熠回来说,此人自称是中共接收工作组的代表,姓郭,口口声声说自己参与两航和资源委员会起义的策划。但是他绝口不谈起义,却一个劲儿地追问船长是什么态度，要看支持起义人员的名单。严东熠越谈越觉得不对劲儿，怕是个冒牌货。忙碌数日一无所获，"海未"轮接到装运食糖去日本吴港的任务，又要上路了。

刘焕然去哪儿了呢？原来"黎明"轮离开大连后去日本运回钢材，11月底才返回香港。礼顿道公寓楼的阳台照例挂起G旗。俞泾妹站在阳台上观望，对孩子们说："孩子们，你们的爸爸回来了。"孩子们放下乐器，一窝蜂跑下楼，簇拥着爸爸回到家中。刘焕然先播放贝多芬F大调《第六交响曲》"田园"，再打开包裹说道："孩子们，看我给你们带什么来了？俄罗斯列巴圈、'里道斯'红肠、酒心巧克力、日本打糕、铜锣烧……"趁哥哥姐姐不注意，娃娃把一整根"里道斯"红肠喂给哈路。

同样一桌糕点摆在远东公司业务室里，大家兴高采烈地边吃边聊。钱琳说："都听我说。新中国成立以后，内地急需建设人才，尤其是经济、外事和外语。上级决定抽调王昭基和毛筠茵去中国进出口公司，高瑞祥和郑品玫去国家贸易部进出口局，林玉佩和唐素娟去上海纺织工业局……"刘焕然问："怎么一下子都走光了？咱们远东公司要关门大吉了？"钱琳说："远东船队是我们的镇店之宝，国之重器。不但不关门，反而还要壮大。你Captain继任经理，主持全面工作。刘峻基任总船长，林胜雄任'黎明'轮船长。新中国成立后，工作重心转向经济建设。德润公司地处香港，地位十分重要。国民党政权在香港有29家机构，分别属于海运、航空、金融、矿产、贸易等行业，总资产有好几亿美元。国内派来港澳资产接收工作团，负责接收这些资产，我为委员之一。这将是下一个阶段的重点。"刘焕然说道："我正好带来方啸云船长写给招商局朋友们的信，现身说法，劝他们也走起义的道路。"钱琳道："那很好。这段时间你把工作重心转移到招商局上。"刘峻基说："'黎明'轮已经装好货物，回国的同志可以搭船一起走。"刘焕然说："王公子，咱们要天各一方啦。我送你高适的一首诗吧。'千里黄云白日曛，北风吹雁雪纷纷。莫愁前路无知己，天下谁人不识君。'"王昭基回道："我回你一首王勃的诗。'与君离别意，同是宦游人。无为在歧路，儿女共沾巾。'"刘焕然道："为了表示诚意，我在南太酒家请你吃佛跳墙送别。"王昭基说道："我上过你好几回当，事到临头总是开溜。"刘焕然说："这回说话一定算数。""当真？""当真！""果然？""果然！""哈哈……"

　　远东公司员工结伴来到南太酒家。邓星辉招呼道："好久不见。戴汝铭船长是你的老朋友吧？他找过你好几次。上午还打电话问你，说他的'海未'轮下午就要离开香港，好像很着急。"刘焕然猛地站起来，说："肯定有急事。你们先吃着，我必须去找他。"王昭基拉他不住，说道："我没说错吧，还当真果然呢。"刘焕然一口气跑到码头，跳上渡轮，远远看见"海未"轮缓缓驶向鲤鱼门，急切挥手。严东熠大叫："船长，快看四约街坊渡轮，有人在招呼你。"戴汝铭遥望刘焕然向他挥手，自己只能挥动帽子回答。

　　"黎明"轮三次出港都被国民党军舰拦截，不得不返回。刘焕然问："怎么会这样？好像是专门冲着'黎明'轮来的。到底是哪儿出了问题？"王昭基白了刘焕然一眼说道："装什么糊涂，还不都是你 Captain 自己惹的祸？"刘焕然不解地问："我装什么糊涂了？没请你吃成饭就恶语相加。"王昭基说道："谁稀罕你一顿饭！"然后怪声怪调模仿道："新华社讯。著名爱国华侨领袖陈嘉庚先生参观'黎明'号客货轮。刘焕然船长率全体船员热烈迎接校主，他们全部出自集美高级水产航海学校。它是共产党的第一艘轮船，开启了新中国的航运事业……天下华人谁人不知？你 Captain 可出尽了风头。"刘焕然一拍脑袋，道："啊呀，当时只顾奉迎校主，未曾想竟埋下今日之祸根。"钱琳说道："这说明'黎明'轮的中共背景已经暴露，继续留在香港就有危险了。林船长，再过几天，找一个月黑风高的晚上偷偷出海，衔辔徐行，避开军舰。'黎明'轮回国以后就留给国家交通部再别回来了。船员全部陆路返回香港。"

刘焕然和周禀赋登上"民342"轮，恰遇顾昌运。顾昌运惊喜道："咦——这不是刘领港和周禀赋三副吗？原来你们也在香港。"刘焕然说道："顾老轨好。你怎么不在'海连'轮上了？"顾昌运说："我牵挂在台湾的太太，不得不留下。你们是来找张世韬船长吗？我带你们去。"顾昌运叩门道："张船长，有客人来。"张世韬开门，顾昌运介绍道："他是厦门港的刘领港，方啸云船长的好朋友。这位周禀赋是原来'海连'轮的三副。你调来的时候他刚走。"刘焕然问候道："张船长好，我们可以进里边说话吗？"张世韬说道："当然，里边请。"顾昌运知趣道："我还有事，你们谈。"关门后，刘焕然说："我带来方啸云船长写给你的信。"张世韬惊讶道："你从方船长那儿来？"快速浏览来信后，张世韬兴奋道："太好啦，他希望我也走起义的道路。现在我明白了，方船长说找到党组织了，就是指你。"刘焕然道："是的。方船长也说起过你，说你是他最早的起义骨干。"张世韬苦笑道："说来惭愧。当时我回家心切，急着下地，结果没走成。现在想起来真的很后悔。既然没能走成，而且我又当了代理船长，我也改变主意，争取把'民342'开回去。"刘焕然笑道："我等的就是你这句话。不过'海连'轮起义后，当局加强了管控，加上海空军封锁台湾海峡，再要单独起义已经不可能。唯一可行的就是联合所有在港的轮船就地起义。这就需要做串联工作，特别是公司上层。"张世韬说道："方船长曾经要我筹办成立海员联谊社，我至今还和他们保持着联系。"刘焕然拍手笑道："太好了，现在正派上用场。群众工作要以说服和自愿为主。有些人有实际困难，比如顾老轨，家眷在台湾，就不必强求，但是还要注意保密。"刘焕然和周禀赋离去。庄尚德认出是老对手，赶快躲起来。如今到了香港，他们互换位置，他成了怕见猫的老鼠。

招商局码头的泊位有限，多数轮船要在海湾里系水臌，人员往来乘坐定时的交通艇。有一高一矮两个中年人引起崔隆华的注意，他凑过去说道："不好意思，借个火。不是招商局的人吧？去找谁？"萧师傅说："我是港九海员工会的，姓萧。'辉煌'轮的老轨是我的老朋友，想去了解他们对'两航'和资委会起义的反应。"崔隆华问："这和你们有什么关系？"郭代表说："这两个起义就是我们策划的。"崔隆华高兴道："太好了。我是'海宁'轮的船长，姓崔。如果方便，请先去我那儿坐坐。"

崔隆华领郭代表和萧师傅登上"海宁"轮。郭代表说："我姓郭，是港九总工会的党部代表，也是大陆港澳资产接收团的委员。'两航'和资源委员会起义成功，最宝贵的经验就是首先掌握带头人。没有机长飞机是飞不走的，方啸云船长就是一例。招商局10艘轮船要起义，就必须10个船长都宣誓参加起义。我说的对不对？"崔隆华道："很对。可是我并不认识所有的船长，总不能挨个儿去问吧。"郭代表问："你能跟华南管理局刘宏声董事长或者香港局胡诗源总经理说上话吗？"崔隆华说："我跟刘宏声董事长比较熟悉，跟胡诗源总经理远一点。"郭代表说："那就麻烦你介绍我跟刘董事长见个面，我跟他当面谈。行吗？"崔隆华："好的，我试试看。"

刘焕然和周禀赋登上"济平"轮，笑道："这不是沈兰亭沈老轨吗？"沈兰亭惊喜道："哇，刘焕然？咱们有10年没见了吧？你是来找我的？"刘焕然说道："有人托我给罗远辉船长捎信，没想到碰到你。"沈兰亭："他在，我带你去。"柴荣看见刘焕然，吓了一跳，赶紧躲开。沈兰亭为罗远辉介绍道："罗船长，这位叫刘焕然，是我抗战前在九龙海关缉私舰上的老朋友。他有信捎给你。"罗远辉说道："这不是'黎明'轮管代刘一平大人吗？"刘焕然笑道："正是。罗船长好，咱们真的有缘。"罗远辉说道："日日思君不见君，共饮香江水。什么人托你捎信给我？"刘焕然开口道：

"方啸云船长。"罗远辉问道:"方啸云?你从大陆来?"说着接过信看了起来,看过信后罗远辉说道:"啊,我明白了。3个月前方船长来香港筹办海员联谊社,当时我就感觉他的背后一定有高人。难怪我看你第一眼就觉得你非等闲之辈。"刘焕然笑道:"那么请问阁下有什么打算?"罗远辉答道:"我当然照方抓药,找机会把船开回去呗。"刘焕然道:"北上之路已经被堵死,照方抓不到药了。不过香港在英国政府管辖之下,国民党不敢胡来,可以转而在香港宣布起义。最好发挥无形的海员联谊社的作用,把大家联合起来。"罗远辉皱眉道:"只是不知道公司头头们是什么态度。"刘焕然说:"这正是我们下一步的工作,一定要把他们争取过来。"沈兰亭笑道:"士别三日当刮目相看。时隔10年,你竟成了中共的代表。"刘焕然也笑道:"而你成了家喻户晓的当代鲁滨逊。过去只耳闻你的传奇故事,今天我想听你亲口讲。"沈兰亭回忆道:"这个故事我讲过有上百遍了。1943年8月15日晚9时,'雷贝利'轮在莫桑比克海峡被德军潜艇击沉。幸存的40个人中有4个英国人。我是轮机长,级别最高。我们挤在仅存的救生艇上漂泊了3天,船底被礁石撞坏,爬上一座孤岛。岛上有一艘沉船残骸、一捆橡胶和一座法国人的坟墓,碑文上写这里叫欧罗巴岛。我们从沉船上拆下材料,做成制造淡水的蒸馏器,以鸟蛋、龟肉、蛤蜊、螃蟹充饥。就这样维持了相当长的一段时间,还储存下一些干货。我们做了一条小船,水手长老张带上大家凑的300多美元和一些食物、淡水冒险出海。几天后一架飞机掠过小岛上空。我们赶紧点燃橡胶。飞机飞回来丢下一个铁罐,写纸条问是什么人?我们3个人一组躺倒,排出'雷贝利'的英文拼写SSRADBURY。第二天下午,一架飞机抛下两只装衣服和食品的木箱。又过了3天,一艘英国护航舰把我们接走,我们总共在孤岛上生活了76天。水手长老张在3天前被救起。经英国女王和首相批准,1946年,英国留沪总领事奥科登代表英国政府授予我大英帝国勋章和女王的佩剑。"

刘焕然问:"能给我看看你的勋章和佩剑吗?"沈兰亭起身取来,刘焕然和周秉赋仔细端详。勋章大体呈银色十字形,四个角都是三叉状。中间圆环内绘有乔治五世与玛丽皇后之像。与上部粉红玫瑰色丝带连接处是一个皇冠。沈兰亭解释道:"大英帝国勋章分为六等,分别是爵级大十字勋章、爵级司令勋章、司令勋章、官佐勋章、员佐勋章、帝国勋章。授给我的是第四级官佐勋章,简称OBE。"刘焕然叮嘱道:"千万保存好。你是中国海员的骄傲,希望你能再立新功。"

返回的路上经过告士打街,路边满是乞丐,人前都立有纸板,写着"祖居毁于兵燹,家破人亡。本人略通文墨,苟得立锥之地,当效犬马之劳。""本人原系州县小吏,身负历史反革命罪名,亡命来港。""本人系国军第39军少将军长。兵败妻离,祈求收留。若有破镜重圆日,必百金回报。"

周秉赋感觉眼熟,停下脚步看。张家宝和隋连长破衣烂衫,蓬头垢面。周秉赋喝道:"好你个姓张的,还有你姓隋的,你们也有今天呀!活该,罪有应得!"张家宝惶恐地睁大眼睛道:"先生何出此言?"周秉赋说道:"看仔细了,我是'海连'轮的三副。因为太太想吃面条,你开枪差点儿把我们厨师长打死。你隋连长把我吊起来鞭打,我可没忘了这深仇大恨。你们今天成了丧家之犬,真是大快人心!"张家宝和隋连长捣蒜般地作揖道:"罪孽啊罪孽。我们活该报应。"周秉赋越说越有气,几乎就要动手,刘焕然赶紧把他拉开。

香岛中学体育馆内高挂"纪念陈嘉庚校主创办集美学校36周年"会标。刘焕然、刘峻基在门前迎接客人。胡诗源入场,与刘焕然招呼道:"刘领港,你什么时候来香港的?在哪儿发财?"刘焕然取出名片,递上说道:"来香港一年多了。现在名叫刘一平,僭位远东企业有限公司经理。来，让我介绍。这位是我的上峰，香港德润公司的总经理杨老板。"然后转头向钱琳介绍道："这位是香港轮船招商局的胡诗源经理。"钱琳道："幸会。久闻胡经理大名，早想到府上拜访，一直不空。"胡诗源问道："商界传言德润公司的背景很深，跟大陆有渊源。是吗？"钱琳避重就轻道："我们跟大陆方面做生意不假。当商业代理有什么可大惊小怪的？"胡诗源道："话可不能那么说。国共两党誓不两立，视同水火。不跟共产党有瓜葛，就不可能做他们的代理。不是吗？"

刘峻基走上讲坛道："请安静。女士们、先生们、朋友们，我叫刘峻基，今天的聚会由我主持。我曾经是集美高级航海水产学校的校长，现任远东公司的总船长。今天，我们集美校友集会隆重纪念建校36周年。在陈嘉庚校主的英明领导下，经过30余年的经营，历经曲折和磨难，母校已经长成参天大树，成为全国唯一的学村。集美校友遍布香港的各行各业，而招商局是最集中的。所以特别邀请来招商局胡诗源经理。我代表集美校友向他，向所有来宾表示欢迎。下面请随意用餐。"

刘焕然说道："我去照看那边的客人，你们请自便。"钱琳和胡诗源去取食。

钱琳问："'海连'轮起义后发表告全国海员书，你们招商局反应如何？"胡诗源回答道："武王伐纣，并非胜在军力，而是民心所向，连纣王自己的军队都临阵倒戈。如今之国运何其相似。江山易主改朝换代，已是大势所趋。思念家乡，不愿意骨肉分离是海员共同的心声。尤其是收听到'海连'轮和留守处告海员书后，这个意念就更强烈了。多数人支持把轮船开回大陆，少数人还在犹豫彷徨，个别人因家眷拖累选择去台湾。我本人没有牵挂，很愿意把手下的资产交给人民政府。"钱琳笑问："我们初次见面，你怎么敢跟我说这些？不怕我告发吗？"胡诗源说道："那位刘领港是当年招商局顾问团的核心成员，他的义正词严和足智多谋给我留下深刻的印象。你是他的上峰，能和大陆那边说上话，德润公司的背景我也能猜到七八分。这是我参加这个聚会并且吐露真言的原因。"钱琳说道："谢谢你的信任。不瞒你说，我就是港澳资产接收工作团成员之一。能具体谈谈你的打算吗？"胡诗源说："困难不少。香港现在有10艘轮船，300多人，还不断有轮船找各种理由投奔过来，已经引起总管理处的警觉。当局加强控制，不经批准不准离港，限制加油加水，每艘船上都派有特别党部代表，不少人把蒋政权当作正统，人与人之间不敢吐露真言。人事、财务、业务调度都受制于台北总管理处，还有个华南管理局掣肘。我虽有此意，但是势单力薄，难以驾驭全局。当前最大的困难是经费短缺。要是接收工作团能派人来帮助我就好了。"钱琳直接道："那位刘领港是'海连'轮起义的领导人，也是我的代表，有事你可以找他。"胡诗源高兴道："刘领港？那可太好了，我们越说越近。"

　　罗远辉和崔隆华在招商局走廊里不期而遇，却走进不同的房间。

　　胡诗源见到罗远辉十分诧异地问："罗船长，你怎么没回台湾？"罗远辉说："总管理处确实给我发电报，要我回台湾。可是到了新加坡，听代理行说，香港市民烧火做饭和冬天取暖用的木炭市场缺货，于是我买了300吨木炭运来。今天向你报到。"胡诗源问："你管那么多闲事干什么？哪儿来那么多钱？"罗远辉说："仁爱之心人皆有之。我跟船员们一说，大家都很赞成，于是纷纷捐款支持。你还别说，这一趟下来，不但解了市场之急，还大赚了一把。"胡诗源说："你不必向我报到。总管理处命令你返回高雄，你还是快走吧，别给我惹事。"罗远辉坦白道："打开天窗说亮话，我就是不想去高雄才买木炭来香港的。"胡诗源说："我就知道你另有所图。连你在内又有三艘船抗命进入香港，我这儿成了招降纳叛的老窝。曹胜志必定要追究，我该怎么对付？"罗远辉说："3个月前方啸云船长来香港住在我的船上。你知道他来干什么吗？"胡诗源问："不是来取新密码本吗？"罗远辉说："表面上是的。可在暗地里却策划成立海员联谊社，宗旨是扶危济困，互助互救。不分公司，不分职务，不分工种，只要是海员都能参加。他推举我当主任委员，沈兰亭当秘书长。结果申请成立不被批准，功亏一篑。说明从那时候起他就密谋要发动船员起义。"胡诗源惋惜道："可惜他没告诉我，要是早知道我会第一个参加。我也不瞒你说，大陆港澳资产接收工作团派人跟我联系过，我已经表明了我的态度。"罗远辉高兴道："太好了。我可以借联谊社的名义把船长们重新串联起来，共同决定起义大事。"胡诗源同意道："那就说好了。你抓紧联络，找个机会让我跟大家见面。不过不要声张。"

崔隆华走进华南管理局董事长刘宏声的办公室问道："董事长，您找我？"刘宏声说："是啊，坐下说话。你是'海连'轮的老人。方啸云起义，你怎么想？"见他狐疑的样子，笑道："你别担心，还是我把话挑明。我从广州撤退回来，第二天共军就进城了，明摆着国民党的江山不保。这是因为它失去了民心，最终导致军事上的失败。你在战后拒绝重新登记国民党，所以我知道你跟他们不是一路人。现在明白我的意思了？"崔隆华道："明白了。'海宁'轮接到与'海连'轮同行去汕头接兵的军差，我感觉是个机会，就给方船长发电报称'红姑将临，如何处之，请赐教'，想试探他的态度。结果他顾左右而言他，回电说'军务紧急，君宜先行，我船修复后即刻追随'。也许他信不过我，把我支开，自己悄悄走掉了。"刘宏声问："如果我们也效仿他，你能找到大陆方面的关系吗？"崔隆华说："这也是我一直关心的问题。巧得很，我刚刚认识了港九总工会的党部代表，是他们发动的两航和资源委员会的起义。"刘宏声拍手笑道："好极了，踏破铁鞋无觅处。你能介绍给我认识吗？"崔隆华说："没问题。不过郭代表再三叮嘱我要保守秘密，不告诉任何人。"

香港14K杜头目和一帮喽啰经常下山,除了收坨地(保护费),还为了招兵买马,壮大山林。杜头目沿告士打街行走,浏览每个人的身份牌位。停在张家宝前面,哼了一声:"嚄,了不起,还是少将军长。你是哪儿的人?怎么跑到这儿啦?"张家宝说道:"鄙人江苏镇江人氏。广州保卫战,我第39军驻防罗浮山。不想副军长兼91师师长刘体仁临阵倒戈,致使我全军覆没。所幸死里逃生。现在身无分文,连老婆都丢了,只有要饭度日了。"杜头目介绍道:"鄙人是第3军军长罗历戎中将部下的少将师长杜崇欢,现在效力于三合会14K。摩星岭在黄埔名将葛肇煌中将旗下,集合了一群怀有革命理想的同志,成为蒋总统反攻大陆的排头兵。你愿意加入吗?"张家宝飞快应道:"只要有饭吃,有什么不可?"杜头目说:"我们海纳百川,管吃管住管穿衣,就是不管老婆。只要效忠党国,不忘革命,以光复大陆为己任者,都可以入伙儿。愿意的话就跟我走。"张家宝道:"好吧,就跟你走。怎么称呼您?"杜头目说:"我是14K'勇'字分堆的头儿。大家习惯叫我'杜头儿'。"

港英政府收缴枪械后,收容了3000多国民党残兵败将,安置在摩星岭、域多利兵房、旧机关枪堡垒内,给予一些接济。葛肇煌拉起一支14K的黑帮组织,为非作歹,横行霸道,以收坨地的形式逐渐控制了香港的地下赌场、妓院、舞厅、餐饮。"勇"字堆就霸占了百花街的舞厅行业。张家宝定期跟随杜头目下山去百花街收坨地,冀盼能找到失散的妻子。

滞留在香港局的轮船越来越多,曹胜志疑心日重,唯恐生变。事先谁也不告诉,突然飞抵港府,质问道:"总管理处多次发电报,催促本部所属轮船悉数返回台湾。到目前为止,返台的轮船已达八成。唯独香港,非但不见回音,而且只进不出,从不见你们劝返。你们究竟打的什么主意?"刘宏声答道:"我刚从广州来,情况还不熟悉。"胡诗源则说："现在有10艘船在港。接到通电后我不敢稍有延迟，苦口婆心劝说他们从速返台。可是船长们各有说辞，我也是一筹莫展呀。"曹胜志问道："他们都怎么说？"胡诗源说："虽然理由不尽相同，但是有两点是共同的。第一是机械故障，年久失修。第二是长期拖欠工资和伙食费，船员怨声载道，扬言要罢工。多亏我绥靖怀柔才没有酿成事端，你可不要妄加猜疑。"曹胜志说："机械故障是真是假要经过我的技师实地查验才能确定。至于拖欠经费，还不是因为他们窝在港里拒不执行航行任务。不出海哪里有钱挣？咎由自取。"胡诗源无奈道："说了一圈又绕回来了。不发钱船员不出海，不出海没有钱挣，也就不能发钱。陷入无休止的恶性循环。不过我可以试着说服故障不很严重的轮船出海，多少挣一些钱来。"曹胜志道："这就对了。不听你废话了，赶快安排技师查验。"

曹胜志和技师下到"济平"轮机舱。沈兰亭事先把发动机大卸八块，报废的零件摊了一地，煞有介事地忙碌着。技师是行家，一目了然，说道："没错，这些零件确实都不能用了，必须更换。"以后查验每艘轮船都大同小异，设备严重老化失修，情况属实。

胡诗源把张世韬叫到办公室，劝道："大家都不出海怎么挣钱？别的船都在待命维修，你的'民342'境况相对好一些。你就辛苦一趟，送一批杂货去菲律宾，再装运橡胶回来，为公司挣些钱。"张世韬答道："'民342'的情况并不妙。当然，我也不能光强调自己的困难，也要支持曹经理的工作。那我就舍命跑一趟吧。"曹胜志说："这就对了。说明多数人是识大体的。"

曹胜志从招商局办公楼里就能看见"民342"轮离港，驶出鲤鱼门。通过亲临视察，他打消了疑虑，背书留下20万元支票，叮嘱道："我要提醒各位，局势危艰，我们都是党国的栋梁，要牢记自己的职责，不要辜负了总统的重托。"又过了几天灯红酒绿的日子，曹胜志心满意足地打道回府。

"民342"轮上路,张世韬找到顾昌运问道:"接嫂夫人来香港了吗?"顾昌运露出一脸愁容道:"我正为这事着急呢。售票处说国防部有规定,一律不卖票给船员家眷。"张世韬劝道:"听我的,马上给嫂夫人发电报。叫她换一个售票站,借用别人的身份,买去马尼拉的飞机票。3天后'民342'轮到那儿和她会合。"顾昌运一拍大腿,兴奋道:"高明!没想到应差去菲律宾,反倒是因祸得福了。"张世韬说:"我痛快答应出海,也是想着借机把嫂夫人接来。"

胡诗源沿街走来。圣诞节快到了,商户店铺忙着装饰门面,节日气氛越来越浓。干诺道远东公司的门外也挂出冬青和槲寄生圣诞花环。刘焕然把他迎到码头边。胡诗源说:"哇,原以为街头巷尾疑无路,想不到曲径通幽有洞天。你们这个地段将来必定大大升值。"刘焕然说:"我们哪里比得上你们招商局。雄踞市中心,寸土寸金,俨然香港的地标。"

远处传来鸣笛声。胡诗源说:"那是'之洞'轮。加上它就有11艘船了。"刘焕然问:"船长里边你最信得过谁?"胡诗源说:"'济平'轮的罗远辉、'民342'的张世韬。"刘焕然说:"我从大连来,方啸云船长给他们都写了信,这封是给你的。"胡诗源惊讶道:"还有我的?"他接过信看:

诗源吾兄大鉴:岁月如矢,时易势迁。弟等生活焕然一新。祖国欣欣向荣,蒸蒸日上。兄一生言行,为国为民,劳怨不辞,数10年如一日。深析发挥既往之合作精神,继续合作,瞻望进展之浩大前程,共图进展……

看完信,胡诗源对刘焕然说道:"啊,我想起来了。方船长接到军差那天,打电话找远东公司的老刘,说什么流星雨,急着要见面。原来你就是他的革命领路人?"刘焕然问:"你就在他旁边?"胡诗源应道:"是啊,咱们有缘相遇,却无缘相聚。"刘焕然笑道:

"那有何妨。'两情若是久长时，又岂在朝朝暮暮。'"胡诗源说："这一来我就更放心了。船长们反馈来的消息表明，大多数拥护人民政府，强烈要求回归大陆。我想以新年团拜会的名义召集所有船长一起商议，签署一个共同声明。要不要也把刘宏声董事长请来？"刘焕然阻止道："开团拜会的事还要请示。等批准以后再说。"

招商局租用的公寓大门也装饰着圣诞花环。崔隆华、郭代表、萧师傅走进刘宏声的房间。崔隆华介绍道："让我介绍你们认识。这位是香港总工会特别党部的郭代表，这位是海员工会的萧师傅。这位是华南管理局董事长刘宏声阁下。"郭代表开口招呼道："董事长幸会。听崔船长说，你有意归顺大陆？"刘宏声道："是啊，今天有幸结识2位工会领导，诚盼指点迷津，不吝赐教。"郭代表说："政务院成立了港澳资产接收工作团，我是代表之一。我除了参与'两航'和资源委员会的起义外，还负责轮船招商局。我想弄清楚，是你自己有意归顺，还是率领麾下共襄大业？"刘宏声说："国民党众叛亲离，共产党众望所归，已是不可阻挡的历史潮流。"郭代表笑道："说得好。你能写下都有谁吗？"刘宏声说："我初来乍到，人头不熟悉。但是我相信回家定是人心所向。"郭代表又问："你能把船长们都召集到一块儿，让我跟他们见个面吗？"刘宏声满口答应道："怎么不行？船长们也肯定愿意见到你。"郭代表说："太好了，这说明群众的革命意志高涨。胡诗源总经理同意吗？"刘宏声道："我来的时间不长，没敢跟他说。"郭代表说道："先不急，我去安排一个团拜会。等安排好了，你再告诉他。"

高玉峰少将接到了任职文山群岛指挥部副司令官的委任状。他垂涎訾云英已久，有心带她走。訾云英却很费思量。寻夫无果，饭不思茶不饮，怅然若失，形如淡化瘦玉。自己无依无靠，眼下只有跟随他去才是唯一的生路。武参谋恪守军长嘱托，寸步不离，呵护有加。高玉峰是个光杆儿司令，既没有眷属，也没有一兵一卒，于是把武参谋当作亲信。訾云英虽然寄人篱下，却守身如玉，与高副司令若即若离。对人说是高副司令的表妹，原是小学老师，学校被炸毁，前来投靠表哥。文山群岛指挥部司令官祁宗棠少将也是'春心自是应难制'之人，安排她去卫生站挂号处当护士。

文山群岛有70多个岛屿，散布在伶仃洋一带，紧扼珠江入海咽喉。指挥部设立在最大的聚宝岛上。那里原是渔村，国军把它扩建成第三舰队基地，配属部分陆军，皆是单身王老五。如今从天而降一个碧玉仙女，有如七彩霞光，芬芳氤氲，平日冷清的卫生站挂号处前立刻排起长队。

第三舰队参谋长孟宪光上校排在前头，满面愁云地说："白天没精神，晚上睡不着觉，你说挂什么科好？"訾云英说："那就挂内科。下一个。"孟宪光不动，訾云英皱着眉头问："怎么还不走？"孟宪光说："我的病不用看。让我多看你几眼，说几句贴心话，内心就平复了。"訾云英呵斥道："捣什么乱！下一个。"青年军第208师营长曲全福中校挤上前说："我的胸前长了一个东西，你摸摸，是怎么回事。"说完抓过她的手伸进自己胸口。訾云英扇他一巴掌，斥责道："讨厌！"众人哄笑。曲全福却嬉皮笑脸地说："真舒服。来，这边再打一下。"广东突击军副司令牛毅中校挤上前满脸堆笑地说："我不挂号，请你赏光，晚上一起吃饭好吗？"訾云英杏眼圆睁，骂道："有病看病，没病滚蛋！下一个！"又是曲全福凑过来道："下一个还是我，我专门为你写了一首诗，读给你听：你是头顶上的蓝天，你是眼前的浮云；你是白日里的太阳，你是夜晚的明灯。啊——你就是我的生命。"訾云英柳眉倒竖，呵斥道："恶心死了，快滚开！"曲全福笑道："你生气起来真好看。听我再给你念一首。春风吹来百花香……"訾云英捂上耳朵，道："我不听，不听！""啪"的一声把窗户关上。高玉峰驱散人群，骂道"你们吃饱了撑的？都给我滚回去！谁再来捣乱我就关他禁闭！"军官们一哄而散。

訾云英所到之处都是万众瞩目。聚宝岛举办圣诞晚会，将校们排队等着邀她跳舞。可是高玉峰牢牢把持，不容外人染指。好不容易趁他喝水的空当，曲全福中校抓住她旋入舞池，问道"我写了那么多首诗，难道你一点儿也不动心吗？"訾云英冷然道："我哪有工夫看那些歪诗。"曲全福说："那可都是我真情的袒露。你听我念。蓝色的大海敞开胸怀，数不尽的海鸟自由而欢快；我放开歌喉高声歌唱，献给我心中的最爱——"

高玉峰独自喝闷酒，孟宪光凑过去搭讪说："你瞧那个曲全福，整个儿一个乡巴佬，还在那儿自作多情，假充诗人。"高玉峰反问："那么你是什么？洋巴佬？"孟宪光说："鄙人第三舰队参谋长孟宪光上校，是江苏镇江电雷学校第一期毕业生，是桂永清司令的亲信部下。你的表妹要是跟了他，可就毁了，简直是鲜花插在牛粪上。跟了我，会让她天天牛奶煎鸡蛋抹黄油烤面包管够，夜夜看电影听戏打麻将，Speak English，To be or not to be，this is a question。"高玉峰酒劲儿上来，怒喝道："谁也别想从我身边把她抢走。她是我的，我的！"这倒是他真实的感情。他一心想把她据为己有，却又急切不能得手。一方面訾云英非常敏感和警觉，和任何人都礼貌地保持距离，还有武参谋形影不离的保护，另一方面她从未放弃寻夫的念头。她的夫君是一位国军将领，万一有朝一日破镜重圆，岂不是要陷于尴尬吗？他意识到文山群岛迟早会被共军拿下，暗中派武参谋私藏了一只舢板，留作逃命之用。

"海未"轮穿越台湾海峡，严东熠出主意道："船长，现在正是机会，可以把船直接开到上海去……"正说着，一架侦察机飞临头顶上盘旋。戴汝铭说："看到没有，飞机无处不在。到了长江口盘查会更严。"严东熠接着说："那就过了长江口，去北方港口会好一些吧？"戴汝铭说："所有海域都在飞机军舰的监视之下。倒是先去日本,再从日本绕过去会安全些。"

"海未"轮穿过琉球群岛。戴汝铭把大副段德美拉进海图室,说道:"你看,这是我们来时的航行轨迹。吴港位于日本广岛县东南部,面向濑户内海。我们离开吴港以后,紧贴着朝鲜的领海外沿驶向大连。总管理处规定每4个小时报告一次船位,我们每4个小时按照来时的航迹反向报告就不会有破绽。只要争取到24个小时,进入中国海域,就算大功告成了。"

"海未"轮停泊日本吴港,戴汝铭拦住招商局代理,说道:"先生留步。此地有没有较大的餐厅,供50个人同时用餐?"代理回答道:"有。出港口大门向右拐,遇到路口向左拐。大约100米,有一家春田大旅社,二层楼是一个比较大的餐厅。"

戴汝铭把严东熠叫进房间吩咐道:"给你3000日元,你去春田大旅社预订一个大包间。后天中午十二点,所有船员都去聚餐,我要当众宣布起义。"严东熠担心地问:"在饭店公开宣布起义?消息不就走漏了吗?"戴汝铭说:"到了日本还怕什么?与世隔绝。再说吃过饭就走,没工夫走漏。"严东熠劝道:"我觉得这样不妥,还是等到了海上再宣布比较保险。"戴汝铭不以为意道:"别那么前怕狼后怕虎的。你只管去就是了。"

船员们会集到春田大旅社,互相展示购买的土特产品。戴汝铭说道:"请先把东西收起来,我有重要的事要讲。'海连'轮起义的告海外船员书想必大家都看到了。你们愿意学他们的样子,把船开回家吗?"他的话引起激烈的争论。虽然大家都想回家,可是都害怕碰到国民党的飞机和军舰。严东熠说:"大家不必担心。我们沿着朝鲜海岸线走,没有飞机和军舰,保证绝对安全可靠。"大副段德美说:"'海连'轮从香港去大连用了八九天,我们从日本吴港走只要二天。哪儿还能找到这样好的机会?今日不走,更待何时?"尽管如此,大家的意见还是难以统一。戴汝铭说:"我跟你们讲明,我已经下定决心。你们愿意也好，不愿意也好，反正我是走定了。万一真的碰上军舰，你们就推说是船长的命令，不能不执行，没有你们的责任。再不行我就跳海，以死明志。"严东熠支持道："还有我，也是我主张的。和你们没有任何关系。"业务主任贺洪山也响应道："既然如此，大家还有什么可担心的？咱们豁出去，大不了鱼死网破，那也比客死他乡，变成无家的幽魂强。"戴汝铭说："我不强求。不赞成的人可以留在日本不走，我发给回台湾的路费。"

船长戴汝铭、报务主任严东熠、大副段德美、业务主任贺洪山带头签字。船员们排队逐个儿签字，张光远虚晃一枪蒙混过去。戴汝铭收起名单说："那就这样决定了。我宣布'海未'轮起义，明天起锚，把船开回老家去。"

"海未"轮办完所有手续只等离港，移民局官员和海关关员却不放行。"对照名单还缺一个人，不能离境。"张光远气喘吁吁跑来，最后一个上了船。移民局官员在他的海员证上盖离境章后下地离去。

经过一天多的航行，"海未"轮驶入中国黄海，安然无恙。戴汝铭紧绷的心渐渐松弛下来，憧憬着即将到来的胜利。下午四点三十分，大副段德美报告说："船长快来，10点方向有军舰驶来。"戴汝铭赶紧来到驾驶室。"我看清楚了，是国民党主力护卫驱逐舰'太康'号！它升起国际信号旗 L，要我们停船接受检查，而且炮口全都指向我们。""太康"舰驶近喊话："我命令'海未'轮立即停俥，接受检查！"戴汝铭回答："我们是国营招商局'海未'号轮船，正在执行任务返航途中，船上一切正常，自己人，不必检查。""太康"舰继续喊话："重复一遍。命令你船立即停俥！"话声刚落，军舰开炮，炮弹落在不远处，"轰"的一声激起冲天水柱。"我们奉国防部命令，押送'海未'轮返回高雄，你船跟随我舰航行。"

戴汝铭不得不下令转向，尾随而行。戴汝铭叫来严东熠说："你马上发电报给上海留守处的黄承祖，'海未'轮在前往大陆途中被'太康'号军舰劫持。此去生死未卜，请代向家人告别。然后通知大家，丢掉所有违禁物品，把责任推到我的身上。"戴汝铭抱住严东熠惭愧道："对不起，我没有听你的话，把事情搞砸了。"严东熠说："别这样说，我早把生死抛到九霄云外去了。"

戴船长趁人不备，把有签字的起义书烧掉。"太康"舰押送"海未"轮到高雄港，张光远下地，向齐国平司令出示保密局证件，说道："我是香港特别行动部的探员。戴汝铭谋逆是我告发的。"齐国平说道："你站到我的背后，把阴谋分子一个个找出来。"张光远指认首犯戴汝铭、主犯严东熠、从犯段德美和贺洪山。其他人虽然签过字，但属于胁从。齐国平挥手道："都带走，他们几个要犯单独关押。"宪兵押送队伍走出港区，进入不远的高雄女子中学。"众利"轮爆炸，校舍损坏严重，唯有宿舍尚存。齐国平说："你们所犯的是叛国重罪，要为前途好好想想。跟政府合作，坦白交代，真心忏悔，是你们唯一的出路。苦海无边，回头是岸。留给你们的时间不会太多。"

接下来就是挨个儿过堂，上来就是一百杀威棒，直打得皮开肉绽，血肉模糊。第二天就是严酷的审讯。先从姓名、职务、籍贯、党派、个人简历开始，然后就是交代罪行，互相揭发，稍不顺从就是拳打脚踢，刑具伺候。戴汝铭和严东熠被视作头号重犯，受刑最重。他们自知无法隐瞒，承认全部事实，但是并不认罪和改悔。戴汝铭发现地上有一根钉子，挣扎着爬过去拾起来，在墙上刻下自己的名字"戴汝铭"。

一周后，戴汝铭、严东熠、段德美、贺洪山被提出来，砸上手铐和脚镣，押上囚车，穿过市区，开进高雄警备司令部军法处看守所。换上囚服后，被关进不同的牢房。戴汝铭所在的牢房关了12个人，在臭烘烘的小便桶旁挤出一小块地方。身边的年轻犯人问："你看起来像是个海员,因为什么进来?"戴汝铭说道:"我是船长。因为我要开船回家,回上海的家。"犯人道:"那你犯的可是谋逆叛国的重罪,属于十恶之首,难怪给你戴脚镣,搞不好要杀头的。"戴汝铭反问道:"你叫什么,因为什么进来?"犯人说:"我叫陈耀祖,因为'二二八'事件,他们硬说我是学生领袖。"戴汝铭疑惑地问:"二二八?算起来将近3年了,你真的是学生领袖吗?"陈耀祖一撇嘴道:"胡扯。这里关的都是政治犯,一大半人都是稀里糊涂关进来的。有一年多没有人理睬我了。这里是'日难过,难过日,日日难过日日过'。"戴汝铭安慰说:"你比我强。要好好活着,总还有生的希望。"

以后几天不再上刑,但仍然没完没了地提审,不断重复过去的审问。

招商局大堂挂钟指向十一点。刘焕然和于帆走进胡诗源办公室说:"胡总经理,走伞①。一切就绪,现在该去请刘宏声董事长团拜了。"

出门正遇见刘宏声和崔隆华。刘宏声说:"我正要去找你。船长们要举行元旦团拜会,邀请咱俩参加。"胡诗源以为听错了,问道:"你怎么知道要开团拜会?谁通知你的?"刘宏声说:"郭代表。"胡诗源急忙问:"哪个郭代表?没听说过这个人呀?"崔隆华说:"他是港九总工会的党部代表,也是港澳资产接收工作团的代表。人家领导过'两航'和资委会起义。他安排在加路连山道海天食府开团拜会。"刘焕然说:"港澳资产接收工作团没有这个郭代表。港九总工会是国民党的,你们肯定上当了。"崔隆华反问:"你不是厦门港的刘领港吗?你怎么会在这儿?你怎么知道没有这个郭代表?"胡诗源解释道:"刘领港是方啸云船长的革命领路人,而且

---

① 走伞,即粤语早晨,意为早上好。

是德润公司杨老板的代表，杨老板才是真正的中共代表。"崔隆华吓出一身冷汗，庆幸道："幸亏遇到你，差点儿误入歧途。"刘焕然说："你们有危险，必须立刻取消团拜会！"刘宏声为难道："可是船长们已经上路，来不及改了。"刘焕然问道："团拜会几点钟开始？"刘宏声说："十二点三十。"刘焕然对于帆说："你赶快回公司，通知所有人都去加路连山道海天食府，阻止船长们进入。"于帆冲出门外，蹬单车飞驰。

刘焕然回胡诗源办公室拨电话说道："喂，泾妹吗？你写一张大大的告示'船长团拜取消'，叫孩子们以最快的速度赶到加路连山道海天食府，把告示贴在入口处。一定要抢在十二点以前，让每一个进出的人都看到。"

俞泾妹把自己手书的红字告示"船长团拜取消"交给阿纯，嘱咐道："这是你爸爸的命令，十万火急。你们要用最快的速度赶到加路连山道海天食府，把它贴在入口处。一定要抢在十二点以前，而且要让每一个进出的人都看到。"

阿纯敬了个军礼，道："是！保证完成任务。"他对弟弟妹妹下令："都穿上轮鞋，背上乐器，跟我走！"阿纯、小平、小妹、娃娃身背乐器，脚蹬滑轮鞋飞驰，哈路也紧追不舍。俞泾妹跑到阳台上高呼："小心，注意看车——"

船长们从四面八方走向海天食府。安凯在外巡逻，郭代表和萧师傅潜伏在酒店里窥视，杜头目、张家宝、隋连长带领14K党徒张网以待。

四兄妹赶到海天食府，阿纯和小平来不及脱掉轮鞋就急着张贴告示。杜头目凑过来看，边看边问："写的什么？船长团拜取消？谁叫你们来贴的？"阿纯回道："你管不着！"杜头目气道："嘿，这小子怎么这么说话？"动手要撕告示。小平指挥哈路道："哈路给我上！看谁敢动？"哈路朝杜头目龇牙，把他吓退。

四兄妹背靠告示演奏"旧友进行曲",吸引来路人围观,有人向乐器盒里投下硬币。培侨中学的景老师路过,停下脚步倾听。人越聚越多。

时针指向十二点,钟楼发出钟声。郭代表招呼党徒快去扯掉告示,孩子们拼命抵抗,船长们陆续到达。罗远辉蒙了,问道:"取消团拜会,怎么回事?"于帆、周禀赋等人赶到,两伙人扭打在一起。周禀赋高呼:"团拜会取消啦——危险——千万不要进去——"警车鸣笛由远而近,安凯急呼:"警察来了,快跑!"暴徒一哄而散。刘宏声、胡诗源、刘焕然、崔隆华和警车同时赶到。崔隆华和张家宝撞了个满怀,问道:"你不是张军长吗?"张家宝否认道:"我不认识你。"崔隆华说:"我是'海连'轮的大副。你也不看看都什么时候啦,还跟着蒋介石跑。快回头吧……"张家宝夺路而逃。罗远辉问道:"董事长,不是你召集的团拜会吗?怎么取消了?"刘宏声解释说:"那是特务布下的圈套。你们差点儿中了埋伏。"胡诗源也说道:"幸亏孩子们赶在前头,要不然都被他们一网打尽了。"刘焕然抚摸孩子们的头,表扬道:"乖乖,你们立了大功,我要好好奖励你们。"见歹徒们消失得无影无踪,警察收队。

于帆挥舞五星红旗。对孩子们说:"孩子们,奏个曲子,庆祝胜利!"四兄妹奏起《团结就是力量》乐曲。景老师指挥路人合唱,嘹亮的歌声冲向云天。

刘宏声和胡诗源握手道:"从今往后咱们捐弃前嫌,携手并进!"刘焕然笑道:"通知下去,明天在思豪酒店36号包房,我们开团拜会……"

转眼第二天,在港轮船船长在思豪酒店36号包房齐聚一堂,兴奋地议论昨天的惊险故事。柴荣跟踪罗远辉来到酒店,见是船长聚会,悄悄去前台给郭代表打电话,报告发现重要情况,叫他火速赶来。

胡诗源做开场白:"团拜会开始之前我和刘董事长要读四封信。

我先读一封信,是上海招商局留守处黄承祖处长写来的:'刘宏声董事长、胡诗源总经理钧鉴:自上海一别已有半载,未知近况如何,甚为挂念。大军进城,居民未受惊扰,社会秩序井然。本公司员工多有在外者,其家眷均未受到歧视,对2位兄长的家人犹多照顾,不需牵挂。他们唯盼你们早日回归,家庭团圆。市军管会委我代转他们的问候。回归日请提前告知,以备率众迎迓。专此编安 黄承祖,己丑年冬月十二。'"有人插话:"不用回信了,反正我们快回家了。"船长们以笑声表示同感。

刘宏声说:"第二封是台北总管理处曹胜志写来的信:'刘董事长、胡总经理勋鉴:据可靠消息,英国政府极可能于近期承认中共伪政府。我等应未雨绸缪,及早防备。兹令在港所有轮船,含所有私营公司之轮船,一律迁回台湾。发现图谋不轨者,可行先斩后奏之权,即刻惩办,决不宽容。弟胜志施礼。己丑年丙子月乙未日。'你们有什么感想?"

罗远辉直接说:"明白告诉他说我们起义了,不会回台湾啦。"

胡诗源接着道:"第三封信是报纸上公开发表的,周恩来总理写给香港原属国民党机构主管人员及全体员工的命令:'令驻在香港的原属国民党中央政府和地方政府的一切机构的主管人员及全体员工,你们务须各守岗位,保护国家财产档案,听候接收。其中保护国家财产有功者,将予以奖励;其与偷窃、破坏、转移、隐匿等情者,必予究办。'你们都接受吗?"

沈兰亭道:"当然接受。我们宣布起义不就是为了这个嘛。"

刘宏声也应道:"没有反对意见,就等于赞成起义了。罗远辉船长受托起草了一个起义启事和《告被劫持在蒋党区的招商局海员兄弟书》。这就是今天要读的第四封信。请罗船长自己来读。"

罗远辉念道:"'香港招商局起义启事:尊奉中华人民共和国中央人民政府政务院周总理之命令。吾等自应遵照,负责保护国家资产,听候接受，以重公令。香港招商局分公司暨留港各轮全体员工谨启。'"刘宏声说："《告被劫持在蒋党区的招商局海员兄弟书》就不念了，你们传阅一下，将在正式宣布起义的那天和起义启事同时公开发表。"

崔隆华问："我们哪一天宣布起义？"胡诗源说："现在还不能定，要报请港澳资产接收工作团批准。我想很可能要等到英国政府宣布承认中华人民共和国以后。我把今天开会的内容写成会议记录，赞成的人签名，不赞成的人也不强求，可以自由退出。可以吗？"船长们争着签字。

郭代表和萧师傅赶来，从门缝往里看。里面乱哄哄，不知道说些什么。

刘宏声宣布："团拜会到此结束，我们特备午餐。有话到饭桌上继续说。"

房间空了，郭代表拾起遗留的报纸念道："政务院总理周恩来写给香港原属国民党机构主管人员及全体员工的命令……这不是合谋通匪吗？"

香港迎来了新中国成立后第一个新年。高楼悬挂庆贺新年的巨幅条幅，店铺分挂米字旗、五星红旗、青天白日旗、七彩旗帜。学生游行队伍从培侨山上走下来，高举五星红旗和"中华人民共和国万岁""欢庆新年"标语牌。景老师指挥铜管乐队演奏乐曲《你是灯塔》《咱们工人有力量》。队伍里的阿纯、小平、龙旺、虹珠精神抖擞。妹妹和娃娃跑下楼加入乐队，哈路围着他们转。一群三合会暴徒举着青天白日旗横冲直撞。杜头目高呼："中国国民党万岁——中华民国万岁——蒋总统万岁——"张家宝和隋连长乱棍殴打景老师。阿纯喊道："光天之下行凶，警察为什么不管？"安凯却说："我们是大英帝国的警察，不管中国人的事。"小平说："你不管我们管。哈路，给我冲！"哈路扑向暴徒，暴徒们被追得四散而逃。龙旺和虹珠扶起景老师，俞泾妹跑下楼，招呼道："快，把老师扶到我家里，我给他包扎。"

香港街头报童叫卖："号外，大英帝国宣布承认中华人民共和国——""1月6日，英国原驻北平领事馆领事高来含拜会中国外交部办公厅主任王炳南和欧洲司司长宦乡，递交英国外交大臣贝文的照会。""国母宋美龄离美前怒斥英国人不讲道义，誓言我们都将力战到底……"

刘焕然陪同钱琳来到招商局。钱琳说道："英国政府正式承认中华人民共和国，港澳资产接收工作团认为招商局起义的条件已经成熟。你们通知下去，所有在港轮船，在1月15日8:00宣布起义，同时升起五星红旗。"胡诗源问："同时升旗？这需要至少15面国旗，可是我们手里没有呀。"钱琳说："这个问题由远东公司来解决，你们专心做好起义的组织工作。"

刘焕然派于帆和黄卉去百货商店买国旗，没想到新年到来，国旗全部售罄。等不及了，决定买来绸布自己做。俞泾妹不分昼夜摇动自家的"胜家"牌手摇缝纫机赶制国旗。阿纯问："爸爸妈妈，这几天你们在忙什么？"刘焕然说："后天一早你们都去招商局码头看，那里将高高升起五星红旗。"

起义的风声传到郭代表的耳朵里，即刻调兵遣将，调集流氓打手。

1月15日清晨，远东公司的员工身背挎包，骑单车分头出发。

周禀赋要上"济平"轮，被安凯和杜头目挡住，双方厮打起来。罗远辉跑下船问："怎么回事？为什么不让他们上船？"安凯说："得到密报，有人企图谋反，警察局宣布戒严。你是谁？"罗远辉说："我是船长，有权决定谁可以上船。比如我就不许你上船。"安凯蛮横道："你还管到警察局头上了？不行，我说不行就是不行！"所有轮船和交通艇都被歹徒封锁住，五星红旗送不上去。周禀赋悄悄离开，把所有国旗都收集到自己的挎包里，向停泊在港湾里的"海燕"号打出旗语。刘焕然驾驶快艇飞驰而来,在一个角落接上周禀赋,绕行到"济平"轮外侧。周禀赋手执长杆立于船头,把国旗挑给在舷侧等候的沈兰亭轮机长。"海燕"号又向"海宁"轮驶去,周禀赋把国旗挑给崔隆华,继而"护国""海禾""之洞""宗棠"轮……周禀赋把一面面国旗挑送上去。死守在岸上的歹徒浑然不觉。

于帆和黄卉刚走进招商局大楼,就被张家宝和隋连长拦腰抱住。于帆奋力挣脱后奔向楼顶。隋连长追到平台,把他扑倒,滚作一团。

海湾传来一声鸣笛。崔隆华兴奋地喊起来:"看,'民342'轮回来了!""海燕"号转向"民342",周禀赋挑起旗帜:"起义了,把它升起来!"顾昌运接过五星红旗,把旗帜交给张世韬……

坐镇"海燕"号上的钱琳万分焦急道:"为什么楼顶的旗帜还没升起来?"

刘家的孩子们和景老师足蹬滑轮鞋出现在街头,人手一面小小的五星红旗。刘焕然向他们打出手旗旗语。阿纯看明白了,脱掉滑轮鞋一同跑进大楼。景老师打倒张家宝,救出黄卉。孩子们冲上楼顶,于帆正在和隋连长搏斗,把国旗抛给阿纯:"快去,把国旗升起来!"

海关大楼时针指向八点整,发出浑厚悠长的报时钟声。最大的一面五星红旗在招商局楼顶升起。"济平""民342""海宁""护国""海禾""之洞""宗棠""海肃""辉煌""演达""自忠""海岳""瀚海"13艘轮船和码头同时升起五星红旗,汽笛响成一片。船员们同声高呼:"起义胜利!祖国,我们回来了!"欢呼声在维多利亚港湾上空久久回荡。

2."魔杖"(Magic wand)轮蒙难

得知香港招商局13艘轮船起义,蒋介石暴跳如雷,叫来毛人凤和曹胜志大骂一通。曹胜志吓得魂不附体,立刻照会港英当局:招商局轮船属于中华民国的国家资产应予扣押；宣布解除刘宏声和胡诗源的职务，注销所有起义轮船高级船员的证书，列入通缉名单；断绝对香港招商局的经费供应；更严格地限制台湾轮船的燃油和淡水。毛人凤命令香港特别行动部务必夺回船只，不得令起义船只逃逸。请海军派军舰封锁香港进出航道。

　　高雄警备区司令部看守所。狱卒高叫："现在点名，点到名字的人都出来：戴汝铭，严东熠，段德美，贺洪山，邢广昌，佟修文……"

　　他们被重新砸上脚镣押上囚车。戴汝铭趁机和严东熠坐在一起，但是在狱卒严厉的目光下无法交谈。颠簸行进了一整天，囚车开进台北宪兵司令部军法处监狱。关戴汝铭的牢房不算太拥挤，大家互相错动给新人让出一块地方。身边老犯问："你叫什么名字？因为什么事进来？"戴汝铭答道："我是船长，叫戴汝铭。驾船回大陆，被人告发而未果，从高雄押过来。你呢？"老犯说："我叫苗育林，是共产党员。内部出了叛徒，上千人被捕，就等着宣判了。"戴汝铭道："共产党？我找遍天下找不到，反倒在这里找到了。"苗育林说："关进这里的都是重罪死刑政治犯，最少也是无期徒刑。"戴汝铭却说："子曰，朝闻道，夕死可矣。能跟共产党员一同赴死也算得道了。"

　　王新整和朱大队长在宝安县沙头角中英街哨所带班。师部参谋付继奎陪同黄国玺前来视察，介绍道："黄师长，这位就是传奇英雄朱大队长。"黄国玺亲切地问候："朱大队长好。你是跟随曾生将军北撤，后来编入四野两广纵队的，还是留下跟尹林平的粤赣湘边纵队打游击的？"朱大队长答道："报告首长，我是留下打游击的。"黄国玺说："我也是打游击的，在闽南，不是什么首长。这里就是粤港分界线吗？"朱队长答道："是的。西侧英界东侧华界。要不要进去买点儿什么？商品免税，价格非常便宜。"黄国玺说："那也买不起。我每月津贴5万元（旧币），只够买牙刷肥皂，香烟定量供应。我来这里是通知你们，粤赣湘边纵改编为公安部队，今后深圳的治安都交给朱大队长。补充二师改编成珠江江防支队，准备解放文山群岛。"王新整问道："江防支队？这不就变成海军了吗？"黄国玺道："是啊。你们俩是集美高水的学生，这回英雄有用武之地了。"王新整兴奋道："嘿，太好了。我从小做梦都想当海军。"黄国玺笑道："你们现在都能跟我走，去广州参加一个重要的会议。"

吉普车拐弯抹角开进广州市一条林荫道，停下，按一长两短一长四声喇叭。院门打开，汽车开进后大门关闭。门牌黑底金字写着"兰兴贸易公司"。马路对面是殷记咸鱼店。居民问："这家不是贸易公司吗？怎么从来不见有货物进出？"殷老板说："我也不知道，整天神神秘秘的。"

黄国玺等人走进会客室，钱琳、刘焕然已在等候。钱琳说道："兰兴贸易公司是中南局的机要交通站。现在中国沿海都解放了，解放台湾、海南岛、文山群岛已提上日程。军委命令开始准备渡海作战的装备。为此德润公司新成立一家国岚公司。刘焕然同志任经理，常设办公地址选在这里。注意，这一切都必须严格保密。下面由 Captain Liu 介绍工作安排。"刘焕然接着说道："党中央的这个部署非常及时。别的不说，单单对于香港招商局起义就有重大的意义。13 艘起义轮船不能长久停留在香港，必须尽快撤回内地。可是国民党第三舰队驻扎文山群岛，阻断了他们的归途，所以越早解放文山群岛越好。我们分一下工。江防支队负责收集国民党留下的各种舰船和器材，送造船厂修复。我们国岚公司负责海外的采购。凡是能用的舰艇、发动机、通信器材、枪械……都买来。"返回香港后，刘焕然委托刘志清在全球采购和维修改造，指派于帆和黄卉协助。

台北宪兵司令部军法处监狱。天未明，一队戴白手套的士兵走进衙道。军官高声宣布道："今天宣判，叫到名字的人站出来。"

苗育林拖着沉重的脚镣走出监舍，回首说道："我们今天上路，去见马克思。各位请保重，来世再见。"戴汝铭隔着铁栏杆与段德美和贺洪山握手道："我们先走一步了。"严东熠也慷慨道："二十年以后，我们又是一条好汉！"段德美、贺洪山洒泪告别道："船长、东熠，走好。我们来世还做好兄弟！"

台北马场町刑场。犯人被除下脚镣，推上高高的沙堆。军官发令："举枪——瞄准——"戴汝铭高呼："不成，我为了追求光明，虽死无憾。但是我要站在平坦的地方。"严东熠也高呼："我追随戴船长，也要站在平坦的地方。"两人把脚底下踩平整，面对枪口而立。戴汝铭疾呼："你们的判决是无效的，正义属于我们——"枪响，水鸟惊起，盘旋飞向冉冉升起的太阳。

港澳资产接收工作团不曾料想，"两航"和招商局起义引发出一系列国际纠纷和法律问题。香港高等法院曾经宣判，解除对"两航"资产的临时禁制令，这意味着新中国政府有权处置"两航"资产。但是台湾当局声称它们是属于中华民国的财产，并把40架飞机以150万美元的价格卖给美国公民陈纳德和威拉尼尔。他们二人又转卖给美国特拉华州的民用航空公司。该公司以陈、威等延期不交付资产为由抗诉，要求接收，导致案件可能推倒重来。美国航空公司为防止再有飞机逃逸，派人溜进启德机场停机坪，把占据跑道的九架飞机轮胎的气放掉。招商局轮船也有类似的问题。美国国务院发表声明，要求收回1947年至1948年期间售予中国的未付清余款的42艘船舶。"辉煌"轮等6艘N3型船舶就属于这批"美债"船。香港诉讼程序极其烦琐复杂，耗时耗财，而且司法独立，结局难料。港澳接收工作团要求不等判决结果，抢先运回所有有争议的资产。

轮船招商局起义核心小组意识到必须成立护产委员会，保卫已有的成果。正在这个时候，招商局上海留守处的黄承祖处长率领祖国慰问团来到香港。董事会决定把欢迎大会和成立护产委员会合并举行,请来朱大队长做保卫工作。郭代表则策划抓住这个机会绑架黄处长,阻止护产委员会成立,从而瓦解起义。

招商局码头锣鼓喧天,临时会场上高挂"热烈欢迎上海招商局慰问团暨护产委员会成立大会"的横幅。刘宏声、胡诗源和起义船长在主席台上就座。黄承祖讲话:"香港海员具有光荣的革命传统,早在1925年,香港海员就在中国共产党的领导下举行过大罢工。'海连'轮就是从香港起义的。戴汝铭和严东熠紧随其后,率领'海未'轮起义,可惜不幸失败。中央人民政府追认他们为革命烈士。香港招商局广大海员同志们,你们毅然摆脱蒋邦反动政府,宣布起义,给了全国人民巨大的鼓舞。13艘轮船,总吨位2.5万吨,占招商局全部资产的五分之一。全体船员加上公司职员,总共539人。希望你们再接再厉,保护好人民的财产。我代表上海招商局前来慰问,不但带来了亲属的信件,也带来了慰问品。我还要告诉大家一个好消息。台湾总管理处企图断绝经费供应,达到扼杀起义的罪恶目的。远东公司主动提出租用招商局的仓库,支付租金,帮助你们暂渡难关。"张世韬高呼口号:"感谢上海招商局,感谢远东公司,感谢祖国的关怀。"全场长时间热烈鼓掌。

罗远辉主持道:"下面请胡诗源经理做选举护产委员会的说明。"

胡诗源讲道:"护产委员会要通过民主选举产生,它将是领导我们今后工作的最高权力机构。由15个人组成,每艘轮船推选一名代表,还有2个人出自招商局领导机关。在护产委员会下设立两个工作小组。第一个是办事组,负责护产委员会的日常工作和资产清点。第二个是纠察组,负责安全保卫。大家都同意吗?"全体一致高呼:"同意——"

经过投票、唱票、统计,沈兰亭宣布选举结果。主任刘宏声,秘书长胡诗源,委员张世韬、崔隆华,办事组组长罗远辉,纠察组组长沈兰亭。张世韬宣布委员会的措施和纪律："第一，招商局大楼楼顶设立总瞭望台，用信号旗的形式发布护产委员会的消息。第二，提高警惕，设立岗哨，一律凭起义海员证上船。第三，轮船建立值班制度。"罗远辉布置当晚的庆祝活动，慰问团和招商局领导将分别参加各船的会餐并送去慰问品。黄处长去"济平"轮，胡经理去"民342"轮，刘宏声去"海宁"轮。

散会后，胡诗源和朱大队长送慰问团回驻地休息。郭代表注意到，黄承祖身穿米黄色风衣，乘坐林肯牌轿车，其他人乘坐菲亚特牌轿车。

会餐时候到，车队开到"海宁"轮前，崔隆华把刘宏声接走。车队开到"民342"轮前，张世韬把胡诗源接走。郭代表："看到了吗？刘宏声、胡诗源下去了，林肯车里只剩下黄承祖，可以动手了。"卡车和雷诺车冲过去把车队截停，隋连长和杜头目用枪口指向后面的菲亚特车，郭代表和萧师傅打开林肯车门，蒙住黄承祖的头，把他拖出来，押上卡车逃走。

菲亚特在后面紧追不舍，穿过繁华街区，朝冷僻的港岛东南方向开去。卡车在赤柱湾戛然停住，郭代表和萧师傅把黄承祖拽下来，拖向一条渔船。菲亚特车赶来，刘焕然喊话："站住——你们是什么人？要干什么？"郭代表高声道："我们是国防部香港特别行动部的，毛局长请黄处长去台湾，军舰就在外海等候。"刘焕然笑道："你们大概抓错人了。仔细看看是不是黄处长。"郭代表自信道："错不了，我盯他好几天了。"刘焕然提醒道："你还是亲自问问他吧。"郭代表将信将疑，揭去盖头问："你是谁？"朱队长冷笑道："我是黄处长的代表，他托我给你带来一件礼物。"敞开大衣，取出一个礼品匣。郭代表伸手接，冷不防被朱队长用铁链铐住。礼品匣传出计时器的滴答声，那是定时炸弹，甩也甩不掉。郭代表惊恐万状，朱队长从容下车道："钥匙就留在车里，自己去找吧。"说完就钻进菲亚特车开走。杜头目越着急越找不到钥匙，索性开枪打断铁链，把礼品匣远远抛出卧倒……等了20分钟，礼品匣发出响亮的铃声却没有爆炸。杜头目战战兢兢取回，原来是闹钟和几块肥皂！

菲亚特返回，黄承祖、刘焕然、朱大队长从车上下来，罗远辉迎接，共同登上"济平"轮进入餐厅……受到热烈欢迎。

在珠江中游的广东三水，举行中南军区江防指挥部第十一支队成立大会。海内外收集到的大小船只经过拼接改造，有十余艘安装了枪炮，正式交付使用。会后即投入紧张的战前训练。王新整和付继奎奉命前往文山群岛化装侦察，珠江航道管理局派女技术员蓝珊和测量员阮达群作向导。

蓝珊介绍珠江航道："伶仃洋位于珠江口外，北起虎门，南达港澳。淇澳岛一线以北为内伶仃洋，以南为外伶仃洋。敌军司令部所在的聚宝岛是文山群岛的主岛……"聚宝岛的东侧紧邻香港水域，不容集结部队，只能从西边发起攻击。经过实地勘察，选定珠江西岸上游淇澳岛的唐家湾作为突击舰艇的基地，距离聚宝岛约30公里。聚宝岛上游的牛头岛可作为进攻主岛的跳板。他们扮作商贩登上聚宝岛，挑着货郎担走街串巷。留意到岸防工事非常完善，坚固的地堡群用壕沟相连，还有炮兵阵地。他们惊喜地发现，牛湾里此时只有两三艘炮艇和一些小型补给舰，第三舰队的其他舰艇可能散到各个岛屿去了，防备空虚，正是发动偷袭的好时机。

得到这个情报，黄国玺立刻率舰艇编队移防，趁着夜幕进驻唐家湾。拟定的作战计划是王新整任"301"登陆舰舰长，率领第一突击队5艘舰艇，首先抢占牛头岛，得手后发射1红2绿信号弹，向聚宝岛发起攻击。付继奎任"302"登陆舰舰长，率领第二突击队5艘舰艇，攻击外围小岛，然后合围聚宝岛。第三突击队作预备队，投入总攻之用。就在舰艇离岸的一刹那，蓝珊纵身跳上"301"舰，执意要参加战斗，怎么也赶不走。

江防支队刚由陆军改编过来的，都是北方兵，装备不足，仓促上阵。第一突击队一进入珠江航道队形就被冲散，有的舰艇被激流直接带到下游。"301"舰有蓝珊的指引，准确地接近牛头岛，却不幸触发水雷。幸存的丛飞排长和8名战士爬上牛头岛躲藏起来。王新整和蓝珊被江水冲到聚宝岛，困守在山洞里。远在珠江对岸唐家湾的黄师长，听到爆炸声却没有看见信号弹，该怎么办？战斗打响，偷袭已不可能，停止进攻会招致敌方的增兵，更难攻破。于是他毅然决然派出第二突击队强攻。第二突击队的队形在中途也被冲散，只剩"302"舰孤军奋战。更糟的是发现牛湾里的军舰竟然增加了十余艘，远超过原先的侦察！付继奎孤军奋战，已无退路，只能死打硬拼。在击沉敌舰一大一小，毙伤敌军无数后，战舰沉没，全舰官兵壮烈牺牲。丛飞排长和王新整跳出掩体，配合出击，中心开花，打乱了守军的防卫体系。黄师长率领全部预备队过江出击，做最后一搏。虽然最终拿下了聚宝岛，但是人员损失大半，付出的代价实在惨重。黄国玺满怀悲痛，打扫战场，装殓烈士遗体，下令建立烈士陵园。

战斗打响后，高玉峰奔向藏匿的小船，在半途被王新整和蓝珊俘虏。武参谋和訾云英仓皇出逃，家财细软丢失殆尽，直到战斗结束也没有等到高副司令。他们不会划船也不辨方向，央求渔民阮老大带他们逃往澳门。

文山群岛解放，航路畅通，护产委员会开始计划回归。中国驻英国商务代表处传来消息，英国政府屈从于美国的压力，态度发生变化，中英两国建交谈判止步不前，香港高等法院近日将对"两航"和起义轮船案件重新审判，结局很可能逆转。美国政府决定派"希望角"号护航航空母舰前来香港接收"两航"的飞机和资产，形势骤然紧张起来。港澳资产接收工作团要求招商局护产委员会必须赶在法院开庭和美军航母到来之前，把"两航"的物资器材全部转移回国，同时尽早撤离有争议的6艘N3型轮船。经过紧张的筹划，一场斗智斗勇的战斗拉开了序幕。

启德机场两军对垒,阵线分明。两航起义员工成立护产委员会,轮流值班,守卫飞机和器材库。陈纳德雇佣特别行动部,伪装成保安人员监视机场,防止再有飞机飞走。

机场的聚光灯忽然亮了,直射停机坪上的两架飞机,有人围绕着飞机忙忙碌碌。安凯和身穿保安制服的郭代表、萧师傅巡逻过来,问道:"都已经后半夜了,还在忙什么?"华银柱答道:"我们检查飞机的轮胎和油路,为起飞做准备。"郭代表追问道:"哪天飞?往哪儿飞?这两架飞机都飞吗?"华银柱答道:"不止,七八架飞机都接到通知做准备,总调度室没说去哪儿。"

机场除了跑道和这束聚光灯,其他地方一片漆黑。"民342"轮悄无声息地驶到启德机场的长堤外,那是为延伸跑道填海形成的黑暗地带。黑暗中,中航陆为生和央航鹿越炳两人指挥几个小组,把库房里的物资化整为零运送到小型驳船上,再过驳到大船上……第二天……第三天……六艘N3型船全都装满了,然后乘夜回到港湾内系水臌,不再靠岸。陆为生交给刘焕然一份抢运记录:"民342"轮装运"两航"3452件;"海宁"轮装运中航5977件;"辉煌"轮装运央航362件,包括飞机修理厂的主要设备;"护国"轮装运中航飞机汽油3600桶;"宗棠"轮装运中航3692件;"瀚海"轮装运央航316件和中航4件;"之洞"轮装运中航116件。

华银柱和机师给飞机做大手术,日夜忙碌。郭代表和安凯须臾不敢松懈,寸步不离。全面检修七架飞机之后,机师们又逐个儿发动引擎,看样子随时可能升空。郭代表嘱咐手下严阵以待,一边在暗中准备炸药。

胡诗源和罗远辉来到港务处办公室,申请道:"处长好,我们来办离港许可证。"处长问道:"你们宣布脱离台湾政府,而台湾方面又宣称香港招商局是国民政府的资产。这些船到底算是谁家的？"胡诗源理所当然道："当然是新中国的。英国政府1月6日正式承认中华人民共和国，两国正在谈判建交，香港当局必须遵从本国政府的立场。"处长道："说得也是。那就把名单报上来吧。"胡诗源说："我念你记，一共七艘。'民342'轮，船长张世韬；'济平'轮，船长罗远辉；'海禾'轮，船长左英达；'海肃'轮，船长穆汉华；'演达'轮，船长毕克福；'自忠'轮，船长孟飞云；'海岳'轮，船长龚北江。"处长停下笔，说道："想起来了，招商局有六艘N3型船属于美债船，美国政府照会英国政府不许它们离港，我要查一查。"处长取出卷宗对照道："'辉煌''护国''宗棠'……啊，这里边确实没有。"

华银柱和机师清理场地，撤走所有工具。安凯疑惑地问："怎么？检修完了？"华银柱道："是啊，总调度室下命令做起飞的准备，随时要走。"场地虽然清理干净了，但是还特别留下几名工友担任警戒，外人不得靠近。

刘焕然和胡诗源来到海关报关厅。马长禄招呼道："胡经理、刘经理，欢迎。"刘焕然问候道："小马你好，我们来办结关手续。"马长禄笑道："区区小事，打个电话叫我去就可以了，何劳两位大人亲自上门。"刘焕然说道："招商局宣布起义，所有资产理应交给中央人民政府，而台湾方面坚称香港招商局的资产属于他们所有，我们必须在他们下手之前把船开回国内。我们已经获得香港港务处的许可。你看。"马长禄道："你这么一说我就明白了。好吧，我给你们盖章，算是结关放行。"胡诗源感谢道："太谢谢你啦，你帮了大忙。"

夜幕降临，钱琳、刘焕然、刘宏声、胡诗源、罗远辉登上招商局楼顶。刘焕然发出灯语联络信号，六艘N3轮船一一响应。刘焕然请示道："各位领导，一切准备就绪，是不是可以按计划开动了？"刘宏声、胡诗源认可。钱琳下令："开动！"刘焕然发出灯语下达指令：

"开动!"

"民342"轮缓缓移动,"海宁"等船以相隔两链的距离一一跟进。庄尚德和船员们感觉轮船开动,想到甲板上来看,都被在甲板上巡逻的顾昌运赶回舱内。遥望船队行至马湾海峡,刘焕然发出三发信号弹。

华银柱看到信号弹升空,指挥七架飞机启动,缓缓滑行到跑道起始点排好队。他喊话道:"关闭发动机待命,机组和勤务都去餐厅用餐。"郭代表惊喜地发现,飞机竟然没有留人看守。机会难得!郭代表和安凯驾驶卡车来到机场边缘。隋连长剪开铁丝网,杜头目带领喽啰们扛着炸药包溜进来。卡车开到第一架飞机前,一个人把炸药包塞进发动机,然后跳下守候。卡车开到下一架飞机前,又有人把炸药包塞进发动机,跳下守候……

"民342"轮被探照灯锁定,有快艇追来喊话:"我们是海事处交通控制站,请'民342'轮停船接受检查。"海事警察登上船问:"你们是什么船,为什么不事先报备?"张世韬不解道:"我们报备过啦,难道港务处和海关没有通知你们吗?"海事警察打开对讲机询问道:"喂,港务处吗?我是海事处交通马湾控制站,拦截了香港招商局'民342'号轮船,后边还跟着六艘船,请你核实它们备案没有?'美债'在不在其中?"港务处答话:"我查一查……查到了,确有备案。'美债'不在其中。"警察对张世韬道:"港务处说确有其事。不过我还是要一一核对一遍。"

给第七架飞机安装炸药后,郭代表举起手电筒在空中划了三个圆圈,七架飞机同时点燃长长的导火索。卡车回头把他们一个个接上,逃出机场。"轰轰"——连续爆炸声震动大地,七架飞机葬身火海,火光映天。机组人员仓皇跑出来,乱作一团。郭代表登高回望,颇有封狼居胥之感。

海事警察一愣,问道:"爆炸?什么地方?"张世韬说道:"好像是港务处。你们的老窝被人端掉了,还不赶快回去?"海事警察一时慌乱,拿不定主意,"那——那这儿怎么办呀?"张世韬说:"电话里不是都核对过吗?你就放心去吧。当然救命要紧。"海事警察拿定主意,道:"那就拜托了。"匆匆盖上图章,乘坐快艇离去。张世韬下令:"继续前进——"船队浩浩荡荡驶出香港港界。各路消防车赶往启德机场,市民惊骇无比,互相探问:"出什么事了?有飞机坠毁了?"

九龙半岛警报警笛声此起彼伏,大火映红了半边天。钱琳和刘焕然立于招商局楼顶,隔岸观火。"谈笑间,樯橹灰飞烟灭"。东方破晓,刘焕然拖着疲惫的身躯回家。家人正在酣睡,他和衣躺倒在躺椅上。俞泾妹给他盖上一件浴衣,叫孩子们去厨房去吃早饭,然后静悄悄送他们去上学。

位于培侨山顶的校门口前聚集了好多人。大家看着远处的海面,议论纷纷,"看那,美国航空母舰!"果然,一艘巨大的航空母舰威风凛凛地驶入香港。上课铃响,同学们都跑回教室。小平一步一回头道:"长大了我一定要当海军。"

郭代表也看见了,兴奋地叫道:"那是美国盟友的航空母舰!来接飞机回国。"萧师傅直跺脚,惋惜道:"可惜了。要是早来一天就不用炸飞机了,白白扔了七架。"郭代表却毫不心疼,道:"你操哪门子心。炸或者不炸飞机都是人家美国的,你连一根毛都捡不到。咱们只管照章办事,拿好自己那份钱就行了。"柴荣慌慌张张跑来,汇报道:"怪事怪事,六艘N3型轮船全都不见了,'民342'和庄尚德也不见了。招商局只剩下六艘轮船了!"郭代表大惊,怒道:"出这么大的事怎么现在才来报告?你是干什么吃的!"柴荣一脸委屈道:"我睡在底舱,哪里能知道。我猜是半夜跑掉的。"萧师傅恍然道:"坏了,咱们中了共军调虎离山的诡计,赔了夫人又折兵。"郭代表说道:"沉住气,不要乱了方寸。飞机炸了,N3船跑了,都已经无可挽回，就不要再提了。叫我认输没那么容易。不是还有六艘船吗？如果能把剩下的轮船夺回来，哪怕只有一艘船也是胜利。"萧师傅却不乐观地说道："哪有那么简单？我们这伙儿人里没有一个会开船的。"郭代表说道："没关系。我马上请毛局长派一组驾驶员和轮机员来。"然后又吩咐柴荣道："你柴荣还回去，假装什么事也没有发生，私底下里放风说'民342'和N3船已经返回台湾了，受到总统的嘉奖，升官发财，美女投怀送抱。"

船员中很快流传起各种小道消息。说是从广播里听到，七艘轮船回到台湾以后，都被授予反共义士称号，人人获奖，高官得做、骏马得骑、美女速配……护产委员会劝船员们不要听信谣言，但是作用不大，反而越传越邪乎。刘焕然向钱琳建议，"民342"轮不属于N3船，产权没有争议。如果能让它迅速返回，现身说法，是粉碎敌人谣言的最有力的证据。

5天以后，台北总管理处派来的一组人马抵达香港，住进棕榈树旅社。代理船长范伯良和翟大副、邱老轨、霍二轨、谷三轨成竹在胸："我们五个人都是行家，经验丰富，足以驾驭一艘大轮船。"

10天之后，张世韬率"民342"返回香港，谣言不攻自破。招商局计划举行隆重的欢迎大会。郭代表决定利用这个机会夺取"民342"轮。

庄尚德抱着饼干桶上船，被顾昌运拦住："站住，你手里拿的是什么？"庄尚德取出一块饼干，边吃边说道："奶油柠檬夹心的，好吃极了，拿一块尝尝？"回到住舱，他把定时炸弹移进一个铁皮桶里，盖上抹布和刷子，出去找地方安放。可是机舱戒备森严进不去，只好暂存在厕所里等待机会。

欢迎大会在租用的小剧场里举行。刘宏声说道："同志们好。半个月前，大家还奇怪，怎么'民342'和六艘N3船突然不见了。谣言满天飞，说他们去台湾了，受到总统接见，每个人都升级发奖金，说得有鼻子有眼,还说什么台湾要派人来接你们……现在你们看'民342'回来了,用不着我解释吧。究竟发生了什么,还是让张世韬船长亲自跟你们说……"

庄尚德从舷窗发出信号,郭代表率领14K歹徒手持棍棒冲向"民342"轮,大打出手。顾昌运和留守人员奋力抵抗,但是很快就被冲破。范伯良和翟大副直奔驾驶室,邱老轨、霍二轨、谷三轨下到机舱。一个船员逃脱出来跑向会场,报信道:"不好了,有人抢船了!"罗远辉带领纠察队火速回援。

范伯良抢占驾驶室后喊话:"机舱,点火!"却迟迟听不到反应。郭代表和萧师傅急了,下机舱催促道:"怎么还不走哇?"邱老轨正急得团团转,焦急道:"气缸盖不见了,圆气门的盼更箱也找不到,主机不能启动。"郭代表对萧师傅说道:"萧师傅,你是行家,你来解决。"萧师傅道:"缺少的都是关键部件,我也没办法。"郭代表又问道:"有什么替代品?"萧师傅无奈摊手道:"我又不是孙悟空,怎么能凭空变出来?"郭代表气疯了,骂道:"真他妈倒霉!能想到的都想到了,机会合适,偏偏这个没想到,功败垂成,那就赶紧撤吧。"他喝住庄尚德,吩咐道:"你回去启动炸弹,定时30分钟起爆。最后一击就看你的了!"

罗远辉率大队人马赶到。顾昌运急忙通报道:"庄尚德去引爆炸弹。快去抓他!"纠察队逐门逐户搜查。庄尚德被堵在厕所里。计时器的滴答声像是死神脚步步步逼近。庄尚德越来越恐惧,直到最后5秒钟还是把装置关闭了。

罗远辉搜查到厕所,开门进来道:"原来你小子藏在这儿!炸药呢?"庄尚德颤声道:"在这儿。我……我是来拆炸弹的。我要起义……我拥护人民政府。"罗远辉接过定时炸弹,讽刺道:"你也拥护人民政府?好吧,就相信你这一回。你就留在厕所里,继续保卫人民的财产。"他手捧定时炸弹,小心翼翼走到船边,拔掉保险栓,抛进海里。"轰"的一声巨响。郭代表听到爆炸声,收住脚步,兴奋道:"好哇,到底引爆了,庄尚德立了大功!"萧师傅接着说道:"可是不见他出来,不知道是死是活。"郭代表:"有办法,我派安凯去看个究竟,但愿他福大命大。"

　　警车开到"民342"轮前,安凯和警员下车,问道:"有人报案,这里发生一起群殴和爆炸事件,还抓获一名嫌犯。有这回事吗?"顾昌运头裹纱布,说道:"是的。我是轮机长。大约十点左右,一群暴徒带着凶器来抢船。一拨人去抢驾驶室,一拨人去抢机舱。赶巧前一天我检修机器,拆下了零件。暴徒们只好撤走,留下一人炸船。但他还来不及引爆就被我们抓住了。"安凯问道:"你怎么证明他们是来抢船炸船的呢?"顾昌运气愤道:"还用证明吗?他们见人就打,你看,我的头都被打破了。"安凯接着问:"你说那个特务来不及引爆,那么炸弹是谁引爆的呢?"顾昌运答道:"是罗船长把炸弹丢进海里引爆了。"安凯却一副不置可否的样子,说道:"我不能光听你们的一面之词。把嫌犯带来,我要亲自审问。"庄尚德被带来,安凯装模作样地问:"轮机长说你企图炸船,有这回事吗?"庄尚德一副被冤枉的样子,说道:"冤枉呀。他们诬陷好人,我是来保护人民财产拆炸弹的。"罗远辉怒斥道:"胡说八道!那么炸弹是哪里来的?你怎么知道厕所里有炸弹?不是你会是谁?"庄尚德狡辩道:"我看见抢船的人安放炸弹,我要去拆除。我是有功的。"安凯打断道:"都不要争了,我把嫌犯带回去审问,一定要搞个水落石出。"安凯给庄尚德戴上手铐,押解上车。警车开到远处街角停下,安凯故意大声说:"你的案情已经记录在案。由于证据不足,暂时不立案。回去以后要规规矩矩,遵守法律。要是有新的证据,我会随时传唤你。走吧。"

　　一连串儿的破坏事件表明敌特破坏活动猖獗。敌人躲在暗处,难以防范,护产委员会决定剩余轮船加快返回内地。刘焕然和胡诗源再次去海关办理通关手续。马长禄疑惑道："这不还是上次那七艘船吗？"刘焕然说道："实话对你说，其实它们没有走。走的是六艘'美债'船。"马长禄无奈苦笑道："你们瞒天过海连我也蒙过去了。上峰知道了可够我受的。"刘焕然抱歉道："我们也是不得已而为之。若是等香港高等法院开庭审理，'美债'船必定都会判给美国。现在船都没了也就开不成庭了。真还要谢谢你呢。"马长禄："不必谢。作为中国人，我当然不愿意把它们判给美国人。"

护产委员会检查团登上"济平"轮。罗远辉带办事组清算资产造册，沈兰亭带纠察组做安全检查。柴荣在储藏室里私藏着一支卡宾枪，赶紧把它从被褥里取出，塞进送风口。虽然躲过了检查，但是储藏室被贴上封条，再也取不出来了。柴荣谎称下地去买药，飞跑到修理车间报告。郭代表懊恼道："咱们抢夺'民342'轮未果，反倒惊动了他们，促使他们加速逃跑！没有时间再等了，咱们下一步改为炸船，简单易行，而且破坏力大。"柴荣问道："现在各船都加强了值班和巡逻，怎么把炸药带上船？"郭代表说道："今天半夜两点左右，你在船边准备。等巡逻队过去，你就发出信号。我们划船过去。这次炸药分量很足，放在水线以下位置，一定要把船炸沉！"

纠察队每两小时巡逻一次。柴荣躲过巡逻，从船尾把炸药提上来。怕被人撞见，暂时用雨衣包住塞到床下。天明后，船队启动，钱琳、刘焕然、刘宏声、胡诗源齐聚码头为船队送行。柴荣把计时器设定为4个小时，溜出去寻找爆炸地点。机舱、通海阀、传动轴都有人看守，只能放在一个管道密集的货舱拐角处。船员们全都到甲板上来看香港最后一眼。船舷站满人，船队舳舻相连，柴荣没有机会跳海，起爆的时间正在分秒逼近。

这是特别行动部破坏招商局起义的最后一锤子买卖，事关重大，郭代表邀集安凯、杜头目、张家宝、隋连长、庄尚德到修理车间，只等爆炸成功喝酒庆贺。萧师傅坐不住，跑到招商局楼顶观看。几小时后，终于听到远方传来爆炸声，一团黑烟升到天空。萧师傅高兴得一跳老高。郭代表开启酒瓶，大笑道："太好了，不枉我们煞费苦心，大功告成。来，干杯！"

"济平"轮上浓烟密布，火焰冲天。已经驶入珠江航道的船队即刻转向救援。601扫雷舰正在江面巡逻。听到爆炸声，王新整舰长举起望远镜观察，"济平"轮上升起一面橙色信号旗，画有一个黑色正方形和黑色圆形。立刻下令道："那是国际求救信号旗。立即停止作业，全速赶往出事地点！"

罗远辉和沈兰亭赶到现场指挥抢救。火势猛烈，漆皮都烤化了，无法接近。烟雾弥漫，睁不开眼，也看不见东西。船员们奋勇施救。水龙头、灭火器、沙土一起上，多人被烧伤。经过两个多小时的扑救，渐渐控制了火势。从废墟中抬出二管轮文广利和加油工卜道成的遗体。右舷中部炸开一个直径2米的大洞，虽不会沉没，但已不能开动。罗远辉命令船队不要停留，继续行进，"民342"拖带受伤的"济平"轮跟在后面。601扫雷舰把烈士的遗体和伤员送往唐家湾基地医院。

广州市举行隆重的欢迎大会。黄埔码头锣鼓喧天，张挂巨幅标语——"欢迎招商局起义轮船胜利归来。"甲板上也挂满锦旗——"复航先驱""勇往直前""开路先锋"……党政军领导与起义船员合影留念。第二天举行追悼大会，两位烈士的棺木安放在广州市革命烈士陵园内。

过了三天仍没有柴荣的音信，萧师傅说道："不要等了，怕是回不来了。"郭代表叹道："柴荣兄弟不负总统和毛局长的殷殷期望，也使我们特别行动部扬眉吐气。真可谓'仰天长啸，壮怀激烈'呀。再开瓶酒满上，送柴荣最后一程。"就在这时柴荣囚首垢面，跟跟跄跄，猛然推开车间后门大喊："先生们，我回来啦！"萧师傅惊讶道："柴荣？你还活着？都以为你壮烈殉国了。快进来，说说怎么回事？"柴荣坐下说道："爆炸把我给震昏了。等我醒来，发现落在珠江的一个沙洲上。不知过了多久，也辨不明方向。后来我好不容易爬上岸，找村民讨要食物，可村民都不敢收留我。我口袋里的证件和钱都没了，靠乞讨才找回来。"郭代表拍了拍他的肩膀道："回来就好。我们终于干成了一件大事，你立了头功。我已经具文上报，还把你当成烈士。等到奖金发下来，咱们再隆重庆祝。"

起义回归的13艘轮船原属于上海招商局，仍归上海局建制。另调拨几艘轮船补充香港招商局，划为交通部所属航运企业。前后历时一年半，港澳资产接收工作胜利结束，接收资产总计港币2亿元和员工4855名。

香港经济工作旋即转入清理整顿在港内资企业。战争时期，从中央到地方，各系统党组织都在香港设立联络站或者企业，有大小一百多家。大的如华东局的运祥航运公司，小的如闽中党的南太酒家支部。新中国成立了，各自为政的局面再不能继续下去了。于是党组织成立了香港企业管理委员会。经过关停并转，只有少数企业被保留下来，消除红色印记，纳入德润公司的下属部门。同时指定德润公司为中国对西方国家贸易的总代理。

港管委的副主任委员钱琳对刘焕然道："有一件棘手的事。原华东局的运祥航运公司不是合并到远东公司了嘛，其所属的'魔杖'轮，英文名叫'Magic wand'，装满豆饼正准备前往高雄，但是它的二副出了车祸，你们能不能派一个二副去顶替？"刘焕然说道："我不能马上答复你，要下去个别征求意见。"

刘焕然找到许欣知，许欣知说："我愿意服从组织决定。不过，我的妻子快要临盆了，我是她在香港唯一的亲人。"刘焕然又找到周禀赋，周禀赋说："我不合适。我从厦门逃往上海，是因为三青团的林长青告发我是共产党。高水同学都知道，他们现在大多数都在台湾。"其他人都出海去了，身边再没有人了，刘焕然只好再次找周禀赋谈话："请你再考虑一下。只要自己不说，也不抛头露面，没有人知道你的底细，应该不会出事。你说呢？"周禀赋说道："你这样讲我就无话可说了。作为共产党员，我服从组织决定。不过我要表明，我是在明知道有危险的情况下接受这个任务的。我留下一封遗书给小胡，等我走后你转交给她。万一我回不来，她可以改嫁。"刘焕然满含热泪抱住他道："回来，一定要回来！我和小胡都等着你！"

为了确保平安，刘焕然采取了一系列安全措施。第一，更换所有业务单据，把"魔杖"轮改为香港华林公司所属，聘任英国船长，通知驻高雄的陈凤鸣全权代表。第二，去伦敦保险驻香港分公司投保战争险。第三，改穿原招商局的海员制服，化名卫星辰。在"魔杖"轮启程前最后一刻送他上船，应该是万无一失了。无人认识周禀赋，他也不认识任何人。

"魔杖"轮停靠高雄2号码头。一名军官上船问道："哪位是代表船东的轮船买办？"轮船买办回应道："我是，我叫舒洪滔。"军官严肃说道："我向你宣读台湾戒严令。从1949年5月20日起，台湾实行全面戒严，每天夜里十一点至次日凌晨五点宵禁。船舶离港一律凭离港证。"陈凤鸣上船说道："我是华林公司驻高雄港代表，叫陈凤鸣。各位有什么问题、有什么要求都可以跟我说。"周禀赋站出来道："我名叫卫星辰，是船上的二副。我希望你安排得紧凑一些，尽可能缩短留港时间，让我们越早回去越好。"陈凤鸣答应道："我尽力而为。不过我也只能催促，装卸调度还是港务局的事。"

轮船买办和理货部留在船上，等候交接货物。周禀赋为避免上岸留下值班。可惜白等了一整天，直到第二天才有搬运工来。舒洪滔特别叮嘱工头道："每块豆饼40斤，每次只能背一块。注意轻拿轻放，这东西一摔就碎，碎了就没法要了。"仓库距离很远，两扇大门只开一半，要等里边的人出来外边的人才能进去，进度很慢。

周禀赋跑过去看，那半扇门的滚轮脱落，拉不动。他找到舒洪滔反映道："照这样下去，2000吨豆饼什么时候才能卸完？"舒洪滔问他道："你有什么好办法？"周禀赋提议："去找港务局，把卡住的门修好，再调来几辆平板车，速度会大大加快。"舒洪滔道："这里我离不开，你替我去吧。"周禀赋只好去找副港务长包国兴交涉。他答应增派些劳力，把豆饼卸在门外，遮盖苫布。等大门修好以后再挪到仓库里边。

第三天，搬运工人数增加了，卸货改在门外，搬运速度加快了。

码头上有人向周禀赋招手，道："我认得你，你是周禀赋，我叫白宗添，也是集美高水的，跟你不是一个年级。听说你们这条船是八路的？"周禀赋一惊，问道："听谁说的？"白宗添说道："别问那么多。我就是来告诉你这个。千万小心——我必须得走了……"没说完就慌慌张张跑开。

第五天，豆饼终于卸完了。"魔杖"轮早早升起G旗等候领港，但是久久不见身影，反倒是宪兵增加了许多。陈凤鸣匆匆赶来，说道："你们暂时走不了了。舵工张昆昨天晚上嫖妓，过了宵禁时间。他又没有带证件，被宪兵队扣留。"舒洪滔疑惑道："不过就是嫖妓嘛，至多交些罚款，不应该耽误全船呀。"陈凤鸣无奈道："我也是那么说的，可是港口司令根本不理我。"理货部主任张九凑过来低语道："我知道是怎么回事，昨天隔壁船上的老乡来看我，他说我可真大胆，怎么敢跟八路的船到台湾。"周禀赋心里又一紧，装作不知情道："难怪呢，也有人跟我这样说过，看来情况不妙。我提醒你们，要做发生最坏情况的准备，赶快回去告诉你的人，把行李物品彻底清理一下，不留任何隐患，此外什么话都不要说。"舒洪滔和张九异口同声问："你是什么人？"周禀赋斩钉截铁地说："不要问那么多，只管照我说的去做！"

一队身穿崭新卡其布军装荷枪实弹的宪兵走进码头，把"魔杖轮包围起来。齐国平登上轮船，说道："我是港口副司令齐国平，命令全体集合。"

陈凤鸣赶紧把英国船长请来，船长对齐国平抗议道："我是船长格兰特，'魔杖'轮注册香港船籍，是英国领地，不受台湾戒严令的限制。我不许你们扣留我的船和人！"齐国平却说道："英国人到了中国也要遵守中国的法律。你还是别多管闲事，回房间待着。"船员到齐了。齐国平开口道："根据可靠情报，你们船上有共产党。谁是共产党自己站出来，还能得到政府的宽大。"见无人回答，齐国平再次劝诱道："现在公开承认还来得及。我说话算话，绝不食言。"还是没有人站出来。齐国平再问道："最后再问你们一次，有没有？"仍是一片死寂，齐国平怒道："你们敬酒不吃吃罚酒，那就别怪我不讲情面了。听我的命令，宪兵队——把船员统统押送下船。"陈凤鸣阻止道："轮船买办不是船员，代表华林公司，不能带走他呀。"齐国平根本不听，下令道："执行命令，一个人也不放过！"船员被押送上岸后，齐国平继续下令："警备部队和特警上船彻底搜查！不放过每一个角落，不放过每一张纸片！我警告你们，绝对不准私拿财物，因为里边可能藏有重要线索。如果有人违抗命令，按照通匪罪论处。"

所有人都被押送到高雄女子中学。宪兵队长训话道："从明天开始过堂提审。今天晚上每个人都仔细想想，彻底交代罪行，争取宽恕。法律无情，休想蒙混过关。对抗政府绝对没有好下场。"船员被分别关进五间宿舍。里边除了铺稻草的大通铺外什么都没有。人人心情沉重，哪有心思说话。

第二天天明，严酷的提审就开始了。走廊尽头传来阵阵受刑的哀号声，遍体鳞伤的船员一个个被抛回监舍。周禀赋扶起张九问道："你感觉怎么样？他们都问你什么？还挺得住吗？"张九气愤道："真他妈的不讲道理。他们什么都不问，上来就是一顿棍子和鞭子。

还说是依照太祖武德皇帝的旧制,给我吃一百杀威棒。我学林冲,说路感风寒未曾痊可,也未能幸免。"

周禀赋扶他躺平,擦去血迹,坐下来想自己的事。无意中发现墙壁上有字——"戴汝铭"。他拾起铁钉,上下各刻上周禀赋和卫星辰的名字。

下午轮到周禀赋。中学食堂被分隔成五个刑讯单元,惨叫声此起彼伏,齐国平来回巡视。张光远审讯周禀赋,按照固定套路,从姓名、职务、籍贯、出生年月日问起,直到文化和党派,然后就是一百杀威棒,直打到皮开肉绽,拖回监舍。

第三天,张光远再次提审周禀赋。张光远对他道:"坐下说。"周禀赋道:"谢谢你的好意。你要是挨了一百杀威棒还能坐得下来吗?"张光远说道:"那就趴在椅子上说。实话对你说,我是国防部保密局的探员,审过的案子不计其数,看人从没有走过眼。我看你第一眼就知道你是共产党。"周禀赋反唇相讥道:"我看你第一眼就知道你是个冒牌货。老子是英国轮船上的二副,月薪3000港币,比你体面多了。哪个有钱有技术的人会去参加穷光蛋党?"张光远又说道:"你是集美高水的学生。谁不知道高水的学生大半都是共产党?"周禀赋反驳道:"胡说八道!高水毕业生遍天下,上自船长下至练习生,你能说出哪一个是共产党?"张光远冷笑道:"《星岛日报》上有一则陈嘉庚校主参观'黎明'轮的消息,称所有船员都来自集美高水,而且都是共产党员,就是证明。"他取出报纸,指着一张照片道:"再看看照片。这个指挥唱歌的人就是你吧?"周禀赋周身血液一下子凝固了。插图是合唱校歌,有他一个侧脸。不过新闻照片网格粗大,并不清晰。周禀赋否认道:"不可能!这是哪天的报纸?《星岛日报》,1949年7月4日。那个时候——我还在印度尼西亚,巴达维亚港。"张光远又从卷宗里抽出几张照片,递给周禀赋道:"再看这几张,这回你还有什么话说。"照片是从不同角度偷拍的德润公司人员的活动，有钱琳、刘焕然、王昭基、刘峻基等人。其中一张周禀赋站在起吊机旁和人说话。距离很远，影像很小。张光远说道："别再嘴硬了，你还有什么话可说？"周禀赋依旧否认道："你也太卑鄙了。明明不是我却硬往我头上扣！我跟你拼了，要杀要剐随你的便！"周禀赋索性把卷宗横扫到地上。张光远忙着收拾，怒喝道："快，给我拖走——"打手把周禀赋拖走，他还是不依不饶叫道："你们这帮人面兽心的恶鬼——我叫你们断子绝孙，叫你们不得好死——"

周禀赋自以为能蒙混过去，事情却突然急转直下。军警在轮船买办舒洪滔的房间里搜出一张他的运祥航运公司业务主管的名片，共产党身份被证实了。在理货部的存档中，搜出几张运祥公司的业务票据，共产党背景也被确定。周禀赋的房间里并无可疑物品，可是由于那张新闻照片，对他的怀疑始终没有解除。于是轮船买办舒洪滔、二副周禀赋和理货部的张九、王林寿、欧才五个人被留下隔离关押，"魔杖"轮和其他船员被允许离境。

走进来一个背手风琴的人说道："我是音乐老师，看到你们遭受拷打，于心不忍，请求让我进来陪你们。"他拉起《没有共产党就没有新中国》，说道："熟悉吧，你跟着我唱。"周禀赋道："没听过。"他换了《南泥湾》《解放区的天》……周禀赋叫道："停停停，难听死了。你会一点儿西洋古典音乐吗？贝多芬、莫扎特、海顿、巴赫？"乐师笑道："会太多了，任你选哪一首。"周禀赋说："那就拉雷哈尔的《风流寡妇》，我陪你跳舞。"乐师拉起乐曲。周禀赋其实什么舞都不会跳，但是装模作样，抱起他按照华尔兹的节奏旋转起来。他越转越快，乐师晕头转向几乎摔倒，高声呼救："来人呀——"张光远带人冲进来，把狼狈的乐师拖出去。打手在房梁上拴好绳子，打好结套进周禀赋的脖子。绳索抽紧，他不得不踮起脚来。张光远又说道："承认自己是共产党吧，我们有铁证，还不快招！"周禀赋拒不承认。绳索越抽越紧，他的意识渐渐模糊，只感觉张光远和打手们离开房间……

几天以后，五个嫌疑人被转移到高雄警备司令部军法处看守所。他们分开关押，连面都见不到。陈凤鸣在看守的监视下探视周禀赋，说道："我作为华林公司的代表破例允许送些东西给你。他们几个案情重大，不许我见。你要好自为之。"他留下一口袋日用品和饼干后就匆匆离去。回到监舍，周禀赋打开当作包装纸的报纸看，上头有标题："英国华林公司向台湾当局提出严重抗议""华林公司向香港高级法院提起诉讼——控告台湾当局无视友邦关系，公然破坏国际公法""伦敦驻香港保险公司向台湾高雄港务局提出索赔"……难友们纷纷议论："好哇，有一股力量在设法营救你们。声势不小，你有救了。"周禀赋内心多少增添了几分宽慰。

晚上都入睡了，一个难友凑到周禀赋的身边说道："经过长时间的观察，我断定你是共产党，而且身份没有暴露，有希望活着出去。我有一件个人的事想拜托你。我名叫许波，是解放军第三野战军第37军853团团长，在金门登岛战斗中被俘。我们被俘大约4000人，多数人被整编进国民党军队，少数人几次分散拆解后不知所终，最后剩下我们10个人关进这里。请你替我向党组织转达我的四点意见。第一，我作为前线最高指挥官，负责任地对党组织证明登岛作战部队都是忠于党忠于人民的。他们一直战斗到最后，直到弹尽粮绝。在陷入绝境胜利无望的情况下，我认为做无谓的牺牲已经没有意义，于是命令放下武器。我愿意个人承担全部后果，不要追究被俘官兵的责任。第二，金门战斗失败的原因，主要是轻敌。指挥员想当然认为拿下金门易如反掌！金门有40000守军，我们只派出9000人，登岛船只准备不足，不掌握潮汐规律，没有后续部队，使得第一线部队生生被敌人剿杀。第三，我的父亲在上海静安寺一带开了一个小药铺，希望组织上能照顾好他。第四，告诉我的未婚妻，叫她不要再等我了。"周禀赋安慰道："假如我真的能出去，我一定完成你的嘱托。不过你也不必太悲观。国际公法规定不允许枪杀战俘，所以你肯定会活着出去。"许波笑道："但愿如此。说完这些话，我可以安安稳稳地睡上一大觉了。"

没过几天，被俘官兵都被叫出去，加上张九、王林寿、欧才等人。许波起身说道："我也该走了，估计是去绿岛集中营。我们不会被枪毙，但也不会马上释放。今生今世不知是否还能相见。请你千万记住我的嘱托。"周禀赋应道："放心，我都记住了。但愿你们终有归期，多保重。"

一周后，舒洪滔和周禀赋被长途转移到台北宪兵司令部军法处监狱。

班主任景老师问道："清明节快要到了，你们说今年的春游去哪儿呀？"龙旺举手说："抗战胜利后，国民政府没有收回香港，解放军也接到不准跨进香港一步的命令。深圳成了边境城市，我提议去深圳玩儿。"虹珠接着问："我想亲眼看看打败国民党800万军队的解放军是什么样子。"小平说："我想去摸摸真枪。要是能开上一枪就更好了。"景老师道："那就这样定了。4月5日清明节，下个礼拜三，去深圳。"

同学们趴在窗口欣赏沿途美景。景老师说道："从九龙到广州的铁路叫作广九铁路。谁知道是谁在哪一年建造的？"大家争论半天没有定论。"让我来告诉你们，是光绪年间英国人建造的，在1906年到1911年5年的时间里。铁路建成，大清王朝也完蛋了。广九铁路是东江纵队最活跃的地段，搞得日本人焦头烂额。"景老师公布了正确答案。

内地的气氛就是不同，处处觉得新鲜。景老师把他们带到军营，向首长敬礼，报告道："报告朱大队长，景大成向你报到。"朱队长高兴地喊道："小景，是你吗？好久不见了。"同学们这才知道景老师竟然是老东江战士。朱大队长介绍景老师的身世道:"1943年底,广东人民抗日游击总队改编为东江纵队。他那时是香港的大学生,偷偷跑出来参加东江纵队。抗战胜利后,国共两党谈判,共产党为了表示和平的意愿,同意撤出长江以南的解放区。东江纵队主力在曾生将军带领下,乘坐美国登陆舰去了山东烟台。内战爆发后,改编为东北野战军两广纵队。东江纵队留下的人组成粤赣湘边纵队。景老师是大学生,我劝他留下参加创办培侨中学。培侨主要吸收东南亚华侨子弟,叶廷英先生任校长。可别小看培侨,说不定哪个把守大门、烧锅炉、摇上课铃的大叔大伯就是东江纵队过去的班长排长连长呢。"

在同学们的一再央求下,朱队长讲了一段传奇故事。"1944年2月21日,美军第十四航空队轰炸启德机场。唐纳德·克尔中尉的飞机被击中,他受伤跳伞。下面正对着机场跑道,日本兵就等着抓活的。忽然一阵风刮来,把他吹到观音山一带的树林里。日本司令官酒井中将出动上千兵力搜寻九龙坳。一位叫李石的中国少年把受伤的克尔藏进山洞里,躲过搜捕。他又叫来李姐和陈勋,每天为克尔送饭、敷药,陈勋用仅有的5毛钱军票买了一块糖送给克尔。东纵司令员曾生得知后,决定不惜一切代价将他救出来。曾生将军用熟练的英语欢迎他,使克尔感到惊讶。本来嘛,曾生司令员就是中山大学的大学生。克尔用烟盒纸画了五幅漫画,离别的时候送给东江纵队,还写了一封感谢信。现在请景老师给大家翻译一下。"

景老师解释说:"原文是英文,我直接说汉语。"说着翻译道:"在我的飞机被击中,跳伞落地以后的几天里,我感觉几乎绝望。但是,我被你们勇敢的人从敌人追捕中安全、舒适地藏起来,然后又用船送到敌人管辖以外的地方去。面对着强大武装的日军非常严密的搜索,你们的战斗员拯救了我。我带着日益增长的惊奇来看你们庞大组织的力量,机敏,认真,精明和勇敢。我希望你们每一个男的,女的,年轻的,都把这看作我个人对你们的'心心相印'的音信。在战争里以及在和平的时候,我们永远是你们的同志。"虹珠感动道:"真的好感人呀。"景老师却叹息道:"他不知道为了营救他,我们付出了巨大的牺牲。两名女队员被日军逮捕杀害,其中一名只有17岁。"

小平举手问道:"朱队长,能让我摸摸枪吗?"朱队长取下手枪,退下子弹,递过去道:"可以,拿去吧。"景老师接过手枪,从同学们的眼前走过,边走边说:"每个人都摸摸。这可是真家伙,沉甸甸、冰凉凉,朱大队长拿它打死过成千上万的日本鬼子。"朱队长笑道:"别听他胡说,全东江纵队也没有打死1000个鬼子。不过把广九铁路搅得天翻地覆,使得它近于瘫痪倒是真的。"

春游让小平流连忘返,他说"回去我就写日记'我摸过真枪啦'。"

一个阴沉沉的早晨,犯人们被喧闹声惊醒,一队戴白手套的军警走进衕道,打开牢门。监狱长叫道:"叫到名字的人都出来。"舒洪滔也在其中。他走过牢房的时候对周禀赋说:"今天是我大限的日子。我的真名叫英延明,是运祥公司的共产党员。你知道我在行刑的最后时刻心里会喊什么,拜托了。"周禀赋说:"我知道,走好,我会替你喊的。"

一周后,周禀赋被转送进台北郊区反省院,分配在第七中队。

盛管教说道:"这里是反省院。你知道什么是反省院吗?"周禀赋答道:"知道。曾子曰,吾日三省吾身。为人谋而不忠乎?与朋友交而不信乎?传不习……"盛管教打断道:"放屁!反省就是忏悔过去,改过自新,洗心革面,重新做人。"周禀赋道:"是的。我从台北宪兵司令部军法处转来,之前在高雄警备司令部军法处关押,再往前关押在高雄女子中学。我经过半年锤炼,受过大刑伺候,聆听过谆谆教诲,还认真研读过蒋总统的著作。早已脱胎换骨了。"盛管教接着道:"转变思想,抛弃旧我,要经过长期而且痛苦的过程,如同经过太上老君的炼丹炉的造化。你不要辜负政府的期望，实现真正的重生。"说罢取出一张表格递给周禀赋道："给你笔，自己填写。"周禀赋接过纸笔开始填写。填写完，盛管教看了看道："字写得挺漂亮。以后你可以负责中队的壁报。"盛管教发给他脸盆、饭碗后，领他到七中队第5组，介绍道："这个新来的同学叫卫星辰，以后就在你们组学习改造。执星员叫温一帆，集合、整队、学习、讨论、汇报都是他负责。"

洗脑是反省院的宗旨。长官训话、听时事报告、奉读领袖经典、讨论交流、交代余罪……日程排得满满的。听完反省院司令官徐骧将军的辅导报告，各中队带回分组讨论。徐骧在盛管教陪同下巡游听取反应。周禀赋见他走过来，抢着发言："先总理创立三民主义学说，是我们建党立国的根本。我们一定要高举三民主义的大旗，把先烈未竟的事业进行到底……"徐骧在旁听，训斥道："不要高谈阔论，离题万里。要结合自己，深挖犯罪根源。"周禀赋一脸无辜道："我不知道犯了什么罪。我是香港的海员。高雄港口司令凭空诬告我是共产党，真是太冤枉了。我懂技术，会外语，月薪几千港币，比他港口司令挣得都多。像我这样的人怎么可能是共产党呢？"徐骧回应道："既来之，则安之，不要怀有抵触情绪，这样不利改造。你要坚定不移地相信党和政府。至于你的案情，等我回去查查看再说。"

徐骧转完一圈儿走进自新室，被色彩斑斓的壁报吸引住，说道："这一期的壁报别出新意，色彩纷呈，好像很专业嘛。我想见见这位主笔。"周禀赋被叫来，徐骧道："啊，还是你？你的世界风光画得很逼真。可是我搞不懂，为什么还包括苏俄的莫斯科红场？"周禀赋答道："先总理遗言'革命尚未成功，同志仍需努力'。革命的目的是什么？当前是推翻封建专制王朝，建立自由、平等、博爱、民主的社会。最终目标是实现人类大同。我把全世界的风光连接在一起，不分信仰，不分制度，就是要体现四海之内皆兄弟，共同创建美好未来的愿望。"徐骧赞道："说得好。寓意深刻，境界高远。我一向怜才惜才爱才。这是我的名片，出去以后遇到什么难处可以去找我。"

培侨中学教室，景老师走进来。全体起立，问候道："老师早——"景老师回应道："同学们早，请坐。"接着问道："有谁能告诉我，科学界有三大难题，都是什么？"龙旺抢着发言："我知道，第一，有没有上帝；第二，先有鸡还是先有蛋；第三，妈妈和情人落水你先救哪一个？"虹珠跳起来反驳："他胡说八道！"龙旺也立即反驳："绝不胡说！你若是落水，我舍了命也要先救你。"全场哄堂大笑，虹珠臊得满脸通红。景老师改口道："我应该问科学界的三大起源之谜。"龙旺又抢先答道："人类起源有三种假说。第一，人类是由神创造出来的；第二，人类生命来自天外陨石；第三，人类是由古猿进化而来。"景老师说道："你说的是人类起源之谜，而我问的是三大起源。"虹珠答道："三大起源是物质起源、生命起源、意识起源。"更多的人争着补充道："是宇宙、人类、文明三大起源。""是宇宙、生命、理智。""佛说，心是起源；道说，无极是起源；玄说，天公地母是起源"……景老师阻止大家，"好了，不争了。我出这个题目为的是告诉你们，世界上还有许多奥秘等待你们去探索，等待你们去建功立业。这就是我的临别赠言。"众人吃惊道："什么？临别赠言？老师，你要走了？"景老师说："是啊，今天是我的最后一课。新中国成立了，百业待兴，需要各方面人才参加社会主义建设。正是我报效祖国的时候。别难过，你们中的很多人将来会和我一样，也会回到大陆去学习或者工作。说不定我们还会见面呢。"

周禀赋被叫到管教室，惊奇地发现陈凤鸣正在和盛管教说话。盛管教说道："恭喜你卫同学，徐骧将军批准你提前获释，这位陈经理今天来接你出去。我在反省院干了五年，单独且提前获释的，你是唯一一个。"

他们乘坐台湾纵贯铁路列车南下，陈凤鸣娓娓道来："得知你被扣押的消息后，刘领港就向我打探消息，要我去探视，并且要我不惜重金营救。连珠市长托关系，左转右转，找到徐骧将军。好在徐骧将军对你印象不错，这才促成你提前释放。"周禀赋见到连珠，一再向他表示感谢。离开高雄之前，也没忘去探望白宗添。

"盛兴"轮经过鲤鱼门信号台，周禀赋心潮澎湃，远远看见钱琳、刘焕然、刘峻基、胡韵贞等人举着鲜花的身影，他泪如泉涌……刚一靠岸就飞奔下去，直扑到刘焕然的怀中，号啕大哭："Captain……我回来啦……整整200天呀……"撕心裂肺泣鬼神，山川失色动地哀。刘焕然轻抚他的后背，安慰道："好了，都结束了，让我们重新开始……"所有人无不为之动容，潸然泪下。周禀赋道："英延明同志是忠诚的共产党员，为了不暴露身份，他临刑前嘱托我替他喊出心里的话。我能帮他实现最后的愿望吗？"钱琳统同意道："当然可以。"周禀赋对众人道："同志们，英延明同志不幸牺牲了，让我们喊出他心里的话——'共产党万岁'！"远东公司员工高呼："共产党万岁——"

3. 中波海运公司和育英小学

重新回到组织的怀抱，是使周禀赋能在几度濒临死亡的绝境下坚持到底的坚定信念。可是在回家的路上，他却听到刘焕然近乎绝情的话："根据党的纪律，凡是被捕过的同志，必须经过审查才能重新分配工作。审查期间你住到我家里。"周禀赋悲哀道："怎么，我经受了如此磨难组织上还信不过我？那都是在台湾，哪里去找证明人？"刘焕然说道："怎样审查是组织上的事，你不要有抵触情绪，要如实写出所经历的一切。要知道，你上'魔杖'轮是我和杨老板安排的，我们俩也要接受审查，也要写交代材料。作为共产党员，我们都必须服从组织纪律。"

这对周禀赋绝对是痛苦的煎熬。写交代材料时，总会把他的思绪带回那不堪回首的苦难之中，"唯有泪千行"。几度"惊回千里梦……起来独自绕阶行……欲将心事付瑶琴。知音少，弦断有谁听？"经过灵魂的拷问，他最终还是得到解脱。尽管如此，周禀赋始终不明白究竟是哪个环节出了纰漏。

刘焕然特意把钱琳和胡韵贞都请来，一起吃一顿送别家宴。他播放贝多芬的A大调《第七交响曲》，说道："我敬每个人一杯酒，特别是小胡，我最理解你此时的心情。不多说了，我送你辛弃疾的一句诗话——'一杯酒，问何似，身后名？人间万事，毫发常重泰山轻'。"钱琳接着道："我接着说：'悲莫悲生离别，乐莫乐新相识，儿女古今情。富贵非吾事，归与白鸥盟。'你们也算作一对患难夫妻了。"周禀赋也说道："我也以刘禹锡的诗句作答吧：'巴山楚水凄凉地，二十三年弃置身。怀旧空吟闻笛赋，到乡翻似烂柯人。沉舟侧畔千帆过，病树前头万木春。今日听君歌一曲，暂凭杯酒长精神。'"刘焕然对周禀赋道："欢迎归队。好好干，继续我们的海上斗法。"

周禀赋回到"魔杖"轮成了正式的二副。船到日本福冈港，和美国轮船"乔万尼"号共用一个水臌停泊。富冈港简直就是美国的本土基地，满目美国大兵。半夜里刮起台风，搅动三者一起走锚，随着波涛向码头撞去，情况万分危险。周禀赋用高音喇叭反复呼叫"Mayday——"美国船员都上岸度周末去了，只剩一个黑人清洁工。周禀赋高喊："Cast anchor……Drop anchor……Lie at anchor……"黑人清洁工好半天才明白是快去操纵锚机抛锚。周禀赋也及时抛锚。就在即将撞上码头的关键时刻终止了走锚。天明后，"乔万尼"号

┠ 国际信号旗 PRB ▨▨

船长亲自登船致谢，送给周禀赋一个精美船模和一顶洋基队的棒球帽。奇怪的是，再过一天，"乔万尼"号和所有舰船突然都不见了，原本熙熙攘攘的富冈港，变成空城，一个美国大兵都没有。

"魔杖"轮回程，夜间经过朝鲜仁川，闯入一个一眼望不到头的军舰集群，被美国军舰拦截。格兰特船长出示麦克阿瑟将军签署的许可证，执法军官与联合国军司令部核验后允许离开。原来云集在福冈的美国军队都集合到了这里。是不是预兆将有重大军事行动发生？他们立刻向远东公司报告，刘焕然迅速转告钱琳，钱琳黉夜前往广州兰兴公司，发特急电报给北京。中国领导人第一时间将情报通告朝方领导人，判断美军有可能在仁川一带大规模登陆，同时命令"魔杖"轮速返大连，派飞机把周禀赋等人接到北京当面汇报。可惜这个情报没有引起朝方的重视。

1950年9月15日，美军在仁川登陆，朝鲜人民军猝不及防，一口气打到鸭绿江边，麦克阿瑟放言回家过圣诞节。10月25日，志愿军秘密跨过鸭绿江，开始了中国人民的抗美援朝、保家卫国运动。美国总统立即宣布对新中国实行海上封锁，派第七舰队进驻台湾海峡，和国民党海军一起，在中国沿海布设水雷，查禁悬挂五星红旗的船只驶出公海，阻止所有外国船只进入中国港口。美国政府操纵联合国，几乎每天都有新的法令出台，把中国囚禁起来。而国内状况更是捉襟见肘。旧政权把轮船劫掠一空，设施破坏殆尽，只有在香港的远东公司逃过一劫。它是全国对外贸易海外运输硕果仅存的通道。各地的告急电报压得刘焕然喘不过气来，寝食难安。

杨老板住在九龙秀竹园6号的一座三层别墅，这其实是他妻子黄美仙家的。德润公司的老板住这样的豪宅也与他的身份相称。他把一层和二层出租给两家英国人，也便于掩护自己。刘焕然是象棋高手，经常星期天渡海去找他下棋，边对弈边谈工作。刘焕然说道："全国人民只关注朝鲜战局，哪里知道海上封锁禁运有多么严酷。

中国北方与苏联接壤，美国人封锁不住，社会主义国家援华物资通过铁路大动脉运送过来。但是铁路运输路程远，成本高，运力有限，造成严重积压，只能承担不到一半的运输量，另外一多半要靠海上运输承担。这么重的担子都压到我们远东公司身上，实在不堪重负。谁来替我们分忧呢？交通部吗？自己还揭不开锅呢，指望不上。还不是要靠我们自己解决？"钱琳问道："你有什么好主意？"刘焕然建议道："我们本可以大量租用外国船只。可是联合国的禁运令把这道大门关死了，谁都不敢租船给我们，我们只有向社会主义国家求援。当然人家也不会白给你。我建议成立一个中外合资经营的海运企业，英文叫作 Joint venture enterprise。就是与外国合作成立一家新的公司，注册外国船籍，船名、船长都是外国的。而对内则是对等的关系，各占一半股份，轮船、人员、盈亏平摊。无形中我们的运力增加了一倍。"钱琳道："主意倒是不错。你说双方各出一半的股份、船只、人员。可是中国只有起义的那13艘不到3000吨的小船。"刘焕然说："不怕，我们远东公司可以出三艘万吨轮船。"钱琳高兴道："好极了。你抓紧代拟一个请示，我签字后上报财经委员会。"

钱琳起身斟茶，递给刘焕然一杯，说道："我也有一件事要跟你商量。美国除了海上封锁，还冻结了中国的海外账户和资产，切断大陆的财路。为避免损失，财经委员会指示尽快把这些资产调回国内，存款突击全部花掉，优先购买战略物资。橡胶、石油、成品油、药品、型钢、棉花……大宗的要买，零售的也要买。香港澳门的买完了就去全世界买。你要考虑怎样把它们运回来。"刘焕然沉思片刻，道："这件事可不简单。第一，从香港出口到内地必须报关。而报关具有高度的专业性，必须精通英语、熟悉流程、熟知商品税则，获得报关员资格。通常委托报关行代理，报关行也要半夜去排队，一天办不成几单，难以大量通关。第二，大量货物堆积在罗湖口岸，千军万马过独木桥非常危险。会造成拥堵、混乱、破损、车皮紧张的局面，还难于防范敌特破坏和轰炸。第三，不能保证所有货物都能通关。禁运清单每天都在加码，关员一句话就会当场扣押和没收，不容争辩。"钱琳问道："你有什么高见？"刘焕然说道："特殊时期特殊办法。非禁运物资正常报关入境，其余物资化整为零，走私入境。"钱琳惊讶道："走私？难道你不知道是违法的吗？"刘焕然道："当然知道，可是不走私你进得来吗？站在中国的立场上看，美国对华封锁禁运是非法的，我们搞边境贸易是合法的。再说了，一旦被捉住没收罚款也值得，就当作舍卒保车。"钱琳惊讶道："真有你的。具体你打算怎么做？"刘焕然答道："德润公司负责采购和正常通关，是君子。远东公司搞走私，是小人。我们既有自己的正规军，又收编招安三教九流充当杂牌军。"钱琳笑着打趣道："我想起来了。王昭基说过你是个老牌儿走私犯。"刘焕然笑骂道："他狗嘴里吐不出象牙。在他眼里，我是盗御马、劫皇纲的蓝脸窦尔敦。"

从此，一场波澜壮阔的经济战争拉开序幕。主力军是远东公司的突击队。货运部主任黄哲伦任队长，梁民福、孙敬贤、黄昌国带领三个突击小组，国境线那边接应的是公安边防的朱大队长。他们富有游击经验，灵活善变，时聚时散。香港一下子冒出多如牛毛的小公司，"华泰公司""裕龙华行""九天商社""天龙行"……"华达运输公司""信丰货舱公司""华安货仓公司""伊息凡船务公司"……一转眼又消失掉。香港的新闻纸、自行车、手表、药品几天就被抢购一空。紧接着东南亚的橡胶、轮胎、化工原料全部脱销。不久后印度、巴基斯坦、欧洲、日本、澳大利亚来了大买家，买回棉花、染料、仪器仪表、钢材、电工器材、铁矿砂……另有几支偏师，收编了许多贩夫走卒，更是无孔不入神出鬼没。他们中间不少人后来暴富，成了爱国商人，在大陆受到国礼的待遇。

"盛兴"轮抵达香港，张光远春风得意、踌躇满志地走进招商局修理车间，拱手说道："弟兄们，我张光远回来了！"郭代表笑道："瞧你这志得意满的样子，就知道你一定发了。"张光远道："你算说对了，我确实干了几件漂亮事。先是告发了'海未'轮的叛变阴谋，后来又挖出'魔杖'轮上藏匿的共党分子。毛局长给我记功，授予四等第五级云麾勋章，晋升少校，奖金五万元。"柴荣羡慕道："恭喜你了。你这个云麾勋章是什么分量？让我们见识见识。"张光远说道："国军共有六种三军通用的勋章。第一种是国光勋章，级别最高，只有蒋总统和傅作义将军获此勋章。第二种是青天白日勋章，授给保家卫国、抵御外侮的有功军职人员。第三种宝鼎勋章，分四等九级。一到四级授予将军级别，三到六级授予校级军官，四到七级授予尉级军官，六到九级授予士兵。第四种云麾勋章，同样分四等九级。第五种忠勇勋章，为襟绶，表彰作战中英勇杀敌、负伤不退或临危指挥战斗的军人。第六种忠勤勋章，也为襟绶，表彰连续服役 10 年以上的军人。"解释完，又转头对柴荣道："毛局长获悉柴荣炸毁敌船一艘，授予你忠勇勋章，晋升少校，奖金五万元。给你。"柴荣接过金光灿灿的勋章，兴奋地叫道："晚上我请客，喝它个通宵达旦！"

张光远阻止道："先别忙，我还要讲第二件事。美苏从盟友变成对手。以美国为首，西方阵营成立了巴黎统筹委员会，简称巴统，对共产党阵营实行全面封锁，尤其是战略物资和先进科学技术。美国中央情报局在匹兹堡市注册成立了一家'西方企业公司'，远东分部设在台湾台北市中山北路，美国的皮尔斯准将任老板。在金门岛、大陈岛和白犬岛设立联络站，派军事专家主持策划、训练、装备国军，指挥袭扰大陆。香港专门成立'香港商情研究所'，美国的福斯特上校任所长，搜集经济情报，监视大陆。香港特别行动部划归它的建制。任命郭代表为中校副所长，柴荣为一科科长，我为二科科长，庄尚德为三科科长，安凯为外联科科长，萧师傅为总务科科长。"

萧师傅拍手笑道："好哇，这下子又有的可干了。"柴荣提议道："过去在大陆通缉的共匪，现在都在德润和远东公司里。我们应该在他们的附近建立据点，方便监视。"郭代表同意道："非常必要。这件事可以交给安凯去办，他在香港人头熟。"

合资公司并非刘焕然首创。马关条约之后日本人就在中国搞合资企业；30年代初成立的"中航"和"央航"也是合资经营的；建国初期，中苏成立过四家合资经营公司。这些所谓的合资公司基本上都被外资把持，刘焕然坚持要平等和互利，但是没有这方面经验。香港贸易发展局的资料中心，订阅全世界主流经济类期刊、报纸、年鉴、海关册、公告、专著、文献，是亚洲最权威的商业信息库，这是国内没有的。他和刘峻基提前做功课，每天都来查阅资料，为未来的合资公司勾画蓝图。

武参谋和訾云英逃到澳门，在懋隆旅店开房小住一晚，买好船票，准备搭乘后天的"奥星3号"客船去香港。澳门是著名的东方赌城，武参谋想碰碰运气，兴许能小赚一笔钱。不知道是运气不佳，还是庄主耍老千，他把身上仅有的一点儿钱赔得一干二净。他赌红了眼，急于翻盘，把手枪作抵押孤注一掷，结果输得更惨，又欠下10000元债。大丰银号哪里能放过他，叫来实际掌门人——澳门黑帮和胜和的莽山林帮坐堂飞豹吊打了3个晚上。訾云英苦苦等不到人，只得独自乘船离开。武参谋被扔到当街，拖着伤残的身躯赶到码头，眼睁睁看着"奥星3号"远去。武参谋只得靠打零工出苦力度日。后来遇到渔民阮老大，才算暂时有了落脚之处。

訾云英流落香港街头，举目无亲，穷途末路，饥肠辘辘。幸遇"罗曼丝"舞厅老板心生恻隐收留了她。而她在这里崭露头角、大放异彩，为舞厅带来空前的火爆。"神女下凡，轻歌曼舞。恍若天人，魂不守舍"。海报引起轰动，票价大涨。14K葛肇煌中将被她的美貌和舞姿深深吸引，芸芸众神赞，飘飘仙子舞，有心将她赎买，据为己有。

舞厅老板不舍得这棵摇钱树，訾云英也不甘心沦落。于是葛肇煌包下专座，天天来此欣赏美人，"晓看天色暮看云，行也思君，坐也思君。"冀希以恒心换芳心。这一来反倒成了她的保护神，无人再敢觊觎。百花街是摩星岭杜头目的保护地，他每个月都来收坨地。张家宝虽然跟他来过多次，但都不曾进到舞厅里边。这一次看到海报，又是门庭若市，出于好奇，进去走一遭。发现那个头牌舞女竟是苦寻多日的妻子。夫妻终于团圆，抱头痛哭。葛肇煌不再有非分之想，乐得出资成全这对儿苦命人。有如诗云："从别后，忆相逢。几回魂梦与君同。今宵剩把银缸照，犹恐相逢是梦中。"

摩星岭的散兵游勇和当地居民多次发生冲突，港督下令永久关闭摩星岭，迁往九龙调景岭。张家宝决意告别江湖，用太太的名字做招牌，在百花街开了一家"云英珍馐面馆"。张家宝是镇江人，那里的锅盖面远近驰名。訾云英的老家是浙江诸暨，也是西施的故乡，西施豆腐成了招牌菜。加上隋连长的帮工，日子过得倒也安稳，完全成了本分的市民。

武参谋不甘沉沦，见阮老大的"衰婆"（粤语妻）做一手好烤鱼，提议在澳门客运码头仙客居食苑门外摆摊儿，以阮家女儿阿美的名义申领经营许可，并起名"阿美烤鱼卷"。一家人起早贪黑，精心打理，生意渐渐有了起色。澳门是个弹丸之地，很快就被莽山林帮的马仔发现，追逼还债。飞豹手下的田老二铁算盘一扒拉，连本带利欠下14600块钱。飞豹三天两头来搅局和讨债，扬言限期不还就要阿美以身抵债。武奇志被逼走投无路，从跳蚤市场买来仿真手枪，黉夜扮作蒙面劫匪，闯入大丰银号，抢回手枪，顺带掠走赌场的一口袋现金，带着阮老大全家逃到澳门大氹仔岛躲藏起来。武参谋这才吐露真情。他原名武奇志，是原国军39军军部参谋官，兵败后亡命澳门。因误入赌场欠下赌债，被飞豹追逼，与军长太太失散，孤身流落。连累阮老大一家倾家荡产，亡命在外，非常歉疚。武奇志化名新加坡华侨富商金守义，盘下一间药铺，改为鲲鹏海宴舫。大氹仔岛与澳门隔海相望，相对安宁，生活渐入正轨。至于资金来源，他谎称去妈祖庙烧香，求她消灾避祸。因正心诚意，格物致知，精诚所至，感动神佛。妈祖娘娘托梦，去香炉之下取回宝匣一件，内有巨资百万。正当生意蒸蒸日上的时候，武奇志准备和阿妹成亲。不幸祸从天降，飞豹一伙儿再次找上门来，在一个雨夜，捣毁饭庄，掠走阿妹。阮老大夫妻舍命相救，被飞豹乱刀砍死。武奇志发誓报仇雪恨，驾驶渔船跟踪而去，翻墙进入"莽山林"的老窝。众匪徒负隅顽抗，飞豹趁乱抄起长刀砍向武奇志，武奇志回身将其击毙。慑于他的威严和神枪，田老二率众匪徒归降，拥戴他成为新的坐堂（舵主）。武奇志隆重安葬阮老大夫妻，将鲲鹏海宴舫盘出，在"聚义厅"开办守义商行，带领莽山林逐步退出江湖，从事合法生意，洗白身份。

蒋介石和宋美龄经常 picnic（野餐）。第一家庭的家风带动了社会的风气，于是野餐风靡一时，殷实人家纷纷效法。同样是一顿午餐，在草坪上享用就是别有一番滋味。刘焕然难得有空陪家人去扯旗山香港植物公园过周末。吃饱喝足了，孩子们穿着滑轮鞋疯狂地追逐，哈路紧随在后，玩儿得其乐融融。回家的路上，孩子们唱起门德尔松的《乘着歌声的翅膀》：

乘着这歌声的翅膀，亲爱的随我前往。去到恒河的岸旁，最美丽的好地方。那花园里开满了红花，月亮在放射光辉……

到家时，发现黄卉守在楼前等他们。黄卉对刘焕然道："杨老板给你家打电话没人接。派我来找你，说有急事。"

刘焕然跟她骑单车赶到钱琳的办公室。钱琳歉意道："对不起，打搅你休息了。刚刚接到急件，财经委员会对创办中外合资轮船公司的建议非常重视，召开部际联席会议讨论，一致同意立项，委托外交部征询各友好国家的意见。波兰政府的态度最积极，他们将在一周之内派出专家组，为政府谈判打前站。交通部指名要你和 Principal Liu 前往北京，加入中方专家组。我给你五天时间准备，回去把家里安顿好。"刘焕然说道："用不了五天。我和 Principal 提前做了 Feasibility Study。已经完成可行性分析报告、合资项目建议书、公司章程草案、合营各方分享利润和分担风险及亏损细则，都是中英文对照。其他几种预案到北京后再定，说走就可以走。"钱琳高兴道："那可太好了。我的话还没说完——新中国成立了，我们所有人早晚都要回到大陆去。你们俩这次去北京，顺便把已经上学的孩子送过去，上寄宿学校。"刘焕然担心道："他们都还是小学生，不会独立生活呀！"钱琳："完全不用你们操心，组织上都有安排。我家老二杨威也托你们带去，上同一所学校。"

放学了，小平把同学们拦在校门口，说道："告诉你们一个不幸的消息，我要走了。我爸爸去北京开会，顺便把我和哥哥送到北京上学。"龙旺不以为意道："不就是去开会嘛，开完会还会回来的。"小平道："他回来，我们不回来。他说早晚全家都要搬去北京。"虹珠说："我爸爸也说过这样的话，说不定以后咱们会在北京见面。"龙旺安慰道："别难过，走那天我们全班去送行。"

高架桥顶只剩下小平一个人，留恋地回望所有的一切。平静的维多利亚港湾、来往穿梭的渡轮、热闹的中环和上环，还有扯旗山、山前山后的体育场、跑马地、寻常巷陌里的花毽高手……历历在目，思绪蹁跹。

全家人都在等小平吃晚饭，刘焕然把贝多芬F大调《第八交响曲》唱片放进留声机，这部幽默轻柔的乐曲被称为"小交响曲"，孕育了后来宏大的《第九交响曲》，是不是也是他们全家即将迎来新生活的序曲呢？

去北京要在广州中转，他们住进兰兴公司。汽车按一长两短一长四声喇叭后大门敞开。早晨起来，发现它居然是座占三个半跨院的西式豪宅。有办公区和生活区，有洋楼、花园、假山、车队。工作人员进进出出，俨然一个作战指挥部，充满神秘感。过长江要等渡轮，在武昌也住进了一个与兰兴公司一样的神秘院落，享受到星级宾馆的待遇。

到了北京，汽车开进西单头条前京畿道上的一座比兰兴公司更豪华气派的花园。一位很富态的中年人迎上前招呼道："刘焕然同志、刘峻基同志，还有孩子们，欢迎你们。"刘焕然疑惑道："我们是第一次见面，你怎么知道我是刘焕然？"中年人笑道："你从闽中地下党调到德润公司的手续是我经办的，你的履历我看过不知道多少遍，档案还在中直机关工委那里。"刘焕然恍然大悟道："哦——中央机关特别会计室赖主任，你好。"说着回头招呼孩子们道："孩子们都过来，叫赖伯伯好。"赖主任打趣道："怎么都是秃小子，没有丫头？没关系，我也有一双儿女，将来都是你们育英小学的同学。"刘峻基说道："我听说北京最好的小学是汇文小学，还有府学胡同、史家胡同、灯市口小学……都在城里，能不能去那儿？"赖主任解释道："你恐怕不知道，所有民办学校都要收学费。而共产党的党政军干部进城后，仍然实行供给制，不发工资，哪儿有钱养家、给子女交学费和伙食费？怎么办？只能各系统自己办学校，集体过供给制的寄宿生活。全国统一标准就是在我这里制定的。"刘峻基又问："伙食怎么样？"赖主任说道："孩子们正在长身体，当然要保证营养，大致相当于部队的中灶水平。我们正在制定工资标准和干部评级，全国党政军干部实行工资制之时，就是干部子弟学校终结之日。"

刘焕然说："孩子们，这里是中央机关特别会计室院子，也可以说是北京的兰兴公司，不准到处乱窜。我和刘伯伯有重要的外事活动，不能和你们在一起。沈达民叔叔负责照顾你们，给你们办入学手续。趁还没开学，你们可以出去转转，看看北京是什么样子。"

中波双方工作组会谈在北京饭店会议室举行。中方首席代表是交通部航运总局副局长喻梅，波方首席代表是波兰运输和海洋经济部航运局副局长克莱茨基。方啸云船长作为海事专家也被聘为中方代表。由于双方都做了充分的准备，所以在举行完仪式，礼节性地发表一番演讲，讨论日程安排之后，就带着对方草拟的文件返回驻地分析研究去了。

当晚去天桥剧场观看李少春主演的京剧《大闹天宫》。演出高潮迭起，异彩纷呈，外宾们看得眼花缭乱。孩子们如痴如狂，回到客房还意犹未尽。小平把被单披在肩上扮成齐天大圣，其他人口念急急风伴奏。他一个猴王亮相，挤眉弄眼。一屁股坐下，捡起一个苹果，咬一口就丢掉，眨眨眼睛，挠挠猴腮，再捡起一个桃子，咬一口又丢掉，仰天狂笑……门开了，刘焕然和刘峻基怒气冲冲走进来，孩子们全都傻眼了。

刘焕然批评道："怎么，大闹天宫？看你们干的好事，好好的水果咬一口就扔了，有这么糟蹋东西的吗？都给我捡起来吃掉！"沈达民打圆场道："孩子们闹着玩儿，不会糟蹋的。"刘焕然却大动肝火道："不行！老老实实给我在家待着不准出去，认认真真反省。两天以后，每个人写一份深刻检讨给我。"说完摔门走出去。沈达民扮了个鬼脸，跟着走出去。

建华不无抱怨道："都怪你，把大家都牵连进去，害得我们关三天禁闭。"小平不停地作揖告饶："俺老孙知过了，以后再不敢了。"

第三天晚上，庄严肃穆的"三堂会审"开始了。刘焕然说道："检讨都写好了吗？那么现在开始吧。小平，你是头一个。"小平取出稿纸，结结巴巴念道："'锄禾日当午，汗滴禾下土。谁知盘中餐，粒粒皆辛苦。'猴干偷蟠桃，得罪西王母。斗败二郎神，关进炼丹炉。我装神又弄鬼，大闹特会处。水果满地扔，腾云又驾雾。平时缺管教，犯了大错误。浪费是犯罪，纪律不可无。得罪了我爸爸，对不起沈叔叔。今后不再犯，再犯……再犯打屁股。"沈达民扭过脸憋住笑。刘焕然正色道："打屁股？便宜了你，要改！再犯给大家洗衣服。"小平："是，再犯洗衣服。"

轮到阿纯，阿纯念道："'赤日炎炎似火烧，野田禾稻半枯焦。农夫心内如汤煮，公子王孙把扇摇。'小平看戏不学好，我们不劝跟着闹。爸妈教育忘脑后，违反纪律不能饶。甘心情愿挨批评，三天闭门写检讨。勤俭节约切记牢，再犯……再犯罚去扫楼道。"刘焕然训斥道："扫楼道？便宜了你，要改！再犯就去太阳底下拔野草。"阿纯道："是，再犯罚去太阳底下拔野草。"

建华一见到自己了，主动念道："我，刘建华的检讨书——农夫日夜忙，鸡鸭猪牛羊。四季无闲日，水旱病虫霜。冬天寒风雪，夏天晒骄阳。碗中白米饭，粒粒血汗粮。我们铺张浪费不应当。再犯……再犯就吃糠咽菜半年粮。"刘峻基道："那倒不必，再犯就三天下厨房。"建华应道："是，再犯就三天下厨房。"

杨威接着念道："'春种一粒粟，秋收万颗子。四海无闲田，农夫犹饿死。'《大闹天宫》急急风，入夜还觉不尽兴。高兴开始扫兴止，都怪小平害人精。三天禁闭不出院，无端受累心不平。今后不再带他玩儿，免得连累无辜人！"刘峻基怒道："这哪里叫检讨，明明是消极对抗。不行，重写！"刘焕然却打圆场道："说句公道话，他那天晚上确实很规矩，应该区别对待。"然后对孩子们说道："念你们是初犯，这次写过检讨就过去了，但是要吸取教训。下次再犯怎么办？"孩子们赶紧接话道："洗衣服。""拔野草。""下厨房。""不带他玩儿。"刘焕然很满意，说道："都记住了？很好。那就把检讨书留下，夹起尾巴回房间去！"

后来，沈达民叔叔带他们出去看了几场电影，尤以苏联电影《小海军》最是爱看。孩子们一出电影院就都唱起《纳西莫夫海军学校军歌》：

澄澈的阳光在闪耀,你好,美丽的祖国,年轻的纳西莫夫人向你问好。亲爱的祖国,你只有一个!曙光闪闪,照亮前途。胜利的红旗在燃烧……

沈达民说道:"我听人说,咱们国家准备办一所少年海军学校,跟苏联纳西莫夫海军学校一样。"孩子们叫嚷起来,纷纷道:"是吗?我要去,我要去……"沈达民打断道:"别着急,我也是听说,还不确定。有消息我一定告诉你们。"

开学了,赖主任派一辆中吉普送他们去报到,其中也有自己的儿女胜利和和平。赖主任对几个孩子叮嘱道:"沈叔叔送你们去报到。育英小学是中央机关办的全日制寄宿学校,集体过供给制生活,有阿姨照顾,你们就把那里当成自己的家好了。"小平却说:"赖伯伯,我不去育英,我要上小海军学校。"赖主任笑道:"没有什么小海军学校。你就把育英小学当作少年军校吧。"刘焕然嘱咐道:"你们要有离开父母,长期过集体生活的思想准备。我相信学校会比我们照顾得更好。"刘峻基拿出几支笔,递给几个孩子,说道:"我送给你们每个人一支原子笔留作纪念,祝你们学习好!"

中吉普开出大院,顺着西单头条向西郊万寿路开去。那里已经停着四五辆美国道奇牌10轮大卡车,集合着一群年龄相近的孩子。守门人陕北老红军韩老伯,戴着白毛巾羊肚兜,见孩子们返校喜上眉梢。

沈达民说道:"我认识他们。有中组部的、统战部的、中宣部的、西苑机关的、马列学院的、人民日报社的、妇联的……都是各中央机关的。"这时又有两辆车开来,沈达民接着说:"他们是洛杉矶托儿所和香山慈幼院大班的,进一年级。"接着对几个孩子道:"好啦,胜利和和平回自己班上去。你们几个新生等候分班。"

刘小平和陆映雪被分配到四年级2班。接他们的王炜是烈士子弟，父亲因为飞机失事牺牲。张海生的父亲是中共驻苏联代表，常年在国外。丑小亮的母亲是延安洛杉矶托儿所所长。曾志平的父亲是东江纵队首长，总爱显摆坐过美国登陆舰、骑马穿越封锁线。他们6个人天然成了好朋友。

每个新生都领到全套的生活用品：被褥、床单、荞麦皮枕头、夏秋季内外衣服、毛巾牙具……一下子得到那么多好东西，小平简直不敢相信。王炜说道："校舍原来是傅作义的骑兵军营，封存着大批军用物资。呢制服是日本军装改的，汗衫是日本膏药旗做的，裙子是降落伞改的。走出学校，队伍整齐划一，人们都以为是哪个军校的学员，哪里知道是战利品。"

下午自由活动时间，老同学领新生参观校园。校园正在大兴土木。张海生说："育英小学是1948年11月7日在河北平山下东峪村成立，正赶上傅作义偷袭党中央，紧急疏散到滚龙沟躲避。七届二中全会结束一个月后，随中央机关迁进北京。在这里选址建校，一是利用原有兵营的房子。二是紧靠党中央，有中央警卫师保卫，很安全。我们都参加了建校劳动，还有一位解放军叔叔因为地雷爆炸牺牲了。但是校舍很快就不够用了。新中国成立后要建立新的政府部门，从全国各区抽调大批党政军干部来北京任职，子女也跟着来北京。军队系统的进'十一''八一'小学，政府系统的进育才小学，党的系统的进咱们育英小学。所以不断有插班生进来，全校至少需要20多间教室，还不算校部、教研室、图书馆、俱乐部、宿舍、食堂。新校舍仿照苏联纳西莫夫海军学校的理念，将用一条走廊把所有的房间都串联起来。"小平心想，难怪赖伯伯要我把这里当作少年军校。

开学当晚放映苏联电影《一年级小学生》，这是育英小学不变的传统。

第二天上新学期第一课，新生领到石板、铜墨盒、铅笔盒。班主任朱芳老师也是语文教员。她首先总结暑假作业道："总的来说全班完成得不错，都很认真。只有曾志平做了一半。"说着转头对曾志平道："曾志平，你能讲讲是怎么回事吗？"曾志平起立，解释道："我……我暑假是回广东过的。在广州住了两天，爸爸就把我送到宝安县坪山镇老家去了。天天有人拉我去吃饭。不是七大姑八大姨，就是姥姥姥爷舅舅舅妈，叔叔伯伯姑姑婶婶，大姨小姨表哥表姐……今天去东家，明天去西家，闹得我晕头转向。我无时无刻不惦记着作业，可是总不得空。好不容易安静下来准备做作业，翻开书包，才发现忘在广州了。一回到广州我就找出作业本，争取把落下的全都补上。结果……结果……"朱老师接着他的话说道："结果就只完成了一半。大家看，我们的曾志平是多么热爱学习呀！我被感动得差一点儿哭了。哼，你别以为天花乱坠讲故事，欠下的债就可以一笔勾销！你把作业本拿回去，把没有做的全都补上，别想糊弄过去。"曾志平取回作业本，背对老师做了一个鬼脸，引起哄堂大笑。

朱老师正式开始上课，道："下面我们讲新课《渔夫和金鱼的故事》。有谁预习过这篇课文？"朱老师见张海生举起手，便道："我请张海生把故事简单叙述一遍。"张海生起立，答道："这是俄国诗人普希金写的童话故事诗。老渔夫网到一条金鱼。金鱼哀求把它放回大海，答应可以给他任何报酬。老渔夫什么也没有要，老太婆却骂他是蠢货和傻瓜，要他回去要个新木盆回来。回家以后，发现家里果然有了个新木盆。老太婆变得贪心起来，要的东西越来越多，木房子、世袭的贵妇人……最后想当海上女霸王，要金鱼供她使唤。结果她什么也没有得到，又回到原来那个破木棚。"朱老师表扬道："讲得不错。"然后对学生们讲道："预习是提高学习成绩最轻松省力的方法。通过预习，就知道下节课将要讲什么，重点和难点在哪里。特别是数学，上课的时候就可以特别注意听老师讲难点，当堂就能理解并且记住。我还喜欢你们带着表情听课。我能从表情上看出来你们懂没懂，要不要再讲解。"

下午自由活动时间，教室里剩下曾志平一个人苦着脸趴在课桌前。小平问："你在补做作业吗？让我看看北京的教材跟香港有什么不同。"曾志平立刻接口道："好哇，你把我的作业做完了就全都明白了。"王炜对小平道："小心别上他的当。他自作自受，自己闯的祸自己兜着。"曾志平苦着张脸，哀求道："求求你们帮帮忙，老子绝对不会忘记你的恩情。"王炜说道："求人还一口一个老子，说明他毫无诚意，翻脸就不认账。"曾志平立即改口道："我是小子，小子知错了。我小子知恩报恩，在这里磕头了。"因为曾志平会讲广东话，所以小平从一开始就跟他比较亲近，心软道："看他怪可怜的，还是帮帮他吧。"说完转头又对曾志平道："不过你得念大家的好。"曾志平满口答应："那是当然。滴水之恩，老子当涌泉相报。"王炜指着他，说道："你们看，又来劲儿了不是？要说小子你！"曾志平顺从道："对对对，小子我知恩图报，甘愿抛头颅洒热血回报各位。"

第三天课间操，朱老师把曾志平留下，打开作业本，说道："我简直不敢相信，你竟然能在两天之内把暑假作业全都做完！不过我有个疑问，这像是好几个人的笔迹。难道你还是个书法家，一天一种字体？"曾志平支吾着不知如何回答："这个……那个……"朱老师说道："别这个那个的。告诉我，都是谁？不说没关系，我也能猜到是谁。朋友之间应该互相帮助，但是要区分什么是对的，什么是错的。帮助你坚持正确的，改正错误的，才是真正的朋友。"

要说育英和少年军校差不多不是没有道理。它来自解放区，经历过战争，作息制度和物质保障完全仿照部队。小学生都在长身体，每年必定要量体定制服装鞋帽，因此着装统一。一切活动都要排队，连上音乐课都要踏着钢琴的节拍排队走进教室。饭前洗手，再用公用毛巾擦干，然后整队进入食堂。8人一桌，全校到齐后，值班老师吹哨才能开吃。先喝汤再吃饭,不准讲话,不准掉一粒米,还要用饭碗去漱口。总值日生佩戴袖标,分兵把守,监督饭后漱口。执法有如宪兵,总让小平想起厦门小学当纠察队员的情景。每个周末,总值日交接班,仪式极其庄严隆重。王炜、曾志平、小平排在全班的队尾。曾志平的鬼点子最多,纠集三个人前胸贴后背跺着脚齐步走,发出火车头般的节奏,平添了几分滑稽。

每个班都配备一名生活阿姨,从入学一直跟到毕业。管理四年级 2 班的郭阿姨,心慈如修女嬷嬷,法术若大地女神该亚,能洞悉世间万物。谁没抹凡士林油、课间操没喝水、吃饭挑食、掉了扣子,都逃不过她的鹰眼。她会半夜准时叫醒那些经常遗溺的孩子起床撒尿。见到"车轴"脖子,她会按下脑袋狠劲儿地搓洗直到发红,任你疼得龇牙咧嘴也绝不手软。那些稀疏长出阴毛的大孩子,无论怎样忸怩躲闪,也躲不过她的 3D 扫描。

熄灯铃后大家都已躺下。女生宿舍的电灯突然亮了,郭阿姨站在门口叫道:"陆映雪,洗脚去——""我洗过了。""洗过了毛巾怎么是干的?"她只得乖乖爬起来。"懒丫头,也不嫌被窝里臭!"男生宿舍的电灯突然亮了,郭阿姨:"曾志平,刷牙去——""我刷过了。""刷过了牙刷怎么是干的?"曾志平不得不钻出被窝。郭阿姨戳他的脑袋:"想跟我耍花屁股……"

第二天,女生宿舍的灯又亮了,郭阿姨道:"陆映雪,洗脚去——""洗过了。不信你去看,毛巾是湿的。""洗过了为什么洗脸盆还是干的?"陆映雪吐了吐舌头,只得乖乖爬起来。郭阿姨在她头上敲了一下:"大姑娘家,臭脚巴丫,谁娶你当老婆?"男生宿舍的灯又亮了,郭阿姨道:"曾志平,刷牙去——""刷过了。不信你去看,牙刷是湿的。""刷过了为什么牙缸子还是干的?"曾志平乖乖爬起来。头上被郭阿姨戳了一把:"是不是明天又会有什么鬼主意?"同学都在被窝里捂着嘴笑。

百密也有一疏。睡午觉的时候，谁都没有睡意，相邻床位窃窃私语。小平刚来，没有人搭理他。不知听到什么响动，所有人忽地趴下不作声了。郭阿姨轻轻推开门查看，都在睡觉，只有小平一个人抻着头傻看。原来郭阿姨就住在隔壁，她自己都没有意识到，她的出门声就是预警信号。

中波两国工作组继续讨论。克莱茨基发言道："我们认真研究过你们起草的合资公司章程。我很想知道它是出自哪位专家之手。"刘焕然介绍道："就是这位刘峻基先生，Principal Liu，曾任航海学校的校长。"克莱茨基伸过手来，赞美道："很荣幸认识你，你是一个不可多得的人才。从你提供的公司章程草案看得出来，你不但办事认真严谨，而且精通航海业务和企业管理。将来合资公司成立，肯定要相互派驻代表机构。我代表波兰工作小组提议，希望能任命这位刘峻基先生作为中方的常驻代表。"喻梅微笑道："谢谢，我会向上级转达，有关人事最终将由中国政府任命。"克莱茨基总结道："到今天为止，我们的任务基本上完成了。未来公司的机构设置和业务流程都已经明确。有些事情超过工作小组的权限，要回国报请总理和议会决定。比如双方出资额度、推荐任职名单、公司选址、房屋场地产权证明及租赁协议等。"喻梅也补充道："非常感谢贵国政府对新中国的友好和支持，也很高兴与你们合作。我们取得了丰硕的成果，希望再努一把力，促成项目早日实现。"刘焕然补充道："我想提醒各位注意。美国和联合国对社会主义阵营经济制裁，无疑会带来诸多困难和风险。我们要时刻保持高度警惕，把它列为一项制度。"

"西方企业公司香港商情研究所"在干诺道远东公司马路对面的一座公寓楼四层建立了新的据点，能看见轮船的进出，却因为前排房屋的遮挡，看不到码头上堆积的货物。他们中间唯有张光远没有暴露身份。他装扮成搬运工，混进码头刺探情报。一旦发现橡胶、燃料油、药品、通信器材等重要战略物资,就偷偷把微型定位器塞进货物中,用以监视物流轨迹。

成立中波海运公司的工作组会谈结束。刘焕然来辞行,喻梅问:"能不能多留几天?有些事还想听听你们的意见。比如公司成立以后,中方总部设在哪里合适?多数意见是北京,因为它属于交通部管。你看呢?"刘焕然说道:"从经营管理和便利业务的角度看,首选是广州。它不经过台海,比较安全。缺点是珠江航道水浅,南北铁路不畅,货运量受限制。当前只能设立一个办事处。等将来黄埔港扩建成为深水港,铁路畅通之后再把总部移过去。上海容易遭到国民党飞机的轰炸,不安全。最后只剩下天津了。"喻梅感叹道:"你们要是能再多留几天就好了,还有好多事情要商量。"刘焕然说道:"如果事情不是太急,可以打长途电话讨论。我们必须要走了。美国宣布对中国封锁禁运,中央下令紧急抢购抢运。下手晚了,中国海外资产就有被冻结的危险。"喻梅道:"那我就不留了,祝你们平安顺利。"

刘焕然和刘峻基把行李装上车。沈达民看了下手表道:"还早呢,你们回房间休息,到时候我叫你们。"刘焕然:"不休息了。4个小时足够我们去看看孩子们。"他们买了一些京味儿点心,兴冲冲来到育英小学。不想竟被韩老伯挡驾,坚称没有介绍信任何人不准进去,磨破嘴皮也不通融。韩老伯有他的道理。美国洛杉矶爱国华侨听说延安中央托儿所里的孩子营养不良,捐赠了一批药品、衣帽、食品和幼儿用品。托儿所于是改名为洛杉矶托儿所,许多领导人把子女送进来。万万没有想到,刘伯承的二女儿刘华北竟然在一个夜晚被特务杀害,案件至今未破。陈毅来北京想看儿子,没有介绍信也没让进去。刘焕然说道:"跟这个倔老头横竖说不通,还是算了吧。"沈达民不死心道:"不成,点心买了哪能退回去。"他写一张纸条:"转交刘阿纯、刘小平、刘建华、杨威。"丢下后开车而去。

列车刚进罗湖车站就遭遇空袭,列车立刻倒退到一条支线上。

三架飞机低空掠过旁边的铁路编组货场，刘焕然和刘峻基清楚地看见机翼上的青天白日标志。敌机盘旋一周后俯冲过来，丢下炸弹，引起熊熊大火，黄哲伦、梁民福、孙敬贤立刻前往扑救。朱队长组织轻重武器对空射击，飞机被迫拉高。敌机第三次飞来时再不敢低空飞行，丢下几颗炸弹后就慌忙逃走。梁民福不幸负伤，黄哲伦和孙敬贤赶快把他抬走。经过军民合力扑救，大火很快被扑灭。目睹这一切，刘焕然的心情格外沉重。

抢运偷运虽然要冒风险，但是利益也是明显的，等于一场豪赌，不失为一个挣钱的机会。刘焕然宴请刘志清经理，先是畅谈国内的新气象、新面貌，描绘出一幅美好的远景。然后建言他转型经营石油，投身祖国的建设。中国正遭受禁运，急于开拓新的石油来源，将来的需求也是长期的和大量的，现在正是转型经营的大好时机，将来共和国不会忘记那些曾经的定倾扶危、同心断金之人。刘志清欣然接受。刘焕然又进言请太平洋公司提供货场和小型船舶，作为远东公司向大陆抢运偷运货物的中转站，以解一时之不便，刘志清也答应了。刘焕然步步为营、继续"诱敌深入"。美国对华封锁禁运，造成国内物资极度匮乏，走私偷运可以发大财……话声未落就把刘志清吓坏了，连忙拒绝道："你别得寸进尺，我是大大的良民，莫要害我！"刘焕然劝说道："你是我心目中的英雄偶像。淞沪保卫战，阁下是上海商会的童子军，7天7夜不合眼，经手登记103000名伤员，是何等的壮举！如今国家有难，正是彰显爱国主义本色的时候，怎能畏葸不前呢？'想当年，金戈铁马，气吞万里如虎。'曾几何时，怎么就变成'凭谁问：廉颇老矣，尚能饭否'了呢？"刘志清被说得心动，赧颜抱惭道："罢罢罢，就依你！"

夜幕笼罩下，一艘驳船靠向太平洋公司的码头卸货，数辆卡车开来装货。刘焕然对负责押运的于帆和周禀赋交代，这批货物是专供前线志愿军的。司令部为了统一指挥打仗，给每个排以上干部配备一块高精度的手表。杨老板要求每块手表都经过校准，上满发条试走3天，误差每天不能超过一分钟。检验员为了给三万块手表上发条，手指头都磨出了血泡。这里面饱含着德润公司员工的深情，绝对不能有丝毫闪失。车队沿着山区小路蜿蜒前行。抵达高埔村，把货物搬到太平洋公司的小货船上，由梁工和丁技师驾驶，顺锦田河而下，在河口尖鼻咀的隐蔽处潜伏下来。他们已经掌握了深圳湾（后海湾）海关缉私艇的活动规律。每两个半小时巡逻一次，以流浮山为起点，向东经过尖鼻咀，到深圳河入海口掉头，再次经过尖鼻咀返回，间隔20分钟。利用两次巡逻之间两个半小时的空当，他们驾驶小货船偷渡到对岸红树林。朱大队长在对岸接收。太平洋公司安安稳稳地挣到一笔钱，胆子大起来。头几次偷运都很顺利，刘志清满心欢喜。

谁知张光远混入零工队伍，在货物中间安放了定位器。通过电讯跟踪发现了这条秘密运输线。他们与流浮山缉私处串通好，设下埋伏。到了预定的时间，偷渡船果然现身。缉私艇全速出击，尚艇长喝令停船检查。偷渡船加速逃跑。货轮究竟跑不过缉私艇，只得绕回香港水域。缉私员跳过船舷上船搜查，发现满船都是胶鞋。橡胶是头号禁运物资，人赃俱获，大获全胜。郭代表领到奖金，欢天喜地到云英珍馐面馆聚餐庆贺。

破获重大走私案件。缉私处侯处长立功心切，立刻拟文将此大案呈报总署。忽闻太平洋公司刘志清经理来访，心中好不欢喜。既然送上门来，何不乘机敲一笔竹杠。如果对方愿意花大价钱私了，让他挣到一笔外快，也可以把案子压下来。想不到魏文达律师的一席话叫他张不开嘴。第一，橡胶属于美国规定的禁运物资，而其衍生品胶鞋并不是港英政府规定的禁运品。第二，小货船出发自香港水域，被截获时也是在香港水域，并不构成非法越境。第三，商品单据表明，这批胶鞋是要运往落马洲销售，是本地正常的商业行为。

从任何一个角度讲都不构成走私。尚艇长百般辩驳，占不到便宜，但还是捞到一根稻草道："香港政府规定夜间航行要事先申报，并且获得批准。你们违反规定，要罚款200港元。"最后，太平洋公司缴纳200港元罚款把船货领回。侯处长空欢喜一场，把郭代表抓来，告他谎报军情，狠狠地罚了一大笔款。实际上这批胶鞋也是专为前线志愿军定制的。采购员考虑到冰天雪地作战，要求厂家将鞋帮加高，前头加包头，就是后来流行至今的解放鞋。远东公司通过另外的渠道把它们运回国内。

"黄雀延颈，欲啄螳螂，而不知弹丸在其下。"矛和盾、攻和防、魔和道轮番变换。香港海关加紧边境和口岸的稽查，商情研究所钻头觅缝。尽管远东公司总能找到对策，但是走私偷运还是变得越来越困难了。

刘焕然派周禀赋以"兴隆公司"推销员的身份去澳门开辟新的战场。澳门南广贸易公司位于新马路100号新中行2楼，是跟德润公司一样的党的地下企业，同样在执行上级部署，突击抢购抢运物资。但是受运输能力的限制，经营规模不大。葛立平经理接待周禀赋，招呼道："早听说你要来。我们刚刚抢购来一批橡胶轮胎，没地方存放，必须尽快运走。"

周禀赋沿澳门边界观察。香山县和澳门之间只有拱北一小段陆地相连，其他部分都是以水路隔开的。鸭涌河流入前山水道，再与磨刀门水道汇合，这一段被称为内港段，是北半部分的分界线。南半部分的分界线是路氹航道段。全长大约21公里，河道并不宽，是很理想的偷运偷渡的地段。

有一艘渔船在河面上打转转，显然都是生手。周禀赋认出那个船老大是原国军第39军军部的武参谋。与其攀谈，知道他叫武奇志，兵败后逃亡港澳，落难江湖。他不愿意终身为寇，想要回归社会，把和胜和的莽山林帮改造成守义商行。朝鲜战争爆发，美国封锁大陆，眼见很多人搞走私发了大财，也想试一试运气。便训练手下喽啰驾驶渔船，但自己也是个半吊子。周禀赋学的就是航海，样样皆精。于是给他们做示范："你们看，船尾中央固定的这个铁钉叫球钉，也叫橹鸡子。橹的中间是铁窝槽，也叫橹逼，正好一阴一阳扣在一起可以万向转动。摇橹的时候先拉橹索，带橹柄转动一个角度，再拉动橹柄划水。划到头返回来，还是先推橹索转向，带橹柄转回一个角度，再推动橹柄划水。就这样来回拉和推，船就往前走了……记住，永远是先拉橹索转动船橹再摇橹。"武奇志盛情邀请他留下当水军教头，周禀赋也乐得做顺水人情，有心把他们打造成一支偷渡的生力军。摇橹并不难，几天工夫就都学会了。

周禀赋、葛立平、田老二经过反复勘测，制订了周密的计划。入夜时分，喽啰们把橡胶轮胎码放到渔船上伪装好。周禀赋亲自摇橹，划行到磨刀门水道入海口潜伏下来。等海关缉私艇驶过，桨手齐心协力，渔船加速前进，消失在夜幕中。以后依法炮制，把这批橡胶轮胎顺利运抵横琴。

葡澳当局查禁走私并不严格，守义商行抢运回来大批轮胎、药品、棉纺织品，规模不断扩大，不久就拥有了五艘渔船。却也被当地的奸商盯上了。有人主动上门，卖给南广贸易公司200桶汽油。经过检验确认无误，交付钱款，钱货两清。等到要装运时才发现只有20桶是汽油，其余全是沙子。留下的名片、单据全都是伪造的，毫无头绪，显然是老手所为。葛立平经理急得团团转，寝食不安。武奇志定下计谋，保留货物原样不动，派田老二暗中窥视，静待贼人重返现场。果然不出所料。几天后那个奸商派马仔回来打探虚实。田老二跟踪他的行迹，追到老窝。店主是绰号"五步蛇"的江湖骗子，经营一家脚行。不但悉数追回货款，他的老巢还成了守义商行的地盘。"五步蛇"不甘心，纠集打手找上门来械斗。但见武奇志亮腰间别着手枪，手下皆亡命之徒，吓得他再不敢来捣乱了。

守义商行的买卖越做越大，澳门港口只能驻泊3000吨以下的船只，必须到香港或者到外海舷边接收大宗货物。武奇志有机会登临香港，燃起找寻张家宝夫妇的念头。周禀赋为他在港报上连登寻人启事。经历了三年颠沛流离，尝尽了人间辛酸百味，他们终于得以团聚。悲喜交加，相拥而泣。"思悠悠，恨悠悠，恨到归时方始休。"既然他们都已成了奉公守法的良民，周禀赋也就捐弃前嫌，一笑泯恩仇了。

持续半年的抢购抢运活动宣告结束。守义商行和南广贸易公司结成长期战略合作伙伴关系，武奇志也成了受大陆欢迎的爱国人士。

于帆从兰兴公司取回北京传来的机要文件，是交通部关于合资公司的整体架构。公司的正式名称是中波海运公司，英文名为Chinese-Polish Joint Stock Shipping Company，Logo是方框中大写C-P。全部股本金10000万卢布，双方各占50%，各投资三艘万吨船舶折作为第一期应交纳的股金。喻梅为主任委员，克莱茨基为副主任委员。总公司设在中国天津，分公司设在波兰格丁尼亚。刘峻基为中方常驻格丁尼亚港代表。方啸云船长为中国广州代表处船务代表。

接到委任状后，刘峻基迅速交代远东公司的工作走马上任。他用闽南话向"梦黛莎"轮、"梦黛娜"轮、"梦黛雅"轮的船长喊话："命令你们立即转向，目的港波兰格丁尼亚港，到那里易帜。"闽南语就是密码。

双方轮船入股和命名仪式在波兰格丁尼亚港隆重举行。波兰入股"布拉斯基"号、"克修斯克"号、"玛布切克"号。中方的"梦黛莎"轮改名为"兄弟"号，"梦黛娜"轮改名为"希望"号，"梦黛雅"轮改名为"团结"号。这三艘都是万吨轮船，船长由波兰人担任，以下各级船员都出自集美高水。双方领导人讲话以后，波兰国歌《波兰没有灭亡》响起，巴拿马船旗徐徐降下，波兰船旗缓缓升起。全体船员向波兰国旗敬礼。

钱琳和刘焕然接到通知，赶赴广州兰兴公司参加一个紧急会议，竟然意外见到已经调回国一年半的王昭基、林玉佩、高瑞祥三对夫妇。刘焕然惊讶道："哇，你们怎么会在这儿？而且三个火枪手一个都不少。"王昭基说道："中央机关特别会计室赖主任要传达中央重要文件。我们也是临时接到通知从北京赶来的，林玉佩从上海赶来。"待大家坐定，赖主任讲话："大家都从报纸上看到了。1951年5月23日，中央人民政府和西藏地方政府签订《关于和平解放西藏办法的协议》，就是著名的17条，至此中国大陆全部解放。原先不曾料想到，进藏难守藏更难。西藏的气候和地理条件之恶劣，物资之匮乏，远超乎想象，几万部队和进藏干部的给养全靠外界输入。部队正在抢修川藏公路，但是短时间内不可能通车。军委决定建立一条从印度和巴基斯坦通往西藏的运输通道。任务交给德润公司和驻印度大使馆，并为此成立了一个天路贸易公司，要抽调得力干部，分别在孟买、加尔各答、卡拉奇三个口岸设立办事处，称作'印巴三处'。在海外建立办事处，需要懂外语懂贸易的干部，因此决定派王昭基和毛筠茵同志去孟买，林玉佩和唐素娟同志去加尔各答，高瑞祥和郑品玫同志去卡拉奇主持工作。任务是向进藏部队供应物资，同时完成对印巴两国的贸易。比如巴基斯坦的棉花，就是我们急需的战略物资。你们有困难吗？"林玉佩首先答道："困难当然有，干革命不就是去克服困难嘛！"钱琳也回应道："家贫念贤妻，国难思良将！"赖主任赞道："比喻很贴切。你们既是善于持家的内助，又是所向无敌的良将。你们也还要做迎接前所未有的困难的思想准备。西藏地区什么都缺，粮食、食盐、药品、服装、布匹、帐篷、镐头……甚至连桌子、椅子、锅碗瓢盆都要从外界输入。那里吃不到新鲜蔬菜，靠烧牦牛粪取暖。没有公路和汽车，全靠当地民工赶牦牛、马帮和毛驴运输，等好天气翻越雪山。回来的时候还要装上西藏生产的羊毛。从加尔各答到中国和锡金边界的乃堆拉山口有550公里。乃堆拉山口海拔4545米，距离拉萨450公里。高原缺氧，甚至会威胁生命。"王昭基说道："我们上过刀山，下过火海，甚至还跳过窗户，这都算不上什么。"刘焕然对他暗跷大拇指，画了一个跳楼的漫画，又写了四句诗："一足高来一足跛，天汉浮槎负重托。几度赴汤又蹈火，雪域天路三剑客！"王昭基画了一个独眼海盗回敬道："男儿到死心如铁。看试手，补天裂。"赖主任说道："德润和远东公司要做'印巴三处'的坚强后盾，保证物资和运输的及时供应。会后你们一起制订今后的工作计划。"

开学不久就是新中国成立后的第二个国庆节，育英小学党总支决定举行全校文艺会演。每个班出一个节目，节后评选。演什么节目呢？

王炜提议道："我提议把育英小学迁北京编成快板书。乡巴佬进城，处处出洋相。不知谁说北平是大马路、大楼房，没有石头，于是人人口袋里塞满了石头。走出大山，见到长长的冒黑烟隆隆作响的东西，不知道是火车，以为是活动的大虫子。进了北平，有轨电车'当当当'开过来，大家又认定是火车进城。晚上住在定县的教堂里，那个灯总是吹不灭，我们怎么知道那是电灯呀。我们的车队朝北走，军队朝南走，说是打过长江去，解放全中国。有趣儿的事说也说不完。"

张海生也凑趣道："我的故事可以编成山东快书。我得了盲肠炎，送进傅作义的陆军医院开刀。有一个班长对傅作义接受和平改编不服气，说手中有20万大军，怎么就不跟共产党拼一下呢？正在这个时候，传来解放军渡江的消息。他还不死心，第二天又传来解放南京的消息。他嘟囔着说，怎么一天之内就把首都南京丢了，这个仗没法打了。以后再也不跟我吵了。"

陆映雪却反对道："快板书、山东快书都太老套，早就看腻歪了。我提议把课文《诺言》改编成小话剧，全班都能上阵。"这个主意得到一致认可。

大游艺室就是大礼堂，平地就是戏台。上方高挂横幅"庆祝中华人民共和国成立二周年文艺会演"。少年儿童队大队长李莉莉宣布文艺会演开始，齐唱育英小学校歌。阿纯、小平、建华、杨威几个来自香港的新生手持乐器走上台来。头一次看见西洋的铜管乐队，同学们报以热烈的掌声。大队长指挥乐队和同学们高唱校歌："小小的叶儿哗啦啦啦啦，育英学校是我的家，学校里面真正好，唱歌跳舞笑哈哈。哗啦啦啦啦，哗啦啦啦啦，唱歌跳舞笑哈哈……"李莉莉报幕道："第一个节目是五年级1班表演山东柳琴《夸夸咱们的理发员杨叔叔》。三年级3班活报剧准备……"

游艺室后门外的草地上，四年级2班的演员们正在互相化妆，抑制不住内心的激动和紧张。陆映雪自己就很紧张，还不停地安慰大家。曾志平跑来叫道："轮到咱们了，快上！"

主持人报幕道："下一个节目，独幕话剧《诺言》，表演者四年级2班。"

大幕徐徐拉开。作家（王炜）正坐在公园长椅上看书。灯光渐渐暗，路灯亮起。作家自言自语道："我看书入了迷，不知不觉天都黑了。该回家了。"正要离开，听到矮树后面有哭声，于是循声找去。矮树分开，让出道路。原来矮树道具后面有人举着。

一个男孩（小平）在哭。作家问道："喂，孩子，谁欺负你了？"男孩道："没有。"作家嘱咐道："走吧。已经很晚了，公园快关门了。"男孩却说："我不能走，我是哨兵。"作家奇怪问道："什么哨兵？"男孩解释道："我们玩儿打仗的游戏。元帅命令我在这里守卫弹药库。"说着回身指着白亭子道："喏，就是那里。元帅说：'在我没把你换下来之前，你就站在这儿，不准离开。'我说，'好。'他又重复了一遍：'你要保证绝不离开。'我也保证绝不离开。后来我就站啊，站啊……可他一直也没有来。"作家又问道："那你还不回家，干吗还站在这儿?"男孩却道:"我做过保证,我许下了诺言……"

作家转向台下的观众:"这孩子死脑瓜筋儿,认准了的事就是不回头。你们说我该怎么办?"同学们纷纷说道:"叫他别等了,快回家去。"作家道:"好,就这么办。"又转向男孩道:"孩子,元帅已经回家吃饭去了,你也回家吧。"男孩坚持道:"不。我发过誓。"作家只好道:"那我替你站岗还不成?"男孩依旧道:"不成,你不是军人。"作家再次转向台下问道:"他死活不肯,我该怎么办?"同学们嚷道:"去找一个军官来。"作家道:"好主意,我出去找。"

作家跑出公园铁门,拦住穿制服的路人(丑小亮、陆映雪等人),有铁路工人,有海员,有技校学生,有警察,有司机……但都不是军人。这时白亭子布景忽然倒下,露出慌张的曾世平。他赶忙把道具扶起来,引起一阵哄笑。一个军官(张海生)走来,作家把他拦住道:"少校同志!等一等,等一下!在那边,小白亭子旁边,一个男孩子正在站岗……他不能走开,他许下了诺言……他很小……他在哭……"少校问:"这和我有什么关系?"作家解释道:"他们在玩儿打仗,元帅命令他守卫军火库,不准离开。小男孩保证,没有命令绝不离开。可是等到现在元帅再也没有回来,肯定是把他忘了。我让他回家,他不听,说我不是军人。实在没办法,只好请你帮忙了。"少校恍然道:"哦——原来是这么回事。好,带我去。"

回到公园,作家对男孩道:"瞧,我把长官领来了。"少校问道:"哨兵同志,您的军衔是什么?"男孩答道:"中士。"少校下令道:"中士同志,我命令你撤离岗位。"男孩用鼻子使劲吸了一下气,反问:"您的军衔是什么?我看不清您有几颗星……"少校俯身让男孩看到自己的军衔道:"我是少校。"男孩立正敬礼道:"是,少校同志。奉命撤岗。"作家和少校禁不住哈哈大笑起来。三人欢欢喜喜走出公园。

白亭子、矮树、雪松、公园大门(道具)全都放倒,露出后面的同学，向观众挥手。作家、少校、男孩、过路人返回舞台谢幕，全场爆发出热烈的掌声。演员退场，朱老师、郭阿姨在幕后拥抱小演员们赞扬道："棒极了！棒极了。"掌声和喝彩声仍不断传来，演员们抑制不住激动的心情，心想："等着吧，这回肯定能拿全校第一。"

国庆节后上课，从后往前看同学们一律齐耳短发，分不出男女。铃响后朱老师领着一个新同学走进教室，全体起立。朱老师首先问好道："同学们好——"齐答："老师好——"朱老师鞠躬回礼后，说道："都请坐下。我们班来了一位新同学，名叫班锁凤，是从西北保小转来的，大家欢迎。"同学们鼓掌。朱老师对班锁凤道："你先坐到最后，以后重新排座位。"安排好座位，朱老师面向全班道："今天我们讲新课《小白菜》。我请新来的班锁凤同学念一下课文……"

班锁凤起立，一本正经地朗读起来："笑别菜（小白菜），征（真）可爱……""哈——"全班哄堂大笑，几乎掀翻房顶。曾志平怪声怪调地模仿道："笑别菜，征可爱……"朱老师也忍俊不禁，但立即制止道："好了，都别笑了。"然后问班锁凤道："班锁凤同学，你知道大家为什么笑吗？"班锁凤一头雾水，答道："不知道。"朱老师解释道："你说的是家乡话，听起来怪怪的。不过不要紧，慢慢来，时间长了就会讲北京话了。你坐下，听陆映雪怎么朗诵。"陆映雪起立读了起来："小白菜，真可爱。上头绿，下面白。兔妈妈，早起来。施肥浇水除虫害，辛勤劳动乐开怀……"

朱老师嘱咐道："陆映雪的发音比较准确，你以后跟她学。"她继续上课，离下课还有5分钟，朱老师说："留一点儿时间讲一讲你们最关心的文艺会演的结果。昨天下午，学校文艺会演组织委员会开总结会，评选出一个一等奖，两个二等奖，三个三等奖。你们猜，咱们班的小话剧《诺言》评没评上？"大家争先恐后嚷嚷："一等奖！肯定是一等奖！"朱老师展示奖状，说着："让我告诉你们吧。我们的节目被评为二等奖。"大家大失所望，叫喊起来："哟——不公平，太不公平了。"朱老师阻止，并解释道："听我解释。组委会认为，无论是表演，还是服装，还是道具，还是台词，还是群众性，还是教育意义，咱们的节目都是最出色的，完全可以评为一等奖。没有评选为一等奖，是因为剧本是改编的，不是你们自己原创的。"丑小亮问道："那有什么区别？"朱老师解释道："区别太大了。学校举办文艺会演，不只是为了活跃和丰富文化生活，提高同学们的艺术修养，而且是为了鼓励创造性，弘扬集体主义，培养精益求精的探索精神。所以在同样条件下，原创作品会得到加分。这样讲公平吗？"丑小亮答道："公平。"朱老师说："一等奖给五年级1班《夸夸咱们的理发员杨叔叔》。不过话说回来，组委会对你们剧本的改编还是给予了高度的评价，认为改编本身应该获得表扬。我非常同意这个评价。如果一字不差地照搬课文演出，全剧演下来至少要10分钟。而经过你们的改编，演出只用了六七分钟，仍然保留了原作的主题思想。你们今天能忠实于原著的情节和思想，把苏联著名作家班台莱耶夫的短篇小说精简掉三分之一，那么以后就能把长篇小说改编成短篇小说，能把一个活动、一个会议写成简讯，能用三言两语就把一件事情讲述清楚。有了这样的基本功，还愁学不好语文课吗？"同学齐答："不愁——"

4. 垃圾尾航道和湛江港

阿纯、小平、杨威、建华都会踢港式花毽。他们左右开弓，技艺高超，能够连续踢3分钟不落地，还能踢出花样，令同学们好不羡慕。

肖维佳的父亲是著名诗人，母亲是德国人，金发碧眼，一看就是个洋娃儿。在苏联伊万诺沃国际儿童院上学,新中国成立后随父亲回国。他体格健壮,体育最为出色。寒冬腊月只穿背心裤衩光着脚丫长跑,非常另类。他始终留着分头,动不动就甩头发。看到他们在踢花毽,也参加进来鼓掌道:"踢得真不错呀。在哪儿学的?"建华道:"在香港,那儿人人都是高手。"肖维佳问道:"我在苏联也踢过毽子,咱俩比一比好不好?看谁踢得次数最多。"建华心想这不是找死嘛,嘴上却说:"好哇,你要是不怕输就比。"

　　肖维佳对围观的人说:"大家都听好了,今天这场比赛是香港队对伊万诺沃队。站在左手边的人给我计数,站在右手边的人给建华计数。我们同时开始,(使劲甩了甩头发)预备——起——"众人同时计数:"1、2、3、4、5……"曾志平插嘴道:"不单是香港,广东人差不多全都会。我打赌建华准赢。"欢呼声吸引周围人都来观战。"57、58、59、60……"随着数字的升高越来越激动人心:"183、184、185、186……哎,坏啦,刘建华踢了186下!"那一边嚷道:"不要停,维佳还没有踢完……436、437、438、439、440……"肖维佳仍然一脸轻松道:"你们信不信,我能一直踢到吃晚饭。"曾志平:"你就吹吧!"计数还在继续:"762、763、764、765、766……"陆映雪拦下路过的朱老师、曹老师、郭阿姨、韩校长来看。"1021、1022、1023、1024、1025……"太惊人了!呼喊声几乎要冲破天。

　　突然广播声响起:"请全体注意,现在广播重要通知……(肖维佳一甩头发停止踢毽)中国共产党中央委员会沉痛宣告,中共中央政治局委员、中央书记处书记、中央秘书长任弼时同志,积劳成疾,于1950年10月27日在北京逝世,享年46岁!首都各界人士在劳动人民文化宫太庙前广场举行追悼大会。灵柩很快就要经过我们学校运往八宝山革命公墓。听到广播后,所有师生迅速到校门口集合,为任弼时伯伯送行。"

操场上的人呼啦一下全都涌出校门口，沿新北京大道一字排开。不一会儿，以两辆乐队车、一辆大幅画像车为前导的送殡队伍缓缓经过。孩子们如同失去挚爱的亲人，难掩悲痛，哭声连成一片，丑小亮当场昏厥过去。长长的送殡队伍直到傍晚还没走完。韩校长说："都回去吧。别冻坏了。后天下午少年儿童队大队举行主题队日活动。"

追悼会会场庄严肃穆。儿童队员面对主席台站立前排，非队员站立后排。大队辅导员曹老师主持。大队长李莉莉代表全体队员讲话，她取出稿纸念道："苦难深重的中国刚刚拨开黑雾，走向光明，还没过上几天好日子，就失去了最亲爱的任弼时伯伯，我们感到无比的悲痛。育英小学是在党中央的怀抱中成长的，也是在任弼时伯伯的亲切关怀下走过来的。他亲切的笑容伴随着我们的童年，他温暖的大手抚慰着我们的心田，他的音容笑貌深深印在我们的脑海里，他的殷切教导将永远铭记在我们的心间。他的子女是我们育英小学的同学，今天留在母亲的身边不能来参加队日活动。以后见到他们，我们要多给予一些关心和爱护。由于自然规律，父辈们终将老去，接革命事业班的责任落到我们的肩上。少年儿童队的队员们，让我们练好身体，学好本领，以优异的成绩纪念亲爱的任弼时伯伯。"

主题队日活动结束，丑小亮拉住几个好朋友道："我好羡慕那些队员戴红领巾，咱们都写入队申请吧。"曾志平挠头："我是捣蛋大王，写了也白写。"王炜讽刺道："只你一个人不写不好吧。"曾志平道："那你先写，老子照你的抄。"王炜冷笑道："又是老子老子的，还说什么滴水之恩，当涌泉相报呢。"曾志平道："瞧我这张臭嘴。好吧，为了表示遵守诺言，老子就依你们了。"

对于美国对华封锁禁运，中国也不是光等着挨打。有时瞅准机会也会来个防守反击。德润公司进口一批硫铵，美国总统轮船公司运抵香港后拒不交货。公司聘请魏文达律师，向香港初级法院提起诉讼，赢得了反禁运斗争的首场胜利。天光华行在美国华比银行存款270万美元被冻结。魏文达律师据理力争,华比银行是在香港注册的比利时银行,香港作为自由外汇市场,有责任保护客户的利益,冻结存款违反香港法律。经过多次辩论最终胜诉。德润公司以法律为武器,取得了十几场法庭索赔的胜利。

但是越来越多的国家顶不住美国的压力,逐渐转变立场加入对华封锁,共和国的处境越来越艰难。又是去九龙秀竹园钱琳公馆下象棋,刘焕然谈起自己的忧虑:"渤海、黄海、东海完全被第七舰队和国民党海空军封锁住了,只有南海的大门还没有完全关上,不过也是迟早的事。广州黄埔港是目前我们唯一的海港,而它非常脆弱。你看这张珠江航运图。从黄埔港沿着珠江东侧顺流而下,终点是大铲岛,那里设有海关检查站。一出大铲岛就进入英国人控制的香港水域。万一有一天英国加入对华制裁,那么黄埔港就立刻成了死港。每每想到这里我就寝食难安。"

钱琳停止下棋问道:"你要是不说我还真没有注意到。我敢说,除了你,全国没有一个人会往那儿想。你有什么好办法?"刘焕然答道:"我希望能够找到另外的深水航道,绕开英国人的管辖区。这样就不怕将来国际风云的变幻了。"钱琳为难道:"可是按照管理权限,勘察珠江航道属于交通部的职责范围。"刘焕然道:"两者的立脚点不同。交通部关注国内,我们关注国际。再说我还只是一个设想,还要实地勘测后心里才有数。"钱琳恍然道:"我明白了。事不宜迟,我马上请示第一书记,请他交代中南军区海军和珠江航道管理局,让他们协助你工作。"

刘焕然点名刘心澜、于帆、黄卉等人组成探测队。珠江航道管理局提供交通艇,派技术人员蓝珊、阮达群协助。交通艇顺流而下,蓝珊介绍珠江河段状况道:"珠江湾口宽30公里,叫作伶仃洋,有东、中、西三个浅滩,中浅滩两边有两个深槽。东槽是矾石水道,就是大铲航道;西槽是伶仃水道,我们叫垃圾尾航道。100年前鸦片战争,英国舰队就是从伶仃水道进来炮轰虎门炮台的。后来不断堆积泥沙，加上沉船和堆积物，还暗藏有水雷就改道了。日本人曾经计划开通矾石水道，但是没能完工。战后国民政府继续工程，可以经咸汤门出海。水深平均5米，涨潮时走3000—5000吨的船。尽管这样，也还是要由带水佬领航。"刘焕然附和道："我以前走过大铲航道，知道有个带水佬带胜爷。"蓝珊介绍道："他叫李健豪，住在聚宝岛云厝渔村。解放以后，政府取消了解放前的'联盛引水工会'和自由引水制度，引水业务归珠江航道管理局统一管理。解放前的20多名带水佬全部转为国家公职人员，给予很高的待遇，工资相当于国家领导人。"刘焕然说道："文天祥的千古名诗《过零丁洋》：'惶恐滩头说惶恐，零丁洋里叹零丁。人生自古谁无死，留取丹心照汗青。'他自己来过伶仃洋吗？"蓝珊进一步解释道："勤王救驾时经过。他在广东海丰五坡岭被俘。元兵要他去劝降张世杰等人，押解他去广东新会经过零丁洋。惶恐滩在他的老家江西吉安。"

登上聚宝岛，王新整接待他们。1950年12月，江防支队与第44军指挥机关合并成立中南军区海军。王新整任601扫雷舰舰长，驻地就在聚宝岛的牛湾。一年前夺岛战斗的痕迹依然可见。碉堡、铁丝网、交通壕、战车残骸散落各处。他们先去拜谒烈士陵园。刘焕然在"302"登陆舰舰长付继奎烈士的墓前默哀停留了5分钟。然后去参拜妈祖庙。王新整说道："每年农历四月二十三祭祀妈祖宝诞。虽然说澳门得名于妈祖，可是它的香火远比不上这里的旺盛。妈祖宝诞本是农历三月。本地居民故意延后一个月，为的是让鱼虾贝壳长得更肥美一些。"

蓝珊带路去戴胜爷李健豪家，送给他一盒从广州买来的北方月饼。他的兴致很高，绘声绘色地讲述了珠江江防司令，水雷大王黄文田抗击日本海军，击沉击伤舰船321艘，使日寇始终未能打通珠江航道的故事。戴胜爷主张去伶仃水道试试。要不是因为修房子不慎摔断腿,他会亲自带大家去。水下必定会有水雷,一定要请水雷大王黄文田老先生来。"

刘焕然明白,王新整参与,是因为将来清理航道需要扫雷舰。还是故意打趣道:"看来,航道管理局派蓝珊姑娘来是找对人了。她不但熟悉航道,还能把扫雷舰舰长调过来。"蓝珊:"我哪有这个本事,王舰长对这一带最熟悉。"刘焕然笑道:"最熟悉?你是珠江航道管理局的航道技术员,王新整只跟你在山洞里住了一夜,还能比你熟悉?"蓝珊闹了个大红脸,解释道:"才不是呢。他战前上岛侦察,参加了解放文山群岛的战斗。扫雷舰的基地就在聚宝岛的牛湾。"刘焕然继续打趣道:"别兜圈子,你们那点儿事我都知道。什么时候办喜事,快快从实招来!"王新整腼腆嗫嚅道:"还是等解放台湾以后吧……"刘焕然笑道:"要是十年二十年解放不了,不就把下一代耽误了吗?我做主,等一打通新的珠江航道就成亲,我给你们证婚。"蓝珊反问:"要是新航道也打不通呢?"刘焕然玩笑道:"那就去给妈祖和观世音都烧香。一个是神一个是佛,双保险。"

蓝珊和阮达群是技术员。他们知道,要完成精准的勘测和制图,必须从陆上的大地测量控制点开始,以三角测量或者导线方式一步步展开,最终得到探测点的坐标位置。但是珠江水面宽阔、水流湍急,测量船上的经纬仪摇摆不定,看不清陆地上的观测表尺。于是选择两岸明显的地标作参照物,测出探测点与它们的夹角,估算出距离,画出一个大致的草图。从黄埔港到珠江入海口90公里,没有必要全程勘测,刘焕然选择从狮子洋至伶仃西这一段。他们使用最原始的抛测深锤的方法,每50米探测一次深度。每次探测到的水深都在7米以上,最深处达9米,看来传说中的伶仃水道确实存在,这使刘焕然信心倍增。于是立即返回,起草项目建议书和请示报告,经钱琳签发,以德润公司的名义呈报财经委员会。钱琳:"我真佩服你。

好像你的脑袋瓜从来不闲着，总有新点子。而且面对任何意外，你也总有办法应对。"刘焕然笑答："一屋不扫何以扫天下？日进一分方能岁长盈尺。把攻坚克难当成乐趣，日日有新奇，生活就变成了享受。"

四年级2班唱着队列歌曲行进："雄赳赳、气昂昂、跨过鸭绿江……"来到理发室。郭阿姨说道："解散。不要跑远了，叫到谁，谁就进来理发。我还要给你们剪指甲，晚上洗澡换衣服。"曾志平叫住班锁凤嘻笑道："笑别菜（小白菜），你征（真）可爱。怎么说得一口陕北话？"班锁凤道："我是在陕北老乡的家里长大的。"曾志平说道："怎么会这样呢？讲给我们听听。"班锁凤道："1947年3月，胡宗南的20万大军进攻陕甘宁边区。我爸爸把我托付给一个叫桂有根的老百姓。部队走后，就有人上门来打探，是不是有一个共产党大官儿的女儿留在这里。桂有根知道瞒不下去，干脆挑明了说，这孩子你不能动！你要把她搞死了，不但我一家人性命不保，共产党回来也饶不了你！你怎么知道共产党将来不会得天下？把他吓回去了。那人刚走，桂有根就把我送到游击队。游击队又把我交给游击队员黄义成。黄义成也没有办法养我。就在沟沟壑壑的山沟里走了一夜，把我送到涌溪二坑的班宗来家，说她是部队郭主任的女儿，你们一定要保护好革命的后代。她名叫锁凤，以后就跟你们姓班，叫班锁凤，是你班宗来的小妹妹。你们生活很困难，我留给你们三块大洋。以后有机会我还会送些口粮来。我就这么在班宗来家安顿下来。他们两口子对我这个年龄相差很大的妹妹特别疼爱，比对自己的孩子还好。国民党军队经常到涌溪清剿游击队，派奸细寻找我的下落。全村的老乡冒着生命危险掩护我，把我养大。解放后，班宗来哥哥把我送到西安。爸爸妈妈见到我，别提多高兴了。他们叫我不能忘记班宗来一家的恩情，不改名不改姓，还叫班锁凤。"曾志平说道："想不到你还有这段经历。以后我再不叫你"笑别菜"

了。"丑小亮激动道："太感人了。像你这样的革命后代，更应该积极申请加入儿童队。我写好了入队申请书，念给你们听。我申请加入中国少年儿童队，中国少年儿童队是中国新民主主义青年团的后备军，中国新民主主义青年团是中国共产党的后备军，中国共产党是中国工人阶级的先锋队。我将来还要加入青年团，加入共产党，为实现共产主义而奋斗。中国少年儿童队的队徽是星星和火炬。五角星是国旗上最大的那一颗星，代表中国共产党，火炬代表少年儿童队的热情和希望，象征着要做共产主义事业接班人的崇高理想。红领巾是中国少年儿童队队员佩戴的标志，是红旗的一角，由革命烈士的鲜血染成。佩戴红领巾是一种光荣，更是一种责任。我要听毛主席的话、听共产党的话、听校长的话、听老师的话、听大队辅导员的话、听父母的话、听大人的话。好好学习，锻炼身体。消灭资产阶级思想，树立无产阶级思想。反对个人主义，发扬集体主义。我要爱祖国，爱人民，爱学校，爱老师，爱父母，爱科学，爱劳动，爱卫生，爱护同学，爱护公共财物……"曾志平接下话茬道："还应该爱唱歌、爱跳舞；爱体育、爱美术；爱花、爱草、爱树木；爱猫、爱狗、爱鸡、爱鸭、爱鹅、爱白兔……"丑小亮怪罪道："别捣乱。我还没念完，最后是把一切献给党。"王炜问："你这是写的入队申请书还是入党申请书？"丑小亮道："当然是入队啦。"陆映雪直接道："啰唆不啰唆呀。依我说，只写一句话就够了：'我申请加入中国少年儿童队，请老师和校长考验我。'"丑小亮纠正道："不是请老师和校长考验我，而是请少年儿童队组织考验我。还有，张海生说，申请书里必须有对儿童队和队章的认识。"王炜出主意道："那你就去找他改，改完了大家都抄你的。"

和平和建华脖子上各套着一个鼓鼓的像气球的衬裤走来。小平问道："你们扛的是什么？干什么去？"和平答道："去洗衣房。这里边塞的是全班换下来的脏衣服。我扛的是女生的，建华扛的是男生的。"小平又问:"洗衣房在哪儿?能去看看吗?"和平接着道:"就在理发室旁边,跟我来。"

走进洗衣房,和平高喊:"露阿姨,我们是四年级3班的,换下来的衣服放在哪儿?"和蔼可掬的露阿姨说:"就放在这儿,把它们全抖开。"和平和建华解开鼓鼓的衬裤,掏出里边的衬衣裤。露阿姨写了一张"4—3"的纸条放在上边。小平问:"我们能参观一下洗衣房吗?从没来过。"露阿姨笑道:"有什么好参观的。"说着领他们进入隔壁房间,热浪潮气扑面而来,地面又湿又滑。那是一个昏暗的大车间,两两相对的水泥池子顺势排开,头两个水池里用浓浓的肥皂水浸泡衣服。工友一件件在搓衣板上搓洗后,抛到下一个水池里漂洗。三道漂洗后用甩干机甩干,再晾到户外晾晒场。

陆映雪疑惑道:"露阿姨,你们就这样整天双手泡在肥皂水里,站在湿地上干活儿?"曾志平也说道:"屋子里闷热潮湿,还不透气,想不到你们那么辛苦。"露阿姨:"谈不上什么辛苦,这是我们的本职工作,跟你们的校长、主任、老师、阿姨一样,只是分工不同。"丑小亮道:"那还是不一样。他们有名有姓,不用吃苦,教室里窗明几净,是有名英雄。你们埋头苦干,不见阳光,又闷又热,是无名英雄。"露阿姨对工友们道:"同志们,你们都听到了吗?孩子们夸你们是无名英雄。"工友们很高兴,笑道:"谢谢孩子们。有你们这句话,我们甘心当无名英雄。"

他们回到理发室,郭阿姨不无抱怨道:"跑哪儿去了?就差你们几个了。"她抓住曾志平的手惊叫道:"啊呀呀,又成鸡爪子了……啊呀呀,脖子又成车轴了。今天晚上用热水泡手泡脖子,我给你搓泥,一定要把这层黑皮洗掉!"曾志平挣开,拒绝道:"不让你洗,你洗得好疼。"郭阿姨说道:"怕疼就保持干净。每天洗完脸涂凡士林油就不会这样。"郭阿姨又抓住班锁凤说:"你的头发太长了,必须剪短。"班锁凤断然拒绝:"不剪。我从西北保小转学过来,那儿的女同学都留辫子。"郭阿姨拍板道:"到什么山唱什么歌,到育英剪育英的头。"班锁凤捂住脑袋道:"打死我也不剪。"陆映雪也早有此愿,带头喊出来:"不剪,誓死保卫长头发!"女生群起响应,喊出积蓄已久的愤懑:"对,誓死保卫长头发。"郭阿姨指着班锁凤道:"好你个西北女娃子,带头造反啦!"

德润公司很快接到财政经济委员会的批复,附交通部的意见。财经委高度重视关于开发垃圾尾新航道的报告,认为具有极其重要的战略意义,决定尽快落实。该文抄送广东省政府。中央和地方各出一半资金,由省交通厅主办,德润公司协办。珠江航道管理局闻风而动,立刻派出勘测船和技术人员,仅用两个月时间,就从狮子洋到伶仃西探测出一条平均深度8米,底宽120米的航道,涨潮的时候可以达到9.5米水深。这样,新的航道已经呼之欲出,只剩下27处障碍物需要下水去鉴别属性,然后清除。但是他们没有专业潜水人员和设备,委托远东公司聘请外国潜水队。

英资企业太古船厂的潜水队包括潜水员、助手、医师、机械师各一名以及轻潜水装置、救生设备和空气压缩机。潜水员名叫麦约瑟,其实是个中国人。上教会学校,教父给他起洋名字。洋老板看他勤奋好学,又有英文底子,送他去新加坡学潜水。这位假洋鬼子端足了架子。一班人马围着他团团转,像伺候世界拳王。声言为了抵御水下寒冷,高热值的牛奶黄油奶酪鸡蛋、牛排鸡排鱼排每日必不可少。他检查和组装设备总是关起门,生怕泄露技术秘诀。每天只下水四次,多一次都不干。勘测船在第一个目标位置抛锚,升起国际信号旗A旗,表明正在水下作业。于帆留心观察,不放过他的每一个细微动作。凭着扎实的专业基础,他都能领悟其原理和作用。鼓气是潜水的关键技术,轻潜水、重潜水、潜水钟原理都一样。经过潜水助理任飞略微点拨,加上自己潜心琢磨,他很快就入门了。

最后几天麦约瑟得了重感冒。潜水规则规定,感冒期间绝对禁

国际信号旗 PRB

止下水。因为佩戴潜水装具,都要用口腔呼吸,从鼻腔排出废气。感冒后鼻腔不通气就不能实现换气。关键时刻于帆顶上去,居然成功地完成了剩余目标的探测,包括2颗水雷。连麦约瑟都佩服,从此对他刮目相看。

不幸的是在探测最后一个目标时险情发生了。正当大家全神贯注于于帆潜水时,一艘渔船失去控制,从上游直冲勘测船驶来。刘心澜惊叫:"规避!规避!快规避!"距离已不足100米!刘焕然喊道:"快叫于帆出水!"说时迟那时快,渔船失控地撞上来,拖带着勘测船向下游飘去。刘焕然抄起消防斧,迅速砍断缠绕着的绳索这才让勘测船停下来。刘焕然急忙道:"快看于帆怎样了?"任飞扯动细缆绳,却把整条细绳拉出水面,惊叫道:"糟糕,不见人,保护绳也断了!"任飞脱去棉袍,准备入水。黄卉推开他,纵身跳入水中。任飞惊呼道:"那怎么能成。她没戴面具!也没有系安全绳。"

黄卉徒手潜入水中。一只手捏着鼻子鼓气,另一只手顺着压重缆绳迅速下潜。在压重物拖带下,河水搅成泥浆,什么也看不见。她四下摸索,一无所获。一口气耗尽,她不得不浮出水面道:"他不在了。什么也看不见。"上船后扑到刘焕然肩膀上哭喊:"救救他——救救他——"

刘焕然断然下令道:"不要停留,赶快顺流而下找——"勘测船收起锚链和压重缆绳,掉头向下游驶去。蓝珊登高张望,叫道:"前方有漂浮物,看不清。"勘测船快速前进,经过岌岌可危的肇事渔船。渔民一家老小呼叫:"救命呀——救命呀——"刘焕然下令道:"靠上去,把他们接过来!"麦约瑟却说道:"不要理他,怪他们不看A字旗,都是他们惹的祸。"眼看渔船即将倾覆,求救声越来越急。刘焕然说道:"听我的命令,先救渔船的人!"勘测船刚把小孩、妇女、渔民接过来,渔船轰然一下解体,随即碎片被水冲得四散。渔民搞蒜似的磕头道谢："谢谢救命之恩。"刘焕然顾不上他们，下令道："加速前进——"蓝珊叫道："看清啦，是于帆！"勘测船追上目标。轻潜水装具的呼吸袋浮力极大，起到救生圈的作用，使于帆得以漂浮到水面上。

医师摘去他的呼吸面罩，手按胸膛道："不好，心跳和呼吸都没有了。赶快急救！先把舌头拉出来……把他倒提起来，控干口腔和肺部的水……然后躺平……"他们轮流实施胸腔按压抢救。持续20分钟，仍然不见生命体征，刘心澜有些绝望，道："看样子不行了。"医师坚持道："千万不要停。只要还有一线希望，就坚持下去。"又经过半个多小时的人工呼吸，于帆终于透过一口气，迷糊问道："我这是在哪儿？怎么躺在这儿？"黄卉答道："刚把你救上来，现在可好了。"于帆说道："刚才……好像去天国转了一圈。"黄卉问："去天国看到什么了？"于帆说："看到无数的精灵围着我飞舞，阎王爷盯着我看没说话。周围发生的事我全都知道。隐隐约约听到有人说'看样子是不行了'，把我给急坏了。心想别停呀，我还活着呢。可是光着急没用，说不出话来。后来又听到有人说'千万不要停。只要还有一线希望，就坚持下去'。我这才放下心来。"说得大家全都笑了，玩笑道："你是见过阎王爷的第一人。他长什么样？是不是青面獠牙？"于帆道："才不是呢，他是文官模样，倒是左右的'黑白无常'和'牛头马面'副手面目可憎。还不止这些。就这会儿工夫，我一辈子的事就像过电影一样全都想起来了。5岁爬树掉下来，6岁在小卖部偷了一颗黄油球糖，7岁拉稀拉了一裤子……"黄卉惊叫道："啊——原来你从小就是个顽劣恶少年。"

刘焕然说道："好啦，航道勘测完成，最后就看扫雷舰显神威了。那个王舰长管代大人是我去请，还是你去请呀？"蓝珊翻了一下白眼球，说道："这跟小女子有什么关系？公事公办，当然是你刘大人去请呀。"

刘焕然特地请来水雷大王黄文田和戴胜爷出席盛典。扫雷舰驶向目标，扫雷具向两翼张开，切割水雷锚链，使其浮出水面，逐个儿炮轰销毁，如同鸣放礼炮。珠江航道管理局很快就把垃圾尾航道开通，迎来的第一艘7000吨轮船就是英雄的"魔杖"轮。时至今日，垃圾尾航道还是珠江主航道出海口，可通行5万吨级船舶。有诗云：莫言行路难，夷狄如中国。谓言骨肉亲，中门如异域。出处全在人，路亦无通塞；门前两条辙，何处去不得。

开发垃圾尾航道取得成功，公司上下一片欢腾，但是钱琳发现刘焕然的脸上并无多少喜色，问道："大喜的日子，你为什么还是阴云密布？"刘焕然说道："有了垃圾尾航道，轮船可以不再进入香港水域，固然是一个进步，值得庆贺。我高兴不起来，是因为它终究还是要走珠江，距离香港还是太近。英国是美国长期的盟友，随时都可能跟随美帝转变立场。一旦派来军舰，设置炮台，封锁珠江航道，黄埔港还会变成死港。因此垃圾尾航道的开通并没有完全消除隐患，这关系到国家的生死存亡！"钱琳笑道："我发现你这个人就是与众不同，总是想一些别人想不到的问题。"刘焕然理所当然道："在其位谋其政，这是卑职的责任。国家把我放到这个岗位上，我就要尽职尽责。我不想谁想？"钱琳也叹了口气，道："解了近忧，又冒出远虑。这又是一个事关战略布局的大事！那么怎么能彻底消除这个隐患呢？"刘焕然说道："必须找到一个远离珠江口，而且足够水深的大港口。我想了很久，最有希望的应该是湛江。我想亲自去那里探测一次。"钱琳回忆道："我去过湛江，那时叫广州湾。1941年12月8日，日军进攻香港，我们八路军办事处全力以赴，历时11个月，安全转移走800多名著名文化界人士，无一落难，有一部分人就是走的广州湾。完成任务以后，我把母亲和孩子们安置到湛江。这件事很有意义。需要我做什么你尽管说，我全力支持！"

期末考试结束，就等公布成绩和班主任写操行评语，然后放寒假回家。熄灯后好久曾志平睡不着觉，起身去撒尿。回来后悄悄问："小平，睡着了吗？"小平答道："还没有，你想干什么？"曾志平说："我听到外边在放电影，是打仗的。我想去看，你呢？"小平道："想是想，可是校规不准私自外出呀？"曾志平说："学校正在盖围墙。等盖好了就出不去了。你不去我去。"曾志平窸窸窣窣穿衣穿鞋，小平慌忙跟上，叫道："等会儿我。"他们把床铺伪装成闷头睡的样子，溜出宿舍。走廊尽头有阿姨值夜班，他们从厕所的窗户爬出去，穿过堆料场和工地跑到校外。此时，中央警卫2师篮球场正在露天放映苏联电影《夏伯阳》。曾志平和小平一下子就被深深吸引住。

郭阿姨放下毛线活儿去巡查，发现两个伪装的空床位，去厕所找不见人，赶紧叫醒夜班老师和阿姨四处寻找。一圈儿下来没有踪影。放电影的声音清晰传来。曹老师提醒道："会不会是去看电影了？"顺着路找过去，果然在中央警卫2师篮球场找到他们。曹老师叫道："刘小平、曾志平，快回去。"见曾志平纹丝不动，曹老师问道："你怎么啦，还站着干什么？"军官跑来，提醒道："你们去远处说话，别影响别人看电影。"曹老师拉他的手，低声道："咱们到外边说话。"曾志平挣脱开，回身一个巴掌重重打到曹老师脸上。郭阿姨失声惊叫："曾志平，你——"曾志平把脖子梗到一边，摆出一副混不吝的样子。军官看不下去，怒道："你怎么敢打老师？看我怎么教训你。"曹老师强忍怒火，拦住军官道："解放军同志，不麻烦你。还是我来跟他说，他会听话的。曾志平，你有什么想法咱们回去说，不要在这里吵人家看电影，好吗？"曾志平牛脾气上来，横下心就是不动。军官生气道："既然这样，别怪我不客气了。"硬是把他连拖带拽拉回学校。

曾志平独自站在校长办公室里，过了很长时间，心里开始感觉到不安，但是还是强作镇定。韩校长走进来，默视良久，才问道：

"怎么样，冷静下来了？不跟我说点儿什么？"见曾志平扭头不看他，韩校长语重心长地说："我从事教育这么多年，从来没见过学生打老师耳光，恐怕中国两千年历史也没有。想想看，你这样做对吗？"见曾志平还是不言语，韩校长又道："既然这样，我也不多说了。你犯的错误如此严重，自己又没有深刻认识，我决定给你禁闭3天的处分，好好反省。"

宿舍灯亮，全宿舍人都被惊醒了。小平脱衣服上床，曾志平卷起铺盖跟着郭阿姨走出去。电灯熄灭，张海生问："出什么事了？"小平说道："我俩溜出去看电影，曹老师叫我们回来。他不肯走，还打了曹老师一个耳光。韩校长罚他3天禁闭。"满室人无不骇然，惊讶道："他竟敢打老师？也太不像话了！"

曾志平把铺盖抱到夜间值班室的床位上，郭阿姨坐在外边值班。曾志平仰卧在床上，眼睛盯着天花板看，整夜没有合眼。曾志平真的成了"囚徒"。天亮以后，在郭阿姨的监督下洗脸刷牙、解大小便。小平给他打来早饭，放下就走，不敢讲话。下午，小平、陆映雪、班锁凤趁郭阿姨离开，悄悄来到禁闭室，小声问曾志平："我们来看你了，觉得寂寞吗？"曾志平答道："不寂寞，我还有一个小伙伴。"他从床下脸盆里抓出一只刺猬。班锁凤兴奋地说："呀，笑（小）刺猬，征（真）可爱，从哪儿搞来的？"曾志说道："我也不知道它是什么时候跑进来的。我管他叫'笑别菜'。"班锁凤生气地说："讨厌！你认错了吗？向曹老师道歉了吗？"曾志平说："我才不写呢。不就是出去看场电影吗？"陆映雪白了他一眼，纠正道："问题不是看电影，已经转变成打老师了。那就不是违反纪律而是犯罪了。"班锁凤补充道："搞不好会开除你的。"小平接着打击道："要是送你上工读学校，你就成流氓了。"曾志平这才有些许害怕了。郭阿姨回来，看到这帮孩子都过来了，问道"咦——你们怎么跑到这儿来了？他还在关禁闭，快出去。"小平趁郭阿姨没注意,把小刺猬带走,送到学校的小动物园里。

广播里传来接人通知:"中央组织部的同学都到校门口集合……马列学院……中宣部……西苑机关……统战部……人民日报社……"广播结束,曹老师附带通知:"寒假期间留校同学集中住宿。男生到四年级2班男生宿舍去,我担任班主任。女生到四年级2班女生宿舍去,朱芳老师担任班主任,半小时后点名。"张海生对小平说:"待会儿留校的人就来了。咱俩把铺盖卷都堆到墙角床上,好腾出地方。"小平指着旁边的铺盖道:"曾志平的铺盖怎么办?"张海生说:"别动。他小子关禁闭,回不了家了。"

韩校长和朱老师来到禁闭室,对曾志平道:"曾志平,你爸爸的警卫员来接你,赶快收拾东西跟他走吧。"朱老师将一摞书递过去,说道:"这是你的寒假作业,一定要认真做,开学的时候我要检查。"曾志平站着不动,还等着处分决定。韩校长和蔼地摸摸曾志平的脑袋,笑道:"怎么,关禁闭关傻了吗?警卫员叔叔还在等着呢。"见曾志平仍不敢动,韩校长推了他一下,催促道:"快去呀!"曾志平这才如梦方醒,急忙跑回宿舍,向张海生和小平告别。

阿纯、建华、杨威陆续抱着铺盖进来。杨威还带来一个人,向众人介绍道:"他叫黄松,姐姐叫黄鹤。他们的爸爸在匈牙利当大使。"曹老师进来,环视一周问道:"是不是都到齐了?总共11个人。"见人到齐,曹老师对众人道:"下面我介绍寒假安排。每日三餐改为两餐,熄灯前一个半小时上自习课。寒假期间组织多次集体活动。大的活动有两个,一个是搞一次除夕晚会,一个是开学典礼的当晚有文艺晚会,寒假班包揽所有节目。"曹老师停顿了一下,见众人都没说什么,就继续道:"要是没什么话要说,咱们就讨论开学晚会演什么节目……我先起个头。第一,阿纯、小平、建华、杨威,你们的西洋乐器小乐队必不可少。第二,演出一个小话剧,是五年级语文书上的一课《夜莺》,男生班全都上。谁还想起什么都说说看。"杨威"举荐"道:"黄松会打嗝放屁,他翻白眼咽几口唾沫就能打出嗝儿来,他用手背在屁股沟上砍几下就能放出屁来。"曹老师笑着打趣道:"这倒是绝活儿。黄松,你演给我看看。"黄松翻几下白眼咽几口唾沫,果然打出两个嗝儿。黄松接着说:"我还可以试试放屁。不过不能保证每回都灵。"曹老师笑道:"其实你若是真能放屁,我也不敢叫你演这个节目。"杨威继续起哄道:"黄松还会嘴里喝水从鼻子里流出来。"曹老师赶忙阻止道:"够了够了,都是些左道旁门,像是走街串巷卖狗皮膏药,难登大雅之堂。还有谁推荐节目?"阿纯说:"我刚学会吹口哨,要不咱们演口哨大合吹怎么样?"曹老师道:"这还像话,口哨大合吹算一个。再加上女生那边的歌舞节目,差不多够一台戏了。下面分配小话剧《夜莺》的角色。"黄松、阿纯、建华、杨威、小平都列入演员表。黄松提醒道:"还剩张海生,演德国兵。"张海生:"别算上我,我参加舞蹈队。"杨威一听打趣道:"呦——跟女娃子鬼混,没羞没臊。"黄松也跟着挖苦道:"跟女生手拉手,我可丢不起这个脸。"曹老师阻止他们说:"不许这样说!他这样做很对,就要打破男女授受不亲的封建思想。你不跟你妈妈、姐姐、妹妹拉手吗?"说得黄松直晃脑袋。曹老师继续教育道:"那不得了?张海生可以两边都参加,两边都不耽误。"

　　刘焕然坐在香港圣约翰大教堂里的长椅上看报等人。过了一会儿,陈凤鸣领着一个灰首土面、履穿踵决之人坐到他的身边。刘焕然大吃一惊,问道:"连市长?怎么变成这个样子了?"连珠叹气道:"其实我早就来香港了,今天刚从香港监狱里放出来。这里不是说话的地方,咱们出去说话。"走到外边墓地,又说道:"我是福不双至,祸必重来。有人告发我私通共产党,蒋公下令监视和调查我,冻结厦新水产公司的资产。我跟你们搞'厦新公司',找人说情解救林鹏飞,托关系关照'魔杖'轮的二副,都成了罪状。

陈凤鸣买通一个英国船长把我偷带到香港，不晓得保密局怎么知道了，通知香港英国当局把我拘捕起来，一共关了41天。陈凤鸣老弟花了一万港币把我保释出来。"刘焕然问道："这么说咱们的厦新公司完蛋了？"陈凤鸣答道："目前还是冻结资产，不知道最终结局。"刘焕然竖起大拇指赞道："陈老弟真够朋友！"然后又转头问连珠道："你以后有什么打算？"连珠说："我是偷渡来香港的，移民局限期我离开，待不了几天就得走。台湾是断不能回去了，打算去泰国或者马尼拉看看。"刘焕然把钞票悉数掏给他，说："你暂且回去洗整一下，我想想能不能给你找到更好的出路。"刘焕然目送那个穷困潦倒的孤独的身影远去，心中无限悲凉。

刘焕然思虑很久，起身来到香港毕达街德润公司钱琳总经理办公室。进门就对钱琳道："杨老板，你知道一个叫连珠的人吗？"钱琳疑惑地答道："连珠？谁不知道他是个老牌军统特务少将，戴笠的亲信，祖籍福建，黄埔生。你认识他？"刘焕然道："不但认识，还打过交道。我想争取他起义，投奔新中国。不光是我有这个意思，闽中地下党的黄国玺和许同安书记都说他是可以争取的人。"钱琳郑重道："Captain Liu，你积极主动地寻找机会，策反国民党的党政军特人员，精神是可嘉的，但是你现在的地位不同了。在保密局眼里，远东公司的背后是德润公司，德润公司是中共重要的地下企业。周禀赋看到过特务偷拍远东公司和'黎明'轮的照片，说明毛人凤、毛森无时无刻不在监视我们的一举一动。你策反一个失宠的前少将军统特务，却毁掉一个有特殊作用的党的地下企业，这样的责任你担待得起吗？"刘焕然仍争取道："据我所知，他虽曾为军统，却没有抓过和杀过一个共产党员。"钱琳反问道："连珠是天下皆知的特务头子，你能保证他没有不为人知的另一面吗？"说到这里，刘焕然无法再坚持了，只好妥协道："好吧，我服从组织上的决定。"

刘焕然手提行李箱走进华林公司，对值班小姐说："我找高雄来的陈凤鸣先生,我姓刘。"值班小姐拨通电话后,陈凤鸣来了,问道:"刘领港,有事吗?"刘焕然说:"我有任务马上要走,来不及见连珠兄,只好托你转交。"说着将陈凤鸣拉到一旁,说道:"你把这个箱子交给他,里边是各季换洗衣服,还有一根金条。这是我唯一值钱的东西,作为他安家之用。我最后要说的是,爱国华侨黄长水先生是福建惠安人,和朋友在香港合办了一家泉昌贸易公司,经营橡胶贸易,在东南亚各国都有分公司。美国对大陆实行封锁,橡胶属于禁运物资,而国内的需求量非常大,将来必有大的发展。我向黄长水先生推荐了连市长。黄先生愿意接纳这位同乡,让他去主管新加坡分号昆兴公司。这是公司的地址和电话。"陈凤鸣接过箱子和纸条,说道:"我这就去。还有什么话要说吗?"刘焕然接着说:"厦新公司就全托付给你了,解冻后尽快把资产作价变卖,按照原来的入股比例返还投资人。就这些了。"待陈凤鸣走远,刘焕然拦住人力车,尾随他的车。见陈凤鸣走进一座公寓楼,不久之后,连珠送陈凤鸣下楼,两人告别。刘焕然久久凝视连珠,凄凄惨惨戚戚,暗暗垂泪。

报童叫卖报纸:"看报看报,英国政府宣布对华全面禁运。发布《输出管制法令》《禁止出入口法令》。禁止之物品计13类,190种……港督颁布法令,凡违禁出口,均属触犯'未得工商署准许证,私运禁品出口罪'。"市民议论纷纷。"容量四加仑以上的汽油桶和煤油桶、纺织品及衣料,包括布匹和针织品、汽车轮胎、阿司匹林和磺胺类药品……这些生活必需品都划成禁运物资,往后日子怎么过呀?""四加仑汽油连油箱的一半都不到。""用大陆的鸭子制成的腊鸭不准出口到美国?荒唐!你怎么知道是不是大陆的鸭子?""美国人规定刚孵出来的小鸭要在脚上烙上印记,必须要有警察在场,鸭子长成后再另加记号。真不嫌麻烦……"

钱琳拿着报纸来找刘焕然说道:"真的让你说着了,英国政府果然宣布对华禁运,香港岌岌可危。幸亏我们占先手,打通了垃圾尾航道。"刘焕然却还是拧着眉头，道："要是英国政府只限于经济制裁，我们还能获得片刻的喘息。谁能保证他们不会追随美国，升级为军事干预？只消一艘炮舰一门炮，珠江口就会被封死。所以勘察湛江已经刻不容缓了。"钱琳笑道："早想到你会这样说，我已经向第一书记说明情况，他亲自向广东省交通厅、中南军区海军交代任务，你组织好考察队，技术人员和海军舰艇随时可以出发。"

考察队搭乘601扫雷舰来到湛江外海。蓝珊介绍道："前面就是湛江的标志性建筑硇洲灯塔。它位于南海边海拔81.6米的马鞍山上，塔高约23米，始建于清光绪二十五年，由广州湾法国公使署主持设计和建造。灯塔已经停用多年。我认识守塔人吴老伯，他能回答你所有的问题。"刘焕然好奇地说："你怎么会认识守塔老人？"蓝珊答道："你还不知道吗？我从小在湛江长大。"

他们划舢板登岛，经过一口"宋皇井"，传说南宋倒数第二位皇帝宋端宗赵昰被元军追杀，曾在此地掘井饮水。吴老伯引导大家登上塔顶，不无自豪地说："全世界仅有两座水晶磨镜灯塔，一座是南非好望角灯塔，另一座就是这个硇洲灯塔。有一块三棱镜被人偷走，所以灯塔不能用了。"刘焕然不解地问："它如此珍贵，究竟好在哪儿？"吴老伯解释道："灯具是用160块三棱水晶镜片组成，灯罩形如蚌壳状，中间安放凸透镜。圆槽底座是铜制的，盛进大约3吨的水银作润滑剂，由发条牵引旋转，灯光通过三棱水晶镜汇聚成强大的光束，光照射程26海里，转动360°。"刘焕然又问："老伯，你能大概介绍一下湛江港吗？"吴老伯手指地图说道："你们叫它湛江港，我们叫它麻斜海。特呈岛西端以北的水域为内港，硇洲岛东北角至特呈岛为外港。1912年，法国人宣布内港为自由贸易港。在西营的海头港修建了一座300多米长的突堤式栈桥码头和一座200多米长的堤岸码头，水深3米，只能供500吨级木驳、帆船靠泊装卸。1000吨级的船舶必须停在外港，用过驳作业。"刘焕然听完吴老伯的介绍，又问道："依你之见，湛江有没有可能停泊万吨轮船？"吴老伯说道："我说不准。1701年7月法国货船'白瓦特'号来湛江，测绘了地图，献给法国国王，它不到2000吨。过了160年，鸦片战争以后法国人又来了，直到1943年被日本人赶走。法国人和日本人都精心建设这座城市，不惜工本建造了这座世界闻名的灯塔，说明这里必有吸引他们的地方。国父孙中山先生1919年在《建国方略》中提出要建设北方、东方、南方三大港口的宏伟目标，公认他所说南方大港就是指的湛江。孙中山先生不是工程专家，也没有来过湛江，不知道他依据什么。二战后国民政府成立了湛江市接收委员会，制订《三民主义新湛江五年建设计划》和第一年实施进度表，但由于内战爆发没能实施。中国历届政府都看好湛江的发展前景，总该有它的道理吧！"

湛江的地理位置和地形条件无与伦比。既是天然的避风和不冻港，又远离香港，被广州湾环抱，绝对安全。这么一大片未知水域，从哪儿入手呢？盲目的地毯式搜索，人力物力时间都不允许。难道法国人、日本人、国民政府就没有留下蛛丝马迹吗？刘焕然派王新整舰长和蓝珊去湛江专员公署河道管理科查阅资料。旧政权档案片纸未留，新政权还是空白，一无所获。刘焕然寄希望能从当地疍家老人那里获得线索。沿湛江水道河岸一路访问，也都是一问三不知。不知不觉间他们走到赤坎河，有一座石砌联拱式水泥石桥梁。蓝珊介绍道："1899年11月5日，400多法国兵登陆洪屋下村和东菊村。当地麻章练勇用抬枪和毛瑟枪打得法军丢盔卸甲，取得了20个月抗法斗争中最大的一次胜利。1925年，为纪念这次胜利，当地百姓集资修建这座寸金桥，寓意'一寸河山一寸金'。1948年8月，岭南大学教授、女诗人冼玉清经过这里曾吟诗：'地限华夷遗恨在，几回痴立寸金桥。'"刘焕然听到这里，感慨道："这使我想起弘一法师的《满江红》，也说到寸金：'看囊底、宝刀如雪，恩仇多少？

双手裂开饕鼠胆,寸金铸出民权脑。'这首词被誉为民国第一声唱。"蓝珊接着刘焕然的话继续道:"我上学的课本上也有唐代孟郊的诗句:'不有百炼火,孰知寸金精。'"

跑了一整天,大家的肚子都饿了。蓝珊介绍大家去前方一家塞纳餐厅。接待他们的是蓝珊同班同学的表妹刘海贝。海贝说新中国成立后,外国人的签证不再延期,传教士们都回国了。西餐原料断绝,法式餐馆难以为继,明天就要关门了。今天最后一餐,请大家吃法国蜗牛、煎鹅肝、阿根廷牛排、蛤蜊浓汤和波尔多红酒。闲谈中得知刘海贝的爷爷是东江纵队的老交通员,是湛江的活地图。更令刘焕然惊喜的是,他竟然是清末抗法名将刘永福的侄子,于是恭请他来当面求教。刘瑞麟老人讲起当年奉刘永福之命炸毁法国军舰的故事。经过侦察,他们发现法国军舰竟然能够深入港湾,一直开到赤坎沙湾外。敢死队半夜溜上"袭击"号和"狮子"号军舰,引爆炸药。可惜黑火药威力太小,没能把军舰炸沉,敢死队员们却都牺牲了,只有他受伤后跳海。以后就在此地定居下来。他根据记忆,把法国军舰航行的轨迹画下来。从特呈岛开始,向东海岛连线,再拐向南三岛和硇洲岛之间的湾口,形成一个大致的√形。刘焕然如获至宝,决定首先探测这条航线。

他们预先准备了一百根长竹竿。按照刘瑞麟老人的指引,把长竹竿插到水底,用以标记出这条航线。经过探测,这条航线的水深都不超过四米。对于250年前1000吨的法国军舰来说,这个深度是够用了,但是要想开发成为万吨轮进出的港口还相差太远。难道这就是勘察湛江的最后结果吗?

海上刮起大风,浪涛汹涌,扫雷舰开到南三岛龙王湾避风。刘焕然一宿未得安睡,担心插下的长竹竿会被风浪卷走。天一亮就赶紧去查看。可奇怪的是,一百根竹竿竟然一根都没有少,仍然屹立在原地。刘焕然仔细看了看,顿时醒悟,港湾海底的地质结构是淤泥而不是岩石！清理海底淤泥对于建港工程来说不难做到，只需挖泥船就可以。若是淤泥层很厚，清理出来不就成航道了嘛！那么海湾里的淤泥层究竟有多深呢？这要经过探测才能知道。

扫雷舰上没有钻探机，整个儿湛江市也没有，只能就地取材自制工具。于帆从建筑工地借来一根长长的角钢，头部磨尖，垂直向下扎。实践证明，凭人力扎四五米深就再也扎不动了。虽然这个深度可以开挖出一条9米深的航道，容许一两万吨的轮船航行，基本上达到预期的设想，到此为止打道回府也不算白来。但是这毕竟不是极限深度，而且整个港湾是不是都是如此也还未知。刘焕然决定彻底搞清楚。于帆改进设计，从自来水厂借来一根最长的水管，把顶端打磨成楔状，像个双头钻头，垂直扎到淤泥里。水管里边插进一根长长的螺纹钢，它的前头磨尖淬火，当作钢钎。把钢钎垂直吊起来，反复往下凿，给水管开路，就能测量出淤泥层的厚度，原理和四川自贡开凿盐井一样。

刘焕然把刘瑞麟和吴老伯两位老人请来，共同见证土办法钻探的结果。连续几桩打下去，把18米长的水管全都打入水中，仍然还没有见底。湛江再找不到更长的水管，这个深度已经足以驶入20万吨的轮船！再花一周的时间，把一百个探点全部钻探完，皆是如此。蓝珊和阮达群把探点全都精确地绘制在地图上，标注出经纬度和淤泥深度。他们不但如愿以偿找到了深水航道，而且不排除存在更深远的开发前景，这意味着新中国将会拥有一个新的南方大港。刘焕然宣布勘测任务胜利完成。

一个繁荣的新时代即将到来！塞纳餐厅绝处逢生，决定改为中西结合的餐厅继续经营下去。刘瑞麟老人坚持邀请大家去吃庆功宴。刘焕然欣然接受，暗中叫来刘海贝，"如此这般"地交代了一番。

新牌匾"塞纳中西餐厅"高悬。考察队开到，街头燃起鞭炮，一派喜气。刘海贝和刘瑞麟在廊柱下等候大家，见大家到来，招呼道：

"欢迎各位贵宾。请进……"刘焕然拦住大家，问道："今天我们来干什么？"众口回答："庆贺湛江深水港勘测成功。""祝贺'塞纳中西餐厅'重新开业……"刘焕然笑道："也对也不对。今天还是王舰长和蓝珊姑娘结婚的大喜的日子。海贝姑娘要给他们举行一场中西合璧的婚礼。"王新整惊讶道："怎么不早说？这不是突然袭击嘛！"刘焕然无辜道："哪里是突然袭击？早就说好垃圾尾航道开通就办喜事。英国政府突然宣布对华禁运，逼迫我们提前来勘察湛江港，婚礼就推迟了。现在湛江港勘察胜利，今日不是更有意义吗？"刘心澜证明道："有这回事，我们都可以作证。"刘焕然说道："别忙。还有于帆和黄卉。他俩的爱情经受过战斗的洗礼和岁月的考验，却不明不白就结婚了。人生大事哪能这么草率！今天给他们补办一场正式婚礼。该不该呀？"众口回答："应该——"

宾主落座，刘焕然致辞："我第一次来湛江，就被这座英雄的城市深深吸引，在座的刘瑞麟和吴老伯老前辈就是它最杰出的代表。我被这座热情的城市所吸引，我们的工作得到社会各界的无私的帮助。我被这座美丽的城市深深吸引，它有着旖旎的山水风光。我被这丰饶的城市深深吸引，它有着取之不尽的热带物产。我已经爱上了这座城市！我为这座前途无量的城市骄傲。深水航道的发现，将书写新的历史，它必将成为祖国南疆的一颗璀璨的明珠……"刘瑞麟不禁站起来道："湛江人民几百年的流血牺牲不就是为了今天嘛！"吴老伯抚掌大笑："哈哈，我们硇洲灯塔又可以大放光芒啦。"

刘心澜宣布："婚礼开始。请新娘新郎出场——"《婚礼进行曲》响起，吴老伯手牵蓝珊、刘瑞麟手牵黄卉步入大厅。刘海贝向盛装婚纱的蓝珊和黄卉抛撒花瓣。刘心澜道："我们是无神论者，只相信科学。我们不去教堂，在这里举行中西合璧的新式婚礼，请证婚人带领做婚姻宣誓。"

刘焕然对两对新人道："请你们面向来宾发誓，你们是自愿结成伴侣的。"两对新人答:"我们发誓,我们自愿结成伴侣。"刘焕然接着说:"请你们转过来面对面发誓,你们将永远忠诚于对方。"两对新人答:"我们发誓,我们将永远忠诚于对方。"刘焕然接着又道:"请你们转过来面对我证婚人发誓,无论地老天荒,无论贫困和疾病,你们都将不离不弃、白头偕老。"两对新人答:"我们发誓,无论地老天荒,无论贫困和疾病,我们都将不离不弃、白头偕老。"刘焕然高兴地宣布道:"现在我宣布,从今天起,王新整和蓝珊结为合法夫妻,于帆和黄卉结为合法夫妻。"

瓦格纳的《婚礼进行曲》奏响,刘海贝给两对新人献上鲜花,新人把花束抛向来宾,刘焕然的照相机留下光彩的瞬间。

财经委员会对德润公司的报告高度重视,肯定了开发湛江港具有重大的战略意义,是经济建设的必需,更是国防建设的急需。并决定将这个项目入五年计划的重点工程,同时配套兴建黎湛铁路。时至今日,湛江已是可以容纳40万吨轮船停泊的大型港口,同时成为南海舰队的基地。有诗云:行路难!行路难!多歧路,今安在?长风破浪会有时,直挂云帆济沧海。

留校寒假生活丰富多彩。动物园饲养员捉到一只黄鼠狼,曹老师把它做成标本。小平没记住黄大仙的五脏六腑,倒是领教了生化武器的厉害,它的一个臭屁熏倒了满屋子的人。朱老师还领大家逛了大栅栏老街,最后还进大观楼电影院看了《牧鹅少年马季》。加片是《无痛分娩法》,从做产前检查到深呼吸助产,孩子们似懂非懂,看得饶有兴味。曹老师则率领大家骑自行车郊游,逛动物园、八大处、颐和园,登鬼见愁眺望北京城……但必须先考"驾照"——骑车穿过两寸宽的砖头缝。小平两脚够不到自行车的脚蹬子,所以头一次远征,腚沟子就磨破了。尽管如此,下次他依然决定(撅腚)参加。

最有意思的是除夕游艺晚会。俱乐部中央竖起一棵圣诞树,挂满彩灯、彩带。设置多种有奖游戏:灯谜、套圈、钓鱼、飞镖……

每人领到一份花生、瓜子、糖果。曹老师把几个男生叫到教研室说道："为了增加喜庆的气氛，我决定搞一个化装表演。你们装扮成不同的动物，有人猜出是谁装扮的就能得奖。至于穿什么你们自己选。"等大家都装扮好，扮演成圣诞老人的曹老师，率领动物大军挺进会场。曹老师面向台下的观众道："听说育英小学举办除夕游艺晚会，动物王国派代表来向大家拜年。"说完转头对台上众人道："来，给同学们作揖拜年"并率领众人问好道："祝新年好——"问完好，曹老师宣布："下面有奖竞猜开始。"小丑杨威最先被认出……接着大象张海生现出原形……老虎黄松也被人猜了出来……装扮熊猫的是建华……大头娃娃阿纯笑嘻嘻地摘去面具……猜中后大家高高兴兴地去领取奖品。最后只剩下了一只狗熊。他捂得太严实，直到晚会结束，也没被猜出来。韩校长走来笑着打趣道："来来来，告诉我，你是谁呀？""狗熊"严防死守，就是不回答。韩校长伸手摸他的头，惊讶道："啊呀，这么冷的天还捂出一身汗来，快把衣服脱了。""狗熊"还是不吭声。韩校长劝说道："脱了吧，晚会结束了。""狗熊"这才得意扬扬地现出原形。韩校长装模作样地惊讶道："啊——原来是小平呀。"小平说："曹老师说，谁捂得最严实，谁就是最成功的。我没被猜出来，该得到最高的奖赏。"韩校长道："当然，你想要什么？"小平说："我要一包花生米和一包水果糖。我想了好久。"韩校长吩咐道："快去给他拿。"曹老师跑回来说："奖品都发完了，一粒花生米都没了。怎么办？"小平"哇"一声号啕大哭起来，不成句地哽咽道："我……我捂了一身汗，最后……最后连一粒花生米都没吃到……"韩校长搂住小平安慰道："不哭不哭，奖品会有的……明天我接你到我家里吃饺子……"小平不停地抽泣，坚持道："我就要吃花生米……"韩校长最终也没有兑现承诺。小平直到长大后还常常念及失落的花生米，一生都耿耿于怀。

寒假只有两个礼拜，一转眼就开学了。当晚开学晚会也如期而至，操场就是晚会的会场，天作幕帐地作舞台。一个假期不见，同学们见了面互相总有说不完的话。曹老师主持晚会说："都请安静。留校过寒假的同学准备了一台精彩的节目，庆贺新的学期到来，希望你们喜欢。第一个节目口哨大联吹'乔治参军去'。"

男生集体登场。小平先用口琴定音，阿纯担任指挥，发号施令道："预备——起。"口哨声响起，听起来别有新意。陆映雪拍手兴奋地说："吹口哨居然还有二重奏，好听。"下个节目，女生手拉手边唱边出场，表演匈牙利民间舞。中间的那位比所有人都高出一个头。曾志平站起来，指着中间的人高叫道："瞧哇，那不是张海生嘛。""哈哈，还戴个假辫子。""假辫子是用黑布条编的。""他肯定是爱上谁了。""嘿，亲个嘴儿吧！"郭阿姨自己也乐了，笑骂道："别胡说八道！"全场报以笑声和掌声，夹杂着呼哨。张海生越是一本正经，观众的笑声越是热烈。

曹老师宣布最后一个节目是小话剧《夜莺》。后台发出夜莺的叫声，一队由男生扮演的德国兵走过场。小侦察员别佳（小平）尾随上场，用变色铅笔沾着唾沫在纸上记录，边记录边嘟囔道："碉堡在这里……一个班……两个炮兵阵地在这里和那里……1、2、3、4、5——5辆坦克车在那里……兵营在后边……"别佳把纸条卷成纸卷，塞进芦苇管，再把芦苇管插到树杈里。他用口哨吹出夜莺的叫声，然后离开。不久以后，传出夜莺啼叫，地下交通员伊万大叔（杨威）出场，从树杈上取走情报，吹出夜莺的叫声后返回。过了一会儿，德国兵（张海生）抓住别佳从另一边进场。德国军官施泰因（黄松）和翻译官聂赫留道夫（阿纯）上场，问道："这是怎么回事？"德国兵报告道："抓到一个刺探情报的小奸细。"翻译官掰开别佳的嘴，看了一眼，道："啊哈，他的舌头全是紫色，他确实是个奸细！"上校凑近逼问道："小孩儿，你要老实交代，给红军送情报了？"

翻译官重复道:"施泰因上校要你老实交代,给游击队送情报了没?"别佳道:"奶奶病了,我来抓鱼,没有送情报。"翻译官怒道:"你还不老实?看我怎么收拾你。(一把推倒别佳,还补上几脚,踢得他满地打滚)你说不说?"别佳顶嘴道:"我没有什么可说的。"翻译官又踢了几脚,恶狠狠地道:"看你还嘴硬!看你还嘴硬!"曾志平站起来惊讶地叫道:"妈呀,他真踢呀。"后台突然响起枪响,德国兵慌慌张张跑来报告道:"不好了,游击队打来了。"上校一挥手,喊道:"快撤——"翻译官连忙问:"这个小奸细怎么办?"上校说:"留着他何用。"说着就拔出手枪把别佳打死。上校、翻译官、德国兵逃跑。游击队长彼得罗夫(建华)和伊万大叔带领游击队冲过来,高喊:"杀呀——"伊万大叔抱起别佳呼唤道:"别佳,别佳——"看着毫无反应的别佳,伊万叔叔别过头对大家说:"他永远睡过去了。"游击队长脱下帽子,大家也都脱下帽子,伊万大叔接着说:"我们来晚了一步……不过,我们不能让你白白牺牲,一定为你报仇。"说着将怀中的别佳放下,起身挥臂高呼:"同志们跟我来,冲呀——"群众(其他男女留校生)肃立默哀。彼得罗夫和游击队员把上校、翻译官、德国兵押解上来,经过别佳的遗体。上校问:"你要带我们去哪儿?"彼得罗夫答道:"去接受人民的审判!"剧终,全体演员返场谢幕。台下爆发出热烈的掌声,曾志平跳得最欢。

韩校长拉过小平,轻抚他的屁股说道:"你哥哥好狠心。我看得真真的,他可是真踢呀!把你踢疼了吧?"小平笑嘻嘻道:"曹老师说啦,就要表演得凶狠一点儿,假戏真做。"韩校长紧紧抱住他,表扬道:"你真是好样的。"

5. 向"六一"国际儿童节献礼

新学期最令人振奋的是新校舍落成了，为大家展现出一座花园式的校园。百米走廊、花砖墁地、绿漆墙裙。走廊一侧悬挂世界文化名人相框，罗蒙诺索夫、伽利略、牛顿、贝多芬、普希金、祖冲之、李时珍、张衡……如同沐浴在知识的江河中。另一侧是毛玻璃采光墙和教室。教室铺设实木地板，磨砂黑板。全新苏式双翻盖课桌，翻开小桌面才能起立。走廊尽头两个宽敞的餐厅都是水磨石地面，光洁如冰，打一个出溜就能滑出五六米远。并排三座两层的宿舍楼，楼上女生，楼下男生，一律浅蓝色铁架拉簧棕垫床。校园西部是一个周长200米的足球场，被单杠、秋千等运动器械环绕。此外还有浴室、图书馆、体育馆、校部、教研室、果园、动物园……

新学期还有个新气象，就是丰富的课外活动。每个老师带领一个小组，有舞蹈、生物、音乐、手工……丑小亮、陆映雪、班锁凤报名气象小组，每日三次观测和记录气象数据。张海生、王炜、小平、曾志平报名美术小组，画素描、翻制石膏像、野外写生……四年级2班发起"北京—平壤"象征性长跑，以此表达大家支持抗美援朝的热情。北京距离平壤1000公里，环校水泥大道全长1400米，全班30人跑一圈儿总和42公里，每天一圈，一个半月就能跑完。每天早起第一件事就是长跑，小平感觉喘不过气来，只得张嘴大口呼吸，在早晨的冷空气刺激下，小平的气管和喉咙发胀，止不住地咳嗽。

新学期新增毛笔课，老师挑出字体俊秀、红圈儿最多的作品在墙报栏展出。陆映雪渴望金榜题名，偷着拓写字帖，被曾志平发现。曾志平大吼一声："好你个陆映雪，竟敢拓字！"谁知朱老师并不见怪，说描红也是练习书法的一条途径，能描好也不容易。曾志平成了叛徒和告密小人，他的行为彻底激怒了陆映雪，陆映雪发誓再不搭理他。曾志平上学期期末被关禁闭，自觉戴罪之身，发誓新学期打翻身仗,却又得罪了陆映雪,紧着赔不是也得不到原谅。

曾志平苦闷中独自周游新校舍,竟然发现了新大陆。回到宿舍兴奋地跟大家说:"有一间教室藏着一只大老虎!"张海生指着他说:"骗人,学校里哪会有大老虎?"曾志平急着解释道:"千真万确,骗你是孙子。不信我带你们去看。"他带大家走到走廊尽头,翻开地道盖子钻进去,张海生、王炜、小平跟着鱼贯而入。估摸到了第三间教室,曾志平拱开地道盖子,似乎碰翻了什么东西。大家钻出去以后,看见一个多宝架倒地,旁边是破碎的工艺瓷盘。小平拾起碎片,看了看说道:"是仿学校影壁墙造型的广东佛山制作的美术陶瓷。"王炜脸色一变道:"糟糕,我们闯大祸了。"曾志平为自己又添新罪吓蒙了,连忙说:"放在原地不动,就说是被风刮的。"张海生在另一边招呼其他人道:"嗨,这儿真有一只大老虎。下面有说明……为庆贺育英小学新校舍建成,朱德总司令转送东北军区赠送的东北虎标本。"王炜也兴奋地说:"嗨,这儿有卓娅和舒拉的母亲赠送的图书《卓娅和舒拉的故事》,她叫柳鲍娃·科斯莫杰米扬斯卡娅。"小平看了看,奇怪地问道:"怎么德国少先队员是系蓝领巾?是蓝旗的一角吗?"门外传来说话的声音,曾志平慌神了,叫道:"有人来,快跑——"说完一头钻进地道,张海生、王炜跟着钻进去。大门打开,还剩小平一个人。

韩校长和曹老师问道:"小平,你怎么在这里?"地道口敞开,韩校长和曹老师看到了,恍然道:"啊,你钻地道进来……"再一低头,就看到地上的瓷盘碎片,问道:"怎么瓷器摔坏了?是你?"小平立刻否认道:"不是。我进来的时候就是这样。是被风吹的吧?"韩校长疑惑道:"怎么会呢?门窗关得好好的,都还有谁跟你一起来?"小平支吾着:"我……"韩校长说道:"别我我我的。我们还有事,你回去写一份检讨来,把事情讲清楚。"小平欲言又止,有苦难言。

那天半夜，小平剧烈咳嗽，昏头昏脑，只觉得郭阿姨背着他深一脚浅一脚走向南院。"快开门，急诊。这孩子咳嗽，烧得厉害。"护士长把体温计放进他的嘴里。过了一会儿，取出体温计一看，惊讶道："38.2°C——我的天哪，怎么发那么高的烧。"育彬医生听诊，诊断道："急性气管炎合并扁桃体发炎，来势凶猛，必须住院，明天再做全面检查。"护士长发愁道："最近流行猩红热，病房住满了。只有女病房还剩一张床位。"育彬医生拍板道："不管那么多，马上送进去，急诊不能耽搁。"

护士长开灯，惊醒了病人。护士长举手阻止病人起身，轻声道："躺着别动，给你送来一个'牧鹅少年马季'。"病人惊讶地问："她叫马季？"护士长笑道："不，是个俊俏小生。"病人一脸嫌弃道："我不要。"护士长说："不要也得要。他是急诊，只剩这张病床了。"说完转向小平说："都脱光，换上病号服。"见小平不动，护士长动手给他脱光，边脱边说："有什么可害羞的。"

小平一夜都是昏昏沉沉的，似睡非睡。第二天医生查房。育彬医生叩诊完，记录病历并吩咐护士道："刘小平，四年级2班……咳嗽发烧，急性气管炎，扁桃体化脓。服用加倍土霉素，吃流食。"护士长在他的床头系一根紫色的布条。

小平说："嗨，我认识你，你叫李莉莉，是少儿队的大队长。"李莉莉回应道："我也认识你，叫刘小平，从香港来，爸爸是资本家。你是喝牛奶吃面包长大的，是阔少爷。不像我，上延安洛杉矶托儿所，马背上啃地瓜长大的。"小平却一脸羡慕道："我羡慕你们延安娃，爸爸妈妈都是老红军和老八路。"李莉莉一撇嘴道："有啥可羡慕的，整天东躲西藏钻山沟。有一天半夜行军，马失前蹄，我滚下了山坡，差点儿摔死。现在头上还有一块疤痕呢。"小平问道："我的床头系的紫布条，你的是红布条，是什么意思？"李莉莉解释道："紫布条是重病号，吃流质食物。红布条的是轻病号，吃半流质食物。

白布条的是快出院了，吃普通饭菜，米饭炒菜，有肉吃。"小平一听，感叹道："我发现住院挺舒服的，不用上课，睡钢丝床，还尽吃好的。要是能多住几天就好了。"李莉莉压低声音偷偷告诉小平道："我告诉你一个窍门。量体温的时候，你趁护士不注意，偷偷把体温计尾部弹几下，让水银柱往高处走一点儿。医生一看你发烧，就是病还没好，就不会让你出院了。"他俩从此没有了隔阂，互相"延安娃""阔少爷"地叫起来。闲着没事时，两人甚至演起了《天仙配》。小平头扎毛巾演董永，李莉莉身披床单演七仙女。小平想起那次《大闹天宫》写检讨事件，仍然心有余悸，不敢太出格。

丑小亮推开病房门探头道："小平，我们来看你了。"曾志平、班锁凤跟着溜进来，丑小亮见李莉莉也在，问道："莉莉，你也住院了？怎么，你们俩住一个病房？"李莉莉解释道："小平是急诊，当时只有这一个空床位。"曾志平拍了拍小平的肩头，玩笑道："你可真有福气，连住院带娶媳妇。"李莉莉脸一板，生气道："你胡说八道什么！"小平惊喜道："你们怎么来了？"丑小亮答道："我们出来捡废铜烂铁，支援抗美援朝，顺便进来看看你。"育彬医生和护士长走进来，一看，发现曾志平等人，说道："咦——你们怎么进来了？现在流行传染病，快都出去。"医生看着几个孩子，一把抓住中间的班锁凤。育彬医生说道："你来一年了，怎么还是又黄又瘦？留下来给你做个检查。"这一检查不得了，班锁凤服下驱虫药，竟然排便拉出一脸盆蛔虫！

一个星期后，小平痊愈出院，韩校长把他找去关心道："病好了？不发烧了？"小平答道："不发烧了。"韩校长又问道："知道我为什么找你？"小平道："知道，因为我们——不，是我打碎瓷盘的事。"韩校长无奈道："好吧，就算只有你。你怎么想到要溜进陈列室？"小平答道："我想把新校舍全都看一遍，无意中发现陈列室里有大老虎，就从地道钻过去。"韩校长再次问道："想看大老虎可以跟老师说呀。我再问你一遍,只有你自己吗?"小平肯定:"就是我自己。"韩校长叹息道:"你违反纪律,私自溜进陈列室,损坏珍贵的纪念品。你最好在校领导做出决定之前如实交代经过,写一个深刻检讨来。"小平鞠躬离开。

苏联油船"罗蒙诺索夫"号停靠招商局码头,下来两名船员。郭代表和萧师傅主动迎上去,招呼道:"同志,你好,我们是国营轮船招商局的。请问需要我帮助吗?"苏联船员答道:"我是业务主任,要采购食品。请问外轮供应公司在哪儿?"郭代表主动道:"我带你们去。"苏员说:"谢谢你。"郭代表回答道:"不用客气,中苏人民友好嘛。你们船上装的是什么?要去哪里?"苏联船员说:"10000吨煤油,目的港上海。你打听这些干什么?"郭代表:"随便问问——那边四层的办公楼就是,你们自己去吧。"二人赶快返回驻地发电报:"苏联油船'罗蒙索诺夫'号,装载15000桶煤油,3日后离开香港前往上海港。"

国民党海军主力护卫驱逐舰"太康"号(舷号21)、"太和"号(舷号23)横在航道上。舰长从望远镜中看到"罗蒙诺索夫"号,下令道"升起国际信号旗L,命令它停船接受检查。"苏联船长认为在公海上航行,军舰无权拦截,并不理会,继续航行。"太康"号鸣炮警示,炮弹落到船舷旁,激起冲天水柱。船长这才被迫下令:"停止前进——立刻发电报,我们在N19°50′、E120°30′遭遇国民党海军拦截。"

报童叫卖报纸:"看报看报,台湾海军武装扣押苏联油轮'罗蒙诺索夫'号……苏联外交部副部长左林照会美国驻苏大使波伦,美国政府负有完全的责任,要求返还苏联油轮,释放船员……苏联政府严正警告说,将会采取必要措施,甚至透过武力保证其商船在这个地区的安全……"

钱琳和刘焕然密切关注事态的发展,坚信苏联是强大的社会主义阵营的老大哥,必会狠狠教训美蒋,结果却让两人大跌眼镜。美国国务院发言人说，根据1951年5月联合国通过制裁共产主义中国、朝鲜的决议，禁止向上述国家出口战争物资，包括油料，扣押前往中国的油轮是合法的。苏联竟然噤若寒蝉，还令三艘在新加坡的油轮推迟行程两个星期，另三艘油轮改变航线，这六艘油轮的吨位之和接近苏联远洋油轮总量的三分之一。另两艘油轮进入地中海以后，也返回伊斯坦布尔待命。一批前往符拉迪沃斯托克的商船绕道吕宋海峡。这些轮船都是远东公司租用的，由于推迟行程、改道而增加的成本高达50万美元。中国大陆铁路运力有限，船只在黄埔港卸货后无货可装，只能空放返回欧洲，也造成了数百万美元的经济损失。苏方的一再忍辱退让反使美国更加有恃无恐。前后共有13艘苏、波、法籍船只推迟前往中国大陆。社会主义阵营国家也不再愿意派船来了。外国商船急剧减少，物资减少了近30000吨。英国战争险的保费由原来货物价值的1%猛升至5%……远东公司经营的困难和危险不降反升。

刘焕然无奈感慨道："全国人民都知道志愿军取得了多么辉煌的胜利，付出了多么大的牺牲，涌现出多少英雄，却不知道我们国际海洋运输战线上的斗争有多么艰难，付出多么沉重的代价，有多少无名英雄默默奉献、流血和牺牲。"钱琳道："不得不承认，我们无力与美国和联合国抗衡。发生正面冲突，吃亏的还是我们。只能避实就虚，尽量减小损失。"

庄尚德快跑过来，报喜道："好消息，总部来电。海军成功截获苏俄'罗蒙诺索夫'号油轮，货物全部充公。皮尔斯准将特令嘉奖，奖金两万元。望'香港商情研究所'再接再厉，发挥第一线的作用，及时提供过往船只的详细情报。"郭代表说道："这都是大家的功劳。根据皮尔斯的指示精神，我们不再固守香港，守株待兔。我要主动出击，把人都撒出去，张开大网，形成大封锁的外围防线。张光远去新加坡，柴荣去科伦坡，这两个港口扼守欧洲咽喉。我坚守香港。

庄尚德值守电台,萧师傅保持与14K联系。"

全校师生齐聚新建的大礼堂,举行新队员入队仪式,唱少先队队歌。老队员李莉莉、张海生、黄鹤……给新队员刘阿纯、和平、胜利、杨威、王炜……戴红领巾。大队辅导员曹老师致辞:"我们能有和平的学习环境,是因为有成千上万的志愿军在前线战斗,流血牺牲。马特洛索夫是用身体堵住敌人枪眼的苏联英雄,黄继光是中国的马特洛索夫。志愿军还有杨根思、罗盛教、邱少云……我们都要向英雄学习,人人争做新时代的好少年。"

韩校长宣布了一个好消息,"五一"劳动节天安门广场要举行盛大的群众游行,分配给育英20个观礼的名额。以后劳动节和国庆节都会有名额,谁表现好、谁进步大就选谁。还有一个更好的消息:李莉莉同学作为全国少先队员的代表,上天安门给毛主席献花。太意外了!连李莉莉自己都感到突然,全校师生长时间向她鼓掌祝贺。曾志平边鼓掌边对小平说:"瞧,你媳妇上天安门了。"小平反击说:"是你媳妇!"曾志平说:"你们俩同房好几天,已经是老夫老妻了!"待掌声平息下来后,韩校长又宣布了一个坏消息:四年级2班刘小平同学违反纪律,私自爬进陈列室,摔坏有纪念意义的陈列品,本人对错误没有认识。校务会议决定给予警告处分。全场目光都射向小平。散会了,留下小平噙着泪花低头不语。张海生抱不平道:"这不公平,我要向韩校长解释,我们人人有份。"曾志平赞同道:"我自己去向老师坦白。"小平阻止道:"千万不能去。上学期你打曹老师的耳光,只罚了三天禁闭还没坐满,至今没给你处分。要是再加上这件事,你小子就彻底完蛋了。"

于帆送来机要文件,钱琳拆开看,对刘焕然道:"这是财经委员会的红头文件,标题是关于大力发展橡胶产业的决定。后面是专门给我们的附件。附件说,中国不是橡胶生产国,严重依赖进口。而橡胶又是美国对中国封锁禁运的头号战略物资。为解决橡胶来源,国家在海南岛和云南成立了几个军垦橡胶林场。但是要等好几年才能进入割胶期，而且产量也不会太大。美国空军发动绞杀战，朝鲜前线损耗极大，国内的库存告罄，不得不使用再生橡胶，严重拖累经济建设。决定调王昭基毛筠茵夫妇、林玉佩唐素娟夫妇、高瑞祥和郑品玫夫妇以德润公司的名义，去马来亚、锡兰、菲律宾创建贸易公司，紧急采购橡胶。"刘焕然问道："他们不是还在'印巴三处'吗？"钱琳答道："川藏公路快要通车了，'印巴三处'撤销，改为总领事馆。他们是懂国际贸易懂外语的宝贵人才，好钢要用到刀刃上。"刘焕然道："果然是分久必合，合久必分。三剑客又回来了。新加坡、科伦坡、马尼拉也是海上运输进入中国南海前的最后一站，我去安排。"钱琳补充道："等接替他们的人到任，交接完工作以后，他们直接从'印巴三处'赴任，不来香港。"

接待张光远的是一个以恒运报关行（Fortune Customs Broker）经理身份为掩护的保密局特务熊百胜，他给张光远经理助理的头衔，化名章琨。安排住进欧南园星星客栈。张光远就以报关行代办业务和招揽客户的名义，厮混在海关大厅里，观察形形色色的办案人员，窥视他们的报关文件，从中发现有价值的情报。他天天光顾，主动与人搭讪，渐渐混成了半熟脸。

荷兰邮轮"鹿特丹"号抵达新加坡。港外锚泊着三艘英国军舰，双体飞机从头顶上掠过，发出轰鸣声。这里做贸易讲英语，俨然英国的领土。王昭基向举牌人走去，介绍道："鄙人展鹏举。阁下是昆兴公司的连经理吗？"连珠答道："正是我。想必这位就是展太太了？我在潮州会馆附近给你们租下房子，离我不远。"安顿下来之后，连珠带他们去附近的粿条店进餐。王昭基问道："好奇怪，为什么那么多人蹲在椅子上吃饭？"连珠说："这是新加坡独有的风俗，连我也搞不懂。这是一家老字号，我自己就经常来吃。工作上的事你不必太着急。我正在联系陈嘉庚先生的女婿李光前，他是东南亚首屈一指的橡胶大王。等安排好了我带你去南益橡胶有限公司见面。"王昭基感谢道:"让你费心了。这宗交易以你昆兴公司的名义代表香港泉昌贸易有限公司采购橡胶,我作为你的助手参加谈判。橡胶是美国禁运清单里的头号物资,海关肯定要严加盘查。所以手续一定要完善,符合所有法定程序。"

屋外边下起鹅毛大雪,大家早早洗漱完毕钻进被窝。班锁凤忽然一骨碌起身,懊恼道:"啊呀,忘了还没观测气象站!"丑小亮不想出门,劝道:"这么晚了,缺一次没关系。"班锁凤道:"那不成。曹老师说观测气象,风雨无阻,一次也不能少。"陆映雪也不想动,推托道:"我好累,你们去吧。"班锁凤说:"咱们可刚看过苏联电影《阿廖沙锻炼性格》,不能在关键时刻当逃兵。"三人穿好衣服走出宿舍。走廊的后门上锁了,请夜班阿姨来开门。起初郭阿姨并不答应,禁不住她们的诚恳和一再央求,只得把门打开。一股狂风裹着雪花吹进来,班锁凤高呼:"为了斯大林,冲!乌拉——"她们艰难地踏雪前行,几次摔倒又相互搀扶站起来。顶风冒雪打开百叶箱,丑小亮手举电筒,班锁凤读数,陆映雪纪录:"1952年2月12日星期五22:20。温度:-10°C。湿度:11%。气压:108.6KPa。雨量:12mm。风向:西北偏北。风速:8级……"

她们裹着风雪返回,两颊冻得通红,郭阿姨张开双臂,抱住几人表扬道:"都过来叫我亲亲,3个阿廖沙……不不,是卡佳、柳芭和娜塔莎。"陆映雪纠正道:"不,我们叫玛露霞。"郭阿姨道:"哦,马露霞。"然后叮嘱说:"把鞋子都脱下来,我给你们烤干。"

第二天醒来一看,哇——厚厚的白雪覆盖了整个世界!校园里的雪仗打得不可开交。曾志平提议道:"咱们3个男的打她们3个女的。"陆映雪抗议道:"这不公平,3个女的打不过3个男的。重新分组,我和锁凤加上海生算一伙儿。小亮和志平、小平算一伙儿。"班锁凤说:"那也不成。两女一男打不过两男一女。应该分成三个组。我和海生，小亮和小平，映雪和志平。"陆映雪一撇头，拒绝道："我不跟叛徒在一起。"曾志平求饶道："还生我气呢，我给你道歉还不行？对不起——"陆映雪这才松口道："哎，那还差不多。"三个组捉对儿厮杀很开心却很分心，既要两面防守，又要两面攻击。曾志平朝小平使了个眼色，小平心领神会，合在一起攻击张海生。张海生抱头鼠窜，慌不择路，一头撞上单杠的横杆，立时仰面倒地，满脸鲜血。这可把他们吓坏了，赶紧架起他往医务室跑。育彬医生紧急进行处置，边处理边说："让我看看……啊，万幸没有骨折……我给你敷好药，回去休息，做冷敷。"

把张海生送回到宿舍后，他们被郭阿姨驱散。郭阿姨说："他现在最需要的是安安静静休息。"王炜正用长棍敲击房檐下的冰溜子。曾志平顺口说道："哈哈，冰溜子，亮晶晶；免费吃，天然冰。多敲几根带给张海生。"他们边走边吃，高高兴兴回到宿舍，被郭阿姨拦住。郭阿姨问："你们在吃什么？"曾志平答道："冰溜子。"郭阿姨赶紧说道："快吐出来！冰溜子也敢吃？那是房顶上融化了的雪，从来没有人打扫过，全是灰尘和细菌。"丑小亮挠头道："呀，看起来亮晶晶，以为是干净的。"郭阿姨又说："也别扔了，用毛巾包起来正好冷敷用。"冷敷之下，张海生似乎很舒服，很快发出轻微的鼾声。

和南益橡胶有限公司的谈判很顺利，连珠和李光前在贸易合同上签字，握手祝贺。李光前说明道："华人在马来亚占四分之一，但政治上没有地位。所以我们小心处世，绝对奉公守法，从不逾矩。我还要说明，第一，合同标的是购买生胶 5000 吨，万一遭遇不可抗力之外力，我们按照实际拥有的数量交货，不算违约。第二，橡胶属于敏感战略物资，为避人耳目，我们在马来亚的瑞天咸港交货，你们去那儿办通关手续。我需要几天时间备货，你们听我通知再租船。"连珠道："你放心，我会交代给代理报关行的。"

张光远走进新加坡海关业务大厅,手持空白表格,贴近填表人的身后走过。看见有个穿花衬衫的人写 rubber(橡胶),凑到旁边问:"不好意思,我是新手。我想请教你,橡胶的品种必须填写吗?"花衬衫反问道:"怎么看你很眼熟,你是哪个报关行的,叫什么名字?"张光远答道:"我叫章琨,是恒运报关行的经理助理。"花衬衫说道:"恒运报关行?我认识你们的熊百胜经理。我叫慕舒骏,是远达报关行的。你问什么?"张光远赶忙说:"表格里有一项橡胶品种,不知道该怎么写。"慕舒骏指点道:"橡胶分天然胶、丁苯胶、顺丁胶、丁基橡胶……你要问委托人干什么用。"张光远又问:"我还想知道,报关地一定要和橡胶原产地一致吗?"慕舒骏说:"不一定,应该是在哪里装船在哪里报关。比如我手头一个单子,原产地是沙捞越,客户租船去瑞天咸港装船,我就应该去瑞天咸海关报关。"张光远问:"它的目的港是哪里?"慕舒骏道:"这我就不能随便说了。"张光远一脸了然道:"我理解,是应该保密。"

王昭基对毛筠茵说:"生胶合同已经签字,华林公司租到英国'宝瓶座'号轮船,再有三四天就到瑞天咸港。我要去那里接船,并且随船押运回国。你从新加坡直接回香港,不必等我。走之前注意销毁所有文件。"毛筠茵送王昭基登上开往瑞天咸港的班轮后,去售票处买开往香港的船票。最近的班轮要再等 5 天,只好返回出租屋等候。

张光远又来到海关大厅。四下找不到慕舒骏,试探着给远达报关行打电话,得知他去了瑞天咸港。想起他说有一单秘密的代理业务,于是赶快渡过柔佛海峡,搭乘长途大巴,晓行夜宿赶往瑞天咸港。在报关大厅他没有见到慕舒骏,就进码头找。英国轮船"宝瓶座"号吊装生胶,慕舒骏正在和船长交谈。他认得旁边的人,是香港远东公司的王昭基,货真价实的共产党。怎么大名鼎鼎的前军统少将连珠跟他在一起?

香港雪厂路远东公司业务办公室电传机吐出纸带，彭楚民随机阅读道："'宝瓶座'号顺利通关，今已起锚离开瑞天咸港，特报平安。"几乎同时，庄尚德也收到电报。郭代表说："马上转发给西方企业公司皮尔斯准将和福斯特上校。中共租用英国轮船'宝瓶座'轮船装载橡胶今日离港，驶往香港。"同一天，新加坡、中国香港街头报童叫卖："看报看报——《联合早报》，英国商船'宝瓶座'号日前起锚，装载3700吨生胶驶往中国……"

慕舒骏买来报纸，大吃一惊！急忙拨通电话问："喂，章琨先生吗？《联合早报》刊登，英国商船'宝瓶座'号装载3700吨生胶驶往中国，是你透露给报社的吗？"张光远故作茫然道："是舒骏兄？什么'宝瓶座'？我不知道你在说什么？"慕舒骏气愤道："别装傻，这件事只有你知道！你可害苦我了！"

中国香港、新加坡街头报童叫卖："看报看报——《南华早报》，第五届联合国大会通过了对中华人民共和国实施全面禁运的决议……英国政府宣布执行联合国对北京政府经济制裁的决议。港督奉命重申，实行对华战略总禁运，禁止所有战略物资经由香港流入中华人民共和国……"

钱琳说："联合国在1951年5月发布过制裁决议。怎么现在美国英国又重弹老调，而且大大提高调门，会不会跟'宝瓶座'号有关？"刘焕然说："肯定有关联，这么具体的消息从来没有过。所幸'宝瓶座'已经离开瑞天咸港，再有一个礼拜就到家啦。建议请海军出动军舰，迎头赶上护航。"

601扫雷舰接到告急电报，全速驰援。而在新加坡则开始了一系列大逮捕。毛筠茵准备登船，被马来亚海岸警察卫队拘留。警车开到昆兴公司，将连珠经理逮捕。警车开到远达报关行，将慕舒骏逮捕。警车开到欧南园出租屋要抓捕展鹏举，他已经乘坐"宝瓶座"离开瑞天咸港。一架海岸警察卫队的直升机在新加坡以外23海里处追上"宝瓶座"号，警官喊话道："英国政府征用'宝瓶座'号轮船。命令你们立刻返回新加坡港。"王昭基命令船长道："现在是公海，不理它，继续前进。"直升机见拦截不住，另换"哥锡克"号护卫舰追赶。两天后，601扫雷舰行驶到中国南海最西端，就在即将与"宝瓶座"汇合之时，眼睁睁看着"哥锡克"号护卫舰追上"宝瓶座"，将它拦截住。英国船长不能违抗本国政府的征调令，只得下令掉头返回。王昭基将所发生的一切电报告知远东公司。

"宝瓶座"号靠岸后，船上的货物被强行卸下，王昭基拦不住，只好争辩道："既然政府征调轮船，那就应该退还我的轮船租费和货物。"海岸警察卫队警官却说："我宣布英国政府的命令，解除征调'宝瓶座'号。但是你从事非法交易，要被刑事拘留。根据战时政府有权无偿征调任何物资的法令，征用船上装载的橡胶。"王昭基明白了，一切都是预谋的。征调轮船只是借口，实际意在那3700吨橡胶。刘焕然闻讯后邀请魏文达律师，一同飞往新加坡。

王昭基、毛筠茵、连珠、慕舒骏被关押在海岸警察卫队拘留室里。张光远是原告，他认定王昭基夫妇是共产党，却没有真凭实据，只能指控他们犯有非法经营违禁物资罪。根据美国政府的封锁禁令，凡是一个士兵可以利用的东西都不许运往共产党中国，橡胶是联合国列入封锁禁运名单中的头号物资。魏文达律师辩称，橡胶在民用领域里有广泛的用途。公共汽车、私家车、鞋底……都离不开橡胶。他提交合同、本票和政府部门的批准文件作为物证，表明手续完备而且合法。目的港是香港，指控输往中国毫无根据。眼看诉状证据不足，罪名难以成立，后面有英国官方的强势追逼，检察官骑虎难下。他考虑到慕舒骏只是受托报关人，并未卷入交易，因此将他先行释放。魏文达认为，马来亚属于英联邦，英国是背后主谋，奴才要听主子的，官司肯定打不赢，还是改变策略，以救人为重。于是利用李光前的社会影响力，支付巨额保释金，将王昭基夫妇和连珠保出。检察官顺水推舟，以将他们永久性驱逐出境为结果结案。黄长水先生安排连珠与锡兰的仲兴分公司经理聂侠非对调，去科伦坡赴任。

他们在码头分手。连珠登上"鹿特丹"号邮轮，苦笑道："狮城粉黛胡姬花，客舍青青雨树新。几回梦醒炒粿条，西出狮塔无故人。"胡姬花和雨树是新加坡的市花和市树。刘焕然挥手送别道："我寄愁心与明月，随风直到夜郎西。"刘焕然、王昭基、毛筠茵、魏文达则登上"宝瓶座"返港。王昭基无限怅惘道："何处望神州？满眼风光尽星洲。马来兴亡多少事？悠悠。柔佛海峡滚滚流。"刘焕然笑答："年少万兜鍪，印巴胶林战未休。天下英雄谁敌手？王毛。携手风雨足风流。"

慕舒骏被远达报关行除名，新任昆兴公司经理的聂侠非将他收入门下，任兼职报关员。慕舒骏气愤不过，咽不下这口气，决心报仇雪耻。他跟踪章琨多日，掌握了他的行为规律后，假扮远客，托付星星客栈前台转交一个包裹给章琨。待他取走后，打匿名电话向警察局告密。警察前来搜查，人赃俱获。包裹里是一部旧电台，附有一封马来亚共产党主席陈平写给马共驻英国的代表林丰美的密信，令他设法修复游击队损坏的电台，前线急需。这是确定章琨是马共秘密交通员身份的关键证据。张光远百口莫辩。那时正是政府军清剿共产党的非常时期，凡是落网的游击队员一律处死。此后再也没有人见到过张光远，无人知其所终。

小平和丑小亮是卫生督查员，监督每个人饭前必须洗手擦手。朱老师注意到那条公用毛巾始终保持洁白，多次提出表扬。他俩干得越发起劲儿，每天打肥皂搓洗好几遍。夏天还好说，到了冬天可就受罪了。自来水冰凉刺骨，几天下来手背就裂了口，鲜血直流，小平几乎坚持不下去了。

曾志平断定是夜晚走廊和教室的窗户没有关，水管受冻所致。于是每天晚自习课后他们巡视各个角落，把窗户都关上。室温保住了，但自来水依然冰凉。曾志平又想，自来水管道走地道，该不是地道有什么地方漏风？张海生不解地问："还钻地道？忘了小平为这个受的处分？你是猪头记吃不记打呀？"曾志平反驳道："这回不是去玩儿。这个问题不解决，自来水管就会被冻裂。"张海生一听道："那好，咱们一块儿去。"四勇士再次钻进地道。他们猫着腰曲曲折折前行。不一会儿就转向了。推开一个盖子钻出来，发现是体育馆的器械储藏室，大门紧锁出不去，只得重新钻回地道。体育老师看见小平的身影一闪。他们转来转去从俱乐部钻出来，互相一看都乐了。裤子刮破，满身蛛网，形如乞丐。"纵使相逢应不识，尘满面、鬓如霜。"

曾志平突然想明白了，对众人道："我明白了。暖气管通向房间，而自来水管只通向用水的地方，比如厕所、澡堂和伙房，它们各走各的通道，并不在一起。"于是他们沿着建筑物外的地面找，终于发现自来水管的通道有的井盖还敞开着，这就是症结所在。他们跑遍全校，把井盖全都盖上。回到班上，正赶上吃晚饭排队，他们被郭阿姨拦住。郭阿姨呵斥道："站住，怎么都成野人了？洗干净再走。"他们互相整理衣冠，洗干净手。然后前胸贴后背排好队，小火车又隆隆开动了。

吃过晚饭，哥儿几个向郭阿姨讨要针线。郭阿姨奇怪地问："你们会做针线活儿啦？缝个补丁给我看看。"小平过去没干过，补丁缝歪了。郭阿姨接过来，示范道："我做个样子你看……先粗针大线撩一个边，把布料固定下来……最后锁边……剩下的你自己完成。"郭阿姨又去指导别人，见曾志平在补袜子，惊奇道："曾志平会补袜子？袜板是你自己做的？"曾志平不屑道："袜板算什么，桌椅板凳我都会做。"曹老师推门进来说："你们都在呢。韩校长叫小平去他的办公室。"小平脸色骤变，耷拉着头走出去。王炜问："小平又摊上事儿啦？"曾志平说："是不是跟钻地道有关？走，大伙儿都去。"

韩校长问道:"这补丁是你自己缝的吗?看得出来过去没干过。不过头一次能缝成这样就很不错了,以后注意针脚要均匀些。勤俭持家、缝缝补补是我们的好传统。是不是钻地道刮破的?叫我说什么好,上次钻陈列室受了处分,这次又去钻体育馆储藏室,难道你是属耗子的?改不了钻地道?"小平吞吞吐吐地道:"我们——我……"韩校长问道:"怎么回事,还有别人?"见小平不言语,韩校长又道:"瞧,倔脾气又犯了。听朱老师说,你最近进步很大。上课听讲、积极举手发言。洗公用毛巾认真负责,晚上关全校的窗户。我听说以后非常高兴,结果还没好几天……"

曹老师听到门外有动静,打开门,见曾志平、张海生、王炜站在门外,就问:"你们来这儿干什么?"曾志平坦白道:"韩校长,不能怪小平,钻地道是我出的主意。"张海生、王炜齐声道:"还有我们。"韩校长说道:"我就知道不会是小平一个人。说说看,是怎么回事。"曾志平解释道:"小平负责洗公用毛巾。自来水冰凉刺骨,手冻得直流血。我们担心天气再冷下去,水管会被冻裂,所以想下地道去找原因。"韩校长问:"找到了吗?"曾志平说:"找到了。原来自来水管不在地道里,而是有另外的通道,确实有的井盖没有盖上。"韩校长表扬道:"这是大好事呀。要是早说出来,我就不会怪你们了。现在真相大白,你们不但不会受批评,反而还要受表扬。"曾志平继续坦白道:"还有,上次钻地道进陈列室,也是我出的主意,打坏瓷盘的也是我。"韩校长和蔼地问:"为什么上次不站出来承认呢?"曾志平老实坦白道:"我……去年我溜出去看电影,打了曹老师一个耳光,被罚禁闭三天。小平担心我会被加重处分,就全都揽下来了。"张海生、王炜也羞愧地坦白:"钻进陈列室的也有我们。"韩校长笑道:"你们要是早说,我就不会给小平处分了。"曹老师教育众人道:"为保护朋友,自己承担责任,精神可贵。但是对老师、对校长还是应该讲实话。"曾志平自我检讨道："打了曹老师耳光，我很后悔，一直想向曹老师道歉，可是没有勇气。"曹老师笑问"现在有勇气了？"曾志平道："现在有了。不久前放过一部苏联电影，叫《教育的诗篇》。教育家马卡连柯把少年工学团里的流氓学生教育成有用的人才，他是用爱感动了他们。曹老师也是用爱来教育我们的，我太没有良心了。"说罢深深地鞠了一躬，"曹老师，对不起，我错了。"曹老师搂住曾志平，微笑道："好孩子，我接受你的道歉。"韩校长招了招手道："小平，你也过来，靠我近一点儿。"韩校长拉起小平的手，心疼地轻抚他的伤口，"让我抱抱你。"说着抱住小平抚摸着他的头，小平一下子哭了起来。韩校长安慰道："别哭了。都搞清楚了，我要向全校表扬你们。"

柴荣乘飞机抵达科伦坡，身份是香港《星期日南华早报》记者。鑫茂公司经理颜敬之到机场迎接。此人过去是军统南亚站的站长，现在是保密局的站长，他安排柴荣住洲际酒店。颜敬之说道："你的任务是搜集前往中国船只的信息，但是你不可能每天都守在港口。我给你出个主意，轮船靠岸以后，海员第一个要去的是海员俱乐部。那里有电影院、酒吧、西餐、舞厅，还有妓女。长途航行之后都急着去那里消遣。"柴荣当晚就去科伦坡国际海员俱乐部，立刻被妓女围追堵截，好不容易才冲出重围。柴荣向几个中国人样貌的人走过去问："你们是中国人吗？"见他们没有反应，柴荣改用英语问道："Are you Chinese（你们是中国人吗）？""No, We are Vietnamese（不，我们是越南人）。There is one, over there（那边有一个）。"柴荣凑过去套近乎，得知是在希腊轮船混饭吃的加油工，不想回大陆。老家被共产党占了，怕被抓起来没收家产。虽然一无所获，但是证明颜敬之说的是对的。海员俱乐部确实是个采集信息的最佳场所。既来此，何不逍遥一番？遂招来妓女淋漓发泄，大畅所欲。

荷兰邮轮"鹿特丹"号抵达锡兰科伦坡港。林玉佩和妻子唐素娟带着5岁的儿子林吉云下船，连珠到码头迎接。面包车司机和tutu车司机包围过来争抢客人。连珠带他们冲破阻拦，叫了一辆稍显干净的出租车吩咐道："喜来登酒店！"林玉佩惊讶地问："喜来登？没必要住那么高级的酒店吧？"连珠解释说："这里的旅店都是在老建筑基础上翻修的，价格虽然便宜，可是晚上8点以后就停电停水，你说怎么能住？我刚从新加坡转来不久，也没少上当。比如码头那种tutu车，司机故意绕道走，骗你多花钱。还有初来的人都以为这里盛产宝石，价格会很便宜，其实都是假的。"

住进酒店的高层海景房，小吉云望着窗外说道："妈妈你看，满天的乌鸦。"连珠介绍说："科伦坡在僧伽罗语里有'海的天堂'的意思。锡兰是乌鸦的天堂，乌鸦被供作神鸟，光天化日就敢抢你的食物吃。"林玉佩接着说："中国正好相反，乌鸦是不吉利的东西。传说专门吃死人肉。"连珠道："这种说法不是没有道理。乌鸦对腐肉的嗅觉特别灵敏。不要说死人，就是垂死之人身上发出的味道，它们老远就能嗅到，人还没死就落到他家房檐上等着了。科伦坡素有'东方十字路口'之称。最早是僧伽罗语的Kola-amba-thota，芒果港的意思。公元8世纪穆斯林人来了，叫它作卡兰巴。后来葡萄牙人把它拼写成Colombo，用来纪念哥伦布。"林玉佩疑惑地说："我怎么感觉锡兰和印度没什么两样？比如妇女都穿沙丽，眉心点红点。"连珠说："只能说相近。都是见面双手合十不握手，吃饭爱加咖喱和香料，实际上属于不同的种族。印度人是雅利安人，多数信奉印度教。锡兰人是土著，多数信奉佛教。锡兰人没有禁忌，什么都吃。印度人崇拜牛，绝对不吃牛肉。穆斯林很多，不吃猪肉，只吃羊肉和鸡肉。点眉心的国家还有印度、尼泊尔、巴基斯坦、马尔代夫……男人也有点的。印度教和佛教讲究脉轮，是昆达里尼的出口，就在眉心上。点眉心能保存能量，还能辟邪。"林玉佩说："刚才经过大堂，好像房客都是欧美人。"连珠说："是的，理由也都是因为这里条件比较好，英国、美国政府代表团也长期包租这里。我们出去找个地方吃饭，可以边吃边聊。"

连珠领他们进一家"蓝色印度洋"餐馆，给每个人点了一套海鲜大宴，并介绍道："人到科伦坡，不吃石斑鱼就是白来了。每条足有5斤重，价格还不贵。清蒸、红烧、烧烤、油炸、拌咖喱……花样翻新。还有这黄金椰子汁，色泽金黄透亮，全世界只有这里有。"林玉佩问："锡兰的华人多不多？"连珠答道："不多。锡兰属于南亚，跟东南亚国家没法相比。最近碰到一个香港报社的记者，见面打过招呼，还不熟。"林玉佩又问："我们什么时候开始工作呢？"连珠说："不忙。前任仲兴分公司经理聂侠非走前交接工作，把锡兰最大的橡胶园主和经销商席尔瓦先生介绍给我，他正在协调政府主管橡胶贸易谈判的官员，抽空和你见面，时间和地点完全由对方决定。你可以利用这段时间熟悉环境。"

"五一"节那天，天安门广场红旗招展，歌声震天。首都各界群众和少先队观礼代表天刚亮就在天安门对面旗杆下排好队形。军乐队一遍遍演奏军乐。上午十点整，乐曲突然转换成《东方红》，广场上立刻欢腾起来，高声喊道："毛主席万岁——"张海生眼尖，兴奋地说："毛主席来了，还有刘主席、朱总司令、周总理……看那，李莉莉给毛主席献花。"他们齐唤："李莉莉，向毛主席问好——"中央人民政府秘书长林伯渠宣布庆祝典礼开始，军乐队高奏国歌，礼炮齐鸣28响。首都群众游行盛况通过实况广播传向全世界……

曾志平和小平留在学校听实况广播。曾志平问："你怎么不高兴？都撤销处分了，还心事重重？"小平道："你看人家，都加入少先队，戴上红领巾了，还去天安门广场观礼。就剩咱们两个了。"曾志平倒是没心没肺地说："那有啥。咱们是非队员，会飞的队员。"小平无奈道："你没脸没皮，我可还要脸面。"曾志平说道："嗨，我这不是说气话嘛。像我这样的赖皮货,入队跟我是无缘了。"小平转换话题道:"我不羡慕他们'五一'观礼,我最希望'十一'观礼,因为国庆节有阅兵式。"曾志平问:"咱们怎么才能争取到?"小平说:"那就好好表现。上课认真听讲,思想不开小差,不做小动作,手背在背后,坐得笔直,积极举手发言。你就是心里不愿意,装也要装出来。"曾志平说:"就怕装了半天,老师根本就没有注意到。而且我平生最恨的就是装蒜假正经。"小平提出新思路道:"要不咱们做好事,争取多受表扬。"曾志平反驳道:"不同样是虚情假意,同样是装样子吗?"小平不耐烦道:"你这也不成,那也不干,那就永远做你的飞队员吧。"曾志平妥协道:"好吧。要干就干大的。别净干打扫卫生、擦玻璃、倒垃圾那些不起眼的小事。一定要做大家都想不到的、一鸣惊人的大好事。"小平说:"新队员入队仪式上,曹老师不是号召学习黄继光和杨根思特级英雄吗?咱们俩在教室后面开辟一个英雄角,摆上鲜花和英雄的照片。"曾志平赞同:"真有你的,说干就干!"曾志平很快就画好图纸,开始制作部件。

韩校长陪同记者来参观,班锁凤正在耙地,记者问:"一看就知道你是干农活儿的老手,比猪八戒还会用耙子。"班锁凤道:"你这就外行了。猪八戒用的是九齿钉耙,名为上宝沁金钯,只能倒着打。我这是平地用的耙子。农村还有一种耙子,三四个长齿,翻地用。"记者问:"你怎么懂得那么多?"班锁凤道:"我在农村长大,从小就干农活儿。"记者感叹道:"哦,难怪。这些菜都是同学们自己种的?"韩校长答道:"是的。育英小学从延安到平山到北京,劳动的传统始终没有丢。"记者高兴道:"进城以后保持延安精神不变,多好的题材!来,拍张照。"指着张海生和王炜两人,接着说:"你们俩蹲在南瓜架下……这么好的南瓜送给谁呀?"张海生说:"献给最可爱的人——志愿军战士。"记者出主意道:"那就把它刻在南瓜上。"记者看准时机按下快门，又给班锁凤拍了一张给葫芦瓜搭架子的照片。小平暗扯曾志平，悄声道："走，接着做英雄角去。"

经过一个礼拜的零敲碎打，组件已经做好。趁星期天教室里没有人，他们把英雄角组装起来，摆上纸花和黄继光、杨根思烈士的照片。

星期一朱老师照常上课。朱老师说道："'六一'国际儿童节快到了，学校领导号召同学们齐动手为节日献礼。韩校长特别强调，一定要自己亲手做，不能跟家长要，更不能花钱买，那样就失去意义了。现在讲课——""哎，教室后面多了个什么东西？"说着走了过去，读道："向黄继光、杨根思烈士学习……"恍然道："原来是一个英雄角。下面挂公用毛巾，又漂亮又实用。张海生，你是班长，知道是谁做的吗？"张海生说："我也奇怪，怎么就突然冒了出来。"朱老师说："其实猜也猜得出来。这件事发生在星期天，都回家了，会是谁呢？"大家目光都射向小平和曾志平，朱老师接着说："学校号召向志愿军英雄学习，这就是实际行动。我刚讲完给'六一'节献礼，就已经有第一个了。"

下一节是曹老师的课。他摘下帽子，露出光头。同学们哄然大笑。他越是不动声色，越是引来更热烈的笑声。曹老师摸着光头自我打趣道："看起来还不那么让人讨厌。好，今天常识课讲地理。"说着取出一个足球大小的地球仪问："它是什么？"众答："地球仪。"曹老师道："对啦。你们看，浅蓝色的是海洋，占地球的71%。彩色和白色是陆地，占地球的29%。地球有一个哥哥，叫太阳。弟弟围绕着哥哥转，我们叫它公转，转一圈365天，就是一年。弟弟自己也在不停地转动，我们叫它自转。自转一圈24小时，就是一天。谁能指出咱们中国在哪儿？"小平手指道："在这里，涂成红色的地方。"后排同学嚷嚷道："看不见——"曹老师说："地球仪太小了是吧？没办法，我进城去文具店买，这就是最大的了。"张海生出主意道："曹老师，我们可以自己做个大的呀。"王炜附和道："对，做个直径一米的。"曹老师问道："你们不是说着玩儿的吧？"曾志平一拍胸脯道："大丈夫说话算数，下了课就干！"曹老师高兴道："好一个大丈夫！要是你们真能自己做就太好了，缺材料跟我说。"

出租车开进橡胶园，橡胶园主双手合十迎接道："欢迎贵客。"连珠、林玉佩、唐素娟也双手合十道："谢谢。"连珠介绍说："这位是香港泉昌公司的副经理毕培明先生，来锡兰考察经济景气和市场形势，希望能够发现贸易机会，建立客户关系。这位是锡兰贸易部进出口管理局副局长费尔南多先生，还有萨马拉维拉公司的董事局长席尔瓦先生，他是这个橡胶园的主人。"林玉佩问道："橡胶园好大，可是为什么见不到割胶工人呢？难道现在不是季节吗？"席尔瓦解释道："现在是割胶最好的季节，可惜我请不起工人。橡胶的市场价格降到我无钱可赚的地步，而大米的价格却涨到我们买不起的地步。我已经发不出工资了。"费尔南多继续说道："19世纪70年代，英国人魏克汉把橡胶引入锡兰。这里地处北纬10°以南，优越的地理和气候条件使我们生产出世界上品质最好的橡胶，于是英国人就不在锡兰种稻米而专种橡胶了。现在美国人在全世界实行封锁禁运，一手操纵，把橡胶的价格压到最低，使我们连成本都收不回来，而同时抬高大米价格，使我们无力购买。"林玉佩接着问："贵国政府采取什么措施了？"费尔南多说："我国政府邀请美国政府派代表来谈判，他们就住在你们的喜来登酒店。已经有过三轮谈判，每次谈判我都参加，可是始终谈不下来。他们貌似公平，声称以东南亚市场的平均价格作为结算价格，实际上逼迫我们接受不平等条件。因为所谓的平均价格是美国操纵市场的垄断价格。"林玉佩又问："你们认为什么是合理价格呢？"费尔南多答道："合理价格就是橡胶生产国公认的平均成本加上应得的利润。而大米则是以国际市场的平均价格扣除垄断价格因素。"林玉佩接着问："在这个问题上我能帮什么忙？"费尔南多答道："你如果以公平合理的价格购买我们的橡胶和销售大米，就是对我们最大的支持。"林玉佩问道："你反复提到合理价格、合理成本、合理利润，怎么做才是合理呢？再比如说拿什么货币结算？美元？英镑？瑞士法郎？我们没有，你们也没有。"费尔南多笑道："这不是一两句话能说清楚的，要交给专家去讨论。"

唐素娟插话道："我们能不能抛开货币中介，回归最原始的以物易物，等价交换的方式呢？具体来说，就像原始社会部落之间的交易，双方把产品都摆出来，根据对价值的判断，换回各自需要的物品。比如说锡兰出售1000吨橡胶，中国拿大米去换。至于多少大米可以讨价还价，直到双方都满意。"费尔南多："这倒不失为一种途径。"唐素娟说："当然，所有交易的费用都要包括在内，比如通关、品质、利润、运费、保险、长短吨溢出……"费尔南多道："这确实是个创举。我要回去请示部长和总理。"连珠说："今天蛮有成果的，不虚此行。"林玉佩道："好的，我等你们的消息。"

自己动手做地球仪可不容易，最基本的要求就是球形和可转动。他们借来小地球仪，分析它的构成和材料。主要部件是球体、地轴、支架。球体是硬纸壳儿，与地轴固定在一起，放到支架上转动。班锁凤会竹编灯笼。经过试验证明不可取，竹编灯笼容易散架，而且无法与地轴牢固结合。只有用钢筋做骨架，再与金属地轴套接在一起。曹老师答应请工人们去做。怎么把硬纸板铺设到骨架上成为球形呢？他们试着用硬纸板包裹起来，但是横竖都做不到平整和圆顺。曹老师推荐他们去图书馆借阅《趣味数学》看，从书中找答案。原来这是一道球面几何题。如同剥橘皮，用刀尖把橘皮纵向平均划成几个等份，橘皮剥下后形成一组相连的"瓜瓣儿"。反过来，把硬纸板做成"瓜瓣儿"，就能形成完整的球形。分瓣儿越多，越接近球形。

怎么把陆地、海洋、国家画到地球仪上呢？陕北农村妇女都会剪窗花放大样，是班锁凤的拿手好戏。小平和曾志平用木头做成地球仪支架，只剩下上色了。陆映雪说道："世界上有一百多个国家，我们哪儿有那么多颜色呀？"曹老师要他们再去看《趣味数学》。他们这才知道画世界地图，四种颜色就够用了。

林玉佩和连珠坐在喜来登酒店大堂沙发上等人，唐素娟领着林吉云浏览纪念品橱窗。柴荣和颜敬之走进大堂。柴荣认出林玉佩夫妇就是4年前在上海被通缉的共产党，装作不认识，向连珠走来，招呼道："你们好，我们又见面了。"连珠起身道："你好，你也住在喜来登酒店吗？"柴荣说："不，我住洲际酒店。"连珠又问："我还不知道你叫什么名字。上次见你，你说是香港报社的记者？"柴荣答道："是的，我是香港《星期日南华早报》的记者，名叫蔡雄。这是我的记者证。他叫颜敬之，是锡兰鑫茂公司的经理。"连珠看过记者证后交给林玉佩看。林玉佩也装作不认识，特别记住他的记者证号，然后还给他。柴荣问道："两位怎么称呼？是来旅游观光还是做生意？"连珠介绍道："我是科伦坡仲兴公司的经理，叫连珠，常驻锡兰。他是香港泉昌贸易有限公司副经理毕培明先生，来锡兰考察经济景气和市场形势，希望能够发现贸易机会。"柴荣说："我猜你们一定对锡兰的橡胶感兴趣。"林玉佩问道："为什么这样说？"柴荣说："谁不知道锡兰正陷入经济困境。一方面橡胶卖不出去，一方面买不起粮食。美国政府代表团就住在这家酒店。出于职业的敏感，我特别关注这个动向。"林玉佩又问："你还关注哪些新闻？"柴荣说明道："什么都关注。记者就是个万金油，什么都要懂一点儿。记者又是个字纸篓，什么都往里装，管他有用没用。有事儿就说事，没事儿就从纸篓里找素材。像勺兑白酒一样，东拼西凑就是一篇文章。"林玉佩问："你不是香港记者吗？而且还是个万金油，你应该知道这一届香港足球联赛前四名的球队都是谁。对吗？"柴荣支吾道："哦——这——"林玉佩反问："作为一个香港人，怎么连这都不知道？"柴荣解释道："我出来时间久了，家里的事当然就不知道了。"柴荣很尴尬，回道："问个没完没了，跟你这种人说话真没意思。"

费尔南多和席尔瓦走进大堂，连珠领他们去咖啡厅坐下。费尔南多说："总理和部长对你们用大米换橡胶的建议非常感兴趣，决定由我和你们进一步讨论细节。事关重大，又没有经验可以借鉴，总理提议从小批量开始，就算是探路。"林玉佩说明道："其实我来锡兰，也带有探路的性质。如果取得成功，将来就交给官方，双方签订正式的政府协议。"费尔南多说："部长决定以席尔瓦先生的萨马拉维拉公司的名义与你们的仲兴公司签订合同，政府不出面，具有双重的含义。第一，当然是为了探路，非正式。第二，如果成功，我们就有了对付美国的底气。"说着从公文包里取出一个档案袋，"这是我们草拟的合同，你研究一下。下次见面交换意见。"林玉佩说："我会认真研究的。在国际贸易中，合同条款包括商品规格、价格、运输方式、交货时间、地点、付款方式等内容，其中价格和付款是核心，确定大米和橡胶的比价就成为关键。我方的 Offer（发盘、报价）是 1 比 5.2，也就是一吨锡兰的生胶换中国 5.2 吨的大米。这里已经把影响价格的所有因素都包括进去了。"席尔瓦道："我带回去研究，尽快告诉你们结果。"林玉佩叮嘱道："这里人多眼杂，让美国代表看到也不好。下次见面最好换一个地方。"

在前往锡兰阿努拉德普勒古城的列车上，唐素娟和林吉云兴致勃勃地观赏窗外景致。席尔瓦道："利用漫长的旅途洽谈贸易，避人耳目，别开生面。无拘无束，轻松愉快。"林玉佩说："去土耳其浴室更好。双方赤条条一丝不挂，这叫知己知彼，坦诚相见。"席尔瓦笑道："哈哈，书归正传。你们上次的 Offer（报价）是一吨锡兰的生胶换中国 5.2 吨的大米。经过认真的核算，我们的 Counteroffer（还盘）是一吨锡兰的生胶换中国5.4吨的大米。我说明一下理由。东南亚橡胶占据世界产量的70%以上。泰国、印尼、马来亚、菲律宾四国占60%，数量领先，但是质量不如我们。锡兰位于北纬5°36′—9°50′，是与亚马逊相似的热带雨林性气候，年平均温度在20°C以上，世界公认我们的品质最高。橡胶树有7—9年的生长周期。泰国、印尼、马来亚、菲律宾在战争中遭受严重破坏，战后正在恢复，多数还没有进入可割期，因此难以长期大量供应。而锡兰几乎没有受到战争影响，都是成熟期，产量和质量都很稳定。"林玉佩道："我们确实没有考虑到这些因素，容我回去向总经理汇报。"

在阿努拉德普勒古城，他们游览了无畏山寺，山上有一个传说是法显和尚曾经修行的"法显洞"。他们又参观了圣城公园，是现存较少的大乘佛教遗迹。寺内同时供奉着释迦牟尼和印度教的太阳神毗湿奴神祇。

返程的列车上继续讨论。林玉佩说："下面我想谈运输问题。联合国以决议的形式宣布对中华人民共和国封锁禁运。从马六甲到中国，一路上都有美国、英国和台湾当局的军舰监视。客气的话勒令你返回，不客气的话连人带船都劫持走。不要说是中国、苏联、波兰的轮船，就是美国盟友国家的船也照样扣押。我们租用的100多艘外国轮船被迫返回，十几艘被劫持。不久前，英国轮船'宝瓶座'号满载3700吨生胶，从马来亚驶往北部湾，就被英国政府以征用的名义，派军舰把轮船劫持走，橡胶全部没收。"席尔瓦问："这么说我们之间的运输也很危险？"林玉佩道："确实如此。我建议第一笔交易试用班轮运输。所谓班轮，就像火车托运一样，有固定的航线、船期、停靠港口、收取固定的运费。它有安全的一面，也有垄断价格因而价格昂贵的一面。"席尔瓦道："两害取其轻，当然人财安全是最重要的。"林玉佩总结道："好了，我们就橡胶换大米的比价和运输方式交换了意见，也同意第一次交易试用班轮运输，回去以后请示各自的政府。如果没有分歧,我们就以一般贸易的形式签订合同。"席尔瓦祝福道:"预祝探路成功。"

就在四年级2班的同学们在曹老师指导下,对地球仪做最后美化的时候,李莉莉和黄鹤突然闯进来,抑制不住兴奋道:"曹老师,你能给我们的相框镶一块玻璃吗?"曹老师问:"什么相框?"李莉莉说:"韩校长不是号召给儿童节献大礼吗?我们班有了一件特殊的礼物。李讷回家跟她爸爸说起为'六一'儿童节献礼的事,她爸爸听说后很高兴,当场就写了'好好学习,好好学习'几个字,送给咱们育英小学。"曹老师说:"李讷的爸爸不是毛主席吗?"李莉莉道:"是啊,你们看。"李莉莉展示题词,大家呼啦一下都围过来看。"这是无比珍贵的礼物,我们要做一个镜框永久保存起来。相框我们自己会做,请你为它镶一块玻璃。"曹老师说:"当然可以。你们先做相框,做好以后我按照尺寸切割玻璃。"李莉莉拍手笑道:"太好了。咦——这个地球仪是你们做的?"小平道:"是的,也是给'六一'节献的大礼。"李莉莉感叹:"哇——阔少爷,你们好棒呀。它能转吗?"小平说:"当然能。"小平得意地推动地球仪,地球仪飞快地转动,引来群情欢呼。

几天以后,席尔瓦和连珠在萨马拉维拉公司就米胶互换试购合同签字。锡兰贸易部进出口管理局副局长费尔南多先生和香港泉昌贸易公司代表林玉佩出席见证。会后,林玉佩和连珠去近洋班轮公会驻科伦坡口岸办事处,为托运从锡方进口的100吨生胶订舱。看过船期表,他们预订一周以后的马士基公司的"拉斯穆森"号承运。柴荣一直在暗地里跟踪,但他的一举一动都没能逃过林玉佩的天眼。走出办事处后两人分开,连珠在冷饮店喝清凉椰子汁,守住码头入口,掩护林玉佩走进码头。英国"邦德"号、法国"纪尧姆"号、西班牙"罗德里格斯"号、土耳其"哈坎苏克"号轮船正停泊岸边装卸货物。柴荣远远看见林玉佩与土耳其船员愉快地交谈。一会儿工夫,林玉佩送走"哈坎苏克"号离岸，走出码头。柴荣假装与他不期而遇，问道："这不是香港泉昌公司的毕经理嘛，干什么去了？"林玉佩说："土耳其轮船'哈坎苏克'号班轮承运我的100吨铜矿运往上海。我去送海运提单副本。你来干什么？"柴荣答道："我准备去采访自由党领袖所罗门·班达拉奈克先生。听说他来发表演说，争取码头工会的选票。"林玉佩说："码头工会不在这里。他是一位虔诚的基督徒，这个时候应该在教堂做礼拜。"

郭代表收到柴荣的电报，说"土耳其'哈坎苏克'号班轮装载100吨铜矿，今日启程前往上海……"他连忙吩咐道："庄尚德，你赶快把这封电报转发给西方企业公司的皮尔斯准将和福斯特上校，很重要。"远东公司也收到林玉佩的电报。刘心澜说："中国和锡兰大米换橡胶的第一笔试探性交易已经生效。锡兰进口中国540吨标准一等大米，从上海港通过班轮发运至科伦坡港。中国进口锡兰100吨轮胎专用橡胶（TSR5），由'拉斯穆森'号班轮由科伦坡运至上海。两日后双方同时起锚对开。林玉佩同志随船押运。"

国民党海军"太湖"号护卫驱逐舰（舷号025）张网以待。观察哨报告："前方发现'哈坎苏克'号，悬挂土耳其船旗。"舰长："没错，等的就是它。这艘轮船装有禁运物资前往上海。别以为是盟友我们就不敢管，命令它停船检查。""太湖"舰桅杆上升起 L 旗并喊话，但是"哈坎苏克"号拒绝停船，继续航行。舰长下令开炮，在"哈坎苏克"号舷侧激起高高的水柱。军舰强行靠帮。船长上前阻挡道："我们是近洋班轮公会的班轮，土耳其船籍，美国盟友，执行正常航行任务，又是在公海，你们无权拦截。"军官无视道："少废话，给我搜——"货舱打开，水兵里里外外搜查了一个遍，报告道："报告，里边是杂货和面粉，没有矿产品。"军官不相信，亲自上船搜查，确实没有。军官连连道歉道："对不起。恐怕情报有误。我也是奉差行事，敬请鉴谅。撤！"带领水兵狼狈地返回"太湖"舰。

郭代表收到皮尔斯准将的电报："根据你们的情报，军舰拦截土耳其'哈坎苏克'号班轮，未见禁运物资，险酿国际事件，使我失义于盟邦。贵政府蒋总统甚怒，责令严加整饬，勿再覆车继轨！"说着丢下电报骂道："他妈的，这个柴荣，成事不足，败事有余……给他转去皮尔斯准将的电报，给予记过处分，深刻反省。以后再要拿假情报来糊弄我们，就要军法处置！"

柴荣遭到训斥和处分，憋了一肚子火。这个化名毕培明的人明明是共产党，一举手一投足都显得干练有素，肯定是一条大鱼。于是坚持不懈地监视他的行踪。他终于发现这个毕培明正在现场监理"拉斯穆森"号班轮加载生胶。而且眼看着他上船要随船押运。在布告栏里找到"拉斯穆森"号的船期、航行路线及目的港，柴荣自言自语道："这回看你还往哪儿跑？"

郭代表收到电报："经确认，远东水脚公会之丹麦马士基航运公司（Maersk Line）'拉斯穆森'号（Rasmussen）班轮，今日启程。该轮装有中共购买之生胶，其经理人随船押运，目的港日本横须贺，途经香港或上海卸货，务必严加堵截。"看完电报，郭代表对庄尚德说："你原文照转皮尔斯准将，这回总该有谱了。"他又对萧师傅说："我去班轮公司查船期表，确定'拉斯穆森'号到港日期。你去请杜头儿大队人马下山，务必把这批生胶拿下！"

"拉斯穆森"号驶经中国西沙群岛。林玉佩找到船长说："Captain你好，我是本船在科伦坡装载的100吨生胶的货主兼押运员。请看，这是海运提单和信用证副本，它是我的物权凭证。这批生胶原定目的港是香港。由于情况变化，我请求你进入香港水域前暂作停留，把我的货物卸到驳船上，避免通关。"船长说："那怎么能成？这不是走私吗？"林玉佩说："若是走私，我何必在科伦坡办理出关手续？我不过是为避免节外生枝，防止重演'宝瓶座'事件。"船长："我懂了。"武奇志的小火轮早早在东博寮海峡以外等候，从"拉斯穆森"号上卸下生胶,迅速驶往黄埔港。

"拉斯穆森"号按期抵达香港,郭代表和萧师傅昼夜监视,连眼睛都不敢眨一下。杜头目的一班人马枕戈待旦,磨刀霍霍。可是直到它离港,也没有看见从船上卸下生胶。萧师傅问:"是不是又上当了?"郭代表说:"不会吧?柴荣言之凿凿,货物肯定还在船上,要不他们就是去上海卸货。马上给皮尔斯准将拍电报!"庄尚德发出电报:"'拉斯穆森'号班轮今日离开香港,未见卸下生胶。该轮下一站上海,万勿纵其逃逸。"

"太湖"号护卫驱逐舰早早潜伏在台湾海峡,一举将"拉斯穆森"号截住。水兵登船搜查,结果又扑了一个空。消息传来,福斯特上校火冒三丈,把郭代表叫来,当面骂了个狗血淋头,并且传达皮尔斯准将的命令,给予记大过和降级处分。郭代表降为少校,柴荣降为上尉。接二连三出差错,三番五次被戏弄,柴荣更是窝火,把妓女痛打一顿。

育英小学举行隆重队日活动,庆祝"六一"国际儿童节。曹老师主持献礼活动。各班代表排队登上主席台献大礼,向全校师生展示。飞机轮船帆船模型、校园沙盘、大红灯笼、碉堡造型、丰收瓜果、巨型风筝、石膏浮雕……争奇斗艳,尽态极妍,令人目不暇接,纷纷攘攘有如节庆。四年级2班献上大型地球仪,把气氛推向高潮。曹老师说:"自己动手献大礼活动,提供了展示个人才艺和集体智慧的舞台。各个班相继出现了任弼时角、刘胡兰角、卓娅和舒拉角、董存瑞角、井冈山角……不仅丰富了学校的教学器具,而且大大提升了同学们的创造力和动手能力,真是硕果累累——"最后一项议程接纳新队员,丑小亮、刘建华、陆映雪光荣地戴上了红领巾。李莉莉带领宣誓:"我在队旗下宣誓。我决心遵守队章,参加活动,在共产党和共青团的领导下,做一个好队员……"

6. 归去来兮，伊万诺沃国际儿童院的孩子们

图书馆高大敞亮。黄鹤是值班管理员。张海生借到《敏豪生奇遇记》，王炜本想借《洋葱头历险记》，可惜外借尚未归还，只好改借《鞑靼民间故事》。曾志平很瞧不起他，说："穿开裆裤的小屁孩儿才看那些玩意儿，要看就看《科学画报》。"小平抬杠道："《知识就是力量》水平更高，是翻译苏联的。"班锁凤招呼："嗨，快来看，我登报啦，《新观察》的封面。"曾志平过去看，说道："这不是记者给你照的相嘛，这下子你可全国出名了。"丑小亮说："《人民画报》也登了张海生和王炜在大南瓜上刻字的照片。"张海生说："我要留给爸爸妈妈看。"班锁凤说："我才不留呢，所有各班的菜地长得都不好，叶子枯黄，黄瓜茄子西红柿都长不大。"小平问："咱们不是天天浇水锄草吗？"班锁凤说："光浇水不施肥没有用。庄稼一枝花，全靠粪当家。"曾志平说："你是说缺肥？这还不容易？要是不嫌臭，你们就跟我去掏粪，争取明年拿全校第一。"班锁凤说："我不怕，我跟你去。"

曾志平掀起化粪池盖子，一股臭气冲出来。丑小亮和陆映雪赶紧躲开捂上鼻子说："好臭！"曾志平说："说你们是资产阶级臭小姐还不服。我是无产阶级，闻着香。"班锁凤说："越臭越好，可是拿什么掏呢？"曾志平出主意道："你们回去取铁锹和锄头，我和小平去做掏粪勺，最后在菜地见面。"他俩从工地废料堆里找出材料，敲敲打打，做成掏粪勺和粪桶，结结实实地装满一桶粪肥，抬到菜地。班锁凤指导他们把肥料培到田垄里。曾志平说："一不做二不休，干脆挖个深坑多存一些，明年种出大瓜王！"他抡起镐头刨深坑，意外地刨出一把锈迹斑斑的刺刀，兴奋地道："哈哈，老子挖到宝了。"丑小亮说："三大纪律八项注意，一切缴获要归公！"曾志平反问："凭什么归公？又不是打仗缴获的，是我挖的

宝。"陆映雪泼冷水道："算什么宝贝。一块铁锈，白给我都不要。"曾志平说："我把它磨亮，再配上个把儿。将来把它作为重大考古发现捐献，放在陈列室里，证明育英小学是在国民党军营废墟上建设起来的。"

积完肥，曾志平和小平把粪勺和粪桶藏好，绕道老平房，搭人梯把刺刀藏进房檐下的鸟窝里。忽然北围墙外传来爆竹声，接着是一阵敲锣打鼓吹唢呐的喧闹。曾志平好奇道："是送葬还是娶媳妇？出去看看。"

他俩顺着校园西北角花房的三角墙斜坡攀上墙头，吹吹打打的队伍已经远去，他俩跳下去紧追队伍。村子里正在大办喜事，熙熙攘攘好不热闹。一口猪被牢牢捆绑，挣扎着发出凄惨的哀号。一个酷似李逵的大汉喝道："给它松绑。"小伙儿说："那怎么能成？我们七八个壮小伙子好不容易才把它逮住。""李逵"说："叫你松绑你就松绑，哪儿那么多废话。"真是怪事，那口猪刚才还奋力挣脱，哭天喊地，一落地，竟然周身觳觫一声不吭了。"李逵"抄起猪前腿，左手闪电般地捅向胸膛，轻抖一下，鲜血喷涌而出，村民赶紧递上面盆接住血水。整个儿过程一秒钟都不到，他俩看得目瞪口呆！曾志平说："没想到杀猪那么简单，手腕儿一抖就要了它的小命。"旁边老者道："屠夫身上带着一股杀气，猪本能知道死期到了，早就吓得没魂了。"小平问："平时靠近这种人是不是毛骨悚然？"老者道："那倒不，他们看起来跟常人没有两样。可是以后要注意了，当发现有人总是盯着你的脖子或者心窝看，那就坏啦！没准儿他就是刽子手，正琢磨从哪儿下刀子好。"小平赶紧捂住脖子道："我的妈呀，吓死人啦。"那口猪流尽最后一滴血，轰然倒地。村民用打气筒从猪蹄处打气，直到全身涨大。然后舀来沸水泼向死猪，褪猪毛，孩子们一窝蜂地争抢。老者说："这叫作'死猪不怕开水烫'。他们捡猪鬃猪毛去跟货郎担换玩具、手枪、爆米花什么的。"天快黑了，两人原路翻墙回去，正赶上吃晚饭，与平素无异。

晚上熄灯后，看见天花板上有手电筒光晃动，都爬起来看。校园里有无数手电筒光柱在晃动。小平问："是不是有狼进来了？"张海生说："没准儿是。刚来北京的时候，老乡说这里有狼出没。为了防止狼进村伤人，就在墙上画白圈儿。狼很多疑，看到白圈儿就不敢进村了。"

朱老师进来查铺。王炜问："朱老师，为什么外边那么多手电筒？"朱老师说："中央警卫师把学校包围了。说是今天傍晚时候，新六所的警卫战士看见有两个特务从北围墙爬进育英小学。那时太阳下山，逆光看不太清。警卫战士准备射击。刚好排长来查哨，说先别开枪。既然已经进了学校，马上包围起来搜查，肯定跑不了。你们都待在宿舍里不要出去。"小平悄悄问曾志平："咱俩不就是在太阳落山的时候，翻北围墙进来的吗？怎么没看见有特务呀？"曾志平说："会不会把咱们哥儿俩当成特务啦？"小平一听，恍然道："呀，还真可能。那得赶快去告诉老师。"

朱老师带他们去见校长说："'特务'找到了，就是他们俩。"他俩一五一十讲述了一遍。苏团长严肃地说："这可不好玩儿，那位值班的哨兵是百步穿杨的神枪手，要不是排长及时制止，说不定现在在开你们的追悼会呢。育英学生的父母有许多是党的高级干部。你们有个三长两短，我可吃罪不起。我们出动全团，校园里外布下两层包围圈，仔细搜查包括仓库、天花板每一个角落。"曾志平道："爬出围墙是我的主意，处分我吧，不关小平的事。"小平承认道："是我的主意，该处分我。"韩校长也笑了，说道："你们不当耗子钻地道，又变成黄鼠狼翻墙了？私自翻墙肯定是错误的。但是你们能够及时主动报告，避免了更大的损失，还是应该受到表扬的。"

中国与锡兰米胶互换试购合同履行完成，双方如期如数收到货物，两国政府对结果都很满意。锡兰政府通知中国政府，将在一个月后，组成高规格的贸易代表团前往北京，就正式交易与中方谈判。费尔南多和林玉佩是各方代表团的成员。远东公司专门开会研究如何派船运去大米运回生胶。钱琳非常重视，说道："大米换橡胶贸易协定能够签订生效，就打破了美国的封锁和禁运，他们哪能善罢甘休？财经委员会一再指示吸取'宝瓶座'事件的教训。你们要慎之又慎，确保任何环节不出差错。"

彭楚民说："形势不容乐观。由于美国和联合国的封锁禁运，远东公司始终是在逆境中生存和发展的，危险无所不在。去年一年又发生多起在公海拦截、扣押的事件。年初，哥斯达黎加籍油轮'阿斯托'号，行驶到苏伊士运河被美国军舰拦截，被迫驶回原港口。年中，芬兰籍轮船'威马'号，行驶到新加坡附近，被美国军舰拦截，强行将石油卖给美国军用海上运输局。年末，芬兰籍油轮'阿鲁巴'号，满载13000吨燃油行驶到新加坡附近。美国第七舰队向芬兰政府施压，迫使该轮返回原装船港。这些都得不到赔偿。"钱琳说："应该视为不可抗力，记作坏账。在这个特殊历史时期，我们只能算政治账。毕竟共和国的生死存亡是第一位的。随着美国对华封锁加速升级，牺牲随时都会发生。你们都有什么应对办法？"刘焕然建议道："面对强大的敌人不能硬抗，我们制定了以下四项措施。第一，拦截事件多数发生在新加坡，那里有美国和英国的重兵防守，专门设卡打劫，因此所有轮船都绕开马六甲海峡，不在新加坡停留。第二，除了已有的中波海运公司外，还要加大利用社会主义阵营国家的船只。第三，高价吸引挪威、瑞典、芬兰、丹麦等北欧中立国家的船东。第四，逐步争取扩大资本主义国家的船只。"钱琳补充："刚才提到的几起劫持事件都是中立国家的船只呀，说明中立国家也并不安全。"刘焕然道："确实如此。但是不能一概而论。美国人对中立国家，特别是西方国家，还比较宽容，只是抢劫货物，并不伤人。对社会主义国家就厉害得多，连船带货都抢，苏联也奈何不得。要是抓了我们的人，连性命都不保了。我们已经牺牲了英延明等七八个同志，周禀赋同志万幸死里逃生。"钱琳道："是的，我很理解。你们明知有牺牲，仍然一往无前，表现出共产党员高度的革命精神，和前线将士一样，令人尊敬和钦佩。当然，今后还是要尽可能加强安全措施，把损失减少到最小。"刘焕然说："下面请彭先生讲讲我们怎样安排运回锡兰橡胶。"

彭楚民说："刚才提到应对美国对华封锁的方法之一，是用高价吸引中立国家的船东，但这要有一个过程。开始的时候运输一般商品，让他们放心。等他们赚了钱，尝到甜头，胆子也大了，再逐渐增加禁运物资的比重。北欧国家对在本国港口转运的物资一般不检查，这就有空子可钻。我们先在格丁尼亚、但泽或者其他港口装载禁运物资，行驶到他们的港口，在那里转运到其他轮船上。由于不检查，港口方面和船东都不会知道。正是有了这个基础，北欧的轮船公司最终冲破美国的封锁。我们已经向他们发盘，瑞典最有希望答复。"钱琳问："承租人有了，怎样平安地运回中国呢？"刘焕然说："米胶互换协定签字后，我要去科伦坡，亲眼见证第一笔贸易合同的完全履行。珠江垃圾尾航道第一期工程已经完成，可以通行7000吨轮船，直抵黄埔港。返回时不空放，让它装运中国的大米送到锡兰。都不经过马六甲和台湾海峡，安全上有保障。"

经过不懈努力，1952年12月18日，两国贸易代表团在北京签订了中国和锡兰关于橡胶和大米的5年贸易协定，终于打破了美帝国主义的橡胶封锁。这是一个具有里程碑意义的重大事件。

瑞典北欧亚航运公司派"诺亚方舟"轮承运首批锡兰橡胶。刘焕然飞抵科伦坡。连珠和林玉佩、唐素娟、林吉云到机场迎接，并在"蓝色印度洋"餐厅为他接风。林玉佩说："'诺亚方舟'号正在装船，你可以抽空参观一些名胜古迹。作为航海人，你一定对古代中国航海家感兴趣。在锡兰最有名的中国人，一个是法显，一个是郑和。"

刘焕然说:"不对吧,唐僧在《大唐西域记》里描述过狮子国,他也应该算一个。"连珠说:"当地没有印记证明他到过锡兰,很可能都是他道听途说来的。历史上有记录的第一人是东晋的法显和尚,公元5世纪初到印度寻求佛法,已是60岁,后来渡海来到锡兰,回国已经70多岁,写了《佛国记》和《历游天竺记传》。"刘焕然接着说:"据说他并没有直接回国,而是迷失航向,最终到了墨西哥西海岸的阿卡普尔科,在那里住了5个月。比哥伦布发现美洲新大陆早了一千年。与其说他是个高僧,还不如说他是个航海家。"林玉佩说:"但是法显的名气远不如郑和大。郑和七次下西洋五次到过锡兰,留下许多印迹。"刘焕然说:"我想起苏东坡的《晁错论》,他说,'古之立大事者,不惟有超世之才,亦必有坚忍不拔之志',用于法显和郑和都非常合适……"柴荣寻踪而来,装作不期而遇,招呼道:"这位先生器宇轩昂、如圭如璋,一望便知不同凡响。幸会。鄙人香港《南华早报记者》蔡雄。请问您怎么称呼?"刘焕然自我介绍道:"我是香港泉昌公司的货物押运员。"柴荣试探道:"别开玩笑啦,就算你是货物押运员,能告诉我押运什么货物吗?"刘焕然神秘地说:"现在还不能说。不过三天后的早晨,你去码头,可以独家采访到重磅独家新闻。"

费尔南多、席尔瓦、连珠到码头送行。连珠叹道:"少年乐新知,衰暮思故友。譬如亲骨肉,宁免相可不。这一走不知何时还能相见。"刘焕然应和道:"别酒青门路,归轩白马津。相知无远近,万里尚为邻。"柴荣匆忙赶来,问道:"怎么,你们要走?这艘瑞典轮船'诺亚方舟'号装运什么货物,往哪里开?"刘焕然说:"装运3000吨生胶,运往中国。怎么样?这将是轰动世界的头条新闻,让你独家采访到。够意思吧?"柴荣笑道:"够意思。"船铃响起,提示船准备离岸。柴荣频频照相,进一步试探道:"我马上去发消息。你说的第二条新闻是什么?"两名锡兰警察走来,问道:"你是香港《星期日南华早报》派驻科伦坡记者蔡雄吗？请出示你的记者证和护照。"柴荣出示证件，警察翻看后说道："抱歉，经锡兰驻香港领事馆查询《星期日南华早报》，该报社没有叫蔡雄的记者，也没有派记者前来锡兰，你的证件号并不存在。"柴荣骂道："有乜搞错呀？我有护照，有贵国领事馆的入境签证，有贵国外交部新闻司颁发的采访许可。"警察说："那些都是根据你提供的假证件获得的，外交部注销了你的签证采访许可。现在请跟我们去警察局。"刘焕然说："蔡雄先生，这就是你的第二条独家新闻，代我向皮尔斯准将和福斯特上校问好。"

刘焕然、林玉佩、唐素娟、林吉云登上轮船。"诺亚方舟"轮长鸣一声离岸。费尔南多、席尔瓦、连珠挥手送别。5年后，中锡两国建交。1972年5月，锡兰改称斯里兰卡。

为了与国内对外贸易部对口经营，德润公司将进口部分解成几个专业子公司。丰登行主管粮油食品，王昭基代理经理；棉绸行主管纺织品和丝绸，林玉佩代理经理；火油行主管石油，高瑞祥代理经理。

韩校长于1939年入党，同年考入河南省立师范学校。孙校长为发挥他的师范专长，坚持把校长的位置让给他，成就了他著名教育家的地位。韩校长教育思想的核心是爱孩子：主张健康第一，德智体、音体美全面发展。育英学子中就诞生了记者、画家、音乐家、公务员、运动健将，还有博士、院士。育英的教学大纲坚持高起点、高标准，教唱歌曲使用五线谱，美术课画素描和水彩。学校拥有室内体育馆，体育被视为第一需要，每天早起第一件事就是在《早操歌》声中环校长跑："天上的朝霞好像百花开放，树上的小鸟快乐地歌唱……我们天天起得早，起来就做早操……"

海淀区举办小学生运动会，韩校长力主参赛所有项目。体育老师为平时单项成绩前三名的同学报名，其余同学组成啦啦队。曾志平跳出来说："我有个绝妙的好主意，男生一律光头，女生一律短发!"班锁凤道:"我不干!我的辫子是我坚决保卫的结果,打死也不剪!"但是架不住众口一词,连她最为敬重的李莉莉也来劝说,还是无奈答应了。肖维佳一甩头发说:"馊主意。反正我不当秃驴。"曾志平说:"就差你一个王八羔子!咱们给他'看瓜',不剃也得剃!""看瓜"是男孩子们的一种恶作剧,合伙儿扒光某人的裤子。肖维佳吓得抱头鼠窜。全校数他跑得最快,谁也追不上。

育英代表队整队走到校门口,光头领队曹老师发令:"立——定。"韩校长忍俊不禁,评价道:"好一支彪悍的光头铁军!英姿勃勃。上车!"十轮大卡车队浩浩荡荡开向会场。白色车轮内环是参加过国庆阅兵的标志,车队格外引人注目。

运动会主持人说:"我宣布北京市海淀区小学生运动会开幕,首先请海淀区教育局赵局长讲话。"小平惊异地发现,主持人竟然是景老师,阿纯、建华、杨威也激动不已。小平跑到主席台后台等候。他又看见虹珠和龙旺在团体操队伍里,就守在出口处等他们表演结束出来,然后一起去找景老师。香港培侨的老师同学在北京重逢,别提有多高兴了。可是马上就要比赛了,只好各留通信地址,约定暑假再聚。

小平回到看台,掷垒球项目正在最后一次点名,应声而出的选手一个个都是彪形大汉,高出他两个头。左边那个长出胡须,右边那个一脸疙瘩肉。赖胜利左边那个浑身烟味儿,右边那个露出胸毛。这哪里是什么小学生?裁判组长宣布开始比赛,这些身大力不亏的精壮汉子,随便一甩手,垒球就飞出50米开外。小平使出吃奶的力气,才掷出去33.6米,赖胜利加上助跑也只投出34.1米。他俩失魂落魄地回到看台。张海生、阿纯、建华、杨威、和平、李莉莉、班锁凤……个个铩羽而归,都是各个项目的倒数第一。唯一获得名次的肖维佳,也只是男子60米跑的第5名。

韩校长迎接道:"欢迎英雄凯旋。你们经受了检阅,为学校争了光,可喜可贺。"张海生赶紧:"可别鼓掌,丢死人了。只有肖维佳穿了条三角裤,我们都是光屁股。"韩校长说:"我知道。但我还是要为你们鼓掌。知道为什么吗?解放前,劳苦大众连饭都吃不上,谁还能送孩子上学呢?新中国成立了,劳动人民当家做主人,穷人家的孩子能上学了,但也都过了上学的年龄。头几届学生有的长出胡须,像成年人,小学一毕业就参加工作,还有跟老师结婚的。你们是这个伟大历史变局的见证人,败给他们并不丢脸。我说的对吧?"一席话引来大家由衷的笑声。小平说:"可不是嘛,他们个个像金刚铁塔。"韩校长又说道:"我想起一个故事。11—12世纪,罗马天主教教皇发动了一场持续将近200年的宗教战争,以收复被阿拉伯、穆斯林占领的土地的名义,前后9次。每个人胸前和臂上都佩戴'十'字标记,所以叫作'十字军东征'。有一支由两三万十二三岁狂热的儿童组成的队伍,一登陆北非就全都成了俘虏。这就是儿童十字军东征全军覆灭的故事。我把你们比作现代版的儿童十字军东征。我不但不责怪你们,还要表扬你们不畏强敌,勇于拼搏。这就是我们育英人的精神。"曹老师发号施令道:"到场外集合——拿出胜利者凯旋的姿态,齐步——走!"育英小学以光头铁军为前导,排成整齐的队伍,高唱《人民解放军进行曲》,意气风发,阔步行进。

　　星期六下午,中央各大单位接学生回家过周末的大客车排成行,张海生、王炜、丑小亮、陆映雪、班锁凤分别上车。曾志平追上来问:"海生,你怎么也走了?"张海生说:"我爸爸妈妈回国了,我在北京有家了。"曾志平祝贺道:"那是喜事呀。你可以把《人民画报》拿给他们看了,他们一定高兴坏了。"大客车陆续开走,只剩下小平和曾志平。

　　曾志平说:"走,打鸟儿去。"他做的弹弓非常精致,射程却达不到树梢,回来经过韩校长的家。韩校长问:"你们是不是想打鸟?"

曾志平说:"是啊。学校东墙根树梢上有好多乌鸦和喜鹊,可惜我一只也打不到。"韩校长说:"我有鸟枪,我给你们打。"曾志平和小平留在远处,韩校长猫腰悄悄走到树下。过了好久才听到一声枪响,一只乌鸦扑棱棱落下来。曾志平捡回来问:"你怎么不打喜鹊?听说乌鸦专吃死人肉,不能吃。"韩校长说:"瞎说,跟鸡一个味道。等我做好了请你们来吃。"曾志平嫌弃道:"还是您自己留着吧。你是双筒猎枪,为什么只打下一只鸟呢?"韩校长哈哈大笑道:"你没听说过这个谜语:说树上有10只鸟,打死一只,还剩几只?"小平也乐了,笑道:"哦,我明白了。"韩校长说:"该吃晚饭了,你们回去吧。"

晚上宿舍里空荡荡的,实在无聊。朱老师探头问:"就你们两个人?想家了吧?今天晚上咱们过家家好不好?"小平问:"怎么过?"朱老师说:"你们搬到我的宿舍过星期天,我是你们的妈妈。"

隔壁就是朱老师的单身宿舍,铺盖卷儿铺在地板上就是了。朱老师说:"现在像个家了吧?我给你们念故事,你们边听边睡。"两个人钻进被窝,朱老师接着说:"你们知道世界四大寓言家是谁吗?他们是古希腊的伊索、俄国的克雷洛夫、法国的拉封丹、德国的莱辛。克雷洛夫是俄国著名的寓言家。他35岁的时候见到俄国寓言家德米特里耶夫,把自己的译稿给他看,得到他的赞赏,建议他自己写寓言。不料这一写就一发不可收。克雷洛夫凭借独特的体裁奠定了他在文学史上的地位。伊索却是个2600年前的人物,曾经当过奴隶,后来因为知识渊博,聪颖过人,获得自由。最后环游世界,被德尔菲人杀害。伊索一生留下300多篇极富哲理的寓言故事。伊索对后世影响极大,拉封丹的《龟兔赛跑》、克雷洛夫的《狐狸和葡萄》等都取材于《伊索寓言》。我讲几个伊索的故事,你们就知道他有多聪明、多机智了。在去艾菲索斯奴隶市场的途中,奴隶们都拣轻的包裹拿,伊索却挑最重的面包箱背,大伙儿嘲笑他傻。走了几天面包越吃越少，他的背包越来越轻。等到最后所有人都走不动了，唯有他一身轻松……"朱老师发现他俩睡着了，轻轻放下书本，把灯熄灭。

麻雀的叽叽喳喳把曾志平和小平吵醒。"太阳都晒到屁股啦，快去刷牙洗脸，跟我一块儿去吃饭。"教师食堂就是以前的学生食堂。韩校长问："你们怎么也来了？"曾志平说："我们俩住在朱老师那儿过家家。"曹老师说："好哇，朱老师没出阁就当妈妈了。"朱老师说："别理他，听我说。主食是米饭馒头、副食是甲乙丙3种菜。今天的甲菜是猪肉炖粉条，两毛五。乙菜是肉丝炒榨菜，一毛五。丙菜是素炒萝卜丝，五分。你们随便挑，我付钱。"曾志平和小平点的是乙菜，朱老师却给他们买了甲菜，而自己吃丙菜，解释说自己是素食主义者。韩校长凑过来说："我把乌鸦给红烧了，像烧鸡一样，想不想吃？"小平说："你骗人，乌鸦肉不能吃。"韩校长说："骗你是小狗。德州烧鸡名满天下，其实都是乌鸦。火车一进站就有人上车推销。等发现是乌鸦，火车已经离站了。"曹老师接着说："乌鸦肉能吃，不过发酸。中医拿它下药，用于补益阴血、杀虫治痨。"小平说："你们食堂的菜比我们的好吃，我长大后也当老师，天天吃好的。"韩校长："好哇，我们后继有人了。"朱老师催促道："快点儿吃，吃完饭我带你们去逛合作社。"

供销合作社在学校东边两里地外的万寿路。他俩攥着朱老师给的每人5分钱不知道买什么好。挑来拣去，买了葵花子和西瓜子。走出合作社，小平问："这条南北向的路叫万寿路，那么通向学校的东西向的路叫什么？"朱老师解释道："这是新开出来的岔路，还没有名字。日本人有长期占领和建都的打算，设计中央行政中心放到公主坟以西，叫作新北京。你们看，北边是新六所。五大书记再加工作人员的住所，一共六座小楼。就是那里的警卫战士把你俩当成特务的。"回来经过军营和篮球场，是他俩偷偷溜出来看《夏伯阳》

的地方，有特别的感触。

一辆大客车从身边经过。曾志平说："那是中宣部的车，陆映雪回来了，快追。"中组部、统战部、调查部、马列学院、人民日报社的车一辆辆开到。曾志平和小平跑来高喊道："陆映雪——笑别菜——站住——"张海生、王炜、丑小亮也到了。曾志平带大家到影壁墙后面说："我们请客吃瓜子，谁有吃的统统拿出来。"橘子、花生、酒心巧克力、太妃奶糖、饼干、江米条、铁蚕豆摆了一大堆。曾志平大声宣布道："我宣布，四年级2班吃吃喝喝团正式成立。先吃酒心巧克力，当作开胃酒。"吃到兴头，小平自编自唱："我们吃喝团，一天两毛钱，从早吃到晚，吃得肚皮大又圆……"朱老师绕过影壁墙问："你们在唱什么？什么吃得大又圆？"丑小亮说："我们吃吃喝喝团正式成立啦。"曾志平也说："我们有福同享，体现集体主义精神。"朱老师说："你们这个集体包括没包括其他同学，能算是集体主义吗？手里有钱可以铺张浪费了？"陆映雪说："都是从家里带来的，我们没花钱。"朱老师说："那也是花父母的钱，你们可不要忘本呀。"曾志平嘟囔："不就吃点儿喝点儿吗？"朱老师说："可是广大劳动人民连这一点儿也吃不上呀。少吃点儿零食可以，但是吃吃喝喝就不好了，而且我最反对搞小圈子。"丑小亮道："老师说得对。咱们收摊儿，以后再不干了。"

香港街头报童叫卖："号外，战争结束——朝鲜停战协定签字。""南日大将和哈里逊中将代表双方在《关于朝鲜军事停战的协定》上签字。"朝鲜停战并未引起太大的轰动，香港人更关心停战对香港的影响。路人围成圈听人读报纸："大不列颠联合王国共投入兵力14,198人。陆军包括第2旅、28旅、29旅，海军包括航空母舰在内的舰艇21艘、飞机80架……停战的第一时间，英国就宣布撤下航空兵……"香港是英国士兵、舰船和飞机回国的第一站，满街的英国人，带来了空前的繁荣。

刘焕然总结道："中国人民志愿军跟联合国军先后打过五次战役，我们远东公司反封锁禁运抗争过大小六个回合。第一个回合是成立中波海运公司；第二个回合是全球抢购抢运；第三个回合是勘测垃圾尾航道；第四个回合是勘测湛江港；第五个回合是'宝瓶座'；第六个回合是中锡米胶互换试购协议，没有算上'印巴三处'。停战协定签字，只是结束了战场上的军事冲突，并不意味对中国制裁的结束，西方国家对华经济封锁仍然是长期的。今后的海上斗法恐怕还要有第七个、第八个回合……再延续十年二十年都有可能。眼下石油成了中国经济发展的瓶颈，我请刘心澜把有关情况做一个梳理。"

刘心澜说："二战期间，美国破坏德国和日本的石油供应，导致他们最终战败。事实证明石油禁运能置人死地，美国人把它当作扼杀新中国的终极手段。1950年6月25日，朝鲜战争爆发。6月27日，杜鲁门发表武装干涉朝鲜的声明。从那以后，美国和联合国不断加码石油禁运的法令。我们被拦截的轮船基本上都是运油船，占我们损失的最大比重。我国石油供应的唯一来源是苏联和各社会主义国家。北方铁路运输能力有限，连维持最低的日常用量都不够，海上运输还是不可或缺的。旧中国的石油工业极为落后，全国每年生产的天然油仅仅7万吨，加上人造油也只不过12万吨。以至于我们的公共汽车尾部不得不安装炉子烧木炭，产生的一氧化碳和汽油混合用，大约够跑20公里。掏出炉灰换新木炭再烧，然后再跑20公里。"

刘焕然道："西方的石油禁运比橡胶禁运名目更多、力度更大。橡胶禁运只局限在东南亚，而石油禁运遍布全球，对我们的危害确实是致命的。但是也应该看到，任何事物都具有两面性，美国的石油禁运也损害到他们自身的利益。朝鲜战争爆发的第4天，即6月29日，美国国务院要求美国的美孚和德士古公司停止所有对华业务，要求英国的亚细亚公司也这样做，但是遭到他们的反对。英国政府不敢得罪美国，只好采取骑墙政策应付，用'最低限度公开'的方式加入对华石油禁运，声称冻结亚细亚在香港的存油，拦截正驶往天津的'福山'号油轮，做样子给美国人看。禁运的结果导致全球石油减产，油轮搁置，收入锐减，价格激增。要求解禁石油的呼声从未停止过。工党一直受到国内反战情绪的压力，英国政府对石油禁运并不积极。朝鲜停战，要求解除石油禁运的呼声最强烈，形势迫使英国国会开始考虑放松禁运监管。我们就要利用这些矛盾打开突破口。"

彭楚民说："要想获得石油，必须租到用于运输的油轮。要想租到油轮，必须获得政府的许可。政府不解除禁令，既买不到油，又租不到船。"

刘焕然说："诸葛亮说，谋事在人，成事在天。依我说应该是看天谋事，顺势而为。石油禁运影响到民众的生计，怨声载道。西方石油利益集团更是心怀不满，我们何不乘势而为，再加把火呢？西方国家并非铁板一块，这把火先从欧洲点起。具体说来就是向他们放风说，香港石油经销商迫切求购燃料油，需求量极大，正在寻求供应商。听到这个消息，欧洲石油大亨们谁还能不动心呢？必然强烈要求政府解除禁令，至少把石油从禁运清单里剔除掉。还要我国驻各国商务代表处和爱国华侨协同配合，释放信号，声势造得越大越好。这就是我们下一个阶段工作的重点。"

香港街头报童连续几天叫卖："《商报》专栏，权威学者谈香港战后经济恢复……""《经济日报》评论，重振国际航运中心迫在眉睫，放松石油管制势在必行……""英国《经济学人》，分析远东石油市场……""《南洋商报》发表泉昌公司总经理署名文章，评论石油禁运的得与失……"

钱琳和刘焕然收听无线电广播：

国际信号旗 PRB ▫▪▪

这里是英国BBC广播电台，下面播出本台驻香港记者采访香港太平洋石油公司经理刘志清的特别报道。记者：你好刘经理。近些天香港的报纸都在热议战后经济恢复的话题，你本人对此有什么看法？刘志清：朝鲜战争结束，远东迎来了战后恢复和平建设的时代。但是美国政府仍然实行封锁禁运政策，成为香港复兴和繁荣的障碍。不仅是我们香港商界，就是英国在远东地区的企业，也深受其苦……

英国伦敦、荷兰阿姆斯特丹、挪威奥斯陆、瑞典斯德哥尔摩、芬兰赫尔辛基、法国巴黎……中国商务代表处答记者问，爱国华侨分发宣传册……

经过媒体的传播渲染，石油财团的院外游说，促使英国国会开始辩论。

报童叫卖："英国《卫报》，英中贸易48家集团参加莫斯科会议，伦敦出口公司董事长杰克·佩里呼吁取消贸易禁令……""香港《经济日报》，英国保守党议员卡拉克呼吁取消航次许可证制度……""香港《明报》，国际海运联合会呼吁取消对华航运管制……""香港《商报》，英国工党议员曼斯菲尔德在议会发言，要求政府将石油从禁运清单中剔除……""英国《泰晤士报》，英国议会保守党和工党展开激烈辩论……"志愿者分发调查问卷。问卷显示："第一，取消石油禁运。第二，取消油轮租船禁令。第三，取消航次限制……你是赞成还是反对？"调查结果绝大多数是"Yes"。

各路信息汇集到毕达街德润公司钱琳那里。钱琳汇总道："报纸公布民调结果：共填写调查问卷2959份，赞成取消的有2604份，支持率达88%；其他12%也不都是反对，许多是听政府的。"钱琳接着说："英国工党和保守党历来唱反调，现今在取消石油禁令上却出奇地一致起来。"刘焕然说："风煽起来，火点起来，火候差不多了，咱们该从幕后走上前台，粉墨登场了。"钱琳问："这出戏你打算怎么唱？"刘焕然答道："由英中贸易48家集团发出邀请，我们组成一个阵容强大的香港贸易代表团，招摇过市去伦敦租船市场走上一遭！然后周游欧洲列国。"钱琳又问："成员都有谁？达到什么目的？"刘焕然说："由你带队，你是香港德润公司总经理，带领下属各子公司经理，包括火油行经理高瑞祥、丰登行经理王昭基、棉绸行经理林玉佩、我远东企业公司经理，再加上澳门南广贸易公司总经理葛立平、香港太平洋石油公司总经理刘志清、香港泉昌贸易有限公司总经理黄长水，摆出要一口吃下全世界石油的样子，同时进行综合贸易洽谈。"钱琳说："应该把刘志清和黄长水放在前头，它们是货真价实的香港公司，而且主营石油、橡胶。我们有中国大陆的嫌疑，不利于消除他们的疑虑。"刘焕然说："我这就去办手续。"

没有任何征兆，突然宣布召开全校大会。大礼堂气氛格外肃穆，不知道出了什么事。韩校长高声道："都请安静，今天临时召开一个特别的大会。"大幕徐徐拉开，三排高矮相差很大的学生站成合唱队形。韩校长问道："你们认识他们吗？"众人道："认识——他们都是从苏联回来的同学——"韩校长道："说对了。他们都是从苏联伊万诺沃国际儿童院回来的中国孩子。大革命时期，各国共产党都处于非法的、险恶的环境中，革命者照顾不了自己的孩子，还有很多烈士的遗孤。共产国际决定办一所国际儿童院收养他们，斯大林亲自批准他们加入苏联国籍。我们中国共产党早期领导人，比如毛主席、刘副主席、朱总司令、任弼时同志、瞿秋白同志的儿女都曾经在那里寄宿。当然还有其他国家的，比如南斯拉夫、西班牙、意大利、法国共产党领袖的子女，大约有300个孩子。苏联卫国战争期间，他们不论年纪大小都加入了反法西斯的战斗，年龄较大的54个奔赴前线，17人牺牲，还有人被关进德国的集中营，多数没有活着回来。年龄小的留下制造燃烧弹、棉衣、手套，挖反坦克壕，去机场扫雪，照顾伤员、献血。他们都是参加过战争的英雄。他们中间流传着一句话：'我有两个祖国，都在我心中。'伊万诺沃国际儿童院是他们挂念的第二故乡。新中国成立以后，中苏两党决定，18岁以上的，自己决定是去是留，18岁以下的，送回中国。经过将近两年的中文学习，年龄较小的同学留下来继续学习。舞台上站着的是准备去哈尔滨上俄文中学的28位同学。我们今天开大会送别他们。他们的中国话仍然讲不好，就用他们自己的方式向母校告别。首先合唱苏联歌曲《祖国进行曲》。"熟悉的乐声响起，全校同学都动情地加入合唱：

我们祖国多么辽阔广大，它有无数田野和森林。我们没有见过别的国家，可以这样自由呼吸……

舞台重新布置后，聚光灯照到12个男生，身穿俄罗斯圆领花边套装，弯腰作骑马状。图哈切夫斯基作曲的"马刀舞"响起，队形散开，加进舞蹈动作。乐曲高亢时又是挥刀砍杀，又是翻腾跳跃。乐曲舒缓时轻抚战马，乐曲欢快时，跳起俄罗斯民间踢腿舞。有激情也有浪漫。小平感叹道："瞧人家从苏联回来的孩子，干什么像什么。"曾志平道："可不是。听说韩校长曾经去参观大连的苏联学校，学习他们的先进经验。"

舞蹈结束，全场爆发出长时间的掌声。韩校长道："谢谢，谢谢。你们的告别演出实在是太精彩了，将来这可以作为育英小学的传统保留节目。下面李莉莉同学代表母校朗诵一首自己创作的长诗，题目叫《卓娅》，送给将要远行的同学们。"

聚光灯对准李莉莉，站稳之后她开始深沉地朗诵：

卓娅，卓娅／开朗的前额／乌黑的头发／深邃的眼睛／微翘的嘴巴／一九四一年之夏／正当你快年满十八／苏德战争爆发／祖国危在旦夕／你毫不犹豫参加游击队／告别亲爱的妈妈／你埋地雷、烧马厩、化装侦查……／为保卫国家／你奋不顾身地与敌人拼杀／不幸，你落入敌人的魔爪／他们押解你单衣赤脚／在冰封雪野里行走／他们严刑拷打／逼迫你说出游击队在哪儿／但是他们未能从你口中得到半句话／"斯大林在他的岗位上"／这是你唯一的回答／你高呼着"我们必胜！苏维埃万岁"！走向绞架／胜利到来，春回大地，遍地鲜花／人们记得你／你是不灭的火焰／你是永恒的灯塔／你是开不败的鲜花／你还活着／你的英雄事迹被人民永远牢记／你是不朽的"苏联英雄"卓娅……

她充满激情的朗诵连老师都禁不住流下眼泪。

韩校长谢道："谢谢。卓娅是中苏两国青少年永远的榜样。明天，我们送走28位同学，也送走了28位布尔什维克。希望你们不忘父辈的教诲，不忘母校的嘱托，不忘肩上的责任。好好学习，锻炼身体，成长为对祖国、对人民有用的人才。"全场起立，掌声雷动。

香港贸易代表团人马未到已经是满城风雨。刘志清、黄长水、钱琳、王昭基、林玉佩、高瑞祥、刘焕然、葛立平伉俪在夹道欢迎中走出伦敦机场，随行的刘心澜、于帆、黄卉、梁工散发采购团简介。夫人们一袭旗袍，把东方女性婀娜曲线之美尽展无余，夺走一半眼球。代表团被记者团团包围，问长问短："请问你们此行的目的是什么？""你们对英国之行抱什么希望？""你们想对英国政府说些什么？"……刘志清停下脚步，回应道："我们是来寻找友谊、寻找合作伙伴、寻找贸易机会的，也是来沟通东方和西方世界的，我们的背后是一个广阔的东方市场。英国是我们访问欧洲市场的第一站，以后还将考察荷兰、德国、挪威、瑞典、法国……和平发展是当今世界人民共同的愿望，相信英国政府会有同样的看法。谢谢。"

采购团好不容易冲出包围圈。狗仔摩托车紧紧尾随,直到斯特兰德宫酒店前。侍应生把行李送进房间,介绍设备功能,交出钥匙。刘志清付给他小费。侍应生大吃一惊——一个英镑!祖祖辈辈当侍应生,出手如此阔绰前所未有,简直撞上了财神!他跑到楼下,向门外的狗仔炫耀那张一个英镑的小费:"Tip——Tip——"等狗仔们拍完照,他迅速返回关上门,挂上牌子"Don't disturb"(不要打扰)。

英国各大报纸都在头版报道香港贸易代表团到达伦敦的消息,配发刘志清的即兴讲话、代表团入住酒店、夫人们贵妇般魅力的照片。还有侍应生展示一个英镑小费的特写。议会正在辩论是否把石油从禁运物资清单中剔除。报纸在议员和院外石油寡头、船东游说团中间传开,沸沸扬扬。夫人们出现在街头、商店、剧院,都被围得水泄不通。伦敦时装界掀起一股旗袍热潮,成为各个年龄段妇女效仿的时尚,也助长了赞成派议员的士气。

许欣知说:"英国人有在咖啡馆里交朋友、谈生意的习惯,众多租船界的精英经常聚集到港口附近的咖啡馆里休闲。1688年,一个叫爱德华·劳埃德的英国人开了一家咖啡馆,就是今天鼎鼎大名的英国劳合社,是一个保险社团组织,宗旨是促成保险交易,慢慢聚拢了一些人气。1744年,又有一家位于伦敦针线街,名为弗吉尼亚-马里兰的咖啡馆开业,聚集者主要从事波罗的海诸国的海运货物贸易,不久之后就改名为弗吉尼亚—波罗的海咖啡馆。后来成立了一个波罗的海委员会。1902年,四家航运交易所合并,迁入圣玛丽大街的新楼,成立了伦敦租船市场。不过人们谈生意还是爱去咖啡馆,比如'耶路撒冷咖啡馆'。"钱琳提议道:"那咱们就去耶路撒冷咖啡馆吧。"夫人团参观幼稚园,向慈善机构捐款,赢得了高度赞誉。

香港贸易代表团的到来引起伦敦租船市场的轰动。各个经纪公司都施展浑身解数,力图把香港大客户揽到旗下。刘志清笑脸接下递过来的Brochure(公司介绍),极其诚恳地答应一定认真研究。

离开的时候，刘心澜手中已经抱起厚厚一摞资料了。经纪公司迅速把这一盛况反馈给议会院外石油寡头、船东游说团，游说团又向议员施加影响。终于等到议会辩论结束，议长宣布把石油从禁运物资清单中剔除的议案以压倒性多数获得通过。伦敦租船市场一片欢腾，这意味着"石油禁运""油轮租船禁令""航次限制"也都同时取消。西方石油市场的大门终于被撬开了。

刘焕然认为虽然如此，但是还要再做功课，继续表演下去。充分利用处于买方市场的有利地位，最大限度压低价格。于是开始了周游欧洲各国之旅，荷兰、挪威、瑞典、芬兰、法国……同样摆出一副大亨的架势，极尽张扬炫耀。夫人团的身影出现在梵高艺术博物馆、奥斯陆维格兰雕塑公园、巴黎圣母院……她们的优雅风度更增添了新闻的热度。代表团白天观光游览，出席各种应酬，晚上返回驻地通宵达旦整理资料，比较研究。

一返回伦敦，代表团就按照筛选出的候选对象一一拜会。香港贸易代表团选定英中贸易48家集团签订第一笔贸易合同。

香港雪厂路远东公司业务办公室里的电传机连续不断吐出字带，字带上写满各种消息：英国石油公司（BP）之油轮"查尔斯"号日前从朴次茅斯港启程前往沙特阿拉伯拉斯坦努拉港装运8000吨燃料油……芬兰卡哥特科公司同意出租期租船，将从南非开普敦港驶往中国港口……与英国怡和洋行签订合同……与英国太古集团有限公司签订合同……香港太平洋石油公司改名东方石油公司，订购大型油轮，刘志清真的成了石油大亨……美国舰只阻挡不住源源不断驶往中国的油轮。经过七个回合的较量，石油禁运终于被冲破了！

暑假到了。各中央单位把子女接走，留校同学又都集中到四年级2班宿舍。除了张海生，还是那几个老伙伴，还是曹老师领队，还是讨论排练节目。曹老师走后，黄松问："你们想不想吃鸟肉？想吃的话跟我走。"伙计们跟着他来到小动物园，躲在柏树丛后边。

黄松做敌情分析:"你们看,百鸟屋被网子隔成两半。靠里边是鸟笼,靠外边是过道,过道地上洒落许多米粒。我们先把门窗都敞开,让外边的鸟飞进来吃食。等到足够多,就突然把门窗关上,来个关门捉鸟,保证一只都跑不掉。"果然一下就捉到10只麻雀。黄松用泥巴把麻雀裹住,丢进开水房的炉膛里烧,翘首以待一顿美味的Barbecue(烧烤)。等泥巴烧裂了,敲开硬壳,却冒出一股鸟屎味儿。阿纯捂鼻子大叫:"啊呀,屎壳郎打哈欠——臭不可闻!"麻雀肉本来就不多,还混杂羽毛带血丝,没滋没味。杨威摊手道:"屎壳郎碰到拉稀的——白来了。"黄松恍然道:"我知道了。下次先去毛开膛,用纸包好,再裹上泥巴烧熟,蘸酱油就好吃了。"小平却打击道:"屎壳郎遇到放屁的——想得美。"

晚自习课一个半小时,作业半个小时就做完了。阿纯提议:"曹老师,讲个故事吧。"曹老师说:"作业都做完了吗?那好——"略一定神,举起黑板擦当惊堂木一拍:

话说很久以前,有一位财主,千顷良田,万贯家财,诸事遂意。唯独养了一个败家的儿子而感烦恼。他不劳动,不学习,不做生意,只知花天酒地,寻欢作乐。老两口撒手人寰后他变本加厉。顿顿鸡鸭鱼肉,日日歌舞美酒。吃包子只吃馅儿,吃饺子只咬一口,就把边儿扔了。日复一日,天天如此。住在墙外的长工阿水,看见财主家地沟里流出来许多边角,都收集起来,洗净晒干,保存起来。平日舍不得吃,只有在饥荒的时候才取出一点儿,伴着糠菜一起吃下。如此挥霍,就是金山也有吃光了的一天。财主家最后破败了,变卖所有的家产,包括千顷良田和房子。败家子的老婆带孩子回娘家,他四处流浪,靠乞讨为生。5年后的一天,败家子讨饭,走回到原来的村庄再也走不动了,倒在门前。长工把他抬进屋做饭给他吃。败家子缓过气来，问道：你是谁？为什么救我？长工回答说："我是你家过去的长工阿水呀。"败家子连忙道谢："谢谢你的救命之恩。"阿水说："不用谢，少东家。你吃的原本就是你自己家的饭。过去你天天大摆宴席，糟蹋无数。你刚才吃的，就是我从你丢掉的东西里捡回来的。"败家子非常惭愧，后悔当初不听老人的话，落到今天这步田地。从此以后败家子改邪归正，跟着阿水学会了种地，成了自食其力的劳动者。

小平好久才缓过神来，赞叹道："真好听。曹老师，明天晚上还听你讲。"

第二天没能讲成故事。十轮大卡把他们拉进护国寺人民剧场，观看第一个到中国访问的波兰艺术团玛佐夫舍歌舞团的演出。有舞蹈马祖尔舞、波罗乃兹舞、歌曲《小杜鹃》《波兰圆舞曲》《卡吉德洛森林》……小乐队演奏中国民间歌曲《茉莉花》引起观众热烈的反响，气氛达到最高潮。其实最让大家高兴的是晚上回来有夜宵，吃到烧饼和热腾腾的馄饨。

又一天，接着听曹老师讲故事。他把黑板擦"啪"一声重重拍下：

兄弟俩出门做生意，赶路走到天黑，来到一个很小的村庄。他们敲开一家门想要借宿。穷苦的单身汉本不想收留，架不住哥俩儿苦苦哀求，只好答应下来。单身汉只有一大一小两个碗，还剩一点儿面条。兄弟都争着要用大碗，争吵不下。弟弟让步，但是有一个条件。拿大碗的必须先给拿小碗的盛面，而且小碗一吃完必须马上就盛。哥哥满口答应。面条煮好端上来，哥哥盛了一小碗面给弟弟递过去。自己还没盛面，弟弟一仰脖儿把面条全倒进嘴里："盛面！"哥哥盛了第二碗递过去。哥哥还没摸到碗，弟弟又一仰脖儿倒进嘴里："盛面！"哥哥再盛第三碗。弟弟一仰脖儿一碗，一仰脖儿一碗，一碗又一碗。一直到把面条全都"突噜"完，结果哥哥连一根面条也没吃上……

大家笑得前仰后合。

接下来几天，大家为去马列学院演出排练节目。韩校长说，波兰玛佐夫舍歌舞团来华访问，演奏中国的《茉莉花》大受欢迎。我们的小乐队一定要加演几首东南亚国家的歌曲，因为学员中有东南亚国家共产党的领袖。

马列学院的大客车开进颐和园附近一个古色古香的院落。餐厅长条案子上铺着洁白的桌布，摆放着咖啡、蛋糕、奶油夹心饼。黄松见过大世面，说道："你们知道为什么在马列学院能吃到西餐吗？因为马和列是外国人。"

演出的都是育英小学的传统保留节目，早已驾轻就熟。垫上技巧运动、歌舞剧《小白雁》《兔妈妈种萝卜》、活报剧《谁是最后胜利者》、匈牙利舞蹈……换幕的间隙，他们偷偷往观众席看。前排正中坐着一个面色黝黑的中年人，他就是印度尼西亚共产党主席艾地。轮到阿纯、小平、建华、杨威、黄鹤、黄松小乐队上场。悠扬的《椰岛之歌》奏起，大小腰鼓和沙锤敲击出具有千岛之国风情的节奏，座席里爆发出长时间热烈的掌声。艾地冲上台，眼含热泪，把孩子们紧紧拥抱在怀里。

光荣的外事任务顺利完成，又回归正常生活。轮到曹老师讲第三个故事。

有一个又馋嘴又爱占小便宜的人，经过烧饼铺，看见案板上散落着一些芝麻，就主动上前打招呼："喂，老板，听说你很有学问，让我写个字考考你。"他把手指头伸进嘴里沾满唾沫，用手指在案板上横扫了一条线。老板说："这是一字。"小气鬼说:"我还没写完呢。"他把芝麻吃干净后,用半个手掌斜着扫了第二笔。"这个字不认识。""你当然不认识,我还没写完呢。"他舔干净手掌,又用整个儿手掌写了一捺,桌子上最后的残余都沾到手上。"我认识,那是一个大字。"小气鬼正要离去,忽见桌缝里还剩一粒芝麻。"不对!"他大喝一声,重重地在案板上拍了一巴掌,芝麻应声跳出来。"那是一个太字。"他手指头画了一个点,把最后一粒芝麻也吃进嘴里。

　　曹老师用诡谲的眼神盯着小平道:"以后吃烧饼,一定要用手掌在下边托着,要不然黄松就要给你写'太'字啦。""哈哈哈——"教室里充满了欢笑。

　　一辆小轿车停下,走出一对儿中年夫妻,敲传达室的窗户,问道:"请问有人吗?"韩老伯拉开窗户问:"找谁?有介绍信吗?"中年人反问:"怎么,看孩子还要介绍信?"韩老伯说:"那当然。不论是谁,探视要凭介绍信。"中年人说:"我们从国外回来,马上要走,不知道还要介绍信。"韩老伯问:"来看哪一个?"中年人说:"黄鹤和黄松。"韩老伯问:"黄鹤和黄松?你们是他俩的爸爸和妈妈?你是黄主任?"中年人道:"是啊,你是谁?"韩老伯跑出屋兴奋地道:"怎么连我都不认识了?我是老韩头呀!"中年人说:"是你呀老韩头儿,好久不见,你怎么跑到这儿来了?"韩老伯回忆道:"东渡黄河进攻三角镇一仗,我头部受了重伤,身体从此就垮了。被分配到中央供给部管后勤。你呢,听说你去当大使了?"黄大使说:"是啊。新接到命令调我转馆,借回国的机会来看看孩子们。"韩老伯说:"幸亏遇到我,要是别人,哪怕是野战军司令,没有介绍信也照样不让进。"

　　黄鹤、黄松飞奔而来,扑过去叫道:"爸爸妈妈,好想你们呀!"

一家人抱成一团。黄大使问:"这么多孩子都留在学校过暑假？"韩校长介绍道:"他们的爸爸妈妈都不在北京。有驻外使节和记者、有在香港地下企业、有赴朝作战、有进军大西南、也有烈士子弟……"黄大使对众人道:"那我就代表你们的爸爸妈妈来看望你们。我们从国外买了一些好吃的。来，大家一起吃。"馅饼、猪油面包、烟囱卷、巧克力杏仁膏……摊了一桌子。黄大使笑道:"韩校长、曹老师，你们辛苦了，也吃一点儿。"

　　黄大使询问黄鹤和黄松的学习、生活，查看宿舍和被褥，感激道:"学校的设施齐全，把孩子交给你们我们完全放心。我们给学校带来几件礼物。一个是手风琴，一个是微型幻灯机。"韩校长:"不不不，学校什么都有，还是留给黄鹤和黄松吧。不过我倒是想请你讲战斗故事，作为学校革命传统教育的素材。"黄大使道:"战斗故事没什么好讲的。今天包围张家庄，明天急行军，后天进攻马家河子，再后来坚守208高地，讲来讲去都差不多。无非是王团长换了赵团长，李政委换了周政委。"韩校长说:"听说你是人民解放军军旗军徽的设计者，你就讲这个故事吧。"黄大使道:"是有这回事，但它不是故事。你倒是提醒我了。我给你们讲《三大纪律歌》是怎么来的吧。"黄鹤问:"不是井冈山集体创作的吗？"黄大使说:"不是，听我细细道来。1928年4月，红军攻占湖南省鄜县，毛委员宣布了'三大纪律，六项注意'。1929年6月，红四军准备第三次攻打龙岩城。毛委员和朱德又加上'大便找厕所'和'洗澡避女人'，结果就形成了'三大纪律八项注意'。1935年9月，周士第、王首道率领中央红军先遣队到达陕北，与红15军团会师，带来一份《中国工农红军三大纪律八项注意布告》。红15军团政治部秘书长程坦同志把它改写成歌词，配上当地流行的小调在部队传唱。两个月后，中央红军和红15军团在陕西省富县会师，红15军团高唱《三大纪律歌》，毛主席、彭德怀听到后，激动得站起来，连声叫好。我出国当大使以后才发现,曲调原先是德意志皇帝的'卫队练兵进行曲'。1905年,晚清湖广总督张之洞请德国军事顾问为新军编写歌曲,他们把这首曲子挪过来用。后来袁世凯编练新军也用这个曲调。"

小平泄气道:"闹了半天咱们天天唱的是德国歌儿。"黄大使说:"这就叫古为今用,洋为中用嘛。也许这个曲调在德国本土都已经失传了。时间不早了,我们该回去了。"韩校长招呼众人道:"大家都去送黄大使。"经过校部前厅,黄大使注意到悬挂着的玻璃镜框"好好学习,好好学习。"黄鹤说:"这是毛主席今年'六一'儿童节专为育英小学的题词,是我们永远的校训。"黄大使在校门的星星火炬影壁墙前停下脚步观看,只见正面镌刻着"时刻准备着,为实现共产主义和建设祖国的伟大事业而奋斗"。看着落款,黄大使感慨道:"啊,还是朱总司令题的词。"转到背面,只见背面写着"爱祖国,爱人民,爱科学,爱劳动,爱护公共财物"。黄大使指着背影墙说道:"咱们就拿它做背景,拍一张照片留作纪念吧。"小车司机举起照相机,黄大使连忙叫停:"等一下,快请老韩头儿来。"他把韩老伯拉到自己身旁。

临上车之前,黄大使语重心长地说:"育英小学诞生的时候正是七届二中全会召开的前夕。全会的两个务必是中国共产党立党的根本,也是你们育英的精神。世代传承全会的精神,你们才不会辜负老一辈革命家的期望,才无愧为新中国第一小学,才会一往无前永远不迷失方向。"

开学了。新学期第一课,朱老师走进教室,愣了一下,问道:"我是不是走错门了?你们是哪一班?"齐答:"五年级2班——"朱老师说:"啊,是我记错了。不知不觉中你们长大了一岁。刘小平长高了,班锁凤长胖了,我自己也老了一岁。"齐答:"朱老师不老,越活越年轻——"朱老师笑道:"谢谢。进入五年级就是进入高小。你们别小看自己,一个高小毕业生在农村就是不得了的大知识分子。

知道全国第一个回乡知识青年是谁吗？"班锁凤立即答道："是山东省掖县西由镇后昌村的徐建春。1950年高小毕业的时候她15岁。由于有文化，被推举当互助组组长，后来成了初级社社长。"朱老师说："很对，你怎么会知道？"班锁凤说："我们西北保小每个班都订阅《新少年报》。"朱老师说："我们班也应该订阅一份。读报纸是个好习惯。为了鼓励千千万万个徐建春式的知识青年成长，五年级教材增加了珠算、会计记账，语文课增加了作文。有的人一听说写作文就害怕。其实作文并不难，就把它当作跟朋友聊天讲故事，落笔就是作文。我的经验就是谁故事讲得好，谁作文就写得好，不信就试试。从下节课起，每节课上来一个人，讲3分钟的故事。讲什么都可以，自己的经历、读过的小说、看过的电影……事先在脑子里构思好。这就是今天的作业。今天我带头讲一个故事。鸭妈妈正在孵小鸭，鸭爸爸焦急地在小河边走来走去。经过漫长的等待，毛茸茸黄色的小鸭子破壳而出，鸭爸爸欣喜过望。最后一枚蛋也破壳出来，竟是一只傻乎乎的白色小鸭子。这可气坏了鸭爸爸，与鸭妈妈大吵一架，绝情离去。鸭妈妈也不喜欢那个令她失去丈夫的小白鸭。小白鸭受尽奚落，为自己丑陋而悲伤不已……谁知道我讲的是什么故事？"王炜举手道："是童话故事《丑小鸭》。"朱老师问："这个故事告诉我们什么呢？"陆映雪说："一只小鸭因为相貌丑陋被鸭群嫌弃。它历经了重重磨难，长大之后成了白天鹅。说明只要你有理想，有追求，就会有光明的前途，是金子总会发光。"朱老师表扬道："对啦。我为什么要讲这个故事呢？今年是安徒生诞生148周年。学校准备在圣诞之夜表演他的作品，来纪念这位伟大的作家。安徒生童话谁都知道，下面大家讨论一下，咱们班表演他的哪个作品好呢？"

丑小亮说："我提议陆映雪朗诵《卖火柴的女孩》。"王炜说："我不同意。第一，全校会演应该是集体表演，而朗诵是一个人的戏。

第二，圣诞晚会应该欢乐，而《卖火柴的女孩》是个悲剧。第三，故事不是发生在圣诞节晚上。"朱老师问："我记得就是发生在圣诞之夜呀？"王炜说："原文的第一段说，'这是一年的最后一天——大年夜。'大年夜是除夕，不是圣诞节。"朱老师问："那么你的建议是什么？"王炜说："安徒生的作品里只有《皇帝的新装》是喜剧。"张海生提出异议："好是好，可是谁去演皇帝呢？他可是要光屁股的。还有，那么多骗子、大臣、宫女、市民……穿什么衣服呢？"丑小亮说："这好办。开黑灯晚会就不用化装了。陆映雪旁白讲故事，其他人配音，模仿剧中人说话，就像广播剧那样。"班锁凤不同意道："黑灯瞎火，多没意思。"小平提议道："这倒提醒了我。咱们可以开个幻灯晚会。黄松的爸爸送给他一架幻灯机，其中有《皇帝的新装》彩色幻灯片。背景幕布放幻灯片，人躲在下头配音演广播剧，效果保准好。"全班一致拥护这个新奇的方案。朱老师说："那你就去借幻灯机。大家对照幻灯片抓紧排练。"

7. 天降大任，继往开来

庄尚德说："郭代表，刚刚收到皮尔斯准将的电报：鉴于国际形势的变化，联合国、巴统放宽对华禁运，石油禁运、油轮租船禁令、航次限制已经取消，西方企业公司已无继续存在之必要。特此告知你们，香港商情研究所从即日起解散。你们可以向福斯特上校领取遣散费，以后自寻出路。皮尔斯准将（签字）。"郭代表接过电报看，破口大骂："真他妈的没有良心。我们忠心耿耿、出生入死、立功无数，最后就这么被一脚踢开！"柴荣叹道："兔死狗烹，鸟尽弓藏。干咱们这一行的，早晚会有这么一天。"庄尚德说："原先我想回老家置办一点儿田产，以备安度晚年。幸亏来了香港。要是当初回老家，那还不被共产党镇压掉？"郭代表问："各位今后有什么打算？"萧师傅说："大不了还当我的修船师傅。"柴荣说："毛森局长跟上蒋经国，是'国民党革命行动委员会'的核心成员，我打算投奔他的门下。"庄尚德说："我有家难回。好在我会收发电报，还能混碗饭吃。"安凯说："我还当我的警察。"郭代表说："我是中央党部心理作战部的人，只要党国在它就在。明天我去福斯特上校那儿取回遣散费。嗨，咱们的师傅算完了。你回你的流沙河，他回他的花果山，我回我的高老庄。"

五年级2班正在上课，韩校长轻轻推开门，10来个人带着马扎蹑手蹑脚跟着进来。朱老师问："有事吗？"韩校长说："他们是北京市小学教师观摩团的老师，坐在后面旁听，不妨碍你上课。"朱老师道："好，我们继续上课。我请班锁凤同学简单叙述一下《最后一课》的内容。"班锁凤起立答道："《最后一课》是法国作家都德写的短篇小说。1870年，普鲁士入侵法国，爆发了普法战争。法国战败，割让阿尔萨斯和洛林两个州给普鲁士。普鲁士为断绝人民怀念祖国，规定学校只教德语，不准教法语。小弗郎士迟到了，赶上韩麦尔老师讲最后一堂法语课。老师在黑白板上写下'法兰西万岁！'这是一篇爱国主义的小说。"朱老师问："谁能总结这篇小说的主题思想？"大家你一言我一语各抒己见。"小弗郎士和韩麦尔老师都表现出爱国的情怀。""一件平常看很普通的东西，不值钱，一旦失去，就会觉得它特别珍贵。""法语是世界上最美的语言，汉语也是世界上最美的语言。中国人就要把汉语学好。"朱老师说："讲得都很对。把这些意见归纳起来，就是主题思想。谁自告奋勇来总结？"小平举手道："小说《最后一课》以普法战争为背景，通过小弗朗士上韩麦尔老师最后一堂法语课，真实地反映了法国沦陷区的人民不屈服于外国侵略者，争取祖国解放和统一的坚定意志。这篇小说还告诉我们，学好祖国语言是热爱祖国的具体表现。"朱老师说："很好。今天上课，我教你们的不是结论，而是方法。以后阅读好的文章,都要想想作者通过什么时间、地点、人物、故事来表达他的什么意思。作文和它是个相反的过程,通过什么时间、地点、人物、故事来表达你的什么意思,就是作文。"

下课铃响,教室后面传来掌声。旁听老师说:"过去都是老师写下时代背景、段落大意、主题思想,让同学们抄下来,回去背。这位老师启发学生自己去想,养成分析总结的习惯,就把真本领学到手了,反过头来再去指导作文。我要把这个好经验带回去。"韩校长说:"谢谢鼓励。下午开座谈会,希望能听到你们的宝贵经验。"

"哥特瓦尔德"号货轮靠上远东公司码头。刘峻基和周东清登岸。刘焕然招呼道:"欢迎到家。两年不见,中波公司怎么样了?"刘峻基说:"中波公司树立了一个国际合作、合资经营的典范,规模迅速扩大。苏联从北方冰冻地带抽调出七艘船,6万吨载重量加入进来。以后捷克斯洛伐克、东德、阿尔巴尼亚、南斯拉夫也加入进来。又吸引来瑞典、丹麦等中立国家的公司。到现在为止,已经拥有远洋运输轮船25艘,20万载重吨。此外还开办了租船业务,其中包括英国的'东风'号和'西风'号。"刘焕然说:"你 Principal Liu 把远东公司的经营理念带过去,也是功不可没的。"刘峻基说:"随着公司的迅速壮大,内部也出现一些矛盾。为了安全,公司规定船到新加坡之前就开始无线电静默,直到进入中国南海。可是波兰船员习惯每天都要给家里拍电报。我们解释说,台湾当局抓到波兰船员,最后都会释放,但是抓到中国船员就有去无回了。最终得到他们的理解。"刘焕然问:"小周,你怎么跑到'哥特瓦尔德'号上了?"周东清答道:"公司扩大,急需补充船员。国内抽调来一些招商局起义的船员,经过多次组合,我就调来当二副了。"刘焕然说:"这一晃就是两年,还没回过家吧?"刘峻基说:"可不是。这个航次结束后我放他3个月的假,叫他回老家成亲。"刘焕然问道:"有对象了吗?"周东清说:"老杯老目做主给我定的亲。"刘焕然高兴地说："好哇，我该送你点儿什么。今天好好休息，明天开大会，杨老板有重要的事情要讲。"

朱老师说："我说过，每节课上来一个人讲3分钟故事。今天谁来讲？"大家推让了好半天，最后丑小亮举手说道："1939—1940年，正是边区最困难的时期。留在延安的革命烈士和抗日将士的子女生活陷入困境，首长提议办一所托儿所，任命我妈妈当所长，还让出中央书记处驻地蓝家坪半山腰上的八九孔窑洞。陕北的耗子特别大，一尺多长，白天见了人都不怕。一天晚上，夜班阿姨听到我在哭闹，赶紧跑进宿舍。见一只大耗子'噌'一下跑掉，我满脸是血，鼻子被咬掉，只剩下一小块皮还连着。阿姨赶紧把我送到中央医院。那里只有碘酒和紫药水，卫生员清洗干净伤口后，把掉下来的鼻子原位安上去，剩下的只有听天由命了。算我的运气好，鼻子竟然接活了，现在还留下一道疤痕。"朱老师说："讲得很好嘛，写下来就是一篇作文。你们的父母中，有高级干部，也有马夫炊事员。不论职务高低都是革命队伍中的一员，你们自然也是公家的人。都说说看，'公家的人'意味着什么？""接共产主义事业的班""继承革命的传统""保卫人民江山代代红"……朱老师说："说得都对。'公家的人'意味着永远把革命的利益放在第一位，对你们来说，第一位的任务就是要锻炼身体、好好学习。我建议把消灭2分，创建优秀班集体、实现红领巾班作为这个学期的目标，你们说好不好？""好——"

大家见钱琳走进办公室，纷纷站起来。他连忙："都请坐，你们继续开会。等你们开完会我最后讲。"刘焕然说："也好，刘心澜正在总结远东公司的损失情况，请继续讲。"刘心澜继续道："自封锁禁运以来，仅香港一地被扣物资和被冻结的资金加起来，粗略估计价值125架战斗机，一架战斗机价值15亿人民币！3个月前，中波公司'布拉卡'号，从罗马尼亚的康斯坦察港装载煤油和杂货

9019 吨驶往上海，被国民党海军劫持。上个礼拜罗马尼亚的'波切斯库'号、民主德国的'科恩斯特'号轮船被军舰劫持。这个礼拜又有我们租用的英国商船'圣托马斯'号和法国商船'加来'号被勒令中途返回。货款退回，但是装卸费、运费、保险费全都损失掉了。"刘焕然补充道："台湾当局后来释放了'布拉卡'号29名波兰船员。17名大陆船员全部移送到火烧岛。一位船员病死，政委刘学勇和两位船员牺牲。早先被劫持的苏联'罗蒙诺索夫'号油轮，被编入国民党海军，改名'绍兴'号。49名船员只放回30人。"钱琳吩咐道："会后你们把远东公司抗击封锁禁运，遭受到的人员和财产的损失做一个详细的统计，我要带到北京去向领导同志汇报。特别是那些牺牲了的同志。共和国的凌烟阁、烈士墓应当记载他们的英名！"

刘焕然问道："怎么，你又要去北京了？"钱琳说："是的，我下面就要讲到。远洋运输是交通部的职责。但是他们一没有船，二没有人，三沿海被封锁，四没有国际租船的经验、人才和业务。全国对外贸易海上运输的重担全都压在远东公司身上，而你们远在香港，难以兼顾到各方面。财经委员会决定在北京成立海外运输公司，调 Captain Liu 去主持海运业务，担负起统一协调和指挥的责任。"刘心澜问："整个儿远东公司都搬去吗？"钱琳道："不是的。北京只是负责总协调，核心业务仍然留在香港，调 Principal Liu 回来主持工作。你们集美高水的34名师生，一分为三。一半人已经去了中波公司，算是划给交通部。剩下的17人中，7个人留在香港，10个人去北京。"王昭基笑道："哈哈，Captain，这回可轮到你了！"钱琳好笑道："你别幸灾乐祸，你们'三剑客'也要回北京，你去中国粮油进出口公司，林玉佩去中国纺织品进出口总公司，高瑞祥去中国进出口商品检验检疫局。"王昭基问："这一下全都走了，就剩下你了？"钱琳道："不，我也奉命调到对外贸易部，跟你们一起走。"王昭基说："得，咱们东飞伯劳西飞燕。分钗断带，风流云散。"刘焕然说:"如果从1948年建立远东公司筹备处,创立船队算起,已经走过5个年头了。远东公司就像细胞分裂,边分裂边成长,第一次是'黎明'轮调回国内,王昭基、林玉佩、高瑞祥3对儿夫妇抽调回国内和'印巴三处';第二次是中波海运公司成立,中方划出去三艘万吨轮和船员;第三次是三剑客派到东南亚采购橡胶;第四次是三剑客去分管德润的三家子公司;这回是第五次,也是最大的一次。以后就难得再见面了。"钱琳说:"'换尽天涯芳草色。陌上深深,依旧年时辙。自是浮生无可说。人间第一耽离别。'今天算是告别吧。大家有什么话尽管说。"

刘焕然感慨道:"在远东公司工作的这5年,是我一生中过得最充实、心情最愉快,最出成绩的5年。这些成绩的取得来自同志们的支持,也包括彭楚民先生。我非常庆幸能够遇到杨老板这样理解我支持我的好领导。"王昭基说:"也许你还不知道,为了顶住来自各方面的干扰,保护我们,杨老板承担了多少风险和压力。咱们这些知识分子思想太单纯,只知道埋头干事,哪儿懂得那么复杂的人际关系。"钱琳说:"谁说共产党是土包子穷光蛋?你们中哪一个不是俊逸拔群的人中龙凤?我最珍惜的是你们对革命的忠诚和热情。你们百折不挠的追求,造就了这个团队的丰功伟绩。"刘焕然说:"人生逢一知己,死而无憾。如果说还有什么遗憾,就是我一直梦想打造出一支强大的远洋船队来,可惜这个目标没有能实现。"刘峻基说:"你从第一艘'黎明'号起家,至今发展成十几艘船的船队,开创了新中国的远洋航运事业,开创了无数个第一,还有什么不满足的?"刘焕然说:"'丈夫五十功未立,提刀独立顾八荒。'香港有四大船王,许爱周、曹文锦、赵从衍、董浩云。他们成为船王,是因为香港地处世界航运中心,是完全的自由市场经济,再加上把握住了市场规律和机遇,这些条件我们同样具有。因此我满怀雄心,你若给我10年,我会还给你一支50艘轮船、50万吨载重量的船队!"钱琳问:"如果我给你 20 年呢?"刘焕然答道:"那我还给你一支 150 艘轮船、150 万吨载重量的远洋船队!"钱琳问:"那你不就真的成船王了?"刘峻基说:"而且起码能排进全球前 10 名。能告诉我秘诀吗?"刘焕然说:"没有秘诀。四大船王之成功,皆运用之妙存乎一心。钱生钱,利生利,滚动发展。这就是资本增值的本质!资本是推动社会进步的原动力,怎么反成了万恶之源呢?岂非咄咄怪事?你们将在外君命有所不受,尽管放开手脚大胆干。最后拿成绩说话。"钱琳:"是的。德润公司是全国计划经济体制内,唯一放手市场经营的国家企业。你们要充分利用这个得天独厚的条件,'咬定青山不放松,立根原在破岩中。千磨万击还坚劲,任尔东西南北风。'"刘峻基受教道:"茅塞顿开!'立志欲坚不欲锐,成功在久不在速。' Captain,你为你的梦幻船队取过名字吗?"刘焕然说:"还没有,我要留给杨老板来定。"钱琳提议道:"那就叫'香港远洋轮船公司(Hong Kong Ocean Trumping Co. Ltd.)'吧。"刘峻基问:"Ocean 是远洋没错,Trumping 又是什么意思呢?"钱琳说:"Trumping,既有打扑克王牌将吃的意思,也有吹响号角的意思。"刘峻基说:"我明白了。"刘焕然说:"周东清这次航程结束后就要回老家成婚了,恭喜你。我和俞泾妹买了一对儿罗马情侣表送给你。"周东清推拒道:"太贵重了,怎么好意思。"刘焕然劝道:"不要客气,香港的关税很低,花不了多少钱。"刘峻基开口说:"我送给你两条英格兰羊毛毯。"周东清感谢众人道:"谢谢,那我就都收下了。"钱琳说:"该讲的话都讲了,咱们拍一张合影,留作纪念吧。"

全体员工聚拢拍下最后一张集体照。5 天后,德润公司全体员工都到九龙火车站送行。几年朝夕共处,几多悲欢离合,结下生死之情。他们互相拥抱,依依不舍。道不尽的万千珍重,洒泪而别。钱琳向众人挥手,告别道:"海内存知己,天涯若比邻。此生情未了,永远心相印。北京见！"

娃娃最后一次亲吻哈路的头，对它道："哈路乖乖，他们是你的新主人，你要听他们的话。"含泪把狗绳交给刘峻基的小儿子新民和女儿文芬。

又是语文课，朱老师问："今天谁讲故事？"曾志平举手道："我的故事是'我坐过美国军舰'。抗战结束后，国共两党达成'双十协定'，我父亲所在的东江纵队奉命北撤。1946年6月，乘坐3艘美国登陆舰，从深圳来到烟台。这是我平生第一次乘坐军舰，看到一望无际的大海，海鸥在头顶上盘旋，海豚不时跃出海面，别提有多高兴了。一年半后，父亲要穿过敌占区向党中央汇报工作。我们两条腿走了几百里路，在部队的掩护下，晚上走白天停，跨过津浦铁路和交通壕。虽然万分危险，我却一点儿也不害怕，只觉得好玩儿。父亲返回部队前把我留给廖承志伯伯照顾。育英小学成立后，廖伯伯派出几头高头大马，把新华社的孩子们都送来上学。所以我除了坐过美国军舰，还穿越过封锁线，骑过日本大洋马。"朱老师笑着说："这就是一篇很不错的作文。你在同学中间算是见多识广的啦。"

"哥特瓦尔德"号驶出香港港界，前方出现一座灯塔，周东清用望远镜观察，报告道："报告船长，横栏灯塔正横。"马耶夫斯基船长下令道："改向113°，驶向巴林塘海峡。"周东清应答："是，驶向巴林塘海峡，改向113°。"

干诺道公寓楼。庄尚德打开收发报机，开始呼叫："报告，中波海运公司的轮船'哥特瓦尔德'号前往大连港。"郭代表问："商情研究所都撤销了，你还发什么电报啊？"庄尚德说："已经养成习惯了，反正待着也是待着。就算是最后一封告别电报，表达我们对党国的忠诚吧。"

钱琳带领庞大的队伍在兰兴公司过夜，等候第二天中转北上。

汽车按 1 长 2 短 1 长 4 声喇叭。大门刚打开，不知从哪儿冒出来大批警察、民兵一拥而上冲进院子，举枪命令："不许动，举起手来！"钱琳大为震惊，问道："你们是什么人，要干什么？"指挥员说："我是龙津派出所所长桂之龙，奉广州市公安局的命令查抄兰兴公司！你们全都被捕了。"钱琳问："为什么？查抄什么？"桂所长说："根据可靠情报和缜密侦察，这里是暗藏的美蒋特务机关。"钱琳生气地说："简直是胡闹！我要给第一书记打电话。"桂所长冷笑道："第一书记？我还是总书记呢。都给我带走！"各路人马搬来几部电台和大批文件摊在院子里。桂所长问道："人赃俱获，你还有什么可说的？"几声鸣笛，黄国玺和朱大队长驱车来到，问："出什么事了？"桂所长见是军牌汽车，立正敬礼："报告首长，我们破获了地下电台，抓获暗藏的特务。"黄国玺问："什么特务？你知道这里是什么地方吗？"桂所长答："知道，是美蒋特务的秘密机关。"黄国玺说："你闯了大祸，这里是中南局的机要处！我要向第一书记报告。"黄国玺拨通电话，报告发生了严重的事件。桂所长遭到第一书记雷霆般的训斥，这才意识到捅了天大的娄子，慌忙道歉收场。可惜玉簪中折、叶落永离，无可挽回。兰兴公司身份暴露，不能继续隐蔽下去了，只得迁往深圳。现在，人民群众的革命警惕性空前提高，神秘的兰兴公司引起当地居民和民警的注意，越看越觉得像潜伏特务。层层请示上报，连市公安局也不知其底细，于是共同制订了周密的计划，调集警力一举查抄，结果酿成无法弥补的严重后果。

　　刘焕然躺在软卧上铺专心看书。钱琳问："你看的是什么书？这么专心？"刘焕然展示封面，说："《海牙规则》。英文叫 Hague Rules。"钱琳问："跟你有什么关系？"刘焕然说："当然有关系。全国对外贸易海外运输整合起来以后，就要和国际海运班轮公会打交道。大宗进出口商品通常整船承运，或用自有轮船，或租船。而那些非大宗商品，装不满整船的，就要向国际班轮公会零担订舱托运。比如说出口几万件瓷器、几百担茶叶、几百吨猪鬃、几千匹丝绸。班轮公司利用其垄断地位，单方面规定运价表。就好像铁路运输，只此一家，非他不可。地方贸易公司缺少专业人才，搞不懂名目繁多的附加条款和专用术语，也难以应付成千上万种税号，千差万别的商品形态、遍布世界的目的港，只得听由他们摆布。蒙受了巨大损失还不明白是怎么回事。要改变这种局面，就必须知己知彼，熟读《海牙规则》。"

钱琳接着问道："国际海运班轮公会是怎么回事？"刘焕然解释说："班轮公会英文叫 Freight Conference，俗称水脚公会。19世纪末，伦敦至加尔各答航线上出现了运力过剩的情况，无休止的价格战导致多败俱伤。1875年，七家英国航运公司成立世界上第一家加尔各答班轮公会，抱团规定发航艘次和最低运价，以垄断该航线的航运业务。"钱琳不解地继续问道："西方发达国家不是都有反垄断法吗？难道反垄断法不管吗？"刘焕然说："由于航运业在发展初期资金密集、投资回报率低等特点，班轮公会在一定历史条件下，对货主和船东两方面都有利，也为国际贸易的发展起到一定的促进作用，所以它在各国公平竞争法中得到反垄断豁免的特权。它是全世界唯一的反垄断法法外之地。"钱琳继续问道："你研究它想要达到什么目的？"刘焕然说："班轮公会的垄断格局是历史形成的。我们是航运弱国，无力对抗，只能接受这个现实。我所不能忍受的是他们利用市场支配地位，对我们实行双重费率制，单方面制定运价表。比如说承运中国广州出口的陶瓷去西非的运价，比承运日本同类出口货物的运价高出15%，而我们的航程比他们短得多，导致中国商品失去价格竞争力。"钱琳接着问道："谁那么欺负我们？"刘焕然说："远东水脚公会，Far East Freight Conference，总部在伦敦。其次是中国、香港、新马海峡航运协会，也叫近洋班轮公会，总部在新加坡。"钱琳说："我发现天下没有你不感兴趣的东西，好像你见什么学什么。"刘焕然答道:"过奖了。一目十行、读万卷书不叫学习。只有搞懂记牢,关键时候用得上才叫学问。我还体会到,心态好身体才能好,而好奇心、格物致知是最好的心态。"

朱老师边分发问卷边说:"我要知道你们最喜欢和最不喜欢哪一门课。"结果,最喜欢的课程集中在音体美上,其次是历史地理自然,最不喜欢的全都集中在作文上。朱老师看着结果说道:"这个结果并不奇怪,作文得2分3分的人最多,我自己当学生的时候就特别害怕作文,因此学生作文成绩的高低是衡量语文老师水平的金标准。经过有意识地训练讲故事,你们已经有了明显的进步。下一个门槛就是作文怎样开头。如果我出一个题目,《和时间赛跑》,我敢说10个有9个会写'一寸光阴一寸金,寸金难买寸光阴',没错吧?"大家全都笑了,朱老师接着说:"这说明拿到题目后,第一个想到的往往是最落俗套的。谁喜欢看千篇一律的文章?那么怎么开头呢?最容易的办法是先扣题写一个小故事,然后再转入正题。这个故事一定要能抓住人。当然也有从讨论一个哲理破题的,或者语出惊人引人注意的,总之要耳目一新。有了好的开头,中间过程再多加入好词好句,就一定是一篇绝妙好文。"

陆映雪问:"什么是好词好句?"朱老师说:"凡是优美的、贴切的、生动的、充满想象力的词语都是。我念一段著名儿童文学家袁鹰写的散文:花雪、花雪……满树生辉,红的如朝霞,粉的如胭脂,白的如碎玉,使人陶醉,使人振作,使人精神焕发,使人心旷神怡。待到随风而去,落英缤纷,留给人间的依然是美的升华,生之赞歌……这些就是好词好句,把它们用到作文里去,文章就大大增色了。"陆映雪问:"这不是抄袭吗?"朱老师说:"也是也不是。所有作家都是这样从抄袭到模仿到自由创作走向成功的,模仿多了就成自己的了。今天我不布置作业,下课以后都去图书馆借书,从散文、诗歌、小说里寻找好词好句,比比看谁记录得最多。"

"哥特瓦尔德"号在西太平洋行驶，一架有青天白日标记的飞机盘旋一周后，引导"太湖""永泰"两军舰驶近，升起L旗喊话："命令你停船接受检查！"同时开火，船长被迫下令停止航行。周东清急忙奔向电报房，说："发报，特急！'哥特瓦尔德'号在台湾东南约125海里处，遭遇国民党军舰拦截。"周东清找到轮机长（兼政委）鲍长建和大副孟昕，说道："快去转告你们手下人，销毁所有文字材料，不留任何身份证据。"又回到自己房间做彻底的检查，最后把刘焕然赠送的两块手表揣进贴身口袋里。"哥特瓦尔德"号被押送到高雄左营海军基地。全副武装的水兵杀气腾腾，晋升为少将的港口司令齐国平坐镇指挥。波兰船员被关进高雄女子中学，19名中国船员被带到军法处，分五间牢房关押。周东清告诫大家说："我们落到敌人的手里，没有人能救我们。唯一能自保的就是每个人编一套履历，跟政治没有任何关系，打死也不能承认是共产党员或者青年团员，也绝对不涉及旁人，否则害人又害己。"出乎意料，第二天提审，并没有一百杀威棒，而是询问姓名、职务、籍贯、出生年月、党派、在台亲人，然后不无关怀地说："蒋总统教导我们，不是敌人就是同志。不管你们过去怎样，只要登报声明反对共产党，效忠党国，我们既往不咎，马上就会释放，回归自由世界。给你们时间好好想想……"

外边基地的广播声传进牢房，听得一清二楚。每个中尉以上军官分配一辆自行车。他们知道，轮船上装载着2000辆德国制造的山地自行车，倒轮闸宽挡泥板，方形铝合金材料制作的大梁，极为厚重坚固。本来是邮电部为全国各邮政局邮递员订购的，现在全被他们私分掉了。

列车驶入北京火车站。各单位派车来接人，义结金兰之同僚袍泽折柳分袂。林玉佩告别道："今古恨，几千般，只应离合是悲欢？"刘焕然回应道："尊前不用翠眉颦。人生如逆旅，我亦是行人。"

王昭基说:"日暮征帆何处泊?天涯一望断人肠。"高瑞祥说:"天涯地角有穷时,只有相思无尽处。"钱琳笑曰:"暂别离,莫难过,知交半零落。一瓢浊酒尽余欢,明宵都去全聚德。"

先期到达的刘心澜、黄昌国到站迎接,一辆卡车把刘焕然一行人送到北新桥汪家胡同12号,外观是一座很普通的民宅。柳敬仁经理出门迎接。他介绍说,这里原来是宋哲元的参谋长张维藩的私家院落,我们用7000匹原色白布买下来。东西各三进院落,生活区位于最北部深处,后门通船板胡同。一家人刚刚安顿下来,刘焕然就被黄昌国叫到前院。喻梅主任神情焦灼地说:"'哥特瓦尔德'号被国民党海军劫持到高雄了。两天前我们接到它发出的最后一封电报,结尾是再见了同志们。"刘焕然问:"在哪儿劫持的?你们采取了什么措施?"喻梅说:"在台湾东南125海里处,和'布拉卡'号被劫持是同一个地方。我们当即转告外交部,还有中波公司的波方主任。波兰政府和苏联政府代表当天就在联合国大会政治委员会上发表抗议声明,强烈谴责台湾当局的海盗行为,要求无条件释放被扣押的轮船和船员,但是都没有回音。"刘焕然说:"台湾当局根本不把苏联和波兰放在眼里,我们领教过多次。他们和台湾没有外交关系,也说不上话,只剩下向联合国难民署和国际红十字会求助一条路了。"

图书馆几乎被五年级2班占满了。黄鹤推出小车对众人说:"散文和诗歌全在这儿了,注意保持安静。"陆映雪抢到《雪莱诗集》,说道:"你们听——冬天已经到来,春天还会远吗?"丑小亮说:"但丁的名气比雪莱大:走自己的路,让人家去说吧!连马克思都用过。"王炜说:"听我念马雅可夫斯基的诗:要像灯塔一样,为一切夜里不能航行的人,用火光把道路照明……"班锁凤则说:"你们听杨朔的《茶花赋》。今年二月,我从海外回来,一脚踏进昆明,心都醉了——"曾志平争着说:"最有意思的是郭沫若写的《天狗》,

你们听。我飞奔／我狂叫／我燃烧／我如烈火一样地燃烧／我如大海一样地狂叫／我如电气一样地飞跑／我剥我的皮／我食我的肉／我吸我的血／我啮我的心肝……"张海生问:"这不是疯子吗?"小平理所当然地说:"那是当然,不疯怎么成诗人?"黄鹤跑过来说:"怎么搞的,就听见你们吵吵。图书馆必须保持安静!"

连续几天,中国船员被安排集体参观旗尾制糖所、高雄肥料厂、建台水泥高雄厂,然后由基地政训处的少校裴科长主讲政治课:"你们亲眼看到,在蒋总统的英明领导下,中华民国取得了非凡的建设成就,把贫穷落后的台湾岛建设成为坚强的反共基地。历史雄辩地证明只有三民主义能够救中国。人民越来越看清共产主义是个邪教。他们任意剥夺私人的财产,靠欺骗和暴力推翻民主共和;他们口称耕者有其田,假装土地改革,紧跟又都剥夺掉;许诺言论自由,却大兴文字狱;口称反对一党专政,自己却一党独大,其他政党都沦为附庸;满口人民,却个人专断。所以说真正为了天下大众、实行民主政治的是国民党。我正告你们,你们是在台湾,愿意也罢不愿意也罢,共产党救不了你们,只有跟国民党走才有活路。"船员们明白,这里不是讲道理的地方。拥共必死无疑,反共回去也是死。横竖都是死,只有以沉默抗争。

几天后,周东清突然被叫去会客,对方说:"我是白宗添,是集美高水的同学。'哥特瓦尔德'号开进高雄港,你们在码头集中,我当时就认出你了。"周东清问:"白宗添?想起来了。你为什么来会我?不怕引火烧身?"白宗添说:"作为老同学,我怎么能见死不救?他们破例允许我来见你,要我说服老同学你。只要写反共声明就能释放。"周东清说:"我知道你是好心,可是你也要为我想想,我要回老家结婚,要是写了反共声明,共产党还能饶了我?我还能回得去吗?"白宗添说:"可是你不写就不可能获释呀。"周东清说:"如果你真心愿意帮忙,我倒有个主意。'哥特瓦尔德'

号是波兰船籍，你替我投一封信给我们中方代表，他就会去跟波兰政府交涉。"白宗添说："这倒是个路子，我正好要随船去日本。"周东清说："你记住收件人地址姓名，中华人民共和国天津马场道158号，中波海运公司喻梅主任收。内容你替我写：我是'哥特瓦尔德'号的二副，名叫周东清，我们19个中国船员被关押在高雄左营海军基地军法处。请务必设法解救。"白宗添道："我记住了，还有什么要交代的？"周东清取出手表交给白宗添，说道："这是我准备结婚带给妻子的。万一我回不去，她可以另嫁他人。这块坤表交给她，她叫黄蕊芬，家住福建省惠安县草厝村。男表送给你，算作我对你的谢意。"

白宗添不负嘱托，一到日本吴港就把信投到路边邮筒里。

下课以后，演员们留在教室里排练《皇帝的新装》。杨威跑进来叫道："小平，快去校长办公室，你的爸爸妈妈来了。"小平跑进校办，扑到刘焕然怀里哽咽道："爸爸，妈妈，你们怎么来了？还走不走？"刘焕然说："我调回北京工作，不走了。我们全家可以团圆了。"俞泾妹说："呀，长高了，说话变声了，成了真正的男子汉了。"阿纯走进来说："爸爸妈妈，你们好。"刘焕然说："瞧，我们的阿纯戴红领巾了。小平，你怎么还不是？"韩校长说："小平这个学期进步很快，最近大队正在讨论他的入队问题。"俞泾妹说："刘小茜（妹妹）上三年级，刘小毅（娃娃）上二年级。我们家四个孩子都上育英小学，给你们添麻烦了。"韩校长说："不麻烦，育英小学还有六兄妹的呢。你们一家人好好聊聊，我不妨碍你们。"刘焕然道："不了。最近事情很多，非常忙，送完孩子就得走。"韩校长说："那么孩子们，去送爸爸妈妈吧。"

中国海外运输公司业务办公室足有50平方米，兼作会议室用，三面墙壁挂着顶天立地的巨幅世界航海图。柳敬仁说道："欢迎大家到北京工作。中国海外运输公司由三家共管：喻梅同志代表交通部，钱琳同志代表港管委，我代表外贸部，常驻这里。朝鲜停战以后，我国的对外贸易有了明显的增长，这给国内港口和边境口岸的调拨和疏运造成很大的压力，多次发生严重的货物错发、错运、错交事故。根据财经委员会的指示，外贸部成立中国陆运公司，统一办理进出口货物在口岸和港口的交接、代储、代运工作，实际上是海运的延伸。原来中国进出口公司驻各港口进口调运机构，全部转入中国陆运公司，下属广州、上海、青岛、旅大、武汉、天津、满洲里、绥芬河、南宁、福州共10个分支机构。他们分设的港口科，对外挂牌'中国海外运输公司×××办事处'，混乱局面得到有效控制，下一步工作是要整合海运业务。下面请刘焕然同志讲话。"

刘焕然说："统辖全国海外运输的机构建立后，我们必须尽快摸清家底，好使它有效地运转起来。这次派你们下沉到10个分支机构去深入调查研究，要把真实情况反映上来。重点是三件事：第一，搞清楚国际上同一类商品的运价和对中国要价的对比，充分掌握对我国歧视的证据；第二，为地方培训专业干部，基本掌握国际租船业务和班轮订舱业务；第三，各分支机构把本辖区内运输机构整合起来，统一对外。所有这一切，都是为了最后全都归口到北京，全国一盘棋。准备下一盘前所未有的大棋。"柳敬仁问："你所说的前所未有的大棋是指的什么？"刘焕然说："我算了一笔账，远东水脚公会利用垄断地位，每年从我们这里获得几百万英镑的额外利润，我们明知不合理却只能被迫接受。但是要改变它又谈何容易？它毕竟是有着上百年历史的大国际财团，财大气粗，盘根错节。而我们是航运的弱国和小国。小人国挑战巨无霸，谁都认为没有胜算。我很不甘心，这种状况再也不能持续下去了。为了打好这场翻身仗，我们必须精心策划，全国总动员，统一号令，上下协调。"柳敬仁道"我明白了。它的意义可以比作国际航运史上的淮海战役。"钱琳接道："也可以比作大卫打败巨人歌利亚。"

大礼堂高悬会标："欢度圣诞节——纪念安徒生诞辰148周年文艺晚会"。各班选送的剧目有六年级1班的《豌豆公主》，六年级2班的《美人鱼的故事》，五年级1班的《美味城堡童话故事》……演出都很出色，妹妹和娃娃看得出神。最后轮到五年级2班演出《皇帝的新装》。

全场熄灯，色彩鲜艳的幻灯画面投射到幕布上，皇帝面对镜子试穿新装。伴随着《谐谑曲》背景音乐，陆映雪念白："许多年前，有一个皇帝，为了穿得漂亮，不惜把所有的钱都花掉。他既不关心军队，又不喜欢去看戏，也不喜欢乘马车去公园游玩，除非是为了炫耀他的新衣服。他每个钟点都要换一套衣服。有事找他，随从总是说：'皇上在更衣室里。'"有一天，卫兵（王炜）："站住，这里是日郎国。你们是干什么的？从哪儿来，到哪儿去？"骗子甲（曾志平）发出勒马嘶鸣声："驭——我们是霓裳国的宫廷裁缝，受邀请到羽衣国去。"卫兵："裁缝？裁缝是干什么的？"骗子乙（小平）："贵国的皇帝喜欢穿新衣，怎么他的臣下连这都不懂？裁缝就是把衣料裁开再缝上。他管裁，叫裁裁；我管缝，叫缝缝。我俩又裁又缝，加一块儿就叫裁缝。"……新颖的表演形式，五彩的幻灯投影，滑稽的台词，引来阵阵笑声。

刘焕然和柳敬仁去对外贸易部拜会钱琳，笑道："无事不登三宝殿。请问局长大人，中国进出口贸易统计是你们综合计划局发布吗？"钱琳说："外贸部对外发布消息归办公厅新闻处管，官方出版《中国对外贸易年鉴》。要等前一年的统计数字出来，一般在每年的第二季度以后。不过海关总署出版进出口统计季报。它只公布布鲁塞尔税则前8位税号的进出口商品的数字。外贸部的统计是根据汇总合同计算出来的，海关的统计是根据实际通关的记录，应该说海关的数字更接近实际。"刘焕然说："你能对今年的国民经济发展做一个公开的预测和评估吗？"钱琳说："我不是外贸部发言人，不敢出这个风头。"刘焕然说："我正在筹划搞第八个回合的较量。希望你配合我，利用某些场合，鼓吹中国今天农业获得大丰收。农副产品的出口会大大高于往年。当然是在夏收时节。"钱琳说："那还不容易。反正对外发布消息，中国永远是形势大好。我们一天天好起来，敌人一天天烂下去。你小子最会装神弄鬼，煽风点火，我大概猜到你要干什么了。"

朱老师今天显得特别高兴，说道："首先我要祝贺大家，五年级2班表演的《皇帝的新装》获得一致好评。韩校长不住地夸奖说，就如同观看电影一样。你们的才艺得到充分的展现，比如说陆映雪的朗诵，有如天籁之音；曾志平学马叫，惟妙惟肖；刘小平的裁裁缝缝，滑稽幽默……说不定将来就是某方面的专家和能工巧匠。还有，由于晚会成功，全校掀起了读书的热潮，四年级以上高年级的同学几乎人人都去图书馆登记借阅，这是始料未及的。我希望你们终生与书相伴。好了，回到作文课，我们班也发生了可喜的变化。前一阵子你们不是都在寻找和运用好词好句嘛，我惊喜地发现确实显出了成效。就拿刘小平来说，最近的这篇作文就写得很好。我念几句给大家听听：'丰收的棉花张开笑脸……麦田里耕耘的拖拉机像乘风破浪的战舰……春风吹过，万物复苏，大地生机盎然，五彩斑斓……银色的战机像雄鹰在蓝天翱翔……工程师笔下绘出的宏伟蓝图，犹如雄浑的交响曲乐章……飞驰的军舰，像利剑一样劈波斩浪，一往无前……'大家说，这些词句美不美呀？我请刘小平自己讲讲这篇作文是怎么写出来的。"

小平起立说道："作文的题目是'我的理想'。我的理想是当海军，可是积攒的这些好词好句用不上。有描写农民的、工程师的、飞行员的、海军的，怎么也凑不到一起。我灵机一动，随着年龄增长，理想也不断改变。先是想当农艺师，后来改成工程师，又改成飞行员，最后下决心当海军，把他们串起来，不就全都用上了嘛。"

朱老师评价道："小平的这篇作文有两个突出的优点。第一，大量引用好词好句，读起来像是在欣赏一幅优美的画卷。第二，构思巧妙，令人耳目一新。我特别强调写作文要不落俗套，鼓励突发奇想，任思绪纵横驰骋。我整天批改作文，文章如出一辙，好不单调乏味。忽然冒出一篇与众不同的奇文，让人为之一振，一定会给出高分，是吧？这次我给他5分减，因为错别字还比较多。"小平惊喜道："真的吗？这可是我作文得到的第一个5分。"朱老师说："你现在还讨厌作文吗？"小平道："不啦。我好像开窍了，有点儿喜欢作文了。"朱老师接着说："曾志平的作文也有很大的提高，这次我给了他4分。"曾志平说："真是太阳照到天灵盖，我做梦都想不到。"朱老师说："好啦，我们五年级2班消灭2分有希望了。我们的下一个目标是什么？"齐答："优秀班集体，红领巾班——"

左营海军基地军法处牢房门打开，少校大声喝道："都注意听，叫到名字的人都带上自己的东西，出去排队。"点名后，鲍长建、孟昕等7个人留下，周东清等12个人被带进高雄女子中学，与波兰船员关在一起。伙食改善了，监管也放松了。周东清发现墙壁刻着戴汝铭的名字。再仔细看，上边是周禀赋，下边是卫星辰。啊，原来他们也曾经在这里关过。他拾起地上生锈的钉子，添上自己的名字"周东清"。

育英小学的洗澡堂不是大浴池，而是两排各4个容两个人坐浴的小澡盆和一排淋浴喷头。一进澡堂，大家就争先恐后脱光衣服，登上跶拉板去抢占小澡盆。王炜晚到，没有抢到跶拉板。脚下一打滑，重重摔倒，后脑鲜血直流。可把郭阿姨吓坏了，赶快把他送到医务室去。小平惊魂未定地说："我的老天，太危险了，搞不好会出人命的，都怪跶拉板太少。"曾志平说："这还不容易？咱们自己能做呀。就是没有皮带。"小平说："叫丑小亮她们编辫子。"丑小亮犯难了，她手头也没有材料。班锁凤脑瓜一转，有主意了：

从拖把上揪下布条不就有了吗？她们谎称借用，到各班揪下新拖把的布条。材料凑齐后都来到劳作教室。小平锯木料、曾志平用刺刀刮削、班锁凤编辫子、丑小亮和陆映雪组装……未曾想，他们鬼鬼祟祟的举动被黄松察觉了。

小平从来没有像今天那样期盼星期六。爸爸妈妈调回国，终于在北京有家了。张海生家住中南海，车上还有空位，央求司机带他们兄妹四人走一程。在小面包车进入中南海之前，他们下车，谢过司机叔叔，改乘2路公共汽车回家。他们来北京两年都是住校，从未真正融入这座都市，所有的一切都是那么的新奇。叮咚作响的有轨电车，不绝于耳的京腔京韵，走街串巷的小贩吆喝，眼花缭乱的市井百态，简直目不暇接。作文成绩的突飞猛进，使小平对文学产生了浓厚的兴趣。他特别留意老住户大门的对联"忠厚传家久，诗书继世长""诗书修德业，麟凤振家声""多文为富，和神当春""绵世泽不如为善，振家业还是读书""芳草瑶林新几席，玉杯珠柱旧琴书""忠厚培元气，诗书发异香"，但说来道去都是"万般皆下品，惟有读书高"。妈妈为一家人的团圆，早就准备好了一大锅红烧牛肉。刘焕然依然是老规矩，打开留声机播放贝多芬的《第九交响曲》"欢乐颂"："欢乐女神，圣洁美丽，灿烂光芒照大地！我们心中充满热情，来到你的圣殿里……"是啊，全家团聚，在雄浑的歌声里，开始了充满欢乐和光明的新生活。刘焕然说道："孩子们，跟我讲讲学校里有趣儿的事。"

每个周一早晨第一节课是全校广播晨会。这周的晨会很特别，少先队大队表演广播剧，剧名《拖把的对话》。电铃响，郭阿姨招呼道："熄灯了，都回床上睡觉。"校园安静下来，微弱的呻吟声由远而近传来。和平："哎哟……疼死我了。""哎哟"声连成一片。李莉莉说："怎么咱们犯的都是同一个毛病？"黄鹤说："有几小个女生说是借拖把用，偷偷把我的头发揪下好几根。"你一言我一语抱怨，全加起来揪下 70—80 把头发。远处传来脚步声。黄鹤说："那是谁？哦——是扫帚弟弟。"黄松说："你们在干什么？"黄鹤说："我们的头发让小女生揪走了，好疼好疼。不知道她们要干什么？"黄松说："我知道。我偷偷跟着她们来到劳作教室，她们把头发编成辫子，男生锯木板，用刺刀刮削成鞋底形状，最后钉上辫子，做成趿拉板。"李莉莉问："做趿拉板干什么？"黄松说："洗澡堂里的趿拉板不够用，有人光脚滑倒，摔破了头。"和平说："要是那样，我愿意把头发全都捐献出来。"大家七嘴八舌："不疼了，我也愿意。"曾志平、小平、丑小亮、陆映雪、班锁凤越听越觉得不对劲儿，互相张望，奇怪道："怎么回事？谁会知道我们的秘密？"

"哥特瓦尔德"号的中波海运公司的船员被带到码头，那里停泊着一艘英国轮船"克伦威尔"号。齐国平："经过蒋总统特别批准，把你们交给国际红十字会。你们将乘坐这艘'克伦威尔'号轮船前往日本，再由日本回国。"马耶夫斯基船长质问："我的轮船、货物和其他中国船员呢？不归还他们我不走！"齐国平答道："何去何从你自己决定。"并将手指向远处说："你看那边。"不远处停着一艘舷号 AK－313 的轮船，竟是原来的"哥特瓦尔德"号。齐国平说："它现在是我们中华民国海军的'天竺'号运输舰。我们根据联合国的决议予以扣押。"他再不理睬，扬长而去。船长明白再坚持下去也不会有结果。核对和交接工作完成后，所有人都被送上船，国际红十字会代表下地。"克伦威尔"号刚要起锚，一辆囚车急速开来，少校和警察跳下来，叫道："站住——把那个叫周东清的扣下！"马耶夫斯基抗议："我的二副怎么啦？为什么不让他走？"少校回道："经查明他是共产党，差点儿让他溜了。"

周东清被直接送进高雄警备区军法处看守所审讯室。少校取出信件，问："你看这是什么？"看到白宗添为他寄往国内的信，周东清全明白了，问道："是我写的信。我请求顶头上司救我出去，有什么错？"少校说："这位喻梅经理是共产党的高级干部。你违犯看守所监规、私通信件、勾结大陆共匪，就凭这些足以判你死刑！"周东清受尽酷刑，一口咬定自己不是共产党，只是要回家结婚。白宗添也遭到刑讯。这时他才明白，那封寄往中国大陆的信件被日本海关截获，由此追踪到他，作为掩护他人通匪的罪证。几天后，周东清、白宗添被押送到台北宪兵司令部军法处监狱。

"克伦威尔"号轮船行驶到日本，由国际红十字会把这批船员交给波兰大使馆。11名中国船员辗转回到香港。留下的鲍长建和孟昕等7个人，被押上一艘小型补给船，渡海转移到绿岛"新生训导处"。绿岛是台湾第四大岛，原名火烧岛。站在台东太麻里金针山看日出，太阳似一团火从该岛跃出，故得名。它西距台东33海里，是关押政治犯的地方，3000名金门战役被俘的解放军官兵也曾关在这里。院子正面是钢筋水泥的二层监舍，墙壁大字写着"遵纪守法"，高墙密布电网，四角昼夜设岗。食物匮乏而且粗劣。每天早饭后是一小时的小组讨论会，由训导处统一出题，训导干事旁听，人人都要发言，没有沉默的自由。下课之后就是沉重的苦役。鲍长建对孟昕说："我们不能在这里等死，无论如何都要逃出去。"

中国海外运输公司召开第一次全国海外运输工作电话会议，连通全国10个分支机构和香港远东公司，交通部、外贸部、港管委领导悉数到场。喻梅说："经过半年的精心准备，一场生死攸关的大战役即将拉开序幕。古罗马哲学家西塞罗描述人类对于海洋霸权的追逐说，谁控制了海洋，谁就控制了一切。在国际贸易中，每一公里的运输成本，铁路是海运的8倍多，公路是海运的26倍，航空是海运的95倍，海运的成本优势无可替代，对我们社会主义建设的意义不言而喻。班轮公会是全球唯一的享受豁免权的垄断组织，强制规定最低运价；通过对船舶发航次数、船舶吨位和挂靠港口的限制，控制会员公司之间的竞争；采用折扣、回扣、延期回扣和合同优惠等办法让给货主一定利益，以控制货源；排挤会外航运公司，垄断航线上的班轮业务。远东水脚公会独家垄断远东航运市场，有150多年的历史，秘书处设在伦敦，成员包括美国总统、马士基、现代日本邮船、商船三井等15家班轮公司。建国初期，欧美日对中国实行禁运，远东水脚公会趁火打劫，坐地起价。跟这样的庞然大物做斗争，必须认真对待。中国实行对外贸易全国统治，这给我们集中力量、一致对外提供了有利的条件。经过几年过渡期建设，我们积蓄起足够的力量，到了该打翻身仗的时候了。今天的电话会议就是一次动员大会，誓师大会。预祝成功。"

钱琳说："我在刚刚出版的《中国对外贸易》季刊上发表了一篇文章——《第一个五年计划开局之年的中国对外贸易》，盛赞工农业所取得的成果，预言今年的进出口总额会有一个跨越式的增长——这是按照刘焕然同志的要求，有意夸大数字，但是新中国的经济成就还是令人瞩目的。"

刘焕然说："建国初期，中国海轮吨位占世界比重不到0.3%。朝鲜战争爆发后，国际敌对势力对我们全面封锁禁运。远东水脚公会借机将中国航线上的班轮运价上调了10%，比其他国家同类商品的运价高出20%—25%。这种明显的歧视必须打破。不过我们不是要和它彻底闹翻，这对我们没有好处，很长一段时间内还有求于它。我们的目的只不过是要求他们把运价降到双方都能够接受的合理水平。因此在一切场合，我们都要向他们传达长期真诚合作的善意，希望建立起合作伙伴关系。"钱琳插话道："毕竟全球的经济活动是互相依存的，要讲究斗争艺术和策略。"刘焕然接着说道："我们拟定了《中国海外运输公司运价费率表》，简称《中海费率表》。今后就以它为依据统一对外。以往班轮公会单方面规定中国的出口商品按照FOB离岸价，中国进口的商品按照CIF到岸价计算，为的是承运人从收取运费中获利。今后应该调过来，在贸易合同里规定中国的出口商品按照 CIF 价格计算，中国进口的商品按照 FOB 价格计算，为的是我们来收取运费。下面布置任务，我们将分步实施预订的计划。第一步，钱琳局长在《中国对外贸易》上著文，预言今年的进出口总额会有跨越式的增长，大造声势，引起国际海运界的注意。第二步，中国驻英国商务代表处照会远东水脚公会秘书长欧文斯先生，邀请他前来讨论有关运价问题，提交《中海费率表》作为讨论的基础。第三步，香港的远东公司开始大批租用期租船，以增加我们和水脚公会谈判的筹码。有什么问题吗？"

香港远东公司刘峻基发问："各国海运公司对于美国的封锁禁运政策仍然心有余悸，因此大批租船可能会遇到困难。"

刘焕然答道："授权你们采取灵活的方式吸引客户。第一，可以付出高于国际市场上的运价。第二，不运送禁运清单上的敏感货物，只运送一般性或次要的禁运物资。第三，为避免美国检查和阻拦，轮船直驶中国，不沿途进港加油加水，在出发时就加满，这样会损失一部分舱位，减少运载量，使得船东利益受损，我们许诺给予补偿。第四，许诺以来回程的方式租船，保证返回时不会空放。第五，如果船东愿意，我们答应上升为一年、两年或更长时间的期租方式。"

有了北京的授权，香港远东公司很快取得进展。刘焕然回复意见，跑近洋的轮船公司大多数是华侨资本，他们都怀有爱国情结，这是一支不可忽视的力量。还应该从日本物色几家对中国友好的中小轮船公司，比如友好人士西园寺公一先生主办的东航船务公司。中国驻英商务代表处许欣知报告，他约见远东水脚公会欧文斯秘书长。他的态度傲慢，虽然收下《中海费率表》，但是没有任何表示。刘焕然回复意见，两周后再次登门听取意见。如果再没有反应，可以告诉他，我们仍然希望交换意见，但是等待并不是无限的，至多再等一个月。

小平从报纸上看到中国文字改革委员会汉语拼音征求意见稿，

共有六种方案。四种汉字笔画式、一种斯拉夫字母式、一种拉丁字母式。他从小熟悉英文字母，自然赞成拉丁字母式方案，也理解得最快。曾志平也有兴趣，两人共同切磋。小平试着用汉语拼音写了一篇短文贴到《学习园地》上："都来看，谁能认出我写的是什么。"大家围过来拼读："西洋——昔阳——吸氧，照妖——招摇——夕阳照耀——"陆映雪高兴地说道："我看明白啦，是《延安颂》的歌词。'夕阳照耀着山头的塔影，月色映照着河边的流萤。春风吹遍了坦平的原野，群山结成了坚固的围屏……'"丑小亮也饶有兴趣地说："真有意思，猛地一看以为小平会写外国字。"曾志平递给丑小亮一张纸条，说："这是我写给你的。"丑小亮结结巴巴念道："亲爱的丑小亮……你的鼻子被……老鼠咬了，但是……依然美丽动人……"接着装嗔道："好你个坏东西！"小平说："汉语拼音主要用于扫盲，对我们没有用，可是对海军却非常有用，用手旗打汉语拼音，可以在两艘军舰之间讲话。"曾志平说："苏联电影《小海军》里就是打手旗传递消息的。"小平说："要是你们愿意，我可以教给你们。"

26个英文字母手旗姿态有规律地排列，极好记忆，难的是看对面要反过来。几个好伙伴当天就入门了，还觉得不过瘾，连课间十分钟也捉对儿隔空对话。朱老师问："他们在干什么？打哑语吗？"张海生说："小平教他们学手旗旗语，据说是航海运动之一，也算是一种哑语吧。"朱老师说："那是好事，可以教给大家都学呀。"参加的人越来越多，朱老师也参加进来，下午自由活动成了集体学习的时间。小平把阿纯、妹妹、娃娃请来当助教，不出一个礼拜全都学会了。消息传到韩校长那里，他很支持。库存日本膏药旗留着没用，全都拨给朱老师，一裁为四做成手旗，人手一对儿。课间操的时候，五年级2班集体挥动小旗，海浪翻飞，煞是壮观。

天刚蒙蒙亮，一队戴白手套的宪兵走进来。行刑官喝道："都听好了，叫到名字的人都出来。"老犯明白，又是一个行刑日。包括周东清和白宗添在内共有10人被砸上脚镣。周东清拉着白宗添的手："兄弟，我对不住你，连累你，让你受苦了。只有来生当牛做马回报。"白宗添说："事已至此，什么都不要说了。今天咱们一块儿走，还算有个伴儿。"囚车开到台北马场町刑场，一干人犯一字排开，执法官宣读判决。每叫一个名字都是宣判死刑。念到"白宗添"，他"嗡"一声，大脑一片空白，一股凉气自脚后跟直达后脑勺。执法官稍作停顿继续念："白宗添——有期徒刑15年，解'新生训导处'……"那股凉气从后脊梁经过脚后跟入地，白宗添才又恢复知觉。一排枪响过后，他睁开眼睛，只见群鸥乱飞，周东清倒在血泊中。

中国海外运输公司召开第二次全国海外运输工作电话会议。刘焕然发言道："针对远东水脚公会开展的运价斗争已经拉开序幕。今年我国的进出口旺季到了，大批的班轮将进入我国港口争抢生意，今天开会就是为他们而准备的。我必须强调，全国各口岸听从中国海外运输公司的统一指挥，是取得胜利的关键，务必保持步调一致。我们的对手是远东水脚公会。如果它属下班轮有货物要卸，允许进港，卸完货就请走人。如果申请进港装货，对不起，没有货源，也请走人。不愿意走，选择留下等待货源？可以，但是要移位去锚泊区等候，一切费用照收。"

上海分公司于帆提问："各港口收费是全国统一标准，还是按照各港口原有的标准？"刘焕然答道："原则上是按照各港口原有的标准，但是差别不要太大。我这里公布上海的收费标准，各口岸参照做一些调整。引航费 0.5—0.72 元/净吨，加 400 元交通费。停泊费 0.23 元/净吨。港口建设费 0.8—5.6 元/吨。理货费 0.83—4.28 元/计费吨。检疫费 0.045 元/总吨。最低 360 元，最高 2700 元。代理费 1.6 元/船舶净吨，1.24 元/货物吨位。锚泊费 0.05 元/净吨/天。交通费 300—1200 元/艘次。移泊费移泊 0.22 元/净吨,加 100 元交通费。拖轮费 5300—20300 元/艘次。护航拖轮费,从宝山到上海。船舶吃水大于 11.5 米,护航拖轮 50000 元/艘次。"

青岛分公司周禀赋提问:"青岛港口库存大量的出口货物给不给它们?"刘焕然答道:"这种情况上海、广州、大连都存在,是我们有意而为的。我们手里有两张王牌,顺便解答钱琳局长的问题。我请他放风今年中国工农业产值创历史最高水平,就是要吊起远东水脚公会的胃口,调集比往年更多的轮船前来。他们如果改变歧视政策,接受《中海费率表》,我们是欢迎的。但是我们驻英国商务代表处两次上门都被拒绝。既然你不仁,就不要怪我们不义了。你们不是派船来揽货吗?对不起,不给你。你愿意锚泊在港外等着,那就等着吧,而且一切费用照付,看谁耗得过谁。"

旅大分公司黄卉提问:"如果他们坚持不让步,积压的货物怎么办?"刘焕然答道:"不怕,我们就打出第二张王牌。Principal Liu 已经和欧美 12 家公司达成 29 艘次、41 万载重吨期租意向,随时可以调用。同时他的香港远洋轮船公司也已经拥有 5 艘船 5.4 万载重吨的运输能力了。"钱琳说:"Principal Liu 也是个能人,这么快就拉出一支远洋船队了。"

五中队的工地是采石场。鲍长建、孟昕等七人装卸同一辆轨道翻斗车。鲍长建一边搬运石料,一边观察。三四个士兵在工地巡游,另外两三个士兵则在山脚下的小木屋里休息,定时轮换。山体被削去一半,山后是连绵不断的树林。为了随时能够逃跑,鲍长建和孟昕总是腰缠一根粗绳。这一天,天空突然黑暗下来,暴风雨骤然而至,卫兵们头也不回地奔向小木屋,犯人则四下逃窜寻找避雨的地方。鲍长建招呼孟昕道:"快跑!"两个人钻进树林,没命地跑。也不知道跑了多远,在一根倒下的粗大树干前停下来。回头看,没有追兵,他们顶着沙石狂风和汹涌的波涛,把树干拖进海里。用绳索把身体牢牢绑在树干上，手脚并用划离海岸。海流把树干卷向深处。尽管浪涛有如排山倒海，但是有绳索的捆绑，始终没有被冲散。孟昕问："我们在往哪儿漂流？"鲍长建说："台湾东面有一条从菲律宾过来的赤道暖流，叫作'黑潮'，我们正顺着它往宜兰方向漂。"

五中队收工回到监舍。队长点名，发现少了鲍长建和孟昕，立即拉响警报。狱警在监区内搜索，驻岛部队放出警犬在全岛搜索。一夜的搜索没有结果，天亮以后派出巡逻艇出海搜索。

到了第二天下午，在海上漂流了20个小时，两个人都已经严重失温精神恍惚了。鲍长建问："大副，你还行吗？"见孟昕迷迷糊糊，久久不回答。鲍长建接着说："可别睡着了，一定要坚持住……"说着努力向远处张望，"我听见声音了，好像看到陆地了……"孟昕强睁眼睛问："是吗？让我看看。"鲍长建手指向远处，说："在那里，快看！"孟昕眼前一片模糊，等到看清楚了，是一艘巡逻艇。巡逻艇也发现了他们，艇长下令："加速，再加速，最高速！"巡逻艇加足马力，朝着树干碾压过去。巡逻艇过后，海面上漂浮着树干的碎片……

积压在港外的远东水脚公会的班轮越来越多。眼看着欧美轮船频繁进出，满载而归。东南亚和日本小公司的轮船也都不空手，而自己只能干瞪眼。每日引航费、移泊费、停泊费、船舶吨税、服务费流水一样花出去，加上远道而来的油料消耗，连吃带喝几乎耗尽了资材。船长们天天到口岸分公司讨要货物，都吃了闭门羹。于是一日数封电报发往伦敦总部，把秘书长欧文斯骂得狗血淋头，要他赔偿损失。欧文斯有如热锅上的蚂蚁，急得团团转。立即飞赴北京紧急求见中国海外运输公司。但他仍然端着架子，对《中海费率表》不置可否。刘焕然不卑不亢，反复表明态度："中国是一个负责任的国家，也是有一定经济实力的大国，维护一个多边的、合作的国际经济体系是我们共同的愿望。即使按照我们提交的《中海费率表》，也比国际航运市场的平均价格高出10%—15%，给你们获取利润留有很大的余地，足见我们的诚意。"欧文斯讨不到丝毫便宜。僵持到最后实在扛不下去，只得全盘接受《中海费率表》。

中国海外运输公司召开第三次全国海外运输工作电话会议。钱琳发言道："经过坚持不懈和有理有力有节的斗争，终于赢得了第八个回合的圆满结局——普遍降价35%—40%，每年可以节省几百万英镑的外汇。这是一个了不起的胜利，开创了小公司战胜世界大垄断集团的先例，意义非凡。"刘焕然补充道："运价斗争的胜利，是上级领导和全体职工共同奋斗的结果。经过这次实战交锋，我们又学到了许多新的知识。大量租入期租船，原本是为了万一谈判破裂留作退路用，竟意外地找到了一条符合中国国情的发展远洋运输事业的道路。我国造船工业落后，完全靠自己的力量建设船队，时间和资源都耗不起，所以不能一味固守。租用期租船，既能够完成国家的运输计划，又能够从运费中积累资本，把到期的期租船一艘艘买下，滚动发展，不花国家一分钱建立起自己的船队，冥冥中也暗合了我在香港建立远洋船队的心愿。"喻梅道："这个经验对我们很有启发。"刘焕然说："举一反三。纵使没有资金，也可以从银行贷款，可以集资合股，筹资渠道多得很，同样能实现高积累、高增长。"喻梅说："可惜了了，就凭你的本事，要是给自己干，早就成世界船王了。"刘焕然说："话不能那么说。要是没有共产党，也不会有我的今天。"钱琳提议道："我准备推举刘焕然同志出席全国对外贸易系统先进工作者代表大会。Captain海上斗法屡立奇功，八大回合任选一项都当之无愧。"柳敬仁表态道："我完全支持。"喻梅总结道："这次会议开得很好，是一个总结大会，也是一个庆功大会。第一个五年计划开始了，希望大家回到各自的岗位，再接再厉，再立新功！"

一辆中型面包车开到汪家胡同中国海外运输公司，接上刘焕然和俞泾妹夫妇，车内已经坐有赖主任和钱琳夫妇。黄卉跑出来高呼："停一下——"刘焕然打开车窗问："什么事？"黄卉说："刚刚接到 Principal Liu 的电话，他说接到一封匿名信，是从台湾寄出的，上面只有一句话：'周东清泣别，惟愿父母长命百岁。台北宪兵司令部军法处。'"钱琳问："出什么事了？"刘焕然说："周东清同志牺牲了。匿名信显然是他遇难后狱中难友寄出的。"赖主任问："周东清是谁？"刘焕然说："中波公司的'哥特瓦尔德'号被劫持到台湾，周东清是船上的二副，共产党员。波兰船员和11个中国船员由国际红十字会领回，可是7名高级船员生死未卜，下落不明。"刘焕然强忍悲痛道："你回去吧。"转头对司机说："开车。"面包车发动，一车人沉默不语。

礼堂悬挂着横幅"育英小学第一届毕业典礼"。赖主任、钱琳、刘焕然夫妇作为家长代表在第一排就座。曹老师主持大会，韩校长宣布本学期优秀班集体的称号授予五年级2班，张海生代表全班上台领奖。然后举行新队员入队仪式。赖胜利、黄松、刘小平、班锁凤、曾志平光荣地戴上红领巾，五年级2班实现了红领巾班的愿望。曾志平、刘小平、丑小亮、陆映雪、班锁凤手捧系着红绸带的20双跋拉板和出土文物刺刀向学校献礼。接下来，全体毕业生上台领取毕业证书，合唱韩校长特别创作的《毕业歌》：

太阳照耀，红旗飘飘，欢送毕业同学离母校。几年的欢聚使我们互相留恋，新的学习任务向我们发出号召……

钱琳接受韩校长邀请，代表家长讲话："你们生在新中国，长在红旗下，是多么的幸福。但是你们不知道，就在此时此刻，你们的父辈仍然在为革命事业默默地工作和战斗着，每天都有流血和牺牲。你们一定要珍惜这来之不易的和平环境，一定不要辜负前辈对你们的期望。人的能力有大有小。不论大小，人活一世，都不能浑浑噩噩，总要有所作为，他的生命才有意义。我可以自豪地说，我们这一代人完成了天降的大任，对得起自己的一生。努力从来不嫌晚，何况此刻正青春。希望我们的下一代也都能理直气壮地说，我们没有虚度人生！"全场长时间热烈鼓掌。

　　大幕徐徐拉开，小乐队奏响育英小学校歌"小小的叶儿哗啦啦啦……"五年级2班舞动手旗上场。幻灯片在天幕上先后打出朱总司令题词："时刻准备着，为实现共产主义和建设祖国的伟大事业而奋斗"、毛主席题词："好好学习，好好学习"。在少先队队歌的伴奏下，他们一边舞动手旗变换队形，一边跟随天幕上的内容呼喊。最后以群体雕塑定格。全体起立，掌声雷动，欢呼声经久不息。

　　空湛湛，云淡淡；路漫漫，水涟涟。古今众生千百年，几多青史后世传？

　　不甘无为虚度年，天降大任待机缘。擂鼓！自强不息，奋马扬鞭，向前向前！

2023年4月22日，北京

育英十景

- **黉门葳蕤**（校门）　　**书韵飘香**（图书馆）
- **擎火传薪**（影壁）　　**风雨吟啸**（体育馆）
- **砥砺巉岩**（喷泉）　　**西山晴雪**（西大操场）
- **廊腰缦回**（长廊）　　**跬步千里**（环城大道）
- **翠亭春早**（残碉）　　**绿浪莺啼**（动植物园）

沈北雁校友钢笔画作品选

洛杉矶托儿所

延安娃日光浴

延安保育院

碉堡残迹和凉亭

怪石喷泉和礼堂

星星火炬影壁墙